만오만필
晩悟謾筆

만오만필

야담문학의 새로운 풍경

정현동 지음
안대회·김종하 외 옮김

성균관대학교
출판부

목차

서설

1.

『만오만필(晩悟謾筆)』은 지금으로부터 얼추 40년 전쯤인 1984년 여름에 처음 만났다. 연세대학교 중앙도서관에서 고서를 정리하는 일을 도우면서 작디작은 글씨로 단정하게 필사한 책을 보았다. 몇 년 사이에 들어온 듯 목록에도 오르지 않은 책이었다. 생소한 이름의 책을 앞 대목부터 읽어 보니 낯설고 재미난 이야기가 흥미를 끌었다. 특히 선산 땅의 향랑(香娘)이 불렀다는 노래가 "하날은 놉고 놉고 싸흔 널으고 널으니, 천지 크나 이 흔 몸 머물되 업다. 찰아리 이 물이 쌔져 어복이 영장 호리라."라고 한글로 쓰인 것을 보고 더 큰 흥미를 느꼈다. 책을 복사하여 틈틈이 읽어 보았는데 다른 데서는 보지 못한 참신한 내용이 많았다. 기회가 닿으면 꼼꼼히 읽고 논문을 쓰고 번역해도 좋겠다고 생각하였다.

그 이후로 독특하고도 중요한 가치를 지닌 야담집이라 생각하여 몇 차례 읽고 소개할 기회를 엿보았다. 그러나 적지 않은 분량인 데다 먼저 할 일에 치여서 기회를 얻지 못한 채 많은 시간이 흘렀다. 더는 늦출 수 없다고 생각하여 강독회를 통해 번역하기로 마음을 굳혔다.

이 책의 저자는 지금까지 온전히 무명의 인물로 남아 있던 정현동(鄭顯東, 1730~1815)이고 지은 시기는 1812년이다. 남인(南人) 사대부로 선대부터 경기도 광주(廣州) 경안(慶安)에 살았다. 같은 지역에 거주한 저명한 학자 안정복(安鼎福)의 문인이었다. 과거에 급제하지 못하고 재야 지식인으로 86세를 살면서 견문한 야담과 실화 194화를 체계를 갖춰 저술하였다. 야담 외에도 역사적 사실을 고증하고 사회현실과 흥미로운 사건, 명사의 행적과 주변 인물의 일화가 풍성하게 담겨 있다. 문학성이 풍부한 야담집이면서 당시 사회상을 전해 주는 가치 있는 사료로서 『만오만필』을 학계와 독자에게 선보인다.

2.

『만오만필』은 2권 1책으로 전체 61장의 분량이다. 연세대학교 학술정보원에 소장된 필사본이다. 다른 사본은 찾아지지 않고, 번역돼 출간된 적이 없다. 유일본이기는 하나 저자가 친필로 쓴 수고본(手稿本)은 아니다. 처음부터 끝까지 한 사람의 필체로 아주 작은 글씨로 필사하였다. 맨 끝장에는 "도합 61장"이라 장수를 기록하였고, 달필로 "갑진년 늦봄에 담안정사(澹安精舍)에서 베껴 쓴다."라는 필사기(筆寫記)가 적혀 있다. 필체가 본문의 필체와 유사하다. 여기의 갑진년은 1844년이다. 필사자가 누구이고, 담안정사가 어디에 있는 누구의 서재인지를 바로 확인하기 어렵다. 다만 저자 정현동 집안의 세거지와 선산이 모두 옛날의 경기도 광주 경안이고, 현재는 광주시 장지동 '담안[牆內]' 마을이다. 담안정사는 토속적인 마을 이름을 전아한 이름으로 바꿔 작명한 서재명으로 보인다. 따라서 이 책은 저자가 쓴 원고를 후손이 정리하여 필사한 사본으로 추정한다.

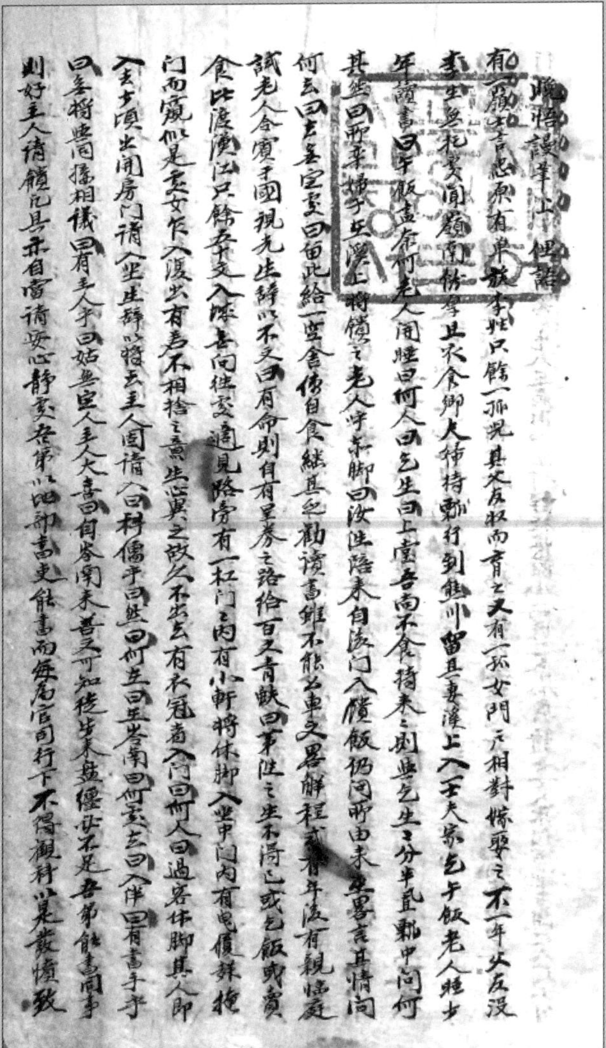

『만오만필』

사본, 연세대학교 학술정보원 소장. 61장 중 첫장으로 1면 12행, 47자이다.

한편, 필사기 옆에 필치가 전혀 다른 졸필로 만오(晩悟) 안정섭(安廷燮, 1591~1656)을 적어 두어 마치 안정섭을 이 책의 저자로 밝혀 놓은 듯 오해하게끔 유도하였다. 그러나 책을 읽어보면 근거가 전혀 없다. 저자 또는 필사자와는 무관하게 훗날 책을 잠깐 소장했던 소장자가 만오란 책명에 연상을 일으켜 추정한 것일 뿐이다. 사실 만오는 매우 흔한 호이다.

책에는 저자를 밝히지 않았고, 또 서문도 발문도 달리지 않아 저자를 밝힐 작은 단서도 없다. 조선 후기 야담집에는 이 같은 경우가 꽤 많다. 오로지 하권의 내용에 저자와 관련한 정보가 곳곳에 제시되어 그 내용을 통해 추정할 수밖에 없다. 강독에 참여한 임영걸 연구원이 최근 하권에 나온 정보를 검토하여 저자를 정현동(鄭顯東)으로 밝힌 논문 「연세대학교 소장 『만오만필』의 작자에 대한 고찰」(『한국한문학연구』 제81집, 한국한문학회, 2021)을 써서 상세한 근거를 제시하였다. 저자와 관련한 상세한 고증은 이 논문에 미룬다. 또 최근에 저자의 직계 후손과 연락하여 상세한 족보를 받아 가계를 더 확인하였고 또 묘소를 방문하였다. 이를 바탕으로 저자의 행적을 간명하게 설명한다.

정현동은 자가 용경(龍卿)이고, 호는 만오(晩悟)이다. 초명은 승연(升淵)이다. 1730년 12월 4일 출생하고 1815년 8월 16일 사망하여 86세를 살았다. 동래 정씨 명문가 후손으로 광주 경안에 세거한 직제학공파(直提學公派) 후손이다. 먼 윗대에는 문과 급제자를 내리 배출하였으나 고조부를 전후한 시기에는 과거 급제와는 멀어졌다. 가까운 조상 가운데 증조부는 무인이었고, 조부 정태구(鄭泰久, 1658~1721)는 40세 나이로 무과에 급제하여 영장(營將)과 경력(經歷)을 지냈다. 부친 정덕빈(鄭德彬,

1704~1769)은 무술을 익히다가 포기하고 낙향하여 지냈다. 정현동의 어머니는 덕수(德水) 이씨로 이희배(李喜培)의 딸이고, 부인은 밀양 박씨로 박순(朴錞)의 딸이다.

동래 정씨는 회동(檜洞) 정씨 일계가 소론 명문가로 행세하였으나 이 집안은 처음부터 남인(南人)으로 행세하였다. 하권 36화에서는 정태화(鄭太和) 이후 서인-소론으로 당론이 기우는 집안 일파의 경향을 흥미롭게 묘사하였다. 서술 곳곳에 남인 가문 출신의 시선이 스며 있음은 말할 필요가 없다.

이 집안은 경기도 광주부 경안에 세거하였다. 보단(譜單)에서도 그 사실을 분명히 밝혔고, 『만오만필』 곳곳에도 살던 지역의 증거가 나온다. 다만 조부의 1697년 『무과방목』에 거주지가 한양으로 나와 있고, 정현동 역시 한양 효경교(孝經橋)에 있는 집에 머물다가 낙향한 사실을 책에 기록하여 한양에도 집을 두고 살았음을 알 수 있다. 정현동 집안의 묘가 현재도 광주시 장지동 산64-1번지에 있고, 후손 가운데 경안 주변에 거주하는 이가 많다.

정현동은 부친이나 조부와는 달리 문과로 방향을 틀어 여러 차례 과거를 보았으나 급제하지 못하였다. 나이가 들자 과거를 포기하고 경안으로 완전히 낙향하였다. 이때 만오(晩悟)란 호를 지은 듯하다. 같은 지역에는 순암(順菴) 안정복(安鼎福, 1712~1791)이 거주하여 부친과도 친분이 깊었다. 그 때문에 정현동은 일찍부터 안정복에게서 수학하였고, 그 외아들 안경증(安景曾, 1732~1777)과는 나이도 비슷하여 절친하게 지냈다.

안정복의 초기 제자로서 정현동은 만년까지 스승의 곁을 지켰다. 그의 문집에는 정현동 부친의 묘지명과 정현동에게 보내는 편지 등이 실

『광주경안 직제학공 종손파 보단(廣州慶安直提學公宗孫派譜單)』

사본, 후손 소장. 경기도 광주(廣州) 경안(慶安)에 세거한 직제학공파 세계(世系)를 상세하게 기록하였다. 26세손 정현동과 직계 가족의 생몰연대 및 생애 현황이 자세하게 나와 있다.

려 있어 사제관계를 알려 준다. 하지만 안정복의 저명한 제자들과 가깝게 교유한 자취는 잘 보이지 않는다. 초기 천주교 신자인 권철신과 권일신의 아버지인 권암(權巖)과는 제법 친분이 깊은 듯한 흔적이 보인다.

안정복은 정현동을 "문예에 능하다."라고 평가하여 시문을 잘 짓는 능력을 인정하였다. 『만오만필』 하권 27화와 29화, 100화에 정현동이 지은 시가 실려 있어 안정복의 평을 입증하고 있다. 보단에는 문장과 학행이 있어 세상에서 추대하였다고 하였다. 편저로 『열조통기(列朝通紀)』·『전사절요(全史節要)』·『가례보주(家禮補註)』 등의 책을 편찬하였고, 문집 2권과 만필(漫筆) 2권이 있다고 기록하였다. 아쉽게도 문집과 여러 저작은 현존하지 않고, 교열하여 보완한 『열조통기』가 규장각에 전해 온다. 보단에서 저술로 기록한 만필 2권이 바로 『만오만필』이다. 후손으로는 외아들 진묵(晉黙, 1760~1845)을 두었고, 진묵은 원조(元朝, 1781~1853, 후에 규렴(圭濂)으로 개명)를 비롯한 여러 아들을 두었다. 손자 원조는 『중마감(重磨鑑)』 3권을 저술했다고 하니 학식이 있었던 그가 64세인 1844년에 『만오만필』을 필사하지 않았을까 추측해 본다.

정현동은 안정복의 역사학 연구를 이어받아 역사에 관심이 많았다. 안정복이 조선왕조의 역사를 편년체로 서술한 『열조통기』를 마지막까지 정리하고 교감한 제자가 바로 정현동이었다. 안정복의 초기 제자로서 정현동의 존재는 오랫동안 존재감이 미약했는데, 이제 『만오만필』의 발굴을 통해 그 위상을 새롭게 정립하게 되었다. 『전사절요』는 중국사를 다룬 역사서로 추정되나 현재 전하지 않는다.

『만오만필』에는 서문과 발문이 없어서 저술의 동기와 저술 시기를 정확하게 알기가 힘들다. 사라진 문집에는 관련한 글이 수록됐을 수 있다. 본문의 내용을 검토하여 추정할 수밖에 없다. 조선의 역사에 관심이 없는 풍토를 개탄한 하권 10화에서는 역사 이야기를 다수 쓴 동기가 엿보인다. 그러나 야담을 쓴 동기를 밝힌 내용은 보이지 않는다.

　저술을 완성한 시기는 1812년으로 추정한다. 상권 76화에서 경오년(1810)을 재상년, 곧 재작년이라고 말했으니 1812년이 하한선이다. 하권 52화에서 1811년에 발생한 황해도 곡산(谷山)의 민란을 우려하였고, 하권 53화에서 기사년(1809)에서 신미년(1811)까지 내리 3년째 이어진 흉년을 걱정하였다. 대규모 민란을 예상하면서도 정작 그해 12월에 발생한 홍경래난을 언급하지 않은 점이 의문으로 남는다. 고령으로 더는 집필할 수 있는 건강상태가 아니었던 듯하다. 의문이 남기는 해도 상권 76화의 언급과 하권 83화에서 자신이 80여 세라고 쓴 기록을 근거로 83세인 1812년에 저술을 끝냈을 것으로 추정한다.

3.

『만오만필』은 야담과 필기로 구성돼 있고, 다른 야담집이나 필기류 저술에서 보기 힘든 새로운 이야기를 풍성하게 수록하였다. 상권에는 「이어(俚語)」라는 제목으로 86화(36장), 하권에는 「고사(古事)」라는 제목으로 108화(25장)가 실려 있다. '상말'로 직역할 수 있는 '이어'는 이야기, 야담의 다른 표현이다. 상권 12화에서 저자는 자기 집에 묵고 가는 과객에게 "손님께서는 이야기(俚語)를 잘하십니까?"라고 묻고 있다. 하권의 고사는 오래된 옛날의 실화를 뜻한다. 저자는 상권과 하권을 서로 다른 성격의 내용으로 구별하여 수록하였는데 특이한 사례이다.

36장의 상권은 하권 25장에 비해 11장이 더 많은데 이야기는 22화 정도 적다. 상권에 실린 86화는 대부분 서사성이 짙고, 이야기가 길게 펼쳐져 야담의 서사적 성격에 잘 부합한다. 앞에서 뒤로 갈수록 긴 이야기에서 짧은 이야기로 흘러간다. 하권은 길이가 들쭉날쭉하지만 대체로 길이가 짧다. 일반 필기에서 흔히 볼 수 있는 형식이다. 하지만 하권에도 야담의 성격에 해당하는 긴 이야기가 몇 편 수록돼 있다.

『만오만필』은 상권과 하권을 뚜렷한 기준으로 나눠 서술하였다. 어느 권이나 이야기를 서술할 때 소재나 주제를 표제로 명확하게 제시하여 분류하지는 않았으나 대체로 유사한 이야기를 모아서 편집하려는 편찬자의 의식이 뚜렷하다. 어떤 내용과 특징, 의미를 지니고 있는지 상권부터 간명하게 설명한다.

이야기 소재로 보면, 남녀의 기이한 만남과 출생의 비밀, 과객과 암행어사, 재산 다툼과 소송사건, 여성의 절개와 음행, 귀신과 도적, 과거 시험과 길흉화복, 보은과 복수, 호환(虎患)과 전란, 치부(致富)와 재난 등 다채롭다. 조선 후기 야담에 흔히 등장하는 소재를 고루 싣고 있으면서 다른 야담집에서 보기 힘든 독자적인 이야기도 적지 않다.

이전 야담집과 연관되는 이야기를 살펴보면, 유몽인의 『어우야담』, 안석경의 『삽교만록』에 뿌리를 둔 이야기(상권 49화, 59화, 하권 97화 등)가 있고, 또 박동량의 『기재잡기(寄齋雜記)』, 조석주(趙錫周)의 『백야기문(白野記聞)』에 뿌리를 둔 이야기(상권 58화, 74화)가 있으며, 『삼국유사』 이래 역사서와 야담집에 두루 등장하는, 요물을 퇴치하고 진주를 얻은 이야기(상권 54화)가 있다. 야담집을 직접 보고 축약하여 수록하기도 하였으나 구비 전승되는 이야기를 듣고 채록하여 인물이나 줄거리, 문장에서 큰 변화를 보인 이야기가 다수를 차지한다.

『만오만필』은 『계서야담』, 『청구야담』, 『동야휘집』 등 후대 야담집에 영향을 주어 상권 17화, 46화, 33화, 하권 97화에서 영향 관계를 추정할 수 있다. 그중 한씨(韓氏) 남매가 같은 성씨의 어사에게 도움을 받아 혼인하게 된 상권 16화는 『계서잡록』, 『기문총화』, 『청구야담』에서 박문수가 주인공으로 등장하는 유사한 이야기로 바뀌어 수록되었다. 가난한 선비가 두 여인을 소실로 맞이하여 부인을 포함한 세 여인과 함께 살게 된 상권 2화는 『계서잡록』에 실렸다가 다시 『계서야담』의 '가난한 선비의 아내가 된 세 친구', 『청구야담』의 '기이한 인연을 만나 가난한 선비가 두 여인을 얻다'로 바뀌어 등장한다. 『만오만필』에서 처음 등장한 이야기가 후대의 다른 야담집에 다시 정착하였다.

상당수 이야기는 이 책에서 처음 나오거나 소재가 비슷하다고 해도 줄거리나 표현에서 차이가 크다. 그 이전이나 이후 야담집과 직접 교섭이 적은 탓이다. 야담의 시대라 할 만한 18세기와 19세기에 야담집은 주로 노론 지식인에게서 나왔다. 소론의 경우 이현기(李玄綺, 1796~1846)의 『기리총화(綺里叢話)』 1종이 전하고, 남인의 경우 『만오만필』이 발굴되어 처음 야담집 편찬자가 등장하였다. 정현동은 노론 지식인과 직접적인 교유가 드물었기에 그의 야담집은 독자적이고 창조적인 소재와 구성, 표현이 우세하다. 남인 지식인에게서 나온 유일한 야담집 『만오만필』이 지닌 남다른 가치이다.

저자가 이야기를 얻은 경로를 추적해 보면 그 점은 더 분명해진다. 저자는 주변 인물이나 우연히 만난 사람에게서 전해 듣거나 직접 체험한 사건에서 이야기를 많이 얻었다. 상권 1화부터 "어떤 영남 선비가 다

정현동 묘소

경기도 광주시 탄벌동 653-14번지 동래 정씨 통덕랑 덕빈파 종중 묘역에 있다. 『보단(譜單)』에
수록된 대로 본래는 광주 경안 내전지(內前枝) 선산의 조부 묘 아래에 있었으나 2009년에 아파
트부지로 수용되어 이곳으로 이장하였다.

음과 같은 이야기를 들려주었다."라고 하여 그로부터 들은 과거시험 합격기를 기록하였다. 이후 "나의 백부께서 첨지 정만수(丁萬壽)에게 들은 이야기는 다음과 같다."(상권 24화), "40년 전에 나는 소사(素沙)의 객점에 묵은 일이 있다. 젊은 과객이 들어와 자칭 청주 선비라 하며 함께 묵었다. 한밤중에 그가 다음과 같은 한담을 들려주었다."(상권 56화), "권흠의 손자 시옹(尸翁) 권암(權巖)이 집안에서 익히 들어 왔던 이야기를 나에게 말해 주었다."(하권 57화)라고 이야기를 얻은 출처를 밝혔다.

또 "남소문 밖에 사는 선비 윤씨는 나와 잘 아는 사이로, 성품이 괄괄하고 당당하였다."(상권 57화), "내가 어릴 때 언문으로 쓰인 『윤씨전(尹氏傳)』을 읽는 것을 들었다. 전체는 다 잊어버렸고 그 줄거리만 대충 기억하고 있다."(상권 60화)처럼 직접 겪은 사연도 제법 많다. 또 김백련의 기행이나 이지광의 수령 이야기처럼 안정복으로부터 접했을 법한 이야기도 꽤 있다. 친구와 친척, 스승, 과객 등이 이야기를 제공한 출처이고, 출처가 불분명한 것은 구비 전승되어 세상에 퍼진 이야기였다. 일부 서적도 출처가 되기는 했으나 대체로 저자가 직접 견문한 새롭고 독자적인 이야기가 많다.

그 밖에도 주목할 만한 흥미로운 이야기가 적지 않다. 수절한 영광군의 기녀와 암행어사의 인연을 다룬 36화는 『춘향전』과 매우 유사하여 그 근원 설화의 하나로 언급할 만하고, 가족 잃은 소녀의 친부모 찾기를 다룬 60화에는 『윤씨전(尹氏傳)』이란 알려지지 않은 언문소설이 기록되어 있다.

수록된 이야기의 소재는 다양하다. 여행에서 만난 과객의 특별한 체험, 남녀의 기이한 인연 맺기, 변화하는 여성의 지위와 정절 관념의 퇴색 현상 등이 다수를 차지하고 있다. 양반 남성이 기녀나 이미 성경험이 있는 여성과 정식으로 혼인하는 파격적인 사연도 등장한다.

게다가 재산 증식과 재산 다툼 등 경제적 문제가 주요 소재로 등장하고, 가족이나 친척, 친구 사이의 분쟁이 다수 보인다. 함경도 기녀가 양반 청년 안생과 결혼하는 내용을 담은 상권 3화와 속량한 노비를 갈취하는 양반 이야기인 62화, 친구를 배신하고 치부하는 내용의 75화, 동생네 재산을 독차지하려고 가짜 남편을 만드는 이야기인 84화 등에서 유교 윤리를 중시하는 국가와 사회에서 현실은 오히려 반대로 흘러가는 인정세태를 폭로한다. 재미난 이야기 속에서 사회현실의 실태와 치부를 드러내는 특징이 돋보인다.

4.

『만오만필』 하권은 상권과는 성격이 많이 다르다. 「고사(古事)」라는 부제에서도 알 수 있듯이 옛날에 일어난 실화를 많이 다루고 있다. 조선왕조의 역사 이야기가 중심을 이루지만 동시대에 견문한 사실과 저자 집안의 사적과 저자의 경험담까지 이야기의 폭이 넓다. 전대 문헌에서 채택한 기사도 보이나 대개는 저자의 견문에 기댄 기사이다.

하권 역시 주제별로 유사한 이야기를 모아 편집하여 대체로 역대 군주의 행적, 명재상과 명문가의 일화, 중국사의 괴이한 일화, 근년 사회의 변란, 명사의 일화, 친가와 외가 인물의 행적과 일화, 친구들의 일화가 많다.

글에서는 역사를 중시한 태도가 확연히 드러난다. 안정복의 문인으로서 저자는 조선왕조의 역사를 편년체로 기록한 『열조통기』를 정리하여 교감하고, 중국 역대 왕조사를 축약한 『전사절요(全史節要)』를 저술한 행적에서 알 수 있듯이, 자국의 역사를 속속들이 이해한 학자였다. 우왕과 창왕을 신돈의 아들로 만든 역사 조작의 과정을 밝혀내고, 임진왜란 때 북관대첩을 거둔 정문부를 천하 명장으로 평가하고 그가 재평가되는 과정을 서술하였다. 역사적 사건과 문제적 인물을 평가한 안목이 높은 수준이다.

저자가 특별히 관심을 기울인 인물에는 국왕으로는 조선 전기의 성종이 있고, 정승으로는 정광필(鄭光弼), 집안 선조이자 지방관으로는 정언충(鄭彦忠), 지방관으로는 이지광(李趾光)이 있어 각각 여러 이야기로 다루었다. 인물을 다루고 평가하자면 당론의 간섭이 없을 수 없다. 61화에서 당론의 폐해를 비판하기도 하였으나 그가 다룬 인물에 노론이 드물고, 남인이 다수임은 자연스러운 현상이다. 서술의 내용이나 평가에서도 당파적 태도가 엿보여 집안 할아버지인 정언충(鄭彦忠, 1706~1772)을 다룬 64화에서 67화까지의 이야기를 채제공이 지은 묘지명과 비교해 보면 시각이 상당히 유사하다.

저자가 소개한 인물 가운데 눈에 뜨이는 이가 이지광이다. 양녕대군의 봉사손으로 영조 때 여러 지방의 수령을 지내며 선치(善治)로 유명하였다. 다른 야담집에는 그의 일화가 매우 드물게 등장하는데 『만오만필』에는 하권 69화에서 72화까지 다섯 가지나 소개하였다. 모두 기발한 방법으로 해결하기 어려운 사건이나 송사를 명쾌하게 해결한 이야기이다. 지방을 다스리면서 추론을 통해 실정을 정확하게 간파하여 해결하는 능력을 보여 주어 독자를 통쾌하게 한다. 심노숭의 『자저실기』에도 비슷한 이야기가 소개되었다.

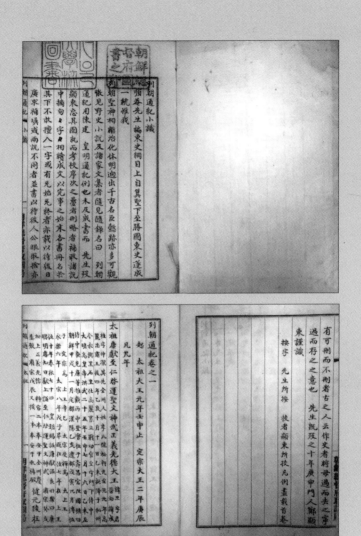

정현동, 「소지(小識)」, 『열조통기(列朝通紀)』 권1

서울대학교 규장각한국학연구원 소장. 스승 안정복의 유작 『열조통기』 1권에 붙인
글로 스승이 미처 완성하지 못한 조선왕조의 역사를 다룬 책을 10년 동안 교감하
고 편집하여 1800년(정조24)에 완성하였다고 밝혔다.

한편, 『청구야담』에서는 청주 원님이 권모술수로 도둑을 잡았다는 이야기가 이지광을 주인공으로 내세웠다. 종이 도둑을 잡으려고 장승을 문초하는 엉뚱하고 기발한 지략을 소개하였다. 하지만 이 이야기는 장승 재판이라는 오래된 야담에 지략가로 유명한 이지광을 주인공으로 덧씌웠을 뿐이다. 『만오만필』의 내용과는 직접 관련이 없다.

이지광 이야기는 『만오만필』의 독자적 기사의 하나로 손꼽힌다. 영조 시대 지방관의 전설로 전해지는 이지광의 행적을 다수 수록한 데는 두 가지 동기가 있다. 하나는 이지광이 안정복의 지인이라서다. 하권 61화에 안정복이 기인 김백련을 이천 부사 이지광에게 부탁하는 내용이 나온다. 저자는 이지광의 행적을 사대부 일화의 하나로 사실적으로 묘사하였으나 그 글을 윤색하면 하나의 훌륭한 야담이 될 만하다.

다른 동기는 지방의 동향과 지방관의 선치(善治)에 주목한 저자의 태도이다. 지방관으로 명성이 높은 정언충의 일화 세 가지를 든 뒤에 이지광의 사연을 다섯 가지로 들었다. 여기에 그치지 않고 하권에는 목민관의 선치를 다룬 이야기가 많다. 지방 수령의 치민에 큰 관심을 보인 안정복의 관점도 영향을 끼친 듯하다. 실례로 1762년 영남의 흉년에 연일 현감이 지방민을 구휼하는 과정을 상세하게 서술하였는데 역사적 가치뿐만 아니라 이야기의 흥미로움까지 보여 준다.

이처럼 하권에는 역사적 사실에 가까운 행적과 일화의 비중이 크다. 그렇다고 이야기로서 흥미성이 눈에 뜨이게 줄어들지는 않는다. 하권의 52화와 53화는 1811년 황해도 곡산에서 일어난 민란의 처리 과정을 서술하고 논평하였다. 당시 큰 흉년에 아전과 백성들이 환곡을 유출하여 팔아먹은 일이 일어났는데 곡산 부사 박종신(朴宗臣)이 그들의 재산

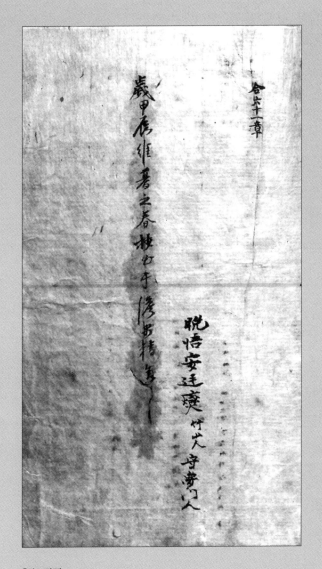

『만오만필』

사본, 연세대학교 학술정보원 소장. 61장 마지막 장 뒷면으로 필사한 내용이 도합 61장임을 밝혔고, 갑진년(1844)에 담안정사에서 필사했음을 밝힌 필사기(筆寫記)가 있다. 후손이 쓴 필사기로 추정한다. 맏손자인 원조(元朝)는 『중마감(重磨鑑)』3권을 저술한 식자로서 그가 64세에 필사했을 것이다. 그 옆에 졸필로 작자를 밝힌 것은 후대의 소장자가 '만오'란 호로 연상하여 저자를 잘못 추정하였다.

을 빼앗자 주민들이 들고일어나 박종신을 쫓아냈다. 이에 조정에서 백성 40여 명을 잔혹하게 죽였다. 또 53화에서는 1809년부터 1811년의 내리 흉년에 서북 지역에서 영남으로 대거 유민이 들어오고 많은 사람이 굶어 죽은 현상을 기록한 다음 이자성의 농민반란으로 명나라가 망한 사실을 거론하며 우려하였다. 실제로 이해 12월에 평안도에서 홍경래난이 발발하였다. 이현기의 『기리총화』에서는 곡산 민란이 홍경래난을 양성하였다고 썼다.

정현동은 재야 지식인으로 광주에 머물며 작품을 썼다. 또 스승이 쓰다 만 미완의 역사서를 완성한 역사가의 면모도 보였다. 근기(近畿) 지역 남인 학자로서, 저명한 사학자 안정복의 문인으로서 역사와 사회를 보는 관점이 이 책을 저술하는 데 큰 영향을 미쳤다. 당시 사회의 큰 현안이던 천주교 문제에 안정복과 견해를 같이하여 부정적으로 묘사하고 담배의 폐해를 비판하기도 하였다. 이야기를 서술한 다음 저자로서 논평하기도 하였는데 보수적 유자의 관점이 강하게 나타난다. 과거에 합격하지 못하고, 관직에 나서지 못한 처지로 80세 노년에 저술한 탓인지 "장수와 요절, 부귀와 빈천에는 각기 정해진 천명이 있다."라며 운명에 순응하는 소극적 태도와 풍속과 세태를 보수적으로 판단하는 관점이 두드러진다.

5.

『만오만필』은 1812년에 남인 지식인이 저술한 야담집이자 필기집이다. 허구에 뿌리를 둔 야담과 역사적 사실에 뿌리를 둔 필기를 하나의 저술에 녹여서 편찬한, 고심이 담긴 책이다. 유일한 필사본 한 책이 용케 남아 이제야 빛을 보게 됐다. 19세기 박물학자 이규경(李圭景)이 『오주연문장전산고』「우리나라의 귀신같은 용사들에 대한 변증설[東國神勇辨證說]」)에서 이 책의 하권 57화를 인용한 것을 보면, 당시 지식인들에게 어느 정도 읽혔던 듯하다.

야담집으로서 『만오만필』은 18세기에 출현한 『천예록』과 『잡기고담』, 『학산한언』, 『동패낙송』의 뒤를 잇고, 19세기에 나온 『기리총화』와 『계서잡록』, 『계서야담』, 『청구야담』, 『동야휘집』에 앞서 출현하였다. 앞에 나온 야담을 계승하면서 뒤에 나온 야담집에 영향을 주었다. 이야기 자체로는 유사성보다는 독자성이 더 우세하다. 노론 문사가 주류인 야담집의 전승에서 남인 문사가 편찬한 유일한 야담집이다. 야담집 목록에 새롭고 독특한 목록 하나를 추가한 의미가 깊다.

『만오만필』은 성균관대학교 한문학과 대학원에서 공부한 박사와 박사과정 수료자를 중심으로 강독회를 열어 번역하였다. 20명 안팎의 인원이 참석하여 2019년 3월부터 2021년 2월까지 2년을 채워 매주 한 차례 강독을 진행하였다. 실제 번역에 동참한 인원은 모두 14명이었다. 중반 이후에는 코로나19의 상황에 온라인으로 강독을 진행하기도 하였다.

김종하 연구원이 총무를 맡아 강독회의 여러 궂은일과 번역문의 통일 및 각주의 보완 작업을 성실하게 진행하였다. 2년간의 강독을 마치고 김종하, 김종민, 장현곤, 최상근 네 명이 몇 달 동안 전체 원고를 다시 수정하고 보완하였다. 마지막으로 정리된 원고를 필자가 수정하고 보완하여 출판사에 원고를 넘겼다. 그동안 강독회에 참가하여 번역한

번역자들에게 감사한 마음을 전한다. 처음으로 넓은 세상에 공개되는
『만오만필』이 우리 옛 문학과 역사를 더 풍성하게 하는 데 기여하기를
바란다.

2021년 만추

안대회

만오만필

—

상권

이야기
〔俚語〕

일러두기

1. 만오(晚悟) 정현동(鄭顯東, 1730~1815)의 『만오만필(晚悟謾筆)』을 현대어로 옮기고 주석을 달 았다. 저본은 연세대학교 학술정보원 소장 필사본으로 유일본이다.

2. 편의상 각 화마다 번호와 소제목을 붙였다.

3. 외국 인명과 지명은 '가등청정(加藤淸正, 가토 기요마사)', '이마두(利瑪竇, 마테오 리치(Matteo Ricci))' 식으로 한자음을 먼저 적었다.

4. 인물의 호칭은 이름을 그대로 밝히는 것을 원칙으로 하되 필요한 경우 자(字)나 호(號)·관직 명 등을 혼용하였다. 원문에서는 '공(公)'을 사용하는 등 존대가 많으나 번역문에서는 이를 대 체로 생략하였다. 단 저자의 조상, 친인척 어른, 스승과 임금, 왕족 등에는 일부 표현을 유지하 였다. 존대어는 대체로 줄여 써서 읽기 편하도록 하였다.

5. 독자의 이해를 돕기 위한 설명으로 간단한 것은 본문 ( ) 안에 간주(間注)로, 긴 것은 각주로 달았다. 【】로 묶어 표기한 것은 원주(原注)다.

6. 인물의 생몰년과 행적, 복잡한 사건의 역사·문화적 사실, 난해한 문구의 근거 등은 여러 문헌 들을 참고하여 각주에 밝히고 설명하였다. 기존 문헌에서 긴밀하게 관련된 내용이 있을 때는 출전이나 원제목을 밝혀 비교해 읽을 수 있도록 하였다.

7. ■는 원문에 결락이 있는 글자이다.

1

비렁뱅이의 출세기

어떤 영남 선비가 다음과 같은 이야기를 들려주었다.

충주에 사는 이씨 성의 한미한 사람이 고아 하나만 남기고 죽었는데, 그 사람의 벗이 고아를 거두어 길렀다. 또 부모를 여읜 여자아이 하나가 있었는데 문벌이 서로 엇비슷하였으므로 결혼시켰다. 그런데 채 1년이 못 되어 아비의 벗이 죽었다. 의탁할 곳이 없어진 이생(李生)은 영남이 인심이 후하고 또 의식이 넉넉한 고장이라는 말을 듣고는 아내와 함께 쪽박만 챙겨 들고 길을 떠나 웅천(熊川)[1] 고을에 이르렀다.

이생이 아내를 시냇가에 남겨 놓고는 한 사대부의 집에 들어가서 점심밥을 구걸하였다. 노인은 잠을 자고 있었고 사내아이는 책을 읽고 있다가 말했다.

"점심밥을 다 먹었으니 어쩌죠?"

그때 노인이 잠에서 깨어나 물었다.

"누가 왔느냐?"

"비렁뱅이가 왔습니다."

---

1 오늘날 경상남도 창원시 진해구 일대에 위치하였던 조선시대 행정구역이다. 군사상 요충지로 삼포(三浦)의 하나인 제포(薺浦)가 설치되었고, 일본과 무역이 활발하였다.

"마루로 올라오게 하려무나. 나는 아직 식전이니 밥상을 내오너라."

밥상을 내오자 이생에게 점심밥을 주었다. 이생이 받은 밥을 반으로 나누어 쪽박에 담자 노인이 물었다.

"왜 그러시오?"

"데리고 온 아내가 시냇가에 있습니다. 가져다주려고 합니다."

노인이 여종을 불러 분부하였다.

"네가 가서 모셔 오너라."

이생의 아내가 뒷문으로 들어오자, 노인이 점심밥을 먹이고는 이어서 이생에게 어디에서 오는 길인지 물었다. 이생이 사정을 대충 이야기하자 노인이 물었다.

"어디로 가려는가?"

"갈 곳이 정해져 있지는 않습니다."

"그럼 여기서 지내게."

노인이 이생에게 빈 집 한 채를 내주고 양식거리를 보내 끼니를 해결해 주었다. 노인이 이생에게 글 읽기를 권하니 이생은 과거 문장을 잘하지는 못하였으나 정식(程式)을 대충 이해하였다.

몇 년이 지나 임금께서 친림하시는 정시(庭試)[2]가 시행되니 노인이 이생에게 서울로 가서 과거에 응시하도록 하였다. 이생이 글재주가 없다는 이유로 사양하자 노인이 말하였다.

"천명에 달려 있으니 시권(試券)을 제출할 길이 따로 있을 걸세."

---

2 정시(庭試)는 조선시대의 문무(文武) 과거(科擧)이다. 3년마다 정기적으로 시행하는 식년시(式年試) 외에 임시로 시행하던 특별 시험의 한 종류이며 임금이 친림(親臨)한 가운데 시행되었다.

노인이 이생에게 돈 백 문(文)을 주면서 말하였다.

"그냥 한번 가 보게."

이생은 어쩔 수 없었다. 밥을 빌어먹기도 하고 사 먹기도 하며 길을 갔다. 한강을 건널 무렵에는 돈이 50문밖에 남지 않았다. 도성에 들어가고 보니 딱히 갈 곳이 없었다. 마침 길가에 장대가 가로질러진 문 하나가 보였는데 문 안쪽에는 작은 마루 하나가 있었다. 다리를 쉴 겸 들어가 앉았는데 중문(中門) 안쪽에서 신발 끄는 소리가 들리더니 문을 닫고 엿보는 것이었다. 처녀로 보이는 이가 잠깐 들어갔다가 다시 나오며 마치 그대로 두고 가지 못하겠다는 투였다. 이생이 속으로 이상하게 여겨 짐짓 한참 동안 밖으로 나가지 않고 있었다.

그때 의관을 갖춰 입은 사람이 문으로 들어와 물었다.

"뉘십니까?"

이생이 대답하였다.

"지나가던 과객입니다. 다리를 쉬던 중입니다."

그 사람이 곧장 안으로 들어가더니 조금 있다가 나와서는 방문을 열고 이생에게 들어와 앉기를 청하였다. 이생이 곧 갈 것이라며 사양하자 집주인은 굳이 들어오라고 하며 물었다.

"과거 보러 온 선비입니까?"

"그렇습니다."

"어디 사십니까?"

"영남에 삽니다."

"어디로 가십니까?"

"반촌(泮村)[3]에 들어갑니다."

"서수(書手)⁴는 있습니까?"

"없습니다. 동접(同接)⁵들과 상의해 보려 합니다."

"반주인(泮主人)⁶은 있습니까?"

"딱히 정해 두지 않았습니다."

집주인이 매우 기뻐하며 말하였다.

"영남에서 오셨다니 글 잘하는 분임은 잘 알겠고요 걸어오셨다니 필시 여비가 부족하신 게지요. 제 아우가 글씨에 능하니 함께 시험장으로 가면 좋겠군요. 여러 물품들을 대는 일 또한 제가 알아서 담당할 테니 조용한 곳에서 마음 편히 쉬십시오. 제 아우는 호조(戶曹)의 서리(書吏)로 글씨에 능한 까닭에 늘 관사의 분부를 거행하느라 과거 시험을 보지 못하였습니다. 그래서 발분하여 서역(書役)을 그만두고 금천(衿川)⁷ 고을로 물러나 지내면서 저에게 환수(換手)⁸를 구해 보도록 부탁하였으니, 지금 속히 금천에 연통하겠습니다."

---

3 반촌(泮村)은 반궁(泮宮), 즉 성균관 주변 동네를 가리킨다. 성균관에 사역하는 반인(泮人)들이 대대로 거주하였다. 오늘날 종로구 명륜동 일대이다. 성균관 입학시험을 보기 위해 서울로 올라온 시골 유생들은 대부분 반촌의 성균관 근처 집에서 하숙하였다.

4 사수(寫手)라고도 한다. 글씨 쓰는 일에 능한 사람으로, 원래는 글씨를 베껴 쓰는 일을 직업으로 삼는 사람을 뜻하는 말이었으나 나중에는 과장(科場)에서 시권(試券)의 글씨를 대신 써 주는 사람을 일컫는 말이 되었다.

5 같은 곳에서 함께 공부하는 사람이나 관계를 뜻하는 말이다. 과거 응시를 앞두고 선비들이 한곳에 모여 시험을 준비하기 위해 만든 동아리 또는 그 구성원을 가리킨다.

6 숙박 시설의 주인을 가리키는 말이다. 시골 유생이 반촌의 성균관 근처에서 하숙하던 집이나 그 주인을 반주인(泮主人) 또는 관주인(館主人)이라고 하였다. 반주인은 하숙생에게 식사와 잠자리는 물론, 물품 구매와 대여 및 수리, 의복 제작 및 세탁, 자금 융통 등의 각종 편의를 제공하였다.

7 오늘날 서울시 구로구, 금천구와 광명시 일대에 위치하였던 조선시대 행정구역이다.

집주인이 이에 정성껏 여러 물품을 마련하였다.

과거 시험을 치르기 전날 밤에 집주인의 아우가 들어왔다. 이날 한밤중에 신발 끄는 소리가 또 들리더니 방문을 반쯤 열고는 종이에 싼 물건 하나를 던져 놓고 갔는데, 이생이 곧 주워다 소매 속에 넣어 두었다. 다음날 새벽 과장(科場)에 들어갔는데 백 번을 생각해 보아도 시권을 제출할 길이 없기에 단공(檀公)의 계책⁹을 쓰지 않을 수 없었다. 마침내 소매 속에서 종이에 싼 물건을 꺼내 보니 바로 요깃거리였다. 이윽고 과거 시험의 시제(試題)가 내걸렸는데 이생이 종이에 싸여 있던 요깃거리를 다 먹고 보니, 요깃거리를 싸고 있던 종이는 바로 어떤 사람의 개인 문집이었다. 펼쳐 보니 내걸린 시제와 제목이 같았으며 또 두 편이 적혀 있었다. 이에 몰래 직접 베껴 쓴 다음 서수에게 건네주어 시권 두 장을 선장(先場)¹⁰으로 제출하였다. 제출하기를 마치고 서수가 크게 기뻐하며 말하였다.

---

8 손바꿈이라고도 한다. 원래는 필요에 의하여 솜씨나 기술을 서로 바꾸고 빌려준다는 말이었다. 나중에는 글 잘 짓는 사람과 글씨 잘 쓰는 사람이 과장(科場)에 함께 가서 서로 글을 대신 짓게 하고 글씨를 대신 쓰게 하는 식으로, 답안지 작성에 다른 사람의 손을 빌리는 것을 일컫는 말이 되었다.

9 단공(檀公)은 남조(南朝) 송(宋)나라의 장군 단도제(檀道濟)이다. 지략이 뛰어나 북벌하는 동안 훌륭한 계책을 써서 누차 공을 세웠다. 병법서 『삼십육계(三十六計)』를 지었다고 전해진다(『송서(宋書)』 권43 「단도제열전(檀道濟列傳)」). 남제(南齊)의 왕경칙(王敬則)이 위급한 상황을 만나 어떤 사람에게 말하기를 "단공의 『삼십육계』 가운데 달아나는 것이 상책이다."라고 하였다(『남사(南史)』 권45 「왕경칙열전(王敬則列傳)」). 단공의 계책은 위기 상황을 만나게 되면 우선 피하는 것이 상책이라는 말이다. 여기서는 사태를 해결할 방안이 떠오르지 않자 그 자리에서 서둘러 도망칠 생각부터 하였다는 뜻이다.

10 조정(早呈)이라고도 한다. 과거 시험을 볼 때 과장(科場)에서 가장 먼저 답안을 제출하는 일을 뜻한다.

"내가 과장(科場)에서 잔뼈가 굵었는데 이토록 귀신같이 빠르게 제출하는 사람은 본 적이 없습니다. 문체를 그런대로 볼 줄 아는데, 의심할 나위 없이 높은 성적으로 합격할 것입니다."

얼마 뒤 합격자가 발표되었는데 이생이 갑과(甲科)로 합격하고 집주인의 아우가 을과(乙科)로 합격하였다.[11] 이생이 하사받은 말을 타고 천동(天童)에게 둘러싸여 용무늬 일산(日傘)의 인도를 받으며 유가(遊街)하였다. 저녁이 되어 주인집에 도착하니 동네가 영광스러운 소식으로 진동하였으며 미리 알고 준비한 듯 문희연(聞喜宴)[12]을 벌여 놓았다.

이생이 괴이하게 여겨 물으니 집주인이 대답하였다.

"제 아우가 큰 꿈을 꾸었기에 반드시 합격 소식이 있으리라는 것을 미리 알고 있었습니다. 나리께서 와서 작은 마루에 앉으셨을 때 우리 부부는 친척 집의 혼례를 보러 가고 딸만 혼자 집을 지키고 있었습니다. 내가 들어오자, 딸이 아뢰기를, '새벽에 꿈을 꾸었는데 황룡이 하늘에서 내려와 작은 마루 위에 똬리를 틀고 있었습니다. 그 비늘이 어찌나 찬란하던지 잠을 깬 뒤에도 그 광경이 눈앞에 삼삼하여 놀란 가슴이 진정되지 않았습니다. 낮이 되어 나그네가 와서 작은 마루에 앉았는데 똬리를 튼 황룡과 똑같은 모습이었습니다.'라고 하였습니다. 이는 큰 꿈이니 들어맞지 않을 리가 있겠습니까? 또 하나

---

11 갑과(甲科)와 을과(乙科)는 조선시대 과거 시험에 합격한 사람들을 성적에 따라 분류하던 등급이다. 식년 문과(式年文科) 전시(殿試)의 경우에는 합격자 정원 33인 중에서 최고 득점자 3인을 갑과로, 그다음 득점자 7인을 을과로, 또 그다음 득점자 23인을 병과(丙科)로 나누어 석차를 매겼다.

12 유가(遊街)가 끝난 뒤에 과거 시험에 합격한 사람이 가까운 친구와 친척을 불러 베풀었던 자축연을 가리킨다.

밖에 없는 딸이 사람을 너무 고르고 아무 곳에나 시집가려 하지 않았는데, 딸아이에게 용을 타는 경사[13]가 있으려고 이 용꿈을 꾼 모양이니, 이는 우연이 아닙니다. 제 딸이 침석(枕席)을 모실 수 있게 해 주십시오."

마침내 전장을 팔아 천여 금(金)을 장만해서 온 집안이 함께 남쪽으로 내려가 부호가 되었다. 이생은 후에 벼슬이 박천 군수(博川郡守)에 이르렀다. 첩에게 "과거 시험 보던 날 던지고 간, 요깃거리를 싼 종이는 어디서 났소?"라고 물으니 그 첩이 대답하였다.

"작은 아버지께서 과장(科場)에서 책자 한 권을 얻어 제게 주면서 한글을 익히는 연습장으로 쓰게 하셨습니다. 다 쓰고 난 뒤에 마침 한 장이 남았기에 요깃거리를 싸서 드렸던 것입니다."

이런 이야기였다.

먼저 만난 집주인 또한 사람의 관상을 잘 보아 비렁뱅이를 한번 보자마자 문득 머물러 지내게 하였고, 또 과거 시험에 응시하기를 권하였다. 아! 길흉화복은 모두 미리 정해져 있으니 사람의 힘으로 어찌해 볼 것이 아니다.

---

13 훌륭한 사위 또는 좋은 남편을 얻음을 비유한 말이다. 『예문유취(藝文類聚)』 권40 「초국선현전(楚國先賢傳)」에, 후한의 손준(孫雋)과 이응(李膺)이 태위(太尉) 환현(桓玄)의 딸을 아내로 맞이하자 당시 사람들이 "환현의 두 딸이 모두 용을 탔다."라고 하였다.

2

세 여자의 기이한 인연

인성현(仁城峴)[1]에 이씨(李氏) 성을 가진 선비가 있었다. 양주(楊州)에 나
갔다가 돌아오는 길에 제단(祭壇)[2]을 지나가게 되자 말에서 내렸다. 숲
의 나무 그늘 가에 어떤 소녀가 홀로 앉아 눈물을 흘리고 있기에 이생
(李生)이 이상하게 여겨 까닭을 물었다. 소녀는 이렇게 대답하였다.

"제 집은 명례동(明禮洞)[3]에 있는데 교외에 나갔다가 발이 부르터서
걸을 수가 없으니 정말 죽겠습니다."

"어째서 사람을 데려오지 않았느냐?"

"데리고 온 사람은 급한 일로 먼저 들어갔습니다. 발이 점점 더 아프
니 어쩌면 좋단 말입니까?"

소녀의 말이 너무도 처량하고 서글펐다. 이생은 딱하게 여겨 아이종

---

1 인성현(仁城峴)은 오늘날 서울시 중구 인현동 2가와 예관동 사이에 있던 고개로, 선조의 일곱
  째 아들인 인성군(仁城君) 이공(李珙, 1588~1628)의 저택이 있던 데서 이름이 유래하였다. 인
  현이라고도 하였다.

2 동대문에서 양주로 가는 길목에 있는 큰 제단은 두 곳으로, 오늘날 동대문구 제기동에 있는
  선농단(先農壇)과 성북구 성북동에 있는 선잠단(先蠶壇)이다.

3 한성부 남부 11방(坊)의 하나인 명례방(明禮坊)을 말한다. 오늘날 서울시 중구 명동과 회현동
  일대이다.

을 시켜서 소녀를 말에 태워 동대문 아래로 들어가게 하였다. 자신은 그 뒤를 걸어서 따라갔다.

동대문 안에 들어서자 소녀가 말에서 내릴 생각을 하지 않고 말하였다.

"말에서 내리면 바로 죽습니다."

인성현에 도착하자 소녀도 따라 들어왔다. 이생이 어머니에게 귀가 인사를 드리자, 어머니가 물었다.

"이 소녀는 대체 누구냐?"

이생이 사연을 말씀드리자, 어머니가 소녀에게 말하였다.

"올라와 앉거라."

당시에 이생의 계실(繼室)이 시집온 지 얼마 되지 않았다. 계실인 신부는 나와서 소녀를 보고는 매우 놀라고 기뻐하며 손을 잡고 방에 들어가 울기도 하고 웃기도 하면서 그칠 줄 모르고 이야기를 나누었다. 저녁이 되어 밥상 네 개가 왔는데, 신부가 나가서 받아다 어머니와 이생에게 올린 다음 밥상 두 개는 방으로 가지고 들어가서 소녀와 마주 앉아 밥을 먹었다. 어머니가 어디서 난 밥상인지 물어보자 신부가 대답하였다.

"나중에 저절로 아시게 될 테니 굳이 물어보지 마세요."

집이 평소 가난하여 끼니를 자주 거르는 형편이라 어머니는 신부가 장만해 왔으리라 생각하였다.

이틀 뒤 신부가 어머니와 이생에게 아뢰었다.

"말을 타고 따라온 소녀는 다른 데로 시집갈 도리가 없으니, 오늘밤에는 그 아이와 동침하세요."

그날 밤에 어떤 사람이 침구와 여자들이 쓰는 물건을 가지고 왔다.

열흘이 채 지나지 않아서 어떤 사람이 안장을 얹은 말을 끌고 이생을 맞이하러 왔다. 이생이 물었다.

"어디서 왔소?"

"삼청동 박 동지(朴同知)께서 보내셨습니다."

"평소 알지도 못한 사람인데, 무슨 이유로 나를 부른다는 것이오?"

이생의 신부와 소실(小室)이 된 소녀가 이생에게 권하며 말하였다.

"그냥 가보시면 분명 좋은 일이 있을 겝니다."

이생이 마침내 삼청동에 갔는데 동문(洞門)이 끝나는 곳에 몹시 조촐한 초당(草堂)이 한 채 있었다. 머리에 금관자(金貫子)[4]를 단 사람이 나와서 이생을 영접하여 정성스럽게 대접하였다. 술이 몇 순배 돌자 뒤뜰로 맞아들여 꽃구경을 시켜 주었는데, 아름다운 꽃과 특이한 새가 있어 풍진세계가 아닌 듯하였다. 또 술을 몇 순배 돌린 다음 작은 방으로 이끌고 들어갔다. 그 방은 신방(新房)인 듯 침구와 온갖 물품들이 너무도 화려하였다. 술을 몇 잔 더 마시고는 이생이 밖으로 나가려 하니, 주인이 말하였다.

"저녁 식사가 곧 나옵니다."

저녁 식사를 하고 나자 날이 벌써 컴컴해졌다. 주인이 말하였다.

"오늘 꼭 묵어가시지요."

촛불이 밝혀지자 주인이 안으로 들어가더니 처녀 한 명을 데리고 나왔다. 이생이 놀라 일어나자, 주인이 말하였다.

---

4 망건에 달아 망건 줄을 꿰는 작은 고리를 관자라고 하는데, 금으로 만든 관자가 금관자이다. 정2품이나 종2품 관원이 착용하였다.

"앉아서 절 받으십시오."

이생이 사양하며 앉지 않다가 주인이 강권하여 겨우 앉았다. 주인이 말을 이었다.

"제 딸이온데 앞에서 시중들게는 할 만하니 비루하게 여기지 말아 주십시오."

처녀는 이생에게 사배를 올린 다음 앉았다. 정말 선녀와 같은 용모라 풍진세계의 사람이 아니었다. 다음날 아침 주인이 짐을 챙겨 이생을 전송하면서 말하였다.

"내일 혼례를 거행하시지요."

이튿날 그 말대로 시집으로 신행(新行)길을 왔는데 재상가의 신행과 다름이 없었다. 신부가 시집에 가서 손을 씻고 시부모에게 음식을 올리는 예식은 더없이 풍성하였다. 젊은 아내 셋이서 손을 마주 잡고 즐거워하였는데, 마치 오랫동안 헤어져 있다가 만난 형제들 같았다.

열흘 뒤 선공감(繕工監)의 하인이 와서 이생이 선공감 감역(監役)에 제수되었다는 임명장을 올렸다. 이생이 멍하니 넋이 빠져서 어찌된 영문인지 몰라 하며 말하였다.

"내가 지금 남가일몽(南柯一夢)을 꾸고 있는 건가?"

그 아내가 말하였다.

"한 번 벼슬에 임명되었으면 그것으로 충분합니다. 나가서 벼슬해서는 안 되니 오늘 안으로 꼭 사직상소를 올리시지요."

이생이 그 말을 따라 사직상소를 올리니 즉시 체직되었다. 또 열흘 뒤에 그 아내가 말하였다.

"내일 이사할 테니 모름지기 잘 채비해서 기다리고 계시어요."

다음날 교자(轎子) 4대와 안장을 얹은 말 한 마리, 노비 수십 명이 와서 짐을 날라 주고 갔다. 이생이 회현동의 새집에 도착해 보니 집 건물이 매우 아름다웠으며 기물들도 잘 갖춰져 있었다.

며칠 뒤 어떤 재상이 찾아왔는데 박 동지도 따라왔다. 이생이 허둥지둥 마중하자 이생의 두 소실들이 나왔다. 먼저 온 소실은 박 동지의 슬하에 앉고 나중에 온 소실은 재상의 슬하에 앉더니 말로 다 하지 못할 만큼 슬퍼하고 또 기뻐하였다. 한참 있다가 재상이 일어나서 박 동지를 돌아보며 말하였다.

"여기 이 사람이 분명 몹시 의아할 것이네. 자네가 남아 밤을 지내면서 소상히 이야기해 주게."

그날 밤 박 동지가 말하였다.

"대감께서는 직전 이조 판서로 어제 체직되셨으며, 저는 바로 대감의 문하인(門下人)5입니다. 대감께는 서녀(庶女)가 있는데 서녀의 생모가 죽자 제게 맡겨 기르게 하셨습니다. 제 딸아이와는 태어난 달이 같았으며 공의 내자(內子) 또한 두 아이와 나이가 같은 데다가 집도 나란히 붙어 있었습니다. 셋은 젖먹이 시절부터 열다섯 살이 될 때까지 잠시도 떨어지지 않았고, 자질과 성격 역시 서로 닮았습니다. 백년을 하루같이 떨어져 지내지 않기를 간절히 소원했으나 결코 그렇게 할 수 없음을 늘 한스럽게 여겼습니다.

대감의 서녀가 먼저 혼례를 치렀는데 미처 첫날밤을 보내기도 전에 과부가 되고 말았습니다. 저도 상처(喪妻)하였는데, 계실(繼室)이 몹

---

5 권세가 있는 집에 드나드는 지위가 낮은 사람을 가리키는 말이다.

시 흉악하여 기필코 이 딸아이를 죽이고자 하더군요. 막으려 애썼으나 소용없었으며 쫓아보내려 애썼으나 소용없었습니다. 필시 큰 재앙이 일어날 판인데다 유언비어가 사방으로 퍼져나간 탓에 또 이 딸아이를 시집보낼 수도 없었습니다. 궁여지책 끝에 미복을 입혀 내보내서 목숨을 보전하도록 하였습니다. 유모에게 뒤를 따라가면서 행적을 잘 살피게 하고는 딸아이에게 당부하기를, '우리 집안은 대대로 중인(中人)이라 지체가 낮은 곳에 시집갈 수 없다. 선비를 만나 따라가서 소실이 되면 다행이겠다. 네 생계는 내가 책임질 테니 걱정하지 말거라.'라고 하였더니, 과연 공을 만나서 따라갔다가 공의 내자와 만나지 않았겠습니까? 기이하기도 하지요! 하늘이 정말 평소의 뜻한 바를 어여삐 여겨 소원을 이루어 주지 않았겠습니까?

대감께서 그 소식을 듣고는 또한 매우 기이하게 여기셨습니다. 그래서 제게 당신의 서녀를 보내서 세 사람이 끝내 소원을 이루도록 해 주셨습니다. 모든 일의 안배는 전부 제가 대감과 심력을 합해 실행하였습니다. 안에서 일을 주관한 사람은 공의 내자이고, 밖에서 일을 주관한 사람은 저이며, 일마다 잘 호응해 주신 분은 대감이십니다. 공께서는 이미 벼슬을 한 번 받으셨고 근심 없이 편안히 지내시니 어찌 청복(淸福)이 아니겠습니까? 세 사람은 마음을 같이하여 집안에 화목한 기운이 가득하니 이런 일이 세상에 흔하겠습니까? 세 사람의 소원이 위로 하늘을 감동시킨 결과지요. 공께서 제단에서 제 딸아이를 만나신 것도 천명이며, 대감의 서녀가 청상과부가 된 것도 천명이며, 제가 흉악한 후처를 얻은 것도 천명입니다. 그렇지 않고서야 어찌 백년을 하루같이 서로 떨어지지 않을 수 있겠습니까?"

3

기녀의 인생 경영

내가 어렸을 때 어떤 영동 사람이 와서 다음과 같은 이야기를 들려줬다.

북관(北關)의 열네 살 기녀가 관아에 있는 선비에게 사랑을 받았는데 애정이 몹시 도타웠다. 선비가 떠난 뒤 삼년 동안 수절하다가 여러 차례 형장(刑杖)을 받았다. 그래서 기녀는 가벼운 보물만 품속에 넣고 남자 옷을 입고서 산길을 따라 달아났다. 서울을 향해 가다가 안변(安邊)의 석왕사(釋王寺)[1]에 도착하였는데 날이 벌써 컴컴하게 저문 탓에 절에서 묵어갈 수밖에 없었다. 여러 중들이 미소년을 보고는 앞다투어 같이 자려 하였다. 기녀가 피할 길이 없다고 생각하여 노승이라면 필시 부처님의 계율을 범하지는 않으리라 판단하고는 노승에게 말하였다.

"새도 나무를 택해서 내려앉는다지요. 사람은 오직 노성한 분이 존귀하니 좌상(座上)의 노선사께서 주무시는 곁에서 하룻밤 묵어가고자 합니다."

노승이 크게 기뻐하며 상좌를 불러서 저녁밥을 차려 기녀에게 먹였

---

1 조선시대 함경도 안변(安邊)이자 오늘날 강원도 고산군의 설봉산(雪峯山) 기슭에 있는 절이다. 이성계가 나라를 세우기 전에 무학대사(無學大師)의 해몽을 듣고 왕이 될 것을 기도하기 위해 지었다고 전해진다. 왕실의 보호를 받으며 요사채 수십 동이 늘어선 규모가 큰 사찰이다.

다. 그날 밤 기녀가 노승 곁에서 묵었는데 밤이 이슥하여 곤히 잠들었다가 노승에게 정절을 빼앗기고 말았다. 잠에서 깨어났을 때는 후회한들 소용없는 일이라 눈물을 줄줄 흘리며 울기만 하였다. 다음날 아침 기녀가 하직하고 떠나려니 노승이 뒤를 따라와 아무도 없는 깊은 숲에 이르러 기녀의 손을 잡고 만류하며 말하였다.

"이 늙은이는 나이 칠십이 넘도록 여색을 전혀 몰랐었네. 하늘이 낭자를 보내줘 비로소 허리띠 아래에 진짜 낙원이 있음을 알았네. 이 늙은이는 낭자의 품속에서 죽을 생각으로 절대로 낭자를 버리지 않겠소. 낭자가 가면 나도 같이 가고, 멈추면 나도 같이 멈출 것이오. 낭자는 어디로 가려 하오? 이 늙은이는 본디 강릉의 명문 김씨(金氏) 출신이오. 혈혈단신으로 의지할 곳이 없어 오대산에 들어가 중이 되었소. 평생 부지런히 힘써서 일만 금의 부를 일궜으나 간악한 소년 상좌들이 일을 그르쳐 절반을 잃었소. 지금 상좌 둘이 남아 있는데 머지않아 떠날 거요. 무뢰배의 손에 재물을 다 잃기보다는 차라리 정분을 나눈 사람에게 물려주는 게 나을 듯하외다. 허다한 재산이 누구에게 돌아가겠소? 낭자는 잘 생각해 보오."

기녀가 말하였다.

"소첩은 본래 천한 창기라. 오직 한 조각 진심이 있어 한 분만을 섬겨 훼절하지 않고자 하였으나 선사에게 정절을 빼앗겼으니 군자다운 선비를 다시 뵐 낯이 없습니다. 소첩은 선사의 연세가 많다 해서 싫지도 않고, 선사에게 재물이 많다 해서 이롭게 여기지도 않습니다. 한 조각 진심을 선사에게 옮겨 모실 뿐이니 선사께서는 뒷일을 잘 처리할 방책을 생각해 주시기 바랍니다."

노승이 매우 기뻐하며 말하였다.

"이 늙은이가 본래는 도붓장사를 생업으로 한 사람이외다. 마구간에 준마가 있으니 가벼운 보물과 은자를 챙겨서 절 문을 나옵시다. 그러면 앞일을 도모할 수 있을게요."

노승은 기녀와 절로 되돌아가서 중들에게 말하였다.

"내가 이 아이와 사제가 되기로 하였네. 이 아이에게 말을 끌게 하여 사방으로 도붓장사를 다닐 걸세."

숨겨둔 재화를 수습해서 짐 여러 바리를 연달아 실어 내고, 무거워서 옮길 수 없는 재화는 상좌 둘과 여러 중에게 전부 나누어 주었다.

길을 가던 중에 기녀가 말하였다.

"어르신께서 이미 부처님 계율을 어겼으니 유관(儒冠)을 쓰셔야 가는 길에 지장이 없을 겝니다."

노승이 그 말을 따랐다. 기녀가 또 말하였다.

"어르신께서 이미 환속하신 만큼 첩은 당초 원하던 바를 이루었으나 편치 않은 점이 있습니다. 연로한 분이 어린 아내를 데리고 간들 어디로 가겠습니까? 어르신의 재화와 전토가 사방에 흩어져 있으니 한곳에 모아야 합니다. 어르신께서 출타하시고 저 혼자 남는다면 틀림없이 강포한 자에게 치욕을 당하고 말 것입니다. 백 번을 생각해 보아도 차라리 안으로는 부부로 지내고 밖으로는 자제처럼 지내면서 안에서는 부엌일을 주관하고 밖으로는 빈객을 대접하는 편이 더 낫겠습니다."

노승 김씨(金氏)가 말하였다.

"낭자의 심모원려(深謀遠慮)가 물샐틈없이 치밀하구려. 모든 일을 전부 낭자에게 맡기고 나는 술이나 마시고 밥이나 먹으면서 여생을 마치면 되겠소이다."

가다가 한 곳에 이르니 산수가 수려하고 전답이 비옥하였으며 인가가 즐비하고 풍속이 순박하였다. 기녀가 말하였다.

"터 잡고 살 만하군요."

드디어 집주인을 정하였다. 정갈한 집 한 채가 있고, 부부가 모두 사십 세였으며, 나무가 반듯하게 나란히 서 있고 대문과 뜰이 정갈하였다. 괜찮은 사람임이 분명하였다. 마침내 주인과 손님이 되기로 정하였다. 말투가 순박하고 행실이 정직하여 주객이 잘 맞았다. 김생이 전장을 하나 구하여 원림·주택·전토를 일천 금(金)을 들여 사들이고 갖가지 기물을 다 장만한 다음 집주인에게 말하였다.

"나를 위해 시종 일을 맡아 줄 수 있겠는가?"

"저는 본래 천인으로 주인이 있는 몸인지라 제 마음대로 할 수 없습니다. 주인께서는 몹시 빈궁한 처지여서 지금 저를 살 사람을 구하고 있습니다. 제가 누구 손에 떨어질지 또 어디로 옮겨가 살게 될지 모르겠습니다. 어쩌면 좋지요?"

"값이 얼마나 되는가?"

"우리 주인께서는 50금을 받고자 하는데 살 사람이 절반을 에누리하여 결판이 나지 않습니다."

"내가 자네를 위해 주선해 보면 어떻겠는가?"

"그러면 큰 다행입니다."

드디어 김생이 집주인과 함께 그 주인의 집으로 갔다. 집주인이 말하였다.

"이 분이 실제 제 주인이십니다."

김생이 노비를 사겠다고 청하니, 그 주인이 말하였다.

"사시지요."

김생이 물었다.

"값이 얼마입니까?"

"50금입니다."

"겨우 50금입니까? 100금에 사겠습니다."

그 주인이 말하였다.

"지금 사람을 놀리러 왔습니까?"

"어찌 감히 댁을 놀리겠습니까? 무릇 사람은 인품의 선악만 논하면 되지 나이의 다과(多寡)를 논할 필요가 있겠습니까?"

드디어 100금에 사들였다. 돌아와서 집주인 부부에게 말하였다.

"자네에게 밭 갈고 베 짜는 일은 묻지 않고[2] 나무하고 불 때는 일만 맡기겠네. 옷감과 곡식을 자네에게 후하게 대줄 테니 자네는 술과 음식으로 나를 봉양하게. 그 밖에 다른 일은 더 맡기지 않겠네."

김생이 또 후한 값으로 전장을 사들이니 전장을 팔겠다는 사람이 구름처럼 모여들었다. 기녀가 말하였다.

"집안 살림을 부탁할 사람을 얻었으니 이제는 어르신을 모시고 먼저 모처로 가서 흩어져 있는 재물을 거두어 모으렵니다. 그 다음에는 또 모처로 가서 논과 밭을 팔아서 한 곳에 모을 생각입니다. 그리되

---

2 『위서(魏書)』 권65 「형만열전(邢巒列傳)」에 '농사는 밭 가는 사내종에게 물어보고 길쌈은 베 짜는 여종에게 물어보아야 한다'라는 속담이 실려 있다.

면 한 치의 땅을 얻든 한 자의 땅을 얻든 모두 어르신의 한 치, 한 자의 땅입니다."

김생이 그 말 그대로 따랐다.

매매를 마치고 나니 일대 벌판의 비옥한 땅이 전부 김생의 전장이 되었다. 가을이 되어 수확하니 소출이 300여 섬에 이르렀다. 기녀가 말하였다.

"우리 두 사람이 쓸 곡식은 십분의 일이면 넉넉합니다. 곳간에 곡식을 묵혀 쌓아둔들 어디에 쓰겠습니까? 살아서는 수전노 노릇만 하다가 죽어서 왕장군(王將軍)의 무기고[3]만 남긴다면 남들에게 비웃음거리가 되지 않겠습니까? 날마다 음식을 차려 놓고 손님을 청해다가 술 마시고 노래 부르며 즐겁게 여생을 마친다면 그 또한 좋지 않겠습니까?"

김생이 그 말 그대로 따랐다. 기녀가 또 말하였다.

"어르신이 자녀가 없으시니 사후의 일을 미리 준비해 놓지 않을 수 없습니다. 집 뒤편은 평소 명당이라 하는 곳이니 석실(石室)과 석물을 만들어 두시지요."

또 말하였다.

"제가 예전에 책방(冊房)[4]을 모시면서 옛날의 사제(社祭)니 사창(社倉)이니 의장(義庄)[5]이니 하는 이야기를 듣고는 아름다운 일이라 생각

3　당나라 왕발(王勃)의 「등왕각서(滕王閣序)」에는 "자전과 청상 같은 날카로운 무기가 왕장군의 무기고에 보관돼 있다[紫電淸霜, 王將軍之武庫]."라는 말이 있다. 왕장군은 누구인지 미상이다. 조선 후기 민간에서 '왕장군의 무기고'나 '왕장군의 창고'는 온갖 곡식과 물건이 가득 쌓여 있음을 비유하는 말로 자주 쓰였다.

4　지방 수령이 문서나 회계 등 비서 업무를 맡기려고 데리고 다니는 사람으로, 관제(官制)에는 없이 사사로이 임용하였다.

했습니다. 지금 어르신께는 다 쓰지 못할 만큼 재물이 남아돌고 있으니 마을 사람에게 사단(社壇)과 사창을 지어 의장의 법을 실행하도록 하세요. 곡식 100섬을 내주어 50섬으로는 봄가을에 사제를 지내고 50섬은 사창에 비축해 두었다가 궁핍한 사람을 구휼하고 농민을 구제한다면 아름다운 전례가 되지 않겠습니까?"

김생이 또 그 말 그대로 따랐다.

안 수재(安秀才)[6]라는 사람이 상복 차림으로 와서는 묵어가기를 청하였다. 용모가 준수하고 말투가 점잖아 김생이 기특하게 여겨 물었다.

"어디서 오셨소?"

"30리쯤 떨어진 곳에 집이 있었는데 부모형제가 모두 세상을 떠났습니다. 이웃에 부자가 있어서 돈 300냥을 빌려 장례를 다 치렀습니다. 집과 논밭은 600냥쯤 값이 나갔으나 몇 년 사이에 몽땅 부자의 손에 넘어갈 판이었습니다. 그래서 부자와 이렇게 약조하였습니다. '내 집과 논밭을 모두 너에게 맡겨 놓겠다. 3년 상을 마칠 때 너에게 300냥을 갚으면 너는 내 집과 논밭을 돌려주고, 300냥을 갚지 못하면 너는 내게 300냥을 더 주고 논밭과 집을 다 사들이도록 하라.' 마침내 수기(手記)를 써 주고 나머지 돈으로 도붓장사를 해서 3년 뒤에 논밭과 집을 돌려받을 계획을 세웠습니다. 오늘 아침에 집을 나오고 보니

---

5 사제(社祭)는 풍년이 들기를 기원하며 토지신에게 지내는 제사이고, 사창(社倉)은 지방 촌락에 설치된 민간 곡물 대여 기관이다. 의장(義庄)은 일가 중의 가난한 집을 도와주기 위하여 문중에서 관리하는 토지이다. 송나라 범중엄(范仲淹)이 자신의 봉급을 덜어 좋은 전지(田地)를 대거 사들여 그 수입을 저축해 두었다가 친족 중에 혼례나 장례를 치르지 못하는 자에게 재물을 대주었다.
6 수재(秀才)는 서생이나 미혼 남자를 부르는 말이다.

어버이께서 살아 계시는 동안 그저 글만 읽은 터라 문밖을 나서 본 적이 없어서 동서도 분간하지 못하겠습니다."

김생이 또 크게 기특하게 여겨 말하였다.

"어린 나이에 계획과 생각이 여기에까지 미치다니, 빈틈없고 치밀하다 하겠구려. 자네가 이곳에 머무르며 앉은장사를 한다면 산 넘고 물 건너는 고생을 면할 테고 입고 먹는 데 드는 비용도 줄일 거요."

기녀를 돌아보며 물었다.

"자네 생각에는 어떤가?"

기녀가 대답하였다.

"아주 좋습니다. 앉은장사가 이익은 적으나 비용은 많이 줄어듭니다. 낮에는 어른을 모시며 제 수고를 덜어줄 수 있고, 밤에는 옛글을 읽어서 학업에 힘쓸 수 있습니다."

안 수재가 말하였다.

"이는 구해도 얻지 못할 일이니 감히 말씀을 따르지 않겠습니까?"

주인과 손님은 죽이 잘 맞았다. 은혜로 말하면 부자지간이나 다름없었고, 정으로 말하면 형제지간과도 같았다.

김생이 자리 잡고 산 지 5년이고, 안 수재가 더부살이한 지 1년째였다. 어느 날 김생은 기운이 편치 않았다. 필시 자리에서 일어나지 못하리라 직감하였다. 기녀와 안 수재를 불러 두 사람의 손을 잡고 말하였다.

"나는 이제 죽을 걸세. 내가 죽고 나면 어려운 처지의 자네들은 누구에게 의지하겠는가? 두 사람은 재주와 용모가 비슷할 뿐더러 나이도 같고 외롭고 위태로운 처지 또한 같네. 반드시 같이 살고 서로 의지하여 평생 떨어지지 말게."

두 사람이 모두 눈물을 흘리며 대답하였다.

"말씀하신 바대로 하겠습니다."

김생의 병세가 위독해지자 기녀가 아뢰었다.

"병환이 위중하니 어르신께서 계시는 동안에 전장을 처분하는 것이 좋겠습니다. 마을 사람들을 불러 놓고 전장을 사(社)에 모두 맡기십시오. 옛날에 향선생(鄕先生)으로 죽으면 사에서 제사를 지냈습니다.[7] 어르신의 재물로 사를 세운 데다가 재력 또한 넉넉하니 사람들이 분명 어르신을 제사 지낼 것입니다. 어르신께서 생전에는 사를 주관하고 사후에는 사의 신에 배향되어 백세토록 변치 않을 것입니다. 못난 자손들이 선대의 가업을 무너뜨려 백양나무가 늙지도 못하게 만드는[8] 꼴과는 만만 배나 크게 다르지 않겠습니까?"

김생이 말하였다.

"자네 말이 정말 좋기는 하네만 자네 생계는 어찌하려나?"

기녀가 말하였다.

"제가 가져온 가벼운 보화로 5년 동안 불린 이자가 적지 않습니다. 제 한 몸 건사하기에는 충분하여 어르신을 성가시게 할 일이 전혀 없

---

7 당나라 한유(韓愈)의 「소윤 양거원을 전송하며 쓴 서문[送楊巨源少尹序]」에 "옛날에 이른바 향선생으로 죽으면 사에서 제사 지낸다[古之所謂鄕先生沒而可祭於社]."라고 하였다. 향선생은 그 지방 출신 대부(大夫)로서 벼슬에서 물러나 고향으로 내려와서 서원을 세우고 학생을 가르치는 선생을 가리킨다. 명망이 높은 선비는 아니라도 그 지방 출신의 학자나 절의가 높은 사람이면 사당을 짓고 제사할 수 있다는 뜻이다.

8 당(唐)나라 장적(張籍)의 「들밭[野田]」에는 "오래된 무덤에는 자손이 없어, 백양나무가 늙지도 못하였네[古墓無子孫, 白楊不得老]."라고 하였다. 백양나무는 버드나무의 일종으로, 묘역의 조성을 위해 무덤가에 많이 심던 나무이다.

으니 부디 심려 마시어요."

김생이 말하였다.

"그렇다면 자네가 하는 대로 맡기겠네."

기녀가 드디어 윗마을과 아랫마을 사람들을 모두 불렀다. 김생이 억지로 몸을 일으켜 말하였다.

"이 늙은이가 여러분들과 함께 이웃해 산 지도 5년이나 되었습니다. 이제 불행히 병들어 죽게 되었으나 또 자손이 없어 뒷일을 맡길 곳도 없기에 내 전장을 사에 바칩니다. 모든 규칙은 우리 이종사촌 동생이 있으니 그와 상의하면 됩니다. 우리 아우가 비록 나이는 어려도 범상한 사람에 비할 바가 아니니 틀림없이 일처리를 마땅하게 할 겁니다."

사람들이 모두 감동하여 울면서 말하였다.

"분부하신 대로 따르겠습니다."

다음날 마침내 김생이 죽었다. 기녀가 당일에는 습(襲)을 하고 둘째 날에는 염(殮)을 하였으며, 셋째 날에는 입관하고 넷째 날에는 성복(成服)해서 참최복(斬衰服)⁹을 입었다. 안 수재는 김생에게 1년 동안 은혜를 받았다 하여 1년 동안 심상(心喪)을 입기로 하였다.¹⁰ 달을 넘겨서 예법대로 장례를 치르고, 졸곡제(卒哭祭)를 지내는 날이 되어 온 마을

---

9 참최복(斬衰服)은 거친 베로 짓되 아랫단을 꿰매지 않고 접는 상복이다. 아버지를 잃은 아들, 할아버지를 잃은 손자, 남편을 잃은 아내, 시아버지를 잃은 며느리가 삼년상을 치를 때 입는다.

10 심상(心喪)은 상복을 입지 않는 대신 마음으로 슬퍼하며 상중(喪中)과 같이 처신하는 것을 말한다. 죽은 자와 혈연은 아니나 슬퍼하는 마음이 그에 못지않은 경우이다. 스승을 잃은 제자가 3개월, 5개월, 9개월, 1년, 3년 등으로 복상(服喪)한다.

사람들이 다 모이자 기녀가 마침내 김생의 전장을 모두 봉한 다음 문서를 내주었다.

사람들이 함께 상의해서 규칙을 정하였는데, 한결같이 여씨(呂氏)의 향약(鄕約)[11]대로 따르되 범중엄의 의장을 참고하였다. 학식 있는 사대부를 도정(都正)으로 삼고 중인(中人)을 뽑아 부정(副正)으로 삼았으며 평민 중에서 사원(社員)을 정하였다. 도정에게는 달마다 곡식 1섬을, 부정에게는 달마다 15말을, 사직(社直)에게는 달마다 10말을 지급하되 매년 가을이면 제사를 지내고 난 뒤에 담당자를 교체하고 권점(圈點)을 매겨 점수를 많이 받은 사람으로 새로이 정하기로 하였다. 봄가을에 각각 곡식 50섬씩을 제수로 삼고 사(社)에 단 한 개를 따로 세운 다음 단의 왼쪽에는 '강릉 사람 김공(金公)의 신위'라고 새긴 빗돌을 세우고 찬품을 두 군데로 나누어 진설해서 사제(社祭)와 함께 김생의 제사를 지내기로 하였다. 추수를 하면 소출이 300여 섬 정도 되니 100섬은 제수로 쓰고 200섬은 혼인집과 초상집에 부조하거나 빈궁한 집을 구휼하고 농민을 구제하는 밑천으로 삼기로 하였다.

논의를 끝내고 문서를 작성한 다음 상자에 담아 자물쇠를 채웠다. 김생이 처음에 샀던 전답과 집과 전장은 묘위전(墓位田)으로 삼았다. 소출이 100섬 정도 되기에 3년 동안 제사에 쓰일 물품 및 묘제사와 기제

---

11 송나라 여대충(呂大忠), 여대방(呂大防), 여대균(呂大鈞), 여대림(呂大臨) 4형제가 향촌을 교화하고 선도하기 위하여 고을 사람들과 자치 규범을 정하였다. 덕업(德業)을 서로 권하고, 과실(過失)을 서로 경계하고, 예의범절로 서로 사귀고, 어려운 일이 있을 때 서로 구제한다는 등의 네 조목을 골자로 한다. 후대에 향약의 기준이 되었다(『송사(宋史)』 권340 「여대방전(呂大防傳)」).

사의 밑천으로 삼았다.

삼년상을 마치고 난 뒤에 기녀가 안 수재에게 300금을 주어 그가 이웃의 부자에게 맡겼던 논밭과 집을 되돌려받도록 하였다. 안생(安生)이 불린 재물 또한 벌써 100금이 넘었다. 밤이 깊을 때 기녀가 술을 차려 놓고 안생에게 말하였다.

"우리 이종사촌 형님께서 임종 시에 손을 잡고 하셨던 말씀을 그대는 기억하시오?"

안생이 말하였다.

"어찌 감히 잊을 수 있겠소?"

"우리 형님께서 뜻이 있어 하신 말씀을 그대가 어찌 알겠소? 저는 본래 남자가 아닙니다. 남자 옷을 입고 세상 사람들을 속이며 지낸 지 오래지요. 제가 그대의 소실이 되겠습니다. 그대는 그대의 재물 100금으로 혼처를 구해 정실을 들이세요. 제가 정실을 잘 모시겠습니다."

안생이 크게 놀라며 말하였다.

"그렇다면 내가 그대와 더불어 부부가 되면 충분하오. 혼처를 구할 필요가 무어 있겠소?"

"부부가 되는 것은 아니 될 말씀입니다. 첩은 본래 천한 창기로 이미 다른 사람을 겪었으니 그대의 가문을 더럽힐 수도 없고 또 그대의 가묘(家廟)를 욕되게 할 수도 없습니다."

그러고는 두 사람이 함께 잠자리에 들었다.

다음날 기녀가 따로 간직해 두었던 금과 은을 전부 안생에게 맡겨 그의 집으로 실어 보내고는 노비들을 불러 당부하였다.

"내가 너희들과 함께 김공을 모신 지가 어언 6년이나 되었으니 정이 많이 들었구나. 이제 묘위전과 전장을 모두 너희들에게 맡길 테니, 산소를 잘 지키고 제사를 삼가 받드는 모든 일을 내가 여기 있을 때와 다름없이 하거라. 너희들이 김공께 받은 은혜가 또한 적지 않으니 감히 소홀히 하지 말거라. 내가 지금 안생과 함께 가지만 반드시 수시로 와서 살펴보리라. 너희들도 자손에게 할 일을 물려주고 변치 말라. 너희들의 자손이 혹시라도 삼가지 않는다면 귀신이 반드시 벌을 내리리라. 너희들의 자식부터 자자손손에 이르기까지 모두 경계하여라."

기녀가 그제야 여자 옷차림으로 바꿔 입고 안생의 집으로 갔다. 안생은 정실부인을 맞이하지 않고 말하였다.

"세상에 그대만한 덕성을 지닌 사람이 어디 있겠소?"

기녀가 마침내 아들 둘을 낳아 종신토록 부유하게 살며 두 아들을 올바르게 가르치고 길러 여느 집들과 다르게 대대로 가법이 전해졌다고 한다.

아! 기녀 중에도 이렇게 재주 있고 덕 있는 사람이 있으니 이 세상 사람들을 온전히 속일 수는 없다.

4

천연두가 맺어준 인연

경상도 상주는 옛날의 사벌국(沙伐國)이다. 그곳 한 양반가의 막내딸은 총기와 지혜가 남들보다 뛰어난 데다 문장에도 능하였다. 그런데 열세 살 때 두창(痘瘡, 천연두)에 걸려 살갗이 검게 변하고 움푹 파여1 죽었다. 혼백이 날아올라 구름 낀 산 위에서 한 사내아이를 만났는데 그 아이 또한 열세 살이었다. 구름에 올라 바람을 타고 속리산에 이르니, 상봉의 높은 누각에 한 노인이 향을 피우고 차분하게 앉아 옛 책을 읽고 있었다. 두 아이가 어깨를 나란히 하고 서서 손을 모아 인사하니 노인이 한참을 유심히 바라보고는 말하였다.

"와서는 안 되건마는 왔구나. 인간 세상의 좋은 부부인 것을."

노인이 시동을 돌아보고 말하였다.

"저들에게 열매를 주거라."

시동이 대추 세 개, 밤 세 개를 주었다.

---

1 천연두의 독이 속에서 밖으로 나올 때 화독(火毒)이 너무 강하여 기혈이 깎이고 마른다. 이어서 발병한 부위의 색이 검어지며 독이 빠져나오지 못하고 속으로 들어가 피부가 움푹 파이는 증상이다. 천연두가 났을 때 반점이 자흑(紫黑)색으로 나타나면 대부분 죽는다(『의림촬요(醫林撮要)』 권13 「두창(痘瘡)」).

"좋은 술도 주거라."

여자아이와 사내아이가 반잔쯤 마시자 정신이 번뜩 들었다. 노인이 말하였다.

"검은 깃발과 누런 깃발을 주거라."

검은 깃발에는 '삼백 리 고향을 떠날 액운'이라 쓰여 있었고, 누런 깃발에는 '육십 년을 같이 살 인연'이라 쓰여 있었다. 검은 깃발은 사내아이에게 주고 누런 깃발은 여자아이에게 주었다. 노인이 또 말하였다.

"각자 자기 뜻을 그 옆에 써 보거라."

사내아이는 '생사의 기로에서 손잡고 함께 돌아가리라.'라고 썼고, 여자아이는 '헤어졌다 만날 때를 손꼽아 기다립니다.'라고 썼다. 노인이 웃으며 말하였다.

"정녕코 부부구나. 신의 있는 맹서라 할 만하도다."

두 아이가 각자 깃발 하나씩을 손에 들고서 하직인사를 하고 물러나와 중봉에 앉았다. 사내아이는 북쪽을 향해 앉고 여자아이는 남쪽을 향해 앉았다. 만 길 깎아지른 골짜기를 내려다보고는 뛰어내렸다. 혼백이 다시 시신으로 들어가니 마치 꿈을 꾸다가 깨어난 것만 같았다. 검은 살갗이 불그스름하게 변하였다.

사내아이의 아비는 청산(靑山)[2] 사람으로 원수를 피해 사벌국으로 온 사람이었다. 그로부터 5년이 지나 두 아이가 열여덟 살 사내와 규수가 되었다. 두 집안은 문벌이 서로 비슷하였다. 사내아이의 재주와 규수의 소양이 모두 특출하였으나 사내의 집은 도망와서 숨은 처지라 곤궁

---

2 오늘날 충청북도 옥천군 청산면을 가리킨다.

하였으나 여자의 집은 온 고을에서 제일가는 부자였다. 그래서 혼사를 거론하려 해도 빈부의 차이가 너무 큰 탓에 말을 꺼내지 못하였다. 사내가 그때 이렇게 말하였다.

"지금 들으니 저 규수가 다섯 해 전에 두창에 걸려 죽었다가 소생하였다고 하니 저와 죽고 살기를 똑같이 한 사람이 아닐까요?"

드디어 비단 한 자로 검은 깃발을 만들어, '삼백 리 고향을 떠날 액운'이라 쓰고, 그 옆에는 '생사의 기로에서 손잡고 함께 돌아가리라'라고 썼다. 여자의 집에 깃발을 보내고 짝이 될 말을 써 달라고 요청하였다. 그 집에서는 아무도 그 뜻을 알아차리지 못하고 해괴하게 여겨 말없이 서로 바라보기만 하였다.

안채에서 깃발을 한 번 보자고 하더니 규수가 만면에 희색을 띠며 비단을 잘라 누런 깃발을 만들고, '육십 년을 같이 살 인연'이라 쓰고 또 그 옆에는 '헤어졌다 만날 때를 손꼽아 기다립니다.'라고 썼다. 그 아비가 말하였다.

"글도 기이하고 짝하는 말도 공교롭다. 하지만 여자의 말로는 혐의스러운 내용이로구나."

규수가 옷자락을 펼치며 꿇어앉아[3] 말하였다.

"이는 실로 중대한 일이므로 혐의를 돌아봐서는 안 됩니다."

그리고는 죽었을 때의 일을 상세히 이야기하자 부모가 말하였다.

"기이하도다, 기이해!"

---

3 옷의 아랫자락을 펼치고 꿇어앉는 행동으로 정성을 표시하는 뜻이다. 『초사(楚辭)』「이소(離騷)」에 "꿇어앉아 옷자락 펼치고 말씀을 올리니, 내 이미 중정한 도를 얻었네[跪敷衽以陳辭兮, 耿吾既得此中正]."라고 하였다.

마침내 규수가 사내의 부자(父子)를 청하여 부른 다음 마루 위에 두 깃발을 세워 놓으며 말하였다.

"속리산 산신께서 주신 것이니 공손히 받지 않을 수 없습니다."

이에 향불을 피우고 재배하였다. 두 집에서 길일을 택하여 사내와 규수가 혼례를 올렸는데 검은 깃발과 누런 깃발을 좌우에 세워 두었다. 뒤에는 보물처럼 간직해 두었다가 회혼례(回婚禮)를 치를 때 다시 깃발을 세웠다. 다섯 가지 복4을 다 누려 세상 사람들의 부러움을 샀다.【사벌국은 상주(尙州)이다.】

---

4 『서경(書經)』「홍범(洪範)」에서 "다섯 가지 복의 첫째는 장수함이고, 둘째는 부유함이고, 셋째는 건강함이고, 넷째는 덕을 좋아함이고, 다섯째는 비명횡사하지 않음이다[五福, 一曰壽, 二曰富, 三曰康寧, 四曰攸好德, 五曰考終命]."라고 하였다.

5

지리산 성모가 맺어준 인연

두류산(頭流山)은 일명 지리산으로 영남과 호남 사이에 걸쳐있고 으뜸가는 명산으로 일컬어진다. 가장 높은 봉우리인 천왕봉(天王峰)에는 성모사(聖母祠)가 있는데 2, 3월 즈음이면 기도하러 오는 남녀로 북적거린다. 자못 영험하다고 소문이 나서 수십 수백 명이 무리를 지어 함께 치성을 드린다. 호남 남원의 선비와 영남 진주의 선비가 그 무리 가운데 있었는데, 유람도 하고 기도도 올린 뒤 바위에 앉았다가 잠이 들었다. 문득 성모(聖母)가 좌우의 두 손님과 마주하고 웃으면서 이야기하는 소리가 들렸다.

"나는 이 산의 제사나 주관할 뿐 운명을 주관하지는 않으니 사람의 화복을 어떻게 주관하겠습니까? 그런데도 중생들이 소원을 빈다고 이렇게 시끌벅적하답니다. 사람의 화복에는 각각 정해진 운명이 있으니 타고난 운명이야 내가 어찌하겠어요? 복이 없는데 복을 구하니 내가 운명을 어쩌겠으며, 자식이 없는데 자식을 구하니 내가 운명을 어쩌겠어요? 장수와 요절, 부귀와 빈천에는 각기 정해진 천명이 있거늘 사람들의 무지함이 이렇듯 심하답니다. 지금 한 영남 선비는 자기 딸이 비범하다고 칭찬하면서 좋은 사윗감 얻기를 기원하였고, 한 호남 선비는 자기 아들이 걸출하다고 칭찬하면서 참한 며느리 얻기를 기원하였습니다. 이는 인지상정이거니와 하늘의 마땅한 이치를 거스르지는 않지요. 무릇 시집가고 장가드는 일은 반드시 처지가 서로 들어맞고 인품도 서로 비슷해야 합니다. 그렇지 않고 귀천이 같지 않을 때는 등급을 낮추는 길이 있고, 빈부가 고르지 않을 때는 인품과 지체를 어긋나게 하지요. 그래서 저울질하여 고르게 하면 서로 걸맞지 않은 사람이 없습니다. 훌륭한 아들과 딸을 둔만큼 훌륭한 며느리와 사위를 얻기를 기원하는 게 분수를 넘는 처신은 분명 아니지요. 나는 그들의 사람됨을 살피고 그들의 형편을 따라서 잘 이끌어 주려 합니다."

성모가 두 명의 여자 심부름꾼을 돌아보며 입으로 몇 마디를 일러 주었다. 얼마 지나지 않아 그들이 각자 바람을 타고 천둥에 채찍질하여 다녀와서 사내아이 하나와 여자아이 하나를 성모의 자리 앞에 데려다 세워 놓았다. 성모가 웃으며 말하였다.

"굳이 다른 데서 구할 것이 없네요. 참으로 인간 세상의 사이좋은 부부입니다. 부를 누리고 장수해서 복력이 아주 멀리 미칠 것입니다. 기이하기도 하네요!"

두 손님이 말하였다.

"여기에도 하늘이 정해준 인연이 있겠지요?"

"이 아이들은 처지도 비슷하고 인품도 비슷하며 빈부도 비슷하고 귀천도 비슷하네요. 하늘이 두 사람을 내려 주며 부부가 되도록 정해 놓지 않았겠어요? 하늘의 뜻을 어기면 반드시 불길합니다."

성모가 손으로 두 아이의 정수리를 어루만진 다음 손으로 붓을 잡고 정수리의 숫구멍에 점을 찍으며 말하였다.

"훗날 이것으로 신표를 삼아라. 다만 육지로는 일만 봉우리에 가로 막혀 있고 바다로는 천리를 가야 해서 만나기가 쉽진 않으리라. 그러나 세상 형편에 휩쓸리다 보면 자연히 만나게 된다. 풍백(風伯)과 해약(海若)[1]은 오늘 이 자리에 참관한 만큼 부디 훗날에 두 사람이 혼례를 잘 치르도록 도와주기 바랍니다."

두 손님이 "알겠습니다."라고 하였다.

두 선비가 언뜻 잠에서 깨고 보니 한바탕 꿈이었다. 두 선비가 똑같은 꿈을 함께 꾸었으나 애초에 서로 아는 사이가 아닌지라 마음속에만 간직하고서 혼자서만 기뻐할 뿐이었다. 집으로 돌아가 각자 자기 아들과 자기 딸에게 이야기해 주니 그 아들과 그 딸이 똑같이 말하였다.

"제 꿈도 그랬어요."

다음 해는 바로 임진년(1592, 선조 25)이었다. 왜구가 온 나라에 가득하였는데 호남과 영남 지방에서 피해가 한층 심하였다. 몇 년이 지나도록 전란이 끝나지 않자 사람들이 모두 왜구를 피해 산골짜기로 들어갔다. 부자들은 반드시 배를 전세내어 식량을 싣고 일가붙이들을 모아 바다 위에서 지냈다. 그 무렵 통제사 원균(元均)이 패하여 전사하고 충무공 이순신이 다시 통제사로 돌아왔다. 처음 도착하여 보니 그저 패잔병 약간 명과 전선 열두 척만 남아 있었다.[2] 왜구의 배 수백 척이 비늘처럼 이어져 바다를 가득 뒤덮으며 왔는데, 충무공은 배 열두 척으로 용감

---

1 풍백(風伯)은 바람을 주관하는 신이고, 해약(海若)은 해신(海神)의 이름이다.
2 1597년(선조 30) 명량해전(鳴梁海戰) 때의 정황이다.

하게 나아가 그 앞을 가로막았다. 당시에 피란선 백여 척이 항구에 있었는데 충무공이 피란선들에 명하여 후방에서 북을 치고 함성을 질러 기세를 돋우도록 하였다. 마침내 크게 맞붙어 싸웠는데 얼마 지나지 않아 왜구의 배 수백 척이 연이어 죄다 불탔고 왜구의 시체가 바다에 떠다녔다. 이에 개선가가 하늘까지 울려 퍼져 피란선의 남녀노소가 펄쩍 뛰며 춤추고 노래하였으니 하늘과 땅의 풍경이 바뀌었다.

그때 영남 선비의 피란선과 호남 선비의 피란선이 우연히 잇닿아 있었다. 수재(秀才) 둘이 각자 뱃머리에서 상대방을 보면서 단정하게 앉아 문답을 나누고서 한 사람은 영남 사람이고 한 사람은 호남 사람임을 알았다. 참으로 인간 세상의 기남자(奇男子)라, 그 모습이 흡사 서로를 비추는 옥구슬만 같았다. 호남 배의 수재가 말하였다.

"호남과 영남은 육지로는 일만 봉우리에 가로막혀 있고 바다로는 천리를 가야 합니다. 우리는 각자 자기 집안에서 나고 자랐을 뿐인데 어째서 한 번 만난 것처럼 낯이 익을까요? 참으로 이상한 일입니다."

영남 배의 수재가 갑자기 봉창을 닫고 재빨리 들어가 부모에게 아뢰었다.

"이웃해 있는 배에 수재가 한 사람 있어 자칭 호남 사람이라고 하는데, 성모의 자리 앞에서 함께 정수리에 점을 받은 사람이 틀림없습니다."

그 아비가 급히 나가 보았으나 이웃해 있던 배는 벌써 떠나버려 물어볼 길이 없는지라 그저 깊이 한스러울 따름이었다. 며칠이 못 되어 각자 흩어져 돌아갔다. 사실 영남 배의 수재는 여자의 몸으로 남장을 하고 있었다. 여자인 까닭에 응답을 제대로 할 수 없어 그토록 좋은 기회를 놓치고 만 것이었다.

몇 달 뒤 영남 선비의 피란선이 조수를 따라 오르락내리락하다가 왜구를 피해 배를 감춰 둘 복지(福地) 한 곳을 찾았다. 귀신이 돕기라도 한 듯 배가 아주 빨리 내달려 어느 고요하고 궁벽한 곳에 이르러 정박하였다. 하지만 다른 배들은 따라오지 않아서 외롭고 적막하기 그지없어 몹시 근심스러웠다. 문득 배 한 척이 질풍처럼 다가왔는데 돛이 찢어지고 돛대가 꺾인 채로 와서는 그곳에 정박하였다. 영남 배에서 크게 기뻐하며 맞이해 물어보니 바로 호남 사람이었다. 호남 사람이 마음의 안정을 찾은 뒤에 이것저것 알아보니 이쪽은 남원의 명문세족이었고 저쪽도 진주의 명문가였다. 또 친인척을 물어보니 모두 평소에 널리 알려진 사람들이라 마침내 교유를 맺어 생사를 함께 하기로 맹세하였다. 또 자제들에게는 어른들께 절을 올리도록 하여 호남 선비 피란선의 수재가 영남 선비의 피란선으로 가서 인사를 드렸다. 영남 선비가 보기에 그 용모와 행동이 단정하고 점잖았으며 성격이 시원스러워서 참으로 비범하면서도 빼어난 인물이었다.

영남 선비가 깜짝 놀라며 말하였다.

"이만한 수재는 평소에 본 적이 없소이다. 다만 내가 본디 아들이 없어서 우리 뒤를 이어 우의를 맺을 수가 없으니 큰 흠입니다."

마침내 앉아서 이야기를 나누며 호남 수재의 머리를 쓰다듬었는데, 정수리의 숫구멍 자리에 검은 점이 보였다. 매우 놀라 물었다.

"무슨 까만 점이 여기에 났는가?"

호남 수재가 말하였다.

"연전에 황당한 꿈 하나를 꾸었는데 이게 참 귀신에게 홀린 것인지

천왕봉의 성모가 붓으로 찍어 주신 점입니다."

영남 선비가 또 크게 놀라고 기뻐하며 호남 수재의 손을 잡고 말하였다.

"그래? 그렇단 말인가? 기이하구나! 기이해! 내가 여기에 온 것은 해약이 도와주신 게고, 자네가 여기에 온 것은 풍백이 보내주신 게지. 그렇지 않다면 육지로는 일만 봉우리에 가로막혀 있고 바다로는 천리를 가야 하는 거리인데 어떻게 이곳에서 만났겠는가?"

호남 수재가 말하였다.

"그 또한 성모가 하신 말씀인데 어르신께서는 어떻게 들어 알고 계십니까?"

영남 선비가 말하였다.

"천왕봉에서 꾼 꿈속에서 들었네."

호남 선비가 말하였다.

"천왕봉에서 저도 그 말씀을 들었습니다."

영남 선비가 말하였다.

"제게 딸자식이 하나 있는데 또한 성모 앞에서 정수리에 그 점을 받았습니다. 나이 열다섯이 넘어도 혼인을 함부로 허락하지 않았으니 실은 기다리는 사람이 있어서였지요. 정말 성모는 신통하군요. 이렇게 될 줄 미리 알고 있었으니 신통하다는 말이 허튼소리가 아니었습니다."

마침내 바다 위에서 길일을 택해 혼례를 올렸다. 배를 가까이 대고 친영(親迎)과 우귀(于歸)[3]를 모두 예법대로 잘 갖추어 행하였다. 난이 평정된 뒤에 마침내 각자 집으로 돌아갔다. 그 뒤로 자손이 번창하고 모두 장수를 누렸으며 종신토록 부귀하였으니 기이한 일이다!

아! 성모는 어떤 신령인가? 세상에서는 석가여래의 어머니인 마야부인(摩邪夫人)이라고 하지만 수만 리나 떨어진 다른 세상 밖에서 와서 겨우 이 산의 신령이 됐단 말인가? 승려들의 황당한 말은 망령되다. 어떤 이는 고려 태조의 왕후인 위숙왕비(威肅王妃)라고 하지만 한 나라의 왕후가 도리어 이 산의 신령이 됐단 말인가? 이승휴가 『제왕운기(帝王韻記)』에서 한 말은 틀렸다.[4] 『■■집(■■集)』에서는 '옛날에 늙은 부인이 이 산에서 도를 닦다가 죽자 세상 사람들이 사당을 짓고 제사 지내 주었다. 세월이 오래 흘러 자연스레 이 산의 주인이 되지 않았겠는가?'라고 하였다. 이 말이 일리가 있다. 성모는 자기 능력을 떠벌리기보다는 실제 일에 힘썼고, 예지력으로 앞길을 인도하면서도 자기 공으로 돌리지 않았다. 성모는 신통하다고 하겠다.

---

3 친영(親迎)은 신부집에서 처소를 마련해 사위를 맞이하는 예이고, 우귀(于歸)는 신부가 처음으로 시집에 들어가며 행하는 예이다.

4 성모를 논한 내용이 김종직의 「유두류록(遊頭流錄)」에 실린 글과 상당히 유사하다.

6

15년 만의 부자 상봉

호서 지방의 형강(荊江)[1] 가에는 김씨 성을 가진 선비가 살고 있었다. 선비는 성품이 호방하고 문장도 제법 지었으며, 술병을 차고 지팡이를 끼고서 산을 유람하는 고질병이 있었다. 무주(茂朱) 고을은 본디 산수가 빼어난 명승지라 김생(金生)이 그곳에 노닐었다. 시 한 수 읊고 술 한 잔 마신 뒤 느티나무 그늘 아래 잠시 쉬다가 나무에 기댄 채로 잠이 들었다.

문득 어떤 여자가 보였는데 그 여자도 느티나무 그늘 아래 와서 앉더니 김생을 여러 번 유심히 살펴보고는 갑자기 물었다.

"행차께서는 거처가 어디인가요? 산을 유람하는 즐거움은 어떠한지요?"

"호서에 사오. 술은 동나고 다리도 피곤하니 흥이 나지 않는구려."

여자가 말하였다.

"이 뒤쪽으로는 계곡과 산이 더욱 빼어나지요. 십 리를 내려가면 민

---

1 문의현(文義縣)의 남쪽, 회덕현(懷德縣)의 북쪽에 있는 금강 상류의 이름이다. 오늘날 충청북도 청주시 문의면과 대전시 대덕구 회덕동 일대이다.

가가 서너 채 있는 마을이 나오는데 초입에 있는 조촐한 집이 바로 제 집입니다. 저녁밥을 해 놓고 기다리겠으니 가실 때 잠깐 들리셔요."

김생이 "그러겠소."라고 말하니 여자가 자리를 떴다. 김생이 놀라 잠에서 깨어 보니 나비 한 마리가 바람을 따라 날아가고 있었다.

김생이 일어나서 뒷산으로 들어가니 샘물과 바위가 매우 아름다웠다. 산을 내려가 주막을 찾았으나 찾지 못하였다. 십 리를 가자 드문드문 민가 서너 채가 있었다. 주막을 물어 찾아가니 낮에 꿈에서 본 여자가 나와서 맞이하였다. 여자가 유심히 바라보고는 말하였다.

"낮에 꿈에서 본 분이 어떻게?"

김생이 말하였다.

"어쩌면 똑같은 꿈을 꾼단 말인가? 느티나무 그늘 아래 꿈속 광경이 정말로 실제 광경이로구나! 낯이 익으니 참으로 신기하다."

여자가 말하였다.

"제가 과객을 불러들였다고 해야겠군요."

여자가 안채로 들라고 청한 다음 먼저 술을 내어 오고 이어서 밥도 내어 왔다. 밥을 다 먹고 난 뒤에 김생이 말하였다.

"바깥주인은 어디 가셨소?"

여자가 말하였다.

"없어요. 남동생 하나만 있는데 산에 나무하러 갔어요."

이윽고 아이가 왔다. 나이를 물었더니 열일곱이라고 하였다. 여자의 나이를 물었는데 스물셋이라고 하자, 김생이 말하였다.

"나와 동갑이구려."

촛불을 밝히고 셋이 둘러앉았는데 아이가 먼저 잠자리에 들었다. 김생이 말하였다.

"남매가 왜 이렇게 쓸쓸히 살아가고 있소?"

여자가 말하였다.

"부모님께서는 모두 돌아가셨고 데릴사위를 얻었는데 열일곱에 요절하였습니다. 남매가 서로를 의지하며 살아가고 있는데 집안 형편이 그다지 쪼들리지는 않습니다. 늘 단도를 품속에 차고 다니며 강포한 자가 범하지 못하도록 방비하였습니다. 다만 자식 하나 없는 것이 마음에 걸렸습니다. 낮에 꾼 꿈은 정말 기이한 일이지요. 두 사람의 정신이 낮잠 자는 동안에 서로에게 향했으니 말입니다. 이는 분명 하늘이 정해준 인연일 터, 자식 하나를 얻어 주려고 그런 것은 아닐지요?"

두 사람이 함께 침소에 들었다. 다음 날 아침을 먹은 뒤에 여자가 말하였다.

"오늘 유람을 마치고 나면 저녁에 다시 오셔요."

남동생에게 술병을 가지고 김생의 뒤를 따라다니게 하였다. 그렇게 사흘을 유람하고 난 뒤에 김생이 작별하고 돌아갔다.

김생이 과거 시험에 힘을 쏟고 세상일에 마음을 쓰는 사이 어느덧 15년이 훌쩍 지나갔다. 그 사이 아내를 사별하고 후사도 잇지 못하였으며 집안 살림도 거덜 나니 세상사에 더는 뜻이 없어졌다. 다시 산수 간을 유람하며 호남과 호서 및 영남 지방을 여기저기 두루 다녔다. 문장이 고상하고 외모가 수려하였으므로, 이르는 곳마다 남의 집에서 묵었으나 누구도 싫은 기색을 보이지 않았다. 가는 곳마다 외상술을 마셨는데 값을 치르지 못해도 주점의 늙은이나 목로의 노파가 모두 공경하였다. 다만 일정한 거처가 없었기에 신세가 처량하였다.

김생이 길을 가다가 무주에 도착하였는데 지난날 무주에서 있었던 일은 까맣게 잊은 채 모처에 이르러 집주인을 불러서 하룻밤 재워 주기를 청하였다. 한 아이가 문에서 맞이하였는데 용모가 말쑥하고 수려하며 행동거지가 단정하였다. 아이가 만면에 희색을 띄고 안채로 들어가서 그 어미를 부르며 "어떤 과객이 하룻밤 재워달라고 합니다."라고 말하면서 기쁨의 눈물을 줄줄 흘렸다. 어미가 말하였다.

"산중의 외딴집에 손님이 오셨으니 드물고 귀한 일이기는 하다만 어째서 기쁨을 주체 못해 울고, 울음을 주체 못해 미칠 지경이 되느냐? 네 아버지를 보면 그래 어떤 꼴을 보이려는지? 작은 방을 깨끗이 청소하고 들어오시라고 하여라."

김생이 들어가니 정말로 아이의 아버지인지라 아이의 어미가 깜짝 놀라 황망히 앞으로 나아가서는 소맷부리를 부여잡고 울며 말하였다.

"15년 동안이나 소식이 끊어진 사이 아이가 태어나 소년이 됐습니다. 오늘에야 겨우 아버지 얼굴을 보게 됐으니 하늘이 그 마음을 이끌어 내어 눈물이 저절로 쏟아져 나왔군요. 부자지간의 천리는 결코 속일 수 없나 봅니다."

김생이 말하였다.

"내 아이라니 무슨 말이오?"

"당신께서 떠나신 뒤로 태기가 있더니 이 아이를 낳았답니다."

아이가 이에 목 놓아 울부짖으니 부자가 서로 부둥켜안았다. 아비가 없던 자에게는 아비가 생기고 아들이 없던 자에게는 아들이 생겼으니 그 기쁨이 어떠하였으랴?

김생의 아내가 말하였다.

"당신의 식구들은 지금 어디 계신가요? 자녀는 몇이나 되나요? 마님은 살아 계신지요? 집안 살림은 또한 어떤지요?"

김생이 말하였다.

"아들이라! 아들이라니! 하늘이 우리 집안의 대를 끊지 않으려나 보다. 또한 석과불식(碩果不食)[2]의 이치인가? 나는 천지간에 부평초처럼 살아오며 중년도 못 되어 자식 없는 홀아비가 되고 말았소. 또 유령(劉伶)처럼 삽을 메고 뒤따라오게 할 아이도 없어[3] 명산대천의 구렁텅이나 메울 처지였소. 그런데 이제는 자식 없는 늙은이 처지도 면하고 홀아비 처지도 면하게 되었소이다."

아내가 말하였다.

"이 아이는 학식 있는 분에게 글을 배워 재주 있는 아이로 소문났답니다."

김생이 마침내 나막신을 태우고[4] 술병을 부숴 버리고는 방에 조용

---

2 『주역(周易)』 박괘(剝卦, ䷖) 상구(上九)에 보이는 말로 큰 과실은 다 먹지 않고 남긴다는 뜻이다. 자기만의 욕심을 버리고 자손에게 복을 남겨 줌을 이르는 말이니 김생이 후사를 얻었음을 뜻한다.

3 진(晉)나라 유령(劉伶)은 수레를 타고 술병 하나를 들고서 한 사람에게 삽을 메고 따라다니게 하면서 "내가 죽으면 그 자리에 나를 묻으라."라고 하였다(『진서(晉書)』 권49 「유령열전(劉伶列傳)」).

4 남조 송(宋)나라의 시인 사영운(謝靈運)이 산에 오르기를 즐겼는데, 산에 갈 때면 꼭 나막신을 신고 다녔으며 산을 오를 때에는 나막신의 앞굽을 빼고 산을 내려올 때는 뒷굽을 떼어 걷기 편하도록 했다(『송서(宋書)』 권67 「사영운열전(謝靈運列傳)」). 나막신을 태운다는 말은 산수 유람하기를 그만둔다는 뜻이다.

히 들어앉아 아이를 가르치는 일만 업으로 삼으니, 아이가 문장과 학문이 매우 발전하였다. 명문가를 택해 며느리를 보았다.

김생이 또 아내에게 물었다.

"지금 사는 데가 전에 살던 조촐한 집이 아니니 어찌 된 것이오?"

"화재를 입어 새로운 곳에 다시 자리를 잡았답니다."

김생은 그 후로도 아들 하나 딸 하나를 낳았고 자손이 매우 번성하였다. 이름 있는 선비들이 다투어 그의 집으로 몰려들었으므로 명성이 온 고을에 자자하였다.

7

권세로도 못 막은 인연

만력(萬曆)[1] 연간 말엽에 상사(上舍)[2] 김생(金生)이라는 사람은 아들 없이 딸 하나만 두었는데 그 딸의 재주와 용모가 남보다 월등하였다. 김생이 딸을 매우 아껴 여자로서 알아야 할 일 외에 시와 글씨 및 『소학』도 가르쳤다. 딸이 15세가 되었을 때 김생이 병에 걸려 죽음을 앞두게 되자 딸의 손을 잡고 부인에게 말하였다.

"내가 우리 딸아이를 위해 사위를 고르고 있었는데 미처 뜻을 이루기도 전에 이 몸이 먼저 죽게 되었으니 몹시 한스럽구려. 부디 남에게 가볍게 허락하지 마시오. 나의 고종사촌 동생 송(宋) 아무개가 충청도에 사는데 틀림없이 보러 올 테니, 내가 한 말을 그에게 부탁하시오. 그의 말은 믿어도 되오."

경신년(1620, 광해군 12)에 김생이 죽었다. 임술년(1622, 광해군 14) 겨울에 송생(宋生)이 한양에 들어왔다가 역시 상사인 벗 이생(李生)의 주자동(鑄字洞)[3] 집에 들렀다. 이생 또한 경신년에 죽으면서 아들 하나만 남겼는

---

1 명나라 신종(神宗)의 연호로 1573년부터 1619년까지이다.
2 서울의 성균관에는 유생들이 기숙하며 공부할 수 있는 시설인 상재(上齋)와 하재(下齋)가 있었다. 상사(上舍)는 생원시와 진사시에서 합격하여 상재에 거처하는 유생을 가리킨다.

데, 김생의 딸과 마찬가지로 15세였다. 이생의 아들은 이마가 널찍하면서 모서리에 각이 졌다.[4] 참으로 세상에 드문 보배로서 문장과 필법은 세상에 견줄 사람이 없었다. 송생은 "이생은 죽지 않았도다!"라고 감탄하며 무척 기특하게 여겼다.

송생이 흥덕동(興德洞)[5] 김생의 집으로 올라가서 사촌 형수와 조카딸을 만나 보았다. 형수가 흐느끼며 김생의 유언을 전해주었다. 송생이 조카딸을 유심히 살펴보니 참으로 하늘에서 내려온 선녀이지 풍진세상의 인물이 아니었다. 무척 기뻐하며 말하였다.

"내가 이번 걸음에 빼어난 인물 두 사람을 만났으니 진정 하늘이 맺어준 짝입니다. 옥을 감추고 있기에 산이 빛나고 진주를 품고 있기에 못물이 아름다운 법이지요.[6] 지금 이 두 사람의 언행과 용모는 평범한 사람과는 전혀 다르니, 틀림없이 덕성이 몸을 윤택하게 했을 테지요."[7]

이생의 아들 이랑(李郎)의 사람됨을 전해주고는 말하였다.

"문벌이 아주 비슷하니 내가 저쪽 집에 말을 전하겠습니다. 저쪽에서 만약 기꺼이 허락한다면 사주단자를 청해 올 것입니다. 제가 한

3 조선시대에 활자를 만들던 주자소(鑄字所)가 있어서 붙은 동명으로, 지금의 서울시 중구 주자동과 필동 일대에 있었다.

4 이마가 넓으면서 이마 양쪽 모서리에 각이 진 모습은 귀한 관상이다. 남의 자손의 특출한 자질을 칭찬하는 말로 쓰였다.

5 서울시 종로구 명륜동 북쪽으로 옛날의 반촌(泮村) 동북쪽에 있던 동네이다. 흥덕사(興德寺)가 있던 데서 유래하였다.

6 육기(陸機)의 「문부(文賦)」에 "돌이 옥을 감추고 있어 산이 빛나고, 물이 진주를 품고 있어 냇물이 아름답다[石韞玉而山輝, 水懷珠而川媚]."라고 하였다.

7 『대학』 6장에 "덕이 몸을 윤택하게 한다[德潤身]."라고 하였다.

양에 오래 머물지 못하니, 이후로는 다른 사람을 보내 혼사 문제를 상의하겠습니다."

그리하여 이생의 집으로 다시 가서 허락을 받고 사주단자를 청한 다음 혼인하기로 정하고 길일을 택했다. 그다음 송생은 고향으로 내려갔다.

그때 김생의 집 이웃 동네에 박씨 성을 가진 사람이 있었다. 당대의 갑부였는데 뇌물로 권문세가 및 궁궐 사람들과 결탁하였다. 성품이 음험하고 사나워 위세와 복을 제 마음대로 휘둘렀다. 김생 집의 규수가 출중하다는 사실을 상세히 듣고는 세력을 이용해서 위협하여 혼인을 성사시키고자 했다. 그러다가 김생과 이생이 정혼하였다는 소식을 듣고는 대노하여 말하였다.

"내가 이미 혼담을 꺼냈거늘 이씨가 대체 뭐하는 자이기에 감히 이렇듯 불쑥 튀어나온단 말인가?"

마침내 천금을 뿌려 이간질하였다. 두 집안이 처음에는 유언비어가 박씨에게서 나온 줄 모르고 양쪽 다 의심하는 마음을 품었다. 이랑이 유모에게 말하였다.

"떠도는 소문이 이러하니 그 전말을 알 수가 없군요. 유모가 가서 살펴보고 허실을 소상히 파악해 주오."

유모가 방물(方物)을 잔뜩 챙겨 행상 노파처럼 행색을 꾸미고는 김생의 집을 계속해서 왕래하였다. 마침내 친분과 신뢰를 얻어 비로소 그집 소저를 보게 되었다. 참으로 천상의 선녀요 인간세상의 여자가 아니었다. 이랑이 말하였다.

"나는 의혹이 풀렸으나 저쪽 집안에서 품고 있는 의혹은 갑자기 풀리기 어려울 겁니다. 내가 직접 가서 풀어 줘야겠소."

이랑은 유모에게 김생의 집에 가서 다음과 같이 말하도록 하였다.

"쉰네도 아들은 없고 딸만 하나 있는데, 소저께 견줄 수야 없겠으나 또한 재주와 용모가 남들보다 뛰어나답니다. 나이가 벌써 열다섯이 넘었는데 변변찮은 지역의 평범한 집안 중에는 실로 마음에 드는 짝이 없어서 지금껏 시집을 못 보내고 있지요. 딸아이가 소저를 한 번 뵙고 소저의 시종으로서 몸 바쳐 종신토록 모시기를 소망하고 있사옵니다. 다만 여자로서 처신하기 쉽지 않은 까닭에 머뭇거리고 있답니다."

김생의 부인이 말하였다.

"왜 저녁에 한 번 데리고 오지 않고? 우리 집엔 본디 사내라고는 없으니 무어 꺼릴 게 있겠느냐?"

행상 노파가 말하였다.

"내일 저녁에 데리고 오겠습니다. 찾아오는 바깥손님은 참말로 안 계시는 게지요?"

부인이 말하였다.

"무슨 바깥손님이 있겠느냐?"

다음 날 저녁에 행상 노파가 과연 딸로 변장한 이랑을 데리고 오자 김생의 부인이 말하였다.

"마루로 올라오너라."

노파의 딸이 절을 올리고 단정히 앉았는데 성격이 얌전하고 용모가 말쑥하였다. 김생의 부인이 경탄해 마지않으며 말하였다.

"사대부 집안에서 사내 몸으로 태어나 집안을 번창시키지 못하고, 여염집 딸자식이 되어 남에게 몸을 굽히는 신세가 됐는가? 내 딸과 견주어 막상막하로구나."

소저를 부르며 말하였다.

"여기 이 낭자가 너를 위해 찾아왔으니 왜 나와 보지 않느냐?"

소저가 마침내 문을 열고 앉아서 그 딸과 그칠 줄 모르고 이야기를 나누었다.

노파의 딸이 둘러보니 소저 곁에는 서적이 많았는데 책상 위에 작은 책자가 놓여 있어서 물었다.

"책상 위에 있는 책은 무슨 책인가요?"

소저가 대답하였다.

"『당률(唐律)』8이라네."

"소저께서는 시를 정말 잘 읊는가 봅니다. 금방울 같고 옥구슬 같은 소리로 한 구절을 들어 보고 싶사옵니다."

"낭자도 틀림없이 문장을 잘하겠지요. 먼저 시 한 수를 읊으면 내가 화답하리다."

노파의 딸이 잘하지 못한다며 거절하였으나 소저가 강권하자, 이에 붓과 벼루 및 종이 한 장을 청해서 시를 지어 올렸다.

좋은 바람이 나를 불어 보냈으니	好風吹送我
여기가 바로 열두 누각9 아닌가	十二瓊樓中
바라건대 선녀님의 뒤를 따라가	願從仙娥後

---

8 당나라 시인의 율시를 뽑은 시선집이다.
9 열두 누각은 선계에 있다는 12채의 누각으로 구슬로 장식돼 있고 선녀가 산다고 한다.

태일궁¹⁰에 함께 가서 인사드리리

同朝太一宮

소저가 감탄해 마지않으며 곧장 화답시를 지었다.

따스한 바람에 붉은 꽃비가 내리고
惠風紅雨下

자색 노을 속에 상서로운 햇살이 비치네
瑞暐紫霞中

고운 새들 함께 어울려 지저귀는 곳
好鳥和鳴處

삼십육궁이 온통 봄기운이로구나¹¹
春生六六宮

노파의 딸이 말하였다.

"소저께서는 문장만 특출하신 게 아니라 『주역』의 이치까지도 알고 계시니, 저같이 천한 여염집 여자가 미칠 수 있는 분이 아니십니다. 동심결(同心結)¹²을 얻어 오래도록 곁에서 모시기를 원합니다."

김생의 부인이 앞으로 가까이 와서 밥을 먹으라고 하였다. 노파의 딸이 사양하며

"존비(尊卑)의 예가 엄중한데 어찌 감히 분수를 넘겠사옵니까?"

---

10 태일궁은 천제(天帝)인 태일(太一)이 사는 궁궐이다.

11 음양의 조화 속에 온 천지가 봄이 되었다는 뜻이다. 소옹(邵雍)이 『주역』에 관하여 쓴 시 「관물음(觀物吟)」에서 "삼십육궁이 모두 봄이로구나[三十六宮都是春]."라고 하였다. 여기서 삼십육궁은 『주역』의 괘에서 변역(變易)하는 괘 8개에 교역(交易)하는 괘 28개를 더하여 말 한 것으로, 『주역』 64괘를 달리 일컫는 말이다. 64괘가 1년 사철, 천지 만물을 상징하므로 36궁 역시 이를 의미한다.

12 동심결(同心結)은 비단으로 된 띠를 서로 꼬아서 만든 매듭으로, 서로 간에 마음을 같이하 여 애정이 굳건함을 상징한다.

라고 하면서 끝내 한 치도 자리를 경솔하게 옮기지 않았다. 소저도 문지방을 넘지 않았다. 조정의 예법이라 해도 이렇게까지 엄격하지는 않았을 것이다. 마침내 노파의 딸이 하직하고 물러 나왔다. 김생의 부인이 다음에 만날 날짜를 묻자 노파의 딸이 답하였다.

"여자가 집밖을 출입하기가 쉽지 않사오니 쇤네의 어미가 왕래하는 편에 알려 드리겠사옵니다."

소저가 다시 시 한 수를 써서 주었다.

신선의 거처도 특별한 곳 아니니	仙居非別界
동쪽 산 가까이 지어진 집 있다네	卜築近朝陽
어젯밤 오동나무에 비가 내리더니	昨夜梧桐雨
하늘이 봉황을 내려앉게 하였구나[13]	天敎下鳳凰

노파의 딸이 말하기를,

"이별을 앞에 두니 안절부절못하며 초조하기만 합니다. 나중에 답시를 올리겠습니다."

라 하고 마침내 떠났다. 김생의 부인이 못내 섭섭해 하며 쉬이 헤어지지 못했다.

다음날 노파가 또 와서 부인을 뵙고 말하였다.

---

13 『시경』 대아(大雅) 「권아(卷阿)」에 "봉새와 황새가 우네, 저 높은 언덕에서. 오동나무 자라났네, 해 뜨는 저 동쪽 산에서. 오동나무 무성하니, 봉새와 황새의 울음소리 조화롭네〔鳳凰鳴矣, 于彼高岡, 梧桐生矣, 于彼朝陽, 菶菶萋萋, 雝雝喈喈〕."라고 하였다. 봉새와 황새가 오동나무에 깃드는 것은 상서로운 일이 있을 조짐을 의미한다.

"제 딸아이가 과하게 환대를 받아 은혜에 감격해 마지않습니다. 이런 딸자식이 있어도 좋은 남편감을 고르지 못하고 있으니 밤낮으로 애가 탑니다. 소저는 혼처를 정했다고 들었으니 축하할 일입니다."

부인이 말하였다.

"처음에는 혼처를 정했으나 비방하는 말이 날마다 들려오는 터라 결정하지 못하고 있네."

노파가 물었다.

"부인께서는 어떤 사윗감을 찾고 계시는지요?"

"내 딸보다 낫지도 않고 처지지도 않는다면 흡족할 듯하이."

"제 딸이 소저께 한참 미치지 못하는데도 적당한 사윗감을 찾기 어려운데 하물며 소저야 오죽하겠습니까?"

"자네 딸아이는 내 딸보다 윗길 가는 사람이라고 해도 충분하거늘 어찌 한참 미치지 못한다고 하는가? 남자의 몸으로 태어나지 못한 게 애석하네. 내 딸은 천상여자일세."

노파가 말하였다.

"이 늙은이가 이 상사 댁과도 가깝게 지내 저를 믿고 있답니다. 그 집 도련님은 천하의 기이한 남자이지요. 그 집에서도 유언비어를 듣고는 의심을 품었답니다. 요사이 유언비어의 근원을 알아냈는데 이 근처 사는 박씨 부자가 천금을 뿌려 이간질했다더군요. 이 상사 댁에서는 벌써 의심을 풀었습지요."

김생의 부인이 말하였다.

"박씨가 구혼한 적이 있었는데 내가 허락지 않았더니, 과연 그 사람이 유언비어를 퍼뜨렸구먼."

"부인께서 제 딸아이도 뛰어난 사람이라 인정하셨는데, 제 딸아이보다 나은 이랑을 무엇 때문에 의심하십니까?"

"어찌 그럴 수 있겠는가? 세상에 자네 딸만한 인물이 또 있단 말인가? 자네 딸 정도 되는 장부라면 장부 중에서도 걸출한 자일 걸세."

노파가 일어나 절하며 말하였다.

"부인께서 좋은 사윗감을 고르셨으니 축하드리옵니다. 이 늙은이는 바로 이랑의 유모이옵니다. 도련님이 제게 유언비어의 근원을 캐어 보라 하였는데 바로 박씨가 그 근원이었습니다. 도련님은 '내가 직접 가지 않고서는 두 집안의 의심을 풀 수 없겠소. 임기응변으로 일을 해결하는 일은 옛날에도 행한 사람이 있지요.'라고 하였습니다. 마침내 여자 옷으로 변복하고 이곳에 찾아왔다가 소저의 덕성에 깊이 탄복해서 의심을 시원하게 풀었습니다. 그리하여 이 늙은이에게 도련님의 진심을 알리도록 하였습니다."

부인이 깜짝 놀라며 말하였다.

"그래? 그렇다고? 참으로 천하의 기이한 남자일세. 내가 훌륭한 사윗감을 얻었으니 바라던 것보다도 더 낫구나."

노파가 소저에게 화전지(花箋紙)를 받들어 올리자 소저가 미소 지으며 받았다. 그 편지에는

"김소저 좌하에 답을 올립니다."

라고 적혀 있었고, 다음과 같은 시가 쓰여 있었다.

낳고 낳는 천지의 이치 가만히 살펴보니	默看生生理
한 번은 음이 되고 또 한 번은 양이 되네[14]	一陰又一陽

천리마에 붙은 파리[15] 되기를 염원하노니   願言蠅附驥

봉새가 황새 찾음을[16] 누군가는 알아주리   誰知鳳求凰

시가 한 수 더 쓰여 있었다.

밤을 새워 황금을 챙겨 달려간다고 한들[17]   黃金雖夜走

하늘에서 벌써 흰 옥구슬 만들어 주었지[18]   白璧已天成

어제 문 열고 함께 이야기 나누었을 때   昨日闢門語

신령한 무소뿔처럼 한 점으로 빛났다네[19]   靈犀一點明

부인이 말하였다.

---

14 『주역』「계사전 상」에 "낳고 낳는 것을 역(易)이라 한다[生生之謂易]."라고 하였다. 낳고 낳는 이치는 모든 생물이 암수가 서로 짝을 짓고 자식을 낳아 번식하는 자연의 이치를 말한다. 『주역』「귀매(歸妹)」에 "한 번은 음이 되고 한 번은 양이 되는 것을 도라고 하니, 음과 양이 서로 감응하고 남자와 여자가 부부가 되는 것은 천지의 떳떳한 이치이다[一陰一陽之謂道, 陰陽交感, 男女配合, 天地之常理也]."라고 하였다.

15 파리가 천리마의 꼬리에 붙어서 천 리 먼 길을 갈 수 있게 된다는 말로, 훌륭한 사람과 가까이 지내 자신도 향상된다는 뜻이다. 『사기(史記)』권61 「백이열전(伯夷列傳)」에 "안연(顔淵)이 비록 학문이 독실하기는 하였으나 공자라는 천리마의 꼬리에 붙어서 간 덕분에 행실이 더욱 드러나게 되었다."라고 하였다.

16 남녀가 서로 그리워하거나 남자가 여자에게 구애하는 일을 뜻한다. 한나라의 문인 사마상여(司馬相如)가 탁문군(卓文君)에게 애정을 표시하며 준 시에 "봉새여 봉새여, 고향으로 돌아왔구나! 사해를 노닐며 황새를 찾아다니더니[鳳兮鳳兮歸故鄕, 遨游四海求其凰]."라고 하였다(『옥대신영(玉臺新詠)』권9 「사마상여 금가(司馬相如琴歌)」).

17 구혼이나 약혼 과정에 남자 집에서 여자 집에 예물로 돈을 보내는 일을 가리킨다. 빙금(聘金)이라고도 한다. 송나라 육유(陸游)의 「장간 마을 노래[長干行]」에 "예물로 황금을 산처럼 많이 준다 한들, 귀족 집안에는 시집가고 싶지 않네[聘金雖如山, 不願入侯家]."라고 하였다.

"편지에 무슨 내용이 있더냐?"

소저가 부끄러워하며 대답하지 못하자 부인이 말하였다.

"나는 이미 결심이 섰거늘 너는 또 무얼 꺼리는 게냐?"

거듭 강권하니 소저가 대답하였다.

"문장이 매우 뛰어나고 의취 또한 깊으니 소녀가 평가할 수준이 아니옵니다."

부인이 더욱 기뻐하였다.

노파가 말하였다.

"부인께서는 박씨가 음모와 흉계를 꾸며 이랑을 해치고 이어서 소저도 핍박한 줄을 모르셨지요. 김 상궁(金尚宮)과 이 판서(李判書)의 위세를 누가 감히 맞서겠습니까?[20] 두 집안에서 우선은 혼례 날짜를 조금 늦춘 다음 멀리 피할 방도를 천천히 강구하십시오. 시국의 변화를 잘 살펴서 앙화의 빌미를 재촉하지 않도록 해야 합니다. 그래

---

18 한나라 때 양백옹(楊伯雍)이 목마른 행인들에게 대가 없이 물을 대접하였다가, 이에 감동한 신선으로부터 옥돌 씨앗을 받아 남전(藍田)에 심었다. 몇 년 뒤에 우북평(右北平)의 명문인 서씨(徐氏) 집안에 아름다운 딸이 있어 양백옹이 그녀에게 장가들고자 하였는데, 그 집에서 벽옥 한 쌍을 폐백으로 바치라고 요구하였다. 양백옹이 옥돌 씨앗을 심었던 밭에 가보니 백옥이 무더기로 나 있어 그 중 1쌍을 가져다 서씨 집 딸에게 장가들었다고 한다(『수신기(搜神記)』 권11 「양백옹이 옥을 심다〔楊伯雍種玉〕」). 여기서는 하늘이 미리 점지해 준 혼처가 있다는 뜻이다.

19 두 사람의 마음이 잘 통한다는 뜻이다. 신령한 무소의 뿔은 한 줄의 흰 무늬가 있어 두 개의 뿔을 끝에서 끝까지 관통해 신령스러운 감응이 일어난다고 한다.

20 김 상궁은 광해군의 총애를 받았던 상궁 김개시(金介屎)를, 이 판서는 예조 판서를 지낸 이이첨(李爾瞻, 1560~1623)을 가리킨다. 이이첨은 스승인 정인홍(鄭仁弘)과 함께 광해군 때 대북파의 핵심 인물로 권력을 휘둘렀다. 두 사람 모두 1623년 인조반정(仁祖反正)이 일어나자 관군에게 잡혀 죽임을 당했다.

서 이 늙은이를 보내 말씀드리도록 한 것입니다."

부인은 크게 깨닫고 말하였다.

"하마터면 흉악한 자의 독한 손아귀에 떨어질 뻔하였구나."

이때부터 노파가 왕래하면서 상의하여 시골로 내려갈 계획을 은밀히 도모하였다. 오래지 않아 인조반정이 일어나 김 상궁과 이이첨이 처형되었다. 박씨는 세력을 잃기는 했으나 축적해 놓은 부가 여전하였으므로 하루가 멀다 하고 간교한 계책을 썼다. 갑자년(1624, 인조 2)에 이괄(李适)의 군대가 도성에 들어오자[21] 도성 안의 사람들이 달아나 숨었다. 김소저와 이랑 두 집안사람들이 동소문(東小門, 혜화문)으로 모였으나 문이 벌써 닫혀 버렸다. 김소저도 변복하였다. 반촌(泮村)에는 빈집이 많았으므로 마침내 임시로 머물며 지냈다.

한 도인이 소나무 그늘 아래 앉아서 글자를 맞춰 길흉을 점치고 있었다. 김소저와 이랑 두 사람이 글자를 써서 보내자 도인이 이렇게 썼다.

두 집안의 빼어난 아들과 딸이	兩家佳子女
한 세상의 사이좋은 부부가 되는구나	一世好夫婦
저 사람의 음모를 한탄하지 말지어다	莫嘆人謀秘
이미 귀신 명부에 이름이 적혔느니	已看鬼籍題

---

21 이괄(李适, 1587~1624)의 난을 가리킨다. 1623년 인조반정 때 큰 공을 세웠으나, 반정 후 집권 세력과 사이가 나빠져 논공행상에서 우대받지 못하고 변방인 평안도의 병사(兵使)로 임명되었다. 권력에서 소외되자 반란을 일으켜 평안도 여러 군을 차례로 점령한 후 한때 서울까지 점령하여 기세를 떨쳤다. 그러나 곧 관군에 대패하여 도피하던 중 부하 장수에게 살해되었다.

당시에 박씨는 김 상궁과 이이첨의 뒷배경을 잃은 터에 또 역적 이괄과 결탁하고자 반란군 앞에서 그를 맞이하여 일만 금을 군량미 운송 자금으로 바쳤다. 피났 갔던 임금이 궁궐로 돌아오고 난 뒤에 일이 발각되어 역적에 붙었다는 명목으로 참형을 당하였다. 그리하여 김소저와 이랑 두 집안이 각자 자기 집으로 돌아갔다가 길일을 택해 혼례를 올렸다. 이랑은 높은 등수로 과거에 합격해서 관직이 판서에까지 이르렀고 또 아들딸을 많이 두었다. 부부는 한평생 다섯 가지 복을 누렸다고 한다.

8

전란이 맺어준 인연

선조 임금 시절 임진왜란이 일어나 왜구가 머물러 있는 동안 영남의 사민(土民)들은 들판에서 온통 물고기 신세가 되었다. 사람들은 산골짜기로 피난을 많이 갔는데, 주둔하고 있던 왜구들은 시도 때도 없이 노략질을 해 대었다. 당시에 진주 선비 강씨(姜氏)는 딸에게 남장을 시키고 바위굴 속으로 데려가 숨어 있었다. 왜구가 들이닥치자 온 산에 있던 많은 사람들이 도망가 숨었다. 강씨의 딸아이는 도망가지 못해 왜구에게 잡힐 지경에 이르자 백 척 벼랑 아래로 몸을 던졌다. 왜구가 깜짝 놀라 머뭇거리는 사이에, 강씨 부부는 딸아이가 몸을 던져 죽었으리라 짐작하면서도 감히 뒤돌아보지 못하고 급히 달아난 끝에 겨우 목숨을 건질 수 있었다.

강씨의 딸아이는 요행히 죽지 않았다. 몸에 차고 있던 쌀가루 주머니가 마치 두꺼운 옷처럼 몸을 보호해 준 덕분에 심하게 다치지 않아 기어서 도망친 끝에 죽음을 모면하였다. 왜구가 물러가자 강씨 부부는 딸의 시신을 찾으려 하였으나 찾지 못하였다. 딸아이도 부모를 찾으려 하였으나 찾지 못하였다. 발이 부르트고 기운이 빠져 더는 걷지 못하게 되니, 또 바위 아래로 몸을 던져 죽고만 싶어 통곡하다 주저앉았다. 깜

박 잠이 들었는데 꿈속에 머리가 허연 노인이 나타나 말하였다.

"죽지 말거라. 너의 복력(福力)이 아직 끝나지 않았으니 부모를 만나게 되리라. 너와 동갑인 사람이 지금 오고 있으니 네가 그 사람을 따라가면 앞길이 크게 열릴 것이다."

딸아이가 꿈에서 깨어나서 멍하니 앉아 있으려니 이런 생각이 들었다. '여자의 몸으로 외간 남자를 한 번 따르고 나면 죽을 때까지 다른 남자로 바꿀 수 없다. 지체가 맞지 않아도 절대로 안 되고, 인물이 영 아니어도 절대로 안 된다. 외간 남자를 어떻게 쉽게 따르겠는가?' 생각하려니 눈물이 샘물처럼 솟아나 그저 죽고 싶은 마음뿐이었다.

갑자기 한 남자아이가 또한 눈물을 흘리며 다가오는 것이 보였다. 그가 와서 강씨의 딸아이 곁에 앉으며 말하였다.

"너는 어디 사는 사람인데 혼자 앉아 있느냐? 기다리는 사람이라도 있느냐?"

강씨의 딸아이는 남자 옷을 입고 있기는 했지만 실은 여자였기에 부끄러워 말도 못하고 그저 눈물만 흘릴 뿐이었다. 남자아이가 말하였다.

"어린아이가 혼자서 이런 난리를 만났으니 죽으면 죽는 게지, 사정을 털어 놓지도 못하고 계집애같이 군단 말이냐?"

그러면서 이유를 캐묻자, 강씨의 딸아이가 말하였다.

"진주 사람이고 성은 강씨인데 부모님을 잃어버리고 여기 앉아 있은 지 나흘이나 됐어."

"몇 살이니?"

"열여섯이야."

"어쩜 이리 나와 꼭 같지? 나는 단성(丹城)[1] 사람이고 성은 김씨(金氏)

야. 나도 부모님과 헤어진 지 나흘 되었고 나이도 열여섯 살이야. 나
도 홀몸이고 너도 홀몸이니, 같이 동행하여 부모님을 찾으러 가자.
이 산속에 계실 테니 찾지 못할 리가 있겠어? 너희 부모님이든 우리
부모님이든 간에 한 분이라도 만나게 되면, 단성과 진주는 붙어있는
고을이라서 서로 아시는 분일 수도 있어. 어른들께서 수소문해 보신
다면 반드시 며칠 안 되어 찾을 수 있을 거야. 조금 전에 내가 신기한
꿈을 꿨거든."

"무슨 꿈이었는데?"

"나흘 동안 부모님을 찾아다녔지만 찾지 못해 산에서 내려가 단성
으로 가려고 평지를 내려다보니, 왜놈들이 들판에 가득하더라. 더는
한 발짝도 앞으로 갈 수 없어서 바위 위에 앉았다가 잠이 들어 버렸
지. 꿈에 머리 허연 노인이 나타나서는, '내려가지 말고 다시 올라가
면 너와 동갑인 사람을 만날 텐데, 인연이 깊어서 장래에 반드시 복
력이 클 것이다.'라는 말을 해 주었어. 꿈에서 깬 다음에 올라오다가
다행히 너를 만났지. 그래서 같이 가려고 하는 거야."

"신기하다! 내 꿈도 그랬어. 동행하여 같이 가려면 반드시 벗의 도리
로 사귀고 형제의 의리를 맺어야 해. 집안이 어떻게 되니?"

"우리 집안은 단성 명문가에 선현의 후손이야. 아버지께서는 또 선비
로 명성이 자자하시지."

"우리 집안은 진주의 큰 성씨고 이름난 재상의 후손이야. 아버지께서
는 세상 사람들에게 추앙받고 계시고 사림의 종주이셔. 집안의 지체

---

1 단성(丹城)은 오늘날 경상남도 산청군(山淸郡) 지역의 옛 이름이다.

도 비슷하고 선대의 덕망도 나란하니 형제의 의리를 맺어도 되겠어. 만약에 부모님을 찾게 되거든 다 같이 부모님으로 섬기고 죽거나 살거나 그렇게 하여 서로 헤어지지 말자. 그럴 수 있겠니?"

"오늘 필시 죽을 처지였는데 너와 내가 함께 살아나게 되었으니 우린 한 몸이나 마찬가지야. 천지 귀신이 굽어보고 있고 청산(靑山)이 왼쪽에서, 백수(白水)가 오른쪽에서 살펴보고 있는데 어떻게 감히 다른 마음을 먹을 수 있겠어?"

이에 두 아이가 소매를 붙들고 통곡하였다.

강씨의 딸아이가 물었다.

"끼니는 어떻게 해결했어?"

"어쩌다 피란민들 사이에서 얻어먹기는 했는데 겨우 굶어죽지 않았을 뿐이야."

"나에게 쌀가루가 있으니 대엿새는 버틸 수 있을 거야."

드디어 쌀가루를 물에 타서 주니 그때부터 기갈병이 없어졌다. 두 아이가 온 산을 찾아 헤맨 끝에 며칠 지나지 않아 남자아이의 아비인 김씨(金氏)를 만났다. 강씨의 딸아이는 김씨 부부를 수양부모로 불렀다. 김씨의 아이는 인물이 준수하고 출중하였으며 강씨의 딸아이는 재주와 외모가 둘도 없이 빼어났다. 남자아이의 아비 김씨가 강씨의 딸아이를 매우 기특하게 여겨 그 아비의 이름을 물어보고는 말하였다.

"내가 잘 아는 분이구나."

김씨가 마침내 두 아이를 데리고 진주 사람들이 모여 있는 곳으로 갔다. 한나절이 채 안 되어 강씨 딸아이의 아비를 만났다. 이에 부녀는 서로 껴안고 통곡하였다. 강씨의 딸아이가 김씨 아이와 만나서 형제의 의리를 맺은 일을 아뢰었다. 강씨가 말하였다.

"내가 평상시에 사윗감을 골랐다 해도 이보다 더 나은 사람은 절대로 없었으리라."

그리고는 김씨 아이의 아비에게 말하였다.

"우리 아이가 남자 옷을 입고는 있으나 실은 딸아이입니다. 아드님과 혼인을 맺으면 어떻겠습니까?"

김씨와 그 아이가 매우 놀라며 기뻐하였다. 드디어 산 위에서 물을 떠 놓고 혼례를 치렀다. 강씨는 집이 부유하고 김씨는 집이 가난하였는데 강씨가 자신의 전답과 노비를 넉넉히 떼어 주었다. 강씨는 아들이 없었으므로 나중에 모든 전답과 노비를 김씨 집안에 맡겼다. 김씨의 아이는 또한 과거에 급제하여 고관까지 올랐으며 자손도 번성했다고 한다.

9

충주 이생의 선견지명

충주에 이씨 성을 가진 선비가 살았는데, 그 이름은 생각이 나지 않는다. 영조 기유년(1729, 영조 5)과 경술년(1730)에 큰 풍년이 들었는데, 신해년(1731) 봄에 이생(李生)이 그 아들에게 말하였다.

"내가 저쪽 들판에 있는 논을 팔려고 한다."

아들이 말하였다.

"우리 집에 다른 전답은 없고 이 논 30마지기[1]를 겨우 가진 덕분에 30섬을 추수하여 온 식구가 먹고 삽니다. 여태 아무 문제도 없었는데 어찌 팔려 하십니까?"

이생이 말하였다.

"네 말에 일리가 있구나."

그 뒤로 이생은 밥상을 받아도 먹지를 않았다. 그 아내가 까닭을 묻자 이생이 말하였다.

"인생에는 저마다 때가 있는 법이오. 10년 전은 나의 때였는데, 지금

---

1 원문은 斗落이다. 마지기는 논밭 넓이의 단위다. 1마지기는 볍씨 한 말의 모 또는 씨앗을 심을 만한 넓이로, 지방마다 차이를 보이나 대개 논은 약 150~300평, 밭은 약 100~200평 정도이다.

은 우리 아이의 때요. 때를 잃었으니 죽는 것이 마땅하오."

"때를 잃었다니 무슨 말씀이십니까?"

"내가 땅을 팔고자 하였더니 아이가 안 된다고 하였소. 나의 때였을 적에야 내 뜻대로 하면 됐지 아이에게 물을 필요가 없었소. 아이에게 물어보았으니 이미 나의 때를 잃은 것이오. 아이의 말에 일리가 있는데 억지로 거스르면 내 마음이 편치 못하오. 그러므로 때를 잃은 사람은 죽어야 마땅하다고 하는 것이오."

아들이 그 말을 듣고 머리를 조아리며 용서를 구하고는 논을 파시라고 청하였다. 이생이 끝까지 듣지 않다가, 아들이 지성으로 잘못을 뉘우치는 것을 보고서야 밥을 먹었다.

밥을 다 먹고 나서 이생이 이웃 마을의 부자인 박 동지(朴同知)를 불러오라 한 다음 박 동지에게 말하였다.

"내가 논을 팔고자 하는데 자네가 사겠는가?"

박 동지가 말하였다.

"까닭도 없이 어찌하여 팔려고 하십니까?"

"까닭의 유무는 묻지 말고 살지 말지만 말하게."

"일대 들판이 다 소인의 땅이지만, 그중에서 제일 좋은 곳은 바로 그 논입니다. 어찌 다른 사람에게 양보하겠습니까? 값이 얼마인지 여쭙겠습니다."

"원래 300냥이었네."

"너무 쌉니다."

"원래 가격이니 더할 것도 뺄 것도 없네."

"네댓새 뒤에 값을 치르겠습니다."

"왜 그리 늦는가?"

"곡식을 팔아서 돈을 구해야 합니다."

"곡식 한 섬의 값이 얼마나 되는가?"

"한 냥입니다."

"곡식으로 300섬을 낼 수 있겠는가?"

"그리 하면 일이 덜어지니 다행입니다."

"그러면 열 섬으로 목재를 사서 이 마당가에 곳간 세 칸을 지어 주게."

박 동지가 '예, 예'하고 물러갔다.

며칠 안 되어 이생의 마당가에 곳간이 완성되었다. 이생이 곳간의 양쪽 칸에 곡식 100섬씩을 들여놓고 가운데 칸에는 90섬을 들인 다음, 칸마다 모두 칸막이벽을 세웠다. 곳간 왼쪽 칸과 오른쪽 칸 문에는 자물쇠를 질러 잠근 다음 박 동지에게 서명하게 하고, 곳간 가운데 칸에는 자신이 서명한 다음 땅문서를 만들어 그에게 주었다. 아들에게는 날마다 공부를 시키고 더는 농사일에 관여하지 않도록 하였다. 추수철이 지나자 30섬을 꺼내 집안사람들에게 주며 말하였다.

"전에 쓰던 대로 쓰거라."

임자년(1732) 가을에도 30섬을 꺼내 주면서 전에 쓰던 대로 하라고 당부했다.

계축년(1733) 봄에 이생이 박 동지를 불러 물었다.

"살기가 어떤가?"

"죽겠습니다. 2년 동안 흉년이 들어 온 들판이 다 황폐해졌으니 백 명의 식구가 살길이 없습니다. 땅을 팔고자 해도 살 사람이 없으니 어쩌겠습니까?"

"몇 섬이면 백 명이 먹고 살 수 있는가?"

"백 명이 먹고 살려면 백 섬은 있어야 합니다."

"농사는 어떻게 지을 텐가?"

"온 마을사람들이 여기저기로 흩어져 품꾼이 없으니 어쩌겠습니까?"

"곳간 왼쪽 오른쪽에 백 섬씩 쟁여둔 곡식을 전부 자네에게 주겠네. 백 섬으로는 자네 집안사람을 살리고, 백 섬으로는 이웃에 나누어 줘서 사람들이 흩어지지 않게 하게. 다행히 풍년이 든다면 어찌 좋지 않겠는가?"

박 동지가 일대 들판의 땅문서를 모두 갖다 바치자, 이생이 말하였다.

"우선은 놔두고 30섬으로 친척들부터 구제하게."

가을이 되어 큰 풍년이 들자, 박 동지가 와서 아뢰었다.

"오늘 저쪽에서 벼를 수확하였으니 나가서 간심(看審)[2]해 보시지요."

이생이 말하였다.

"내가 무엇 하러 간심하겠는가?"

마침내 문서를 꺼내서 자신의 30마지기짜리 땅문서를 찾아낸 다음, 그 나머지는 모두 박 동지에게 돌려주면서 말하였다.

"내 논을 수확할 때가 되거든 와서 이야기해 주게."

박 동지가 연신 허리를 숙이며 감사 인사를 하니, 이생이 말하였다.

"내가 자네를 위해서 자네의 곡식을 저장해 두었네. 곡식이 흔할 때

---

2 농사가 잘되고 못됨을 자세히 보아 등급을 매기는 일을 말한다.

면 설렁설렁 낭비하는 짓을 면치 못하지. 그래서 자네를 위해 보관해

둔 것뿐이니, 은혜랄 게 뭐 있겠는가?"

아! 사람의 일은 하늘의 이치와 서로 부합하니 이치로 살피면 알지

못할 일이 없다. 사람들은 모두 노인을 기인이라 여기나 나만은 그다지

기이한 일이라 여기지 않으니, 그 사람의 처사가 순전히 이치에 맞아서

이다. 군자의 마음은 이처럼 욕심이 없어야 한다. 그래서 그 마음이 허

명(虛明)했고, 그런 까닭에 앞일을 미리 알 수 있었다.

10

암행어사가 바꾼 마을 풍속

나의 재종숙께서는 양성(陽城)[1]에 사셨다. 젊은 시절 매제 심시태(沈始泰)와 함께 통영(統營)에 갔다가 돌아오는 길에 익산을 들러 길 옆의 큰 마을에 투숙하셨다. 한 사람이 길을 안내하여 가장 앞쪽에 있는 두 칸짜리 정사(精舍)로 데려갔다. 아래 두 칸은 왼쪽이 마구간이고 오른쪽이 방이었는데, 정사의 사람이 재종숙의 말에게 매우 풍족하게 여물을 먹여 주었다. 저녁 밥상을 네 개 내왔는데 음식을 아주 정갈하게 차렸으며 아침밥도 마찬가지였다. 재종숙께서 가지고 간 양식을 밥값으로 내셨으나, 양식도 받지 않았다.

정오가 되어 재종숙께서 친지의 집에 가서 그 마을의 풍속이 매우 아름답다고 말씀하셨다. 그러자 친지가 웃으며 말하였다.

"정말로 그 마을에 들어가셨단 말입니까? 호남 지방은 풍속이 사나워 평소에 지나가는 길손을 대접하지 않았는데, 그 마을은 특히 심하였습니다. 백여 집이 악착같이 모의하여 길손이 들어와 묵는 것을 허락하지 않고 또 밥을 얻어먹는 것도 허락하지 않으니, 사람들이

---

1 경기도 안성(安城)의 옛 이름이다.

그 마을을 나쁜 마을로 지목하였지요. 그러다가 몇 년 전에 암행어사가 추위 속에서 한뎃잠을 자느라 죽을 뻔하다가 겨우 살아났습니다. 다음날 군사를 풀어 쑥대를 모아서 목책처럼 만들고 불을 질러 마을을 다 태워 버렸습니다. 사람이 죽지는 않았으나 집이나 전답을 하나도 남겨 두지 않았고 몇 사람은 처형하였습니다. 그런 뒤에야 비로소 두려워할 줄을 알아 집집마다 쌀 한 말을 거두어 일백 말을 만들어서 밀실을 짓고 매달 담당자를 정하여 과객을 대접하였습니다. 대접하는 데에는 불과 이삼십 말밖에 들지 않았으므로 남는 쌀을 가지고 이익을 불려 나가니 해마다 절로 풍족해졌습니다. 이로부터 마을 풍속이 일대에서 제일 아름다워졌답니다."

11

군자다운 여염집 부부

재종숙께서 또 돌아오는 길에 홍산(鴻山)[1] 땅에 당도하셨는데, 때는 섣달 스무닷새였다. 낮 비에 쫓기다가 길가에 큰 집이 한 채 있어 곧장 안뜰로 들어가셨다. 안주인이 혼자 부엌에서 두부를 만들다가 말하였다.

"바깥채는 차고 안방이 따뜻하니 어서 드시지요."

재종숙 일행이 말에서 내려 유삼(油衫)[2]을 벗고 안방으로 들어가니 매우 따뜻하였다. 안주인이 윗방에 들어가 술을 가지고 나와 잠시 뒤에 하인을 불러 술을 올리게 하였다. 술은 아주 맑고 시원했으며 안주 또한 정갈하고 풍성하였다. 각각 한 대접씩 마신 다음 노복 두 명에게도 술을 주어 몸을 녹이게 하였다. 그러자 안주인이 말하였다.

"막걸리를 이미 데워 놓았으니, 청주는 행차님들께 다 따라 드려라."

두 노복에게는 데워 놓은 막걸리 두 사발을 주어 실컷 마시게 하였다. 또 하인을 불러 말하였다.

"행랑에 말 먹이가 있으니 콩과 겨를 마음껏 삶아서 먹게 하거라. 바

---

1 충청남도 부여 지역의 옛 이름이다. 부여군 홍산면에 홍산현(鴻山縣) 관아가 지금도 남아있다.
2 물에 젖지 않게 하고자 기름을 발라 흠씬 배게 한 적삼으로, 비나 눈 따위를 막기 위하여 옷 위에 껴입었다.

겉주인의 소와 말이 곧 돌아올 테니 서둘러 손님의 말을 먼저 먹이 거라."

잠시 후 두 사람이 소 두 마리에 장작을 싣고 오자, 안주인이 그들을 매우 극진히 위로하고 또 따뜻한 술을 마시게 하였다.

날이 저물자 안주인이 저녁밥을 차렸다. 음식은 몹시 정갈하고도 풍성하였으며, 또 반주까지 차려 올렸다. 상을 물리자 여주인이 또 하인을 불러 말하였다.

"바깥채가 이미 데워졌을 테니 행차님들께 거처를 옮기시라고 하여라."

재종숙께서 말씀하셨다.

"바깥주인은 어디에 가셨소?"

"바깥주인이 기녀의 남편이라는 현고(現告)[3]가 들어가 40냥을 가지고 읍내에 들어가셨는데 저녁에는 돌아오실 것입니다."

"기녀 남편이라니 무슨 말이오?"

"기녀의 옷이 해지면 관가에서 그 남편이 누구냐고 질책하는데, 그러면 기녀는 반드시 경내의 부자를 현고한답니다."

조금 있으니 바깥주인이 말을 몰아 왔는데 손님의 말을 보고 물었다.

"웬 손님이오?"

안주인이 말하였다.

"두 분 행차께서 한낮에 비를 피해 들어오셨습니다."

"그 시각이면 바깥채가 차가웠을 터인데 왜 안방으로 모시지 않았소?"

---

3 범죄 사실을 해당 관원에게 고발하는 일을 말한다.

"안채로 모셨다가 저녁 식사 후에 바깥채로 나가시게끔 해 드렸습니다."

"잘했소."

바깥주인이 곧장 안으로 들어가 저녁을 먹은 다음 의관을 갖추어 입고 재종숙 일행에게 뵙기를 청하였다.

재종숙께서 바깥주인을 방으로 들어오게 하셨는데, 헌헌장부인지라 참으로 안주인과 어울리는 부부였다. 말씨는 공손하고 신중하였으며, 이야기는 흥미진진하여 들을 만하였다. 재종숙께서 말씀하셨다.

"대대로 부자였소? 아니면 자수성가하였소?"

바깥주인이 말하였다.

"부모님께서 살아계실 때는 그렇게 가난하지 않아 선생님 댁에서 글공부를 하게 하셨습니다. 열일곱에 아버지를 여의고 열아홉에 분가하였는데 아홉 마지기의 논을 물려받기는 했지만 평소 농사일을 익히지 않은 탓에 먹고 살 길이 없었습니다. 그래서 아내에게 말하였지요. '땅을 팔면 90냥을 마련할 수 있으니, 그것으로 십년 동안 도붓장사를 하면 살림을 장만할 수 있을 것 같소. 이루고 못 이루고는 천명에 달렸으니 천명이야 내가 어찌 하겠소? 십년 동안 혼자 먹고살 수 있겠소?' 그러자 아내가 말하였습니다. '걱정 마시고 힘을 다해 주세요.' 드디어 90냥을 가지고 장사를 나가 다섯 해 만에 돌아와 보니, 아내는 혼자 먹고살고도 재물이 남았습니다. 때마침 이 가옥과 전장을 팔겠다는 사람이 있어서 700냥을 주고 사 두었습니다. 다시 도붓장사를 나가서 다섯 해 만에 돌아와 삼천 냥으로 땅을 샀습니다.

또 아내에게 말하였지요. '십년의 기한이 이미 찼고 살림 또한 충분하니, 내 형님을 위해 일 년만 더하겠소.' 아내가 말하였습니다. '아주 좋습니다. 애쓰셔요.' 일 년 만에 돌아와 일천 냥으로 전장 하나를 사서 형님께 드렸는데, 형님께서는 3리 떨어진 곳에 살고 계십니다. 그때 이후로는 재산 불리는 일은 입에 담지 않아서 분수를 넘지도 않았고 헛된 부귀를 추구하지도 않았습니다. 몸을 삼가고 절약하며 수입을 헤아려 지출해서 사람 도리를 하며 살 뿐입니다. 여윳돈을 조금 두어 홍수나 가뭄, 길흉의 일에 대비하고 더는 한 조각의 땅도 늘리지 않았습니다."

"수확은 얼마나 하오?"

"200섬 안팎입니다."

"식구가 몇이오?"

"우리 부부에 아들 녀석 하나뿐입니다."

"세 식구가 어떻게 200섬을 다 먹는단 말이오? 아무리 재산을 불리지 않으려 한다고 해도 불어나지 않겠소?"

"사람 도리를 하며 살기에는 넉넉하지 않으니 남는 게 뭐 있겠습니까?"

"아들은 아버지의 뜻을 잘 잇고 있소?"

"제 아비를 본받을 게 뭐 있겠습니까? 잘 가르친다면 그저 평범한 사람은 될 수 있겠지요. 지금은 선생 댁에서 『통감(通鑑)』과 『사략(史略)』을 배우고 있는데 이제 열두 살입니다."

"자식 교육은 어떻게 하오?"

"글이야 선생님께 배우는 것이고요, 다만 귀로 듣고 눈으로 본 것을 가지고 집에 있을 때 항상 이렇게 경계하곤 하였습니다. '행실은 마땅히 선생님의 가르침을 따라야 한다. 나는 식견이 없어서 너에게 바라는 것이라곤 그저 일상의 일과 상민의 분수에 관한 일에 지나지 않는다. 너는 법 무서워하기를 승냥이와 범 무서워하듯 해야 하며, 의(義) 좋아하기를 맛난 음식 좋아하듯이 해야 한다. 교만하고 사치하면 자신을 망치며, 안일하면 집안을 망친다. 옷은 한 해에 한 벌 넘게 지어 입지 말고, 술은 하루에 석 잔 넘게 마시지 마라. 필부는 아내가 하나이니 아내 한 명 외에 다른 여자를 가까이하지 마라. 여색을 가까이하면 반드시 망한다. 상민은 삼농(三農)[4]이면 되니 삼농 이외에는 탐을 내지 마라. 잡기에 손을 대면 반드시 망한다. 어른을 능멸하고 윗사람을 업신여기는 짓을 제일 경계하라.' 이런 몇 가지 일로 날마다 일러 주고 때마다 타일러 마음에 새기도록 하였습니다만, 듣고 안 듣고는 아이에게 달려있으니 아비가 또한 어찌하겠습니까?"

"안주인의 손님 접대는 인정과 예법이 곡진하였소. 어떻게 그렇게 시키셨소?"

"시골의 여염집 여자인데 입에 올릴 만한 행실이 뭐 있겠습니까? 그저 천성이 소박하고 정이 두터울 뿐이지요. 제가 도붓장사할 때 도처의 집주인들에게 숙식을 허락받지 못해 한뎃잠을 자고 추위와 굶주림에 시달렸던 사연을 말해 주었지요. 그 말을 들을 때마다 눈물을 줄줄 흘리며 말하기를, '집안에서 편히 있는 사람이 객지 생활하는 사람의 어려운 사정을 생각하지 못하다니 그게 어디 사람의 마음

---

4 산지(山地)·평지(平地)·습지(濕地) 세 지대의 농사를 가리킨다. 『주례(周禮)』「천관총재(天官冢宰) 태재(太宰)」에 "삼농에서 아홉 가지 곡식을 생산한다."라고 하였다.

인가요? 우리 부부만이라도 절대로 그렇게 하지 말아야겠지요?'라고 하기에, 제가 '그렇소.'라고 대답하였지요. 이렇게 했을 뿐이지 시킨 일이 뭐 있겠습니까?"

아! 착한 사람은 성인의 자취를 밟지 않더라도 악한 일을 하지는 않는다[5] 하더니 이 사람이 그 말에 가깝구나. 스스로 만족할 줄 알고 자식을 훈계할 줄 아니, 독서를 한 군자라 해도 이와 같은 사람이 몇이나 되겠는가? 그 안주인 또한 공경할 만하다.

---

5 『논어』 「선진(先進)」에 "자장이 선인의 도를 묻자, 공자가 말하였다. '착한 사람은 성인의 옛 자취를 밟지 않더라도 악한 일을 하지는 않는다. 그러나 역시 성인의 경지에 들어가지는 못한다.'"라고 하였다.

12

토반에게 욕을 당한 과객

몇 년 전에 어떤 길손이 호서(湖西)에 사는 사람이라고 하면서 묵어가기를 청하였다. 나도 길손도 잠이 오지 않아서 내가 물었다.

"손님께서는 이야기〔俚語〕를 잘하십니까?"

호서 길손이 대답하였다.

"잘하지 못합니다. 다만 작년에 어떤 사람을 만나서 들은 이야기가 있는데 몹시 해괴하였습니다. 그 이야기를 해도 되겠습니까?"

"한번 말해 주시지요."

그 이야기는 다음과 같았다.

어떤 젊은 과객이 호서 길손의 집에 묵어가기를 청하였는데, 밤이 되자 끙끙 앓는 소리를 냈다. 호서 길손이 까닭을 묻자 젊은 과객이 다음과 같이 말하였다.

"본래 저는 명경(明經)[1]으로 서학(西學)[2]에 들어갔는데, 사촌 형이 사람을 죽였다는 이유로 동래로 유배를 가셨기에 도보로 찾아가 보았

---

1 경서를 전문적으로 시험하는 시험이다. 초시(初試)와 복시(覆試)는 강경(講經)으로, 전시(殿試)는 책문(策問)으로 시험하였다.

답니다. 돌아오는 길에 영산(靈山)³에 들러 한 부잣집에 들어갔습니다. 그 사람은 아주 드문 성씨였는데 제가 잊어버렸습니다. 집주인이 완강하게 거절하였으나 날이 이미 어두워진지라 더는 갈 데가 없었습니다. 억지로 사정해 마지않자, 집주인이 목소리와 안색을 사납게 바꾸며 '임금께서 지엄한 윤음(綸音)을 내려 과객을 대접하지 말라 하셨네.'라고 말하더군요.

제가 말하였지요. '경신년(1800, 순조 즉위년) 이후로 윤음이 내린 적이 아예 없소. 지나가는 나그네를 대접하지 않는 것은 향리의 나쁜 습속인데 어찌 감히 윤음을 핑계로 우리 성상의 지극히 어진 덕을 더럽힌단 말이오?' 집주인이 벌컥 화를 내더니 글이 적혀 있는 종이 한 장을 보여주며 말하였습니다. '윤음을 무시하는 자가 진짜 역적이다.' 그 종이를 보니 바로 인동옥사(仁同獄事)⁴ 때 관에서 내린 명령서로, 도망친 사람들을 물색하라는 내용이었습니다. 제가 말하였습니다. '관에서 내린 명령서를 윤음이라 하니 이야말로 역적이 아니고 무엇이란 말이오?' 집주인이 길길이 날뛰며 종을 불러 '이 역적놈을 잡아들여라.'라고 말하였습니다. 그리고는 손을 뒤로 묶고 마구 몽둥이질을 하니, 제 의관이

---

2 조선시대에 서울에 두었던 사학(四學)의 하나이다. 사학은 나라에서 인재를 기르기 위하여 서울의 네 곳에 세운 교육 기관이다. 위치에 따라 중학(中學)·동학(東學)·남학(南學)·서학(西學)이 있었는데, 1411년(태종 11)에 설립하여 운영하다가 1894년(고종 31)에 폐지하였다.

3 오늘날의 경상남도 창녕군 지역에 있던 고을 이름이다.

4 순조 즉위년(1800) 경상 감사 김이영(金履永)이 인동 부사(仁同府使) 이갑회(李甲會)의 첩보에 따라, 인동의 장시경(張時景) 등이 무리를 모아 변란을 일으킨 정상을 조정에 보고하였다. 이에 순조가 형조 판서 이서구(李書九)를 영남 안핵사(嶺南按覈使)로 임명하여 사건을 조사하게 하였다.

다 찢어지고 온몸에 시퍼렇게 멍이 들었습니다. 또 이임(里任)[5]과 두 종을 불러서는 저를 관가로 압송하였습니다.

십리를 걸어 관가 문에 도착하여 세 사람이 역적을 잡아왔다고 큰 소리로 외치니, 관가에서 깜짝 놀라 횃불을 밝히고 저를 잡아들였습니다. 관가의 아랫사람들이 사정을 대략 듣고는 놀라고 또 웃으며 말하였습니다. '압송해 온 3인을 붙들어 놓고 놓아 주지 마라. 반드시 반좌율(反坐律)[6]에 걸릴 것이다.' 제가 곧이어 문득 떠오른 생각이 있었으니, 서울에서 출발하려 할 즈음에 한 친구가 영산에 내려와 책방에 머물고 있다는 것이었습니다. 그래서 관가 뜰에 들어가서는 우러러 물었습니다. '아무개가 아직도 책방에 있습니까?' 영산 태수가 놀라며 말하였습니다. '그 사람을 어찌 아는가?' '제 친구입니다.'

그 친구가 나와서 저를 보고는 깜짝 놀라며 말하였습니다. '이게 어쩐 일인가?' '돌아오는 길에 인가에서 잠자리를 얻으려다가 이런 욕을 당하였다네.' 태수가 물었습니다. '그대는 누구인가?' '동래의 유배객 김 교리(金校理)의 사촌으로 서학재생(西學齋生) 김 아무개이온데, 사촌 형을 보러 온 길이었습니다.' 제가 욕을 당한 자초지종을 간략히 말하자, 친구가 저에게 의관을 내어 주고 자리에 오르게 한 다음 급히 술을 대령시켜 제 놀란 마음을 위로해 주었으며, 저녁밥을 재촉하여 먹게 하였습니다. 태수가 저를 압송해 온 세 사람을 엄하게 곤장 친 다음 목에 칼을 씌워 가두고, 포교를 풀어 영산의 토반(土班)인 부잣집 주인을 잡

---

5 조선시대 지방의 동리에서 호적에 관한 일과 그 밖의 공공사무를 맡아보던 사람이다.

6 어떤 사건을 무고하거나 위증해서 죄를 만들었다가 뒤에 일이 발각되어 뒤집히면, 피해자가 받은 것과 동일한 죄를 받게 하는 법률이다.

아와 엄하게 곤장을 치고 목에 칼을 씌워 가두었습니다. 관찰사에게 보고하여 유배 보내려 한다더군요. 저는 전강(殿講)[7]이 거행될 날짜가 멀지 않아 병을 무릅쓰고 길에 오른 것입니다."

이와 같은 이야기였다.

---

7 조선 성종 때부터 경서의 강독을 권장하기 위하여 실시하던 시험이다. 성균관의 유생 가운데서 실력 있는 사람을 뽑아 대궐에 모아 놓고 삼경(三經)이나 오경(五經)에서 찌를 뽑아서 외게 하였다.

13

아산 선비를 구해준 암행어사

충청도 사람이 와서 다음과 같은 이야기를 말해 주었다.

아산에 한 선비가 있었는데 말투가 우아하고 견해가 명쾌하며 행실이 매우 고상하였다. 과객 한 사람이 와서 그의 집에 묵었는데, 그 또한 비범한 선비였다. 주인과 손님은 뜻이 맞아 밤이 깊도록 끊임없이 이야기를 나누었는데, 손님은 끝내 이름을 밝히지 않고 다만 이씨라고만 밝혔다. 손님이 몇 차례 더 찾아왔고 그때마다 집주인은 꼭 강권하여 묵어가게 하였다. 어느 날 저녁에 손님이 또 찾아왔는데, 집주인이 얼굴 가득 언짢은 기색을 하고서 저녁밥을 재촉해 대접하며 말하였다.

"오늘은 일이 있어 묵어가시기 어려우니 유감입니다."

손님이 의아한 마음이 들어 물었다.

"오늘 주인장을 뵈니 평소에는 화기가 가득하던 얼굴에 언짢은 기색입니다. 무슨 일인지 여쭈어보아도 되겠습니까?"

집주인이 말하였다.

"남에게는 말 못할 일입니다. 아무튼 손님께서 묵어가시기는 어렵겠습니다."

손님이 말하였다.

"얼굴을 안 지가 오래 되지는 않았으나 마음을 아는 깊이는 얕지 않습니다. 주인장께 남에게 말못할 일이 없음을 제가 잘 압니다. 그렇다면 분명 뜻밖의 재앙이 생긴 거로군요?"

그리고는 집주인과 함께 하겠다며 끝내 가지 않았다. 날이 어두워지자 집주인이 말하였다.

"오늘밤 집안에 사람이 죽어 나가는 화가 분명히 일어날 겁니다. 손님의 힘으로 구제할 수 없는 일이라 눈앞에서 참상을 지켜보기만 할 테니 이를 어쩐답니까? 옛사람들이 자식을 바꾸어 가르쳤다기에 하나밖에 없는 자식을 친구의 손에 맡겼지요."

주인이 십리쯤 떨어진 고개 하나를 가리키며 말을 이었다.

"저 고개 남쪽은 바로 제 친구의 집이고, 고개 북쪽의 큰 동네에는 힘 있는 부호의 집이 있습니다. 제 자식 놈이 공부하러 왕래하는 동안 부호의 자제와 친해져 때때로 그 집에서 다리를 쉬어 가곤 하였답니다. 그런데 그 집 며느리와 몰래 간통을 하다가 발각되고 말았습니다. 자식놈이 욕을 당하는 것이야 스스로 초래한 재앙이라 그냥 내버려 두었지요. 그런데 그 부호가 오늘밤 우리집에 와서 며느리를 서로 바꾸어 가겠다고 합니다. 일이 이 지경에 이르렀으니 콱 죽어서 아무 것도 알고 싶지 않습니다. 손님께서 차마 이런 일을 가만히 앉아서 보실 수 있겠습니까?"

손님이 말하였다.

"그 사람이 일시의 분을 못 참아 그런 말을 했겠지요. 어찌 감히 그렇게까지 하겠습니까? 주인장께서는 안심하시지요."

"그 사람은 모질고 사나우니 의심할 여지없이 반드시 올 것입니다."

손님은 잠깐 나갔다가 곧 돌아와 앉아서 태연하게 이야기를 하였다. 주인은 마치 바보천치인양 말없이 꼼짝 않고 앉아 있었다.

　한밤중이 되어 멀리 바라보니, 고개 북쪽 부호의 마을에서부터 불빛들이 달려오고 있었다. 주인이 말하였다.

　"정말 오고 있습니다."

　손님이 말하였다.

　"편안히 앉아 계시고 동요치 마십시오."

　조금 있으니 사람과 말이 뜰에 가득 들어찼는데 마치 혼인 행렬 같았다. 소위 신랑이라는 자와 배행(陪行)하는 자는 말을 타고 있었고, 종자 수십 명은 가마를 잡고 있었다. 그런데 느닷없이 암행어사 출두를 알리는 소리가 뇌성벽력같이 울리더니 어느새 뜰의 문이 닫히고 불빛이 주위를 에워쌌으며 형장(刑杖)이 뜰에 가득 찼다. 말을 타고 있던 두 사람은 형틀 위에 엎드려 있었는데 벌써 물고(物故)가 났다고 알려 왔다. 손님의 몸에는 어느새 조복(朝服)이 걸쳐져 있었으며, 아산 현감이 배알하러 왔다.

　주인은 멍하니 넋이 빠져 눈에 뵈는 게 없다가 비로소 정신을 차리고 나서야 손님이 바로 암행어사였다는 사실을 깨달았다. 가마를 잡고 있던 종자 수십 명은 손을 뒤로 묶인 채 차례로 곤장을 맞으며 심문을 받았다. 그제야 손님과 아산 현감과 주인이 담소하며 술잔을 건넸다. 손님이 아산 현감에게 주인의 뒷일을 부탁하고는, 다음날 새벽이 되자 자취를 감추어 버렸다. 어떤 사람은 그 손님이 바로 이이장(李彛章)[1]이라고 하였다.

14

숙녀로 칭송받은 여염집 며느리

한 과객이 부안에 당도하였을 때 허기가 져서 더는 걷지 못하고 길가에 앉아 있었다. 너른 들판에서 수십 명이 모를 심고 있고, 그들에게 점심을 내가는 것이 보였다. 과객이 배고픔을 호소하자, 모두 말하였다.

"주인이 뒤에 계십니다."

맨 마지막에 한 젊은 여자가 밥을 이고 오더니 앞에 있는 사람을 불러 그릇과 반찬을 가져다가 정갈히 한 상을 차려 과객에게 올리도록 하였다. 일터에 있던 한 늙은이가 그 광경을 보고는 버럭 소리를 질렀다.

"그 양반이 네 남편이라도 되느냐? 오기만 하면 죽을 줄 알아라."

말이 몹시 위협적이라 과객이 목구멍으로 밥을 넘기지 못하고 밥상을 되돌려 주면서 얼른 가져가라고 하였다. 젊은 여자가 말하였다.

"대장부가 죽을병에 걸리는 것이 걱정스럽지, 아녀자가 한때 책망 받는 일이야 신경 쓸 게 뭐 있나요? 안심하고 드시지요."

얼굴빛 하나 변하지 않고 두 번 세 번 거듭 권하니, 과객이 그 말을 옳게 여겨 억지로 몇 술을 떴다. 젊은 여자가 일터로 돌아가자, 늙은이가 냉큼 쫓아가서 젊은 여자가 머리에 인 물건을 낚아챘다. 이어서 머리 끄덩이를 틀어잡고 논 안으로 끌고 들어가 발로 차고 밟으며 마구 때렸다. 젊은 여자는 소리 한 번 지르지 않고서 태연히 도랑으로 가 몸을 씻고 옷을 빤 다음 다시 일꾼들에게 밥을 나누어 주었다. 태도가 평상시처럼 침착하였다.

과객이 기이하게 여겨 한 모퉁이를 지나가다 그 늙은이의 성명을 물어 알아낸 다음 관가로 바로 들어갔다. 채 5리도 떨어지지 않은 관가에서 그 늙은이를 냉큼 잡아가니 젊은 여자가 의아하게 여겨 또한 따라갔다. 뒤따르는 사람들도 많았다. 관가에서는 늙은이를 결박하여 형틀 위에 올려놓고 곤장을 잘 치는 사람을 골라 죽도록 팰 작정이었다. 젊은 여자가 바라보니 조복을 입고 당상에 올라앉은 사람은 바로 밥을 빌던 과객이었다. 젊은 여자가 허둥지둥 앞으로 달려 나가 두 팔로 시아버지인 늙은이의 무릎을 감싸 안고 대신 죽기를 청하며 말하였다.

"시아비의 죄가 아니라 실로 이 년의 죄입니다."

관가의 하인이 깜짝 놀라 그 여자를 끌어내려 하자 어사가 말하였다.

"그 숙녀에게는 가까이 가지 말라. 가까이 가면 형벌을 내리겠다."

하인이 물러서자 어사가 물었다.

"어찌하여 네 죄라 하느냐?"

"나이 어린 여자가 길에서 낯선 사람에게 밥을 차려 주니 남들이 보고 듣기에 해괴한 일이라 당연히 아버님의 노여움을 샀습니다."

"그렇다면 어째서 나에게 밥을 차려 주었느냐?"

"나리의 기색을 보니 허기가 너무 심했습니다. 사대부께서 일꾼들에게 굽힐 수는 없는지라 제가 책망 받을 줄 알면서도 음식을 올리지 않을 수 없었습니다."

그 여자를 끌어내지 못하여 늙은이에게 곤장을 칠 수가 없었다. 늙은이는 겨우 남아 있던 넋이 진즉 몸 밖으로 날아가 버렸다.

해가 저물자 어사가 말하였다.

"이 숙녀는 여항의 천인이거늘 어떻게 이런 덕성을 가진 사람이 나왔단 말인가? 옛날의 사례에서 찾아보더라도 비슷한 경우가 드물다. 이런 악한 놈은 반드시 죽여야 마땅하다. 걸인에게 밥 한 그릇 주는 사람이야 더러 있다. 하지만 이치에 맞게 말하고 안색을 바꾸지 않는 태도는 보통 사람보다 몇 백 단계나 더 윗길이다. 봉변을 당하고도 차분하게 처신하고 몸가짐이 침착하니 독서한 군자 중에도 찾아보기가 어렵다. 지금 이런 숙녀가 어떻게 악인의 집안에서 한평생을 마쳐야 할까? 안타깝도다! 네가 오늘 죽지 않은 것은 이 숙녀 덕분이다. 너는 며느리로 막 대하지 말고 신명(神明)으로 잘 모셔라! 내가 서울에 가 있더라도 아침저녁으로 소식을 들을 테니 조심하라!

숙녀의 몸에 어찌 악한 놈의 의복과 음식을 받도록 하랴? 옛날 한(漢)나라 때 진 효부(陳孝婦)에게 황금 40금(金)을 내리고 신역(身役)을 면제해 준 일이 있다.[1] 이제 숙녀에게 백 냥을 하사하고 신역을 면제하여 표창하라!"

그때 하인이 어사에게 다담상(茶餤床)을 올리겠다고 아뢰었다. 어사가 여자를 불러 섬돌 위로 올라와 음식을 들라고 명하였다. 여자가 사양하며 말하였다.

"연로한 시아비가 아래에 계신데 제가 어찌 감히 윗자리를 차지하고

---

1 진 효부(陳孝婦)는 후한(後漢) 때의 여자로, 수자리 살러 갔다가 죽은 남편을 대신하여 홀몸으로 시부모를 잘 모신 결과 조정에서 황금 40근과 종신 면역(免役)의 은전을 내려 그 효행을 포상하였다(『소학(小學)』 권6 「선행(善行)」).

앉겠습니까? 감히 사양하겠나이다."

어사가 더욱 기특하게 여겨 바로 하인에게 명하였다.

"따로 장소를 마련하고 자리를 잘 차려서 숙녀의 몸을 편안하게 해 드리고, 이 다담상을 들고 따라가서 대접하라."

여자가 또 말하였다.

"연로한 시아비의 죽다 살아난 넋이 아직 돌아오지도 않았고 놀란 마음이 아직 진정되지도 않았는데, 제가 어찌 감히 홀로 편안하게 있을 수 있겠습니까? 감히 사양하겠나이다."

어사가 또 강권하자, 여자가 말하였다.

"정 그러시다면 어사또께서 이미 제 시아비의 죄를 용서해 주셨고 또 이 년을 내보내라 명하신 만큼, 어사또께서 내려 주신 술로 제 연로한 시아비의 놀란 마음을 위로해 주신다면 어사또의 은혜와 위엄이 함께 베풀어질 것이옵니다."

어사가 더욱 기특하게 여기며 말하였다.

"정말 아비가 아무리 자애롭지 않다고 해도 자식이 불효해서는 안 되지. 네가 너의 도리를 다하려는데 내가 어찌 금하겠느냐?"

그리하여 여자가 하직하고 물러나니, 관가의 뜰 안에 있던 사람들이 감동하여 얼굴빛을 고치면서 모두 입을 모아 말하였다.

"너무 다급해 어쩔 줄을 모를 순간에도 몸가짐이 침착하고 말투가 차분하니 참으로 숙녀로다."

어사가 눈빛으로 그 여자를 전송하고 고을 원을 돌아보며 말하였다.

"매달 안부를 물어 무너진 풍속을 진작시킨다면 좋지 않겠소?"

고을 원이 말하였다.

"그렇습니다. 분부하신 대로 하겠습니다."

그때 이후로 여자의 시부모는 며느리를 선녀 대우하듯 하였다. 며느리가 물을 긷거나 방아를 찧기라도 하면 반드시 이렇게 말하였다.

"며늘 아가, 나 좀 살려다오. 어사또께서 반드시 들어 아실 게야."

여자에게 내린 상금은 누구도 손을 대지 못하고 종신토록 출납에 실수가 없게 하니 의복과 음식이 절로 풍족해졌다. 고을 원은 매달 초하루마다 문안하는 일을 규례로 삼았다.

아! 『시경』에 '점잖은 군자여.'라고 하였다.[2] 온화하고 점잖은 사람에 이 여인이 가깝다고 하겠다.

---

2 『시경』「대아(大雅) 한록(旱麓)」에 "점잖은 군자여, 어찌 인재를 잘 쓰지 않으랴[豈弟君子, 遐不作人]."라고 하였고, 「대아 권아(卷阿)」에 "점잖은 군자를, 온 세상이 본받네[豈弟君子, 四方爲綱]."라고 하였다.

15

남편을 고발하여 죽인 여자

7, 8년 전 영남에 어떤 사대부가 있었다. 십대독자로 토지와 노비는 많았고 다른 일가붙이는 없었다. 그 부부가 일시에 함께 죽고 말아 열다섯 된 딸 하나와 아직 젖니도 못 간 어린 아들 하나만 남았다. 딸이 재간이 있어 하인을 부리고 집안일을 건사하였다. 삼년상을 마친 뒤 딸이 스스로 혼처를 구하였다. 집안이 서로 대등하며 글을 지을 줄 알고 행실이 발라서 남들의 사표가 될 만하다면 나이나 재산을 따지지 않았다. 그렇게 혼례를 치른 뒤에 딸이 남편에게 이렇게 말하였다.

"하늘이 우리 집안을 망하게 하지 않아 다행히 이 동생을 남겨 주셨습니다. 이 동생의 성취는 당신에게 달려 있으니 유념해 주셔요. 생계는 걱정하지 마시고 이 동생을 가르치고 길러서 우리 집안의 명성을 보존하게 해 준다면 분골쇄신하여 큰 은혜에 보답하겠습니다."

드디어 행장을 꾸려 남편과 동생을 산사로 보냈다.

하루는 산사에서 승려가 와서 이렇게 고하였다.

"도련님께서 아침밥을 먹고 난 뒤로 온데간데없어졌습니다. 이곳으로 내려오지 않았는지요?"

집안에서 깜짝 놀라 찾아 나섰다. 어떤 노승이 산꼭대기의 소나무

숲 아래에 앉아서 손짓으로 사람을 불러 다음과 같이 알려 주었다.

"매부가 도련님을 데리고 와서 저쪽 바위 위에 앉혔다가 두 바위 사이로 밀어 떨어뜨렸네. 천 길 높은 절벽이니 필시 뼈가 박살나 죽었을 걸세. 이 늙은이가 마침 이곳에 왔다가 그 광경을 보고 간담이 다 서늘해졌네. 일부러 자네가 오기를 기다렸다가 그 위치를 알려 주네."

노복이 마침내 동생의 시신을 업고 돌아오자, 누이는 대성통곡하였다. 밤이 되자 누이가 종이를 잘라 책자를 만들어, '가세는 외롭고 위태로운데 심정은 슬프고 원통합니다. 평소 고심한 일이 이제는 끝이 나고 말았습니다. 선조와 부모의 사당과 산소를 맡길 사람이 없어져 버렸습니다. 관가에서 잘 헤아려 처리해 주시기를 감히 죽음으로 아룁니다.'라고 글을 쓴 다음 가마를 타고 관아로 갔다. 가마가 관아의 뜰로 들어가자, 관아의 뜰 바닥에 유혈이 낭자하였다. 누이를 모시던 여종이 가마의 주렴을 걷어 보니, 누이가 이미 스스로 목을 찔러 죽어 있었으며 곁에는 책자가 있었다. 태수가 보고는 즉시 그 남편을 잡아와 죽이고, 남매와 동성인 사람을 널리 구해 후사로 세워 주었다고 한다.

어떤 사람이 말하였다.

"부인에게는 남편이 하늘이라 하는데, 하늘을 원수로 여길 수 있는가?"

나는 다음과 같이 생각한다.

"그렇지 않다. 남의 집 독자를 죽이고 남의 집 대를 끊어 버렸으니 악인 중에서도 큰 악인이다. 이 부인이 하늘로 여길 사람이기는커녕 불구대천(不俱戴天)의 원수이다. 먼저 자신을 죽여 원수를 갚았으니 처신을 의롭게 잘하였다. '누구나 내 남편이 될 수 있으나 아버지는 한 사람 뿐이다.'라고 말한 사람[1]과 견주어 보면 또 어떠한가?"

---

1 정(鄭)나라 대부 채중(祭仲)이 나랏일을 제멋대로 하자, 정백(鄭伯)이 이를 근심하여 채중의 사위 옹규(雍糾)에게 채중을 죽이도록 명하였다. 채중의 딸이자 옹규의 아내인 옹희(雍姬) 가 그 사실을 알고는 어머니에게 아버지와 남편 중 누가 더 가까운지 물어보았다. 그 어머니 가 "누구나 너의 남편이 될 수 있으나 아버지는 한 사람뿐이다. 어찌 비교하느냐〔人盡夫也, 父一而已, 胡可比〕."라고 하였다(『춘추좌씨전』환공(桓公) 15년).

16

남매의 혼사를 해결한 어사

양반인 한씨(韓氏)는 본디 가난하였다. 한씨가 죽은 뒤 슬하에 남겨진
아들 하나는 어린 누이를 데리고 품팔이로 생계를 꾸리면서 이 좌수(李
座首)¹ 집안에 의탁하였다. 그 아들을 이 좌수는 노비처럼 여겼으나 사
람들은 양반임을 알고서 한 도령이라 불렀다. 누이가 15세가 되자 한
도령은 큰 마을에서 남녀가 내외할 줄 모르는 것이 싫어 큰 마을에서
조금 멀리 떨어진 산에 의지해 초막을 짓고 살았다. 한 도령은 매우 건
장하였기에 품팔이로도 살림을 넉넉하게 꾸렸다.

어떤 과객이 초막의 문밖에 이르러 집주인을 불렀다. 누이가 몸을 숨
긴 채 주인이 출타했다고 대답하였다.

과객이 말하였다.

"하룻밤 묵으러 왔는데 어찌하면 좋겠소이까?"

누이가 방석과 화로를 초막 문밖으로 밀어 주며 말하였다.

---

1 좌수(座首)는 조선시대 향촌 사회의 주도권을 장악하였던 자치기구인 유향소(留鄕所), 즉 향
청(鄕廳)의 우두머리이다. 애초에는 지방 수령의 권한을 견제하는 기능도 있었으나, 조선 후
기 들어 별감(別監) 등 향임(鄕任)의 선발과 대민 업무의 담당 등 수령을 보좌하는 방향으로
기능이 크게 축소되었다.

"집주인께서 금방 오실 테니 기다리셔요. 초막 옆에 작은 터가 있으니 앉아서 담배를 태우실 만할 것입니다."

조금 있다가 누이가 또 밥상을 내어 주었는데 극히 정갈하여 먹을 만하였다. 흰쌀밥에 귀한 반찬은 여항의 궁벽한 집에서 내올 음식이 아니었기에 과객은 속으로 이상하게 여겼다. 또 손님을 대접하는 여인의 태도가 참으로 평범하지 않아서 떠나지 않고 집주인을 기다렸다. 집주인이 오고 보니 곧 총각이었다.

한 도령이 물었다.

"뉘신지요?"

"지나가던 과객인데 묵어가러 왔소이다."

"잘 오셨습니다."

말하고는 초막으로 들어가 말하였다.

"손님께 어서 상을 차려 드리려무나."

누이가 말하였다.

"이미 올렸습니다."

한 도령이 매우 기뻐하며 밖으로 나와 말하였다.

"산중 음식이라 형편이 없어 몹시 부끄럽습니다."

"지극히 정갈하여 오히려 이상하거늘 어찌 그리 겸손하시오? 주인이 한 도령이라고 하던데 나 또한 한가(韓哥)라서 이렇게 찾아왔소. 도령은 어디서 왔고 계파는 어찌 되오?"

"어릴 적 고아가 되어 배운 것이 없으니 계파를 어찌 알겠습니까? 선친께서 항상 말씀하시기를 양절공(襄節公)[2] 10세손이고, 진사공(進士公) 할아버지 때 이곳으로 내려왔다고 하셨답니다. 들은 내력이 이것뿐입니다."

"나 또한 양절공 10세손이오. 그 뒤의 분파는 알 수 없으나 멀어도
21촌을 넘지 않겠고 가깝게는 10여촌 안쪽이겠군요. 촌수가 백 대
나 되는 먼 친척도 오히려 지친(至親)이라고들 하지 않소이까?"

한 도령이 매우 기뻐 말하였다.

"평생 한 번도 동성의 친지를 만나 본 적이 없습니다. 지금 나리를 만
나니 백부, 숙부나 마찬가지입니다. 집에 다른 부녀자는 없고 오로
지 저희 남매뿐입니다. 동성의 친지간에 꺼릴 것이 뭐 있겠습니까?"

굳이 초막으로 들어오라고 한 다음, 누이에게 절을 올리게 하였다.
이어서 촛불을 밝히고 보니, 과객이 보기에 누이의 용모가 매우 단정하
고 덕성이 밖으로 드러났으며 행동거지도 예의범절에 맞았다. 과객은
매우 기특하게 여겼다.

한밤중에 누이가 상을 차렸는데 음식이 대단히 정갈하였다. 과객이
물었다.

"여자의 도리는 음식을 차리는 일과 의복을 만드는 일에 있지. 음식
을 차리는 솜씨는 이미 알겠다만 그 밖에 길쌈 솜씨는 어떤가?"

한 도령이 말하였다.

---

2 양절공(襄節公)은 한확(韓確, 1403~1456)을 가리킨다. 한확의 자는 자유(子柔), 호는 간이재
(簡易齋), 본관은 청주(淸州)이다. '양절'은 그의 시호이다. 누나와 누이동생이 각각 명 성조
(明成祖)와 선종(宣宗)의 후궁이 되어, 명나라로부터 광록시 소경(光祿寺少卿) 벼슬을 받았
다. 1453년(단종 1) 계유정난 때 수양대군의 편에 서서 정난공신(靖難功臣) 1등에 책록되고,
서성부원군(西城府院君)에 봉해졌다. 1455년(세조 1)에 좌의정이 되었으며, 1456년(세조 2)에
사은 겸 주청사(謝恩兼奏請使)로 명나라에 가서 세조의 왕위 찬탈을 양위라고 설득하였다.
인수대비(仁粹大妃)의 아버지이자 성종(成宗)의 외조부이다.

"따로 가르치지도 않았는데 글을 할 줄 알며, 바느질과 길쌈 솜씨는 생계를 꾸릴 정도는 됩니다."

과객이 감탄해 마지않으며 또 물었다.

"이처럼 피붙이 없이 외롭게 지내고 있으니 장가들고 시집가는 일은 어찌하려는가? 주선할 사람이 누구 없는가?"

"어찌할 방도가 없습니다. 저는 평민에게 장가가려 해도 여의치 않고 누이는 지체를 낮추어 시집갈 수 없다고 하니 어찌하겠습니까? 지금 세상은 부자가 아니면 장가들거나 시집가기가 어렵습니다. 이 좌수는 부유하기가 이 고을에서 으뜸입니다. 내일모레 그 집 딸이 이웃 고을의 사대부와 혼인하기로 하였는데, 집도 가난하지 않은 데다 신랑의 재주 역시 뛰어나다고 합니다."

또 말을 이었다.

"좌수는 성질이 사나워 하나라도 자기 뜻대로 되지 않으면 사람을 마구간 기둥에 매달아 버리는데, 내일 새벽에 저에게 음식을 차리도록 하였습니다. 이제 숙부님께서는 식사를 마치고 나면 가던 길을 가십시오. 저는 분명 기둥에 매달리는 벌을 면치 못할 것입니다."

다음날 아침밥을 먹은 뒤에 한 도령과 과객이 함께 이 좌수의 집으로 갔다. 이 좌수가 말하였다.

"어제 저녁에 내가 분부하였거늘 어찌 업신여기고 듣지 않느냐? 어서 마구간 기둥에 매달아라."

과객이 즉시 대청으로 올라가 말하였다.

"들자 하니 주인께서 내일 잔치를 연다고 하더이다. 술 한 잔 청합니다."

이 좌수가 자기 아들을 돌아보며 말하였다.

"대접해 드리거라."

과객이 말하였다.

"저기 거꾸로 매달린 사람이 보이는데 무슨 죄를 지었나요?"

"시킨 일을 태만히 한 죄랍니다."

"거꾸로 매달린 사람은 신분이 어떻게 되나요?"

"명색이 양반이라고 하지만 내 머슴이나 마찬가지요."

"한나라 때 흉노가 강성해져서 천하가 거꾸로 뒤집혔던 것과도 같군요. 양반 이름을 가진 사람이 주인집의 머슴이 되었으니, 세태가 거꾸로 뒤집혔습니다. 거꾸로 매달아 놓는 것이 마땅하군요."

좌수가 말하였다.

"그대는 나를 욕보이는가? 어른에게 이처럼 방자한 말을 할 수 없거늘, 아무래도 제정신이 아니구나."

과객이 말하였다.

"무엇이 어른이란 말인가? 신분이 어른인가, 벼슬이 어른인가? 어른이 하는 일은 어떠해야 하는가?"

좌수가 대노하여 말하였다.

"너는 양반이냐, 상놈이냐? 형벌을 내리고 용서치 않겠다!"

"무엇이 양반이고 무엇이 상놈인가? 좌수는 양반이라고 불러야 하는가, 상놈이라고 불러야 하는가?"

좌수가 급히 노복에게 과객을 대청에서 끌어내려 형틀에 묶으라고 호통을 쳤는데 분위기가 몹시 어수선해졌다. 한 도령은 거꾸로 매달려 있는 와중에 자기의 고통도 잊은 채 과객이 형벌을 받게 될까 걱정되어 흐르는 눈물을 참지 못하였다.

그때 어떤 사람이 다급히 들어와 마패로 좌수를 치려고 하였다. 좌수도 나름 관인이라 한 번 보고는 곧 과객이 어사인 줄 알아차리고 황급히 내려와 뜰에 엎드려서 죽음을 청하였다. 형틀에 묶이러 가던 과객은 어느새 대청에 올라 조복을 입고 있었다. 어사가 매달려 있던 한 도령을 속히 내리게 하고 마주 앉은 다음 좌수를 형판에 묶게 하였다. 역졸에게 명령하여 급히 관아로 들어가 나졸을 불러와서 좌수를 죽이라고 하였다. 그러자 한 도령이 뜰로 내려가 좌수를 용서해 달라고 빌었다. 어사가 말하였다.

"집안 어른인 내가 욕을 당하였는데, 너는 다른 사람을 위하여 편을 드느냐?"

좌수는 이미 넋이 빠진 데다 뜨거운 햇볕 아래 오래도록 묶여 있던 나머지 숨이 곧 끊어질 지경이었다. 사람들이 비로소 어사가 한 도령의 숙부임을 알고는 다들 말하였다.

"한 도령이 아니면 죽음을 면치 못하겠구나."

좌수 집안의 남녀노소가 모두 한 도령 앞에 엎드려 애걸하였다.

"집안사람들 모두가 한 도령의 노비가 되겠습니다. 부디 곧 죽게 된 사람의 목숨만은 살려 주십시오."

좌수의 딸 또한 그 가운데 있었다. 어사가 대략 그 정황을 눈치 채고 말하였다.

"내가 부득불 내 조카의 얼굴을 보아 너를 살려 주겠다. 너는 내 조카에게 무엇으로 보답하겠느냐?"

좌수가 말하였다.

"분부만 하시면 따르겠습니다."

"너는 내 조카를 사위로 삼아 나와 인척 관계를 맺겠느냐?"

"어찌 감히, 어찌 감히 거절하겠습니까. 다행입니다, 참으로 다행입니다! 이 천한 것에게는 영광입니다."

어사가 좌수를 풀어 주고 대청으로 올라오게 하였다. 좌수가 말하였다.

"감히 오르지 못하겠습니다."

"이미 혼인을 약조하였으니 사돈 간의 의리가 엄중하외다."

좌수가 주객의 예로 자리를 나누어 앉은 다음, 사람을 보내 딸에게 장가들러 오고 있을 사대부를 돌려보내려 하였다. 그러자 어사가 말하였다.

"오도록 내버려 두시지요. 오면 내가 알아서 조처하겠소이다."

고을 사또가 와서 어사를 배알한 다음 함께 둘러앉았다. 고을 사또가 술을 한 잔 돌리자 좌수도 술을 한 잔 돌렸다. 주인이 한 도령에게 목욕하게 하고 나서 신랑의 의복을 내어 관례(冠禮)를 행하였다. 어사가 주인이 되고 사또가 객이 되어 삼가례(三加禮)[3]를 마치자, 한 도령은 기상이 활달하고 풍도가 늠름하여 참으로 씩씩한 대장부의 풍채였다. 사람들이 모두 칭찬하며 말하였다.

"사대부의 자손이라 보통 사람들과 절로 다르구나."

오후가 되어 좌수의 딸에게 장가들러 온 사대부 신랑이 도착하였다

---

3 관례(冠禮)를 행할 때 세 번 관(冠)을 갈아 씌우는 의식으로, 첫 번째인 초가(初加)에는 치포관(緇布冠)을 씌우고, 두 번째인 재가(再加)에는 가죽으로 만든 피변(皮弁)을 씌우고, 세 번째인 삼가(三加)에는 작변(爵弁)을 씌운다.

가 비로소 정황을 듣고는 매우 놀랐다. 어사가 사람을 시켜 먼저 신랑을 잘 대접하게 하고 한편으로 신랑의 아비를 한 번 만나 보기를 청하였다. 신랑의 아비가 어사를 보러 오자 어사가 말하였다.

"귀댁은 청환(淸宦)의 가문으로 집안 역시 가난하지 않고 신랑도 범상치 않다고 들었는데, 어찌하여 부유하기만 한 집안을 혼인 상대로 택하셨단 말입니까? 사대부에게는 혼인을 맺는 길이 따로 있건만 어째서 그리하신단 말입니까?"

신랑의 아비가 부끄러워 사죄하며 아무 말도 못하자 어사가 또 말하였다.

"우리 재종숙 진사공께서 시골로 낙향하셨는데, 그 뒤로 살림이 남김없이 결딴나고 말았습니다. 그 손자 남매가 이곳에서 의지할 곳 없이 지내고 있기에 이제 막 데리러 왔습니다. 조카아이는 이미 이 집 주인에게 맡겼는데, 조카딸은 재주와 용모가 남보다 빼어나며 덕성도 견줄 데가 없습니다. 그대가 나와 인척 관계를 맺으실 수 있겠습니까?"

"매우 다행입니다, 참으로 매우 다행입니다! 이번 걸음은 낭패를 본 것이 아니라 실로 분에 넘치는 복을 만났습니다."

"그대가 이미 장만해 왔으니 저는 간소한 혼례식을 맡겠습니다."

"빼놓아서는 안 되지요. 하지만 하룻밤 사이에 어떻게 마련하시렵니까?"

어사가 고을 사또를 돌아보며 말하였다.

"그대가 나를 도와주겠소이까?"

사또가 말하였다.

"때맞추어 마련하지 못할까 염려하실 필요 있겠습니까?"

즉시 아전을 불러 분부하였다.

"내일 저녁 전까지 필요한 물품을 전부 마련해서 대령하라."

이윽고 세 사람이 둘러앉아 혼서(婚書)를 썼고, 어사 한 교리(韓校理)를 혼주로 삼았다. 술자리를 파하고 어사가 좌수를 돌아보며 말하였다.

"내 조카딸을 데리고 올 테니 그대의 딸들과 함께 머무르게 하시오."

밤이 깊어지자 차례대로 폐백을 받았고, 다음날 낮에는 차례대로 합환주를 마셨다. 주인집에서 잔치를 치르기 위해 준비한 물품이 넉넉하였는데 관아에서 마련한 물품도 그에 걸맞았다. 이는 한씨 집안의 사위를 위한 혼례였으니, 영광이 온 고을에 울려 퍼졌다. 다음날 우귀(于歸)의 예식4을 행하였는데 어사가 그 뒤를 따랐다. 지나는 곳마다 사람들이 모두 부러워하고 감탄하였다. 그 고을 원님도 와서 대접하고 잔치 물품을 풍성하게 마련해 주었다고 한다.

아! 성이 같은 친지에게 야박한 자들이여! 이 사연을 잘 살펴보라.

---

4 신부가 정식으로 신랑집에 들어가는 예식을 가리킨다. 대개 신부 집에서 혼인 예식을 치르고 사흘 뒤에 처음으로 시집에 들어간다.

17

비장에 자원한 왕십리 사람

한양 동쪽 교외 왕십리에 한 사람이 살고 있었다. 마병(馬兵)이 된 지 3
년째에 탄식하며 이렇게 말하였다.

"우습도다. 사나이 신세가 일개 마병에 그칠 뿐이라니! 내가 지체만
조금 있었다면 당당히 통제사가 되었을 텐데. 나 같은 사람은 통제영
(統制營)의 비장(裨將)이나 돼야 겨우 뜻을 펼치겠구나."

마침내 마병을 그만두고 병영에서 물러 나와 집에서 머물렀다. 마침
새로 임명된 통제사가 하직인사를 올리고 대궐을 떠났는데, 재상들이
청탁한 비장이 너무도 많아 정원 외로 많은 이들이 제각기 말을 마련해
따라간다는 이야기를 들었다. 왕십리 사람도 스스로 말을 마련하여 따
라나섰는데, 그를 아는 이가 아무도 없었다.

통제사가 통제영에 도착한 지 사흘이 됐다. 관례에 따라 비장들이 순
서대로 통제사를 뵙고 명함을 올렸다. 통제사는 누구에게 청탁하여 왔
는지를 묻고 아무 대감의 청탁이라 밝히면 기록해 둔 책자를 살펴서 점
을 찍었다. 마지막 순서에 이르러 왕십리 사람이 통제사에게 말하였다.

"소인은 애초에 청탁한 적이 없습니다."

통제사가 말하였다.

"그렇다면 어째서 왔느냐?"

"통제영은 막중한 곳이라 늘 한 번 구경하리라 생각했습지요. 본래 방임(房任)[1]을 바라지는 않았습니다."

"일단 머물러 있으라."

그리하여 제각기 방임에 임명되어 달을 정해서 번을 섰다. 왕십리 사람은 비장청(裨將廳)에 있으면서 조석으로 밥만 받아먹을 뿐인지라 사람들이 모두 힐끗거리며 그를 비웃었다.

하루는 통제사가 문안을 받은 다음 각 방(房)이 관장하고 있는 전체 물자의 수효를 물어보았다. 그런데 제대로 대답하는 사람이 한 명도 없었다. 그때 왕십리 사람이 곁에 있다가 매우 상세하게 대답하였다. 어떤 물건은 비어 있고, 어떤 물건은 가득 차 있으며, 어떤 물건은 그대로 두어야 하고, 어떤 물건은 고쳐야 하는지 상세히 말하였다.

"자네가 관장하는 업무가 아니거늘, 어째 그리 자세히 알고 있는가?"

"이렇게 막중한 곳에 있으면서 두루 자세히 알지 못한다면 생각지 못한 변고를 만났을 때 무슨 수로 대처하겠습니까? 매번 검열하시는 동안 곁에서 눈여겨보며 통제사 사또의 전술에 만에 하나라도 보탬이 되고자 하였습니다. 감히 밥만 축내서야 되겠습니까?"

"인재로다."

드디어 그에게 방임 한 자리를 주었다. 그는 채 한 달도 안 되어 맡은 일을 모두 처리하였다. 이에 지극히 바쁜 업무와 중대한 임무를 그에게 다 맡기니, 군영이 크게 다스려졌다. 물자가 크게 새로워져 군병들이

---

1 지방 관아에서 육방(六房)의 직무를 맡는 직책이다.

기뻐하였으며, 재물이 풍족해져 통제사가 쓸 수 있는 비용이 몇 곱절로 늘어났다.

2년이 지나 그가 휴가를 청하자, 통제사가 허락하지 않으며 말하였다.

"하루도 자네가 없으면 안 되니 나와 거취를 함께하는 게 좋겠네."

그가 거듭하여 힘써 요청하자, 통제사가 마침내 한 달의 말미를 주었다. 그가 떠나면서 책 한 권을 써서 올리며 말하였다.

"이것대로 하시면 백에 하나도 잘못이 없을 것입니다."

"자네가 있으면 됐지 책은 뭐하러? 한 달 안에 돌아오라."

방임이 항구에 2척의 배를 미리 준비해 두었다가 바다를 건너 돌아갔다. 그런데 한 번 떠나가더니 되돌아오지 않았다. 통제사는 두 팔을 모두 잃어버린 듯 그가 돌아오기를 고대하였다. 가는 길에 태풍을 만나지나 않았는지 집에 갔다가 병에 걸려 죽지나 않았는지 염려하였으나 물어볼 길이 없어 몹시 안타까워하였다.

통제사가 교체되어 다시 어영대장이 되었다가 몇 년 뒤 정국이 바뀐 탓에 관직에서 물러났다. 집에 머문 지 몇 년째에 살림이 거덜났다. 대문 앞에는 참새 잡는 그물을 칠 만큼 찾아오는 사람이 아무도 없었다. 그때 왕십리 사람이 홀연 찾아와 배알하였다. 통제사는 크게 놀라 기뻐하면서도 노여워서 말하였다.

"나는 자네가 필시 죽었다고 생각해 꿈에서도 그리워하며 부질없이 애타게 기다리느라 눈이 빠질 지경이었네. 사람을 이렇게 완전히 배신할 수 있는가? 내가 자네와 더불어 말 한 마디에 마음이 들어맞아 심복으로 대하였건만, 하룻밤 사이에 나를 헌신짝처럼 버렸으니 이 무슨 인정이란 말인가?"

그가 대답하였다.

"소인은 사또를 몸으로 섬긴 것이 아니라 마음으로 섬겼습니다. 그래서 몸은 휘하에 있지 않았어도 마음은 항상 사또 곁에 있었습니다. 지금 사또께서 서울에 계신들 무슨 이익이 있겠습니까? 시골로 내려가 여생을 편안히 보내지 않으시렵니까? 이때야 말로 각건(角巾)을 쓰고 동쪽으로 가실 때입니다."[2]

"나도 밤낮으로 생각하고 있기는 하나 갈 만한 곳이 없으니 어찌하겠는가?"

"산을 유람하는 즐거움은 한때 회포를 풀기에는 안성맞춤이니 소인이 모시겠습니다."

"그 또한 하고 싶기는 하네만 인마(人馬)와 노자가 없으니 어찌하겠는가?"

"소인이 벌써 마련하여 대령해 두었으니, 사또께서 허락하신다면 당장이라도 출발하겠습니다."

"자네의 재주와 국량은 내가 잘 알지. 이것이 내가 자네를 그리워해 마지않았던 까닭이라네."

마침내 식구와 상의도 하지 않고 옷자락을 걷어잡고 길을 나섰다.

두 사람이 그윽하고 빼어난 승경지를 찾아가다가 영보정(永保亭)[3]에 이르러 하루를 머물렀다. 다시 길을 가다가 어떤 전장(田莊)에 당도해 보니, 저택이 크고 화려하며 마을에 가옥이 즐비하고 초목과 짐승이

---

2 벼슬에서 물러나 은거한다는 뜻이다. 각건은 은자가 쓰는 모자이다. 『진서(晉書)』 「양호열전(羊祜列傳)」에 "변방의 일을 평정하고 나면 마땅히 각건을 쓰고 동쪽으로 가서 고향으로 돌아가 관을 들일 곳으로 삼으리라."라고 하였다.

마치 신선 세계와도 같았다. 공이 감탄하며 말하였다.

"이 집의 주인은 무슨 청복(淸福)을 타고 났을까? 그야말로 지상신선4
이로다. 무슨 수로 이런 낙원을 장만하였단 말인가?"

거듭 부러워하고 경탄하였다. 그 집에 이르자 집안사람들이 나와서
공을 맞이하였다. 공이 괴이하여 이유를 묻자, 그가 대답하였다.

"여기는 소인의 집입니다."

공이 매우 놀라며 말하였다.

"정말인가, 정말 그런가?"

그 집의 음식과 거처가 공의 전성기 때라 해도 미치지 못할 정도였다.

다음 날 아침 다시 길을 나서서 작은 고개를 하나 넘었는데 골짜기
가 한층 더 깊었다. 어제 묵었던 곳과 배치가 똑같은 저택이 있었는데
규모는 열배나 더 으리으리하였다. 공이 말하였다.

"웅장하도다! 내가 평생에 보지 못한 바이다. 여기는 누구 집인가?"

"사또 댁입니다."

"자네 나를 놀리나?"

"어찌 감히, 어찌 감히 그러겠습니까?"

그가 대청에 올라 자리 잡고 앉아서 우두머리 노비에게 남녀 노비들
을 인솔하여 하나하나 현신하게 한 다음 저녁밥을 올렸다. 이날 밤 그

---

3 오늘날 충청남도 보령시에 있다. 조선시대 충청도 수영(水營)의 누각으로 서해안을 대표하
는 명승으로 이름이 높았다.

4 땅 위에 사는 신선이란 뜻으로, 흔히 한가로이 지내면서 장수와 안락을 누리는 사람을 이르
는 말이다. 『포박자(抱朴子)』「논선(論仙)」에 "상등의 선비가 형체를 일으켜 하늘로 날아오
르는 것을 천상 신선이라 하고, 중등의 선비가 명산에 노니는 것을 지상신선이라 한다."라고
하였다.

가 공에게 다음과 같이 아뢰었다.

"내일 서울로 인마를 들여보내 사또 댁의 온 집안 식구들을 맞이해 오겠습니다. 아직 다 처리하지 못하신 일이 혹시라도 있다면, 갖추어 보낼 테니 편지 한 장 써 주십시오."

공이 감탄해 마지않았다.

열흘도 안 되어 서울에 있던 통제사의 식구들이 모두 옮겨 왔다. 그날 밤 공이 그 사이에 있었던 일을 자세하게 묻자 그가 대답하였다.

"소인이 통제영에 있으면서 사또께서 집안 살림을 돌보지 않는 것을 보았습니다. 또 엎치락뒤치락 많이 변하는 시국을 보고서는 사또께서 필경 낭패를 겪으실 줄 알았습니다. 소인이 얻은 만금의 재물을 가지고 바다에서 이익을 꾀하여 만 배가 되는 재물을 더 벌었으니, 이는 모두 다 사또의 재물입니다. 저곳과 이곳 두 전장은 제가 따로 신경을 많이 써서 배치하였습니다. 한가로이 물러나 종신토록 사또를 모시며 여생을 보내고자 하여 두 전장을 서로 가까운 곳에 두었습니다. 소인이 감히 한시라도 사또를 잊은 적이 있겠습니까? 만약 사또가 아니었다면 애당초 소인이 어찌 비장 자리에 배치되었겠으며, 또한 어찌 방임 자리를 맡을 수 있었겠습니까? 이는 소인의 공이 아니라 바로 사또의 덕망과 도량에서 나온 것입니다."

아! 만일 이 사람이 난세에 태어나 통제영에 있었다면, 그 공적이 분명 충무공 이순신과 우열을 다투어 재주로는 명장이 되고 의지로는 충신이 되었으리라. 애석하게도 이름이 사라져 전하지 않는다.[5]

---

5 이와 비슷한 이야기가 이우성·임형택, 「자원비장(自願裨將)」, 『이조한문단편집』 1, 창비, 2018에 실려 있다.

18

도망한 노비의 딸

어떤 선비가 노비를 잡으러 호남으로 갔다가 돌아오지 않았다. 그 아들이 열다섯 살이 되자 어미에게 하직하며 말하였다.

"아버지의 종적을 찾기 전에는 맹세코 돌아오지 않겠습니다."

그는 호남에서 구걸하고 다니며 아버지를 찾아다녔다. 어떤 고을에 이르러서 벼슬아치를 대신해 돈을 받고 일을 하였는데, 책방(冊房)에 불을 때면서 입으로는 옛글을 외었다. 그러자 책방도령이 특별히 기특하게 여겨 아꼈고 원님도 그를 보고 기특하게 여겨 아꼈다. 딸을 가진 고을의 호장(戶長)이 사윗감을 고르고 있던 차에 그를 맞이하여 사위로 삼았다. 그는 장인을 얻어서 보고 듣는 경로를 넓혀 합심해서 아버지를 찾을 심산이었다.

하루는 호장이 못 쓰는 종이 두루마리를 안고 와서 그에게 건네주었다. 그가 방을 도배하던 중 작은 종이 한 장을 보았는데, 자기 조상의 이름이 적혀 있었고 그 아래에는 노비의 이름이 적혀 있었으므로 저도 모르게 종이를 붙들고 눈물을 흘렸다. 호장의 어린 아들이 그 모습을 보고는 방에서 나와 말하였다.

"매형이 울어요."

큰 처남이 매부가 우는 모습을 몰래 보고는 매우 놀라 말하였다.

"틀림없이 큰 재앙이 일어나겠구나. 저 사람은 예전에 죽였던 주인의 아들이다. 오늘 밤 제거하지 않으면 안 되겠다."

그리고는 집안사람들을 불러 상의한 다음 누이에게 말하였다.

"밤이 깊으면 네 남편이 깊이 잠들기를 기다렸다가 몰래 나오너라. 이불로 싸다가 구덩이에 파묻어야겠다."

호장이 차마 그럴 수 없어 만류해 보았으나 소용이 없었다.

밤이 되자 호장의 딸이 그에게 말하였다.

"소첩이 대신 죽겠습니다. 옷을 바꿔 입고 나가세요. 주인을 시해하였으니 그 죄가 죽어 마땅합니다. 그렇지만 소첩의 아비는 그때나 지금이나 주인을 죽이려던 일을 모두 힘써 만류하였는데 힘이 미치지 못했으니 죄가 가볍습니다. 아비의 목숨만은 살려 주시기 바랍니다."

그가 그러마고 대답하고 한밤중에 밖으로 나왔다. 그리하여 여러 사람들이 방 안으로 들어가서 누워 있는 사람을 이불로 쌌는데, 그 여인은 일부러 모른 척하고 그대로 구덩이에 파묻혔다. 그가 곧장 관아로 들어가 급박한 상황을 고하자, 원님이 여러 사람을 체포하여 모두 죽이되 여인의 아비는 형벌을 내린 다음 유배 보냈다. 그 여인의 무덤에는 '충비(忠婢)·열녀(烈女)·효녀(孝女)의 묘'라고 새긴 비석을 세워 주었다.

아! 열녀로다! 죽기는 어렵지 않고 어떻게 죽느냐가 어렵다.[1] 의리에 맞게 처신하기가 참 어렵다.

---

1 『사기(史記)』 권81 「염파인상여열전(廉頗藺相如列傳)」에 나오는 말이다.

19

삼천 냥으로 쌓은 음덕

충청도 제천에 한 선비가 있었다. 집은 가난하였는데 아들을 셋이나 두었다. 하루는 몇 사람이 찾아와서 말하였다.

"저희는 영남에 살고 있습니다. 집안은 넉넉하고 자손은 번성하나 귀댁의 노비문서에 이름이 올라가 있으니, 삼천 냥을 받고 양인(良人)으로 풀어 주시기를 청합니다. 한 분께서 왕림해 주십시오."

선비의 큰아들이 가기를 청하였으나 선비가 허락하지 않았고, 둘째아들이 가기를 청하였으나 또 허락하지 않았다. 막내아들이 말하였다.

"그렇다면 소자가 갈까요?"

"그리하여라."

큰아들이 말하였다.

"나이가 어려 일을 많이 겪어보지 않아 반드시 일을 그르칠 것입니다."

그러나 선비가 듣지 않았다.

막내아들이 영남에 가서 삼천 냥을 받아 소를 많이 사서 돈을 가득

---

1 충청북도 제천시 수산면 금수산(錦繡山)에 있는 폭포이다. 용담(龍潭), 용소(龍沼)라고도 한다.

신고 돌아오다가 용추(龍湫)[1]를 지나게 되었다. 그때 용추로 뛰어들려 하는 어떤 선비를 한 아녀자가 끌어안고서 옥신각신하는 장면을 보았다. 여인이 우는 소리가 몹시 애달팠다. 막내아들이 말에서 내려 까닭을 물으니 선비가 말하였다.

"제가 감영에서 빚을 내어 도붓장사를 하였는데 하는 일마다 실패하였습니다. 삼천 냥을 납부해야 하나 갚지 못하여 3년이나 갇혀 있다가 정해진 날에 나왔습니다. 하지만 납부 기한이 이미 다 지났으니, 형장에서 죽게 될 바에야 차라리 물에 빠져 죽는 것이 낫습니다. 그런데 아녀자가 소견머리도 없이 경각에 달린 목숨을 연장하려만 하고 머리와 몸뚱이가 따로 떨어지는 형벌은 모릅니다. 미련하기가 짝이 없지요."

막내아들이 듣고서 "돈 삼천 냥이 많다고 할 게 뭐 있겠습니까? 대장부는 목숨을 가볍게 여겨서는 안 되지요. 죽지 마십시오. 제가 가진 돈이 삼천 냥인데 이제 그대에게 드릴 테니, 그대는 죽지 말고 사십시오."라 하고 말 한 마리만 끌고 돌아갔다. 선비가 이름을 물어보았으나 막내아들은 알려 주지 않았다.

막내아들이 돌아와서 귀가 인사를 하자, 그 아비가 물었다.

"잘 다녀왔느냐?"

"별일 없었습니다."

그러자 형들이 말하였다.

"가지고 온 물건이 아무것도 없는데, 왜 거짓말을 하느냐?"

"거짓말이 아닙니다. 오는 길에 사람을 한 명 살렸습니다."

"어떻게 사람을 살렸단 말이냐?"

막내아들이 용추에서 있었던 일을 말하자 형들이 말하였다.

"경망한 짓을 하였구나. 아버지께서 우리가 가는 것을 허락하지 않으셨을 때 이번 일이 허사가 되리란 것을 진즉 알고 있었다."

제천 선비가 말하였다.

"이것이 내가 너희들을 보내지 않고 이 아이를 보낸 이유이다. 아비는 아들을 잘 알아보았고, 아들도 아비를 잘 알고 있다고 하겠다. 만약 큰아이가 갔다면 필시 돈을 더 걸었을 것이고, 돈을 더 걸었다면 반드시 삼천 냥을 넘겼을 것이다. 저들이 자기 역량을 가늠해서 정한 것인데 삼천 냥을 넘게 걸었다면 기쁘지 않았을 테고, 기쁘지 않으면 해로운 일이 뒤따르기도 하니, 예기치 못한 재앙이 없을 수 있겠느냐? 청렴한 장사꾼이 이익을 곱절로 남기고[2] 점잖은 대인(大人)은 돈에 욕심을 부리지 않는 법이다. 삼천 냥을 얻었으니 이익이 곱절이라고 할 만하고, 삼천 냥을 남에게 주었으니 욕심을 부리지 않았다고 할 만하다. 사람의 목숨은 지극히 중요하니 돈 삼천 냥으로 바꿀 것이 아니다. 음덕(陰德)을 쌓은 자는 반드시 보답을 받는 법이다. 너희 형제들은 이 아이 덕을 보게 되리라."

십년이 흘러 제천 선비가 집에서 세상을 떠나자, 아들들이 임시로 장사를 지낸 다음 묏자리를 찾으러 다녔다. 막내아들이 고개를 넘어 명당을 찾아서 십리를 내려가 보니, 산이 끝나는 곳에 큰 저택과 사당이 있었는데 그 터가 실로 명당자리였다. 발돋움을 하여 담장 너머를 굽어

---

2 사고팔기에 맞는 때를 알아 큰 욕심을 부리지 않고 청렴하게 장사를 하면 오히려 더 큰 이익을 얻을 수 있다는 말이다. 『사기』 권129 「화식열전(貨殖列傳)」에 "욕심 많은 장사꾼은 10분의 3을 얻고, 청렴한 장사꾼은 10분의 5를 얻는다."라고 하였다.

보며 감탄하다가 집주인에게 발각되어 끌려 들어가서 문책을 받았다. 갑자기 여종이 집주인에게 안채로 들어오라고 하였다. 주인이 안채로 들어가니 부인이 말하였다.

"저 상복 입은 분은 용추 가에서 우리를 살려 주신 분 같습니다. 우리를 살려 주신 분을 어찌 기억하지 못하나요?"

주인이 바깥채로 나와 막내아들에게 대청으로 올라오라고 하여 말하였다.

"아무 해에 용추를 지나신 적이 있습니까?"

"지난 적이 있습니다."

"용추로 뛰어들려고 하는 사람을 보셨습니까?"

"보았습니다."

집주인의 부인이 황급히 바깥채로 나오자, 막내아들이 깜짝 놀라 일어나서 자리를 피하여 내외하였다. 그러자 주인이 말하였다.

"저희를 살려 주신 분이시니 형제나 다름없습니다. 자리를 피하지 마십시오. 게다가 용추 가에서 이미 보시지 않았습니까."

세 사람은 마침내 형제와 남매의 의리를 맺었다.

막내아들이 물었다.

"어떻게 이런 부를 이루셨습니까?"

"날짜에 맞춰 금액을 마련해 감영에 바치자 관찰사가 깜짝 놀라 어떻게 장만하였느냐고 묻더군요. 제가 사실대로 아뢰었더니 관찰사가 감탄하며 '의로운 사람이로다. 이 세상은 크게 속일 수 없다. 일개 선비도 그러하거늘 관찰사야 말해 무엇하랴? 나도 인자하고 의롭게 조치하겠소. 절반은 싣고 가시오.'라 하고 삼천 냥의 절반만 받고 절반은 내주었습니다. 다시 도붓장사를 하였는데 일마다 모두 성공하여 수만 냥을 모았습니다. 전장 두 곳을 마련해서 한 곳은 삼천 냥의 주인을 위해 발원한 다음, 저희 부부가 밤낮으로 하늘에 기도하여 은인을 만나게 해 달라고 빌었지요. 하늘이 작은 정성을 살펴 은인을 여기로 오시게 하였군요. 부친상은 언제 당하셨고, 사시는 곳은 어디이며, 무슨 일로 오셨습니까?"

"아무 달에 부친상을 당하여 임시로 장례를 치른 다음 묏자리를 구하러 용맥(龍脈)을 찾아다녔지요. 과연 여기 사당 아래에 용혈이 서려 있었습니다. 시야가 막혀 보이지 않기에 담 너머로 굽어보며 한번 구경하느라 체통과 예법을 잃고 말았으니 부끄럽습니다. 집은 제천에 있습니다."

"하늘이 그대의 음덕에 보답하고자 저더러 이곳을 지키며 기다리게 하였군요. 저쪽의 전장은 제 선산 아래라 제가 거처하고, 이쪽 전장은 그대에게 바칠 테니 이곳에 거처하십시오. 인부를 데리고 그대는 저와 제천으로 함께 가서 상여를 받들고 그대의 식구들을 데려다 옮겨 오시지요. 이곳에 거처를 정하여 이곳에서 장례를 치른 다음 대대로 함께 살며 서로 떨어지지 않는다면 또한 좋지 않겠습니까?"

막내아들이 사양하자 주인이 말하였다.

"왜 사양하십니까? 그대의 재물로 그대의 전장을 마련하였으니 왜 사양하십니까?"

막내아들이 마침내 그 말에 따라 차례대로 장례를 치르고 이사를 와서 삼형제가 함께 살았다. 집주인과 막내아들은 서로 이웃하여 살면서 자손이 매우 번성하고 살림 또한 부유하게 살았다. 두 집안이 대대로 나이에 따라 서로 형제가 되어 지냈다.

아! 범순인(范純仁)은 남아도는 재물로 가깝고 친밀한 사람을 구제했어도[3] 사람들은 오히려 하기 힘든 일을 했다고 하였다. 막내아들은 어렵게 얻은 재물로 평소 알지도 못하던 사람을 구제하였으니 배에 실린 보리를 모두 내어 준 범순인의 옛일과 비교하여 어떠한가? 그 아비도 수준이 더 높은 사람이라 아들의 총명함을 알아보았다. 이런 사람이 몇이나 있으랴? 이런 아비라 이런 아들을 두었으니 지인(至人)이라 할 만하다. 어떤 사람은 저들이 안동 김씨(安東金氏)로, 선원(仙源) 김상용(金尙容)과 청음(淸陰) 김상헌(金尙憲)의 선조라고 말하지만 사실인지는 모르겠다.

---

3 북송(北宋)의 명재상 범순인(范純仁)은 범중엄(范仲淹)의 아들로 자가 요부(堯夫)이다. 범중엄이 범순인을 시켜 고소(姑蘇)에서 보리 5백 휘를 운반해 오게 하였다. 범순인이 배에 보리를 싣고 돌아오다가 범중엄의 친구인 석만경(石曼卿)이 형편이 쪼들려서 가족의 장례를 치르지 못한다는 말을 듣고는 보리를 모두 그에게 내어주고 빈손으로 돌아왔다. 그러자 범중엄이 흡족해하였다.

20

꿈어서 음덕을 쌓은 선비

호서에 사는 한 선비가 길을 가다가 느티나무 그늘 아래 앉았다. 그때 문득 한 정승이 다가와 같이 앉았다. 선비가 놀라 물었다.

"정승께서는 작고하신 지가 오래되었는데 지금 어디 가십니까?"

정승이 대답하였다.

"내가 두역 사원(痘疫司員)[1]이 돼서 호남에 갔다가 지금은 호서로 가는 중이네."

두 아이가 정승을 따르고 있었다. 한 아이는 눈물범벅의 얼굴을 한 채 울고 있었다. 선비가 물었다.

"이 아이는 누구입니까?"

"정말 불쌍한 아이이지. 삼대 유복자라 친척도 없는데, 운명이 다한 까닭에 어쩔 수 없이 데려가고 있다네."

"정승께서는 생전에 후덕한 분으로 유명했는데 어째서 남의 집 제사를 끊으십니까? 돌려보내 주시지요."

---

1 두역(痘疫)은 천연두, 사원(司員)은 각 부서의 상관을 가리키는 말이다. 두신(痘神), 마마(媽媽) 귀신 등 저승세계에서 천연두를 관장한다고 하는 귀신이 곧 두역 사원이다.

"사명(司命)2이 주관하신다네."

"세상에는 간혹 음덕으로 목숨을 다시 잇는 이들이 있답니다. 하늘은 살려 주기를 좋아하니 꼭 돌려보내 주십시오. 사명께서 책망하더라도 신경 쓰실 게 있겠습니까?"

선비가 거듭 힘써 권하자, 두역 사원이 한참 동안 깊이 생각하더니 동자를 보며 말하였다.

"가거라."

동자는 돌아가면서 한 걸음 뗄 때마다 한 번씩 돌아보았다. 마치 은혜에 감사하는 뜻을 표하는 듯 선비를 뚫어지게 바라보더니 그대로 사라져 버렸다. 선비가 놀라 깨 보니 한바탕 꿈이었다.

그 뒤 선비가 호남에 노비를 잡으러 갔다가 실패하고 돌아오는 길에 어떤 부유한 사대부 집에 들어가서 묵어가기를 청하였다. 소년 집주인이 책을 읽고 있다가 선비를 한참동안 유심히 바라보더니 물었다.

"호서에 이러이러한 느티나무가 있지 않습니까?"

"있었네."

"아무 해에 과객께서는 그 느티나무 아래 쉬어가신 적이 있습니까?"

"있었네."

"두역 사원을 보신 적이 있습니까?"

"꿈속에서 본 일이네만."

소년은 몸을 벌떡 일으켜 안채로 뛰어 들어가서 급히 어머니를 부르며 말하였다.

---

2 저승에서 죽은 사람의 목숨을 관장하는 일을 맡은 이들로 염라대왕과 최판관(崔判官) 등이다.

"저를 살려 주신 분께서 오셨습니다."

소년의 어머니가 말하였다.

"어디 계시느냐? 어디 계신다고? 연로하시면 내가 아버지로 섬기고, 젊으시다면 내가 의남매를 맺으리라."

그 어머니가 고꾸라지듯 급히 밖으로 나오자, 선비가 자리를 피해 내외하고자 하였으나 미처 피하지 못하고는 이렇게 말하였다.

"봄꿈은 본래 허황한 것인데 그 일이 어찌 사실이겠습니까?"

소년이 말하였다.

"과객께서는 꿈이라 하시지만 저는 실제로 직접 과객을 뵙고 말씀을 들었습니다. 죽었던 목숨이 다시 살아났으니 어찌 사실이 아니라고 하겠습니까?"

마침내 선비에게 떠나지 말라고 만류하면서 함께 살기를 청하였다. 사람과 말을 준비하여 선비의 집안 식구들을 데리고 오게 한 다음 전답과 노비를 나누어 주고 대대로 함께 살았다.

아! 이 이야기는 몹시 허황하다. 그러나 천연두에는 불가사의한 일이 종종 있다. 어떤 사람은 그 정승이 감사 송유룡(宋儒龍)[3]이라고도 하지만 이 또한 허황하다. 그래서 굳이 따져 말하지 않는다.

---

3 송유룡(宋儒龍, 1650~1719)의 자는 덕보(德甫), 본관은 은진(恩津)이다. 1681년(숙종 7) 과거에 급제한 뒤 정언, 지평, 장령 등을 거쳐 1691년(숙종 17)에 전라도 점마별감(全羅道點馬別監)에 임명되었다.

21

송 생원의 얄팍한 선견지명

성주 목사(星州牧使) 한덕일(韓德一)[1]이 아전에게 물었다.

"경내에 특출한 사람이 있는가?"

아전이 대답하였다.

"아직 들어 보지 못하였습니다만, 한 마을에 송 생원이라는 이가 있습니다. 계해년(1743, 영조 19) 8월 초에 농사가 크게 풍년이 들었는데, 송 생원은 오직 문 앞의 30마지기 논 한 배미만 남겨둔 채 논밭과 화리(花利)[2]까지 다 팔아 버리고 또 곡식을 많이 사들였습니다. 마을 사람들에게 울력을 내어 둑을 쌓게 하였는데 둑의 아랫자락을 두 자 높이로 쌓은 다음, 거기에다 논으로 물을 보내는 물길을 뚫었습니다. 사람들이 모두 이상하게 여겼고, 실성했다고 말하는 이도 있었습니다. 그달 14일에 갑자기 추위가 닥치자, 송 생원이 즉시 논에다가 물을 대어 벼이삭을 물에 잠기게 하였습니다. 그날 밤에 큰 서리가 내려 온갖 곡식들이 서리 피해를 입었으나 송 생원의 논만은 피

---

1 한덕일(韓德一, 1708~?)의 자는 함지(咸之), 본관은 청주(淸州)이다. 안성 군수, 이천 부사, 익찬 등을 거쳐, 1763년(영조 39) 성주 목사가 되어 선정을 베풀었다.
2 입도선매(立稻先賣)할 때 수확이 예상되는 벼를 가리키는 말이다. 화리(禾利)라고도 한다.

해를 입지 않았습니다. 그 해에 극심한 흉년이 들어 땅값이 절반으로 떨어지자 송 생원이 다시 땅을 곱절 더 사들이니, 사람들이 그의 선견지명에 탄복하였습니다."

아! 송 생원에게 선견지명이 있다는 말은 맞을지라도 마음 씀은 그릇되었다. 남에게도 미리 대비할 계책을 알렸어야 옳다. 말을 듣고 안 듣고는 남에게 달려 있으니 내 진심을 다 쏟을 뿐이다. 화리까지 다 판 일은 남을 속인 짓이다. 이런 자가 뜻을 이룬다면 소인 가운데 으뜸이리라.

22

성이 다른 막내아들

이 아무개가 풍수지리에는 밝았으나 집이 몹시 가난하였다. 그 자식들
이 말하였다.

"아버지가 남에게는 좋은 땅을 알려 주어 가난을 벗어나게 하시고
우리 집은 가난을 벗어나지 못하게 하시니 어째서입니까?"

이씨가 말하였다.

"각기 주인이 있는 법이란다. 이 동네 밖에 좋은 집터가 있기는 하나
나는 그 주인이 아니니 어쩌겠느냐?"

아들이 말하였다.

"그런 법이 어디 있습니까? 그곳에 집을 지으시지요."

"일단 움막을 지어 네가 가서 열흘 정도 지내보고 오너라."

아들이 움막에 들어가 여드레를 지내던 날 꿈에 어떤 노인이 나타나
엄하게 꾸짖으면서 급히 내쫓아 더 머무르지 못하였다. 둘째 아들도 집
을 나가 움막에서 지내보았으나 열흘이 못 되어 다시 돌아왔다. 막내아
들이 또 집을 나가 움막에서 지냈는데, 일 년이 채 안 되어 집안일이 다
잘 풀렸다.

어느 날 이씨는 아내에게 이렇게 말하였다.

"내가 늘그막에 막내아들 덕분에 넉넉하고 편안하게 살고 있으니 이보다 큰 행복이 어디 있겠소? 부유함이 여기에만 그치지 않고 두 형들에게까지 미쳤으니 걱정할 게 없소. 다만 막내는 내 아이가 아니니, 숨기지 말고 사실대로 말해 주오."

아내가 물었다.

"왜 그래요?"

"저곳은 김씨의 집터이지 이씨의 집터가 아닐세."

그러자 아내가 말하였다.

"아무 해 아무 달에 과객이 와서 당신과 함께 잔 일이 있었지요. 한밤중에 누군가가 안방으로 들어오기에 당신인 줄 알았지요. 그 사람이 나가고 나서야 의심이 들었으나 이미 어쩔 수 없었기에 알고도 모른 척했지요. 그로부터 아이가 들어서서 막내를 낳았으니 그 아이가 바로 김씨 성이군요."

이에 이씨가 말하였다.

"내가 이미 막내를 아들로 삼았고, 막내도 나를 아버지로 여기고 있소. 이 또한 우리 부부가 늙바탕을 편안하게 누릴 운명이었던 게니 무슨 상관이겠소? 부디 다시는 이 말을 꺼내지 마시오."

아! 이런 이야기를 누가 들어보았으랴? 풍수지리에 현혹된 사람의 말이다.

23
여우가 차지한 명당자리

수십 년 전에 시암(尸菴) 권암(權巖)[1]이 나에게 다음 이야기를 해 주었다.

가까운 곳에 곽씨(郭氏)가 살고 있었다. 아버지가 죽자 아들들이 장사를 지내려 하였다. 그런데 관 속에서 "묏자리가 몹시 흉하니 나를 묻지 말거라."라는 말소리가 흘러나오는 것 같았다. 아들들은 요사스러운 귀신이 붙었다고 생각하여 듣고도 못 들은 체하였다. 곧 장례를 치르려 하는데 밤에 또 말소리가 들려왔다.

"여기에 장사 지내면 죽은 자는 편치 못하고 산 자는 후손을 보지 못할 것이다. 어째 그리 고집을 부리느냐?"

또 말을 듣지 않고 관례대로 발인하려 하였다. 다시 한밤중이 되자 죽은 곽씨가 관 위에 걸터앉아 둘째 아들과 막내아들을 불러 말하였다.

"너희 형이 내가 죽어서 지각이 없다고 여기고는 멋대로 내 말을 듣지 않는구나. 너희는 어째서 말리지 않느냐?"

---

1 권암(權巖, ?~1780)은 자가 맹용(孟容), 호가 시암(尸菴)으로 남인 명가 출신이다. 안정복과 함께 성호 이익에게 수학하였다. 양근 한강가의 감호(鑑湖)에 살았다. 천주교 초기 신자로 순교한 권철신(權哲身)과 권일신(權日身)이 그의 아들이다. 현재 양평 한강가에 있는 감호암(鑑湖巖) 일대가 이 집안이 살던 터이고 이들이 친구들과 함께 뱃놀이하며 지은 시를 엮은 『감호 수창첩(鑑湖酬唱帖)』이 전해 온다.

둘째와 막내가 말리자 큰아들이 말하였다.

"문 안으로 들어가 아버지를 직접 뵙고 싶습니다."

"저승과 이승은 길이 다르니 만날 수 없다."

"그렇다면 분부를 따르지 않겠습니다."

"문에 구멍을 뚫어 바라보려무나."

"기필코 한 번 손을 잡고 작별인사를 해야 하겠습니다."

"안 된다."

"그렇다면 분부를 따르지 않겠습니다."

"정 아니라면 문틈으로 손을 넣어 내 손을 만져 보아라."

"틈으로 손을 내밀어 주시면 한번 만져 보겠습니다."

옥신각신하면서 아비가 끝내 손을 내밀지 않자 큰아들이 말하였다.

"아버지 얼굴을 뵙지 못하였고 손도 보지 못했으니 내일 관을 묻겠습니다."

아비가 마침내 일어나 말하였다.

"네 고집이 보통이 아니구나!"

아비가 손을 내밀자 큰아들이 손을 잡고는 크게 소리 지르며 잡아당겨서 팔뚝까지 다 끌어냈다. 그다음 날이 선 도끼로 잘라 버리니 다름 아닌 큰 여우의 앞다리였다. 문을 열고 들어가 보니 창 앞에 큰 여우가 거꾸러져 있어서 도끼로 찍어 죽였다. 다음날 무덤자리에 안장하자 여우 떼가 사방으로 흩어졌다. 대개 땅의 기운이 응결된 곳에 여우들이 혈(穴)을 차지하고 장생(長生)을 얻어 백년 묵은 늙은 여우로 둔갑한 것이다. 이런 곳을 명당자리 혈이라 한다.

24

중이 된 삼사의 관리

나의 백부께서 첨지 정만수(丁萬壽)에게 들은 이야기는 다음과 같다.

정공(丁公)은 젊은 시절 산사에서 공부하였다. 절의를 지킨 사대부와 부녀자가 많다는 이야기를 나누던 중에 어떤 늙은 중이 옆에 누워 있다가 갑자기 벌떡 일어나 말하였다.

"사대부라고요 사대부! 부녀자라고요 부녀자! 절의라고요 절의! 가소롭구나, 가소로워!"

여럿이 크게 노하여 말하였다.

"네가 아무리 나이가 많다 해도 한낱 중에 불과하거늘 이리도 함부로 말하다니 그 죄가 죽어 마땅하다."

늙은 중이 웃으며 말하였다.

"마침 격분할 일이 있어서 이처럼 망언하였으니 나무라지 마시오. 소승이 이제 다 늙었으니 마음속에 켜켜이 쌓아 두었던 이야기를 다 털어놓을 수 있겠소. 뱃속에는 오랑캐 물이 가득 들어차 있으면서 겉으로는 아닌 척 생색을 낸다는 조롱을 양반집 부녀자에게 해야 한다면 정말 몹시 추한 일이지요. 그러나 옛정을 잊지 않고 집으로 잘 돌아온다면 그래도 기쁘게 여길 일이고요. 하지만 숨겨져 드러나지 않은 경우는 얼마나 많겠소?

소승이 예전에는 사대부였소. 아내가 있었는데 재주도 용모도 뛰어난 사람이었고 부부간의 정도 매우 돈독하였소. 하지만 정축년(1637, 인조 15) 난리 때 오랑캐에게 잡혀가 버렸소. 소승이 감정을 주체하지 못해 결국 세상일을 내팽개치고 오랑캐 나라의 심양(瀋陽)으로 들어가서 산이며 골짜기며 안 다녀 본 곳이 없었소. 몇 번이나 죽을 고비를 넘겼고, 챙겨간 양식도 거의 다 떨어져 갔소. 오랑캐 땅에는 마을이 몹시 드물었고 심산궁곡에 굴만 하나 있었소. 길을 가다 옛 여종을 만났는데 아내가 시집올 때 데려왔다가 난리 때 같이 잡혀갔었소. 여종이 나를 보더니 놀라면서도 기뻐하며 눈물을 금치 못하였소. 내가 아내의 생사를 물었더니 말하기를 '이 집에 계십니다. 집주인 오랑캐 놈은 사냥을 나갔습니다. 그러나 나리와의 옛정은 사라졌고 오랑캐와 새로 정이 들었으니 만나 보셔도 좋을 게 없습니다. 어서 여기서 나가 화를 피하시는 게 좋습니다.'라고 하였소. 소승이 기어이 여종과 함께 오랑캐의 집에 들어가 보니, 아내는 별로 반기는 기색도 없이 억지로 대꾸만 할 뿐이었소.

갑자기 오랑캐 놈이 돌아오기에 소승이 몸을 피하여 다락으로 올라가 가만히 살펴보니, 그 여자가 오랑캐 놈에게 귓속말로 다 불더이다. 오랑캐 놈이 칼을 쥐고 문을 열면서 말하기를 '냉큼 내려오너라!'라고 하였소. 소승의 곁에 장검이 있었기에 뛰어내려 곧장 찌르니 오랑캐 놈은 바로 고꾸라졌소. 또 그 죄목을 열거한 다음 아내도 마디마디 베어 버렸소. 여종도 죽이려고 했더니, 여종이 자신은 죄가 없다고 발뺌하면서 주인이 자신을 얼마나 은정 없이 모질게 부려먹었는지를 이야기하였소. 또 말하기를 '제가 아니면 여기서 나가실 수 없습니다.'라고 하더니 포백을 몇 십 갈래로 찢어 가지고 밖으로 나왔소. 오랑캐 놈이 키우던 큰 개가 있었으니 크기가 몇 살 먹은 송아지 만하였는데, 사람을 물어뜯으려고 하였소. 여종이 그놈에게 포백 쪼가리를 던져 주면 반드시 주우러 갔다가 돌아왔소. 그러기를 수십 번 하자 거리가 더욱 멀어질수록 개가 돌아오는 것도 점점 느려졌소. 십 리를 넘게 가자 개가 더는 돌아오지 않았소. 걷다가 기다가 며칠 만에 우리나라 경계에 도달하였는데, 그 길로 승복을 걸치고는 산수 간을 방랑하기 시작하였소."

노승이 바랑에서 홍패(紅牌)[1]와 관리 임명장을 꺼내 이름을 가리고 보여 주었는데, 삼사(三司)의 벼슬을 지낸 사람이었다. 다음날 새벽 그는 말도 없이 떠났다.

아! 재주와 용모가 남보다 뛰어나면서 덕성까지 갖춘 여자는 드물다. 절색(絶色)은 취해서는 안 되고 반드시 피해야 한다.

---

1 붉은색의 증서라는 말이다. 과거 시험 문과와 무과의 최종 합격자에게 왕명으로 발급된 합격 증서이다. 합격자의 품계와 관직, 성명, 등수 등의 정보가 기재되었다.

25

중이 된 무뢰한

백부께서 정만수(丁萬壽) 공에게 들은 또 다른 이야기는 다음과 같다.

어떤 노승이 머리에 두꺼운 비단 모자를 쓰고 다녔는데 한여름에도 벗지 않아 그 맨머리를 본 사람이 아무도 없었다. 다른 승려들은 그가 머리를 깎는 모습도 본 적이 없다고 하였다. 정공이 억지로 그 모자를 벗겨 보려고도 하였으나 노승은 한사코 벗지 않았다. 어느 날 노승이 이렇게 말하였다.

"이제 늙어서 죽을 때가 되었으니 그대들의 궁금증을 풀어줄 이야기를 하나 해 주어야겠구려. 나는 젊은 시절 힘만 믿고 기운을 쓰며 경망한 짓을 많이 하였소. 2백 근의 짐을 짊어지고 날마다 백리 길을 다녔는데 바위 위에 걸터앉아 쉬고 있을 때, 초립을 쓴 어떤 이가 청노새를 타고 와서 근처 바위에 앉아 점심을 먹으려 하였소. 그의 종이 소리치기를 '걸터앉아 있는 사람은 물렀거라!'라고 하기에 내가 그에게 욕을 하였소. 종놈이 온갖 말로 힐책해 대니, 초립을 쓰고 있던 젊은 사대부가 '내버려 두어라!'라고 하였소. 소승이 멈추지 않고 욕을 퍼부어 대자, 한참 있다가 젊은 사대부가 종에게 '저놈을 잡아와라.'라고 하였소.

이에 소승이 그 사대부를 끌어내리려 하였으나 그는 몸을 끄떡도 하지 않고 마치 갓난아이 다루듯 소승의 손을 잡아 끌어당겨서는 소승의 상투머리를 다 풀어서 채찍으로 동여매었소. 그러더니 한 길이나 높이 뛰어올라서 느티나무가지를 붙잡아 거기에 내 머리카락을 묶어 소승을 공중에 매달았소. 사대부가 차고 있던 칼을 뽑아 소승의 머리털 경계선을 살짝 그으면서 말하기를 '죽이는 것은 과하니 머리털을 없애서 중으로 만들어 버려 다른 사람들에게 나쁜 짓을 못하도록 해야겠다.'라고 하고는, 한 손으로 나뭇가지를 잡은 채 다른 한 손으로는 칼을 놀리는 것이 마치 평지에서 하는 것이나 다름없었으니, 그 무용(武勇)이 헤아릴 수 없을 만큼 신묘하였소. 사람들이 지나가면서 위에 매달려 있는 소승을 보기는 하였지만 풀어서 내려 줄 방법이 없었소. 그 사대부가 칼로 그었던 부위는, 그 안쪽으로 두피가 벗겨지더니 몇 달이 지나자 아물기는 하였지만 차마 볼 수 없을 정도로 험상궂은 흉터가 되어 버렸소. 그래서 두꺼운 비단 모자를 쓰게 됐소. 게다가 아내도 죽고 자식도 없으니, 그래서 승려의 고깔을 쓰고서 이 생을 마치려 한 것이오."1

---

1 이와 비슷한 이야기가 이상적(李尙迪)의 「삽을 든 장님[書鍤]」(『은송당집(恩誦堂集)』 문(文) 권 2)에 실려 있다. 안대회·이현일 편역, 「삽을 든 장님」, 『한국산문선』 9, 민음사, 2017.

26

김 첨지의 대를 이어준 과객

과거를 보러 떠나는 어떤 영남 선비에게 점쟁이가 말해 주었다.

"반드시 장원 급제하여 아름다운 첩을 얻고 많은 재물을 얻게 되리다. 물가의 나무 아래에서 흰옷 차림의 여인을 만난다면 매우 길할 것이오."

선비가 걸어가다가 몸도 지치고 땀도 흘러서 냇물에 목욕한 다음 큰 나무 아래로 가서 쉬고 있는데, 정말로 어떤 흰옷 입은 여인이 물가에서 빨래하고 있었다. 선비가 속으로 기뻐서 말을 붙여 보고 싶었으나 못하고 있었다. 그때 문득 여인이 먼저 물어 왔다.

"과거 보러 가십니까?"

"그렇소."

"장원하실 분이십니다."

"무슨 말이오?"

"반드시 장원하실 것이니 부디 저를 잊지 마셔요."

"무슨 까닭인지 말해 보시오."

"지난밤 꿈속에 황룡이 물가에서 목욕을 하고 이 나무 아래에 똬리를 틀고 있다가, 제가 그 꼬리를 잡자 하늘로 날아 올라갔습니다. 이상하다는 생각이 들어 이곳에 와 보았는데, 행차께서 용이 목욕하였던 곳에서 목욕하셨고 용이 똬리 틀었던 곳에 앉아 계셨습니다. 그러니 제가 행차를 따르지 않고자 한들 그럴 수 있겠습니까? 저는 큰 마을에 사는 김 첨지의 며느리이온데, 스무 살에 남편을 잃어 시아버지와 며느리가 서로 의지하며 살고 있습니다. 친정 부모가 자식이 없는 저를 애처롭게 여겨 제 뜻을 꺾어 재가시키려 하십니다만, 늙은 시아버지를 봉양할 사람이 없어서 한사코 따르지 않았습니다. 오늘 저녁 꼭 제집에 묵어가시지요. 노잣돈을 챙겨 드리고자 합니다."

여자가 집으로 들어가자 선비가 그 자리에서 빈둥거리며 해가 지기를 기다렸다가 여인의 집에 들어가서 하룻밤 묵어가기를 청하였다. 집주인이 허락하고 매우 후하게 대접해 주었다. 밤중이 되자 여인이 선비의 방에 500푼을 넣어 주고 갔다.

다음 날 아침 선비가 길을 떠났는데 정말로 장원을 차지하였고 성균관 전적(典籍)에 임명되어 고향으로 돌아가게 되었다. 멀리서부터 집까지 피리소리가 들려오기에 여인이 집 뒷산에 올라가 바라보니, 과연 신은(新恩)[1]이 오고 있었다. 여인을 따라온 동네 아이가 물었다.

"무엇 때문에 저 손님은 여기에서 유가(遊街)[2]하는 걸까요?"

---

1 새로 왕의 은혜를 입었다는 뜻으로, 문과·무과·생원진사시에 새로 급제한 사람을 부른 말이다.

2 과거 시험 합격자가 발표되면 합격자는 어사화(御賜花)를 꽂고 사흘 동안 거리를 행진하며 친척과 선배 등을 방문하였다. 악사들이 풍악을 울리고 무동(舞童)과 광대가 합격자의 주위를 돌면서 재주를 부렸으며, 장원급제자의 경우 일산이 하사되어 합격자를 이끌었다.

여인이 말하였다.

"어찌 알겠니?"

조금 뒤 유가 행렬이 곧장 여인을 향해 왔다. 짝을 이룬 일산(日傘)이 바람에 나부끼고 어사화(御賜花)가 반짝거렸으며 따르는 이들이 구름같이 많았다. 여인은 속으로 영남 선비의 행렬임을 알아채고는 기쁨의 눈물을 쏟았다. 선비가 바로 김 첨지의 집에 당도하여 말하였다.

"지난번에 머물고 갔었는데, 다시 받아 주시겠소이까?"

집주인이 매우 기뻐하며 곧장 안으로 들어가 청소한 다음 선비를 안방으로 들게 하고 며느리에게 술과 안주를 차려 오도록 하였다. 여인은 이미 준비를 해 놓았다.

저녁 식사 후에 술자리를 베풀고 놀이판이 벌어지니 온 마을 사람들이 다 모였으며 하인들에게도 매우 후하게 베풀었다. 주인이 꿇어앉아 청하였다.

"시골 동네에서는 평생 보지 못할 일이라 오늘은 더없이 영광스러운 날입니다. 어른, 아이 할 것 없이 모두가 하루 더 머무르시기를 바라고 있습니다. 집안에 젊은 며느리가 청상과부가 되어 눈물로 세월을 보내고 있었는데, 이제야 비로소 눈썹을 펴고 입을 열어 마음을 달래게 되었습니다. 하룻밤 더 묵으시면서 하늘과 같은 은혜를 베풀어 주시기를 바랍니다."

"도문연(到門宴)[3]과 영분(榮墳)[4]이 매우 급하기는 하지만, 주인의 뜻

---

3 자기 집에 도착하여 여는 잔치라는 말이다. 지방 출신의 신은(新恩)은 서울에서 유가(遊街)를 마치면 귀향하여 고향에서도 유가하였다. 고향 집에 도착하여 가문의 친인척과 인근의 지인들을 모두 불러 모아 베푸는 잔치이다.

을 저버릴 수야 없으니 그렇게 하겠습니다."

그날 밤 밖에서는 떠들썩하게 즐기는 소리가 우레와 같았으나 주인은 영남 선비를 마주하고 앉아 차분히 말하였다.

"저는 본래 아무 곳 사람인데 이곳에 와 삼대에 걸쳐 혈혈단신 의지할 곳조차 없이 살았습니다. 하나뿐인 아들은 일찍 죽었고, 젊은 며느리 하나 의지하고 사는데 매우 순박하고 효성스러우며 마음씨가 넉넉하고 착하니, 제가 끝내 박복한 사람은 아닌가 봅니다. 친정 부모가 며느리의 뜻을 꺾으려고 하였으나 며느리가 따르지 않았습니다. 저는 오늘내일하는 사람입니다. 저 며느리가 집안을 지키고 정절을 온전히 하고자 해도 반드시 강포한 자에게 욕을 당하거나 그렇지 않으면 스스로 죽음을 택할 것입니다. 감히 우러러 청상과부를 부탁드리니, 서울로 가실 때마다 이 집에 유숙하여 주인을 정한다면 며느리가 행차님의 힘에 기댈 방도가 생기게 될 것입니다."

선비가 말하였다.

"알겠습니다."

집주인이 말을 이었다.

"주인을 삼기로 허락해 주셨으니 제 며느리를 한번 돌아봐 주시기를 청합니다. 아들을 낳게 된다면 저의 집과 전장에 영구히 주인이 생기고, 청상과부는 훗일을 잘 처리할 방도를 생각할 것입니다. 저는 죽어도 걱정이 없어 죽는 날이 곧 새로 태어나는 날이 될 것입니다.

---

4 영소(榮掃)라고도 한다. 부모가 사망한 뒤에 과거에 급제하거나 관직에 임명된 사람이 부모의 묘소에 가서 예(禮)를 올리는 일이다.

행차께서는 어떻게 생각하시는지요?"

선비가 한참을 생각하다가 말하였다.

"주인을 정하는 거야 괜찮으나 며느리를 돌아봐 달라는 청은 안 되겠습니다. 의리상 어떻게 하겠습니까?"

"강포한 자의 손아귀에 들어가느니 차라리 나리께 바쳐 좋은 뜻으로 인연을 맺는 것이니 어떻습니까? 더군다나 며느리가 정절을 온전히 지킨다 한들 며느리가 죽고 나면 집과 전장이 갈 데가 없고 무덤을 부탁할 사람도 없습니다. 며느리에게 혈육을 하나 갖게 해 주신다면 그 자손이 곧 저의 자손과 다를 것이 뭐 있겠습니까? 명색은 시아버지와 며느리이지만 정은 아비와 딸 사이나 마찬가지라 속마음이 서로 통합니다. 이미 함께 충분히 의논한 일입니다."

"주인장의 마음은 참으로 애처롭고, 주인장의 생각은 참으로 깊습니다. 저에게 해가 되더라도 굽히고 따라야 할 일이거늘, 더구나 해가 없다면야 더 말할 것이 있겠습니까?"

그날 밤 선비가 여인과 동침하였고 그다음 날도 묵었다. 주인은 선비에게 백 냥을 노잣돈으로 선물하였다. 선비는 도문연을 치른 뒤에 관직을 띠고 서울로 들어갔다.

일 년이 지나 영남 선비가 돌아와 보니 여인은 이미 아들 하나를 낳았다. 김 첨지가 아껴서 기르며 외손자라고 불렀으니 며느리를 딸로 여겼기 때문이었다. 김 첨지는 천수를 누리고 죽었는데, 선비가 예법을 따라서 장례와 제사를 치러 주었다. 그 아들에게 의례를 주관하게 하

---

5 제사와 관련한 비용을 충당하기 위해 마련한 토지이다.

였다. 김 첨지의 전장은 김씨 산소의 위전(位田)⁵으로 삼았고 김 첨지의 유언에 따라 며느리도 김씨 산소에 장사 지냈다. 김씨의 산소에는 대대로 영원히 주인이 있게 되었으며 그 자손은 매우 번성하였다.

아! 며느리가 절부(節婦)는 아니나 효부(孝婦)라고 하기에는 손색이 없다. 김 첨지도 선한 사람이라 권도(權道)를 행하면서도 사리에 어긋나지 않았다.

27

향랑의 노래

향랑(香娘)은 선산(善山)[1] 시골 사람의 딸이다. 어려서 부모를 여의고 외숙의 손에 자란 뒤 십리 떨어진 마을로 시집을 갔다. 시부모는 고약하고 남편은 어려서 향랑을 내쫓았다. 그러나 외숙은 "몇 년이나 길러 주었건만 어째서 또 걱정을 끼친단 말이냐?"라 하고 받아 주지 않았다. 향랑이 시집으로 가면 쫓아내고, 친정으로 가면 받아 주지 않았다. 몇 차례나 그렇게 하였으나 그래도 남에게는 시집가려 하지 않았다. 향랑은 지주비(砥柱碑)[2]가 있는 물가에서 이웃집 여자아이와 나물을 캐다가 노래를 지어 여자아이에게 불러 주었다. 그 노래는 다음과 같다.

하늘은 높디높고 땅은 넓디넓으니

천지 크나이 한 몸 머물 데 없다

차라리 이 물에 빠져 어복(魚腹)에 영장(永葬)하리라(원문은 한글)

---

1 경상북도 구미시의 옛 지명이다.

2 경상북도 구미시 오태동에 있는 빗돌이다. 야은(冶隱) 길재(吉再)의 충절을 기려 세웠다. 지주(砥柱)는 물살이 사납기로 유명한 중국 황하 삼협(三峽)의 중류에 있는 바위로 세찬 물결에도 기둥처럼 우뚝하게 버티고 서 있어서 지주라 하였다(『문선』 「고당부(高唐賦)」). 꿋꿋하게 절조를 지키는 사람을 지주중류(砥柱中流)라 한다.

노래를 다 부르고 나서 여자아이에게 "네가 여기 와서 이 노래를 불러 주면 내가 반드시 응답할게."라 하고는 마침내 물속으로 몸을 던져 죽었다. 시신이 떠오르지 않아 아무리 찾아도 찾을 수 없었다. 여자아이가 노래를 부르자 시신이 떠올랐다. 관아에서 그 이야기를 듣고 시부모는 곤장을 쳐서 죽이고 외숙에게는 형벌을 내린 다음 물가에 비석을 세웠다. 황강(黃岡) 권상하(權尙夏)[3]가 비명(碑銘)을 지으면서 그 노래를 한문으로 옮겼다.

하늘은 얼마나 높고 크며, 땅은 얼마나 넓고 아득한가?
하늘과 땅이 크다지만, 이 한 몸 의탁할 곳이 없구나.
차라리 이 못에 몸을 던져, 물고기 배 속에 장사 지내리.

내가 『황강집(黃岡集)』[4]을 구하여 실제 행적을 알아보려 했으나 찾지 못하였다.

---

3 권상하(權尙夏, 1641~1721)는 자가 치도(致道), 호가 수암(遂菴)·한수재(寒水齋)이다. 송준길(宋浚吉)·송시열(宋時烈)의 문인으로 기호학파(畿湖學派)의 계보를 이은 학자이다. 우의정, 좌의정 등에 임명되었으나 모두 사양하고 충청도 청풍에서 학문과 교육에 전념하였다. 문집에 『한수재집(寒水齋集)』이 있다. 황강(黃岡)은 오늘날 충청북도 제천 황강(黃江) 일대로, 권상하가 살았던 곳이다.

4 권상하의 문집 『한수재집』을 말한다. 1703년(숙종 29) 선산 부사 조귀상이 향랑과 의우(義牛) 이야기를 글과 판화로 기록한 「의우열녀도(義牛烈女圖)」를 간행할 때 권상하가 「의열도발(義烈圖跋)」을 지었다(『한수재집』 권22).

28

정인홍의 조숙함

정인홍(鄭仁弘)[1]은 어렸을 때 산사에서 글을 읽었다. 경상도 관찰사가 순시를 나왔다가 절에 당도하자, 정인홍이 중들에게 자리를 마련한 다음 북을 치며 고풍(古風)을 부르게 하였다.[2] 중들이 감히 따르지 못하니 정인홍이 크게 꾸짖었다. 중들이 어쩔 수 없이 고풍을 불렀다. 관찰사가 물었다.

"공부하는 손님이 몇 명이나 되느냐?"

"아직 열 살도 안 된 도련님 한 명뿐입니다."

관찰사가 그를 데려오라고 다그치고는 말하였다.

"어린놈이 어른을 무시하였고 도민으로서 관찰사를 모욕하였으니, 네 죄는 회초리를 쳐야 마땅하다."

정인홍이 말하였다.

---

1 정인홍(鄭仁弘, 1536~1623)은 자가 덕원(德遠), 호가 내암(來菴), 본관이 서산(瑞山)이다. 남명(南冥) 조식(曺植)의 제자이다. 광해군 때 영의정을 지내며 대북(大北)의 중심으로 활동하였으나 인조반정 이후 처형되었다. 문집으로 『내암집(萊庵集)』이 있다.

2 절에서 재(齋)를 올릴 때 석가여래의 공덕을 찬미하며 부르는 불교의 의식 음악을 범패(梵唄)라고 하는데 고풍은 이 범패를 가리키는 것으로 보인다.

"산사에서 고풍을 부르는 일은 옛날부터 해왔으니, 나이가 많고 적음은 무엇 때문에 따지시고 지체가 높고 낮음은 어이 거론하십니까? 고풍의 유무만 말씀하시지요."

관찰사가 말하였다.

"네 놈이 글을 읽는다 하였지. 내가 운을 부를 테니 대답하여라. 대답하지 못하면 매질을 당할 줄 알아라."

이에 '서(西)' 자를 부르니, 정인홍이 즉시 대답하였다.

짧고 짧은 어린 소나무가 탑 서쪽에 있는데   短短稚松在塔西

'제(齊)' 자를 부르니 정인홍이

탑은 높고 솔은 짧아 서로 나란하지 않네   塔高松短不相齊

라 하였다. '저(低)' 자를 부르자

사람들이여, 어린 솔이 키 작다고 비웃지 마소   傍人莫笑稚松短
훗날 솔이 자라면 도리어 탑이 더 낮을 테니[3]   他日松長塔反低

라 하였다. 관찰사가 매우 기특하게 여겨 상으로 문방사우를 후하게

---

3 정인홍의 『내암집』에는 시가 실려 있고, 이익의 『성호사설(星湖僿說)』에는 비슷한 사연과 함께 시가 실려 있다. 시에는 글자의 출입이 있다.

주었다.

아! 정인홍은 젊은 시절 명망이 한 시대를 풍미하여 송강(松江) 정철 (鄭澈)과 나란히 일컬어졌다. 그러나 두 사람 모두 억세고 편벽된 성격 때문에 당화(黨禍)를 세차게 일으켰다. 그 일은 일컬을 가치도 없다. 정 인홍이 70세까지만 살다가 죽었다면 청사(淸士)라는 명성은 잃지 않았 으리라. 늙고 망령이 들어서 밖으로는 이이첨(李爾瞻)에게 속임을 당하 고 안으로는 못난 자식에게 속임을 당해 인륜을 무너뜨린 극역(極逆)의 우두머리가 되었다. 다섯 가지 복 가운데 첫 번째인 장수를 누리고도 도리어 육극(六極)⁴의 장본인이 되었으니 괴이하지 않은가? 그러나 이 시를 보면 조숙했다 할 만하다.

---

4 궁극의 나쁜 일 6가지로, 『서경(書經)』「홍범(洪範)」에 "육극의 첫째는 단명과 요절이고, 둘 째는 질병이고, 셋째는 우환이고, 넷째는 가난이고, 다섯째는 악함이고, 여섯째는 나약함이 다."라 하였다.

29

후취의 처녀성

홍만종(洪萬宗)의 『순오지(旬五志)』[1]에 다음과 같은 내용이 있다.

성종 때 한 재상이 후취(後娶)를 얻더니 상소하였다.

"다른 남자를 경험해 본 것이 분명하니, 이혼할 수 있게 해 주소서."

성종께서 의녀(醫女)에게 명하여 가서 살펴보도록 하였는데, 의녀가 돌아와 아뢰었다.

"금사(金絲)가 아직 끊어지지 않았고 계안(鷄眼)이 여전히 새로웠습니다."[2]

성종께서 또 화공을 시켜 그 집을 그려 오게 하셨는데, 그 처녀가 항

---

1 홍만종(洪萬宗), 1643~1725)은 자가 우해(于海), 호가 현묵자(玄默子)·몽헌(夢軒)·장주(長洲), 본관이 풍산(豊山)이다. 일찍부터 벼슬을 버리고 학문과 문장에 뜻을 두어 역사, 지리, 설화, 가요(歌謠) 등 다방면에 걸쳐 많은 저술을 남겼다. 『순오지(旬五志)』는 홍만종이 고사(古史), 일문(逸聞), 시화(詩話), 양생술, 속언 등을 수록하여 저술한 잡록으로, 15일 만에 완성한 책이라는 뜻이다.

2 '금사(金絲)'는 홍사(紅絲)라고도 하는데 원래 피부나 점막이 실 모양으로 부어올라 빨갛게 되는 질환을 가리킨다(『동의보감(東醫寶鑑)』「잡병편(雜病篇) 소아(小兒) 단독(丹毒)」). 여기서는 처녀막을 뜻하는 것으로 보인다. '계안(鷄眼)'은 원래 닭의 눈알 모양으로 굳은살이 박히는 티눈을 가리킨다(『의종금감(醫宗金鑑)』권71「족부(足部) 육자(肉刺)」). 여기서는 음핵을 뜻하는 것으로 보인다.

상 머무르던 곳에 벽장이 몹시 높았다. 이에 성종께서 비답을 내리셨다.

"비유하자면 가을에 밤송이가 때가 되거든 저절로 벌어지는 것과도 같으니 경은 의심치 말라."3

---

3 홍만종의 『순오지』에는 이 이야기가 보이지 않는다. 차천로(車天輅, 1556~1615)가 지은 시화, 수필집 『오산설림초고(五山說林草藁)』에는 이와 비슷한 내용이 별개의 두 가지 이야기로 나뉘어 실려 있다. 한 가지는 조정의 관리가 후취의 불륜을 의심하여 상소하자, 성종이 늙은 의녀를 보내 후취의 옷을 벗기고 살펴보게 하니 이상이 없었는데, 조정의 관리가 취중에 오해하였던 것임을 성종이 예측하였다는 내용이다. 다른 한 가지는 조정의 어떤 신하가 후취의 혼전 성경험을 의심하여 상소하자, 성종이 내시를 보내 후취의 집을 그려 오게 하니 침실 옆에 높은 다락이 있었는데, 후취가 어렸을 때 그곳을 오르내리다가 부딪쳐서 음부를 다쳤던 것임을 성종이 간파하였다는 내용이다.

30

의리를 지킨 노복

몇 년 전에 어떤 사람이 와서 다음과 같은 이야기를 해 주었다.

서산의 선비 이씨는 빚이 많아서 가까운 지인에게 4백 냥을 받고 집과 전장을 모두 팔아 나눠 갚았다. 그 집의 스무 살 먹은 젊은 노복은 남에게 품팔이하는 한편 짚신을 삼기도 하고 구걸하기도 하면서 아무도 모르게 독을 묻고 그 안에 모은 돈을 숨겨 두었다. 하루에 1전 이상은 기필코 벌어서 5, 6년이 지나 4백 냥을 채웠다. 노복이 이씨의 집과 전장을 사들인 사람에게 가서 물러 달라고 부탁하였다. 그 사람이 말하였다.

"누구 말을 듣고 왔느냐? 몇 냥을 더 주고 사려고 해도 꼭 성사되지는 않을 테니 다시는 이야기를 꺼내지 말라."

젊은 노복이 말하였다.

"소인이 애쓴 정성은 천지 귀신이 굽어 살피실 일이니 생원님께서 물러 주지 않으려 하셔도 절대 그렇게 되지 않을 것입니다."

그리고는 모아 둔 돈을 다음 날 다 짊어지고 와서 바쳤다. 사람들이 다들 이렇게 말하였다.

"이 아이가 애쓴 정성은 다 알고 있습니다. 물러 주지 않으면 의리에도 해가 되고, 관아에 소송해도 반드시 물러 주라 할 것입니다."

그 사람이 마지못해 집과 전장을 물러 주었다. 이윽고 노복이 상전 부부에게 집과 전장을 돌려주고 농사에 힘쓰니, 집안 살림이 회복되었다. 관아에서 이 소식을 듣고 노복을 서둘러 불러서 대청 위로 올라와 앉게 한 다음 술과 안주를 차려 주어 칭찬하였다.

아! 노복과 주인에게는 아버지와 아들 같은 은혜가 있고 임금과 신하 같은 의리가 있다. 온 힘을 다하고 온몸을 바치는 노복이 세상에 왜 없겠는가? 그렇지마는 주인에 대한 정성과 굳은 마음가짐으로 6년을 하루같이 애써서 지극히 천한 신분으로 지극히 어린 나이에 이런 큰 사람의 일을 해냈다. 훌륭하도다! 천년에 한 명, 백년에 한 명 있을까 말까 한 사람이다.

31

시골마을의 정숙한 여인

한 선비가 밭두둑을 걸어가고 있었다. 아름답고 젊은 여인이 「산유화가
(山有花歌)」[1]를 불렀는데, 농부들이 농사지을 때 이 노래를 부르며 서로
를 격려하는 것이 영남 지역의 풍속이었다. 이어서 여인이 『시경』의 「칠
월(七月)」, 「상체(常棣)」, 「북정(北征)」을 불렀는데,[2] 장구(章句)가 분명하
고 소리가 대단히 맑았으므로 글을 잘 아는 여인임이 틀림없었다. 선비
는 일부러 걸음을 질질 끌다가 그 여인의 집에 묵어가기를 청하였다. 그
리고는 틈을 타 시 한 수를 지어 보냈다.

『시경』 한 질 낭송하는 소리 또렷하였으니	葩經一秩誦分明
연정 못 이긴 과객 가던 길을 멈췄습니다	行子停驂不勝情
적막한 빈집에 찾아오는 이 아무도 없고	寂寞虛堂人不到

---

1 「산유화가(山有花歌)」는 메나리의 한역으로, 백제의 가요에서 비롯되었다는 설과 조선 숙종
때 경상도 선산의 향랑이 지었다는 설 등이 전한다. 산유화가와 메나리라는 이름은 오늘날
에도 전국적으로 두루 나타나는 민요이다.

2 「칠월(七月)」은 『시경』 국풍(國風) 빈풍(豳風) 소재의 편명이고, 「상체(常棣)」는 빈풍의 다음
순서로 실린 소아(小雅) 녹명(鹿鳴) 소재의 편명이다. 녹명 다음에 「북산(北山)」이라는 편명
이 보이므로, 여기서 「북정」은 「북산」의 착오로 보인다.

등불 꺼져 가니 삼경까지 앉아 있겠습니다 　　　　　香燈欲滅坐三更

그 여인이 차운하여 시를 지어 보냈다.

밭두둑에서 만난 것, 사람들 다 알고 있으니 　　　　陌上相逢十目明
마음 있어도 말 없으면 마음 없는 것이지요 　　　　有情無語似無情
담 넘고 구멍 뚫어 만나는 일 어렵지 않으나 　　　　踰墻鑽穴非難事
딴마음 품지 않기로 농부와 약속했답니다 　　　　已與農夫許不更

또 다음과 같은 글을 썼다.

"적막한 촌구석이라 이 마음을 위로해 주는 일이 하나도 없었습니다. 그런데 문득 편지가 날아드니, 목마른 사람이 물을 만난 것만 같았습니다. 그러나 군자께는 부인이 있고 제게는 남편이 있습니다. 부인이 있는 군자가 남편이 있는 아녀자를 탐하는 것이 옳은 일이겠습니까? 제 남편이 글에는 까막눈이나 말귀는 알아들으니, 계속 이러시면 분명 노여움을 사게 됩니다. 삼가시기 바랍니다."

아! 말은 완곡하고 뜻은 바르니, 엄숙하여 범접할 수 없다. 시골구석에 이런 여인이 있을 줄 누가 생각이나 하였으랴? 글솜씨 또한 훌륭하니, 기이하다.

32

속아서 맺은 하룻밤 인연

한 선비가 주막에 묵었는데 주인 아낙이 퍽 마음에 들었다. 눈짓으로 추파를 던지니 아낙이 웃음으로 화답하였다. 선비가 두세 번을 더 눈짓해도 아낙은 그때마다 응하였다. 한밤중에 아낙이 선비의 방을 찾아가 끈끈한 정을 나누며 잠자리를 같이하였다. 새벽이 되어도 아낙이 선비의 방에서 나가지 않았다. 날이 밝자 주인 아낙이 선비의 방 창밖에 서서 "나오너라."라고 하였다. 선비와 동침하였던 아낙이 일어났는데 용모가 추해 차마 쳐다볼 수 없을 정도였고, 두 눈은 다 멀어 버린 데다가 밖으로 툭 튀어나왔다. 주인 아낙이 웃으며 말하였다.

"행차께서 적선하셨으니, 반드시 훌륭한 자식을 얻게 될 것입니다. 병든 여인이 인간 세상 남녀 간의 일을 처음 알게 해 주셨으니 말입니다."

선비가 역정이 나서 밥도 먹지 않고 주막을 떠나 버렸다.

십여 년 뒤 선비가 다시 그 주막을 지나게 되었는데, 예전 일에 부아가 치밀어 그 옆집에 묵었다. 그 주막에 빼어나게 잘생긴 아이가 한 명 있었는데 틀림없이 평범한 아이가 아니었다. 선비가 집주인에게 묻자, 집주인이 말하였다.

"저 주막집의 조카인데 성이 없습니다."

"어찌 성이 없단 말이오?"

"주막집 주인의 여동생이 천하의 몹쓸 병을 앓은 사람이라 가까이하는 사람이 아무도 없었습니다. 어떤 과객이 그 여동생과 하룻밤을 함께 지내고 떠났는데, 여동생은 이 아이를 낳고는 바로 죽고 말았습니다."

선비는 자기 자식임을 깨닫고는 아이를 데리고 떠났다. 아이는 크게 성공하여 부귀를 누렸다고 한다.

33

중을 따라가서 찾은 아들

원주에 한 선비가 있었는데 슬하에 자식이 없었다. 영동에 이름난 점쟁이가 있다는 말을 듣고 찾아가 물으니, 점쟁이가 점괘를 써 주었다.

"십리 청산에 젊은 중이 뒤따라오리라."

선비가 뜻을 묻자 점쟁이가 대답하였다.

"일단 젊은 중을 만나 보면 절로 좋은 일이 있을 것이오."

선비가 십리쯤 가니 정말로 어떤 중이 뒤따라왔다. 선비가 중에게 거처를 물으니 승려가 "오대산에 거처하는데 간성(杆城)[1] 읍내의 어머니 댁에 가는 길입니다."라고 하였다. 선비가 "함께 가도 되겠는가?"라 하고는 그 집에 묵었다.

한밤중이 되자 중과 그 어미가 함께 울며 말을 하였는데 중이 먼저 말하였다.

"세상에 어찌 성이 없는 사람이 있단 말입니까? 절의 스님들이 놀려 대니 차라리 태어나지를 말았어야 했습니다."

선비가 사정을 묻자 그 어미가 말하였다.

---

1 오늘날 강원도 고성군의 중남부에 위치한 고을이다.

"아무 해에 이 고을에서 과거 시험이 열렸습니다."

선비가 "그렇지요. 나 또한 이곳에 와서 과거를 보았습니다."라 하고는 집을 다시 살펴보니 바로 그때 묵었던 그 집이었다. 어미가 말하였다.

"그때 저는 남편을 잃고 혼자 지내고 있었는데, 한밤중에 어떤 선비가 와서 저를 범하였습니다. 다음 날 아침 과객들이 흩어져 돌아갔는데 저는 그 길로 임신을 하였고 이 아이를 낳았습니다."

선비가 말하였다.

"당시 제가 사실 집주인 아녀자를 범하기는 하였으나 정확히 이 집인지는 몰랐습니다. 문득 생각이 났는데, 당시에 종이를 자르다가 손을 베여서 잘라 둔 종이로 상처를 감쌌지요. 피 묻은 종이를 서까래 틈에 넣어 두었는데 아직도 그대로 있을까요?"

촛불을 밝히고 찾아보니 아니나 다를까 피 묻은 종이가 색이 바래지도 않은 채 그대로 있었다. 선비가 말하였다.

"내 아들이 분명하구나."

마침내 어미까지 모두 데리고 갔다.

아! 아비가 없던 이에게는 아비가 생기고 아들이 없던 이에게는 아들이 생겼으니, 기이한 일이다.

34

신주의 저주

한 선비 집안이 변고가 일어나 상을 당하고 아들 혼자만 남았는데, 아들마저도 병으로 곧 죽게 되었다. 유명한 점쟁이에게 물어보자 점쟁이가 '아들이 아비의 머리를 베어 흰 가루가 흩날린다.'라는 점괘를 써 주었다. 아들이 뜻을 물으니 점쟁이는 "아직은 알 수 없소. 일단 가서 생각해 보시오."라고 말하였다. 아들이 낙심하여 집으로 돌아왔다. 늙은 여종이 점괘가 무엇인지를 물었다. 아들이 "점괘가 하도 괴이하여 죽을 지경이다."라 하며 점괘를 말해 주었더니 여종이 한참을 생각하고는 이렇게 말하였다.

"아무 해에 신주의 글자를 고치는 일[1]을 본 적이 있지요. 그때 한 신주의 몸체에 틈이 생겨서 받침대와 맞지 않기에 칼로 깎았더니 흰

---

1 삼년상을 마치고 신주를 사당에 모실 때 맨 윗대 조상의 신주는 체천(遞遷)하고 나머지 신주들은 대수(代數)와 봉사손(奉祀孫)의 칭호를 고쳐 쓴다. 신주는 몸체와 받침대로 되어 있다. 신주에 글씨를 쓰는 곳은, 몸체의 뒤쪽을 직사각형으로 움푹 파서 죽은 사람의 성명, 관직 등을 기록하는 함중(陷中), 몸체의 앞쪽에 붓으로 글씨를 쓰고 지울 수 있도록 아교를 섞어 분칠해서 희게 만드는 분면(粉面) 두 곳이 있다. 함중은 사망자의 신상만 쓰고 신주가 없어질 때까지 고쳐 쓰지 않는다. 분면은 대가 바뀌면서 호칭이 달라질 때 분칠을 지우고 새로 고쳐 쓴다.

가루가 날렸습니다. 그걸 말하는 게 아닐는지요?"

아들이 고유제(告由祭)를 지내고 신주를 고쳐 만들고 옛 신주를 땅에 묻었다. 그 뒤로는 집안의 변고가 사라지고 앓던 병도 다 나았다. 신주의 글자를 고칠 때는 물수건으로 신주를 싼 다음 억센 풀로 가루를 없애되 감히 칼을 쓰지 않는 것이 관례이다.

35

못된 암행어사를 혼내 준 기생

한 어사가 있었는데 성격이 강퍅하고 모질어 여러 사람에게 원수를 졌다. 어떤 군의 군수와 묵은 원한이 있어 비리를 염탐하고 죄를 날조해서 크게 소란을 일으키려 하였다. 군수가 몹시 걱정하고 있을 때 한 기생이 "제가 쫓아내 보겠습니다."라 하였다. 길가의 가게 하나를 빌린 다음, 담박하게 화장하고 흰옷을 차려입은 채 목로에 기대앉아 있었다. 어사가 술집에 와서 앉았다가 그 여인을 슬쩍 곁눈질하였다. 말씨가 부드럽고 용모가 단아하였으며 수줍어하는 태도가 결코 술집 여자가 아니었다. 술을 한 잔 따라 마셨는데 술이 아주 맑고 시원하였으며 독특한 향이 입 안 가득 감돌았다. 어사가 범상치 않게 여겨 물었다.

"사람도 술도 이런 주막에 어울리지 않소. 어찌된 일이요?"

기생이 말하였다.

"저는 본래 양갓집 여인으로 문밖을 나가지 않았는데, 제 남편이 실성하여 생업을 내팽개친 나머지 집안 살림이 거덜 나고 말았습니다. 제가 술 만드는 비법을 대충 알고 있었기에 얼마 전부터 가게를 빌려 술을 팔고 있습니다."

어사가 대여섯 잔을 연거푸 들이키면서 눈짓으로 추파를 던지고 말로 희롱을 걸었다. 기생이 받아줄 듯 받아주지 않을 듯하면서도 교태를 부리거나 아양을 떨지 않았다. 그 태도가 꾸밈없어 사랑스러웠다. 어사가 "바깥주인은 어디 갔소?"라 물었다.

기생이 대답하였다.

"지난밤 불길한 꿈을 꾸고는 점쟁이에게 물어보러 갔습니다."

어사는 주흥이 샘물처럼 솟아오르고 색욕이 불길처럼 타올라 체면도 다 잊은 채 욕정을 참지 못하였다. 사방에 사람 그림자 하나 없었다. 목로의 술이 벌써 동나서 기생이 술을 가지러 방으로 들어가자 어사가 따라 들어가 덮치려고 하였다. 기생이 울면서 "양갓집 여인이 평생 남을 접하지 않았는데 이것이 무슨 꼴이란 말입니까?"라 하였다. 순순히 따르지는 않으면서도 굳게 거절하지 않다가 위협에 못 이겨 어쩔 수 없이 복종하는 척하였다.

그때 어떤 건장한 사내가 멀리서부터 술주정을 하며 왔다. 기생이 깜짝 놀라며 말하였다.

"남편이 왔으니 저는 이제 죽었습니다. 남편은 성격이 미치광이처럼 제멋대로여서 앞뒤를 안 가리니 반드시 손님께 해를 끼칠 것입니다. 옆에 사람이 들어갈 만한 큰 궤짝이 있으니 그 안으로 잠깐 피하시지요."

마침내 궤짝을 잠가 버렸다. 건장한 사내가 들어오자, 기생은 점쟁이가 뭐라고 하였는지 물었다. 사내가 말하였다.

"나무로 만든 물건을 비워둔 지 오래되어 그 속에 두억시니가 와서 달라붙었으니 빨리 태워버리라고 하였소. 안 그러면 반드시 큰 재앙이 일어나고 온 고을에도 번질 것이라 하였소. 분명 저 궤짝을 두고 한 말이니 지금 당장 태워버려야겠소."

기생이 말하였다.

"값나가는 물건이라곤 저 궤짝 하나뿐이니 태워선 안 돼요."

두 사람이 한참 옥신각신하더니 사내가 화를 내고 톱을 들고 와 궤짝을 자르기 시작하였다.

톱날이 몸에 닿으려 하자 어사가 궤짝 속에서 급하게 소리쳤다.

"사람이다!"

사내가 말하였다.

"벌써 사특한 귀신에 씌어서 궤짝이 사람 말까지 하는구나."

사내가 더 빠르게 톱질하자 어사가 또 말하였다.

"나는 어사다!"

사내가 말하였다.

"옛날에 장군 귀신이 있다는 말은 들어봤다만 이제는 어사 귀신도 있단 말이냐? 존귀하신 귀신을 내 마음대로 태울 수는 없으니 당장 관아에 고발하여 마당에서 태워야겠다."

사내가 서둘러 관아를 향해 달려가자 기생이 궤짝의 자물쇠를 열어 어사를 꺼내 주며 말하였다.

"빨리 달아나세요. 다시는 이쪽으로 오지 마셔요."

어사는 마침내 달아났고 감히 다시는 그 고을 쪽으로 가지 않았다.

아! 주색을 밝힌 재앙이 이런 지경에 이르렀구나! 처신 한 번 잘못하면 손을 쓸 수 없다.

36

영광군 기녀와 암행어사

영광군 태수의 아들이 고을의 열네 살 난 기녀와 애정이 매우 깊었다. 태수가 임기를 마치고 아들도 함께 돌아갔다. 기녀가 정절을 지켰으므로 아무도 그 절개를 빼앗지 못하였다. 태수의 아들이 죽었는지 살았는지를 묻지도 않고 더욱 굳게 뜻을 지켰다. 십여 년이 지나 예전 태수의 아들이 거지꼴을 하고 영광에 왔다. 기녀의 어미가 그를 알아보지 못하였는데 태수의 아들이 자기 정체를 직접 말하자, 그제야 알아보고는 술과 밥을 차려 주었다. 다음날 현임 영광 태수가 수연(壽宴)을 열었는데, 기녀가 음식을 차리는 일을 맡아보게 되어 관청에 들어갔다가 저녁에 나왔다. 기녀가 예전 태수의 아들을 단박에 알아보고는 손을 잡고 울면서 이별한 뒤의 소식을 물었다. 옛 태수의 아들이 말하였다.

"부모님께서는 모두 돌아가시고 집안은 몰락하여 유리걸식하는 사람처럼 사방을 떠돌아다녔네."

기녀가 말하였다.

"그렇다면 이곳에 머무르지 않으시겠어요?"

그러자 그 어미가 가만히 기녀에게 말하였다.

"네가 십여 년 동안 수절한 것이 이런 거지 때문이라니. 죽을 때까지

고생할 참이냐?"

"생사를 모를 때도 오히려 정절을 지켰는데 더구나 살아있는 줄을 알았으니 더 말해 무엇해요? 어머니는 잘 대해 주세요."

곧장 관청에 들어가서 몇 번이고 술을 가지고 와 대접하였다.

다음 날 아침 기녀가 다시 관청에서 나오자 아들이 말하였다.

"오늘 있을 큰 잔치를 나도 구경하고 싶구나."

"명함을 보이면 들어가 참석할 수는 있으나 좋은 옷이 없으니 어쩐대요?"

"이런 행색으로 어떻게 반열에 오르겠느냐? 뜰에서 올려만 봐도 충분하다."

"하인들과 나란히 서 계시자면 욕되지 않겠습니까? 게다가 하인들도 자리에 끼워 주지 않을 테니 차라리 들어가지 않으시는 게 나아요. 소첩이 술과 음식을 가져올 테니 여기 계셔요."

아침 식사 후에 아들은 정말 관아 안으로 들어갔다. 기녀가 바라보고 있자니 애처롭고 서글펐다. 하인들이 "이 거지는 웬 놈으로 우리 틈에 끼여 있나?"라 하고 쫓아내려 하였다. 기녀는 고개를 돌려 얼굴을 가리고 눈물을 흘렸다. 아들은 쫓겨 나갔다가 다시 들어오기를 몇 차례나 반복하였다.

잔칫상을 올리고 풍악을 연주하려는 순간 암행어사 출두를 알리는 소리가 뇌성벽력 같이 울렸다. 온 뜰에서는 난리가 나고 동헌이 텅 비어 버렸다. 기녀가 깜짝 놀라 멍하니 있다가 두근거리는 마음으로 쳐다보았더니, 거지꼴이던 태수의 아들이 조복(朝服)을 입고 상좌에 앉아 있었다. 하늘과 땅이 뒤엎어지는 듯한 즈음인지라 기녀는 그가 사람인지 귀신인지 분간하지 못하다가 서둘러 나아가서 그 앞에 섰다. 어사가 미소를 띠자 기녀가 기쁨의 눈물을 줄줄 흘렸다. 어사가 손님들을 다 불러 모두 제자리로 가도록 하였다. 어사가 먹을 잔칫상이 다시 올라왔는데 다른 상보다 열배는 더 풍성하였다. 음식을 치울 때가 되자 어사가 그 기녀에게 잔칫상을 내려 주면서 "이 사람은 예전 집주인이다."라고 하였다. 종일토록 실컷 즐기고 난 뒤에 잔치를 파하였다. 어사가 하인들을 불러 안심시키며 말하였다.

"나는 너희들을 알아보는데 너희들은 나를 알아보지 못하니 어찌 그리 눈이 어두우냐?"

그날 밤에 차비(差備)[1]가 기녀에게 어사를 응접하게 하자 다른 기녀들이 말하였다.

"평소에는 수절하더니 오늘은 어째 사양하지 않나 몰라?"

어사는 조금도 소란을 피우지 않고 다음 날 새벽에 빠져나갔다. 태수가 기녀에게 후하게 상을 내렸다. 그 뒤로는 감히 그 기녀의 절개를 빼앗을 엄두를 내지 못하였다. 어사는 조정에 가서 임무의 결과를 보고한 뒤에 곧장 기녀를 데려갔고, 영광군의 치적을 상등으로 평가하였다.

---

1 특별한 사무를 맡기기 위해 임시로 임명한 관원이다.

37

임제와 기녀 득선

백호(白湖) 임제(林悌)[1]는 진사가 되었을 때 명성을 떨쳤다. 소금을 짊어지고 산수 간을 방랑하여 그의 얼굴을 아는 사람이 거의 없었다. 유생을 모욕하고 조롱하면서 한 세상을 뒤집어 놓았다.

호당(湖堂)[2]의 학사들이 술을 마련하여 큰 모임을 열고는 기녀와 악공을 매우 성대하게 불렀다. 임제가 호당 옆 민가를 거처로 삼고서 글을 읽고 시를 읊었는데 그 소리가 대단히 맑았다. 학사들이 기이하게 여겨 그를 초대하였으나 임제는 입고 갈 옷과 띠가 없다는 핑계를 대며 사양하였다. 학사들은 "의관이 누추한들 무슨 상관이오?"라며 거듭 청하였다. 임제가 마침내 몸도 가리지 못하는 해진 바지에 새끼줄 띠를

---

1 임제(林悌, 1549~1587)는 자가 자순(子順), 호가 백호(白湖), 본관이 나주이다. 1577년(선조 10) 문과에 급제하였다. 예조 정랑, 지제교 등을 지냈다. 성격이 호방하고 얽매임을 싫어하여 명산을 찾아다니면서 여생을 보냈다. 유람 가는 곳마다 많은 일화를 남기며 기인으로 일컬어 졌다. 당대 명문장가로 명성을 떨쳤다.
2 문학에 뛰어난 사람을 선발하여 휴가를 주고 오로지 학업만을 닦게 하던 독서당(讀書堂)을 가리킨다. 1493년(성종 24) 서울 용산의 북쪽 언덕에 있었던 폐사(廢寺)를 고쳐 지어 '남호독서당'이라 하였으며, 1504년 갑자사화로 폐지되었다가 1517년(중종 12) 두모포(豆毛浦, 오늘날 서울시 성동구 옥수동)에 독서당을 설치하고 '동호독서당'이라 하였다.

두르고 패랭이를 쓰고서 앞으로 나아가 꿇어앉으니 아랫도리의 양물(陽物)이 다 드러났다. 사람들이 모두 깜짝 놀라며 그를 불러온 것을 후회하였다.

이름난 기녀 득선(得仙)이 「등왕각서(滕王閣序)」를 불러 주흥을 돋우겠다고 청하므로 허락하였다. '임제자지장주, 득선인지구관(臨帝子之長洲, 得仙人之舊館)'이라는 구절에 이르러 득선은 "임제 자지 장대하니, 득선 각시 굽어본다."(원문은 한글)라고 노래하였다. 임제가 웃으며 "너 때문에 다 드러나고 말았구나."라 하고 의관을 가져오라 하여 종일토록 시를 주고받으며 실컷 즐기고 난 뒤에 자리를 파하였다.

38

원수 갚은 소녀와 여종

소설에 다음과 같은 이야기가 있다.

어우재(於于齋) 유몽인(柳夢寅)[1]이 과천 승방평(僧坊坪)[2]에 머물 적에 두 여자아이가 와서 묵어가기를 청하였다. 한 여자아이는 12세로 상전인 듯하였고 다른 여자아이는 13세로 여종인 듯하였다. 행랑 아래 과붓집에 머물러 자도록 하였다. 한밤중에 한 아이가 다른 아이에게 귓속말로 "원수가 과연 올까?"라 하니 다른 여자아이가 "반드시 올 것입니다."라 하였다. 한 아이는 이에 "이번 기회를 놓쳐 원수를 갚지 못한다면 원수를 갚을 날이 없을 것이야."라 하고는 밖으로 나가더니 그대로 다시는 돌아오지 않았다. 날이 밝자 주막에 어떤 행인이 와서 묵었는데 한밤중에 누군가가 행인의 배를 갈라 간을 꺼내 갔으나 그 연유를 알 수

---

1 유몽인(柳夢寅, 1559~1623)은 자가 응문(應文), 호가 어우(於于)·묵호자(默好子) 등이다. 1589년(선조 22) 문과에 장원급제하였다. 당파는 북인으로 인조반정에 관직에서 물러났다. 1623년(인조 1)에 아들 유약(柳瀹)이 광해군의 복귀를 꾀하려 한다는 무고를 받아 이에 연좌되어 처형되었다. 뛰어난 문장가로 저서에 『어우집(於于集)』과 『어우야담(於于野談)』이 있다.

2 오늘날 서울시 동작구 남현동 승방1길 관음사(觀音寺) 아래에 있던 마을 이름으로, 승방벌 또는 심방뜰이라고도 하였다. 옛날의 삼남대로이자 오늘날 동작대로인 이곳에 남태령을 넘으려는 승려들의 임시 거처가 있었던 데서 그 이름이 유래하였다.

없다는 이야기가 들렸다.

이 사건은 두 여자아이의 소행이 틀림없다. 12세 여자아이가 대의(大義)로 원수 갚기를 완수하였으니 기특하다! 13세 여종도 상전을 따라 실행에 옮겼으니 더욱 특별한 일이다. 애석하다! 그 이름이 전해지지 않다니.

39

기녀와 명창 걸인

어떤 고을에 한 기녀가 있었는데 미모가 매우 빼어나고 노래를 대단히
잘 불렀다. 재주와 외모를 자부하여 노래 실력이 뛰어난 기남자(奇男子)
가 아니면 몸을 절대 허락하지 않아서 늘 배필 없이 살면서 혼자 노래
만 불렀다. 어떤 걸인이 와서 묵어가길 청하였는데 날이 이미 저물었으
므로 부엌에 앉아 잿불을 헤쳤다. 한밤중에 기녀가 혼자 노래를 부르
자 문득 화답하는 노래가 들려왔다. 마치 한 사람의 입에서 나오는 듯
기녀가 그치면 그 소리도 그치고, 기녀가 부르면 그 소리도 불렀다. 기
녀가 이상하게 여겨 걸인을 불러서 물어보니 걸인이 무슨 소리를 듣기
는 했다고 답하였다. 기녀가 또 물었다.

"누가 왔소?"

"못 봤소이다."

기녀가 다시 노래를 부르니 그 소리도 방금 전처럼 들려왔고, 기녀가
노래를 그치니 그 소리도 전처럼 그쳤다.

"걸인 말고는 다른 사람이 아무도 없으니 걸인이 부른 것이 아니겠
소?"

"추위를 견디지 못해 때때로 춥다는 소리를 냈을 뿐이니 무슨 노래

란 말이오?"

"방으로 들어오시지요."

"감히 그럴 수 없소이다."

"사양하지 마시지요."

기녀가 걸인에게 노래를 시키자, 걸인이 못 한다고 하였으나, 기녀가 이에 혼자 노래를 부르자 또 아까처럼 따라 불렀다. 기녀가 강권하자 걸인이 노래를 불렀는데 과연 명창이었다. 또한 남루한 옷차림 속에 은은하게 호남아(好男兒)의 기품이 있기도 하였다. 마침내 두 사람이 바짝 붙어 앉아 노래를 주거니 받거니 하다가 잠자리를 같이하였다. 다음날 새벽이 되어 기생이 걸인에게 떠나지 말라고 붙잡았으나 걸인은 따르지 않았다. 훗날 다시 만자고 기약하니 걸인이 응낙하였다.

그 뒤로 몇 년이 지났으나 걸인은 끝내 오지 않았다. 기녀가 그를 그리워해 마지않다가 병을 얻어 죽게 생겼다. 다른 기녀들이 와서 문병하니 기녀가 말하였다.

"내 듣기로 덕을 베풀면 목숨을 연장할 수 있다고 하니, 나를 위해 걸인들이 참석하는 잔치를 베풀어 주오."

걸인 잔치가 벌어지자 기녀가 자리에 나와서 노래를 불렀는데, 화답하는 사람이 아무도 없었다. 또 평민들이 참석하는 잔치를 벌였는데 화답하는 사람이 있었지만 노래를 제대로 부르지 못하였다. 또 사대부가 참석하는 잔치를 벌였으나 들을 만한 노래를 부르는 이가 한 명도 없었다. 그러다가 저물녘이 되었을 때 어떤 선비가 와서 상좌에 걸터앉더니 술을 가져오게 하고 기녀에게 노래를 부르라고 하였다. 선비가 또 "다시 불러 보거라! 그러면 내가 화답하겠다."라고 하니 사람들이 말하였다.

"공자처럼 노래를 따라 부르시나요?"[1]

"저 기녀가 노래를 잘 부른다고 들었으니 사실인지 확인해 보려 하네."

기녀가 노래하였다.

"산에는 개암나무가 있고, 진펄에는 감초가 있도다. 누구를 그리워하는가? 훌륭한 서방 사람이지. 저 훌륭한 사람이여, 서방 사람이로다."[2]

선비가 웃으며 "네 서방은 누구냐?"라고 묻자 기녀는 "노래를 잘 부르시는 분이 제 서방이지요."라 하였다. 선비가 "나는 노래를 잘 부르지 못하니 어쩌지?"라 하고는 낮은 소리로 한 곡조를 뽑았다. 그러자 기녀가 황급히 앞으로 달려 나가서 말하였다.

"어쩌면 이렇게 저를 농락하시나요? 예전에 오셨을 때는 저를 죽게 하시더니 이번에 오셔서는 저를 살리시는지요?"

그러자 좌중의 손님들이 모두 말하였다.

"저 사람은 진사 임제(林悌)가 분명하다."

마침내 함께 술을 마시며 실컷 즐기고 난 뒤에 잔치를 파하였다.

---

1 『논어』 「술이(述而)」에 "공자는 남과 함께 노래를 부를 때 그가 노래를 잘 부르면 반드시 다시 부르게 하고 따라 불렀다."라고 하였다.

2 『시경』 「패풍(邶風)」 간혜(簡兮)에 "산에는 개암나무가 있고, 진펄에는 감초가 있네. 누구를 그리워하는가, 훌륭한 서방 사람이로다[山有榛, 隰有苓, 云誰之思, 西方美人]."라 하였다. 원래는 현자(賢者)가 서방에 있는 훌륭한 임금을 그리워한 내용인데, 여기서는 여인이 정인(情人)을 보고 싶어 하는 뜻으로 불렀다. 방위인 서방을 남편을 뜻하는 서방과 교차하여 쓴 어희이다.

40

최창대의 박정한 처신

곤륜(崑崙) 최창대(崔昌大)[1]는 명곡(明谷) 최석정(崔錫鼎)[2]의 아들이고 지천(遲川) 최명길(崔鳴吉)[3]의 증손자이다. 어릴 때 학질에 걸려 새벽에 남관왕묘(南關王廟)[4]에 들어갔는데, 탁자 옆에 어떤 여자아이가 먼저 와서 앉아 있었다. 최창대가 물었다.

"누구냐?"

"서리(書吏)의 딸입니다."

나이가 동갑이었다. 여자가 물었다.

---

1 최창대(崔昌大, 1669~1720)는 자가 효백(孝伯), 호가 곤륜(昆侖)이다. 영의정 최명길(崔鳴吉)의 증손이자, 영의정 최석정(崔錫鼎)의 아들이다. 대사성, 이조참의, 부제학 등을 지냈다. 최창대는 아내에게서 아들을 얻지 못해 최수신(崔守身)을 양자로 들였으며, 최수신의 아들 최홍간(崔弘簡) 또한 아들을 얻지 못해 최재영(崔在永)을 양자로 들였다.

2 최석정(崔錫鼎, 1646~1715)은 자가 여화(汝和), 호가 명곡(明谷)이다. 영의정 최명길의 손자이다. 소론의 영수로 이조 판서, 대제학, 영의정을 지냈다.

3 최명길(崔鳴吉, 1586~1647)은 자가 자겸(子謙), 호가 지천(遲川)이다. 예조·이조·호조의 판서를 거쳐 삼정승을 차례로 지냈다. 병자호란에는 주화론(主和論)을 펼쳤다.

4 숭례문 밖에 관우를 제사하는 사당인 관왕묘(關王廟)이다. 흥인지문 밖에 있는 관왕묘를 동관왕묘(東關王廟)라 하고, 숭례문 밖의 관왕묘를 남관왕묘라 하였다. 임진왜란 때 명나라 군대의 주도로 조성하였는데 민간에서는 질병 치료, 장수(長壽), 입신, 부귀에 영험이 있다고 믿어 오랫동안 숭배의 대상으로 삼았다.

"도련님께서는 누구신지요?"

"최 정승의 아들이다."

최창대가 여자아이의 손을 잡았더니 여자아이가 거절하며 말하였다.

"어린 남자와 어린 여자가 밤중에 같은 자리에 앉게 되었습니다. 하늘이 맺어준 인연이 분명하니, 결단코 다른 남자에게 시집갈 수 없습니다. 만약 훗날 저를 버리지 않으신다면 도련님께서 명하시는 대로 따르고 그렇지 않으면 죽어 버리고 말겠습니다."

"알았다."

"나이 어린 선비가 첩을 두는 이치는 없으니 소첩은 정절을 지키며 도련님께서 급제하시기를 기다리고 있겠습니다."

"알았다."

여자아이가 두 번 세 번 약속을 다짐하고 나서야 드디어 최창대의 명대로 따랐다.

그 뒤에 여자의 집안에서 혼인 상대를 정하려 하였다. 여자가 병을 핑계로 음식을 먹지 않으니 부모가 어찌할 방도가 없었다. 과거 시험 합격자가 발표될 때면 여자가 반드시 그 아버지에게 물어보았다. 하루는 아비가 최 정승의 아들이 급제하였다고 말해 주자, 여자가 아버지에게 전에 있었던 일을 아뢰었다. 아비가 최창대에게 가서 사정을 아뢰자 최창대가 말하였다.

"과연 그런 일이 있었네만 부친의 가르침이 엄하여 첩을 들이는 것을 허락지 않으시니 어쩌면 좋겠는가? 부친께 아뢰지 않고 몰래 혼자 왕래한다면 패륜아가 되니 어쩌면 좋겠는가?"

여자가 그 말을 듣고는 끝내 정말 병이 들어 자리에서 일어나지 못하였다. 여자의 아비가 울면서 정승 최석정에게 아뢰니 최 정승이 몹시 화를 내며 말하였다.

"네 딸을 어서 다른 사람에게 시집보내어 우리 집안의 법도를 무너뜨리지 말라."

여자가 마침내 식음을 전폐하고 죽었다. 최창대는 큰 명성을 얻기는 하였지만 좋은 관직에는 오르지 못하였고 자손도 번성하지 못하였다. 꿈에 그 여자가 와서 울면 어김없이 불길한 일이 일어났다고 한다.

아! 예법을 잘 지키는 집안은 의리가 삼엄한 나머지 박하기만 하고 후하지 못하다. 대인군자(大人君子)는 의리에 크게 어긋나지 않으면 권도(權道)를 따른다. 그래서 예법을 갖춘 뒤에는 권도를 행할 수 있어야 한다고 말한다.

41

사랑에 빠진 여인의 시

어떤 젊은 선비가 금천(衿川)에 살았는데 공부하러 서울에 있는 집으로 갔다. 꿈결에 달빛이 대낮같이 밝아 수백 보를 걸어가니 무너진 담장이 있었다. 안으로 들어가니 고요한 방에 한 여자가 촛불을 밝히고 앉아 있다가 선비를 보고 기뻐하며 영접하였다. 선비가 놀라서 깨 보니 꿈이었다. 달빛은 꿈에서처럼 똑같아 앞길이 훤히 보였으며, 정말로 무너진 담장이 있었고, 또 고요한 방에 촛불이 밝혀져 있었다.

들어가니 그 집 여자 또한 놀라는 기색이 없이 천천히 말하였다.

"도련님께서 오실 줄 처음부터 알고 있었습니다."

선비가 말하였다.

"내가 이상한 꿈을 꾸었기에 와 보았소."

"저 또한 이상한 꿈을 꾸었기에 도련님을 기다리고 있었습니다. 저는 무남독녀로 부모의 각별한 사랑을 받으며 조용한 집에 살면서 자수와 시문을 일삼고 있었습니다. 그러다 이상한 꿈을 꾸었으니 하늘이 맺어 준 인연이 분명합니다. 어찌 감히 다른 사람에게 시집갈 수 있겠습니까? 문벌이 서로 맞지 않고 도련님께는 부인이 있으니, 저는 소실이 되어야 마땅합니다. 그렇지만 부모님께 말씀드리지도 않고 가벼이 몸을 허락해서는 안 될 것입니다. 이틀 뒤에 다시 와서 제 부모에게 청하여 약속해 주시고 때를 놓치지 말아 주세요. 약속을 저버리신다면 소첩은 죽어 버릴 것입니다."

"알았소."

여자가 두 번 세 번 거듭 당부하였는데, 엄숙하고 당당하였으므로 선비가 무례하게 범할 수가 없어 마침내 그 집에서 나왔다.

이틀 뒤 선비의 집안사람이 와서 부모가 아프다는 소식을 전하였다. 선비가 황망히 나가서 증세를 적은 기록을 가지고 바로 서울로 돌아왔다. 남대문이 이미 닫혀서 문 곁에 앉아 파루가 울리기를 기다렸다가 들어갔다. 곧장 그 여자의 집으로 가 보니 등불이 희미하게 깜빡이고 여자는 이부자리에 누워 있었다. 이불을 젖혀 보자 여자는 이미 스스로 목을 맨 뒤였다. 급히 주인을 불러 구완하니 여자가 한참만에야 깨어났다. 그 곁에 화전지(花箋紙)가 있었는데, 다음과 같은 글이 적혀 있었다.

지는 달은 서쪽 처마를 비추고	落月西簷影
희미한 종소리 북쪽 길에 울리네	殘鍾北陌聲
비단 방의 고운 휘장 안에서는	錦房繡帳裏
천 리 밖 임을 그리는 마음뿐	千里待人情

또 다음과 같은 글이 적혀 있었다.

솔은 혼자서 굳게 푸르고	松獨也靑
옥은 섬뜩하도록 깨끗하네	玉栗然潔

| 한낱 여인의 마음가짐도 | 匹婦秉心 |
| 매섭기가 저와 똑같네1 | 凜與之一 |

선비가 그간의 일을 아뢰자 여자의 부모가 혼인을 허락하였다.

아! 황진이(黃眞伊)는 송도(松都)의 이름난 기녀인데, 그의 시는 다음과 같다.

지는 달빛은 지난 왕조의 빛깔이요	落月前朝色
희미한 종소리는 망한 나라의 소리일세	殘鍾故國聲
남쪽 성루에서 시름겨워 홀로 서니	南樓愁獨立
부서진 성곽 위로 저녁연기 피어오르네2	殘郭暮煙生

황진이는 옛 사적을 회상하고 저 여자는 임을 기다리는 시를 지어, 제각기 오묘한 경지를 다하여 우열을 다툴 만하다. 다만 저 여자는 국량이 너무 좁으니 어찌 그리도 성급한가!

---

1 이상 두 수의 시는 이익의 『성호사설(星湖僿說)』 권30 「시문문(詩文門)」 '요물의 말투'에 보인다. 이익은 선비 정(丁) 아무개가 어떤 여인에게서 받은 맹서의 말이라 하고, 규방의 절창이기는 하나 사람을 홀리는 요물의 말투를 벗어나지 못하였다고 혹평하였다.
2 이 시는 권필(權韠)의 형인 권겹(權韐)이 9세 때 지은 「송도회고(松都懷古)」로 널리 알려져 있다. 다만 18세기 이후 황진이의 시로 와전된 경우가 적지 않다.

42

천명을 알았던 부인

한 부인이 사랑으로 나와 아들에게 물었다.

"벽에 정초(正草)¹를 걸어 놓았구나. 이것은 누구 글이고, 저것은 누구 글이냐?"

차례로 물어보고는 안채로 들어갔다. 아들이 과장(科場)에서 시험을 치르고 돌아온 뒤 부인이 말하였다.

"아무 고을의 아무개는 이번에 반드시 급제하리라."

아들이 물었다.

"무슨 까닭인지요?"

"내 꿈에 정초 하나가 용으로 변하여 하늘로 올라가더구나. 그래서 사랑으로 나가 네게 물어보았더니 바로 아무개의 정초더구나."

아들이 깜짝 놀라 말하였다.

"그것은 소자가 그 사람에게 써준 답안입니다. 미리 답안을 바꾸도록 왜 꿈 이야기를 해 주지 않으셨나요?"

"그 사람이 급제할 운수이기에 정초가 변하여 용이 되었다. 내가 만

---

1 과거시험 답안지 또는 초안을 잡아 정서(正書)로 써 놓은 답안을 가리킨다.

약 미리 말해 주었다면 너는 필시 쓸데없는 짓을 하였을 것이다. 한 갓 네 심성에 해만 되었으리라. 그래서 미리 말하지 않았느니라."

아! 이 부인은 천명을 잘 아는 군자로구나!

43

부부가 된 사촌 남매

근년에 다음과 같은 이야기를 들었다.

근처 산골짜기의 양반집에서 혼사를 치렀다. 이튿날 선비가 장모를 뵈니 아내의 큰어머니가 눈물을 멈추지 못하였다. 선비가 이상하게 여겨 밤에 아내에게 물어보자 아내가 말하였다.

"사촌이 저와 동갑인데 어릴 적에 실종되었습니다. 그래서 큰어머니께서 그 일을 생각하고 슬픔에 북받치셨나 봅니다."

선비가 어릴 적 일을 생각해 보니 세 살 때 집을 잃어버렸다가 남에게 거두어져 친자식처럼 보살핌을 받았다. 혼사를 치르고 나서 보니 아내의 사촌과 나이가 딱 들어맞고, 잃어버린 어머니를 떠올려 보니 아내의 큰어머니와 생김새가 비슷하였다. 곰곰이 따져 보자 일마다 모두 들어맞았고 물건마다 모두 들어맞았다. 모자간에 생김새도 들어맞았고 몸에 보이는 특징 또한 들어맞아 정녕 의심의 여지가 없었다.

모자가 상봉하게 되었으나 사촌 남매가 부부가 되는 것은 절대로 불가하다. 어떻게 해야 하겠는가? 관아에서도 판결을 내리지 못하였고, 사람들과 널리 의논해 보아도 결정이 나지 않았다. 천하에 이보다 더 난처한 일이 무엇이 있겠는가?

44

다섯 달 만에 태어난 아이

어떤 사대부 집에서 혼례를 치른 지 다섯 달 만에 신부가 아이를 낳았다. 양가에서 크게 의심하여 신부를 자결하게 하고 또 아이를 키우지 못하게 하려 하였다. 신부가 "죄가 없는데 왜 자결하고, 왜 키우지 않습니까?"라 하고 아이를 사랑으로 기르면서 조금도 개의치 않았다. 양가에서 몹시 불쾌해하였다.

아이가 대여섯 살이 되자 총명함이 범상치 않았다. 어떤 비렁뱅이 과객이 와서 보고는 아이를 쓰다듬으며 "기특하구나, 귀인이로다!"라 하였다. 아이의 어미가 무슨 까닭이냐고 묻자 과객이 말하였다.

"오년(午年) 오월(午月) 오일(午日) 오시(午時)에 잉태하였으니 하늘과

---

1 오(午)는 음력의 5월과 5일에 해당한다. 오월(午月) 오일(午日)은 음력 5월 5일인 단오(端午)이다. 단오는 단양(端陽)·정양(正陽)·순양(純陽)이라고도 한다. 「하도(河圖)」는 복희(伏羲)가 만들었다고 전해지는 그림으로, 「주역」 팔괘(八卦)의 근원이 된다. 1에서 10까지의 숫자가 각 방위와 결부되어 있는데, 중앙에 해당하는 5를 중궁(中宮)이라고 한다. 「낙서(洛書)」는 우(禹) 임금이 지었다고 전해지는 글로, 중국 전역을 다스리는 9가지의 법이 담겨 있다. 1에서 9까지의 숫자 중 가운데인 5를 중궁이라고 한다. '낳아 주는 숫자'의 원문은 생수(生數)이다. 오행을 낳는 수를 생수라고 하는데 1, 2, 3, 4, 5가 여기에 해당한다. 6, 7, 8, 9, 10은 오행을 완성하는 수인 성수(成數)라고 한다.

땅 사이 순양(純陽)의 기운이 호응하였고, 「하도(河圖)」와 「낙서(洛書)」
의 중궁(中宮)으로서 낳아 주는 숫자인지라[1] 재주가 많고 복도 두터
울 것입니다."

혼인한 날을 따져 보니 정말 오년 오월 오일이었다. 다만 오시에 혼례
를 올렸으므로 오시에 잉태하지는 않아서 의심이 다 해소되지는 않았
다. 그러자 아이의 아비가 이렇게 말하였다.

"기이하도다! 하늘이여. 합환주를 마신 뒤에 백부댁에 불이 나서 집
안사람들은 다 불을 끄러 가고 우리 부부만이 신방에 마주 앉아 드
디어 사랑을 나누었는데 실제로 오시 한중간이었다."

처음에는 신부를 의심하여 관계를 끊어 버렸으나 마침내 신부와 아
이를 데려갔다. 아이는 역시나 크게 현달하였다.

아! 이 일은 밝히기는 어려우나 그런 이치가 있을 법도 하다.

45

보쌈 당한 홀아비

어떤 선비가 아내를 잃었는데 가난한 탓에 첩을 두고 싶어도 방법이 없었다. 어느 날 저녁 이웃에 사는 과부가 선비에게 부탁하였다.

"일이 있어 나가야 하니 빈집을 좀 봐 주십시오. 이불이 있으니 추위는 막을 수 있을 겁니다."

선비가 허락하였다. 밤이 깊어지자 과붓집으로 사람이 수십 명 몰려오더니 선비를 이불로 싸서 둘러업고 갔다. 선비가 사태의 전말을 살펴보고자 거짓으로 깊이 잠든 체하였다. 선비를 둘러업은 사람들이 이웃마을 부잣집에 이르자 선비를 깨끗한 방에 놓아두었다. 부잣집에서 그 사람들을 대접하고 나서는 부잣집 주인이 이불 속 엎혀 온 사람을 덮치려 하자 선비가 이불을 몸에 두른 채 힘껏 저항하였다. 사람들이 "저 여자는 성격이 너그럽지 못하니 다그치면 분명 자결할 것입니다. 천천히 구슬리는 편이 더 좋을 것입니다."라 하였다. 이에 집주인이 여동생을 시켜 업혀 온 사람과 함께 잠을 자면서 구슬리도록 하였다.

집주인의 여동생 또한 일찍 남편을 잃고 수절하고 있었다. 선비도 일찍부터 그 사실을 알고 있었으나 감히 청혼할 마음을 먹지 못하고 있었다. 이윽고 집주인의 여동생이 옷을 벗고 함께 자면서 온갖 방법으로 구슬리려 하자 선비가 그녀를 끌어안고 곧장 덮쳤다. 여동생이 깜짝 놀라 "누구시오?"라 묻자 선비가 "나는 아무개 선비요."라 답하였다. 여동생이 익히 알고 있던 사람이었다. 여동생이 몸을 움직이지도 못하고 밀쳐내지도 못하였다.

날이 밝아 오자 선비는 일부러 오래도록 일어나지 않았다. 집주인이 여동생을 부르자 여동생이 누워서 대답하였다.

"어쩌자고 힘들게 사람을 둘러업고 와서는 억지로 매부 삼아요?"

선비가 일어나 앉아 창문을 밀어젖히며 집주인에게 말하였다.

"네가 매부를 구한다면 상의해서 혼례를 올렸어야지, 어찌 감히 깊은 밤에 위협을 가하여 사대부에게 모욕을 주느냐? 내 당장 관청에 고하면 네가 살 수 있을 것 같으냐?"

집주인이 몹시 놀라 땅에 엎드려 죽을죄를 지었다고 하였다. 그리하여 선비는 주인에게 재산을 나누어 받고 집을 나란히 두고 살면서 마침내 부자가 되었다.

이웃에 살던 과부가 일의 낌새를 미리 알아채고 꾀를 내어 일부러 피하여 부잣집 주인을 속인 것이다.

46

호랑이도 감명시킨 효부

어느 시골 여자가 시집을 갔는데 남편은 죽었으며 시아버지는 늙고 병들어 앉은뱅이에 두 눈이 멀어 앞을 보지도 못하였다. 여자가 청상과부의 몸으로 품팔이를 하여 정성과 예를 다해 시아버지를 봉양하였다. 친정어머니가 자식이 없는 과부딸을 애처롭게 여겨 기필코 재가시키려 하였으나 여자는 그 뜻을 따르지 않았다. 하루는 친정어머니가 병을 핑계대고 죽기 전에 한번 보기를 원한다고 하였다. 여자가 밥 몇 되를 지어 시아버지 앞에 차려 놓으면서 "어머니의 병환이 위중하니 꼭 하루만 머무르고 오겠습니다. 여기 이 밥을 드시고 마음 편히 계셔요."라 하고 길을 떠났다. 십리 남짓 가서 친정집에 도착하자 조카들이 나와서 맞이하였다. 여자가 어머니의 증세를 묻자, 조카들이 말하였다.

"병이라니요? 오늘밤 고모가 시집간다고 해서 한창 술과 음식을 차리고 있는 중인 걸요."

여자가 들어가서 어머니를 뵈니 어머니가 거짓으로 아프다고 둘러댔다.

이웃집 여자에게 가서 물어보고 실상을 다 알아내고는 뒤를 밟아 쫓아오는 사람이 있을까 염려하여 중도에 산골짜기로 둘러가는 길을 따라서 되돌아갔다. 그러다가 한밤중에 큰 호랑이를 마주쳤다. 여자가 호랑이를 타이르며 말하였다.

"내가 죽는 것이야 마다하지 않겠다. 다만 병든 시아버지가 계시니 오늘 시아버지께 하직인사를 올리고 밥 한 말을 차려 드려 열흘이나 마 연명하실 수 있도록 해다오. 네가 우리 집으로 따라오면 내 일을 마치고 나서 곧장 네 입속으로 들어가마."

호랑이가 머리를 끄덕이고 여자를 따라갔다. 여자가 집에 도착해서 밥 한 말을 지었는데 호랑이가 곁에 있어도 또한 불을 피우고는 큰 그릇 하나에 밥을 담았다.

여자가 시아버지 앞에 음식을 차리고 하직인사를 올리자 시아버지가 통곡하면서 말하였다.

"속히 마을 사람을 불러 호랑이를 쫓아내야지. 어째서 호랑이 입속에 스스로 몸을 던진단 말이냐?"

여자가 말하였다.

"산에 있을 때는 호랑이가 주인이고 집에 돌아와서는 사람이 주인입니다. 호랑이는 의리로 제 부탁을 들어주었는데 제가 거짓말로 호랑이를 쫓아낸다면 신의가 없지요. 살아난들 뭐하겠습니까?"

마침내 호랑이 입을 향해 걸어가며 "나를 잡아먹거라."라고 하였다. 호랑이가 머리를 숙이고 꼬리를 흔들며 여자의 저고리를 똑바로 쳐다보았다. 여자가 "내 저고리를 벗어달라고 하는 것이냐?"라 묻자 호랑이가 머리를 끄덕였다. 여자가 드디어 저고리를 벗어 주자, 호랑이가 저고리를 걸치고는 가 버렸다. 여자가 시아버지에게 "호랑이가 저를 놓아두고 갔습니다."라 하자 시아버지가 크게 통곡하다가 몸을 벌떡 일으키고 눈을 번쩍 뜨며 "그래? 그렇다고?"라 하였다. 다리는 벌써 펴졌고 눈은 벌써 떠졌다.

새벽이 되자 마을에는 호랑이가 읍내에 파둔 함정 안에서 여자 저고리를 걸친 채 앉아 있다는 소문이 떠들썩하였다. 여자가 소식을 듣고 급히 달려가 읍내에 들어가 보니, 태수가 나와 앉아 있었고 포수가 막총을 쏘려 하였다. 여자가 발포를 멈추라고 청한 다음 울면서 관가에 전후 사정을 아뢰며 말하였다.

"이 호랑이는 실로 사람보다 더 의로우니 호랑이를 놓아주어 의로움에 보답해 주소서."

태수가 크게 감동하여 말하였다.

"호랑이의 의로움이 아니라 너의 지극한 정성에 감동하였다. 호랑이를 놓아주어 네 효성과 정절을 표창하겠노라."

사람들이 말하였다.

"함정으로 잡기도 어렵지만 놓아주기도 어렵습니다. 반드시 사람을 해칠 것입니다."

여자가 말하였다.

"사람들이 모두 피하면 제가 직접 놓아주겠습니다."

여자가 직접 호랑이를 데리고 나와 타이르며 말하였다.

"너는 관가의 두터운 은혜를 입었으니 더는 이 마을에 머무르지 말거라. 깊은 산속으로 들어가서 사슴이나 돼지를 먹이로 삼고 사람들은 해치지 말려무나. 사람들이 반드시 너를 죽일 거야."

호랑이가 고개를 끄덕이고는 마치 꿇어앉아 절하는 듯한 자세를 취하였다. 그러고는 가다가 다시 뒤를 돌아보면서 차마 두고 가지 못하는 시늉을 하였다.

그 뒤로 마침내 호환(虎患)이 없어졌다. 태수는 여자에게 대단히 후하게 상을 내렸고 감영에서는 조정에 보고하여 정려문을 세우게 하고 세금을 면제해 주었다. 이웃 고을의 관리들도 앞다투어 여자를 찾아보고는 모두 상을 내렸다. 재물이 집밖에까지 쌓였으나 감히 도둑이 들지 않았다. 사람이나 동물이나 순수한 천성은 매한가지라고 하겠다.[1]

---

1 이와 비슷한 이야기가 『청구야담(靑邱野談)』의 「정절을 지킨 효부 최씨가 호랑이를 감동시키다[守貞節崔孝婦感虎]」에 실려 있다. 이강옥 옮김, 『청구야담』 하, 문학동네, 2019.

47

호환에서 구사일생한 사내

젖먹이 새끼가 있는 호랑이는 사람을 물어 가도 사람에게 상처를 절대 입히지 않는다. 새끼 호랑이는 사람의 피를 빨아먹는데 사람이 죽으면 피가 나오지 않기 때문이다.

어떤 사람이 호랑이에게 물려 갔다. 호랑이가 깊은 산 위의 바위 옆에 이르러 사람을 땅에 내려놓은 다음 새끼들과 장난을 쳤다. 그때 독수리 한 마리가 새끼 호랑이 한 마리를 낚아채 가자 호랑이가 크게 울부짖으며 쫓아갔다. 독수리가 수십 보를 날아가다가 땅으로 한번 내려와서 새끼를 쪼아 먹고는 호랑이가 오면 날아갔다. 수십 번이나 그렇게 하는 사이에 호랑이에게 물려 온 사람이 일어나서 호랑이 새끼들을 다 죽였다. 독수리가 새끼를 쪼아 먹고 날아가 버리자 호랑이가 크게 울부짖으며 돌아왔다.

호랑이에게 물려 온 사람이 미처 달아나지 못해 바위 곁의 높은 나무 위로 올라갔다. 호랑이가 와서 새끼들이 죽어 있는 광경을 보고 크게 울부짖으며 날뛰었다. 그러다가 위에 있는 사람을 보고는 뛰어올랐다. 올라갈 수 없자 곧장 서둘러 달려가서 표범 한 마리를 데리고 왔다. 표범이 원숭이처럼 곧장 나무를 올라오자 그 사람은 급히 바지를 벗어서 거꾸로 들고는 표범 머리에 뒤집어씌웠다. 표범은 눈앞이 보이지도 않고 주둥이가 빠지지도 않아 온몸이 바지 속으로 들어가더니 밑으로 떨어져 버렸다. 호랑이는 사람인 줄로 착각하여 그 자리에서 마구 물어 뜯어 죽였다. 죽이고 나서야 표범인 줄을 알아차렸다.

호랑이가 또 나무에 똑바로 뛰어오르기도 하고 몸을 돌려 뛰어오르기도 하였다. 처음에는 한 길도 못 올라가더니 점점 두세 길까지 올라갔다. 쭈그렸다 오르면서 땅바닥에 곤두박질치기도 하고 빙 돌아 오르다가 바위에 내리박히기도 하더니, 허리가 꺾이고 뼈가 부서져 죽었다. 그 사람은 여전히 호랑이가 죽은 줄 모르고 감히 내려가지 못하다가 산마를 캐던 중이 보이자 '사람 살려.'라고 소리쳤다. 중이 죽은 호랑이를 보고 말해 주니, 그 사람이 드디어 나무에서 내려와 어미와 새끼 호랑이들의 가죽을 벗겨서 가득 짊어지고 집으로 돌아갔다. 집까지 백리쯤 떨어졌는데 집에서는 벌써 초상을 치르고 있었다.

48

하루에 수백 리를 가는 호랑이

이천 남면(南面)에 어떤 사람이 사는데 그의 사내종이 강릉으로 도망쳤다. 7년이 지난 어느 날 저녁에 사내종이 호랑이에게 물려 갔다가 밤이 깊어서야 다시 정신이 들었는데, 호랑이 등 위에 누워있는 것이었다. 위를 올려다보니 별빛이 흩어져 점점이 반짝였고 옆을 돌아보니 산들이 흘러가는 물처럼 스쳐 지나갔다.

호랑이가 날듯이 강을 건너 닭이 세 번 울 때 한 마을의 인가를 지나갔다. 대청마루 앞의 방 안에 어떤 사람이 촛불을 밝히고 글을 읽고 있었는데, 바로 자기 상전의 사위가 사는 집이었다. 사내종이 즉시 '사람 살려.'라고 크게 외치자 방 안에 있던 사람이 벌컥 문을 열어젖혔다. 그 소리가 마치 우레 소리와도 같았다. 호랑이가 깜짝 놀라 사내종을 버리고 도망갔는데, 거기는 바로 여주 남면이었다.

호랑이가 달린 거리를 헤아려 보니 수백 리나 되었다. 사내종은 다친 곳이 한 군데도 없었으니, 젖먹이 새끼를 둔 호랑이였음에 틀림없다. 그렇다면 호랑이는 하룻밤 사이에 수백 리를 갈 수 있다.

49

얼룩빼기 호랑이와 노승

원주의 한 노승이 새끼 호랑이를 주워서 길렀는데 이름을 얼룩빼기[斑
子][1]라고 지어 주었다. 얼룩빼기는 개들과 같은 우리에서 잠을 자고 같
은 그릇에다 밥을 먹었으며, 성질이 순하고 착해서 날고기를 먹을 줄
몰랐다. 상좌승이 산에 나무하러 가자 얼룩빼기가 따라갔다. 상좌승이
낫에 베여 손가락 하나에 피가 나서 얼룩빼기에게 피를 핥게 하였는데,
얼룩빼기가 핥아 보고는 맛있어 하더니 상좌승의 손까지 같이 먹어 버
렸다. 승려들이 깜짝 놀라 얼룩빼기를 없애 버리려 하였으나 노승이 힘
껏 저지하였다. 승려들이 노승이 출타하기를 기다렸다가 얼룩빼기를
도끼로 쳤으나 발 한 쪽만 겨우 베었으니, 얼룩빼기가 놀라서 남은 세
발로 도망쳤다. 그 뒤로 세 발 호랑이가 사람을 만났다 하면 반드시 잡
아먹었으므로 충주와 원주 일대가 시끄러웠다.

노승이 충주를 지나다가 날이 어두워져 인가에 묵어가길 청하였으
나 끝내 허락을 받지 못해 땔나무 더미 속에서 잠을 잤다. 한밤중에 세

---

1 『태평광기(太平廣記)』권428 「얼룩빼기[斑子]」에, 당나라 때 한밤중에 호랑이가 나타나자 어떤
  나그네가 호랑이를 '얼룩빼기'라고 친근하게 부르며 잘 타일러 돌려보냈다는 이야기가 있다.

발 호랑이가 큰 소리로 울며 곧장 인가의 방 안을 덮치려 하니, 온 마을이 크게 소란스러웠다. 사람들이 문밖으로 머리를 내밀 엄두조차 나지 않아 놋그릇을 두드려도 보고 화로를 던져도 보았다. 그러나 세 발 호랑이는 조금도 동요하지 않고 기어이 사람을 잡아먹고 나서야 멈추었다. 노승이 일어나 앉아 "너는 얼룩빼기가 아니냐?"라 하자 호랑이가 깜짝 놀라 사방을 둘러보더니 곧장 그 앞으로 달려갔다. 노승이 손으로 얼룩빼기의 머리를 쓰다듬으며 말하였다.

"예전 일은 실로 네 잘못이고 또한 내 뜻이 아니었다. 나는 너를 잃어버린 뒤로 마음속에서 잊질 못하였단다."

그러자 얼룩빼기는 위아래로 노승을 핥았는데 마치 어린아이가 어미를 대하듯 하였다.

노승이 또 말하였다.

"너는 사람 손에서 길러졌거늘 사람에게 화를 입히는구나. 네가 비록 사람을 잡아먹기는 하나 사람들은 곧 너를 죽이리라. 왜 깊은 산속으로 들어가지 않느냐? 사슴이나 돼지를 먹잇감으로 삼아 만족한다면 누가 너를 해치겠느냐? 지금 듣자 하니 포수가 운집하여 산속에 잠복해 있고 밤에 함정을 설치하여 들판에 잠복해 있다고 하더구나. 덫을 놓아 기다리고 독화살을 장전하여 기다리고 있단다. 네가 용맹하다 한들 너 혼자 힘으로 천 명 만 명의 노림수를 당해내겠느냐? 너도 참 딱하구나. 사납게 울부짖으며 제 모습을 드러내어 사람에게 당할 화를 재촉하다니, 어째 그리 어리석으냐?"

얼룩빼기가 머리를 숙인 채 가만히 듣다가 고맙다는 듯이 머리를 끄덕였다. 드디어 노승이 등을 쓰다듬으며 보내 주니, 얼룩빼기가 한 걸음

옮길 때마다 한 번씩 노승을 돌아보았다. 인가에서 가만히 상황을 지켜보고는 생불이 오셨다고 하면서 자리를 깨끗이 쓸고 부처를 공양하듯 노승을 대청으로 맞이하니, 온 마을 사람들이 앞다투어 모셨다. 그 뒤로 호환(虎患) 또한 사라졌다.

50

주인의 원수를 갚은 여종 갑이

사비(私婢) 갑이(甲伊)는 정승 유관(柳灌)[1]의 여종이었다. 명종 임금 을사
사화(乙巳士禍) 때 정승 유관이 윤원형(尹元衡), 이기(李芑), 정순붕(鄭順
朋)[2]에게 모함을 받아 죽고, 그 집 재산이 정순붕에게 몰수되었다. 갑
이가 몹시 총명해서 정순붕이 그를 예뻐하고 신임하였다. 갑이도 그에
게 충성을 다 바쳤다. 옛 주인의 친족을 만나기라도 하면 기를 쓰고 그
들에게 욕을 해 대었다. 정순붕이 기이한 병에 걸려 죽게 되자 저주를
받은 결과라고 의심하여 노비들을 신문하였더니, 갑이가 자수하면서
말하였다.

"다른 이들은 잘못이 없습니다. 옛 주인이신 정승께서는 덕망 있는
재상이셨는데, 정공에게 모함을 받아 돌아가셨습니다. 제가 기필코
복수를 하고자, 같은 노비 중에 사내종 한 명을 을러 죽은 사람의 어

---

1 유관(柳灌, 1484~1545)은 자가 관지(灌之), 호가 송암(松庵)이다. 이조 판서 재직 시에 이기(李
芑)의 비행을 규탄하였으며, 명종 즉위 후 우의정과 좌의정을 지냈다. 을사사화 때 윤원형,
이기 등에게 모함을 받아 사사(賜死)되었다.
2 윤원형(尹元衡, 1503~1565), 이기(李芑, 1476~1552), 정순붕(鄭順朋, 1484~1548)은 명종 때 을사사
화를 일으켜 대윤(大尹) 일파와 반대파 인물을 대거 숙청하였다. 그 공으로 모두 공신에 책봉
되어 정권을 장악하고 전횡을 일삼았다. 선조 즉위 후 모두 관작을 삭탈 당하였다.

깨뼈를 구해다 정공의 베개 속에 넣어 두게 하였습니다. 이제 옛 주인의 원수를 갚았으니 죽어도 여한이 없습니다. 죽여주십시오."

정순붕의 집안에서는 이 일을 숨겼으나 고옥(古玉) 정작(鄭碏)[3]은 죽기 전에 "경외롭고도 경외롭구나. 그 사람의 지조여!"라고 하여 갑이를 자주 칭찬하였다. 이 일은 『열조통기(列朝通紀)』에 상세히 나온다. 『지봉유설(芝峯類說)』에도 이 이야기가 나오며 또 『백씨보략(『百氏譜略)』에는 유인숙(柳仁淑)의 여종 갑이라고 하였는데, 무엇이 옳은지는 모르겠다.[4]

---

3 정작(鄭碏, 1533~1603)은 자가 군경(君敬), 호가 고옥(古玉)이며, 정순붕의 아들이다. 선조 때 벼슬이 이조 좌랑에 이르렀으나 아버지가 세상의 지탄을 받자 술로 세월을 보냈다. 시문과 의술에 뛰어났다.

4 이수광(李睟光, 1563~1628)의 『지봉유설(芝峯類說)』에는 '유관의 여종 갑(甲)'으로 되어 있다 (권15 「인물부(人物部) 열녀(烈女)」). 박사정(朴思正, 1713~1787)의 『백씨보략(『百氏譜略)』은 현전하지 않는다. 한편 『열조통기(列朝通紀)』의 편찬자인 안정복(安鼎福, 1712~1791)의 문집에 박사정을 직접 만난 적이 있다는 기록이 보인다(『순암집(順菴集)』 권23 「통덕랑 농와 박사정의 묘지명[通德郎聾窩朴公墓誌銘]」). 안정복은 『만오만필』을 지은 정현동의 스승이며, 정현동은 『열조통기』를 교열하여 완성하였다.

51

절개를 지킨 명포수 이사룡

성주 출신 포수 이사룡(李士龍)[1]은 삼전도(三田渡)에서 굴욕을 당한 인조 정축년(1637, 인조 15) 이후 임오년(1642, 인조 20)에 청나라 사람이 포수를 징집할 때 선발되었다. 하지만 관가에서 주는 쌀과 옷감 및 전별연의 술과 음식을 하나도 받지 않았다. 심양에 이르러 명나라 사람과 전투를 치를 때 반드시 공포(空砲)를 쏘았는데, 청나라 사람이 이를 알아차리고는 이사룡을 죽이려 들며 "탄환을 장전하면 용서해 주겠다."라 회유하였다. 같이 징집되어 온 이들도 그렇게 하도록 권하였다. 이사룡이 거절하며 이렇게 말하였다.

"우리나라와 명나라의 관계는 부자지간과도 같다. 명나라 사람을 내 손으로 죽인다면 아들이 아버지를 죽이는 것과 무엇이 다르겠는가?"

---

1 이사룡(李士龍, 1612~1640)은 본관이 성산(星山)이다. 할아버지는 수문장 이유문(李有文)이고, 아버지는 남한산성에서 인조를 호위한 공으로 무과에 오른 이정건(李廷建)이다. 1640년(인조 18) 청나라가 명나라를 치려고 조선에 원병을 청하자 포사(砲士)로 징발되었다. 명나라 군대와 대전하였을 때 공포(空砲)로 응전하다가 청나라 군대에 발각되어 죽었다. 칠포 만호, 성주 목사에 추증되었다.

마침내 몸으로 청나라 사람의 칼날을 받아 난도질 당해 죽었다. 이후 산해관(山海關) 성벽 위에는 '조선 의사(義士) 이사룡은 다섯 번의 회유와 일곱 번의 협박에도 탄환을 한 발도 쏘지 않고 죽었다.'라는 글이 새겨졌다.

아! 그의 굳은 절개여! 인조께서 성주 목사(星州牧使) 최유연(崔有淵)에게 명하여 이사룡의 묘에 제사를 올리고 사당을 세워 제사를 지내도록 하셨다. 작촌(鵲村)의 옥천(玉川)에는 그의 사당이 세워졌고, 오도일(吳道一)이 그 기문(記文)을 지었다.[2] 후에 약천(藥泉) 남구만(南九萬)이 조정에 아뢰자 현종께서 이사룡의 아들에게 벼슬을 내리셨다.[3]

---

2 1692년(숙종 18) 성주 목사 안방준(安邦俊)과 관내의 사민(士民)들이 이사룡이 살았던 월항면에 충렬사(忠烈祠)를 건립하였다. 그 뒤로 옥천충렬사(玉川忠烈祠) 또는 옥천서원(玉川書院)으로 불리다가 1872년(고종 8) 서원철폐령에 의해 훼철되었으며, 1919년 직계후손들의 집성촌이 있는 용암면에 중건되었다. 오도일(吳道一)의 문집에 「옥천충렬사기(玉川忠烈祠記)」가 실려 있다(『서파집(西坡集)』 권17).

3 1662년(현종 3) 어사 남구만(南九萬)의 진언에 따라 이사룡의 아들 이선(李善)에게 칠포 만호의 벼슬을 내렸다(『국조인물고』 권64).

52

같은 꿈을 꾼 유생과 임금

과거 시험을 보러 가던 한 유생이 어느 선비 집의 빈 방에 묵었다. 한밤 중에 주인집 며느리가 촛불을 밝히고 나오더니 "인간의 씨를 얻고 싶다."라는 쪽지를 써서 보여주었다. 유생은 바로 밖으로 나와서 칼로 벽에다 "하늘의 신을 속이기는 어렵다."라 쓰고는 달아났다. 유생은 과거 시험에서 장원을 차지하였다. 임금이 깃발 두 개를 세우되 한쪽 깃발에는 "인간의 씨를 얻고 싶다."라 쓴 다음 장원한 유생에게 다른 한쪽 깃발에 글을 쓰라고 명하였다. 그러자 장원한 유생이 "하늘의 신을 속이기는 어렵다."라고 썼다. 임금이 "지난밤 꿈에 장원이 이 두 깃발을 세웠던데, 어찌 된 영문인가?"라고 물었다. 장원이 사실대로 대답하자, 임금이 감탄해 마지않다가 이어서 깃발 두 개를 세워 놓으라고 명하였다.

53

야박한 유생

과거 시험을 보러 가는 또 다른 유생이 있었다. 어느 집의 빈 방에 묵었는데, 밤중에 집주인의 젊은 며느리가 나와서 말하였다.

"저는 청상과부라 음양의 이치를 모릅니다. 이제 죽기로 결심하였지만, 사람으로 이 세상에 태어나 인간의 지극한 이치를 모르니 원통하고 한스럽습니다. 이제 알아도 죽고 몰라도 죽는다면 음양의 이치를 알고 싶습니다."

유생이 도의와 사리를 들어 꾸짖자 그 부인이 울면서 들어가더니 자결하여 죽었다. 유생이 허둥지둥 그 집을 나와 달아났다. 그 뒤로 밤에 꿈을 꾸면 반드시 그 부인이 나와서 울었다. 돌아가서 스승에게 그 사연을 아뢰었다. 덕망 있는 군자인 스승은 한참을 생각하고는 말하였다.

"일에는 권도(權道)가 있기도 하니 하나만을 고집해서는 안 된다. 일처리는 정당하였으나 마음씀씀이는 야박하였으니 해가 없을 수 있겠느냐?"

그 뒤로 유생은 한평생 불우하였으며 끝내 자손도 두지 못하였다.

아! 이 일은 쉽게 말할 수 없다. 도의와 사리만으로 말해야지 이익과 손해로 말해서는 안 된다. 그러나 도의와 사리도 인정을 벗어나지는 않

으니 사정이 딱하다.[1]

1 작자 미상의 19세기 야담집 『양은천미(揚隱闡微)』에 실린 「이상사가 박정하여 불우해지다[李
上舍薄倖致坎坷]」가 이와 비슷한 이야기이다.

54

요물을 퇴치한 궁사

옛날에 어떤 사람이 있었는데 집이 가난하였다. 경궁(勁弓) 한 자루와 경시(勁矢) 네 대가 집안에 대대로 전해져 왔는데, 하나뿐인 아들이 쏘는 법을 대략 알고 있었다. 해로(海路)를 통해 명나라에 사신이 파견될 때 친구가 상사(上使)가 되었다. 해로가 험한 탓에 배가 침몰하여 돌아오지 못하는 경우가 허다하였으므로 사람들이 모두 사행을 기피하였다. 그러자 그 사람이 아들을 다른 집에 부탁한 다음, 경궁 한 자루와 경시 네 대를 가지고 자원하여 친구를 따라갔다.

사신의 배가 어느 빈 섬에 이르렀을 때 홀연히 빙빙 돌기만 하고 나아가지 못하였다. 섬의 신령이 한 사람을 남겨두기를 원한다고 판단하여 한 사람을 섬에 내리게 하였다. 그래도 배가 나아가지 않아 그 사람까지 내리게 하자 그제야 배가 움직였다. 상사가 식량과 물품을 나누어 주고는 돌아오는 길에 싣고 가마고 약속하고 울면서 작별하고 떠나갔다.

섬은 큰 뱀이 바위굴에 득실대고 사나운 고래가 파도를 일으켰고, 바람도 모질고 날도 추워 견딜 수가 없었다. 홀연히 한 노인이 와서 그 사람을 보고는 "나에게 원수가 있는데 그가 쳐들어와 싸워야 하니 그대가 나를 좀 도와주게."라며 부탁하였다. 그 사람이 말하였다.

"본래 재능이 없고, 또 무기도 부족하니 어떻게 돕겠습니까? 또한 배가 고파 기운이 없어서 곧 죽을 것 같으니 어찌하겠습니까?"

노인이 "그대에게 활과 화살이 있음을 알고 있네."라 하고 육포 한 줄을 꺼내 주면서 "이것을 먹어 보게나. 기력에 도움이 될 걸세."라 하였다. 노인이 또 이렇게 말하였다.

"북해(北海)의 흑룡이 성질이 억세고 힘이 좋아서 해마다 끊임없이 나를 업신여기며 영역을 침범하고 있네. 이번에 또 쳐들어오니 내일 큰 싸움이 일어날 것이네. 푸른색은 나이고 검은색은 그놈이니, 그대가 검은 놈을 쏘아 맞추게. 내가 후하게 보답하겠네."

말을 마치고 사라졌다.

다음날 그 사람이 동쪽으로 가서 노인의 원수가 나타나기를 기다렸다. 천둥과 벼락이 사납게 내리치고, 바다의 파도가 드높이 솟구치는데 등이 푸른 용과 등이 검은 용이 번갈아 출몰하였다. 그 사람이 검은 용을 겨냥하여 쏘았으나 닿지 않았고, 다시 쏘았으나 더 닿지 않았다. 그래서 생각해 보니, 화살 네 대를 헛되이 쓰고 나면 나중에는 어찌해 볼 도리가 없을 듯싶어 그냥 돌아왔다. 저녁에 노인이 다시 와서 꾸짖자 그 사람이 사죄하였다.

"기력이 떨어진 데다가 화살 네 대를 다 허비하고 나면 나중에는 어쩔 도리가 없을 듯하여 그냥 돌아왔습니다."

노인이 "내가 미처 그 생각을 못하였네."라 하고 또 육포 두 줄을 주었다. 그 사람이 육포를 먹었더니 기력이 백배나 솟아났다.

다음날 그 사람이 다시 화살을 쏘니 살짝 비껴갔다. 다시 쏘았더니 흑룡의 등마루에 정통으로 맞았다. 바닷물이 온통 붉어지고 비와 바람이 잔잔해졌다. 다음날 노인이 와서 꾸벅꾸벅 절하고 고마워하며 말하였다.

"달리 보답할 거리가 없으니 그대가 세운 공으로 그대의 공에 상을 내리겠네. 죽은 흑룡을 북쪽 언덕 위에 덮어 두었네. 배를 갈라 진주를 꺼내면 귀한 보물을 얻을 걸세."

그리하여 그 사람이 풀을 베어다 거적을 만들어서 진주를 담았는데 모두 수십 꾸러미가 되었다. 사행 갔던 배가 돌아왔으므로 구슬을 싣고 출발하려는데, 배가 또 빙빙 돌기만 하고 나아가지 않았다. 그 사람이 이렇게 말하였다.

"지난번에 배가 돈 까닭은 용왕이 나를 머물게 하려 함이고, 오늘 배가 도는 까닭은 섬의 신령이 진주를 구하려 함이다."

진주 꾸러미 몇 개를 바닷물에 던지자 그제야 바람이 순조로워져서 무사히 바다를 건넜다. 그 사람이 보물의 절반을 쪼개 지위에 따라서 사람들에게 나누어 주고 집으로 돌아갔다. 그 사람은 나라에서 으뜸가는 부자가 되었으며, 일행도 모두 이익을 얻었다.

이 이야기가 허황하지만 우선 기록해 둔다.[1]

---

1 이 이야기는 고려 건국 신화의 하나인 작제건(作帝建) 설화와 『삼국유사』에 나오는 거타지 설화에서 파생된 야담이다.

55

정씨의 하룻밤 인연

내가 40년 전 남한산성[1]에서 공부하고 있을 때 어떤 과객이 와서 묵었다. 정씨(鄭氏) 성을 가진 그는 다음과 같이 겪은 이야기를 해주었다.

정씨는 이천 나루터에 살았는데, 유권보(柳權甫)와 인척(姻戚) 사이로 횡성에서 이사 왔다. 밖에 나갔다가 집으로 돌아오는 길이었는데 채 십 리도 못 가서 날이 어두워졌으므로 여종의 집에 묵었다. 식사를 올리고 난 뒤에 여종이 아뢰었다.

"지아비가 출타하였으니 혼자 주무십시오. 저는 이웃집에 가서 자겠습니다."

이경(二更) 초에 한 여자가 문을 열고 들어오며 "아무개 엄마! 벌써 잠들었나요?"라 하고는 빗자루를 가져다 옆자리를 쓴 다음 자리에 눕더니 바로 잠이 들었다. 달빛이 창에 비쳐 여자의 생김새를 어렴풋이 분간할 수 있었으니 나이가 17~18세 정도로 자태가 퍽 아름다웠다.

정씨가 마침내 여자를 껴안았다. 여자 또한 잠결에 정씨를 끌어안아

---

1 당시에는 광주부(廣州府)에 속해 있었고, 그 안의 사찰에는 과거 공부하는 선비들이 드나들었다.

서 결국 여자를 덮쳤다. 여자가 깜짝 놀라 말하였다.

"아무개 엄마가 아니네. 누구십니까?"

"여러 말 말아라. 내가 너를 끌어들인 게 아니라 네가 제 발로 왔다. 한창나이의 양반이 어찌 마음이 동하지 않을 수 있겠느냐?"

"아무개 엄마가 저를 속였군요. 저녁에 같이 자자고 저를 부르더니 이 일 때문이었군요."

"그렇지 않다. 내가 애당초 밤에 왔으니 그 어멈에게는 그럴 마음이 정말 없었다."

정씨가 자못 다정하게 이야기를 하자 여자가 말하였다.

"제 아비가 가난하지는 않아 내일 저녁이라도 당장 혼례를 치른다면 술과 음식을 차려 놓을 것입니다. 일이 이렇게 됐으니 아침 일찍 따라가겠습니다."

"내 부모님께서는 첩을 두는 것을 절대 허락하지 않으실 테니 어찌하겠느냐?"

여자가 울음을 멈추지 않았다. 밤 깊은 시각이 지나자 정씨가 여자를 내보냈다. 여자는 머뭇머뭇하며 정을 잊지 못하는 것만 같았다.

56

청노새 소년의 호쾌함

또 40년 전에 나는 소사(素沙)[1]의 객점에 묵은 일이 있다. 젊은 과객이 들어와 자칭 청주 선비라 하며 함께 묵었다. 한밤중에 그가 다음과 같은 한담을 들려주었다.

청주 선비는 몇 년 전에 이 객점에서 묵었다. 한낮에 소나기가 쏟아져서 이 객점으로 들어왔는데 방석이 낡아서 앉을 수가 없었다. 주인을 불러 아랫목에 자리를 새로 펴라 하고 앉았다. 어떤 관리의 행차가 들어왔는데 그 하인이 자리를 옮겨 앉으라고 청하였다. 선비가 허락하지 않자 여러 사람이 힘을 과시하며 억지로 자리를 옮기게 하고는 아랫목에 용문석(龍文席)을 더 깔았다. 관장이라고 하는 자가 가마를 타고 와서는 곧장 방으로 들어와 안석에 기대앉았다. 긴 담뱃대를 빨면서 방약무인하게 굴었고, 또 혼자 거드름 피우며 술을 따라 마셨다. 그 거동이 지체 높은 이의 처신과는 달랐다.

또 한 소년이 청노새를 탄 채 두 사람을 거느리고 왔다. 앞서 왔던 관

---

1 오늘날 충청남도 천안시 서북구의 성환읍과 경기도 평택시, 안성시 공도읍 경계에 해당한다. 너른 들판 지형으로 소사들, 소사벌, 소사평(素沙坪)이라고도 하였다.

리 행차의 하인이 들어오지 못하게 막아섰다. 소년은 듣고도 못 들은 체 곧장 방으로 들어와 창문 앞에 앉았다. 한참 있다가 소년이 물었다.

"어디 관리의 행차시오?"

통인(通引)[2]이라는 자가 말하였다.

"옥과(玉果)[3]요."

그러자 소년이 하인을 불러 말하였다.

"저놈을 끌어내라!"

관장이라는 자가 황급히 문밖으로 나가서 빗속에 엎드렸다. 소년이 물었다.

"도포는 어디에서 났느냐?"

"마침 짐 꾸러미 안에 있었습니다."

"그건 내 도포다. 찢어 버려라. 구관댁(舊官宅) 편지 봉함을 내어 놓아라."

관장이라는 자가 편지를 바쳤다. 소년이 편지를 다 읽어 본 뒤에 곧장 30대를 치게 하니 유혈이 낭자하였다. 소년이 또 깔았던 용문석을 치우라고 명하였다. 하인이 그대로 두기를 청하자 소년이 말하였다.

"저 놈이 앉았던 자리에 내가 앉을 수 있겠느냐?"

소년이 또 말하였다.

"먼저 들어오신 과객이 주인이니 아랫목에 앉으시지요."

하인이 술을 내오자 소년이 말하였다.

2　조선시대 지방 관아에 소속된 이속(吏屬)으로, 지방 관아 관장(官長)의 신변에서 호소(呼召)
　·사환(使喚) 등의 잡무를 처리하였다.
3　오늘날 전라남도 곡성 지역의 옛 지명이다.

"나이 순서대로 올리거라."

저녁 식사가 나오자 소년이 또 행찬(行饌)[4]을 꺼내 고루 나누어 주고 먹게 하였다. 청주 선비가 물었다.

"어찌 그리 신통하게 알아채셨소?"

"가친께서 옥과 현감이 되신 지 얼마 지나지 않았는데 오늘 채 부임하시기도 전에 다른 자리로 교체되셨습니다. 그래서 내가 급히 옥과로 내려가던 길이었죠. 이 자는 바로 신연(新延)[5] 이방(吏房)이지요."

소년의 언사와 행실이 지극히 사랑스러웠고 존경스러웠다. 일처리가 아주 시원스러웠고, 지체를 따질 것 없이 마음을 쓰고 사람을 대하는 태도가 현격히 다르게 도타웠다.

---

4 여행할 때 집에서 마련하여 가지고 가는 음식을 말한다.
5 지방 관아의 아전이 새로 부임하는 감사나 수령을 그 집에 가서 맞아 오는 일을 말한다.

57

가정을 버린 선비

남소문 밖에 사는 선비 윤씨(尹氏)는 나와 잘 아는 사이로, 성품이 괄괄하고 당당하였다. 글솜씨가 뛰어나서 서인(西人)들 사이에 명성이 있었다. 아들 둘을 남기고 죽었는데 아들도 곧은 선비라고 일컬어졌다.

그런데 윤씨의 작은아들이 어머니와 아내를 버리고 또 그 형도 버리고 달아났다. 관서의 아무 고을에서 윤씨 집으로 하리(下吏) 아무개를 보내 그 아버지를 닮은 사람이라고 하면서 윤씨 댁에 데려왔다. 대개 윤씨의 조부가 그 고을 수령을 지낸 적이 있어서 하리 아무개가 항상 내왕하며 익히 잘 알고 있었기 때문이었다. 오래지 않아 작은아들이 또 달아났다. 그 형이 어머니에게 말씀드리자 어머니는 "내버려 두려무나." 라고 하였다. 그 뒤로는 전해들은 소식이 없으니 지금은 어디에 있을지 모르겠다.

58

허생의 당찬 사내종

갑자년(1624, 인조 2)에 역적 이괄(李适)의 반란군이 도성에 침입하였다. 평소 허생(許生)이 기력 있는 사람이라고 소문나 있었으므로 기수를 보내서 "오지 않으면 죽이겠다."라며 불렀다. 허생이 사내종을 불러서 말에 안장을 얹어 채비하게 하였다. 사내종이 안장을 가지고 앞으로 나오면서 "어디로 가려 하십니까?"라고 물었다.

"평안 병사(平安兵使)가 나를 불렀다. 가지 않으면 반드시 나를 죽일 테니 가지 않을 수 없구나."

그 말에 사내종이 안장을 집어던지며 말하였다.

"역적의 부름을 따르다 죽든 따르지 않다가 죽든 죽기는 매한가지입니다. 차라리 의리를 위해 죽겠습니다. 한번 죽기를 작정한다면 어려운 일이 뭐 있겠습니까?"

그리고 큰 몽둥이를 가져다가 기수를 죽이려 덤비니 기수가 달아났다. 사내종이 깨끗하게 씻은 새끼줄을 몸에 두르고 허생의 손을 잡아 끌었다. 허생이 물었다.

"역적들이 사방을 지키고 있는데 어디로 가려 하느냐?"

"가도 죽고 가지 않아도 죽을 테니 죽기는 매한가지입니다. 차라리 죽기를 각오하고 나서서 살길을 찾겠습니다."

마침내 집을 나섰다.

두 사람이 동성(東城)에 도착하니 성을 지키는 군사들이 막아섰다. 사내종이 "너희를 죽여도 죽고 너희를 죽이지 않아도 죽을 테니 죽기는 매한가지이다. 차라리 너희들을 죽이고 죽겠다."라고 하며 몽둥이를 들고 덤비니 성을 지키는 군사들이 모두 흩어졌다. 사내종이 성에 새끼줄을 걸고는 성벽을 타고 내려와서 드디어 도성을 빠져나갔다. 다음날 역적이 패하자 역적을 따랐던 자들은 모두 죽었으나 허생은 화를 면할 수 있었다.

누가 허생을 기력 있는 사람이라고 말했던가? 지각이 없으면 기력은 한갓 몸을 죽이고 말 뿐이다. 저 사내종과 같아야 기력 있는 사람이라 할 수 있다. 한번 죽기를 작정하였으니 무슨 어려움이 있겠는가?

임진왜란 때 왜군이 도성을 점거하고 나서 성안 사람들과 함께 섞여 살았다. 도성 사람 중에는 왜군의 눈과 귀 노릇을 하면서 잘한 꾀라고 자부한 이들이 있었다. 왜군이 전투에 패하여 도성에서 후퇴할 때 평양의 패퇴에 분노가 치밀어 도성 사람 수만 명을 길에 앉혀서 차례대로 마구 베어 죽였다.[1] 기력이 있는 사람 가운데 도망가려 하는 이도 있었으나 서로들 만류하며 "도망가다 쫓아오는 자에게 잡히면 어쩌는가?"라 하면서 앉은 채로 왜군에게 머리를 내주었다. 몇몇 도망간 자들은

---

1 1592년 12월 이여송이 이끈 5만의 명나라가 군대가 이듬해 1월 총공격을 가해 평양성을 탈환하였다. 전세가 역전되어 왜군은 평양에 주둔하던 선봉대는 물론 함경도까지 진출하였던 부대까지 한양으로 후퇴하였고, 이어진 행주산성의 전투에서도 패배하여 한양에서도 철수한 사실을 말한다.

모두 살아났다. 허생의 사내종은 소견이 정말 화통하였으니 의리가 이미 정해졌기 때문이다.[2]

---

2 58화는 조석주(趙錫周)의 필기 『백야기문(白野記聞)』에 자세하게 나오는 기사를 축약하였다.

59

최척 이야기

최척(崔陟)은 남원 사람이다. 그의 이야기는 세상에 전기 한 권이 전하고,[1] 또 『어우야담』에도 보인다.[2] 지붕 위에 다시 지붕을 얹는 헛짓을 하지 않으려고 단지 줄거리만 기록한다.

최척이 달밤에 퉁소를 불자 그 아내가 다음과 같이 시를 지었다.

공자의 퉁소 소리에 달이 지려 하는데   公子吹簫月欲低

바다 같은 푸른 하늘에 이슬만 서늘하구나.   碧天如海露淒淒

아래 구는 잊어버렸으나 말이 몹시 처량하였다.[3] 최척이 말하였다.

"어째 그리 처량하오?"

---

1 조위한(趙緯韓, 1567~1649)이 지은 1권 1책의 한문필사본 고전소설 『최척전(崔陟傳)』을 가리킨다.

2 『어우야담(於于野談)』은 유몽인(柳夢寅, 1559~1623)이 편찬한 5권 1책의 야담집이다. 조선 후기 야담 문학의 대표작이다. 최척 이야기가 『어우야담』 10화에 실려 있다(유몽인 저, 신익철 등 옮김, 『어우야담』, 돌베개, 2006).

3 『최척전』에는 전문이 실려 있는데 글자에 출입이 있다. 뒷부분의 두 구절은 다음과 같다. "모름지기 푸른 난새 함께 타고 날아가리니, 봉래산 안개 속에서도 길 잃지 않으리[會須共御靑鸞去, 蓬島烟霞路不迷]."

아내가 말하였다.

"그러게 말이에요. 상서롭지 못할 징조인가 봅니다."

정유년(1597, 선조 30)에 왜군이 남원에 쳐들어오자 최척은 산골짜기로 피신하였다. 아내는 남자 복장을 하였고 노복이 아이를 업었다. 최척이 왜군에게 쫓기느라 먼저 아이를 잃었고 또 아내마저 잃어버리고 말았다. 왜란이 평정된 뒤 최척은 의탁할 곳 없는 홀몸이 되어 총병(摠兵) 유정(劉綎)⁴을 따라서 명나라로 들어가 항주(杭州)에 거처하였다. 그 뒤에는 또 해상(海商)을 따라 바다로 나갔다가 달밤에 퉁소를 불었는데, 줄지어 선 여러 배 가운데 어딘가에서 누군가 조선말로 시를 읊었다.

공자의 퉁소 소리에 달이 지려 하는데   公子吹簫月欲低
바다 같은 푸른 하늘에 이슬만 서늘하구나   碧天如海露凄凄

최척이 너무 놀라 정신을 잃었다가 한참만에야 깨어났다. 사람들이 그 까닭을 물으니 최척이 대답하였다.

"내 아내가 필시 저 배에 있소. 지금 저 배에서 읊은 시는 내 아내가 지은 시이니 내 아내 말고는 그 시를 아는 사람이 아무도 없소."

뱃사람이 말하였다.

---

4 유정(劉綎, ?~1619)은 자가 자신(子紳), 호가 성오(省吾)이다. 명나라의 장수이다. 1597년 정유재란 때 남원성에서 조·명 연합군이 패하였다는 소식이 전해지자, 배편으로 강화도를 거쳐 조선에 들어와 전세를 살핀 뒤 돌아갔다가, 이듬해 제독으로 대군을 이끌고 와서 조선군을 지원하였다. 1619년(광해군 11) 조명 연합군이 후금(後金) 군사와 싸운 심하(深河)의 부차(富車) 싸움 때 전사하였다.

"밤이 깊었으니 가벼이 움직여서는 안 되오."

최척이 앉은 채로 아침이 되기를 기다렸다가 늘어서 있던 배들 쪽으로 가서 물었다.

"어젯밤 시를 읊은 사람이 누구십니까?"

왜인 상선에서 어떤 젊은 왜인이 나와 응답하고는 최척과 서로 끌어안고 대성통곡하다가 기절하였다. 치료를 받고 나서야 깨어났다. 왜인 상인이 두 사람에게 그 이유를 자세히 물어보고는 매우 놀라며 말하였다.

"내가 조선에서 이 사람을 만났는데 그 총명함과 지혜로움이 어여뻐서 거두어 아들로 삼았습니다. 그런 지가 몇 년이나 지났음에도 여태 여자인 줄을 몰랐습니다. 부부가 각기 다른 나라에 있다가 하늘 끝 만 리 너머 한 곳에서 만났으니, 어찌 하늘의 뜻이 아니겠습니까?"

명나라 사람이 최척 아내의 몸값을 치르겠다고 하였다. 왜인이 말하였다.

"몇년 동안 쌓아 온 부자지간의 은혜와 의리가 있지요. 내가 후하게 폐물을 주어 보내야 마땅하거늘 몸값을 어떻게 받겠습니까?"

마침내 최척의 아내에게 귀한 보물을 주어 보내면서 통곡하고 떠났다.

최척 부부는 항주의 용금문(湧金門) 안에 세를 얻어 살면서 아들 하나를 더 낳았다. 그 아들이 15세가 되었다. 인근에 여자아이가 하나 있었는데 이름이 홍도(紅桃)였다. 그 아비는 조선에 출병하여 왜군을 정벌하러 갔다가 돌아오지 않았다. 홍도는 조선 사람의 부인이 되고 싶어 하였다. 만약 조선에 가게 되거든, 아버지가 살아 계시면 그 발자취를 찾을 수 있고, 돌아가셨다면 넋이라도 부를 수 있을까 기대하였다. 마침내 최척 부부가 홍도를 며느리로 맞아들였다.

최척은 무오년(1618, 광해군 10) 심하(深河) 전투에 다시 유정 총병을 따라갔는데, 명나라 군대도 패전하고[5] 총병도 전사하였다. 최척은 심양의 감옥에 갇혔는데, 때마침 조선 장군 강홍립(姜弘立)이 항복하여 조선 병사들도 감옥에 갇혀 있었다. 그중 한 사람이 남원 최씨라고 밝히기에 최척이 아버지의 이름이 무어냐고 묻자 바로 척이라고 답하였다. 마침내 부자가 상봉하게 되었다. 최척 부자가 틈을 타 감옥에서 도망쳐 낮에는 숨어 있다가 밤에만 이동하여 조선 국경에 도착하였다. 최척은 등창이 나서 거의 죽을 지경이었다가 의원을 만나 살아났다. 최척이 의원에게 어떤 사람인지를 물어보니, 명나라 사람으로 항주의 용금문 안에 살았으며 조선에 원병으로 왔다가 돌아가지 못했다고 밝혔다. 최척이 물었다.

"슬하에 자녀가 있습니까?"

"동쪽으로 출병할 때 딸 하나만 낳았습니다."

최척이 그 이름을 물으니 의원이 대답하였다.

"태어날 때 홍도가 만발하였으므로 이름을 홍도라 하였습니다."

최척이 말하였다.

5　1618년 건주(建州, 오늘날 길림성)의 후금(後金)이 세력을 점차 확장하자, 명나라가 이를 치기 위해 조선에 원병을 청하였다. 조선은 강홍립(姜弘立)을 도원수로 삼아 만 삼천 명의 지원군을 파견하였다. 강홍립의 군대는 요동에서 명나라 군대와 합류하여 심하(深河, 오늘날 관전현(寬甸縣) 노성(老城))에서 후금군과 전투를 벌였으나 명군은 대패하고 조선군은 포위되었다. 강홍립은 형세를 보아 향배(向背)를 결정하라고 한 광해군의 사전 지시에 따라 후금에 항복하였다. 이를 심하 전역(深河戰役)이라 한다.

"기이합니다. 바로 제 며느리입니다."

두 사람이 마침내 손을 잡고 통곡하면서 생사를 함께 하자며 함께 남원으로 갔다.

최척의 아내는 조선과 명나라가 심하에서 패하였다는 소식을 듣고는 아들에게 말하였다.

"네 아버지께서 살아서 돌아오실 리 없다. 우리 모자가 의지할 사람이 없으니 동쪽으로 고국에 돌아가 선영에 뼈를 묻는 것이 낫겠구나."

"만 리 길에 바람이 불고 파도가 칠 텐데 어떻게 도달하려고요? 바다에서 죽을 바에야 차라리 여기에서 죽겠습니다."

"내가 바다에 익숙하니 걱정하지 말거라."

홍도도 힘써 권하였다. 집과 전답을 다 팔아 배 한 척을 구하여 출발하였다. 최척의 아내는 명나라 사람을 만나면 중국말로 대답하고 왜인을 만나면 왜인 말로 대답하였다. 그러다가 갑자기 멀리서 다가오는 배 한 척을 보고는 소스라치게 말하였다.

"이제 죽었구나. 저들은 해적이니 말재주만으로는 화를 면할 수 없다."

일행은 곧 배를 버리고 빈 섬에 숨었다. 해적들이 배를 모두 약탈하고 가버리니 죽는 것 말고는 방법이 전혀 없었다.

최척의 아내가 또 멀리서 다른 한 척의 배가 보이자 매우 기뻐하며 말하였다.

"살았구나. 저것은 조선 사람의 배이다."

그리고 조선 옷을 흔들었다. 저쪽 배에서 선원이 말하였다.

"필시 조선 사람이 저 섬에 표류해 있다."

조선 사람은 옷을 흔드는 풍속이 있었기 때문이었다. 조선 배가 드디어 섬으로 왔다. 뱃사람이 물었다.

"어디 사람이시오?"

최척의 아내가 조선말로 대답하였다.

"남원 사람입니다. 표류하다가 이 섬에 정박하였는데 해적들에게 물건을 빼앗겼습니다."

뱃사람이 말하였다.

"이 배는 통영의 무역선이오."

그리고 최척 아내 일행을 태우고 조선으로 돌아가서 호남 경계에 이르러 내려 주었다. 일행이 남원의 옛 집터에 도착해 보니, 최척 부자와 명나라 사람이 둘러 앉아 있었다. 그리하여 부부와 부자와 모자와 부녀가 서로 껴안고 통곡하였다. 죽은 사람이 다시 살아난 것이나 다름없었다.

수십 년간의 병화(兵火) 속에 수만 리 절역(絶域) 너머에서 한 사람도 죽지 않고 한 곳에서 만났으니, 기이하도다!

60

언문 전기 『윤씨전』

내가 어릴 때 언문으로 쓰인 『윤씨전(尹氏傳)』을 읽는 것을 들었다. 전체는 다 잊어버렸고 그 줄거리만 대충 기억하고 있다.

정 상사(鄭上舍)의 부인 남씨(南氏)는 자녀가 없었다. 이웃에 사는 평민 여자가 양반집 윤씨(尹氏)의 세 살배기 여자아이를 키우고 있었다. 평민 여자가 죽어 여자아이가 갈 곳이 없어지자 남씨가 아이를 데려가 길렀다. 아이는 재능과 외모가 뛰어나서 남씨는 마치 자기 소생처럼 예뻐하였다. 여자아이가 장성하였을 무렵 남씨의 친정 조카 남생(南生)은 스무 살로 과거에 급제하였고 또 아내를 잃었다. 남달리 뛰어난 윤씨를 보고는 소실(小室)로 삼게 해 달라고 청하였다. 고모인 남씨가 말하였다.

"나의 수양딸 역시 사대부 집안 딸이거늘 어찌 소실로 삼겠느냐?"

"내력을 알지 못하니 정실(正室)로 삼을 수는 없습니다."

남생이 멈추지 않고 청하자 남씨가 마지못해 허락하였다.

혼인날이 되어 소실로 혼례를 치르려 하자 윤씨는 죽기를 맹세하고 양모의 슬하에서 살다가 죽겠노라고 하였다. 시아버지가 온갖 수단으로 타일러 보았으나 끝내 마음을 돌리지 않았다. 시아버지가 말하였다.

"네가 사족(士族)의 딸이라는 사실을 어떻게 알게 됐느냐?"

"세 살 전에 부모님 슬하에 있으면서 귀로 듣고 눈으로 본 것이 있으니 저는 재상집의 딸임이 분명합니다."

"네가 보고 들은 것이 무엇이냐?"

"제 아버지께서 집에 계실 때는 금관자(金貫子)를 착용하셨고, 외출하실 때는 안롱(按籠)을 드는 사람과 벽제(辟除)하는 사람을 앞세우셨습니다."[1]

"중인이나 서얼도 그럴 수 있다."

"제 아버지께서는 출타하실 때 초헌(軺軒)[2]을 타셨습니다."

시아버지가 또 부친의 연배와 용모를 물어보니 윤 아무개 참판과 비슷하였다.

남생이 윤 참판 대감을 찾아뵙고 물었다.

"슬하에 아들을 두셨습니까?"

"없네."

남생이 또 물었다.

"딸은 두셨습니까?"

윤 대감이 언짢은 표정을 띠고 대꾸하지 않았다. 남생이 굳이 묻자 윤 대감이 말하였다.

"느지막이 딸 하나를 얻었는데 아내가 점쟁이의 말을 믿고는 여염집

---

1 안롱(按籠)은 비가 올 때 수레나 가마를 덮는 가리개이다. 사슴 가죽이나 두꺼운 기름종이로 만들어 한쪽 면에는 사자를 그려 넣었다. 종3품 이상의 관원들만 사용하였다. 벽제(辟除)는 지위가 높은 사람이 행차할 때 선도하는 군졸들이 큰 소리를 질러 길을 비키게 하는 일이다. 4품 이상의 관원들이 행할 수 있었다.

2 종2품 이상의 관원이 타던 수레로, 외바퀴가 달렸고 앉는 자리를 의자처럼 꾸몄다.

에 두고 길렀네. 그 여염집이 이사를 갔다가 집안사람들이 다 죽는 바람에 딸을 잃어버렸네."

남생이 그간의 일을 자세히 아뢰자 윤 대감이 몹시 서러워하였다.

윤 대감이 즉시 남생과 함께 그 집에 갔으나 윤씨는 밖으로 나와 보지 않고 말하였다.

"부녀지간을 엉성하게 확정할 수 없고 반드시 분명한 증거가 있어야 합니다. 제가 어릴 적 아버지 품안에서 손으로 오른쪽 턱 아래에 있는 커다란 검은 사마귀를 만졌습니다."

윤 대감이 말하였다.

"과연 사마귀가 있단다."

윤씨가 또 말하였다.

"어릴 적에 아버지의 선향(扇香)3을 반으로 쪼개 반은 제가 차고, 반은 궤안(几案)에 숨겨 두었습니다."

윤 대감이 궤안을 가지고 와서 찾아보니 과연 선향이 있었으며, 윤씨의 선향과 맞춰 보니 부절처럼 꼭 합쳐졌다. 그러자 윤씨가 통곡하면서 밖으로 나와 절을 올렸다. 부녀가 서로 끌어안으니 옆에 있던 사람들 가운데 눈물을 흘리지 않는 이가 없었다. 마침내 다시 좋은 날을 택해 혼례를 치르고 윤씨의 지위를 정실로 올렸다.

언문 전기에는 남씨의 이름이 이성(以星), 윤 대감의 이름이 희우(羲雨), 여자의 이름이 득애(得愛)로 되어 있었다.

---

3 부채의 고리나 자루에 다는 장식품을 선추(扇錘)라 하고, 그 안에 넣는 향을 선향(扇香)이라 한다.

61

회초리 일곱 대의 판결

어떤 고을의 한 선비가 이웃에 사는 사내를 회초리로 일곱 대 때렸는데, 7일 후에 그 사내가 죽었다. 사내의 아들이 살인으로 고발하자 관아에서 선비를 추문(推問)하고 또 사내의 아들에게 명하였다.

"네 아비가 맞은 회초리와 같은 크기로 회초리를 꺾어 오라."

또 말하였다.

"네 아비가 맞은 회초리와 같은 세기로 회초리를 잡고 때리라."

사내의 아들이 회초리를 일곱 대 때리자 관아에서 선비의 보석(保釋)을 명하였다.

7일 뒤 관아에서 원고와 피고 양측에게 출두하라고 하여 사내의 아들에게 명하였다.

"어찌하여 네 아비는 죽고 어찌하여 저 사람은 죽지 않았는가? 만약 회초리의 크기가 같지 않았다면 이는 네가 복수할 뜻이 없어서 일부러 회초리를 작은 크기로 꺾은 것이다. 만약 회초리를 친 세기가 같지 않았다면 이는 네가 복수할 생각이 없어서 일부러 회초리를 가볍게 친 것이다. 만약 저 피의자가 몸조리를 잘 받아서 살아 있다면, 네 아비는 네가 몸조리를 잘 시키지 못해서 죽은 것이다. 너는 불효죄로 잡아넣어야 하니 불효보다 더 큰 죄는 없기 때문이다."

사내의 아들이 몹시 두려워하며 말하였다.

"제 아비가 맞은 회초리와 같은 크기로 꺾었을 뿐 어찌 감히 일부러 작은 것을 꺾었겠으며, 제 아비가 맞은 회초리와 같은 세기로 쳤을 뿐 어찌 감히 일부러 가볍게 쳤겠습니까? 제 아비는 병에 걸려서 죽었고, 저 사람은 병에 걸리지 않아서 죽지 않았습니다. 제가 어찌 감히 일부러 복수하지 않았겠습니까?"

관아에서 말하였다.

"네 말을 다짐으로 받아 놓겠다."

마침내 양측을 모두 풀어 주었다.

62

양반과 속량한 노비

인천에 어떤 선비가 살았는데 몹시 가난하여 연말이 되도록 환곡(還穀)을 다 납부하지 못해 욕을 당할 판이었다. 그의 노비 중에 속량(贖良)[1]한 자가 있어서 천석꾼이라 일컬어졌다. 선비가 그 노비에게 가서 욕을 당하지 않을 길을 만들어 달라고 간청하였으나 노비는 부탁을 들어주지 않았다. 선비가 연일 찾아가자 노비는 선비를 쫓아내고 문을 닫으며 말하였다.

"속량한 노비를 침책(侵責)[2]하는 것은 국법에서 매우 엄격히 금합니다. 관아에 고발하겠습니다."

이웃에 사는 한 양반이 부자 노비에게 잘 보일 생각으로 관아에 고발하라고 부추겼다. 관아에서 선비를 추문(推問)하니 선비가 사건의 정황을 두루 진술하였다. 관아에서는 "과연 이미 속전을 지급하였다면

---

1 공노비나 사노비가 몸값을 바치고 노비 신분에서 벗어나 양민이 되는 일이다. 당사자만 해당되었다. 1718년(숙종 44)에 속량 가격의 기록은 15세에서 30세까지는 쌀 50섬, 31세에서 40세까지는 쌀 40섬, 41세에서 50세까지는 쌀 30섬, 51세에서 55세까지는 쌀 20섬, 56세에서 60세까지는 쌀 10섬이었다(『숙종실록』 44년 1월 4일 기사).
2 직접 관련이 없는 사람에게 세금 따위를 강제로 납부하도록 추궁하는 일을 말한다.

어찌 다시 침책하느냐?"라 말하고 관련 문서를 제출하게 하였다. 40냥을 받고 노비를 속량해 준 것이 사실이었다. 관아에서 말하였다.

"이렇게 속전을 지급하였거늘 이렇게 침책한다면 비천한 백성이 어떻게 살겠는가? 이미 40냥을 받았으니 40냥을 즉각 갖춰서 돌려줘라. 그런 뒤에 노비에게 환곡을 책임 지울 수 있다."

선비가 관아에서 나와 벗에게 이야기하니 벗이 말하였다.

"이는 반드시 속량을 물러 주라는 말이네."

그리고 선비에게 40냥을 얻어 주어 납부하게 하였다. 관아에서 말하였다.

"노비 문서는 3년마다 작성하니[3] 자문(自文)[4]을 발급하지 않는 것이 본래 나라의 법이다."

자문을 불태운 다음 다시 말하였다.

"관아의 환곡이 몹시 급하니 저 노비를 가두라."

노비가 그날로 환곡을 다 납부하자 관아에서 노비를 석방하였다. 노비가 다시 속량해 달라고 청하자 관아에서 말하였다.

"이전 값을 기준으로 속량하겠다. 처음에는 너 한 몸이었으므로 40냥이었다만 지금은 너의 아들과 손자가 몇인가? 20명이니 팔백 냥을 납부해야 한다. 선물(膳物)[5]은 이백 냥으로 정하겠다."

---

3 공노비의 소속 관사나 사노비의 주인집에서 노비의 출생, 사망, 세계(世系) 등을 정기적으로 기재한 명부를 노비안(奴婢案) 또는 천적(賤籍)이라고 하였다. 공노비의 경우 3년마다 변동 사항을 파악하여 명부를 추가로 작성하였다.

4 보통 자문[尺文]이라 쓴다. 한 자[尺] 크기의 작은 문서라는 뜻이다. 관청에서 물건이나 돈을 받고서 그 사실을 입증하기 위하여 발급한 문서이다.

노비가 천 냥을 납부하니 관아에서 속량을 허가하는 문권을 작성하여 발급해 주었다. 그 뒤 며칠 지나지 않아 선비 어머니의 회갑이 되었다. 선비가 잔치를 크게 열어 손님들을 초대하고 작은 숫소 두 마리를 잡았다. 속량한 노비가 그때 면임(面任)을 맡아보고 있었는데 선비가 큰 소 두 마리를 사사로이 잡았다고[6] 관아에 보고하였다. 관아에서 선비를 추문하자 선비가 말하였다.

"저는 본래 가난하여 콩죽과 물도 못 먹은 지 오래입니다. 이번에 큰 재물을 얻었는데 병든 노모가 온갖 굶주림과 추위를 다 겪으며 사셨고, 여생이 얼마 남지 않아서 제 심경이 몹시 아팠습니다. 이렇게 회갑을 맞아 술과 음식을 소략하게라도 차려 하루나마 극진히 기쁘게 해 드리려 하였습니다. 어찌 재물을 아껴서 저 혼자만 풍요롭게 살 수 있겠습니까? 그저 작은 송아지 두 마리를 잡았을 뿐, 큰 소 두 마리가 아닙니다."

관아에서 말하였다.

"소가 큰지 작은지는 말할 것이 없고 우금(牛禁)을 범한 것은 매한가

---

5 조선시대에 진상·공물·조세 등을 납부할 때 해당 관원이나 관청에게 주는 수수료 겸 뇌물을 말한다. 인정(人情), 인정채(人情債), 정채(情債)라고도 불렀다. 관청의 비공식 세입으로서 비중이 커지면서 관행화하였다. 『만기요람(萬機要覽)』에서는 아예 선물의 존재를 인정하여 "각 도의 전세미(田稅米)나 태(太)는 세미 1섬당 2되씩 인정미를 거둔다."라고 그 기준을 제시하였다(「수세(收稅) 잡비조」). 그래서 "진상은 한 꼬지인데 인정은 한 바리이다〔進上貫串, 人情滿駄〕", "인정의 나라다〔人情國〕."라는 속언까지 있었다(『승정원일기』숙종 19년 11월 2일; 영조 51년 11월 6일).

6 소는 농사를 짓는 데 필수적인 역할을 하였으므로, 소의 도살은 일찍부터 법적 금지 대상이 되었는데, 이를 우금(牛禁)이라고 하였다. 관청의 허가 없이 불법으로 소를 도살한 경우, 신분을 막론하고 장(杖) 100, 도(徒) 3년에 처하는 엄중한 처벌을 가하였다. 벌금 형식으로 속전(贖錢)을 받기도 하였는데, 이를 우속(牛贖)이라고 하였다.

지이니 일을 맡아보는 노비를 잡아 가두라."

면임이 말하였다.

"노비가 없습니다."

관아에서 말하였다.

"속량하였다 해도 예전에는 노비였다."

일전에 속량한 노비 가운데 한 사람을 가두었는데 바로 면임의 아들이었다. 면임이 즉시 소 두 마리의 속전 80냥을 납부하였다. 관아에서 선비를 불러 말하였다.

"효자로다! 이는 사람으로서 잘하기 어려운 일이외다. 내가 그대를 위하여 잔치 비용을 부조해도 되겠소이까?"

마침내 면임에게 받은 속전을 선비에게 내어 주었다.

어떤 사람은 "송순명(宋淳明)이 남원 부사로 재직할 때 이 전례를 따랐다."라고 말하였는데 사실인지는 모르겠다.

아! 모질지 않으면서도 엄격하고 이치가 있으면서도 순조롭게 조처하였으니, 호걸스러운 사람이구나.

63

양물을 물어뜯은 선비

농부 여럿이 모여 앉아 술을 마시고 있었다. 어떤 선비가 그 옆을 지나면서 말에서 내리지 않자 농부들이 선비를 말에서 끌어 내렸다. 누군가 "볼기를 쳐야 마땅하다."라고 하자 또 누군가는 "심하게 모욕을 줘야마땅하지."라고 하였다. 그중 한 사람이 말하였다.

"볼기를 치면 흉터가 생기고, 흉터가 남으면 후환이 있다. 모욕을 주면 흔적이 없고, 흔적이 남지 않으면 저 선비에게도 해롭지 않다. 아랫도리의 양물을 그 입안에 쑤셔넣는 게 좋겠다."

다들 "그렇게 합시다."라 하고 여러 사람이 선비의 팔다리를 붙잡았다. 한 사람이 양물을 크게 세워서 선비가 입을 다물지 못하도록 하고는 입안에 양물을 쑤셔 넣었다. 선비가 양물을 물어뜯어 버리자 그 사람이 즉사하였다.

사람들이 선비를 살인자로 관아에 고발하니 관아에서 시체를 조사한 뒤에 다음과 같이 판결하였다.

"사대부가 상놈 앞에서 말에서 내려야 한다는 법은 없고, 상놈이 사대부를 밑으로 끌어 내린다는 예는 없다. 더러운 물건을 입에 넣는 것은 법에서 지극히 엄하게 금지하는 바이고, 젖은 고기를 이로 끊어 먹는 것은 『예기』 글에도 나와 있다.[1] 목구멍이 막히면 통하게 하지 않을 수 없고, 이가 들리면 다물지 않을 수 없다. 야인(野人)은 법으로 다스리는데 법에 따르면 사형에 해당되고, 선비는 예로 다스리는데 예에 따르면 잘못이 없다."

여러 농부에게는 형벌을 내리고 선비는 풀어 주었다.

---

1 『예기』「곡례(曲禮)」에 "젖은 고기는 이로 끊어 먹고, 마른 고기는 이로 끊어 먹지 않는다."라 하였다.

64

차부의 의리

숙종 때 서교(西郊)에서 가까운 고을에 어떤 사람이 땔나무를 짊어지고 서울로 가서 팔았다. 날이 벌써 저물어 땔나무를 산 사람에게 하룻밤 묵어가기를 청하였다. 젊은 부인이 허락하고는 저녁밥을 차려 주었다. 인정(人定)[1] 후에는 부인이 땔나무꾼을 침실로 불러들이고 또 술을 대접한 다음 잠자리를 같이하였다. 한밤중이 되어 집주인이 문밖에서 부르자 부인은 땔나무꾼을 벽장에 숨기고는 나가서 집주인을 맞이하였다. 사내는 홍의(紅衣)에 초립(草笠) 차림을 하였으니 바로 액정서(掖庭署) 사람이었다.[2] 젊은 나이에 잘 생겼고 또 건강하였으며 부인을 매우 살갑게 대하였다. 땔나무꾼이 속으로 이렇게 생각하였다.

'이런 미인이 이런 미남자와 이렇게나 살갑게 지내는 데도 오히려 음탕한 마음을 이기지 못하고 이런 짓을 벌였다니. 더구나 내 풍채가 저

---

1 매일 밤 10시경인 2경 3점에 28번 종을 쳐서 성문을 닫고 통행금지를 실시하였는데, 이를 인정(人定)이라 한다.

2 홍의(紅衣)는 짙은 홍색 무명으로 지은 옷이며, 초립(草笠)은 누른 빛깔의 풀이나 대오리로 만든 갓이다. 『성호사설』에 따르면, 짙은 홍색 무명은 당하관 및 액정서가 관장하는 대전별감(大殿別監)의 복색이었으며, 연소자들이 장년층과 구별하기 위하여 초립과 홍의를 착용하였다고 한다.

남편보다 열 배는 더 못한데 나를 좋아할 게 뭐가 있어 이럴까? 그 죄는 죽여도 용서받지 못한다.'

잠시 후 남편이 나가자, 부인이 바로 땔나무꾼을 내려오게 한 다음 술을 권하고 또 동침하기를 재촉하였다. 한밤중에 네 번이나 정을 통하고도 음탕한 마음을 그치지 못하였다. 땔나무꾼이 마침내 부인의 죄를 하나하나 지적한 다음 칼로 그의 배를 찌르고 뛰쳐나갔다.

그 뒤로 땔나무꾼은 차부(車夫, 수레꾼)가 되어 처형될 죄수를 싣고 서소문(西小門)을 나섰다. 죄인이 하늘에 부르짖으며 억울함을 하소연하기에 차부가 까닭을 물었다. 그러자 죄인이 대답하였다.

"나는 본래 액정서 사람으로 소실을 두고 있었소. 어떤 사람이 밤에 침입하여 소실을 찔러 죽였소. 소실의 친정집에서는 내가 소실에게 샛서방이 있다고 의심해서 죽였다고만 생각하였소. 관아에 무죄를 알릴 길도 없고, 스스로 해명하여 이길 수도 없었소. 초하룻날까지 기다렸다가 처형을 당하기보다는 빨리 죽는 편이 낫다 싶어 거짓으로 자백하였다오."

차부가 죄수를 압송하는 형리에게 아뢰었다.

"이 사람을 풀어 주십시오. 제가 실제로 그 여자를 죽인 놈입니다. 죽여주십시오."

일이 당상관에게 보고되어 숙종께 입계(入啓)되었다. 마침내 액정서 사람을 석방하였고 차부를 유배에 처하였다. 당시 사람이 차부를 위하여 「의사차부전(義士車夫傳)」을 지었다.[3]

아! 자하(子夏)는 이렇게 말하였다.

"현자를 몹시 좋아하여 여색을 좋아하는 마음과 바꾸고 자기 목숨까지 바칠 수 있다면, 비록 배우지 않았다 하더라도 나는 반드시 그를 배운 사람이라고 말하리라."[4]

저 차부가 이 말에 가깝다. 「의사차부전」을 보지는 못하였으나 그 이야기를 들었기에 기록해 둔다.

---

3 차부 이야기는 구수훈(具樹勳, 1685~1757)의 『이순록(二旬錄)』과 편자 미상의 『기문습유(記聞拾遺)』에 제목 없이 실려 있으며, 편자 미상의 『청야담수(靑野談藪)』에는 「음탕한 여자 한 명을 죽이고 무고한 사람 한 명을 살리다〔殺一淫女, 活一無辜〕라는 제목으로 실려 있다. 이우성·임형택, 「용산 차부(龍山車夫)」, 『이조한문단편집』 1, 창비, 2018.

4 『논어』 「학이(學而)」에 나오는 자하(子夏)의 말을 일부 인용하였다.

65

진사 이연의 팔팔함

원주의 진사 이연(李演)은 나의 장인 박공(朴公), 박구(朴鉤)의 외숙이다. 성격이 팔팔하고 거침없어 남에게 굽히지 않았다. 감영 문밖에는 흐름이 빠른 하천이 있는데 감영에서 수로를 파 이 진사의 집 앞으로 흘러가게 하였다. 진사가 둑을 쌓아 막고는 수로를 메워 버리기까지 하였다. 감사가 대노하여 진사의 종을 형벌로 다스리고 수로를 다시 팠는데 진사가 수로를 또 메워 버렸다. 감영에서 아무리 책망해도 진사는 조금도 동요하는 기색 없이 둑을 쌓아 수로 메우는 일을 끝까지 멈추지 않았다. 감사도 어쩔 수 없이 수로 파는 일을 그만두었다.

그 근처에 한 선비가 살고 있었다. 문장과 기질이 진사와 막상막하였는데 당색(黨色)이 달라서 서로 일면식도 없었다. 하루는 길에서 만났는데 길이 좁은 탓에 어느 한 쪽 편이 말을 돌리지 않으면 지나갈 수 없었다. 두 사람이 서로 말을 돌리려고 하지 않아 말 두 마리가 머리를 마주하고 버텼다. 해가 저물자 그제야 두 사람이 각기 말을 돌려 돌아갔으니 그 고약한 습성이 이와 같았다. 장인께서도 외가에서 나고 자란 탓에 그런 기질을 제법 지니셨다.

66

도붓장수의 정체

진사 이연(李演)은 성격이 괄괄하고 거침없어 남을 잘 인정하지 않았다. 행랑채에 도붓장사하며 오가는 사람이 있었다. 청렴하고 정직하고 신중하고 조심스러웠으며 언변에 익살이 넘쳤고 사려가 매우 깊어서 진사가 믿고 아꼈다. 간혹 도붓장사를 나가면 몇 달이 지나서야 돌아왔다. 그가 나가면 진사는 마치 손발을 잃은 것처럼 여겼고, 그가 들어오면 진사는 흡사 든든한 호위무사를 등용한 듯이 여겼다.

7, 8년이 지나 그 사람이 영영 떠나겠다고 아뢰자 진사가 놀라서 그 까닭을 물었다.

"소인은 한 곳에 3년을 머물렀던 적이 없었습니다. 이번에는 진사 어른께서 잘 돌보아 주신 덕에 차마 바로 떠나지 못하여 무려 7, 8년이나 머물렀습니다. 진사 어른께서는 소인을 어떤 사람이라고 보십니까?"

"청렴하고 정직한 사람이지."

"그렇지 않습니다. 정말 탐욕스러운 사람은 청렴한 사람처럼 보이고, 정말 간사한 사람은 정직한 사람처럼 보입니다. 청렴하게 보이지 않으면 탐욕을 부릴 수가 없고, 정직하게 보이지 않으면 간사함을 피울

수가 없습니다. 소인은 큰 거간꾼으로서 교활한 놈입니다. 머무는 곳 수십 리 안에서는 불의한 짓을 조금도 저지르지 않지만 사방으로 도 붓장사를 나가서는 이익에만 골몰하고 도의는 망각하여 못하는 짓이 없습니다. 소인을 두고 큰 도둑놈이라고 부르더라도 감히 마다할 수 없습니다. 담벼락에 구멍이나 뚫는 좀도둑과는 다르나 실상은 무엇이 다르겠습니까? 이것이 한 곳에 3년을 머물지 않은 이유입니다."

"이제 어디로 가는가?"

"북쪽으로 갔다가 서쪽으로 갑니다."

다음날 새벽 떠난 뒤로는 다시는 볼 수 없었다.

아! 만일 그 사람이 독서하여 이치를 궁구하고 기질을 바꾸었다면 틀림없이 볼만한 점이 있었으리라. 욕망에 뜻을 빼앗겼으니 애석하구 나!

67

살인자의 허점

어떤 사람이 이웃 마을 사람과 함께 도붓장사를 같이 가기로 약속하였다. 그런데 같이 가기로 한 사람이 강도에게 살해당하였다고 신고가 들어가 관아에서 검시하였다. 살해당한 사람의 아내가 다음과 같이 진술하였다.

"제 남편은 아무개와 함께 도붓장사를 같이 가기로 약속하여 수십 냥을 챙겨서 닭이 울 때 먼저 출발해 아무개의 집으로 갔습니다. 조금 있다가 아무개가 와서 저를 불러 말하기를 '아무개 아비는 왜 출발하지 않았소?'라고 하였습니다. 제가 말하기를 '벌써 당신 집으로 갔습니다.'라고 했더니 그가 말하기를 '안 왔소.'라고 하였습니다. 그래서 찾아보았더니 과연 강도에게 살해당한 상태였습니다."

아무개의 진술 또한 동일하였다. 관아에서 이렇게 판결하였다.

"그 사람을 부르지 않고 그 사람의 아내를 불렀으니 그 사람이 방 안에 없다는 사실을 이미 알고 있었다."

사건의 실상을 조사하여 신문한 끝에 진상을 밝혀내니 사람들이 신묘하다고 하였다.

68

방안의 개구리 소리

어떤 선비가 새벽녘에 방에서 부부 관계를 가졌는데 어린 아들이 "개구리가 방에 들어와 울어요."라고 하였다. 이웃 여자가 그 말을 듣고 이야기를 퍼뜨렸다. 선비의 벗이 그에게 다음과 같은 편지를 보내 물어보았다.

"자양(子陽)처럼 경거망동하던 우물 안 개구리였는가?[1] 화림원(華林園)에서 어지러이 관(官)을 위해 울어 대던 개구리였는가?[2] 진양(晉陽)에 물이 잠겨 6척밖에 남지 않았을 때 아궁이 안에 있던 개구리였는가?"[3]

---

[1] 자양(子陽)은 후한(後漢)의 무장 공손술(公孫述)의 자(字)이다. 공손술이 스스로 천자를 참칭(僭稱)하고 성도(成都)에 도읍하여 어렸을 적 친구인 마원(馬援)을 불렀다. 마원이 가서 동정을 살펴보고는 다른 이에게 말하기를 "자양은 우물 안의 개구리일 뿐인데, 주제넘게 스스로 잘난 체하고 있다."라고 하였다(『후한서』 권24 「마원열전(馬援列傳)」).

[2] 화림원(華林園)은 후한 때 만들어진 궁중의 정원이다. 진 혜제(晉惠帝)는 천성이 어리석었는데, 태자 시절 밖에 나갔다가 개구리가 우는 소리를 듣고는 옆의 신하에게 묻기를 "저것은 관(官)의 개구리이냐, 사가(私家)의 개구리이냐?"라고 묻자 가윤(賈胤)이 대답하기를 "관의 땅에 있는 놈은 관의 개구리이고, 사가의 땅에 있는 놈은 사가의 개구리입니다."라고 하였다. 그러자 혜제가 관의 개구리에게는 급료를 지급하라고 명하였다(『진서』 권4 「혜제본기(惠帝本紀)」).

3 진양(晉陽)은 춘추 시대 조 양자(趙襄子)가 지백(智伯)의 공격을 받고 피신하여 마지막 보루
   로 삼았던 곳이다. 지백이 진양을 포위하고 수공(水攻)을 벌이자, 진양성 전체가 물에 잠긴
   나머지 아궁이에 물이 차서 개구리가 알을 까는 지경에 이르렀다고 한다(『전국책(戰國策)』
   「조책(趙策)」 1).

69

은혜 갚은 제비

여강(驪江) 가에 정자가 하나 있었다. 과객이 왔다가 큰 뱀이 들보로 올라가서 제비 새끼를 잡아먹으려는 것을 보고는 옆에 있던 활과 화살로 뱀의 머리를 쏘아 맞추었다. 뱀이 땅으로 떨어지더니 화살에 꿰인 채 못 속으로 들어갔다. 3년 후 여강 가 정자의 주인이 손님을 모아 놓고 물고기를 잡아서 국을 끓였다. 막 숟가락을 들려는 참에 날아가던 제비가 예전 과객의 국에 똥을 싸 버렸다. 먹을 수가 없어 국을 바닥에 쏟아 버렸는데 물고기의 머리에 화살촉이 박혀 있었으니, 바로 뱀의 머리를 맞추었던 화살촉이었다. 뱀은 물고기로 변하여 원수를 갚으려 하였고 제비는 똥을 싸서 은혜를 갚았으니 미물 또한 은혜와 원수를 안다고 하겠다.

70

도깨비의 장난

내가 어릴 때 다음과 같은 이야기를 들었다.

송파(松坡)의 소년들이 모여 앉아 투전(投戰)[1] 노름을 하였다. 한 사람이 옆에 누워서 장난삼아 말하였다.

"김 서방[2]은 어째서 나에게 술과 안주를 대접하지 않느냐?"

사람들이 웃으며 말하였다.

"김 서방이 뭐하러 너를 대접하겠으며, 또 술과 안주는 어떻게 마련하겠느냐?"

잠시 후 문이 열리고 등불이 꺼지더니 청주(淸酒) 한 동이와 삶은 통돼지가 차려졌다. 사람들이 매우 기뻐하며 먹고 마셨다. 다음날 밤에는 또 다른 사람이 전날처럼 농담을 하니 또 전날처럼 무엇인가가 차려졌다. 촛불을 밝히고 살펴보았더니 술병에는 똥오줌이 담겨 있었고 버들

---

1 손가락 너비만 하고 다섯 치쯤 되게 자른 두꺼운 종이에 인물, 조수(鳥獸), 충어(蟲魚) 따위를 그리고 끗수를 표시한 패를 60장 또는 80장을 만들어 끗수를 맞추는 도박 놀이이다. 17세기 이후 화폐 경제의 발달과 맞물려 전국적으로 성행하였다.

2 원문은 김생(金生)이다. 도깨비가 아는 성이 김씨밖에 없어 도깨비가 자신을 김 서방이라 일컬었다고 한다. 속담에 비가 쏟아질 듯한 날씨를 두고 김 서방 올 것 같은 날이라고 한다. 이 밖에도 도깨비를 가리키는 말에 김 도깨비, 김 생원, 김 참봉, 김 대감 등이 있다.

고리에는 아이 시체가 들어 있었다.

도깨비도 이런 식으로 사람을 골탕 먹인다.

71

거벽 장달성이 쓴 시험 답안

장달성(張達星)[1]은 북도(北道)의 문관(文官)으로 집안이 대대로 토병(土
兵)[2]이었다. 부(賦)를 잘 지었을 뿐만 아니라 의심(疑心)[3]을 짓는 솜씨가
출중하여 사람을 즐겁게 하였다. 사람됨이 풍치가 있고 기품이 있어 사
랑스러웠다. 그는 다음과 같은 말을 하였다.

처음 도성에 들어가 회시(會試)에 응시할 때, 나주 목사를 지낸 장동
(壯洞)[4]의 이공(李公)과 친하여 그 자제인 이생(李生)과 회시의 과장(科

---

1 장달성(張達星, 1719~?)은 자가 취지(聚之), 본관이 송화(松禾)이다. 함경도 무산군 사람이다.
  1750년(영조 26) 식년시에서 생원 1등, 진사 3등을 하였다. 담당 부서에 즉시 임명하라는 영조
  의 명이 내렸으나, 과장(科場)에서 글을 매매한 일이 적발되어 유배되었다. 이후 1755년(영조
  31) 함경도 별시에서 을과 1위를 하고 1758년(영조 34) 경안 찰방(慶安察訪)에 부임하였다.
2 대를 이어 거주하는 주민들로 조직한 지역의 군사를 말한다. 지역민들의 자발적인 참여를
  촉진하고자 방위 임무를 맡기고 대신 잡역을 면제해 주었다. 주로 평안도와 함경도의 백성
  들을 대상으로 하였다.
3 대체로 의(疑)라 한다. 과거에서 시험을 보던 여섯 가지 문체(文體)인 시(詩), 부(賦), 표(表),
  책(策), 의(義), 의(疑) 가운데 하나이다. 사서(四書) 중에서 상호 모순되거나 충돌하는 것처럼
  의심이 드는 문구를 두 개 이상 가져와 합리적으로 해설하는 문체이다. 생원시의 마지막 시
  험과 문과의 첫 시험에 출제한다.
4 오늘날 서울시 종로구 통의동, 효자동, 창성동 일대에 있던 마을이다. 원래 창의문(彰義門)이
  있어 창의동이라 불리던 이름이 장의동으로 변하고, 나중에 장동으로 변하였다.

場)에 함께 들어갔다. 정성을 다하여 답안을 작성해 주었더니,[5] 이생은
예사롭게 글을 살펴보기만 하였다.

다음날 이공을 찾아가 뵈었더니 이공이 노기가 등등하여 보고도 못
본 척하므로 두려운 마음에 한 마디도 꺼내지 못하였다. 작은 사랑으
로 나가서 이생을 만났더니 그 또한 말로 다 못할 정도로 얼굴에 수심
이 가득하였다. 까닭을 묻자 이생이 말하였다.

"어제 과장을 나서는데 글 잘 짓기로 이름난 사람이 제 의심의 초지
(草紙)를 보고는 '반드시 낙방하리니 합격 발표를 기다리지 마시오.
대강대강 남들 하는 대로 회시에 응시하니 이러고도 합격할 수 있겠
소?'라 하였소. 가친께서 대노하여 '그따위를 시권(試券)으로 제출하
였다니 어찌 그리 어리석고 무지하냐? 더는 눈앞에 띄지 말거라. 보
이면 회초리를 치리라.'라 하셨습니다. 그래서 감히 아침저녁으로 문
안도 드리지 못하고 있으니 이를 장차 어찌한단 말입니까?"

이생과 함께 한숨만 내쉬다가 숙소로 돌아가 합격 발표가 나기만을
고대하였다.

합격 발표가 나왔는데 나는 높은 성적으로 합격하였으나 이생은 아
니나 다를까 낙방하였다. 더욱 간담이 철렁하여 감히 그 집에 가 볼 엄
두가 나지 않았다. 그래도 그 집에서 받은 은혜가 컸기에 가서 위로하지
않을 수가 없었다. 억지로 고개를 들고 위로하러 갔는데 이공이 멀리서
보고는 반기며 말하였다.

---

5 남에게 답안을 작성해 주는 대술(代述)을 말한다. 대술은 법으로 금지되었으나 대가를 받고
답안을 작성해 주는 전문가가 따로 있었다. 그들을 거벽(巨擘)이라 불렀다.

"그대는 높은 성적으로 합격하였으니 훌륭하고 훌륭하오."

내가 절하고 사례한 다음 말하였다.

"자제가 낙방하였으니 소생이 어찌 감히 혼자 좋아할 수 있겠습니까?"

이공이 말하였다.

"각자 정해진 천명이 있으니 개의할 필요가 뭐 있겠소? 응방(應榜)[6]은 어떻게 하려 하오? 내가 갖춰 보낼 테니 걱정하지 마오."

내가 작은 사랑으로 나가서 이생을 보았더니 이생 또한 나를 대하는 태도가 아버지와 마찬가지였다. 내가 물었다.

"아버님께서 말씀하시는 기색이 전과는 너무도 다르니 소생이 몹시 어리둥절합니다. 무슨 까닭입니까?"

"소성(小成)[7]이 늦고 빠름에는 또한 운명이 있지요. 오늘의 기쁨은 소성보다 곱절은 더 큽니다. 가친께 낙방한 초지를 보여 드리자, 답안 10줄에는 비점(批點)을 찍고 10줄에는 관주(貫珠)를 치신 다음 이상(二上)[8]이라 쓰고 봉내(封內)[9]의 낙(落) 1자를 빼 버리셨습니다. 재상과 명사들이 천고의 뛰어난 작품이라 일세에 회자될 답안이라고 다

---

6 급제자를 발표한 뒤 사전에 정해 둔 길일에 합격 증서를 나누어 주는 방방(放榜)에 응하는 일을 말한다. 국왕이 친림하여 성균관, 예문관, 승문원, 교서관의 참하관(參下官)이 참석하여 예조 정랑이 백패(白牌)를 나누어 주고 주과(酒果)를 하사하였다. 합격자는 공복을 갖춰 입고 의식이 끝나면 잔치를 여는 관례가 있어서 비용이 많이 들었다.
7 생원진사시의 초시(初試)나 종시(終試)에 합격하는 것을 말한다.
8 9등급 성적 가운데 네 번째이다. 2등급 가운데 첫 번째로 매우 좋은 성적이다.
9 시권은 답안을 작성하는 좌측의 본체부(本體部)와 우측의 피봉부(皮封部) 두 부분으로 나뉜다. 피봉을 봉내(封內), 봉미(封彌), 비봉(祕封)이라고도 하였다.

들 칭찬하였습니다. 그러자 가친께서 노여움을 푸셨으니 첫 번째 기쁨입니다. 저 또한 그 때문에 죄를 면하였으니 두 번째 기쁨입니다. 일세에 명성이 울린다 하니 세 번째 기쁨입니다. 사람들이 모두 그 시지(試紙)가 후세에 전해질 만하다고 하니 네 번째 기쁨입니다."

그날 밤 이공은 돈 1만 문(文)과 비단 여러 단을 짐꾼의 등에 지워 보냈다. 나는 이 일을 평생의 통쾌한 일로 여긴다.

이공은 나주 목사였을 때 백일장의 시제(詩題)를 '명륜당에 앉아 홍살문을 바라보니 감회가 인다.'라고 냈다가 웃음거리가 되었던 위인이다.10

---

10 향교 건물은 대성전이 명륜당보다 뒤쪽에 자리하는 전학후묘(前學後廟)의 배치를 보이며 홍살문을 입구로 하는 것이 일반적이다. 나주 향교는 전묘후학(前廟後學)의 배치에 홍살문이 없다는 특징이 있다. 때문에 나주 향교의 명륜당에서는 홍살문을 볼 수 없다.

72

형제의 추리력

어떤 선비 집안에 형제 둘이 있었다. 형제가 길을 가는데 관아 목장의 양치기가 양을 잃고 한창 찾아 헤매고 있었다.[1] 큰 아이가 작은 아이에게 "이 양은 무슨 병이 있게?"라고 물었다. 작은 아이가 대답하였다.

"오른쪽 눈이 멀었지."

"맞았어."

큰 아이가 또 물었다.

"무슨 양이게?"

"암컷 양이야."

"맞았어."

양치기가 형제에게 물었다.

"도련님! 틀림없이 양을 보셨지요? 어디에 있었습니까?"

"못 봤는데."

양치기가 형제들과 한참을 옥신각신하다가 관아에 고발하였다. 관

---

1 『대전통편(大典通編)』「병전(兵典)」에 따르면, 목축을 담당하는 실무자가 소나 말을 잃어버리면 1필에 태형 50대를 친다고 하였다.

아에서 형제를 불러 물으니 형제가 대답하였다.

"길에 양의 흔적이 있어서 알았답니다. 양이 길 왼쪽은 풀을 뜯어 먹고 오른쪽은 뜯어 먹지 않았으니 오른쪽 눈이 멀었고요, 양이 오줌을 눈 자국이 앞다리와 뒷다리 사이에 있고 뒷다리 안쪽에 있지 않았으니 암컷 양이지요."

73

깃털 달린 사삭둥이

『동각잡기(東閣雜記)』[1]에 다음과 같은 글이 있다.

명종 을묘년(1555, 명종 10)에 진주의 사비(私婢) 윤덕(允德)이 임신한 지
녁 달만에 아기를 낳았다. 그런데 학의 새끼처럼 온몸에 흰 털이 나 있
었다.

---

1 이정형(李廷馨, 1549~1607)이 지은 2책의 필사본 야사(野史)이다. 고려 말 이성계가 조선을 건
국한 배경으로부터 선조 때까지 정치와 명신(名臣)들의 행적을 기록하였다. 이 칙의 내용은
『동각잡기』 하권에 실려 있다.

74

사로잡힌 임꺽정

명종 경신년(1560, 명종 15)의 흉포한 도적 임꺽정은 양주에서 소 잡는 백
정의 아들이었다. 처음에는 횃불을 들고 밤에만 도적질을 했는데 나중
에는 백주 대낮에도 강도짓을 일삼았다. 일당이 서울에 잠복하여 기밀
을 몰래 유출하였기에 거리낄 것 없이 마음대로 활개치고 다녔다. 조정
에서 선전관(宣傳官)을 파견해 도적을 정탐하자 도적들은 미투리를 거
꾸로 신고 다녔으니, 그들이 들어가면 사람들은 나갔다고 하였고, 그들
이 나가면 들어갔다고 하였다. 선전관이 구월산에 가 보고는 도적들이
나갔다고 생각하여 지레 돌아갔다. 관군이 구월산을 포위하였을 때는
도적들이 비가 퍼붓듯 화살을 쏘아 관군이 모두 궤멸되었다. 그러자 주
변 수백 리 길에는 인적이 다 끊어졌다.

　신유년(1561, 명종 16)에 남치근(南致勤)을 토포사(討捕使)에, 백유검(白
惟儉)을 순검사(巡檢使)에 임명하였다. 그들은 구월산 아래 진을 쳐서 도
적들이 산을 내려가지 못하게 하였다. 도적떼의 모주(謀主)였던 서림(徐
林)이 산을 내려가 투항하였는데, 임꺽정에게 버림받았다고 보는 이도
있었다. 서림이 도적의 허실을 모두 고하니 관군이 숲과 덤불을 뒤지며
진군하였다. 서림이 임꺽정의 혈당(血黨) 대여섯 명을 유인하여 죽이자,

임꺽정이 골짜기를 넘어 달아나서 어느 촌가로 뛰어 들어갔다. 관군이 포위하니 임꺽정이 촌가의 노파를 위협하여 '도적이야.'라고 외치면서 뛰쳐나가라고 시켰다. 그 다음 즉시 활과 화살을 차고 관군 복장을 한 채 칼을 뽑아 들고서 노파를 따라가며 "도적이 벌써 달아났다."라 외쳤다. 관군이 우왕좌왕하자 임꺽정이 곧 말 한 필을 빼앗아 타고 관군 속에 섞였다. 또 병을 핑계 대고 갑자기 대오를 이탈하여 산 쪽으로 도망쳤다. 그때 서림이 멀리서 "도적이다."라고 외쳤다. 관군이 마구 활을 쏘아 드디어 임꺽정을 사로잡았다. 그러자 임꺽정이 "이게 다 서림의 꾀였구나."라고 부르짖었다.

3년 동안 여러 도의 병력을 동원해서야 겨우 잡았는데 셀 수 없이 많은 사람이 죽었다.[1]

---

1 박동량(朴東亮, 1569~1635)이 지은 『기재잡기(寄齋雜記)』의 「역조구문(歷朝舊聞)」에서 줄거리를 간추렸다.

75

경상 감사 정만석의 명판결

근년에 호남에 이종한(李宗漢)이라는 부자가 있었다. 친구 정일중(鄭一中)이 몹시 가난하게 살아서 이종한은 끊임없이 돌보아 주었다. 정일중이 오면 후하게 대접하였고, 가려 하면 굳게 만류하였다. 몇 년째 그렇게 지내며 우정이 절로 도타웠다. 하루는 이종한이 정일중에게 "무릇 궁하면 통하는 법이거늘 제 몸 건사할 궁리를 하지 않나?"라고 하니 정일중이 "맨손에 무엇을 하겠는가?"라고 하였다. 이종한이 정일중에게 천금을 주고서 도붓장사를 하게 하였다. 정일중은 하는 일마다 성공하여 몇 년 되지 않아서 만금의 재산을 이루어 온 고을에서 제일가는 부자가 되었다.

이종한은 그 뒤로 날이 갈수록 살림이 기운 나머지 도리어 초년의 정일중처럼 가난해지고 말았다. 이종한이 정일중의 집을 찾아가자 정일중이 처음에는 좋은 낯으로 대접하였다. 몇 번을 더 찾아간 뒤로는 백안시하더니 끝내는 냉랭하게 대하다가 매몰차게 거절하였다. 이종한이 분을 이기지 못하고 말하였다.

"당초에 자네 신세가 어떠하였던가? 내가 자네의 가난함을 불쌍히여겨서 천금을 주어 이런 부를 이루게 해주었거늘 이제 와서는 도리어 은혜를 원수로 여기는가? 그렇다면 내 본전을 돌려받아야겠네."

정일중이 말하였다.

"자네가 증서를 가지고 있다면 왜 관아에 올리지 않는가?"

이종한이 말하였다.

"내가 자네에게 후의를 베풀어 천금을 주었으니 애당초 돌려받고자 하지 않았네. 어찌 증서가 있겠나? 이제 보니 자네 악독한 마음씀씀이가 놀랍기에 돌려받으려 하네."

마침내 이종한이 감영에 가서 청원하였는데 감영은 정일중에게서 뇌물을 받고 청원을 들어주지 않았다. 이종한이 분하고 원통한 마음을 이기지 못하고 길에서 통곡하였다.

어떤 도붓장수가 그 모습을 보고 물었다. 이종한이 처음에는 대답하지 않다가 도붓장수가 채근하자 그제야 사실대로 대답하였다. 도붓장수가 말하였다.

"옆에서 이야기를 듣는 나도 오히려 분하고 원통한 마음을 견디지 못하겠으니 더구나 당사자야 오죽하겠습니까? 지금 경상 감사 정만석(鄭晩錫)[1]이 이름난 관리라 하니 거기 가서 하소연해 보시지요? 관할하는 도의 사건은 아니라도 격분하게 되면 반드시 명쾌하게 헤아려 주실 것입니다."

"손에 가진 돈이 없어 경상 감영까지 갈 도리가 없소이다."

그 사람이 봇짐을 풀어 8냥을 내주고서 말하였다.

---

1 정만석(鄭晩錫, 1758~1834)은 자가 성보(成甫), 호가 과재(過齋), 본관이 온양(溫陽)이다. 1794년 (정조 18) 양근·가평 어사가 된 뒤 호남·호서 암행어사로 나가 명성을 떨쳤다. 1809년(순조 9) 에 경상 감사에 제수되었다. 외직에 있을 때 선정을 베풀어 청백리로 불렸다.

"이 돈이면 다녀오시기에 충분할 것입니다."

이종한이 감격에 겨워 눈물을 흘리며 돈을 받고는 경상 감영으로 가서 하소연하였다. 경상 감사 정만석이 웃으면서 "다른 도의 송사를 내가 어찌 맡겠는가? 물러가라."라고 하였다. 그리고는 몰래 하인을 시켜 그를 데려가 접대하면서 자신의 분부를 기다리라고 하였다. 형리에게는 사형에 처해질 옥중의 도적에게 이렇게 말하라고 시켰다.

"만약 전라도 어느 고을에 사는 정일중을 공범으로 끌어들인다면 네가 살아날 길이 생길 것이다."

도적이 과연 정일중을 공범으로 끌어들이니 경상 감사가 전라 감영으로 공문을 보내어 그를 잡아왔다.

경상 감사가 심문하였다.

"네 이름이 도적의 공초에서 나왔으니 죽어 마땅하겠다."

정일중이 억울함을 호소해 마지않았다. 경상 감사가 말하였다.

"듣자하니 너는 찢어지게 가난한 사람이었는데 까닭 없이 갑자기 부자가 되었다고 한다. 도적질한 것이 아니면 무엇이겠느냐?"

"몇 년 동안 도붓장사를 해서 부를 이루었습니다."

"빈손으로 어찌 도붓장사를 했단 말이냐?"

"천 냥을 밑천으로 도붓장사를 하였습니다."

"너는 찢어지게 가난한 사람이었는데 천 냥이라는 돈이 어디서 났느냐? 만약 한마디라도 말을 꾸며내거나 확실하게 증명하지 못한다면 사형에 처하리라."

"아무 고을에 사는 이종한은 저와 평소 친하게 지내던 벗입니다. 그가 천 냥을 주면서 도붓장사를 하게 하였습니다."

경상 감사가 즉시 이종한을 불러 정일중과 대면하게 하였다. 이종한의 몫을 하나하나 찾아서 다 내어 주고 나서야 도적이라는 죄명을 벗겨 주었다.

76

신미년의 피난 행렬

지금 임금님(순조) 11년【가경(嘉慶) 16년】 신미년(1811) 12월에 관서의 역적
이희저(李希著)[1]에게 가산(嘉山)이 함락당하여 군수 정시(鄭蓍)가 죽고
그 아비와 자식도 모두 죽었다. 또 정주·곽산·박천·선천·용천·철산
등의 고을도 함락되었다. 평안 감사 이만수(李晩秀)와 평안 병마절도사
이해우(李海愚)는 맡은 일을 제대로 처리하지 못한 죄로 잡아 와 유배 보
냈다. 정만석(鄭晩錫)을 순위사(巡慰使)로, 박기풍(朴基豊)을 순무사 중
군(巡撫使中軍)으로 삼아 서울의 군병 세 개 초(哨)를 배속시켜 관서 지
방으로 내려 보냈다. 또 정만석을 이만수의 후임으로, 박기풍을 이해우
의 후임으로 삼아 역적을 막게 하였다. 의주 의병장 김견신(金見臣)과 허
항(許沆) 등이 함락된 성들을 수복하자 역적들이 마침내 정주를 점거하
였다. 관군이 정주를 포위하였으나 석달이 지나도 역적을 소탕하지 못

---

1 이희저(李希著, ?~1812)는 홍경래에 동조하여 반란을 일으켰다. 평안도 가산의 대부호로, 무
   과에 급제하였다. 대기근을 기회로 삼아 금광의 임금 노동자를 구한다는 소문을 퍼뜨려 농민
   들을 대거 모집한 다음 몇 년 동안 밤마다 군사훈련을 시켰다. 1811년(순조 11) 홍경래의 난이 일
   어나자 그 휘하의 총병관이 되어 가산 관아를 습격, 점령하였다. 주민의 호응으로 각처를 추가
   점령하였으나 정주성에서 의병 함의형(咸義衡)에게 피살되었다.

하자, 또 박기풍을 파직하고 유효원(柳孝元)을 순무사 중군으로, 신홍주
(申鴻周)를 평안 병마절도사로 삼아 내려 보냈다.

대개 신미년 겨울부터 성상께서 건강이 좋지 못하셨다. 난신적자들
이 서로 뜬소문으로 선동한 탓에 민심이 동요하였으니 위로는 재상가
로부터 아래로는 일반 백성들에 이르기까지 마음 편히 자리 잡고 사는
사람이 없었다. 아녀자와 생업을 포기한 이들이 남쪽으로 내려갔으며,
심지어 사대부 집안에서조차 이고지고 피난하는 행렬이 끝없이 길에
이어졌다.

아! 생사에는 타고난 운명이 있고, 화복에는 정해진 문이 없다. 교묘
하게 피한다거나 약삭빠르게 쫓는다고 해서 될 일이 아니다. 순순히 받
아들여야 할 따름이거늘 어째서 굳이 화를 재촉할까? 민심이 크게 변
하고 세도가 날로 무너지고 있다. 평범한 백성들도 반드시 자기들끼리
서로 빼앗아서 신세를 망치고 집안을 결딴내는 자들이 끊임없이 이어
져 수습할 수 없을 것이다.

77

죽산 사대부 가정의 불행

죽산(竹山)에 사대부 부부가 살고 있었다. 나이가 50세 남짓이었고, 아들과 며느리는 31세, 손녀는 6세였다. 난리에 겁을 먹고 가산과 전장을 모두 팔아 4백 냥을 마련해서 60냥으로 말 두 필을 사고 마을 사람 중에 홀아비 한 명을 뽑았다. 남쪽으로 보령에 내려가 작은 집 한 채를 세내어 거처를 정하고 또 아주 작은 방을 하나 사서 홀아비에게 지내도록 한 다음 250냥은 땅속에 묻어두었다. 낮에 30리 떨어진 곳으로 가서 쌀을 사려고 하였는데 말 한 필이 다리를 절었으므로 집에 놔두고 다른 한 필만 끌고 갔다. 도중에 강도가 많은 탓에 부자가 함께 쌀을 사러 갔다. 날이 저물어 주막에서 하룻밤 묵은 뒤 새벽에야 집으로 향하였다.

그날 밤 사대부 부부의 집에 강도가 들었다. 두 아녀자를 묶어 놓고 돈을 숨긴 곳을 캐물어 묻어둔 돈을 파낸 다음, 집에 놓아둔 말에 안장을 얹어 며느리도 싣고 갔다. 시어미가 목 놓아 울면서 따라가 며느리는 두고 가라고 빌었으나 도적들이 말에 채찍질을 하며 가버렸으므로 쫓아갈 수 없었다. 시어미는 길에서 통곡하다가 범에게 물려갔고, 6세 손녀 또한 길에서 울다가 구렁에 빠져 죽었다. 작은 방에 있던 홀아비는 사태를 다 보았으나 겁이 나서 고개도 내밀지 못하였다. 부자가 집으로 돌아온 뒤 마침내 세 사람이 함께 나가서 핏자국을 추적하여 시어머니의 머리와 다리를 찾았고, 또 손녀의 시신을 찾아내었다. 부자는 모두 상심하여 넋이 빠진 채 죽산으로 돌아갔다.

유생 안태수(安泰叟)가 그 사람들을 직접 만나보고 와서 나에게 말해 준 이야기이다.

78

장원 답안을 쓴 김안국 형제

세상에 다음과 같은 이야기가 전한다. 어떤 두 형제가 있었는데 문장이 매우 훌륭하였고 글씨는 더욱 뛰어났다. 생원진사시 복시(覆試)에 형제가 시권을 제출하고 나오면서 응시자들을 죽 훑어보니 어떤 백발노인이 홀로 앉아 괴로이 읊조렸으나 한 구절도 짓지 못하고 있었다. 형제가 물었다.

"날이 저물려 하는데 아직까지 한 구도 적지 않으셨으니 어찌하려고요?"

"내가 젊어서부터 복시를 누차 보았지만 한 번도 시권을 제출해 본 적이 없네. 이번에도 백지를 내야지."

"어째서 그러시나요?"

"장원을 차지하지 않는다면 절대 시권을 제출하지 않으려네."

형이 아우를 돌아보면서 말하였다.

"네가 붓을 잡거라. 내가 부르겠다."

마침내 형이 첫 번째 구를 부르고 동생이 받아썼는데 노인은 잠자코 있었다. 형이 또 두 번째 구를 부르자 노인이 말하였다.

"쓰지 말게나. 내 차라리 백지를 내겠네."

"이미 백지를 내겠다고 하신 이상 제게 공명지(空名紙)가 있으니 그 종이를 드리겠습니다. 끝까지 읊겠습니다."

형이 세 번째 구와 네 번째 구를 부르니 노인이 아주 기뻐하고 무릎을 치면서 말하였다.

"내가 이번에는 장원이 되겠구먼. 내가 이런 구를 얻지 못해서 종일토록 괴로이 읊고 있었다네."

마침내 시가 완성되자 시권을 제출하고 나갔는데 과연 노인이 장원을 차지하였다. 그 시는 바로 '천진교[1]에서 두견새를 보며 탄식한다〔天津橋歎杜鵑〕.'였다.

시는 다음과 같다.

강남에만 두견새가 있고	江南有杜鵑
낙양에는 두견새 없나니	洛陽無杜鵑
두견새 있는 데서 두견새 소리 들리면 당연하나	有杜鵑處宜聞杜鵑聲
두견새 없는 데서 두견새 소리가 왜 귓가에 이르지?	
	無杜鵑處杜鵑聲何來耳邊

---

1 천진교(天津橋)는 중국 낙양(洛陽) 서남쪽에 있는 다리로, 처음 수 양제(隋煬帝) 때는 부교(浮橋)였는데 홍수로 유실되자 측천무후 때 돌다리로 만들었다. 송나라의 학자 소옹(邵雍)이 손님과 천진교를 산보하다가 두견새 소리를 듣고는 근심스러워하였다. 손님이 그 까닭을 물으니, "예전에는 낙양에 두견새가 없었는데 지금 비로소 두견새가 왔다. 천하가 잘 다스려지려 하면 지기(地氣)가 북쪽에서 남쪽으로 내려가고, 어지러워지려 하면 지기가 남쪽에서 북쪽으로 올라온다. 지금은 남쪽의 지기가 올라온 것인데, 날짐승들이 그 지기를 가장 먼저 받는다. 이로 보아 2년 내에 임금께서 남쪽 사람들을 많이 등용하여 변경(變更)하는 데 힘쓰실 터이니, 천하에 일이 많아질 것이다."라고 하였다. 그 뒤 희녕(熙寧, 1068~1077) 연간 초엽에 과연 그 말대로 되었다(『송명신언행록(宋名臣言行錄)』외집(外集) 권5).

두견새는 본디 강남에 사는 새이니　　　　　　　杜鵑自是江南鳥

망제의 봄 시름을 해마다 울어 준다네[2]　　　　　望帝春恨啼年年

창오산 반죽에 달빛이 환히 비치는 밤이나　　　蒼梧斑竹月明夜

동정호, 소상강에 꽃이 지는 철이 되면　　　　洞庭瀟湘花落天

서쪽으로 촉산 향해 우는 소리 들었을 뿐　　　但聞西向蜀山啼

북쪽으로 장강 건너 하늘거리는 모습 못 봤는데　不見北渡長江煙

어째서 이 천하의 중심에 와서 불여귀불여귀 울고 있느냐?

　　　　　　　　　胡爲乎來此天下中不如歸不如歸

성안 가득 핀 꽃과 버들에 봄바람이 불어오네　滿城花柳東風前

천진교 위를 천천히 걸어가던 늙은이는　　　　天津橋上散步翁

그 소리 듣고 저도 모르게 마음이 구슬퍼졌네　聽之不覺心悽然

남쪽 사람 소식을 새소리가 전해서지【짝이 없는 구이다】

　　　　　　　　　南人消息鳥聲傳【單隻句】

분명히 알았겠지. 난이 일어나려 지기가 북진하니　固知將亂地氣北

기운이 도는 낌새를 날짐승이 먼저 안다는 사실을　得氣由來飛者先

결국 태평한 날은 적고 어지러운 날은 많으니　到頭治日少亂日多

많고 많은 백성들이 참으로 가련하네　　　　百萬億蒼生眞可憐

하늘과 인간의 지극한 이치를 기미에서 알아내니　天人至理驗幾微

---

2 옛날 파촉(巴蜀)의 망제(望帝) 두우(杜宇)가 신하의 처와 간음하였다가 부끄러움에 못 이겨
왕위를 물려주고 달아났다. 그 뒤로 다시는 촉으로 돌아가지 못하고 고향을 사무치게 그리
위하다 죽었다. 죽은 뒤 그의 혼이 두견새가 되어 늦봄이면 밤낮으로 슬피 울었다. 그 울음
소리가 '귀촉도 불여귀(歸蜀道不如歸)', 즉 "촉도로 돌아가자, 돌아감만 못하다."라고 우는 듯
하였다(『태평어람(太平御覽)』 권166).

기운의 성쇠와 인간사 득실이 변해 왔지 氣化人事相推遷

사람들 모두 귀 있으니 누가 듣지 못하랴마는 人皆有耳孰不聽

나만 홀로 듣고는 마음속이 타들어 가네 獨我聽之心似煎

강남 새여 강남 새여! 부디 낙양성에서 울지 말지니

江南鳥江南鳥愼莫啼洛陽城

촉산 파산에는 꽃과 나무에 봄기운이 한창이다 蜀山巴山花木春相連

형제가 사재(思齋)와 모재(慕齋)[3]라고 하는 이도 있으나 맞는 말인지
는 모르겠다. 모재가 아니라면 아마 이런 시를 짓지 못하였으리라.

---

3 모재(慕齋) 김안국(金安國, 1478~1543)과 사재(思齋) 김정국(金正國, 1485~1541) 형제를 가리킨
다. 김안국은 자가 국경(國卿), 김정국은 자가 국필(國弼)이다. 형제가 모두 김굉필(金宏弼) 문
하에서 수학하였고, 과거 시험을 보기 전부터 시문과 도학에 뛰어난 인재로 유명하였다.

79

허씨 종가집의 양자 사건

영조 무진년(1748, 영조 24) 연간에 나의 사돈인 생원 허근(許瑾)[1]이 종중의 일을 주관하느라 효교동(孝橋洞)[2] 우리 집에 와서 머물렀다. 충정공(忠貞公) 허종(許琮)[3]의 10세 적장손(嫡長孫) 허한(許儞)[4]이 죽자, 그 후처와 양자 허함(許涵)이 집안을 거덜내었다. 후처는 이웃집 사내와 도망갔는데 허함이 거짓으로 상복을 입어서 후처가 도망간 사실을 숨겼다가 일이 발각되자 그도 도망갔다. 종중 사람이 장단 부사[5]에게 고발하자 죄목이 확정되어 후처와 이웃집 상놈은 교수형에 처하고 양자 허함은 파양(罷養)하기로 결정하였다. 종중 사람들이 서울에서 모여 허한의 후계를 끊어 버리고 진사 허철(許儞)과 허필(許佖)을 허한의 부친인 허혁(許赫)의 양자 후보자로 정하였다.

---

1 허근(許瑾, 1707~1804)은 자가 덕회(德懷), 본관이 양천(陽川)이다.
2 서울 중구 주교동과 종로구 예지동에서 종로4가에 걸쳐 있던 마을이다. 효경다리를 한자명으로 표기한 데서 마을 이름이 유래하였다.
3 허종(許琮, 1434~1494)은 성종 때의 명재상으로 자가 종경(宗卿), 호가 상우당(尙友堂)이다. 성종 때 청백리에 뽑혔다.
4 허한(許儞, 1686~1738)은 자가 의경(毅卿)이다. 『영조실록』 23년 8월 4일 기사에는 적장손이 아닌 봉사손(奉祀孫)으로 되어 있다.

충훈부 수석 당상관(堂上官)인 조현명(趙顯命)이 그 일을 담당하여 영조께 아뢰었다. 그때 허철·허필 두 진사가 함께 와서 눈물을 흘리며 양자 입적을 면하게 해달라고 간청하였다. 그날 영조께서 음행을 폭로했다는 이유로 진노하여, 허씨 종중의 대표자와 주관자를 죽을 때까지 형장(刑杖)을 치며 신문하라고 하명하셨다. 조현명이 면대(面對)하기를 요청하여 드러내지 않을 수 없었다고 힘주어 말하였다. 영조가 노여움을 조금 풀고 전교하였다.

"허한은 죄가 없이 지하에서 외로운 넋이 되었으니 원통하여 울지 않을 수 있겠는가?"

허한의 후처는 이혼시켜 첩으로 강등시키고, 이미 죽은 전처에게 허한의 양자를 정해 주도록 하교하셨다. 이에 허철의 둘째 아들 허식(許湜)이 후보자로 정해졌다.[6]

당시에 조 정승이 허 생원에게 이렇게 말하였다.

---

5 당시 장단 부사는 원중회(元重晦)였다(『승정원일기』 영조 23년 4월 17일).

6 사건의 개요는 다음과 같다. ①허한이 아내를 맞이하였다가 진매(振梅)라는 여인을 후처로 들였는데, 후처에게도 자식을 보지 못하자 허함을 양자로 들였다. 허한이 죽고 허함이 후처를 제대로 봉양하지 않자 후처가 승려에게 시집갔다. 문중에서는 양모를 봉양하지 못하였으니 허함을 파양(罷養)해 달라고 청하였다. ②영조는 허함을 전처의 아들로 삼도록 명하는 동시에 양모의 음행으로 파양까지 하는 것은 지나치고, 문중에서 진매의 일을 알았으면서도 처리하지 않았으며, 조정의 명을 기다리지 않고 다른 양자를 미리 정하였음을 죄목으로 들어 허씨 종중의 대표자를 처벌하게 하였다. ③그러자 김재로는 허함이 양모를 잘 대우하지 않아 양모가 승려와 도망치는 지경을 초래하였고, 양모가 도망친 뒤에는 양모가 죽었다는 거짓말을 하고 허위로 상복을 입었다가 곧장 다시 벗었음을 지적하였다. 이에 조현명이 허함은 신주의 보자기나 사당 기와를 팔아먹은 죄상이 있으므로 봉사손으로 삼기 적합하지 않다고 하면서, 허철의 아들을 허한의 후계로 삼고 종중 대표자의 처벌을 취소해 달라고 청하니 영조가 윤허하였다(『승정원일기』 영조 23년 7월 26일, 8월 2일, 8월 4일, 9월 17일).

"성상의 뜻은, 남을 음행으로 무고하여 제멋대로 종통을 빼앗으려는 자는 용서치 않고 반드시 죽인다는 취지라네. 시골 무지렁이들 가운데 법의 취지를 몰라 신세를 망치는 자가 정말 많네. 음행이라는 두 글자는 삼가 입에 담지도 말게나. 성상께서는 음행의 증거를 캐물은 뒤에는 으레 장살하였네."

80

음행 날조죄의 혹독한 처벌

|

계유년(1753, 영조 29)과 갑술년(1754, 영조 30) 즈음에 정승 유척기(兪拓基)의 손녀가 연평부원군(延平府院君) 이귀(李貴)의 자손 이명신(李命新)의 며느리가 되었다.[1] 이명신과 아들이 모두 죽고 딸 하나만 남았다. 유씨는 자신이 음행을 저질렀다는 고발을 당하였다고 하며 친정어머니에게 영결을 고하는 편지를 쓰고서 자결하였다. 그 어머니가 편지를 가지고 소장을 올리자 임금께 보고되었다. 영조께서 진노하여 말씀하셨다.

"시어머니가 자신이 낳은 딸에게 재산을 전해 주려고 죽은 아들의 외로운 넋을 돌보지 않았다."

그리하여 시어머니를 장살하고, 딸을 교수형에 처하였다. 이씨의 가까운 친척과 문중 대표자는 집안을 법도에 맞게 다스리지 못하였다는 벌을 내려 두 사람을 사형에 처하였고, 낭설을 퍼트린 여종 일고여덟 명을 전부 죽였다. 유씨에게는 정려문을 세워 준 다음 이어서 유사 사례에 관한 처벌 법령으로 삼았다.

---

1 유척기의 차남 유언현(兪彦鉉)의 딸이 이명신의 아들인 이원(李瑗, 1705~?)과 혼인하였다(『한국계행보(韓國系行譜)』 「기계 유씨(杞溪俞氏)」, 「연안 이씨(延安李氏)」). 이원의 자는 원옥(爰玉)이다. 1733년(영조 9) 식년시에 합격하였다.

81

낙태 사건의 처리

경인년(1770, 영조 46)과 신묘년(1771, 영조 47) 사이에 유생 목성중(睦聖中)이 광주부(廣州府) 서문 밖 정림(正林)에 살았는데 아들과 딸이 있었고 집이 가난하였다. 설을 쇠고 난 뒤 어느 날 집문 앞의 살짝 드러난 곳에 누군가 낙태한 아기를 숨겨 놓았다. 마을의 무녀가 발견하고서 목씨 남매의 소생이라고 말하였다. 마을에서 평소 글 잘하는 사람이라고 일컬어진 집강(執綱)[1] 이경(李儆)이 즉시 관아에 보고하였다. 관아에서 즉시 포교를 보내 이경을 잡아 올려 한 차례 엄하게 곤장을 치며 신문하였다.

부윤이 말하였다.

"음행을 누가 볼 수 있단 말이냐? 남매간의 간음은 인륜을 벗어난 이야기이거늘 한 푼이라도 인심이 있는 자라면 누가 입에 올리겠느냐? 너의 죄는 죽어 마땅하다. 음행을 했다면 여자 혼자서 아이를 배는 것이 아니므로 반드시 간음한 남자가 있다. 아기를 그 남자에게 내 주어 멀리 떨어진 곳에다 묻는 것이 무슨 어려운 일이었겠느냐? 그런데도 일부러 살짝 드러난 곳에 두어 남들에게 발각되기를

---

1 '기강을 잡는다.'는 뜻으로, 면이나 동 같은 행정구역의 으뜸 직위를 가리킨다.

바랐다. 이는 네가 남을 함정에 빠뜨리려는 계략이니 교묘하게 처리하려다 도리어 엉성하게 하였다. 너의 죄는 사형에 해당한다."

이경이 발뺌하였다.

"소생이 발설한 것이 아니라 아무개 무녀가 알려 준 사실입니다."

관아에서 또 그 무녀를 잡아 올려 곤장을 치며 신문하니 과연 무녀가 낳은 아기였다. 마침내 무녀는 장살하고, 이경은 세 차례 곤장을 치며 신문한 다음 먼 지방으로 귀양 보냈다.

82

과부를 음행으로 무고한 서숙

재작년 경오년(1810, 순조 10)에 용인 땅에서 어떤 선비가 외롭게 의지가 지없이 지내다가 아들 한 명만 남기고 죽었다. 과부가 된 부인에게 음행을 저지른다는 소문이 제법 널리 퍼졌다. 서숙(庶叔)이 직접 보았다고 하면서 과부를 끊임없이 핍박하였다. 과부가 더 버티지 못하여 새벽에 아들을 데리고 80리 떨어진 친정 오라비의 집으로 갔다. 오라비가 즉시 용인 관아로 가서 고발하자, 관아에서 서숙 삼부자를 잡아 올려 엄히 형을 가하였다. 음행의 무고, 적자의 능멸, 종통(宗統)의 탈취라는 세 가지 큰 죄목으로 모두 죽였다.

83

처남댁을 음행으로 무고한 박씨

광주(廣州)에 박씨 선비가 살았는데 글솜씨가 뛰어나고 언변이 좋았으나 성품이 간악하고 독살스러웠다. 홍천에서 처가살이하면서 장모를 사주하여 과부인 처남댁을 음행으로 무고하여 내쫓고는 처가의 재산을 모조리 자기 아내에게 돌려놓았다. 관아에 고발하는 사람이 아무도 없자 마을 선비들이 크게 문제를 삼아 사유를 갖추어 관아에 단자(單子)를 올렸다. 박씨가 그 낌새를 알아차리고는 재산을 챙기지도 못하고 탈것도 없이 한밤중에 아내를 데리고 나왔다. 그날로 백여 리를 가서 고향에 도착하였는데, 그 뒤로는 감히 홍천 쪽으로 가지 못하였다.

박씨의 장모는 며느리도 쫓아내고 딸도 잃은 데다 또 선비들에게 배척받기까지 하였다. 며느리더러 돌아오라고 하였으나 며느리가 돌아가려 하지 않으니 날마다 울며 지냈다. 지평(砥平)[1] 사람이 나에게 이 일을 상세히 말해 주었다. 나도 평소 박씨를 알고 있었는데 말년에 향전(鄕戰)[2]의 장본인이 되었으며, 후사가 없어서 양자를 두었다.

---

1 오늘날 경기도 양평군 지역의 옛 지명이다.
2 조선 후기에 향촌 사회에서 향권(鄕權)을 둘러싸고 일어난 싸움을 말한다.

84

진짜 남편과 가짜 남편

호서의 어느 고을에 양반 이씨가 살았는데 집안이 매우 부유하였다. 아들 없이 외동딸만 있었고 데릴사위로 들인 오씨(吳氏)를 대단히 아꼈다. 그리고 양자를 들였는데 나이가 13세로 성품이 시원시원하고 행실이 단정하며 조숙하여 이씨 부부의 사랑을 듬뿍 받았다. 양자는 신부를 맞이하여 장가들었는데, 신부 역시 재주와 용모가 뛰어났다. 이씨의 딸이 오씨에게 말하였다.

"우리 아버지께서 나보다 저 양자를 더 아끼시니, 내가 재산을 독차지하지 못하겠어요. 아끼고 또 믿기까지 하시니 두 사람 사이를 갈라놓을 수 없어요. 내게 한 가지 꾀가 있으니 당신이 그대로 해줘요. 저 아우가 의심을 품으면 마음이 변하고, 마음이 변하면 분명 여기에 머무르지 않을 거예요. 아버지는 들고 다니는 지팡이와 신고 다니는 신발을 항상 창밖의 정해진 자리에만 두시기에 다른 사람이 감히 옮겨 놓지 못해요. 오늘 밤에 내가 몰래 지팡이와 신발을 신부 방의 창밖에 옮겨 놓을게요. 당신은 저 아우와 같이 자기로 하고 저 아우에게 꼭 그 장면을 보게 하세요."

오씨가 "알겠다."고 하였다.

오씨가 그날 한밤중에 책을 읽다가 잠시 나가더니 이내 들어와 길게 한숨을 쉼없이 쉬었다. 양자가 이상하게 여겨 이유를 물었으나 오씨가 말을 하지 않으려 하였다. 양자가 말해 달라고 거듭 강청하니 오씨가 말하였다.

"자네가 죽을 때까지 입 밖에 내지 않겠는가? 집안과 관련된 일이네."

"알겠습니다."

"방금 전에 나갔다가 우연히 보았네. 장인께서 신부 방으로 들어가신 뒤로 한참동안 촛불이 꺼져 있었네. 이 무슨 예법이란 말인가?"

오씨가 양자에게 안뜰로 들어가 보게 하니 이씨의 지팡이와 신발이 아직도 신부 방의 창밖에 놓여 있었다. 두 사람이 돌아와서 잠자리에 들었다. 오씨가 자는 체하며 엿보니 양자가 일어나서 의관을 갖춰 입은 다음 읽고 있던 『서전(書傳)』 책 두 권을 품속에 넣고는 밖으로 나갔는데 그 뒤로는 집으로 돌아오지 않았다.

다음날 집안사람들이 양자를 샅샅이 찾았으나 찾지 못하였다. 그 뒤로 7, 8년이 지나도록 소식이 영영 끊어지니 모두들 양자가 죽었다고 생각하였다. 종중 사람들이 양손(養孫)이라도 세우자고 의견을 모으자, 이씨가 말하였다.

"우리 아이가 이제 겨우 스무 살 남짓이니 우선 몇 년만 더 기다려 봅시다."

이씨의 딸이 또 남편 오씨에게 말하였다.

"저 종중 사람들의 의견과 아버지의 뜻을 살펴보니 틀림없이 종통을 정할 것입니다. 그렇게 되면 도리어 양자 아우가 있느니보다 못하게 돼요. 저 논의를 결코 막지 못할 테니 어찌하면 좋을까요?"

또 몇 년이 지나 이씨가 병에 걸렸다. 이씨가 가깝게 지내던 의원이 백 리 밖에 살고 있어서 사위를 보내 모셔 오게 하였다. 오씨가 도중에 주막에 묵었다가 문득 거지 한 사람을 보았는데 생김새가 처남과 꼭 닮은 것이었다. 남몰래 거지를 불러 돈 20전을 주고 아침밥과 저녁밥을 사 먹게 하면서 말하였다.

"내가 홀로 자고 있을 테니 몰래 오너라."

거지가 오자 오씨가 성명과 거처, 나이를 물어본 다음 말하였다.

"우리 처남과 동갑이구나. 네가 내 말대로만 한다면 논밭과 재산, 아리따운 아내까지 다 가질 수 있다."

"죽을 고비에서 살길을 찾았으니 무슨 일인들 하지 않겠습니까?"

"우리 처남은 열세 살에 장가를 들었는데 바로 마음의 병을 얻어 집을 나가 지금 10년째이다. 네가 대신 그 사람 행세를 한다면 큰 복력 (福力)이 되지 않겠느냐?"

오씨가 곧 책자 하나에 '성은 아무개이고 이름은 아무개로, 아무 해에 와서 양자가 되었다. 이러이러하게 생긴 노인은 양부이며 저러저러하게 생긴 노파는 그 양모이다.'라고 써 주었다. 그 밖에 친척들과 노비들의 용모, 목소리, 성품 및 이웃 마을과 사돈댁의 사람들까지 눈앞에 선하게 떠올릴 수 있을 만큼 묘사하였다. 거지가 그 책자를 읽고 익혀서 사위가 물어보는 사람마다 한 치의 오차도 없이 대답하였다. 이에 오씨가 병을 핑계로 하루 더 묵으며 극히 비밀리에 일을 처리하였다. 데리고 갔던 노복조차도 알지 못하였다.

다음 날 아침 오씨가 거지에게 여관 앞에서 구걸하게 하고는 불러다 성명을 물어본 다음 이어서 손을 잡고 눈물을 흘리며 말하였다.

"자네가 까닭 없이 집을 나간 지 이제 10년째인데 이렇게 밥을 빌어 먹고 사는 사람이 되었으니, 어찌 된 일인가?"

거지가 말하였다.

"갑자기 광증이 들었다가 지금은 나았습니다. 이런 꼴로는 감히 집 으로 돌아갈 수 없었습니다."

노복이 말하였다.

"뉘십니까?"

오씨가 말하였다.

"네가 어찌 알아보지 못하느냐? 이 사람은 너희 집 도련님이지 않느 냐? 나는 한눈에 바로 알아보았거늘."

노복이 말하였다.

"지금 말씀을 듣고 보니 예전 모습이 아직 남아 있는 것을 알겠습니 다."

거지가 말하였다.

"너는 우리 집 노복 아무개가 아니더냐?"

노복이 절하며 말하였다.

"그렇습니다."

오씨가 말하였다.

"의원을 찾아갈 필요가 뭐 있겠는가? 장인어른의 병은 자네를 그리 워하여 생겼으니, 속히 돌아가 알려 드려야겠네."

마침내 오씨가 의원을 모셔 오지 않고 그 거지를 데리고 왔다. 거지 를 동구 밖 숲속에 머물러 있게 한 다음, 먼저 집으로 들어가서 이씨에게 소식을 알렸다. 이씨는 병든 몸이었음에도 자신도 모르게 벌떡 일어나 거지가 있는 곳으로 직접 걸어가서는 자세히 살펴볼 새도 없이 손을 붙잡고 통곡하였다. 이씨의 아내도 곧이어 와서 의관을 내어 주고 갈아입게 하였다. 거지가 이씨의 집에 이르자 이웃과 친척의 남녀노소가 모두 모여 말하였다.

"10년 사이에 궁하고 어려운 처지가 이 지경에 이르렀으나 옛 모습은 여전히 남아 있네요."

거지도 사람마다 안부를 물었는데 한 치도 틀림이 없으니 아무도 의심하지 않았다.

양자의 신부는 남편이 집을 나간 이후로 머리를 감지도, 기름칠을 하지도 않고서 그저 한 가닥 목숨만 보전하고 있을 따름이었다. 억지로 일어나 문밖으로 나와서 거지를 바라보더니 즉시 도로 방에 들어가 이불을 덮고 누웠다. 시부모가 나오라고 불러도 응수하지 않고 말하였다.

"저 사람은 다른 사람인데 무엇 하러 나가서 맞이한단 말입니까?"

시부모가 말하였다.

"갓 결혼하였다가 곧 헤어졌던 까닭에 생김새를 자세하게 기억하지 못하는구나. 의심하지 말고 나와 보려무나."

"분명히 다른 사람입니다. 의심할 것이 뭐가 있겠습니까?"

이렇게 옥신각신하다가 신부가 이런 생각을 하였다.

'저 사람은 밤에 반드시 나를 범하러 오리라. 내가 아무리 죽음을 각오하고 막는다 해도 그마저도 내 몸을 욕되게 한다.'

그날 밤 신부가 친정 오라비의 집으로 달려가서 그간의 사정을 말하였다. 신부의 오라비가 곧장 이씨 집으로 가서 그 사람을 살펴보니 매제와 생김새가 매우 비슷하였다. 그 사람이 곧 신부 오라버니의 자(字)를 부르며 말하였다.

"아무 형님께서는 평안하셨는지요? 장인 어르신도 평안하시고, 아무 형께서도 평안하신지요?"

신부의 오라비 또한 말하였다.

"이 사람은 이 서방이 분명한데 우리 누이는 어째서 다른 사람이라고 하지?"

오라비가 집으로 돌아와서 신부를 꾸짖으니 신부가 말하였다.

"오라버니도 눈이 어두워지고 마음이 흐려지셨나요? 천 명 만 명이 모두 맞다 해도 저는 아니라고 할 것입니다. 부모나 형제는 다른 사람을 자식이나 형제로 삼더라도 욕될 것이 없으나 여자는 오직 한 사람만을 섬길 뿐이니 어찌 다른 사람을 남편으로 삼을 수 있겠습니까? 이 일은 관아에 따져보지 않을 수 없습니다."

신부가 마침내 관아에 소송장을 내었다. 시부모가 말하였다.

"이 사람은 우리 아들입니다."

친척, 이웃, 노복들도 모두 말하였다.

"이 사람은 의심할 여지없이 그 사람입니다."

신부만이 홀로 말하였다.

"이 사람은 다른 사람입니다. 제 지아비가 아닙니다."

태수가 말하였다.

"백 사람의 말을 그르다 하고 한 여인의 말을 옳다고 하겠는가? 네가 다른 뜻을 품고 있다면 중죄로 다스리겠다."

신부가 말하였다.

"본디 죽어 마땅한 일이니 어찌 감히 형벌을 마다하겠습니까? 다만 죽게 된다면 영영 진실이 밝혀질 기약도 없이 그대로 저 사람의 아내로서 죽는 꼴이니 한 가닥 목숨만은 살려 주십시오."

관아에서도 판결을 내리지 못하여 물러가도록 하였다. 현임 관리가 신임 관리로 바뀌자 신부가 또 소송장을 냈다. 네 명의 태수를 거치는 동안 그렇게 하였다.

암행어사가 마침 그 고을을 감찰하러 오자 태수가 그 소송 사건을 보고하며 명쾌하게 판결해 주기를 요청하였다. 어사가 그 사람을 조사하여 끝까지 따져보았으나 해답을 얻지 못해 물러가라 명하고 이어서 곰곰이 생각하였다.

'임금의 명을 받든 사신으로서 이런 작은 소송도 분별해 내지 못한다면 어찌 부끄럽지 않겠는가?'

백방으로 헤아려 보며 생각하고 또 생각해 마지않았다. 백여 리쯤 가다가 한 사찰에 묵어가기로 하였다. 승려들이 한창 식사를 하고 있다가 모두 일어나서 어사를 맞이하여 절을 하였다. 다만 탁자 끝에 있던 젊은 승려 한 명은 조금도 움직이지 않고 가부좌를 튼 채 밥을 먹기만 하였다. 젊은 승려가 식사를 마치고 나가자 다른 승려들이 매우 공손히 그를 전송하였다.

어사가 물었다.

"선사들께서 나를 거지로 보지 않고 아주 지성스럽게 대우해 주었는데, 유독 저 승려는 나이가 어린데도 몹시 거만하니 어째서입니까?"

승려들이 말하였다.

"이 절 뒤쪽 작은 암자에 머물고 있는 수행승입니다. 열세 살에 출가하여 작은 암자에 머무르면서 절 밖으로 나가지 않은 지 10년째지요. 경학(經學)에 아주 뛰어나 산속의 대사도 감히 그보다 낫다고 할 수 없습니다. 지금 마침 본사에서 설재(設齋)[1]한 까닭에 잠시 왔다가 곧장 올라가니 너그러이 용서해 주십시오."

어사가 말하였다.

"그렇다면 다시 만나 봐야겠소. 불러와 주시오."

모두가 말하였다.

"저 스님은 다른 사람과 이야기한 적이 없기에 사람들이 생불이라 일컫고 있습니다. 만일 다시 만나보고 싶다면 직접 왕림하셔야 하지, 부를 수 없습니다."

어사가 말하였다.

"알겠소."

어사가 드디어 절 뒤쪽의 암자로 올라가 보니 책 읽는 소리가 들렸는데 낭랑하여 듣기가 좋았다. 문밖에 서서 들어 보니 읽고 있는 책은 바로 『서전』이었다. 어사가 문을 열고 들어가자 승려가 황급히 손으로 책을 덮어 구석에 찔러 넣고는 일어나서 아주 공손히 어사를 맞이하였다. 어사가 말하였다.

"대사께서는 불계(佛戒)가 매우 높고 선학(禪學)에도 밝다고 들었소만, 지금 유가의 서적을 읽고 있으니 어째서입니까?"

"어찌 감히 유가의 서적을 읽겠습니까?"

"나 역시 문자를 대충 깨치고 있으니 어찌 유가의 서적과 불가의 서

---

1 음식물을 마련하여 승려에게 공양하는 일을 말한다.

적을 분간하지 못하겠소?"

어사가 책이 감추어진 곳을 뒤져 책 두 권을 꺼내 보니 바로 『서전』
이었다. 책에 매겨진 숫자가 이씨의 양자가 가지고 갔던 『서전』 두 책과
딱 들어맞았다. 이어서 생각해 보니 양자가 열세 살에 집을 나간 지 지
금 10년째이고, 가지고 갔던 책 두 권에 매겨진 숫자 또한 다르지 않았
으므로, 이씨의 양자가 분명하였다.

어사가 승려에게 속성(俗姓)이 무엇이며 고향이 어디인지 묻자, 승려
는 둘러대며 사실대로 말하지 않았다. 어사의 생각에 을러대지 않으면
승려가 절대 실토하지 않으리라 여겨서 말하였다.

"나는 사실 암행어사이다. 너를 찾아 이곳까지 왔으니 네가 만약 줄
곧 숨기기만 한다면 죽음을 면치 못하리라. 너는 아무 고을 이 아무
개의 아들이 아니더냐? 무엇 때문에 집을 나와 산사에 종적을 숨기
고 있느냐?"

이어서 마패를 꺼내 보여주자 승려가 일어나 사죄하고 말하였다.

"참으로 그렇습니다. 마침 집안에 변고가 있었는데 천지간에 용납하
기 어려운 일인 까닭에 망령되이 부처님의 자비에 의탁하여 구차하
게 목숨이나마 부지할 생각을 하였습니다."

"무슨 변고였는가?"

"은밀한 일이라 남에게 말할 수 없습니다. 묻지 말아 주십시오."

"내가 조사할 일이 있으니 너는 내 뒤를 따라오너라."

"어사또의 명을 어찌 감히 거역하겠습니까? 아직 못다 한 일이 있으
니 시간을 좀 내어 주십시오."

"좋다."

이에 승려가 다른 승려들을 불러 여러 가지 일을 안배하였는데 각기 조리가 있었으며, 경전의 뜻 가운데 의심스러운 부분은 모두 밝게 풀이해 주었다.

승려가 용무를 마치고 나서 어사를 따라 그 고을에 도착하였다. 어사가 승려에게 거짓으로 술에 취한 척 쓰러져서 길을 가로막게 하였다. 어사가 하리(下吏)를 돌아보며 말하였다.

"이 중을 잡아 가두라."

어사가 앞서 소송하였던 이씨 집안의 원고, 피고, 참고인, 증인을 빠짐없이 모두 부르고 형구(刑具)를 크게 설치한 뒤 차례로 신문하였다. 한결같이 전과 똑같은 대답만 돌아왔다. 신부가 말하였다.

"한 가닥 목숨만은 살려 주어 진실이 밝혀질 날을 기다리도록 해주소서."

어사가 또 조금 전에 길을 막았던 승려를 불러들이라고 명하자, 하인이 승려 한 명을 불러 사람들 가운데 엎드리게 하였다. 어사가 말하였다.

"너는 무슨 이유로 내 앞길을 막았느냐?"

승려가 일어났다가 엎드려 말하였다.

"술기운을 이기지 못해 죽을죄를 지었습니다."

그때 신부가 황급히 달려 나오면서 큰 소리로 외쳤다.

"이 스님이 진짜 제 지아비입니다."

그리고 승려를 붙잡고 눈물을 쏟았다. 시부모도 승려를 살펴보더니 외쳤다.

"이 사람이 진짜 우리 아들입니다."

그리고 함께 껴안고 울음을 삼켰다. 수많은 참고인과 증인들이 모두 말하였다.

"이 사람이 정말 그 사람일세. 저 사람은 생김새가 비슷하기는 하지만 실은 다른 사람이었네 그려. 신기하구나! 신부가 귀신같이 잘 알아보았구나."

이에 암행어사가 거지를 엄중히 신문해 사위 오가놈이 그를 유인하고 사주한 실정을 알아냈다. 또 오가놈을 엄중히 신문해 장인의 지팡이와 신을 옮긴 의혹의 실정까지 알아냈다. 오가놈 부부는 장살하였고, 거지는 죽을 고비에서 살길을 찾았을 뿐이라 하여 한 단계 낮은 형벌을 내려서 추방하였다. 이씨는 10년 전에 아무도 모르게 꾸며졌던 무고가, 이씨의 양자는 10년 동안 마음속에 쌓여 있던 의심이 얼음 녹듯 풀렸다. 신부는 밝은 식견 덕분에 자신의 정절을 잘 지켰고, 지극한 정성 덕분에 남편과 다시 만나게 되었다. 만약 신부가 여러 차례 올린 소송 문건이 아니었다면 어사가 무슨 수로 승려가 이씨의 양자임을 알아챌 수 있었겠는가?

아! 신부는 분명히 오가놈이 이생을 없애려는 흉계를 이미 알고 있어서 기필코 사실을 밝혀내고자 함부로 말을 꺼내지 않고 현명한 관리가 스스로 알아내기를 기다린 듯하다. 여러 차례 문건을 올리고 기각당하면서도 한 가닥 목숨만을 살려달라고 요청하였으니 현명하도다! 신부여.

85

양성인 사방지

세조 9년(1463) 사방지(舍方知)에게 곤장형과 유배형이 내려졌다.[1] 사방지는 사천(私賤)으로, 어려서부터 그 어미가 여자아이로 길러 화장을 시키고 바느질하는 법을 가르쳤다. 그는 조정 신하들의 집에 드나들며 여종들과 숱하게 정을 통하였다. 피부 안쪽에 남자의 성기가 감추어져 있었기 때문에 이의인(二儀人, 양성인(兩性人))이라고 불렸다.

문과 출신 정승 이순지(李純之)[2]의 딸은 김귀석(金龜石)에게 시집갔다가 일찍 과부가 되었는데, 바느질을 맡긴다는 핑계로 10여 년 동안 밤낮으로 사방지와 함께 지냈다. 사헌부에서 소문을 듣고 국문을 실시하여 평소 사방지와 정을 통하던 한 비구니를 체포해 신문하였다. 비구니

---

1 『세조실록』에는 세조 8년(1462)에 사방지를 국문하라는 신하들의 요청이 줄을 잇자 세조가 사방지를 구금하여 국문하겠다는 약속이 나온다. 그 뒤에 국문이 이루어지지는 않았고, 세조 9년에는 사방지에 관한 기록이 보이지 않는다. 『점필재집(佔畢齋集)』을 비롯하여 이를 전재한 사방지 관련 각종 문헌에는 세조 9년(1463)에 사방지와 간통한 비구니를 국문하였다는 기록이 실려 있다.

2 이순지(李純之, 1406~1465)는 자가 성보(誠甫), 본관이 양성(陽城)이다. 형제 네 명이 모두 과거에 급제하였고, 승지, 황해도 관찰사, 판한성부사, 지중추원사 등을 역임하였다. 산학(算學), 역법, 천문 등에 조예가 깊어 세종의 명을 받아 『칠정산내외편(七政算內外篇)』, 『제가역상집(諸家曆象集)』, 『교식추보법(交食推步法)』 등을 저술해 조선 역법의 정비에 큰 공헌을 하였다.

가 "사방지의 양물(陽物)은 아주 장대합니다."라고 실토하여 여의(女醫) 반덕(班德)에게 살펴보게 하니 정말로 그랬다. 세조가 사방지를 추국(推鞫)하지 말라고 명하였으니, 이순지의 가문을 더럽힐까 염려해서였다. 이순지에게 알아서 처리하도록 맡겼는데, 이순지가 곤장 10여 대만 때리고 노비의 집으로 보냈다. 이순지의 딸이 사방지를 몰래 불러들이자, 세조가 그 사실을 듣고는 사방지에게 곤장을 치고 유배 보내라고 명하셨다.3 『패관잡기(稗官雜記)』에 사방지 이야기가 나온다.4

---

3 세조 13년(1467)에 사방지를 신창현(新昌縣)의 종으로 삼으라는 명을 내렸다(『세조실록』 13년 4월 6일).

4 『점필재집』 권3 「사방지(舍方知)」에 사방지 이야기가 자세하게 실려 있다. 이후 『패관잡기(稗官雜記)』, 『열하일기(熱河日記)』, 『청장관전서(靑莊館全書)』, 『연려실기술(燃藜室記述)』, 『오주연문장전산고(五洲衍文長箋散稿)』 등 『점필재집』을 출전으로 삼아 사방지를 언급한 기록이 다수 보인다.

86

송수 도령과 죽경 낭자

최언경(崔彦慶)[1]은 어릴 적 이름이 송수(松壽)였다. 같은 시기에 안씨(安氏)의 딸이 있었는데 어릴 적 이름이 죽경(竹卿)이었다. 두 사람 모두 재주와 성품이 출중하여 하늘이 정해 준 특별한 짝이었다. 최씨의 집안은 절의를 지키는 집안이었고, 안씨 집안 또한 명문가였다. 최송수는 조실부모하였고, 안죽경은 안씨 부부가 늘그막에 얻은 외동딸이었다. 안죽경이 사내아이가 아님을 안타깝게 여긴 안씨가 남자 옷을 입혀 옛 현인의 글을 가르쳤더니 대여섯 살에 일찌감치 학문과 기예를 많이 배웠다.

안죽경은 아버지를 여의고 나서 또 마을의 선생에게 배움을 청하였는데, 최송수는 다섯 살 때부터 그 선생에게 가르침을 받고 있었다. 두 아이는 참으로 우열을 가리기가 힘들었는데 3년을 함께 공부하면서 우정이 매우 깊어졌다. 최송수는 성품이 호방하였고 안죽경은 성품이 조심스러웠다. 한 집에서 같은 자리에 앉은 적이 없었으나 마치 한 배에서 나온 형제처럼 마음으로 인정하고 공경히 대하였다. 선생은 두 아이를

---

1 최언경(崔彦慶, 1531~?)은 자가 사길(士吉), 본관이 삭녕(朔寧)이다. 장사랑 최윤국(崔潤國)의
  아들로 1570년(선조 3) 문과에 합격하여 공조 좌랑이 되었다.

매우 아꼈다. 두 아이가 모두 아홉 살이 되었을 때 선생이 소나무〔松〕와 대나무〔竹〕를 주제로 글을 짓게 하여 그들의 뜻을 살펴보고자 하였다.

최송수가 소나무를 가지고 다음과 같이 읊었다.

보노라, 너 소나무야	視爾松
한 자 남짓 자랐구나	一尺强
꼿꼿이 하늘로 솟았으니	直上雲霄
대들보로 삼기 좋겠구나	可中棟樑

안죽경이 대나무를 가지고 다음과 같이 읊었다.

그 중심은 비었고	其中虛
그 덕성은 곧도다	其德貞
마디마다 안개 낀 풍경이요	節節烟景
잎사귀마다 바람 소리로다	葉葉風聲

선생이 다음과 같이 읊었다.

소나무는 소나무다워서	松也松如
달을 품어 주기 좋겠고	可以藏月
대나무는 대나무다워서	竹也竹如
바람을 맞이하기 좋겠네	可以迎風
대와 달, 솔과 바람이어	竹月松風

그해 섣달 그믐날에 두 아이가 스승을 찾아가 가르침을 받았는데 안죽경이 작별을 고하며 말하였다.

"앞으로는 선생님 문하에 머물 수 없게 되어 슬픈 마음을 가누기 어렵습니다."

선생이 물었다.

"왜 그러느냐?"

"편지로 말씀드리겠습니다."

다음날인 정월 초하루에 안죽경이 마침내 다음과 같이 편지를 올렸다.

"새해가 되어 봄기운이 피어나는 이때, 학문을 닦으시는 선생님께 만복(萬福)이 왕성할 줄로 생각합니다. 문하의 제자는 본래 여자의 연약한 본바탕으로 남자의 양덕(陽德)에 가탁한 지 이제 9년째이니, 세상을 오래 속였습니다. 여자는 10세가 된 뒤로는 집 밖에 나가지 않는다는 가르침이 「내칙(內則)」에 실려 있으니, 삼베와 모시를 잡고 길쌈을 해야지 어찌 감히 시(詩)와 예(禮)를 입에 담을 수 있겠습니까?2 사람들을 마주할 면목이 없으니 영영 문하를 떠나려 합니다. 비록 그렇기는 하지만 스승과 아버지는 다름이 없으니 틈을 타 안부나마 여쭙습니다. 편지를 쓰자니 눈물이 앞을 가려 어찌할 바를 모

---

2 『예기(禮記)』 「내칙(內則)」에 여자아이에 대해서 "10세가 된 뒤로는 집 밖에 나가지 않으며, ……삼과 모시로 길쌈한다."라고 하였다.

르겠습니다."

선생이 편지를 보고서는 몹시 놀라고 깊이 안타까워하였다. 최송수 또한 소식을 듣고는 놀라 탄식해 마지않다가 자신의 거처에 송죽헌(松竹軒)이라 이름을 붙였다. 안죽경도 그 소식을 듣고는 자신의 거처에 풍월루(風月樓)라 이름을 붙였다. 선생이 '대와 달, 솔과 바람이여, 참으로 기이한 짝이로구나.'라고 읊은 시에서 뜻을 가져왔다.

선생이 그 소식을 듣고서는 크게 기뻐하며 말하였다.

"두 아이가 서로를 마음에 두고 있었구나! 당초에 내가 별 뜻 없이 지었던 글이 정말 예언이 되었도다. 내가 두 아이의 혼사를 성사시켜 주어야겠다."

사람을 두 아이의 집안에 보내 이렇게 말하였다.

"하늘이 두 아이를 낳은 것은 진정 우연이 아닙니다. 집안이 대등한 것이 한 가지요, 재주와 용모가 대등한 것이 또 한 가지요, 나이가 같은 것이 또 한 가지요, 스승이 같은 것이 또 한 가지입니다. 송수 도령은 죽경 낭자가 아니면 짝이 될 만한 여인이 없으며, 죽경 낭자는 송수 도령이 아니면 배필로 삼을 만한 사내가 없습니다. 의심하지 말고 혼사를 도모하십시오."

두 집안에서 모두 기쁜 마음으로 듣고서 두 아이가 15세가 되면 혼사를 치르기로 약속하였다. 이로부터 두 집안이 끊임없이 연락을 주고받으며 친밀하게 지냈다.

당시 우리나라에 기근이 들어 사방에서 도적떼가 일어났다. 나라 안의 작은 도적떼는 사람을 해쳤고 나라 밖에서 온 큰 도적떼는 성을 공격하였다. 백성들이 정처 없이 달아나 숨었으니 바닷가에 살던 사람들은 섬으로 들어가고 들에 살던 사람들은 산으로 들어갔다. 죽경 낭자가 어머니에게 아뢰었다.

"나라 밖에서 온 도적떼는 수급을 베고 포로를 잡는 것을 공으로 삼고, 나라 안의 도적떼는 재화를 차지하는 것을 중요하게 생각합니다. 지금 우리는 평소 남에게 원망을 산 적이 없으니 분명 살해당하는 화를 입지는 않을 테고, 지금 우리는 평소 쌓아둔 재산이 없으니 결코 침탈당하는 재앙이 없을 테니 편안히 앉아 계셔요." -미완-3

3 원문은 '未終'이다. 사건의 흐름으로 보아 이어지는 이야기가 상당히 많을 것으로 추정하나, 본칙의 내용은 여기까지 기록되어 있다. 정현동이 미처 완성하지 못했는데 필사자가 그 사실을 밝혀 '未終'이라 썼다.

만오만필

하권
옛날의 실화
〔古事〕

1

성종의 시에 화답한 기병

세상에 다음과 같은 이야기가 전한다. 성종께서 시 한 구절이 떠올라 담벼락에 이렇게 쓰셨다.

푸른 비단 고쳐서 춘삼월 버들 만들었고   綠羅變作三春柳

붉은 비단 마름질해 이월 꽃을 완성했네   紅錦裁成二月花

다음날 다시 동산을 산책할 때 보니 어떤 이가 그 아래에 이렇게 써 두었다.

임금님과 공경들이 이 경치를 탐낸다면   若使王侯爭此色

봄 풍광은 백성 집에 이르지 못하리라   春光不到野人家

성종께서 누가 쓴 것인지 물어보셨으나 아는 사람이 없었다. 기병(騎兵)이 쓴 시구라고 말한 이가 있다.[1]

---

1 이와 관련한 내용이 『계서야담』과 『기문총화』에 보인다.

오위(五衛)²의 법제에 따르면 정규 기병은 모두 양반이었다. 정승 약포(藥圃) 정탁(鄭琢)³은 안동의 향안(鄕案)에 들지 못하였다. 병조 판서가 된 뒤에 기병을 불러서 향안에 넣어달라고 청했으나 허락을 받지 못하였다. 정승이 되고 나서야 비로소 허락을 받았다.⁴ 당시에 기병은 모두 사류(士流)였다고 한다.⁵

---

2 조선 전기의 군제(軍制)로 중위(中衛)인 의흥위(義興衛), 좌위(左衛)인 용양위(龍驤衛), 우위(右衛)인 호분위(虎賁衛), 전위(前衛)인 충좌위(忠佐衛), 후위(後衛)인 충무위(忠武衛) 등 5위로 군사를 편제하였다. 임진왜란 이후 유명무실해졌다.

3 정탁(鄭琢, 1526~1605)은 자가 자정(子精), 호가 약포(藥圃), 본관이 청주(淸州)이다. 예천 출신으로 이황과 조식의 문인이다. 이조 판서, 예조 판서, 병조 판서를 지냈고, 뒤에는 우의정·좌의정을 지냈다. 문집에 『약포집(藥圃集)』이 있다. 정승이 된 뒤에야 향안에 들어갔다고 한 기사는 사실과 차이가 있다.

4 향안(鄕案)은 조선시대 향촌 사회의 주도권을 장악하였던 자치기구인 유향소(留鄕所), 즉 향청(鄕廳)을 운영한 재지사족(在地士族)의 명부이다. 학덕이나 관작과 관계없이 본가·외가·처가 3향이 모두 해당 지역 출신의 현달한 가문이 아니거나, 3향에 서얼이나 하천민(下賤民)의 피가 섞이지 않아야 하는 등 등재 기준이 대단히 엄격하고 폐쇄적이었다.

5 이와 관련한 내용이 『도곡집(陶谷集)』 「운양만록(雲陽漫錄)」 등에 보인다.

2

성종의 명쾌한 판결

성종 때에 어떤 부유한 백성이 있었는데, 절에 논밭을 많이 시주하여 부처에게 공양하는 밑천으로 삼았다. 그의 아들이 가난해져 생계를 유지할 수 없게 되자 논밭을 다시 찾아오려 하였다. 그러나 승려가 허락하지 않아 소송을 걸었다. 문권(文券)이 매우 분명하여 아들이 여러 번 소송해 보았으나 모두 패소하였다. 임금에게 소송 건이 올라오자 성종은 다음과 같이 판결을 내렸다.

"부처에게 밭을 바친 까닭은 복을 구하기 위함이다. 부처가 영험하지 못해 자손이 가난해져 굶주리게 됐으니 복은 부처에게 돌려주고 밭은 주인에게 돌려주라."

전후로 소송을 담당했던 관원들이 보고는 모두 혀를 내두르며 "천하의 마땅한 이치가 여기서 벗어나지 않겠구나."라 하였다. 비로소 자신들이 잘못 판결하였음을 깨달았다. 훌륭하구나! 성인의 말씀이여, 이처럼 간략하고도 합당하도다.[1]

---

1 이와 관련한 내용이 『계서야담』과 『기문총화』에 보인다.

3

국기일에 풍악을 허락한 성종

성종 때에 태평시대가 오래되자 백성들이 날마다 창의문(彰義門)[1] 밖으로 몰려가 풍악을 울려 그 소리가 경복궁 아래 서쪽 담장 너머까지 요란하게 들렸다. 하루는 적막하게 아무 소리도 들리지 않자, 성종이 이상하게 생각하여 그 이유를 물으니 신하가 대답하였다.

"내일이 국기일(國忌日)[2]입니다."

임금께서는 이렇게 말씀하셨다.

"국기일이면 국기일이지 백성들이야 무슨 알 바이겠는가?"

국기일에 구애받지 말라고 하교하셨다. 이때부터 백성들이 국기일에도 풍악을 울렸으니, 이 역시 성인의 지극히 마땅한 말씀이다. 그렇지 않았다면 4백년이 지난 뒤인 오늘날 민간에서 풍악을 울릴 수 있는 날이 없었으리라.

---

1 조선 전기 서울 성곽 4소문(四小門) 가운데 서북쪽 성문이다. 오늘날 서울시 종로구 청운동에 위치해 있다.

2 왕 또는 왕비가 승하한 날을 가리킨다. 국기일에는 전국적으로 음주가무 등의 환락이 일절 금지되고, 그밖에 모든 도살도 금지되었다. 성종조까지만 해도 역대 왕과 정비 및 계비 등의 국기일이 총 20여일 남짓이었으나, 순조 조에 이르면 추존왕 등을 포함해 국기일이 총 80일에 달하여, 매달 최소 6회 이상 치를 정도로 국기일이 늘어났다.

4

간관을 파직한 성종

성종이 연희궁(衍禧宮)[1]에 행차하였다가 환궁하시는 길에 봄꽃이 눈에 가득하고 만물에는 생기가 넘쳤다. 임금께서 봄 흥취를 이기지 못하여 말 위에서 소매를 걷고 춤을 추셨다. 대신(臺臣)들과 간신(諫臣)들이 모두 간언하였으나 임금이 듣고도 못 들은 척하자 대신과 간신들이 즉시 간언을 멈추었다. 궐문 밖에 이르러 임금께서 대신과 간신을 모두 파직시키며 말씀하셨다.

"고작 한 차례 간언으로 책임을 때우고 말았으니, 이런 대신과 간신을 어디에 쓰겠는가?"

성종께서 신하들에게 간언을 권장하신 뜻이 지극하다 하겠다.

---

1 왕실에 액운이 일어나는 것을 막기 위해 지은 이궁(離宮)이다. 세종이 태종을 위해 도성 밖 무악산(毋岳山) 아래에 지어 서이궁(西離宮)으로 불리다가 연희궁(衍禧宮)으로 이름을 바꾸었다. 후에는 연(衍)이 연(延)으로 바뀌어 오늘날 연희동(延禧洞)의 동명이 되었다. 오늘날 서울시 서대문구 연세대학교 학생회관 근처에 있었다.

5

예종 승하 당일에 즉위한 성종

성종께서는 12세에 숙부인 예종의 뒤를 이어 왕위에 오르셨다. 당시에 예종께서 낳으신 아들 제안대군(齊安大君)은 나이가 어렸고, 덕종(德宗)[1]의 장자인 월산대군(月山大君)은 성종보다 나이가 더 많았으나 정희왕후(貞熹王后)께서 어진 이를 택해 성종을 세우셨다.[2] 성종께서는 위태로운 처지로 예종께서 승하하신 당일에 즉위하셨다. 광해군 또한 당일에 즉위하였으니 대사간을 지낸 최유원(崔有源)이 앞장서서 내세운 주장을 따랐다. 당시에 영창대군(永昌大君)도 있었고 임해군(臨海君)도 있었으나 최유원의 주장이 꼭 그릇된 것만은 아니다.[3]

---

1 덕종(德宗, 1438~1457)은 세조와 정희왕후의 장남이자 성종의 아버지인 의경세자(懿敬世子) 이장(李暲, 1438~1457)이다. 생전의 군호(君號)는 도원군(桃源君)이다. 세자로 책봉되었으나 병약하여 20세에 요절하였다. 1476년(성종7)에 덕종으로 추존되었다.

2 1469년 11월 28일에 세조의 차남인 예종(睿宗)이 즉위 13개월 만에 승하하였다. 당시에 덕종의 장남인 월산대군(月山大君, 1454~1488)은 16세였고, 덕종의 차남인 자을산군(者乙山君, 훗날의 성종)은 13세였으며, 예종의 장남인 인성대군(仁城大君, 1461~1463)은 요절하여 없었고, 예종의 차남인 제안대군(齊安大君, 1466~1525)은 4세였다. 원칙상으로는 제안대군이 왕위 계승 제1 후보자였으나, 정희왕후가 한명회, 신숙주 등 대신들과 의논해 자을산군을 왕으로 선택하였다. 정희왕후는 그 뒤로 7년간 수렴청정을 하였다.

3 이와 관련한 내용이 『대동야승』 소재 『광해조일기』에 보인다.

6

공과 사를 엄격히 구분한 성종

성종 즉위 초에 어떤 부유한 상인이 있었다. 세조에게 재물로 도와준 공이 많아 죽을죄를 세 번 지어도 죄를 묻지 말라는 세조의 하교를 받았다. 상인이 이를 믿고 살인을 저질렀는데 수렴청정하던 정희왕후가 용서하려고 하였다. 성종께서 반대 의견을 이렇게 말씀하셨다.

"죽을죄를 세 번 지어도 죄를 묻지 않는 것은 일시적인 사사로운 은혜이고, 사람을 죽이면 목숨으로 보상하는 것은 만대에 걸친 공공의 법입니다. 용서해서는 안 됩니다."

정희왕후가 듣지 않자 성종이 벌떡 일어나며 말씀하셨다.

"대모께서 소자를 무지하다고 여겨 제 말씀을 듣지 않으시니 자리에서 물러나 다른 어진 이에게 양보하겠습니다."

정희왕후가 마지못해 말씀하셨다.

"주상께서 알아서 처리하시오."

성종이 마침내 자리로 나와 그 사람에게 중형을 내리되 그 사람의 목숨만은 살려 주고 유배 보내셨다.[1]

---

1 이와 관련한 내용이 『오산설림초고(五山說林草藁)』에 보인다.

7

성종의 용인술

성종께서 덕종(德宗)을 추숭하려 하자 예법을 잘 알고 직언을 잘하는 신하들이 모두 간언하며 강하게 반대하였다. 임금께서는 그들을 모두 만호(萬戶)나 권관(權管) 등 지방관으로 좌천시키고, 뜻을 잘 따르는 신하들과 논의를 정하여 명나라에 덕종의 추숭을 인정해 달라고 주청(奏請)하였다. 일이 마무리되자 임금께서 앞서 자신의 뜻을 잘 따랐던 신하들을 다 물리치고 지방으로 좌천되었던 사람들을 속히 불러들여, 임시 관청을 설치하고 임무를 주어 그 일을 끝마치게 하셨다. 일이 마무리되자 감히 반론을 제기하는 사람이 없었으므로 마침내 추숭의 큰 예법을 완수하셨다. 이는 또한 사람을 살피고 사람을 기용하는 성대한 덕망이다.

8

불교를 억누른 성종

우리 조선은 불교를 숭상한 고려의 뒤를 이어 세워졌다. 그래서 세종대왕 같은 성인께서도 오히려 안평대군(安平大君)에게 명하여 『금자연화경(金字蓮華經)』을 쓰게 해서 소헌왕후(昭憲王后)의 명복을 비셨다.[1] 세조 때는 불교를 더욱 숭상하였다. 예법을 안다 하는 사대부 집안에서도 부모의 기일이면 우선 부처에게 공양하고 승려에게 음식을 대접하였으니, 이를 승재(僧齋)라 하였다. 성종 때 그 법을 크게 바꾸어 기일에 승재한다는 말이 비로소 없어졌다.[2] 예를 아는 사대부 집안에서 부처에게 공양하고 승려를 대접하는 일이 더는 없었다.[3]

---

1 1446년(세종 28)에 안평대군이 『연화경(蓮華經)』을 사경(寫經)하여 대자암(大慈庵)에 보관하였다(『세종실록』 28년 5월 27일). 안평대군이 사경한 『금자묘법연화경(金字妙法蓮華經)』은 현재 하버드대 옌칭도서관에 소장되어 있다.
2 『추관지(秋官志)』 권9 「장금부(掌禁部) 법금(法禁) 승니(僧尼)」조에 성종 원년에 상사(喪事) 때 부처에 공양하는 것을 엄격히 금지하였다는 내용이 보인다. 성종은 간경도감(刊經都監)을 폐지하고, 도첩제(度牒制)를 실시하였다가 폐지하며, 승려가 되는 것을 법제로 금하는 등 불교를 억누른 정책을 시행하였다. 이후로 승려의 수가 격감하였다.
3 이와 관련된 내용이 『용재총화』, 『지봉유설』 등에 보인다.

9

서얼금고법의 연혁

일찍이 문화 유씨(文化柳氏)의 『가정보(嘉靖譜)』와 안동 권씨(安東權氏)의 『구보(舊譜)』를 본 적이 있는데 전부(前夫)니 후부(後夫)니 하는 기록이 많았다.[1] 성종 때에 재가한 여자의 자손은 청직(淸職)에 진출할 수 없고 서얼의 자손은 벼슬아치의 명부에 오르지 못하게 제한하는 법이 처음 정해져【실제로 이 법은 세종 때 처음 정해져서 성종 때 이르러 널리 시행되었다.】 재가를 금지하고 서얼의 벼슬길을 막는 법이 국법으로 제정되었다.[2] 이 법이 좋지 않은 것은 아니지만, 인정을 고려하지도 않고 억지로 열녀를 만들었고, 사람의 재능을 가리지도 않고 싸잡아 천한 사람이라 일컬었다. 그래서 집안이 망하고 폐족이 되는 걱정거리가 왕왕 나타났고, 자포자기하는 부류들이 세상에 넘쳐났다.

---

1 『가정보(嘉靖譜)』는 가정 41년인 1562년(명종 17)에 만들어진 문화 유씨 족보이고, 『구보(舊譜)』는 1476년(성종 7)에 만들어진 안동 권씨의 『성화보(成化譜)』를 가리킨다. 이들은 현전하는 가장 오래된 족보로, 양반 부녀자의 재가(再嫁) 기록이 남아 있는 유일한 족보이다. 『성화보』에는 재가한 딸의 후부(後夫)를 밝히고 남편의 이름을 적었다. 첫 번째 남편은 전부(前夫), 선부(先夫)라 적었다.
2 이와 관련한 내용이 『경국대전』 권1 「이전(吏典) 한품서용(限品敍用)」과 권3 「예전(禮典) 제과(諸科)」에 보인다.

영조 말년에 비로소 서얼 출신에게 통청(通淸)을 허가하자3 그 사람들이 우르르 일어나 분수를 범하고 예의를 능멸한 나머지 변괴가 거듭해서 생겨났다. 정조께서 참작하여 법식을 정하지 않으셨다면 수습이 되지 않았을 것이다.4 지금은 그들의 벼슬길을 막았던 때와 다름이 없어졌으니 모두 그들이 스스로 초래한 재앙이다.

재가의 경우에는 나라의 풍속이 이미 굳어져서 고(故) 정승 송인명(宋寅明)5이 한번 허용하자는 말을 꺼내자 사람들의 비난이 고슴도치 바늘처럼 일어났으므로 마침내 논의를 중단하였다.

---

3 통청(通淸)은 중간계층에게 청직(淸職)의 진출을 허용하는 정책을 가리킨다. 1772년(영조 48)에 서얼을 사간원과 사헌부의 관직에 임명하자는 영의정 김상복(金相福)의 건의를 받아들여 서얼인 여귀주(呂龜周)를 지평, 윤밀(尹謐)과 오준근(吳濬根)을 정언으로 임명하고 이를 정식(定式)으로 삼을 것을 윤허하였다(『영조실록』 48년 8월 15일).

4 1777년(정조 1)에 정조가 대신들에게 서얼의 통청 문제를 의논하여 규정을 마련하도록 명한데 따라 이조에서 절목(節目)을 마련하였다. 이를 「정유절목(丁酉節目)」이라고 한다.

5 송인명(宋寅明, 1689~1746)은 자가 성빈(聖賓), 호가 장밀헌(藏密軒), 본관이 여산(礪山)이다. 붕당의 금지를 건의하여 영조의 탕평책에 적극 협조하였고 노론·소론을 막론하고 온건한 인물을 두루 등용하여 당론을 조정, 완화하였다.

10

우리 역사에 대한 무관심

우리나라 선비들치고 옛 역사에 관심을 가지지 않는 이가 없으나 정작 우리나라 역사에는 멍하니 무지하기만 하다. '누가 『동국통감(東國通鑑)』을 읽어 보겠는가?'라는 말이 생겼을 정도이니[1] 안타깝기가 이루 말할 수 없다.

문종의 왕후로 전주 최씨(全州崔氏)가 있는데 그 기록이 『고사찰요(攷事撮要)』[2]와 『명사(明史)』에는 보이지만 『국조(國朝)』[3]에는 전하지 않으니 어째서인가?[4] 예종 때 정종에게 안종(安宗)이라는 시호를 올린 적이 있으나 그 역시 기록에 전하지 않는다.[5] 이는 신숙주가 가로막아서

---

1 심광세(沈光世, 1577~1624)의 『해동악부(海東樂府)』 서문과 김시양(金時讓)의 『부계기문(涪溪記聞)』에 유사한 말이 전한다. 앞의 책에는 "우리나라 사람들은 배우기를 좋아하지만 중국 서적만 익히고 우리나라 수천 년 사이의 선악과 흥망을 알지 못한다. 그래서 악행을 저지르는 자들이 제멋대로 굴면서 돌아보지는 않고 『동국통감』의 글을 어느 누가 보겠는가?'라고 한다"는 말이 실려 있다.

2 어숙권(魚叔權, 1498~1574 이후)이 1554년(명종 9)에 편찬한 일종의 백과사전이다. 사대교린(事大交隣)과 일반 상식 등을 뽑아 엮었다.

3 『정조실록』 15년 3월 9일 기사와 『승정원일기』 같은 날 기사에는 『국조보략(國朝譜略)』으로 되어 있다.

4 이와 관련한 내용이 『정조실록』 15년 3월 9일 기사의 윤행리(尹行履)가 제출한 상소에 보인다.

그렇게 되지 않았을까?[6] 심지어 역대 왕비의 옥책(玉冊)과 축판(祝板)도 이따금씩 기록이 같지 않으니 어찌 이다지도 문헌이 부족하단 말인가!

5 이와 관련한 내용이 윤근수(尹根壽)의 『월정만록(月汀漫錄)』과 『숙종실록』 7년 5월 18일 기사에 보인다.

6 신숙주는 세조의 유언에 따라 어린 예종을 보필하는 원로대신의 역할을 맡았으며, 세조 때부터 『동국통감』, 『국조오례의』의 편찬을 총괄하였다.

11

성종의 도량

성종께서 예닐곱 살 때 궁궐 기둥에 벼락이 쳤다. 마침 기둥 옆에 앉아 계셨는데 단정히 앉아서 얼굴색조차 변치 않으셨다. 큰 성인의 천지와 같은 도량이 아니라면 어떻게 이런 경지에 이르셨을까!

12

인종의 비범함

인종대왕이 세자이셨을 때 동궁에 불이 나서 마룻대가 꺾이고 들보가 부러졌다. 젊은 환관이 밖으로 피하시라 청하였으나 인종은 단정히 앉은 채로 그 말을 듣지 않으셨다. 야심한 시각이라 중종께서는 잠자리에 드신 이후였기에 비로소 깨어나서는 발을 구르며 "세자는 나왔느냐?"라고 크게 소리치셨다.

인종이 그 소리를 듣고는 그제야 젊은 환관을 데리고서 나는 듯 불길을 뚫고 나오셨다. 다친 곳이 한 군데도 없었으니 큰 성인의 비범한 용맹함이 이와 같았다. 불은 윤원형(尹元衡) 무리가 질렀으므로 불을 피해 밖으로 나갔다면 반드시 해를 입게 되기에 일부러 나가지 않고 있다가 부왕(父王)께서 밖에 계신 것을 확인하고 나서야 밖으로 나오셨다.

13

효종과 정태제

효종대왕께서 봉림대군(鳳林大君) 시절 심양에 볼모로 갔다가 연경까지
가셨다. 소현세자(昭顯世子)께서 먼저 귀국하셨고, 봉림대군께서는 뒤
에 귀국하셨는데[1] 마부와 말을 구하지 못해 중도에 낭패를 보셨다. 그
때 국포(菊圃) 정태제(鄭泰齊)[2]가 상사(上使)로 연경에 갔다가 길에서 봉
림대군을 만났다. 봉림대군께서 마부와 말을 지원해달라고 요청하였으
나 정태제가 들어주지 않고 떠났다. 부사(副使)가 듣고서 마부와 말을
많이 보내 드리고 귀국길에 필요한 물품을 후하게 드린 덕분에 마침내
우리나라에 도착할 수 있었다.

나중에 정태제는 벼슬길이 순탄치 못하였으나 효종께서는 예전 일

---

1 1636년(인조 14) 병자호란이 발발하고 이듬해 조선이 항복하자 봉림대군이던 효종은 소현세
  자와 함께 볼모가 되어 청나라 수도 심양에 갔다. 청나라가 심양에서 북경으로 천도하여 소현
  세자와 함께 다시 북경으로 들어갔다가 이듬해인 1645년(인조 23)에 2월에 소현세자가, 5월에
  효종이 완전히 귀국하였다.
2 정태제(鄭泰齊, 1612~1669)는 자가 동망(東望), 호가 국포(菊圃), 본관이 동래(東萊)이다.
  1645년 1월 26일 정조사(正朝使)로 북경에 갔을 때 순치제(順治帝)에게 간청하여 봉림대군
  의 귀환을 허락받았다. 이조 참의, 승지 등을 지냈고, 1659년(현종 즉위년)에 동래 부사로 나
  갔다가 탄핵당하여 말년을 유배지에서 보냈다.

을 개의치 않으셨으니 이 또한 큰 성인의 도량이다. 정태제는 소현세자와 동서지간이라 아마도 강빈(姜嬪)에 얽힌 관계[3]로 관직이 순탄치 못했으리라.

---

3 강빈(姜嬪)은 강석기(姜碩期)의 딸이자 소현세자의 세자빈 강씨(姜氏)이다. 정태제는 강석기의 사위이다. 강씨는 소현세자와 함께 청나라에서 귀국한 뒤 인조의 총애를 받던 소용(昭容) 조씨(趙氏)로 인해 조씨 저주 사건의 배후자로 무고를 받았다. 뒤에는 인조 독살 시도 사건의 장본인으로 지목되어 사사(賜死)되었다.

14

정광필과 장순손의 됨됨이

우리나라 정승 가운데 문익공(文翼公) 정광필(鄭光弼)[1]이 가장 뛰어나 송나라의 한기(韓琦)·부필(富弼)[2]과 우열을 다툴 만하다. 생사를 넘나드는 위험에도 마음이 동요치 않았으니 옛적에도 그런 사람이 있었던가? 연산군 때 남쪽으로 귀양을 갔는데 그래도 분이 풀리지 않은 연산군이 문익공을 다시 잡아와서 죽이려 하였다. 공께서 소사평(素沙坪)에 이르렀을 때 반정(反正)이 일어났다는 서울의 관보(官報)를 보셨다. 공이 울면서 "신하가 되어 임금을 잘 보필하지 못한 탓에 이 지경에 이르고 말았다."라 하고 하염없이 눈물을 흘리셨다. 저녁 밥상을 받자 생선과 고기가 담긴 반찬 그릇을 물리며 "섬기던 임금의 생사도 알 수 없다."라고 하셨다.

정승 장순손(張順孫)이 영남에 있을 때[3] 흥청(興淸)[4]【연산군 때의 이름난

---

1 정광필(鄭光弼, 1462~1538)은 자가 사훈(士勛), 호가 수부(守夫), 본관이 동래(東萊)이다. 저자의 11대조인 정광세(鄭光世, 1457~1514)의 아우이다. 중종 때 삼정승에 올랐다. 중종에게 죽음을 무릅쓰고 직언하여 당대의 명신으로 평가받았다. 중종의 묘정에 배향되었고, 문집에 『정문익공유고(鄭文翼公遺稿)』가 있다.

2 송 인종(仁宗)과 신종(神宗) 때의 두 재상이다. 임금을 보좌해 치세를 이루어 훌륭한 재상으로 이름이 높았다. 명재상의 전형으로 꼽힌다.

기녀를 홍청이라 하였다.】기녀 하나가 삶은 돼지머리를 보고서 웃었다. 연산군이 이유를 물으니 기녀가 말하였다.

"상주의 찬성(贊成) 장순손의 머리가 돼지머리같이 생겼다고 해서 사람들이 그를 돼지머리 상공이라 부릅니다. 지금 돼지머리를 보자니 정말로 닮은 까닭에 웃었습니다."

그 말에 연산군이 말하였다.

"네가 그놈을 마음에 두고 있었구나. 돼지머리를 베어 버려야겠다!"

그리고 장순손을 속히 잡아 오라고 명하였다. 장순손이 서울로 압송되어 가다가 함창현(咸昌縣)의 공궐지(公闕池)[5]에 이르렀을 때 길이 두 갈래로 갈라졌으나 모두 조령으로 통하였다. 그때 고양이 한 마리가 장순손의 앞을 지나 좁은 길로 갔다. 그러자 장순손이 자신을 압송하는 의금부 도사에게 좁은 길로 가자고 부탁하며 말하였다.

"예전에 고양이가 앞을 지나가면 반드시 좋은 일이 생겼네. 고양이를 따라가 주게나."

연산군이 사람을 또 보내 '장순손을 만나면 그 자리에서 즉시 돼지머리를 베어 오라.'고 하였는데, 장순손이 고양이를 따라 좁은 길로 간 덕분에 공교롭게도 길이 엇갈려 살아남았다. 장순손이 조령에 이르러

---

3 장순손(張順孫, 1453~1534)은 자가 사호(士浩), 본관이 인동(仁同)이다. 1504년 갑자사화 때 연산군이 밤늦게까지 활쏘기를 즐기는 데 대하여 간언하였다가 고향 성주로 유배되었다. 1506년 중종반정으로 풀려나 대사헌, 이조 판서 등을 거치고 김안로와 한편이 되어 삼정승을 지냈다.

4 연산군 때 각 지방에서 뽑혀 대궐 안에 들어온 기녀를 말한다.

5 함창현(咸昌縣)은 오늘날 경상북도 상주시 북부 지역의 옛 이름이다. 공궐지(公闕池)는 상주시 공검면 양정리에 있는 남한 최대 규모의 저수지로 공갈못으로 불린다.

반정이 일어났다는 소식을 듣고서는 매우 기뻐하며 덩실덩실 춤을 추었다. 사람들은 두 가지 이야기를 듣고서 문익공과 장순손의 됨됨이를 알았다.[6]

명나라의 이름난 신하 해서(海瑞)[7]는 직언을 하다가 감옥에 갇혀 죽게 되었는데 그때 세종 황제가 붕어하였다. 감옥의 관리가 밤에 술과 음식을 차려 오자 해서가 배불리 먹으며 "배불리 먹고 죽은 귀신이나 되련다."라 하였다. 관리가 임금이 붕어하였다고 아뢰자 해서는 몹시 슬퍼하며 먹은 음식을 모두 토하고는 밤새도록 곡하고서 다음 날 풀려났다. 문익공은 해서와 같은 부류라 해야겠다!

---

6 이와 관련한 내용이 『연려실기술』 권6 연산조 「갑자화적(甲子禍籍)」에 보인다.

7 해서(海瑞, 1514~1587)는 호부주사(戶部主事)에 발탁되었는데 명 세종의 실정을 직간하다가 투옥되었다. 목숨이 위태로웠으나 재상 서계(徐階)의 간언으로 목숨을 건졌다. 1년 뒤 세종이 죽고 목종(穆宗)이 즉위하면서 석방되었다. 강직하고 청렴결백한 성품으로 이름이 높았다(『명사(明史)』 권226 「해서열전(海瑞列傳)」).

15

정광필이 유배지에서 겪은 일

문익공 정광필 어른께서는 김안로(金安老)[1]의 미움을 받아 김해로 귀양을 가셨다. 김안로가 공을 반드시 죽이고자 삼사(三司)의 신하에게 합동으로 탄핵하도록 사주하였다. 당시 문익공 집안사람들은 감히 서울에 머무르지 못하였다. 참판 원계채(元繼蔡)[2]는 임당(林塘) 정유길(鄭惟吉)[3]의 장인이다. 원계채가 유명한 점쟁이인 홍계관(洪繼灌)에게 공의 앞일을 물으니 홍계관이 말하였다.

"공께서는 꼭 다시 의정부로 들어가실 테니 심려치 마십시오."

그때 삼사의 신하들이 공의 처벌을 더욱 재촉하자 중종 임금께서 아뢴 대로 시행하라고 답하셨다. 원계채가 홍계관을 불러 말하였다.

---

1 김안로(金安老, 1481~1537)는 자가 이숙(頤叔), 호가 희락당(希樂堂), 본관이 연안(延安)이다. 1524년(중종 19)에 아들이 중종의 부마가 되면서 권력을 잡기 시작하여 이후 조정의 실권을 장악하였다. 1537년(중종 32) 문정왕후의 폐위를 기도하다가 발각되어 유배, 사사되었다. 저서로『용천담적기(龍泉談寂記)』,『희락당고(希樂堂稿)』등이 있다.

2 원계채(元繼蔡, 1492~1539)는 자가 수보(壽甫)이다. 외교 문서 작성에 능해 여러 차례 명나라에 다녀왔고, 대사성, 황해도 관찰사, 부제학 등을 역임하였다.

3 정유길(鄭惟吉, 1515~1588)은 자가 길원(吉元), 호가 임당(林塘)이다. 저자의 9대 족조(族祖)이다. 정광필의 손자이며, 김상헌의 외조부이다. 대제학을 지냈고, 좌의정을 역임하였다. 문집에『임당유고(林塘遺稿)』가 있다.

"그대가 걱정 말라 하였는데 이미 후명(後命)[4]이 내렸으니 어쩐 일인 가?"

홍계관이 말하였다.

"저도 모르겠습니다."

삼사의 신하들이 합동하여 탄핵하고 돌아가자 중종께서 후명을 도로 거두어들였다. 김안로가 여전히 공을 기어이 죽이려 하였기에 다들 조만간에 반드시 후명이 내려지리라 생각하였다.

공이 김해에 계시면서 자제들에게 동래의 시조묘에 제사를 지내게 하셨다. 동래 현령은 무인으로, 김안로의 뜻에 영합하여 사람을 시켜서 공의 자제들을 쫓아내며 말하였다.

"서인(庶人)이 된 주제에 제 아비 제사만 지내면 됐지 감히 시조 제사까지 지내느냐?"

이에 공의 자제들이 다시 김해 경내로 돌아가서 망제(望祭)[5]를 지냈다. 한편 노루 한 마리가 공의 배소 문 안쪽으로 뛰어 들어와서 노복이 잡아다 바쳤다. 김해 사또가 그 이야기를 듣고는 관에서 사냥해 진상하려던 노루가 달아났다고 구실을 만들어 관아에 바치라고 성화같이 독촉하였다. 집안사람들이 어쩔 줄을 몰라 하였는데 때마침 이웃 고을의 사또가 진상하고 남은 노루 한 마리를 보내 주었다. 마침내 그 노루를 김해 관아에 바쳐서 다행히 곤욕을 모면하였다.

어느 날 저녁 밤이 깊었을 때 서울 집 노비가 김해로 매우 급히 달려

---

4 귀양살이를 보낸 죄인에게 다시 사약(賜藥)을 내리는 명령이다.
5 멀리 떨어진 곳에서 조상의 무덤이 있는 쪽을 향하여 지내는 제사이다.

와 유배지에 도착하자마자 숨이 넘어가 버렸다. 자제들이 놀라 허둥지둥하며 후명이 내려졌다고 생각해 노비의 주머니를 뒤져서 편지를 찾아보니 김안로가 사사(賜死)되었다는 소식이었다. 자제들이 침소로 들어가 아뢰었으나 공께서는 듣고도 일어나지 않고 도리어 곧장 우레같이 코를 고셨다.

공께서 영의정으로 부름을 받아 서울로 돌아가셨는데 그때 동래 현령이 올렸던 공문이 의정부에 오랫동안 지체되어 있었다. 공께서는 "동래 성주의 공문을 지체해서는 안 된다."라 하고 즉시 먼저 처결하여 보내 주었다. 자제들에게는 지난 일을 함부로 언급하지 말라고 경계하셨다. 그리하여 동래 현령의 소행을 자제들 외에 아는 사람이 없었다. 김해 사또의 경우에는 못된 소행을 직접 본 사람이 있어 소문이 퍼져서 세상 사람들에게 배척당하였다.[6]

16

재상감을 알아본 정광필

문익공은 사람을 알아보는 안목도 높았다. 정승 황헌(黃憲)[1]이 승문원 정자였을 때 공이 한 번 보고는 일찍 성공하였다가 일찍 실패하고, 후사도 얻지 못한다는 앞날을 아셨다. 성안공(成安公) 상진(尙震)[2]이 여섯 살이었을 때 공께서 한 번 보고 "필시 내 자리에 앉을 터이나 다만 일을 피해 다니기를 좋아하니 안타깝구나!"라 하셨다. 상진은 문정왕후께서 수렴청정하시고 윤원형이 권세를 잡자 올바르게 처신하지 못하고 제 한 몸만 지켰다.

공께서 둘째 손자 임당공(林塘公) 정유길과 장증손자 남봉공(南峰公) 정지연(鄭芝衍)[3]을 아껴서 "반드시 내 자리에 앉게 되리라."라 하시면서

---

1 황헌(黃憲, 1502~1574)은 자가 언규(彦規), 본관이 우주(紆州)이다. 정묘호란 때 도원수였던 강홍립(姜弘立)이 그의 손자사위이다. 1521년(중종 16) 문과에 급제하여 승문원 정자가 되고 이후 청요직(淸要職)을 두루 지냈다. 1537년(중종 32) 대간이 되었을 때 김안로를 탄핵하여 사사시켰다. 이 공으로 우의정에 올라 공신에 책록되었다. 1549년(명종 4) 좌의정이 되었다가 탄핵을 받고 삭직되어 낙향하였다.

2 상진(尙震, 1493~1564)은 자가 기부(起夫), 호가 범허재(泛虛齋), 본관이 목천(木川)이다. 이조 판서와 영의정을 역임하였다. 정승으로 유명하나 만년에 윤원형 등 소윤 일파와 어울려 사림의 지탄을 받았다.

아침 식사와 저녁 식사 때는 항상 자신이 먹다가 남긴 음식을 그 둘에게만 내려주시니 다른 자손들은 그 밥을 같이 먹지 못하였다. 정승 이헌국(李憲國)[4]이 어렸을 때 공을 뵈러 갔는데 공께서 또 자신이 먹다가 남긴 밥을 내려 주시자 시비(侍婢)들이 "저 아기씨도 정승 자리에 앉을 그릇인가 보다."라 쑥덕댔다. 나중에 황헌, 상진, 정유길, 정지연, 이헌국은 모두 의정부에 들어갔다.

---

3 정지연(鄭芝衍, 1525~1583)은 자가 연지(衍之), 호가 남봉(南峰)이다. 저자의 8대 족조(族祖)이고, 정광필의 증손이다. 대사성·대사간·대사헌을 거쳐 1581년(선조 14) 우의정에 올랐다.

4 이헌국(李憲國, 1525~1602)은 자가 흠재(欽哉), 호가 유곡(柳谷), 본관이 전주이다. 충청도 관찰사, 좌참찬 등을 거쳐 우의정과 좌의정에 올랐다.

17

고변 당한 아이들의 전쟁놀이

병인년(1506, 중종 즉위년) 이후로 정국공신(靖國功臣)들이 역변을 고발하는 길을 크게 연 탓에 역옥(逆獄)이 연이어 일어났다. 동몽교관(童蒙教官) 문하의 아이들이 남산에서 놀면서 종잇장으로 깃발을 만들고 진을 치는 시늉을 하며 전쟁놀이를 하였다. 어떤 사람이 그 모습을 역변이라 고발하는 바람에 의금부로 붙잡혀 간 아이들이 의금부 뜰 안을 꽉 채우고도 모자라 문밖에까지 묶여 있었다. 문익공이 입궐하다가 이제 막 일고여덟 살 밖에 되지 않은 손자 정유길이 묶인 채로 문밖에 앉아 있는 모습을 보셨다. 공이 깜짝 놀라 정황을 알아보고는 입조하여 중종께 아뢰어 모두 풀려났다.

18

이원익의 앞날을 알아본 이준경

정승 완평부원군(完平府院君) 이원익(李元翼)[1]이 젊은 나이로 정승 물망에 올랐다. 정승 동고(東皐) 이준경(李浚慶)[2]이 그를 보고는 "천하의 박복한 상이다."라 하니 사람들이 놀라 물었다.

"저 사람은 명망이 대단하여 다들 정승감으로 기대하고 있는데, 공께서는 이 무슨 말씀입니까?"

"나처럼 태평한 시대에 정승을 지내야지 하필이면 위태롭고 어지러운 세상을 만날 게 뭐람? 긴 세월 눈물을 흘릴 테니 박복한 상이 아니겠는가?"

완평부원군은 평안 감사 시절에는 임진왜란을 만났고, 의정부에 들

---

1 이원익(李元翼, 1547~1634)은 선조, 광해군, 인조 때의 명재상으로 자가 공려(公勵), 호가 오리(梧里)이다. 임진왜란 때는 평안도 등지에서 체찰사의 직무를 맡아 왜군 토벌에 공을 세웠다. 광해군 즉위 후 영의정으로서 임해군의 처형과 인목대비 폐위에 반대하다가 유배되었다. 인조반정 이후에 영의정이 되어 이괄의 난에 80세에 가까운 노구로 공주까지 인조를 호종하였다. 정묘호란 때에는 도체찰사로 세자를 호위해 전주로 갔다가 강화도로 가서 왕을 호위하였다.

2 이준경(李浚慶, 1499~1572)은 자가 원길(原吉), 호가 동고(東皐), 본관이 광주(廣州)이다. 기묘사화 때 화를 입은 사류(士類)의 무죄를 역설하다가 김안로 일파의 모함을 받아 파직되었다. 김안로가 제거된 뒤 다시 등용되어 대사헌, 우의정, 영의정 등을 역임하였다.

어가서는 또 광해군의 어지러운 정국을 만나 조정에서 편안하지 못하였다. 또 이괄의 난을 만나 인조의 공주 피난을 호종(扈從)하였고, 또 정묘호란을 만나 세자를 모시고 남쪽으로 피난을 갔다. 수십여 년 동안 눈물을 흘리지 않은 날이 없었다.

19

강서의 예언

우리나라의 이인으로는 북창(北窓) 정렴(鄭磏)[1]과 승지를 지냈던 강서(姜緒)[2]가 으뜸이다. 강서가 일찍이 이원익에게 "배다리에 썩은 동아줄, 공은 장차 이를 어찌할꼬?"라 말한 적이 있다. 아무도 그 말이 무슨 뜻인지 아는 이가 없었다.

갑자년(1624, 인조2) 이괄의 난 때 이원익이 타고 가던 가마의 동아줄이 끊어진 탓에 급히 새끼줄을 가지고 가마를 메게 하였다. 배다리에 이르러 썩은 새끼줄이 끊어져 버리는 바람에 이원익이 배다리의 돌 위로 떨어져서 다쳤다.

---

1 정렴(鄭磏, 1506~1549)은 자가 사결(士潔), 호가 북창(北窓), 본관이 온양(溫陽)이다. 아버지 정순붕이 을사사화를 일으켜 많은 선비를 죽이자 벼슬을 그만두고 은거하였다. 도교 계통의 기인이자 시인으로 유명하다. 문집에 『북창집(北窓集)』이 전한다.

2 강서(姜緒, 1538~1589)는 자가 원경(遠卿), 호가 난곡(蘭谷)이다. 문과에 급제하여 수원 부사, 승지 등을 지냈다. 사람을 알아보는 안목이 있어 정여립(鄭汝立)의 옥사와 임진왜란이 일어날 것을 예고하였다고 한다.

20

민심을 안정시킨 이원익

인조반정이 일어나자 종로 시전 거리의 가게들이 사흘 동안 문을 열지 않아 인심이 흉흉하였다. 이원익이 여주의 앙덕(仰德) 나루[1]에서 배를 타고 서울로 들어오자, 그제야 인심이 안정을 찾아 시장에서 가게들이 문을 열었다.

---

1 양평에서 여주와 광주 곤지암으로 가는 길목에 위치하여 양평, 광주, 여주를 잇는 중요한 나루의 하나였다.

21

원두표의 잠꼬대

인조반정을 모의하던 당시에 반정 세력들이 완평부원군 이원익의 의향
을 몰라서 걱정하였다. 원평부원군(原平府院君) 원두표(元斗杓)[1]가 "내가
시험해 보겠소이다."라 하고 여주로 가서 이원익과 안부 인사를 나누고
하룻밤 유숙하였다. 밤이 깊어지자 원두표가 일부러 잠꼬대하여 "역적
질이나 해볼까나."라 하였다. 이원익이 원두표를 불러 "속히 가시게."라
하니 원두표가 서울로 돌아가서 반정 세력에게 알렸다.

"완평부원군이 허락하면서 속히 가보라고 하더군요. 지체하지 맙시
다."

---

1 원두표(元斗杓, 1593~1664)는 자가 자건(子建), 호가 탄수(灘叟)이다. 인조반정에 동참하여
  원평부원군에 봉해졌다. 병자호란 당시 어영부사로서 남한산성을 지켰으며, 이후 강화 유수,
  병조 판서, 우의정, 좌의정 등을 지냈다.

22

이상의의 처신

인조반정을 모의하던 무렵에 반정 세력들이 반드시 좌찬성 이상의(李尙
毅)[1]의 의향을 알아보고자 하였다. 이상의는 일부러 소리가 잘 안 들리
는 척하면서 손님이 찾아오면 꼭 "큰 소리로 말하시오."라 하였다. 또 일
부러 막냇사위 김덕승(金德承)[2]을 곁에 꼭 붙어 있게 하였다. 그래서 사
람들이 감히 말도 꺼내지 못하였다. 김덕승은 그 뒤 문과에 급제하여
장령을 지냈으니 바로 대사간 김홍복(金洪福)의 조부이자 정승 김우항
(金宇杭)의 증조부이다.[3]

1 이상의(李尙毅, 1560~1624)는 자가 이원(而遠), 호가 소릉(少陵), 본관이 여주이다. 임진왜란
  때 광해군을 호종해 공신에 책록되고 여흥군(驪興君)에 봉해졌다. 이후 공조 판서, 좌찬성 등
  을 지냈다. 저서로『소릉집(少陵集)』이 있다.
2 김덕승(金德承, 1595~1658)은 자가 가구(可久), 호가 소전(少痊), 본관이 김해이다. 이상의의
  셋째딸과 혼인하였다. 문과에 급제하고 지평을 거쳐 장령을 역임하였다.
3 『한국계행보』「김해김씨」에 따르면, 김홍복(金洪福, 1649~1698)은 김덕승의 4남이며 김우항
  (金宇杭, 1649~1723)은 김덕승의 장남인 김홍경(金洪慶, 1621~1691)의 차남이다. 김덕승은
  김홍복의 아버지이자 김우항의 조부이니 저자의 착오인 듯하다.

23

신수근의 그릇된 의리

연산군 말기에 좌의정 강귀손(姜龜孫)[1]이 영의정 신수근(愼守勤)[2]에게
"매부와 사위 중에 누가 더 친하오?"라 물었더니 신수근이 "죽으면 그
뿐이외다."라 대답하였다. 두 사람의 말은 모두 잘못되었다. 공의(公議)
가 지극히 중요하거늘 사정(私情)을 어찌 논하는가? 죽으면 그뿐이라는
말은 절개를 지키다가 죽겠다는 말인가? 뜻밖의 재앙으로 죽는다는
말인가?

당시 중종은 진성대군(晉城大君)으로 부인 신씨는 바로 신수근의 딸
이고, 연산군의 왕비는 신수근의 작은누이이다. 연산군은 하나라 걸왕
(桀王)과 은나라 주왕(紂王)보다 백배는 더 음탕하고 잔학하여 많은 현

---

1 강귀손(姜龜孫, 1450~1505)은 자가 용휴(用休), 본관이 진주이다. 좌찬성 강희맹(姜希孟)의
  아들이다. 연산군은 강희맹의 집에서 오랫동안 보호를 받아 강귀손과 친밀하였다. 강귀손은
  연산군의 총애를 받아 오랫동안 이조 판서에 재직하였으며, 1505년(연산군 11) 우의정에 임명
  되었다.
2 신수근(愼守勤, 1450~1506)은 자가 근중(勤仲), 호가 소한당(所閒堂), 본관이 거창(居昌)이
  다. 연산군의 처남이자, 중종의 장인이다. 1505년(연산군 11)에 우의정 강귀손이 사망함에 따
  라 후임 우의정이 되었다. 1506년(연산군 12) 좌의정이 되었을 때 박원종 등이 신수근에게 누
  이와 딸 중에서 누가 더 소중하냐고 묻자 신수근이 세자를 믿겠다고 하였다가 반정 과정에서
  살해당하였다. 중종반정이 일어난 뒤에는 딸 단경왕후 신씨도 폐위되었다.

신을 살육하고 큰어머니인 승평부대부인(昇平府大夫人) 박씨를 욕보였다. 조정의 위기가 코앞으로 닥쳤고 몸은 임금의 인척인데도 자신의 부귀만을 보전하였을 따름이니 저 정승들을 어디에 쓰겠는가![3]

당시에 온 나라의 민심이 모두 진성대군을 향하고 있었다. 저 연산군은 독부(獨夫)[4]였을 뿐만 아니라 온 나라의 원수였으며, 그를 호위하는 신하도 임사홍(任士洪)[5] 한 사람에 불과하였다. 우의정 김수동(金壽童)[6]은 선량한 인사였으니, 세 정승이 마음을 하나로 모아 잔학한 연산군을 폐위하고 현명한 진성대군을 추대하는 일은 손바닥 뒤집기만큼이나 쉬웠을 것이다. 만약 그럴 수 없었다면 스스로 자리에서 물러나 다른 현명한 신하에게 양보했어야 한다. 굳이 자리만 탐하고 죽기만을 맹세하여 함께 난신적자로 귀결되었단 말인가!

당시에 진성대군께서는 한 가닥 머리털처럼 위태로우셨다. 연산군은 진작부터 진성대군을 미워하고 있었다. 한강 노량진에서 군사 훈련을 하고 대궐로 돌아가는 길에 진성대군은 동대문을 통해 대궐로 들어가

---

3 이와 관련한 내용이 이정형(李廷馨, 1549~1607)의 『동각잡기(東閣雜記)』에 보인다.

4 일개 외로운 사내라는 말로, 잔악무도한 짓을 일삼은 끝에 천명이 끊어지고 민심이 떠나간 군주를 뜻한다. 『서경』 「태서 하(泰誓下)」에 폭군인 은나라 주왕을 독부로 명명하고 그의 죄악을 나열하였다.

5 임사홍(任士洪, 1445~1506)은 자가 이의(而毅)이다. 효령대군의 아들 보성군(寶城郡)의 사위이다. 장남은 예종의 사위, 차남은 성종의 사위이다. 신수근과 제휴하여 연산군의 악행과 패륜 행위를 부추긴 인물로 중종반정 이후 처형되었다.

6 김수동(金壽童, 1457~1512)은 자가 미수(眉叟), 호가 만보당(晚保堂), 본관이 안동이다. 갑자사화 때 폐비 윤씨를 회릉(懷陵)으로 추숭(追崇)할 것을 주도하여 연산군의 신임을 받았다. 1506년 우의정 신수근이 좌의정으로 임명되면서 후임 우의정이 되었고, 중종반정에 참여해 좌의정에 올랐다. 연산군에게 충성하였다고 비난을 받았으나 많은 문신들이 화를 면하게도 하였다.

게 하고 자신은 남대문을 통해 대궐로 들어가면서, 약속 시간보다 궐문에 늦게 도착하면 군법으로 다스리겠다고 하였다. 그러자 진성대군의 서형(庶兄)인 영산군(靈山君)[7]이 "내 말이 아니면 제때 도착할 수가 없는데 내가 아니면 몰 수가 없다."라 하였다. 진성대군이 이에 영산군이 모는 말을 타고서 일부러 약속 시간보다 더 빠르지도 더 늦지도 않게 달려 궐문에서 연산군과 함께 만났다. 연산군도 진성대군을 어쩌지 못하였다.[8]

아! 임금을 섬기되 그 몸을 바치는 것은 천하의 큰 도리이다. 하지만 걸왕과 주왕이 망할 때 절개를 지키다 죽은 신하가 있었다는 말을 들어 보았는가? 상용(商容)은 주나라 무왕(武王)이 찾아가 보았고[9] 미자(微子)는 무왕의 봉토를 받았으며[10] 기자(箕子)는 주나라에 조회하러 갔다.[11]

천명(天命)은 성인에게 돌아가고 독부는 저절로 패망에 이르는 법이니 걸왕과 주왕을 위하여 절개를 지키다가 죽은 자가 어찌 있으랴! 나

---

7 『연산군일기』 등에는 영산군(寧山君)으로 되어 있다. 영산군(1490~1538)은 성종의 14남이자 서(庶) 12남으로, 중종의 서제(庶弟)이다. 지은이의 착오가 있는 듯하다.

8 이와 관련한 내용이 『연려실기술』 제6권 「연산조 고사본말(燕山朝故事本末)」에 보인다.

9 상용(商容)은 은나라 주왕 때의 대부(大夫)로, 주왕에게 직간하다가 쫓겨났다. 『서경』 「무성(武成)」에 주 무왕이 은나라를 정벌한 뒤 그의 집 앞에 경의를 표했다고 하였다.

10 미자(微子)는 은나라 주왕의 서형(庶兄)이다. 주왕이 폭정을 일삼자 은나라의 제기(祭器)를 가지고 떠나서 무왕에게 항복하였다. 무왕이 미자를 풀어 주고 작위를 주었으며, 그 뒤에 성왕(成王)은 미자를 송나라에 봉하였다.

11 기자(箕子)는 은나라 주왕의 숙부로, 주왕의 폭정에 대하여 간언하다가 받아들여지지 않자 미친 척하여 유폐되었다. 무왕이 은나라를 멸망시키고 기자를 조선에 봉해 주었다. 그 뒤 기자가 주나라에 조회하러 가는 길에 은나라의 옛 수도가 폐허가 된 것을 보고 「맥수가(麥秀歌)」를 지었다.

는 신수근의 죽음에 어떤 의리가 있는지 모르겠다. 임금을 지키지도 못하였고, 또 제 집안을 지키지도 못하였으며, 국모조차도 자리를 편히 보존하지 못하게 하였으니 어째서인가?

24

임진왜란의 영웅들

우리나라가 임진왜란을 겪은 것은 송나라가 금나라의 침입을 받은 것과 다름이 없다. 그러나 송나라가 난리를 만난 것은 철종과 휘종이 임금답지 못하였고,[1] 여혜경(呂惠卿)과 채경(蔡京)이 악덕을 쌓았으며, 황잠선(黃潛善)과 왕백언(汪伯彦)이 다른 사람들을 비방하였고 진회(秦檜)가 나라를 그르쳤기 때문이다.[2] 휘종과 흠종이 북쪽으로 잡혀간 재앙과 고종이 남쪽으로 수도를 옮긴 일은 천고에 오열할 만하다.[3]

우리나라는 그렇지 않았다. 임금이 대대로 현명하여 은택이 계속 이

---

1 송나라 철종이 어린 나이로 즉위하자 조모인 선인황후(宣仁皇后)가 수렴청정하면서 사마광(司馬光) 등의 구법당(舊法黨) 인사들을 기용해 치세를 이룩하였다. 선인황후가 병사하자 친정을 시작한 철종이 채경(蔡京) 등의 신법당(新法黨) 인사들을 기용하였는데, 이들은 참소를 일삼아 유현들을 축출하고는 잇달아 권세를 부렸다. 철종이 후사 없이 병사하자 그 아우인 휘종(徽宗)이 즉위하였는데, 신법당 인사들에게 정치를 내맡긴 채 문학과 미술에 탐닉하고 사치에 빠져 나라가 급격히 쇠퇴하였다. 이때를 노려 금나라가 침입하자 휘종은 책임을 모면하려 장남인 흠종에게 양위하고 태상황으로 물러났다.

2 여혜경(呂惠卿)과 채경(蔡京)은 신법당의 인물로 철종과 휘종 때 참소로 유현들을 축출하고 전횡을 일삼았다. 진회(秦檜)는 남송 고종 때의 재상으로, 명장 악비(岳飛) 등을 무고하게 죽이고 주전파(主戰派)를 탄압하여 금나라와 굴욕적인 화친에 합의하였다. 황잠선(黃潛善)과 왕백언(汪伯彦)은 휘종과 고종 때의 권신으로, 진회와 함께 금나라와 화의를 주장하였으며 권력 유지를 위해 반대파 신하들을 무고하여 제거하였다.

어져서 문무 관원들이 편안하고 즐거웠다. 율곡(栗谷) 이이(李珥)가 10만 군사를 양성하자는 계책을 내었는데 서애(西厓) 유성룡(柳成龍)이 오히려 불합리하다고 여겼으니 이는 한스럽다. 그렇지만 역대로 덕과 인을 많이 쌓아 두었기에 민심이 흩어지지 않았으며, 당시의 임금과 정승이 어질고 현명하였기에 나라의 복이 없어지지 않았다. 안으로는 좀 벌레 같은 간신이 없었고 밖으로는 뛰어난 장수가 있었다. 한결같이 충성스러운 사람들이 굳게 맹세하여 임무를 수행하였으니 이때만큼 인재가 넘쳐났던 적이 없었다. 수백 년 동안 이어져 온 강토를 한 치도 잃지 않았으니, 조종(祖宗)이 인재를 배양한 효력이 아름답지 않은가?

서원부원군(西原府院君) 정탁(鄭琢), 평성부원군(平城府院君) 신점(申點)은 우리나라의 신포서(申包胥)이고,[4] 서애 유성룡, 완평부원군 이원익,

---

백사 이항복, 한음 이덕형은 우리나라의 장준(張浚)과 조정(趙鼎)이며,[5] 이순신과 정기룡(鄭起龍)은 우리나라의 악비(岳飛)와 한세충(韓世忠)이다.[6] 그 밖에 문과 출신으로 의병을 일으킨 농포(農圃) 정문부(鄭文孚), 망우당(忘憂堂) 곽재우(郭再祐), 제봉(霽峰) 고경명(高敬命), 중봉(重峯) 조헌(趙憲)은 혹은 지략으로, 혹은 충절로 천고에 빛을 발하였다.[7]

그 가운데서 탁월한 분은 충무공 이순신이다. 6척의 낡은 배로 한창 기세가 오른 수천 척의 왜적 함대를 격파하였다. 진린(陳璘)이 이순신에 대해 천하를 경륜할 재주의 소유자라고 보고하였다.[8] 정문부는 의병 40명으로 가등청정(加藤淸正, 가토 기요마사)의 마구 날뛰는 십만 병사를 대파하였는데 가등청정이 천하의 명장이라고 칭송하였다. 왜적들이 합세하지 못하도록 수로를 끊어버려서 육지에 있던 왜적은 지원군 없이 버티지 못하였고, 북관이 평정되어 남쪽의 왜적들은 절로 물러갈 수밖

---

5 후방에서 국정 담당 및 전쟁 물자 보급에 이바지한 인물이라는 말이다. 장준(張浚, 1094~1164)과 조정(趙鼎, 1085~1147)은 남송 고종 때의 문신 재상으로, 군사를 모집하고 요충지에 주둔시켜 금나라의 침입을 잘 방비하였다.

6 일선에서 큰 전공을 세운 인물이라는 말이다. 악비(岳飛, 1103~1141)는 남송의 명장이다. 북송 멸망 무렵 의용군에 참전하기 시작해 금나라를 상대로 연일 승리하여 혁혁한 전공을 쌓았다. 영종(寧宗) 때 악왕(鄂王)에 추봉되었다. 한세충(韓世忠, 1089~1151)은 고종 때의 무장이다. 적은 병력으로도 각지의 반란군을 진압하고 금나라 대군을 격퇴하는 등 많은 전과를 거두었다.

7 농포(農圃) 정문부(鄭文孚, 1565~1624)는 함경도에서, 망우당(忘憂堂) 곽재우(郭再祐, 1552~1617)는 경상도에서, 제봉(霽峰) 고경명(高敬命, 1533~1592)은 전라도에서, 중봉(重峯) 조헌(趙憲, 1544~1592)은 충청도에서 의병을 일으켜 왜적에 대항하였다.

8 진린(陳璘)은 명나라 장수로 임진왜란 때는 부총병을, 정유재란 때는 총병관을 맡았다. 정조(正祖)가 지은 「충무공 이순신 신도비명(忠武公李舜臣神道碑銘)」에 따르면, 명나라 수군 장수 진린이 선조에게 "이순신은 천하를 경륜할 재주를 가지고 있으며 하늘을 깁고 해를 목욕시킨 공로가 있는 사람입니다."라 하고, 또 명 신종에게도 아뢰었다고 하였다.

에 없었다.

연안대첩(延安大捷)과 행주대첩(幸州大捷)은 사람들의 의기를 제법 진작시켰으나 한때의 전공에 불과하였다. 충무공의 위대한 공훈으로 말하자면 참으로 하늘을 깁고 해를 목욕시킨 수준이다. 다음으로는 정기룡과 농포 정문부이니 옛날의 이름난 장수라 한들 그들보다 낫겠는가? 이는 모두 안으로는 좀 벌레 같은 간신이 없고 밖으로는 뛰어난 장수가 있으며, 임금이 그 공적을 막거나 능력을 꺾지 않아 대업을 다시 이어나간 결과이다. 아! 아름답도다! 오직 우리 선조대왕만이 은나라 삼종(三宗)9과 주나라 선왕(宣王)10에 비견할 만하니 송나라가 미칠 수 있는 대상이 아니다.

---

9 은(殷)나라 중종(中宗), 고종(高宗), 조갑(祖甲)을 가리킨다. 세 임금은 재위 기간이 각각 75년, 59년, 33년에 달하여, 오랫동안 재위하면서 선정을 베푼 임금의 대명사로 일컬어진다(『서경』「무일(無逸)」).

10 방숙(方叔), 소호(召虎), 윤길보(尹吉甫), 중산보(仲山甫) 등 어질고 유능한 인재들을 등용하고 안팎의 정치를 맡겨 주나라 중흥의 업적을 이루었다(『사기』권4「주본기(周本紀)」).

25

정기룡의 활약

정기룡(鄭起龍)[1]은 영남 출신이다. 무과 급제자로 훈련 봉사(訓鍊奉事)에 임명되었다. 임진왜란 때 순변사(巡邊使) 이일(李鎰)이 패주하여 왜군이 상주를 점령하자, 정기룡이 적은 수의 병사들과 함께 야습하여 왜군을 몰아내고 상주를 탈환하였다. 이때부터 성 밖에 주둔하고 있던 왜군을 공격하여 백전백승하였는데, 한 치의 쇳조각도 그의 몸에 상처를 입히지 못하였으며 한 발의 총알도 그의 몸에 명중한 적이 없었으니, 은혜와 위엄이 크게 알려졌다. 명나라 총병(摠兵)이 총알에 맞아 전사하였을 때 명나라 병사들이 정기룡의 휘하에 소속되기를 원하자, 명나라의 경리(經理)가 본국 조정에 상주하여 정기룡을 총병에 임명하게 하였다. 영남을 보전한 것은 모두 정기룡의 공이다. 정기룡은 그 뒤에 벼슬이 통제사에까지 올랐다.

---

1 정기룡(鄭起龍, 1562~1622)은 자가 경운(景雲), 호가 매헌(梅軒), 본관이 진주(晉州)이다. 경상도 하동 출신의 명장으로 임진왜란 때 혁혁한 전공을 세웠다.

26

천하 명장 정문부

농포(農圃) 정문부(鄭文孚)[1]는 문과 급제자로 북평사(北評事)에 임명되었다. 임진왜란 때 왜군 장수 가등청정(加藤淸正, 가토 기요마사)과 소서행장(小西行長, 고니시 유키나가)이 승승장구해 조령을 넘어 달천(達川)에서 신립(申砬) 장군의 부대를 대파하였다. 선조가 관서지방으로 피난하자 왜군이 서울과 평양을 함락하였다. 두 적장이 방향을 나누고자 제비를 뽑았는데 그 결과 가등청정은 북쪽으로 진군하고 소서행장은 서쪽으로 진군하였다. 가등청정이 더 흉악하고 간교하여 함경도를 거의 다 함락하였다. 그때 토호 국세필(鞠世弼)과 국경인(鞠景仁)을 비롯한 역적들이 각자 병사를 거느리고 임해군(臨海君)과 순화군(順和君) 두 왕자와 대신들을 포박하여 넘겨주고 가등청정과 호응해 함경도 병마절도사 이감(李瑊)의 부대를 대파하였다.[2]

국세필이 북평사를 잡는 데 천금의 현상금을 붙이자 정문부는 걸식

---

1 정문부(鄭文孚, 1565~1624)는 자가 자허(子虛), 호가 농포(農圃), 본관이 해주(海州)이다. 1588년(선조 21) 문과에 급제하여 1591년 함경북도 북평사가 되었다. 임진왜란이 일어나자 의병을 조직해 반란군과 왜군을 격파하여 함경북도를 완전히 수복하였다. 1599년(선조 32) 문과 중시에 장원급제하였다. 문집에 『농포집(農圃集)』이 있다.

하면서 산골짜기로 다니며 의병 수십 명을 모았다. 그런 다음 국세필의 병사 수만 명 틈으로 들어가 이틀 만에 국세필을 참수하고 국경인을 비롯한 여러 역적들을 차례로 무찔렀다. 또 주둔하고 있던 왜군을 섬멸하였다. 가등청정을 공격하여 거듭 승리를 거두고 새매가 참새를 쫓듯 가등청정을 추격하였다. 철령으로 물러난 가등청정은 보검 2자루를 보내어 바치면서 "내가 오늘에야 천하의 명장을 보았소."라 하였다. 정문부가 용진(龍津)[3]까지 추격하였다가 함경도로 돌아가자 가등청정도 남하하여 조령을 넘어가서 두 왕자를 돌려보냈다. 정문부의 공로가 대단하다고 할 만하다.

함경도 관찰사 윤탁연(尹卓然)[4]은 이름난 재상이었다. 함경도에서 왜군을 몰아낸 일이 자기 손을 거치지 않은 것을 몹시 꺼려서 정문부의 공로를 덮어 버리고 조정에 보고하지 않았다. 그래서 조정에서는 정문부의 승전 사실을 알지 못하였다. 정문부 사후에 택당(澤堂) 이식(李植)이 함경도 관찰사가 되었을 때 『북관지(北關志)』에 그 공적을 상세히 실었으며, 그 아들 이단하(李端夏)가 아버지를 이어 『북관지』를 완성하면

---

2 국경인(鞠景仁, ?~1592)은 전주에서 살다가 회령에 유배되었고, 후에 회령 아전으로 들어가 치부하면서 조정에 원한을 품었다. 임진왜란이 일어나자 회령 아전인 숙부 국세필(鞠世弼, ?~1592)과 함께 무리를 모아 반란을 일으켰다. 회령에 피난 중이던 두 왕자 임해군(臨海君)과 순화군(順和君)을 포박하여 가등청정에게 넘겨주었다. 남쪽으로 퇴각하는 가등청정에게 회령 수비의 책임을 위임받았으나 정문부의 격문을 받은 유생에게 붙잡혀 참살당하였다.

3 오늘날 함경남도 문천군(文川郡) 지역의 옛 지명이다.

4 윤탁연(尹卓然, 1538~1594)은 자가 상중(尙中), 호가 중호(重湖), 본관이 칠원(漆原)이다. 형조 판서, 호조 판서를 지냈다. 임진왜란 때 함경도에 피난한 두 왕자가 적에게 포로가 되자 함경도 도순찰사가 되어 의병을 모집하고, 왜군을 방어하다가 객사하였다. 팔문장가의 한 사람으로 꼽힌다. 저서에 『계사일록(癸巳日錄)』이 있다.

서 더욱 자세하게 실었다.[5]

정문부는 경성(鏡城)의 창렬사(彰烈祠)에 배향되었으며 충의(忠毅)라는 시호가 내려졌다. 정조 때에 공훈을 세운 신하를 대우하는 관례와 똑같이 영구히 제사를 받들게 하는 은전을 하사하였다. 백년이 지나고 나서야 그 공적이 크게 드러났다. 의병을 일으켰던 당시에 정문부는 28세로 나이가 가장 어렸으며 관직도 제일 낮았다. 그런데도 모두가 그를 대장으로 추대하였으니 그 재주와 지략이 남들보다 크게 뛰어났음이 분명하다.[6]

---

5 『북관지(北關志)』는 함경북도 각 군의 읍지(邑誌)를 개괄하여 편집한 책이다. 1616년(광해군 8)에 이식(李植, 1584~1647)이 함경도 북평사가 되었을 때 편집에 착수하였으나 미처 마치지 못하였다가, 1664년(현종 5)에 그 아들인 이단하(李端夏, 1625~1689)가 북평사가 되었을 때 이어서 완성하였다.

6 당시의 전황이 「북관대첩비(北關大捷碑)」에 잘 기록되어 있다. 이 빗돌은 정문부의 승전 행적을 상세히 기록한 전승비로 1707년(숙종 34) 북평사 최창대(崔昌大)가 함경북도 길주군에 세웠다.

27

천주학을 배척한 안정복

『명사(明史)』에 다음과 같은 내용이 있다.[1]

"만력(萬曆) 29년 신축년(1601)에 천진(天津) 지역의 세감(稅監)을 맡은 마당(馬堂)이 대서양 사람 이마두(利瑪竇)[2]가 진상한 방물(方物)을 올렸다. 그러자 예부(禮部)에서 다음과 같이 보고하였다.

'대서양은 『대명회전(大明會典)』[3]에 실려 있지 않으니 그 진위를 알 수 없습니다. 그가 바친 「천주녀도(天主女圖)」라는 것도 이치에 맞지 않습니다. 신선골(神仙骨)[4]이라는 것도 있는데, 무릇 신선이라면 날아서 하늘로 올라가 버렸을 테니 뼈가 어떻게 남아 있겠습니까?'"[5]

『택당집(澤堂集)』에 다음과 같은 글이 있다.[6]

---

1 이하의 내용이 『명사(明史)』 권326 「열전(列傳)」 권214 외국(外國) 7조에 보인다.

2 이마두(利瑪竇, 마테오 리치(Matteo Ricci), 1552~1610)는 이탈리아의 선교사로, 1601년에 북경으로 가서 중국에 최초로 천주교를 전파하였다. 선교를 위하여 서양의 학술을 중국어로 번역해 『기하학원본(幾何學原本)』과 『곤여만국전도(坤輿萬國全圖)』 등을 펴냈다. 저서인 『천주실의(天主實義)』는 한국의 천주교 성립에 큰 영향을 끼쳤다.

3 명나라의 여러 법령을 집대성한 종합적인 행정 법전이다.

4 이규경(李圭景)에 따르면, 신선골(神仙骨)은 불가(佛家)의 불골(佛骨)이나 도가(道家)의 사리(舍利)와 같은 부류이다(『오주연문장전산고』 「도교의 서적과 경전에 관한 변증설(道敎仙書道經辨證說)」).

"천주학(天主學) 서적을 구해 와서 배우고 익힌 사람은 허균(許筠)[7]이 처음이다. 허균은 '남녀의 정욕은 하늘이 내려 준 것이요, 인륜의 분별은 성인이 가르쳐 준 것이다. 하늘이 성인보다 한 단계 더 높으니 나는 하늘을 따르고 감히 성인을 따르지 않겠다.'라고 하였다."[8]

아! 인륜에 따라 분별하지 않으면 금수나 다름없으니 천주학이 인륜을 파멸한 지경이 이와 같다. 속된 이야기에 또 다음과 같은 내용이 보인다.

"허균은 항상 자그마한 금불상을 가지고 다니면서 향을 사르고 예배하며 '이것이 천주이다.'라고 하였다."

허균은 만고의 요사스러운 역적인데 천주학을 공부한 자들이 그를 본받고 이어서 대역죄를 지었으니 말해 뭐하겠는가?

이승훈(李承薰)[9]도 중국에 가서 천주학 서적을 구하여 앞서의 허균보다 훨씬 자세하게 익혔다. 그러자 재주 있고 신기한 것을 좋아하는 자들이 일제히 그를 따르면서 천주학을 참된 가르침이라 여겼다. 순암(順菴) 안정복(安鼎福)[10] 선생이 이를 철저하게 배격하면서 "장차 한나라 말기 황건적(黃巾賊)의 난과 명나라 말기 백련교(白蓮敎)의 난이 일어나

---

5 이와 관련한 내용이 안정복(安鼎福)의 『순암집(順菴集)』 권17 잡저(雜著) 「천주학 고증〔天學考〕」에 보인다.

6 이하의 내용이 이식(李植)의 『택당집(澤堂集)』 권15 잡저(雜著) 「대필(代筆)하여 자제들에게 보여준 글〔示兒代筆〕」에 보인다.

7 허균(許筠, 1569~1618)은 자가 단보(端甫), 호가 교산(蛟山), 본관이 양천(陽川)이다. 조선 중기의 문인이다. 일찍부터 불교와 도교에 심취하여 불상을 모시고 염불과 참선을 일삼는다는 탄핵을 받았다. 여러 차례 명나라를 다녀오면서 수천 권의 서적을 들여왔는데, 천주교와 양명학 서적이 다수 포함되어 있었다.

8 이와 관련한 내용이 안정복의 『순암집』 권17 잡저 「천주학 문답〔天學問答〕」에 보인다.

게 되리라."[11]라 하며 세상의 도리를 근심하고 개탄하였다. 편지를 보내 꾸짖고 글을 지어 논박하면서 "신기한 것을 좋아하는 인사들이 기이하고 괴벽한 일을 만들었다."라 하셨다.

화를 일으키기 좋아하는 자들이 추이를 엿보다가 일망타진할 흉계를 꾸미니 이승훈을 따르던 자들이 와자지껄 크게 헐뜯으며 그를 구제하라고 하기는커녕 그를 죽이라고 하였다. 안정복 선생이 돌아가신 해인 신해년(1791, 정조15)에 옥사가 일어났고[12] 또 10년 뒤인 신유년(1801, 순조1)에 옥사가 크게 일어났다. 그때 죽은 사람이 셀 수도 없었다.[13]

안정복 선생이 일찍이 판서 이헌경(李獻慶)[14]에게 다음과 같은 시를 보냈다.

---

9 이승훈(李承薰, 1756~1801)은 자가 자술(子述), 호가 만천(蔓川), 본관이 평창(平昌)이다. 이가환(李家煥)의 조카이자 정약용의 처남으로 남인이다. 1783년(정조 7) 동지사의 서장관인 아버지를 따라 북경에 가서 천주교의 교리를 배우고, 프랑스 신부에게 세례를 받아 우리나라 최초의 영세자가 되었다. 귀국 후 친지들과 정기적으로 신앙 모임을 가졌다가 몇 차례 체포되었다. 1801년(순조 1) 신유박해 때 체포되어 대역죄로 참수되었다.

10 안정복(安鼎福, 1712~1791)은 자가 백순(百順), 호가 순암(順菴), 본관이 광주(廣州)이다. 광주에 거주하였다. 이익의 제자로, 남인이다. 저자의 스승이다. 익위사 익찬, 목천 현감 등을 지냈다. 경학과 사학에 뛰어났으며 박학하여 많은 저술을 남겼다. 제자 권철신과 사위 권일신 형제 등 남인 소장 학자들이 천주교를 신봉하자 이들에게 서찰을 보내 천주교를 철저히 비판하며 경계시켰다. 저술에 『동사강목(東史綱目)』, 『열조통기(列朝通紀)』, 『순암집(順菴集)』 등이 있다.

11 2세기 중엽 후한 영제(靈帝) 때 장각(張角)이 도교 사상을 기반으로 태평도(太平道)라는 종교를 세웠는데, 신도가 수십만으로 늘어나자 농민들에게 다가올 새 세상을 상징하는 황색의 띠[黃巾]를 머리에 매게 하여 여러 지역에서 동시에 반란을 일으켰다. 이를 황건적(黃巾賊)의 난이라고 한다. 12세기 중엽 남송 고종 때 모자원(茅子元)이 백련(白蓮)의 개화와 함께 미륵불이 강림한다며 백련종(白蓮宗)을 세웠다. 주술적 경향이 짙어진 까닭에 당시부터 탄압을 받았는데 17세기 이후에도 대규모 반란을 일으켰다. 이를 백련교(白蓮教)의 난이라고 한다.

도술이 여러 갈래로 나뉘어 제각기 튀는데	道術派分各自逃
서양에서 들어온 학문이 또 제멋대로 날뛰네	西來一學又橫豪
바람 부니 떨어진 잎새가 어지럽게 흩날리고	風吹落葉紛紛去
달빛 비치니 외로운 나무가 쓸쓸히 우뚝하네	月照孤株子子高
약 화로에 불 사위었으니 어찌할 도리 없고	丹廚火消無可奈
백발에 힘 다 빠졌으니 그저 울부짖을 뿐	白鬚力盡但號咷
아이 불러 술을 따라 술잔이나 기울이세	呼兒且進杯中物
성인 되든 광인 되든 저들이 알아서 하겠지	爲聖爲狂任汝曹

내가 삼가 그 시에 다음과 같이 차운하였다.

해가 중천에 높이 뜨면 귀신들 도망갈 곳 사라지듯	如日再中鬼莫逃
선생께서는 본디 바른 풍속 일으킬 호걸이셨네	先生自是中興豪
기기괴괴한 천주학자들 얼마나 망령이던가	奇奇怪怪人何妄

---

12 신해박해(辛亥迫害)를 가리킨다. 1791년(정조 15) 전라도 진산군(珍山郡)의 남인 선비 윤지충(尹持忠)과 권상연(權尙然)이 천주교식으로 장례를 치르자, 부모도 몰라보는 사상을 신봉했다는 이유로 조정에서 큰 논란이 일어났다. 정조는 두 사람을 처형하고 권일신을 유배보내는 선에서 사건을 마무리하였다. 우리나라 최초의 천주교도 탄압 사건으로 올해 두 명의 무덤이 발굴되었다.

13 신유박해(辛酉迫害)를 가리킨다. 정조 사후 조정의 주도권을 쥔 노론의 벽파가 수렴청정하는 정순왕후(貞純王后)를 움직여 1801년(순조 1) 천주교 교인과 남인에 대해 강력한 탄압을 가하였다. 백여 명이 처형되고 4백여 명이 유배되었다.

14 이헌경(李獻慶, 1719~1791)은 자가 몽서(夢瑞), 호가 간옹(艮翁), 본관이 전주이다. 남인을 대표하는 정치가이자 문장가이다. 대사간, 호조 참판, 한성부 판윤 등을 지냈다. 저서에 『간옹집(艮翁集)』이 있으며, 안정복에게 보낸 서찰 중에 천주교를 강력하게 배척한 내용이 보인다.

정정당당한 선생의 도는 더욱 높아가네   正正堂堂道益高

십 년 세월 품은 고심 원망과 허물만 남았으니   十載苦心成怨咎

하루아침에 생겨난 재앙이라 울부짖지 말지어다   一朝凶禍莫號咷

돼지나 물고기도 정성에는 감동하건만   豚魚尙且孚能及

승냥이 수달보다 못하니 너희를 어찌하랴   豺獺不如奈爾曹

28

이헌경이 지은 결혼 축하시

사중(思仲) 정지눌(丁志訥)[1]은 간옹 이헌경의 외사촌 동생이다. 정지눌은 어려서 고아가 된 처지였는데 신부를 맞이하는 날 이헌경이 다음과 같은 시를 보냈다.

너는 본디 부모 잃은 고아였는데	爾本孤哀子
이제 제사 받들 아내를 맞이하누나	今迎主饋妻
마름과 쑥은 그런대로 장만하여도[2]	蘋蘩猶可採
대추와 밤은 누구에게 올려 드리나[3]	棗栗爲誰提
새 신부는 침울하여 한스러워하고	黯黯新人恨
늙은 여종은 서러워서 눈물 흘리네	凄凄故婢啼

이 시는 정지눌 부모의 넋을 울릴 만하다.

---

1 정지눌(丁志訥, 1724~?)은 자가 이민(而敏), 본관이 나주이다. 정호선(丁好善)의 5대손으로 용인에 거주하였으며 1762년(영조 38) 생원시에 합격하였다.
2 마름과 쑥은 식용하는 수초로 진귀하지는 않아도 정성껏 마련해 제사에 올리는 제물을 뜻한다.
3 대추와 밤은 신부가 시부모를 처음으로 뵐 때 올리는 예물이다.

29

종성의 황제 무덤

함경도의 운두성(雲頭城)[1]은 예전에는 금나라의 영토였다. 황제의 무덤이 있는데 송나라 황제의 무덤이라고 전해진다. 『자치통감강목(資治通鑑綱目)』에 "금나라가 송 휘종의 시신을 관에 넣어 송나라로 돌려보내 주었고, 흠종의 시신은 공락(鞏洛) 땅의 언덕에 묻었다."라 하였다.[2] 이 기록은 몹시 의심스럽다. 내가 감시어사(監市御史)를 종성으로 배웅하면서 다음과 같은 시를 지어 주었다.

금나라[3]가 옛날에 쌓은 운두성 지금도 있으니	完顏古築雲猶在
송나라 황제 묻힌 무덤에는 달빛이 시름겨우리	宋帝遺陵月欲愁
옛 자취가 또렷하여 아직도 살필 수 있으리니	往蹟班班猶可考
한가한 날이면 숨겨진 유적 다시금 찾아보소	須從暇日更探幽

---

1 함경도 회령부(會寧府)의 서쪽 50리에 위치한 석성(石城)이다. 흠종황제의 무덤이 있다고 전한다.

2 『어비속자치통감강목(御批續資治通鑑綱目)』 권16에 보인다. 공락(鞏洛)은 중국 하남성(河南省)의 공의(鞏義)와 낙양(洛陽) 일대 지역이다.

3 원문은 完顏이다. 금 태조(金太祖)의 여진 이름이 완안 아골타(完顏阿骨打)이다.

감시어사는 나에게 다음과 같이 답시를 지어 주었다.

짙은 황사 바람에 온 천지가 가을빛인데   漠漠黃沙萬里秋

삼한 땅 끝나는 곳에 강물 한 줄기 흐르네   三韓地盡一江流

청산은 본래부터 감정 없는 존재이건만   靑山自是無心物

수주에 가까워지니 또 머리가 허옇게 세네   爲近愁州亦白頭

수주(愁州)는 종성의 옛 이름이다. 이 시는 빼어난 작품이다. 하지만 삼한인 마한·진한·변한이 끝나는 곳에 있는 강은 한강이며, 종성을 흐르는 두만강과는 삼천 리나 떨어져 있다. 이는 사실과 다르다.

30

정광운의 총명함

휴휴자(休休子) 정광운(鄭廣運)[1]이 일고여덟 살 때 외가가 있는 두물머리에서 배를 타고 내려왔다. 정승 이집(李㙫)[2]이 마침 한 배를 탔다가 그 용모를 빼어나게 여겨 운자를 부르고 시를 지어 보라 하였다. 정광운이 다음과 같이 한 구절을 지었다.

산이 높아 단풍은 일찍 물들고   山高楓染早

물이 얕아 돛단배는 더디 오누나   水淺帆來遲

이 정승은 크게 칭찬하고 감탄하며 말씀하셨다.

"일찌감치 높은 자리에 오르겠지만 벼슬길은 험난할 것이다."[3]

그 뒤에 이 정승은 광주 부윤이 되었는데 해주 정씨 집안과 능성 구

---

1 정광운(鄭廣運, 1707~1756)은 자가 덕이(德而), 호가 휴휴자(休休子), 본관이 해주이다. 경기도 광주에 거주하였다. 1730년(영조 6) 문과에 급제하여 1737년(영조 13)에 사헌부 지평, 1741년(영조 17)에 사간원 정언이 되었고, 1744년(영조 20)부터 십여 년간 사헌부 장령을 지냈다.
2 이집(李㙫, 1664~1733)은 자가 노천(老泉), 호가 취촌(醉村), 본관이 덕수이다. 1710년(숙종 36) 승지를 거쳐 대사간이 되어 최석정을 변호하다가 전직되었다. 경종 때 예조 참판, 황해도 관찰사, 영조 때 이조 판서, 우의정 등을 지냈다. 저자의 외가 쪽 조상이다.

씨 집안이 같은 산에 나뉘어 세거하여 산 남쪽은 정씨 집안의 선산이고 산 북쪽은 구씨 집안의 선산이었다. 정씨 집안이 산 북쪽을 넘어서 그 어버이를 장사지내자 진사 구이주(具頤柱)[4]가 산송(山訟)을 제기하였다. 하지만 정씨 집안은 목숨을 걸고 이장하지 않았다. 정광운이 볼모로 관아의 뜰에 들어가 구이주와 마주하고 다투었는데 언사가 꼿꼿하고 곧았으며 조리가 분명하고 시원하였다. 이 정승이 감탄하며 "일찍이 이 아이를 보았을 때 매우 조숙하였는데 지금 보니 또 잘 자랐구나."라 한 다음, 구이주에게 다음과 같이 말하였다.

"산송의 법리상 이장하게 하는 것이 마땅하지만, 지금 저 아이의 말을 들어 보니 그대는 저 아이의 부친과 대대로 교분이 매우 도타웠더군. 그대의 선영을 침범한 것도 아닌 만큼 땅 한 구석을 떼어 주어 경계를 분명하게 정해서 대대로 이어 온 교분을 온전하게 하고 가깝게 지낸 벗과의 도리를 도탑게 한다면 또한 좋지 않겠는가? 저 아이를 꼭 감옥에 가두어야겠나?"

구이주도 슬픈 표정으로 말하였다.

"평소 저 아이를 특별히 아껴 자식처럼 여겼으니 차마 감옥에 가둘 수 있겠습니까? 풀어 주십시오."

이로부터 두 집안은 서로 화해하여 지금까지도 변함없이 가깝게 지내고 있다.

아! 정광운의 언론과 풍채는 일세에 우뚝하다. 대간(臺諫)의 자리에

---

3 이와 관련한 내용이 안정복이 지은 정광운의 행장(行狀)에 보인다.
4 구이주(具頤柱, 1685~?)는 자가 양중(養仲), 본관이 능성(綾城)이다. 1717년(숙종 43) 생원시에 입격하였다.

있을 때 윤지(尹志)를 육지에 놔둬서는 안 되며 반드시 화근을 빚어낼 것이라고 논박한 일이 있었다. 을해옥사(乙亥獄事)[5]가 일어나자 영조께서 그 말을 생각하여 공을 크게 쓰려고 하였으나 병자년(1756, 영조 32)에 작고하고 말았으니 안타깝도다!

5 을해옥사는 나주괘서사건(羅州掛書事件) 또는 윤지(尹志, 1688~1755)의 난이라고도 한다. 1755년(영조 31) 소론 일파가 노론을 제거할 목적으로 일으킨 역모 사건이다. 윤지는 소론의 영수였던 윤취상(尹就商)의 아들이다. 노론과 소론의 알력으로 아버지가 처형되고 자신은 제주도에 유배되자 원한을 품고 거사를 감행하기 위해 세력을 규합하였다. 나주의 객사에 나라를 비방하는 글을 걸었다가 발각되어 체포, 처형되었다. 이로 인해 많은 소론 인사들이 연루되어 실세하였다.

31

남의 꿈으로 장원급제한 장주

집의(執義) 장주(張澍)[1]는 풍덕군(豊德郡)[2]에 살았다. 갑자년(1744, 영조 20) 알성시(謁聖試)[3]를 실시할 때 서울에 가서 종이 가게에 들러 정초지(正草紙)를 사려고 하였다. 가게 주인이 성이 무엇인지 물어보았으나 장주가 대답하지 않았다. 주인이 억지로 묻자 장주가 "장 진사(張進士)네."라 답하였다. 주인이 궤짝에서 종이 한 장을 꺼내 주었는데 종이의 질이 좋지 않았다. 장주가 받지 않자 주인이 말하였다.

"이것은 진사님의 정초지입니다. 이번 과거에 반드시 장원하실 테니 훗날 저를 잊지 말아 주십시오."

장주가 곧장 동대문 안으로 가서 벗의 사저를 찾아갔는데 벗은 출타하였고 호남에서 온 손님이 있었다. 장주가 거만한 투로 물었다.

"과객께서 멀리서 오셨으니 좋은 꿈이라도 꾸셨나 보오?"

---

1 장주(張澍, 1708~?)는 자가 자우(子雨), 본관이 인동이다. 1744년(영조 20) 춘당대시(春塘臺試)에서 「오래된 거울의 명[古鏡銘]」을 지어 장원급제하였다. 성균관 전적, 사간원 정언, 사헌부 지평 등을 지냈다.

2 풍덕군(豊德郡)은 오늘날 경기도 개풍군 남쪽 지역에 있던 조선시대 행정구역이다.

3 조선시대 임금이 문묘(文廟)를 참배한 뒤에 성균관(成均館)에서 실시한 과거 시험이다. 명륜당(明倫堂), 춘당대(春塘臺) 등에서 실시하였다. 문과와 무과만 있고 당일에 합격자를 발표하였다.

호남에서 온 객이 말하였다.

"꾸었습니다."

"무슨 꿈이었소? 잠룡물용(潛龍勿用)이었을 듯합니다만."[4]

"상제께서 나를 불러

초에 켠 불은 뱃속에서 환히 밝고	燭火腹中明
해와 달은 머리 위로 빛을 비추네	日月頭上映
천지간에 구름과 바람이 만나리니[5]	天地風雲會
마음을 비추는 한 조각 거울이로다	一片照心鏡

라는 시 한 수를 하사하면서 활 궁(弓)자를 왼쪽의 부수로 쓰고 입 구(口)자를 지닌 사람에게 주라고 말씀하셨습니다."

장주가 말하였다.

"나에게 주라는 것이외다. 내 성은 장(張)이니 활 궁자를 왼쪽의 부수로 쓰고 있고, 내 이름은 주(澍)이니 입 구자를 가지고 있소."

과객이 놀라서 얼굴빛이 하얘졌다.

다음날 장주가 과장(科場)에 들어가 「오래된 거울의 명[古鏡銘]」을 지어 마침내 장원급제하였다. 그 첫 구절은 다음과 같다.

---

4 『주역』「건괘(乾卦)」초구(初九)조에 "물속에 잠겨 있는 용이니 쓰지 말아야 한다[潛龍勿用]." 라고 하였다. 아직 때를 만나지 못하였으므로 세상에 나가지 말고 은거한 채 덕을 쌓아야 하는 처지를 뜻한다.

5 뛰어난 신하가 훌륭한 임금의 지우(知遇)를 받아 함께 만난다는 뜻이다.

치란의 도리를 밝게 비추고   燭治亂

고금의 일을 환히 꿰뚫으니   洞古今

역사를 거울로 삼아야 하리   史爲鏡

촛불 촉(燭) 자를 첫 글자로 놓았으니 이는 '촛불이 뱃속에서 밝고[燭火腹中明]'라는 글에서 따온 것이다.

32

시를 잘 지은 걸객

경상도 관찰사가 어느 절의 승려에게 연포회(軟泡會)[1]를 열라고 명령을 내리자, 승려가 절에서 공부하고 있는 사람이 50명이라고 아뢰었다. 관찰사가 말하였다.

"함께 즐긴다면 좋은 일이다. 다만 글도 못하면서 승려들에게 폐만 끼치는 자들이 간혹 있으니 운자(韻字)를 불러 시험해 보고 대답하지 못하면 매질하겠다."

선비들이 그 말을 듣고는 말하였다.

"만약 관찰사가 시 짓기 어려운 운자를 불러 주어 곤란하게 만든다면, 반드시 욕을 볼 테니 공부를 그만두고 집으로 돌아가야겠습니다."

---

1 두부를 얇게 썰어 꼬치에 꽂아 기름에 지진 다음 닭국에 넣고 끓인 음식을 연포탕(軟泡湯)이라고 하는데, 선비들이 만나서 이를 함께 먹는 모임을 연포회(軟泡會)라고 한다. 조선시대에 두부는 귀한 음식으로, 능(陵)이나 원(園)에 속하여 두부의 제조와 공급을 담당하는 사찰인 조포사(造泡寺)가 아니면 자주 접할 수 없었다. 조선 후기부터 과거시험을 준비하거나 벼슬에서 물러나 수양하는 것을 목적으로 절에 머무르는 선비가 많았는데 승려들은 이 선비들과 좋은 관계를 맺고자 하였다. 그래서 절이나 능원에서 연포회가 자주 열렸다(『아언각비(雅言覺非)』 권1 「두부(豆腐)」).

그러자 어떤 걸객이 말하였다.

"왜 그리 졸보같이 구시오? 내가 대응하겠으니 걱정 마시오."

연포회가 열리자 관찰사가 운자로 창(閶)자를 불러 주었는데, 걸객이 다음과 같이 대답하였다.

표연히 떠도는 나그네 열반의 문까지 이르렀구나　　飄然遊客到槃閶

관찰사가 또 창(菖)자를 부르니 걸객이 답하였다.

약주머니 깊이 구절 창포2를 간직해 두었네　　藥橐深藏九節菖

관찰사가 또 강(羌)자를 부르니 걸객이 답하였다.

처마 너머 돌무더기는 북두성에 닿아 있고　　簷外石珊連北斗
탁자 위 금불상은 서쪽 오랑캐 땅에서 왔구나　　卓中金佛自西羌

관찰사가 또 당(螳)자를 부르니 걸객이 답하였다.

몸은 들의 학과 같으니 물새를 어찌 따르며　　身如野鶴寧隨鶩
뜻은 가을 매미 같으니 사마귀 짓은 배우지 않으리3　　意似秋蟬不學螳

2　구절 창포는 창포의 줄기 1치 사이에 마디가 아홉 개나 있는 상급 품종의 창포로, 장수할 수 있게 해 주는 선약(仙藥)으로 일컬어졌다(『포박자(抱朴子)』「선약(仙藥)」).

관찰사가 또 강(薑)자를 부르니 걸객이 답하였다.

삼경에 재계를 마치자 승려가 밥을 내오는데   齋罷三更禪進飯

밥상에 채소 가득하고 산초와 생강이 섞여 있네   滿盤蔬菜雜椒薑

관찰사가 크게 칭찬하고 한바탕 즐겁게 놀고 나서 연포회를 파하
였다.

---

3   유향(劉向)의 『설원(說苑)』「정간(正諫)」에 "정원에 나무가 있고 나무 위에 매미가 있는데, 매
    미는 높은 곳에 살면서 슬피 울며 이슬을 마시느라 제 뒤에 사마귀가 노리고 있는 줄을 알지
    못하고, 사마귀는 몸을 굽혀 바짝 붙어서 매미를 잡아먹을 생각만 하느라 참새가 제 곁에 있
    는 줄을 알지 못한다."라고 하였다.

33

인조를 울린 유혁연의 한시

정축년(1637, 인조 15)에 인조께서 남한산성에서 내려오셨다. 소현세자와 봉림대군이 심양에 인질로 끌려갈 때 인조께서 홍제원(弘濟院)[1]까지 나와 배웅하셨고, 백관들도 모두 이별의 시를 올렸다. 대장 유혁연(柳赫然)[2]이 당시 선전관으로 한 구절을 가장 먼저 지어 올렸다.

서대문 밖 저문 비는 군신의 눈물이요   西郊暮雨君臣淚

북악의 층층 구름은 부자의 마음이라   北岳層雲父子情

---

1 오늘날 서울시 서대문구 홍제동에 있었던 역원(驛院)으로 의주로 향하는 길에 맨 처음 거쳐 가는 공관이었다.

2 유혁연(柳赫然, 1616~1680)은 자가 회이(晦爾), 호가 야당(野堂), 본관은 진주이다. 무과에 급제하여 삼도수군통제사, 공조 판서, 훈련대장, 총융사 등을 지냈다. 1680년(숙종 6)에 경신대출척(庚申大黜陟)으로 남인이 숙청될 때 사사(賜死)되었다. 유혁연은 뛰어난 무인이면서 시를 잘 짓고 글씨를 잘 썼다.

3 정두경(鄭斗卿, 1597~1673)은 자가 군평(君平), 호는 동명(東溟), 본관이 온양이다. 1629년(인조 7) 문과에 장원급제하였고, 이후 북평사, 부수찬, 정언, 경기 관찰사를 지냈다. 호방한 시풍으로 당대 작가 가운데 어깨를 나란히 할 자가 없다는 대가로 평가받았다. 문집에『동명집(東溟集)』이 있다.

인조께서는 목이 쉬도록 통곡하셨고, 동명(東溟) 정두경(鄭斗卿)[3]은 낯빛이 새파랗게 질리며 손에서 붓을 내려놓았다.

34

안정복의 관상

상사(上舍) 노수(魯叟) 안경증(安景曾)[1]은 자호(自號)가 분의(分宜)이고 순암 선생의 외아들이다. 안경증이 목천현(木川縣)[2]의 책방에서 죽었을 때 내가 가서 애도하니 선생께서 눈물을 머금고 말씀하셨다.

"아들의 벗 가운데 자네만은 꼭 올 것이라 기다리고 있었네. 자네가 우리 아이를 잘 알겠지만 어떻게 이 나이에 삶을 마친단 말인가?"

내가 대답하였다.

"마음이 크고 뜻이 굳세서 큰 임무를 감당할 만하였고, 반드시 먼 곳까지 갈 사람이건만[3] 하늘은 참 믿기 어렵습니다."[4]

선생께서 말씀하셨다.

---

1 안경증(安景曾, 1732~1777)은 안정복의 외아들로 저자의 친구이다. 1762년(영조 38) 생원시에 합격하였다. 어려서부터 병약하였고 모친상을 치르면서 병이 심해졌는데 안정복의 임지인 목천현에 따라갔다가 위독해져 죽었다(『순암집』 권24 「죽은 아들 성균 생원 묘지명[亡子成均生員墓誌銘]」). 문집에 『안경증유고(安景曾遺稿)』가 있다.
2 목천현(木川縣)은 오늘날 충청남도 천안시 목천읍 일대에 위치하였던 조선시대의 행정구역이다.
3 『논어』 「태백(泰伯)」에 "선비는 마음이 크고 뜻이 굳세지 않아서는 안 되니, 임무가 무겁고 갈 길이 멀다[士不可以不弘毅, 任重而道遠]."라 하였고, 『중용(中庸)』에 "군자의 도는 비유하건대 먼 곳에 가려면 반드시 가까운 곳에서부터 시작하며, 높은 곳에 오르려면 반드시 낮은 곳에서부터 시작하는 것과 같다[君子之道, 辟如行遠必自邇, 辟如登高必自卑]."라 하였다.

"부자지간으로 지낸지 46년 동안 아들의 그릇된 처신을 본 적이 없으니 그런 사람을 쉽게 얻을 수 있겠는가? 이는 내 관상이 박복한 탓일세. 아이가 여섯 살 때 이웃에 사는 맹씨(孟氏)란 사람이 찾아왔었는데 그는 관상을 잘 본다고 소문이 났었네. 내가 상삼(象三)과 같이 물어보니 맹씨가 '길합니다.'라고 하였네. 상삼이 '과거 급제 운은 어떤가?'라 물으니 '어쩔 도리가 없습니다.'라고 대답하였네. 상삼이 '이 무슨 망령된 소리인가? 종형의 재능으로는 과거 급제를 지푸라기 줍듯 하실 터인데 어쩔 도리가 없다니 그게 무슨 말인가?'라 하였네. 내가 말하기를, '네가 어찌 망언을 하느냐? 과거 보기를 포기한 사람에게 무슨 과거 급제 운이 있겠느냐? 내가 뜻을 정한 지 이미 오래되었다. 과연 관상을 잘 보는 사람이구나.'라 하였네.

상삼이 또 '자식 운은 어떤가?'라고 물으니 맹씨가 '아들이 없습니다.'라 답하더군. 상삼이 또 성을 내며 '또 무슨 망령된 소리인가? 당질의 나이가 여섯 살이고 그 됨됨이가 결코 죽을 상이 아니네.'라 하였네. 맹씨가 갑자기 말하기를, '그 아이는 반드시 살 것이니 걱정하지 마십시오. 어르신은 배우자 운이 매우 좋으니 부인께서는 반드시 장수하시고 또 효자를 두실 것입니다. 그 아이는 분명 걱정하실 일이 없습니다. 이것은 성쇠의 이치입니다. 그밖에는 얼굴 생김새로 보건대 동부(銅符)를 차고 목마(木馬)를 타실 것이며[5] 명성이 후세에 전해질 것입니다.'라고 하였네. 내가 그 말을 의심하였는데, 지금 생각해 보면 아이가 끝까

---

4 『서경』「함유일덕(咸有一德)」에 "아! 하늘을 믿기 어려운 것은 하늘의 명이 일정하지 않기 때문이다[嗚呼! 天難諶, 命靡常]."라고 하였다.

지 제 어미를 봉양하였고, 탈상(脫喪)하고 3년 뒤에 담제(禫祭)[6]를 지내자마자 죽었으니 그 어미에겐 효자일세. 그렇지만 나는 늙어서 아들이 없으니 그래서 '내 관상이 박복한 탓'이라고 하였네."

선생께서는 당시에 이미 동부를 차고 계셨고 나중에는 관직이 광성군(廣成君)에 봉해지셨고 또 특별히 정경(正卿)[7]에 추증되셨으며, 저술은 먼 훗날에까지 전해질 만하다. 아! 맹씨는 진정 관상을 잘 보는 사람이었구나!

5 동부(銅符)는 군현(郡縣)을 맡은 지방관이 차는 관인(官印)이다. 한나라 때 범 모양의 구리 부절인 동호부(銅虎符)를 만들어서 반으로 쪼개 그 반쪽은 조정에 두고 나머지 반쪽은 지방관에게 주어 해당 지역의 병력을 통솔할 수 있게 하였다. 목마(木馬)는 초헌(軺軒)의 별칭으로 종2품 이상의 벼슬아치가 타던 수레이다.

6 사망 후 두 번째 기일에 지내는 제사인 대상(大祥)을 치른 뒤 다음 달 하순의 정일(丁日)이나 해일(亥日)에 지내는 제사이다. 초상(初喪)으로부터 27개월 만에 지낸다.

7 조선시대 정2품 이상의 벼슬아치를 가리키는 말이다. 의정부 좌참찬과 우참찬, 6조의 판서, 한성부 판윤 및 홍문관 대제학 등이 해당된다.

35

박사창의 충청도 암행

의주 부윤 박사창(朴師昌)[1]이 충청도를 암행할 때, 중도에 고질병인 흥통이 도졌다. 반드시 흰죽 한 보시기 정도를 삼켜야만 진정되는 증상이었다. 어떤 절에 겨우 이르니 벌써 등불이 켜져 있었다. 서 있는 중은 삼실을 꼬고, 앉아 있는 중은 담배를 피웠으며, 늙은 중은 누워서 보고도 못 본 체하였다. 박사창이 부탁하였다.

"길 가던 나그네로 병세가 위급한데, 흰죽 한 보시기 정도를 삼키면 살고 그렇지 못하면 반드시 죽소이다. 살려 주시오."

중들이 모두 냉소하며 말하였다.

"내일 아침에 밥을 구걸한다면 모를까, 흰죽을 뭐하러?"

"아침밥은 감히 바라지도 않소. 목숨이 촌각에 있소이다."

박사창이 여러모로 애걸하고 숨이 곧 끊어져 죽을 형편이었으나 중들은 냉소만 하였다.

---

1 박사창(朴師昌, 1687~1741)은 자가 겸숙(兼叔), 본관이 반남(潘南)이다. 문과에 급제하고 정언, 지평을 거쳐 1737년(영조 13)에 호서 어사, 1739년(영조 15)에 동래 부사, 1743년(영조 19)에 의주 부윤이 되었다. 동래 부사 시절 『동래부지(東萊府志)』를 편찬하였는데, 현존하는 가장 오래된 동래부 읍지이다.

박사창이 수시로 기절하였다가 한참 지나고 나서야 깨어나서 읍내까지 거리가 몇 리나 되는지 물어보니 중이 대답하였다.

"십 리요."

박사창이 말했다.

"병세가 몹시 위급한데 읍내에 친한 사람이 있으니 급히 연통해 주시오."

"누구요?"

"지금 이방으로 있는 사람이오."

중들이 "이방 나리라면 견책이 있을까 염려되니 연통하지 않을 수 없겠구나."라 하고 두 명에게 횃불을 들려 보내기로 정하였다. 박사창이 종이에 암(暗)자를 써서 주었다.

잠시 후 불빛이 하늘을 찌르며 읍내가 크게 소란스러워졌다. 하인들이 큰 소리로 "어사또 어디 계십니까?"라 하며 불당 안으로 들어와 자리를 깔았다. 고을 사또가 들어와 박사창을 알현하였다. 하인들이 모두 도착하자 박사창이 흰죽을 끓이라고 급히 명하였다. 한 보시기를 삼키고서야 비로소 진정되어 일어나 앉았다. 중들은 이미 모두 숲속으로 도망쳐 숨었다. 박사창이 "오면 살려 주겠지만 그렇지 않으면 죽이겠다."라고 명을 내렸다. 이에 중들이 모두 뜰아래에 엎드려 죽기를 청하였다. 박사창이 우두머리 세 명에게 형벌을 내려서 훗날 같은 잘못이 없도록 경계하고 이튿날 새벽 빠져나갔다.

36

서인으로 기운 정태화

정승 양파(陽坡) 정태화(鄭太和)[1]는 임당(林塘)의 증손인데 임당은 동인 (東人)의 영수였다. 정태화가 초당을 새로 지으니 호주(湖洲) 채유후(蔡裕 後)[2]가 찾아갔다. 마침 정태화가 외출하여 아버지 제곡(濟谷) 정광성(鄭 廣成)[3]이 그와 대화를 나누었다.

"내가 초당을 새로 지었네."

채유후가 말하였다.

"어째서 한쪽으로 기울었습니까?"

---

1 정태화(鄭太和, 1602~1673)는 자가 유춘(囿春), 호가 양파(陽坡)이다. 저자의 6대 족조(族祖) 이다. 정태화의 5대조는 영의정 정광필, 증조부는 좌의정 정유길, 조부는 좌의정 정창연, 아 버지는 형조 판서 정광성이다. 1651년(효종 2) 영의정에 오른 뒤 20여 년간 여섯 차례 영의정을 지냈다. 1659년(현종 즉위년) 기해예송(己亥禮訟) 때 동인에서 분파한 남인의 삼년복(三年服) 주장 대신 서인의 기년복(期年服) 주장에 손을 들어 주었다. 문집에 『양파유고(陽坡遺稿)』가 있다.

2 채유후(蔡裕後, 1599~1660)는 자가 백창(伯昌), 호가 호주(湖洲), 본관이 평강(平康)이다. 1623년(인조 1) 문과에 장원급제하였고, 대제학, 이조 판서, 예조 판서, 대사헌 등을 지냈다. 시를 잘 지어 남인을 대표하는 문인으로 명성이 높았다. 문집에 『호주집(湖洲集)』이 있다.

3 정광성(鄭廣成, 1576~1654)은 자가 수백(壽伯), 호가 제곡(濟谷)이다. 좌의정 정창연의 아들 이자 영의정 정태화의 아버지이다. 1603년(선조 36) 문과에 급제한 이후 정언, 수찬, 경기 감 사, 형조 판서 등을 역임하였다.

정광성이 물었다.

"어느 쪽으로 기울었는가?"

"서쪽으로 기울었습니다."

"터를 다지는 공사가 단단하게 되지 않았나 보군."

"존장께서 애초에 터를 다지는 공사를 단단하게 하지 않으셨습니다."

채유후가 가고 정태화가 돌아오자 정광성이 말하였다.

"호주가 저 집을 보고는 서쪽으로 기울었다고 하던데 정말 기울었느냐?"

정태화가 말하였다.

"초당을 말한 것이 아니라 제가 서쪽으로 기울었다고 한 말입니다."4

---

4 남인 명문가의 주요 가계를 수록한 당파보(黨派譜)인 『남보(南譜)』에는, 정광필을 비롯해 그 손자인 정유길·정유일 항렬과 증손자인 정지연·정창연 항렬까지만 이름이 실려 있고, 고손자인 정광성 이하 항렬부터는 이름이 보이지 않는다. 서쪽으로 기울었다는 말은 정태화가 서인으로 활동하였음을 의미한다.

37

청렴한 김 생원

양파 정태화의 이웃에 사는 김 생원이 찾아와 내일 있을 시향(時享)[1]에 심부름시킬 사람이 없다며 여종 한 명을 빌려달라고 부탁하였다. 다음 날 양파가 김 생원에게 여종 한 명을 보내면서 5백 전을 부조하라고 하였다. 김 생원이 부조금 5백 전을 받아서 그대로 놓아두고는, 여종에게 손을 씻은 다음 약간의 돈을 가지고 가서 쌀과 조기를 사 오게 하였다. 김 생원의 부인은 제사 음식을 직접 마련하였는데 말할 수 없이 정결하였으며, 안팎으로 일을 주관하였는데 더할 수 없이 정성스러웠다. 여종이 마당에 서서 두 손을 모은 채 분부하기를 기다리고 있었는데, 모발이 송연하여 감히 삐딱하게 서 있을 수 없을 지경이었다. 제사가 끝나자 김 생원이 여종에게 음복할 음식을 내려주고는 부조금을 되돌려 주며 양파에게 다음과 같이 아뢰도록 하였다.

"제사는 집안 형편에 맞추어 지내야 하는지라 감히 남에게 금품을 빌려다 지낼 수 없었습니다. 부조금을 이미 제사에 쓰지 않았을 뿐더러 또 함부로 사사롭게 쓸 수 없으니 돌려드립니다. 불공을 저지른

---

1 절기마다 묘소에서 지내는 제사이다.

죄는 제가 직접 가서 사죄하겠습니다."

여종이 돌아와 아뢰자 양파가 물었다.

"제수가 정말 다 갖추어져 있더냐?"

여종이 "밥 한 그릇, 국 한 그릇에 조기 한 마리뿐이었습니다."라 아뢰고, 또 그 정성스러움이 여느 사람들과 달랐다고 아뢰니 양파가 매우 탄복하였다.

얼마 후 김 생원이 와서 양파에게 사죄한 다음 소매 속에서 조기를 꺼내서 드리며 말하였다.

"제수라고는 그저 이것뿐이었습니다. 음복하시길 청합니다."

양파가 급히 "잠깐 소매 속에 넣어 두시지요."라 하고는 속히 대야를 대령하라고 분부하여 손을 깨끗이 씻고 예복을 바르게 갖춘 다음 무릎을 꿇고 조기를 받아서 먹었다. 그 절반은 자제들에게 내려 주었는데 바로 먹는 이도 있었고 소매 속에 넣어 두는 이도 있었다. 김 생원이 가고 난 뒤에 양파가 자제들을 꾸짖었다.

"내 자손들은 반드시 김 생원의 자손에게 머리를 숙여 벼슬을 구하게 되리라."

김 생원은 바로 세상에서 사근천(沙斤川) 김 생원[2]이라 하는 분으로,

---

2 김 생원은 김극형(金克亨, 1605~1663)이다. 자가 태숙(泰叔), 호가 사천(沙川)이다. 김징이 그의 장남이다. 1630년(인조 8) 사마시(司馬試)에 합격하였다. 익위사부솔(翊衛司副率), 공조 정랑, 화순현감을 지냈다. 박세채(朴世采)의 『남계집(南溪集)』에 따르면, 김극형은 광주(廣州) 백운산(白雲山) 아래에 거주하였는데 오늘날 경기도 의왕시 백운산이다. 『여지도서(輿地圖書)』 「과천현(果川縣)」에는 백운산에서 발원한 안양천의 상류를 사근천(沙斤川)이라 하였다. 김극형의 거주지는 오늘날 경기도 의왕시 고천동 사그내길과 사천길 인근으로 추정한다.

감사 김징(金澄)[3]의 부친이다. 김 생원의 손자, 증손, 현손 중에는 정승을 지낸 이가 모두 여섯 명이나 된다.[4]

3 김징(金澄, 1623~1676)은 자가 원회(元會), 호가 감지당(坎止堂), 본관이 청풍(淸風)이다. 이식과 송시열의 제자이다. 정언·헌납 등 간관을 지내면서 언론을 과감하게 행사하였다. 1670년(현종 11) 전라 감사 시절 어머니의 회갑연을 치르면서 수령들로부터 뇌물을 받았다는 헌납 김석주(金錫胄) 등의 탄핵을 받고 배천(白川)으로 유배되었다. 해배된 뒤로 벼슬에 나아가지 않고 광주(廣州)에서 지냈다.

4 김극형의 자손 가운데 손자인 김구(金構, 1649~1704)는 우의정, 증손인 김재로(金在魯, 1682~1759)·김약로(金若魯, 1694~1753)·김상로(金尙魯, 1702~1766)는 각각 영의정·좌의정·영의정, 고손인 김치인(金致仁, 1716~1790)은 영의정, 현손인 김종수(金鍾秀, 1728~1799)는 좌의정을 지냈다.

38

사람을 잘 알아본 이해

김징(金澄)이 전라 감사가 되었을 때 함릉부원군(咸陵府院君) 이해(李澥)[1]
에게 가서 작별 인사를 올렸다. 이해가 당부하였다.

"예전에 내가 자네와 나란히 이웃하고 지냈기에 자네 집안이 빈궁
한 줄은 잘 알고 있네. 내년은 자네 모친이 회갑을 맞는 해인데 성대
하게 잔치를 벌이지 말게나. 아침저녁으로 봉양하는 그 자체가 모두
성대한 잔치이니 아무쪼록 회갑 잔치를 벌이지 말게나."

그 뒤에 김징이 어머니의 환갑잔치를 지나치게 성대히 벌이면서 여
러 고을로부터 예물을 많이 받아 재물을 횡령한 관리로 지목되어, 벼슬
길이 막힌 채로 일생을 마쳤다. 사람들이 이해를 두고 사람을 잘 알아
본 이라고 평하였다.

---

1 이해(李澥, ?~1670)는 자가 자연(子淵), 호가 농옹(聾翁), 본관이 함평(咸平)이다. 개성 유수,
  형조 판서 등을 지내며 청렴결백한 관리로 명성이 있었다. 1653년(효종 4)에 함릉부원군(咸陵
  府院君)에 진봉(進封)되었다. 김징은 이해의 종손서(從孫婿)이다.

39

아버지의 원수, 어머니의 은인

전라 감사 김징(金澄)은 청성부원군(淸城府院君) 김석주(金錫胄)에게 탄핵을 당하여 생을 마쳤다.[1] 그 뒤로 정승 김구(金構)와 학사(學士) 김유(金楺) 형제가 모두 이름이 나자[2] 김석주가 깊이 우려하였다. 김징의 부인이 이질에 걸려 치료할 수 없는 지경에 이르렀을 때 김석주가 그 소식을 듣고는 의관에게 말하였다.

"그 병은 크게 설사를 쏟지 않으면 치료할 수 없고, 크게 설사를 쏟고 난 뒤에는 원기를 크게 보충하지 않으면 살아나지 못하네. 아무 약으로 설사를 쏟게 하고, 설사한 뒤에는 인삼 한 근으로 원기를 보충해 주게. 약값은 내가 책임질 테니 내 이름을 말하지는 말게. 자네

---

1 김석주(金錫胄, 1634~1684)는 자가 사백(斯百), 호가 식암(息庵), 본관이 청풍(淸風)이다. 숙종 때의 권력자이다. 1662년(현종 3)에 장원급제하였다. 숙종의 신임을 받아 병권을 쥐게 되자 경신환국(庚申換局)을 일으켜 남인을 몰락시키고 그 공으로 청성부원군(淸城府院君)에 봉해졌다. 의술에 뛰어나 유의(儒醫)로 유명하였다.

2 김구(金構, 1649~1704)는 자가 사긍(士肯), 호가 관복재(觀復齋)로 김징의 장남이다. 1682년(숙종 8)에 장원급제하여 이후 호조 판서를 시작으로 육조의 판서를 거쳐 1703년(숙종 29) 우의정이 되었다. 김유(金楺, 1653~1719)는 자가 사직(士直), 호가 검재(儉齋)로 김징의 차남이다. 1715년(숙종 41) 황해도 관찰사를 거쳐 이조 참판 겸 대제학을 지냈다.

가 약값을 내는 걸로 하되 외상으로 구해다 썼다고 둘러대게."

의관이 그 말대로 하자 김징의 부인이 과연 소생하여 완전히 회복되었다. 김구 형제는 대단히 기쁘고 다행이라 여겼으나 약값을 갚을 길이 없어 큰 근심에 휩싸였다. 어찌할 방법을 모르고 있을 때 의관이 비로소 말하였다.

"그 인삼은 갚을 수 있는 물건이 아닙니다. 의관이 어디에서 인삼 한 근을 외상으로 얻겠습니까? 청성부원군께서 소식을 듣고는 남의 어려움을 구제하는 의로운 마음으로 인삼을 내어 주셨습니다. 인삼값을 받을 까닭이 있겠습니까?"

김구 형제가 깜짝 놀라 서로 돌아보며 말하였다.

"이를 장차 어찌한단 말이냐? 아버지의 원수를 갚지 않을 수도 없거니와 어머니를 살려준 은혜를 모른 척할 수야 있겠는가?"

이로부터 두 형제가 감히 다시는 김석주에 관한 일을 거론하지 않았다.

40

이해의 인품

함릉부원군 이해(李澥)는 대사간 이효원(李效元)의 아들이다.[1] 이효원이
광해군에게 죽임을 당하자 이해는 아버지의 억울한 죽음을 애통해하
였다. 이해는 인조반정의 정사훈신(靖社勳臣)에 들었는데 성정이 담담하
고 겸손하였으며 인덕과 도량을 갖추었다. 조정이 안정된 뒤에 몰수한
가산이 많이 모이자 훈신들이 둘러앉아 나누어 가졌다. 이해만은 한
귀퉁이에 홀로 앉아 거들떠보지도 않고 비웃으며 말하였다.

"그 물건이 당신들 외가 분깃[2]이오? 친가 분깃이오?"

---

1 이효원(李效元, 1550~1629)은 자가 성백(誠伯), 호가 장포(長浦)이다. 소북에 가담하여 광해
군 즉위 후 거제도에 유배되었다가 인조반정 때 풀려나 공조 참판에 임명되었으나 사직하고
물러나 지냈다. 광해군에게 죽임을 당하였다는 것은 저자의 착오인 듯하다. 이해는 이효원의
삼남이다.

2 분깃[分衿]은 분재(分財), 분급(分給), 분집(分執)이라고도 한다. '재산을 한 몫 나누어 주다'
또는 '한 몫 나누어 받는 재산'이라는 뜻이다.

41

박은과 심온 후손의 피험

태종께서 무술년(1418, 세종 즉위년)에 세종에게 왕위를 물려주시고 난 뒤
에 강상인(姜尙仁)의 옥사가 일어나[1] 정승 심온(沈溫)이 사사되었다. 당
시에 평도공(平度公) 박은(朴訔)이 심온 형제를 구제해 주지 않으니[2] 심
온이 자손들에게 "박은의 자손과는 혼인을 맺지 말라."라고 유언하였
다. 이때부터 심온과 박은의 자손들은 혼인을 맺지 않았다. 간혹 빈궁
한 나머지 혼인한 자손이 있었는데 어김없이 후사를 보지 못하였다고
한다.

---

1 강상인(姜尙仁, ?~1418)은 태종의 가신(家臣)으로 나중에는 병조 참판이 되어 병권을 장악하
  였다. 태종이 세종에게 왕위를 물려준 이후에도 국가의 중대사와 병권만은 직접 관장하였다.
  그런데 강상인은 군사 업무를 태종에게 보고하지 않고 세종에게만 보고하여 유배되었다가 모
  반대역죄로 참수되었다.
2 박은(朴訔, 1370~1422)은 자가 앙지(仰止), 호가 조은(釣隱), 본관이 반남(潘南)이다. 1417
  년(태종 17) 좌의정에 임명되었고, 사망 후에 평도공(平度公)의 시호가 내려졌다. 심온(沈溫,
  1375~1418)은 자가 중옥(仲玉), 본관이 청송(靑松)이다. 세종의 장인이며, 심정의 형이다.
  1418년(세종 즉위년) 영의정으로서 세종의 즉위를 알리고자 명나라에 사신으로 갔다. 그 사
  이 강상인의 옥사가 일어나 동생 심정이 병조 판서 박습 등과 함께 체포되었다. 좌의정 박은
  등의 무고로 심정은 지레 처형되었고, 심온은 귀국 후에 동생과 대질신문 한 번 해볼 기회도
  얻지 못하고 사사되었다.

42

윤훤과 박동선 후손의 피험

감사 윤훤(尹暄)[1]은 정묘호란 때 평안도 관찰사였는데 군사 전략에 실패한 이유를 들어 삼사(三司)의 신하들이 극형에 처해야 한다고 합동 탄핵하였다. 인조께서 차마 극형을 내리지 못하셨다. 윤훤의 조카 윤신지(尹新之)의 아내인 정혜옹주(貞惠翁主)께서 또 윤훤을 구제해 달라고 힘써 간청하여 오래도록 극형을 윤허하지 않으셨다. 그러다가 조정의 논의가 하나로 모아져 아무 날에 관례대로 합동 탄핵하고 다음 날 탄핵을 정지하기로 하였다. 정혜옹주가 먼저 들어가서 아뢰면 임금께서 분명 기꺼이 들어주리라 여겼다.

당시에 대사헌 박동선(朴東善)[2]이 윤훤과 가장 친하였다. 윤훤이 그

---

1 윤훤(尹暄, 1573~1627)은 자가 차야(次野), 호가 백사(白沙), 본관이 해평(海平)이다. 윤두수(尹斗壽)의 아들이다. 1625년(인조 3)에 평안도 관찰사가 되었다. 1627년(인조 5)에 정묘호란이 일어났을 때 안주를 빼앗기자 평양에서 싸우려 하였으나 무기가 부족하여 성천으로 후퇴하였다. 그러나 이 결정이 전세를 불리하게 만들었다는 비판이 일어 의금부에 투옥되었다. 형인 영의정 윤방(尹昉)과 조카며느리인 정혜옹주가 구명을 호소하였으나 강화도에서 효수되었다.
2 박동선(朴東善, 1562~1640)은 자가 자수(子粹), 호가 서포(西浦), 본관이 반남(潘南)이다. 1624년(인조 2) 대사헌에 임명되어 이후 10여 년간 몇 차례 대사헌을 지냈다. 정묘호란이 일어나자 인조를 모시고 강화도로 갔다.

의 집에 가서 함께 바둑을 두었는데, 박동선이 입궐하면서 윤훤에게 말하였다.

"내 지금 책임을 때우러 나갔다 올 테니 공은 여기 계시오."

그날 인조께서 탄핵을 허가하여 윤훤이 결국 죽었다. 윤훤의 죽음은 박동선의 탄핵에 따라 결정되었기 때문에 두 집안의 자손들은 서로 만나는 일이 없었다. 지금 동촌(東村)의 박씨는 박동선의 후손이고, 윤노동(尹魯東)[3]은 윤훤의 후손이다.

---

3 윤노동(尹魯東, 1753~?)은 자가 성첨(聖瞻), 호가 용서(蓉西)이다. 윤훤의 고손이다. 대사간, 동래 부사, 성균관 대사성 등을 지냈다.

43

억울한 넋의 환생

예전에 『홍서(鴻書)』[1]에서 다음과 같은 이야기를 보았다.

당나라 왕무준(王武俊)[2]이 성덕 절도사(成德節度使)로 있을 때 어떤 사람이 있었는데, 그 이름은 생각나지 않는다. 그는 어린 나이에 행실이 흉포하였다. 나귀를 타고 은자(銀子)를 매단 채 가는 어떤 선비를 죽이고 은자를 빼앗았다. 그는 훗날 마음씨와 행실을 고쳐먹은 끝에 정주판관(定州判官)이 되었다.

마침 왕무준의 아들 왕사진(王士眞)이 20세에 부대사(副大使)의 신분으로 순시하다가 정주에 이르렀다. 정주 판관이 들어가 뵙자 왕사진은 발끈 얼굴색을 바꾸고 그에게 말 한마디 붙이지 않고 손을 휘저어 내쫓더니 이윽고 그를 하옥하라고 명하였다. 정주 자사가 왕사진에게 "저 사람은 평소 조심스럽고 공손하다고 칭찬이 자자한데 지금 무슨 죄를

---

1 명나라의 유중달(劉仲達)이 지은 『유씨홍서(劉氏鴻書)』를 가리킨다. 조선 문인들 사이에서 널리 읽혔다.
2 왕무준(王武俊, 735~801)은 자가 원영(元英)이다. 당나라 때의 거란 노개부락(怒皆部落) 사람으로 활쏘기와 말타기에 능하였다. 항기 관찰사(恒冀觀察使) 때 반란을 일으켰다가 항복한 뒤 여러 지역의 절도사를 지냈다.

지었습니까?"라고 물었다. 왕사진이 "나도 모르겠소. 그 사람을 한번 보자마자 내 심장이 절로 두근거려 견딜 수 없었소."라 하면서 처연히 언짢아하였다.

자사가 나와서 판관을 만나 보니 판관이 말하였다.

"저는 오늘 죽을 것이고, 죽는 것이 마땅합니다. 바라건대 공께서는 제가 죽거든 뒷일을 처리해 주십시오. 제가 젊은 시절에 행실이 흉포하여 나귀 타고 가는 어떤 선비 한 명을 죽였는데 이제 20년 전의 일입니다. 들어가서 부대사를 뵈었는데 영락없이 나귀 타고 가던 그 선비였으니 제가 어찌 살아나겠습니까?"

다음 날 사형이 집행되고 나서야 왕사진이 비로소 입을 열고 웃으며 말을 꺼냈다.

아! 불가의 인과설(因果說)은 본래 허황하다. 그렇지만 억울하게 죽은 넋이 흩어지지 않고 떠돌다가 뱃속의 태아에 깃들어서 다시 태어날 수 있다. 그런 이치가 있을 수도 있겠다.

44

귀신의 시 사랑

연자령(練子寧)[1]은 건문제(建文帝)[2]를 위하여 절의를 지킨 신하이다. 일찍이 여궐(余闕)[3]의 사당을 지나며【여궐은 시호가 충선공(忠宣公)으로 원나라 때 전투에서 사망하였다.】다음과 같은 시를 지었다.

깨진 빗돌에 눈물 떨구건만 가을 풀은 속절없이 돋았고　殘碑墮淚空秋草
부러진 창이 모래에 묻혔어도 저녁노을만 저 홀로 빛나네　折戟沈沙自夕陽

1　연안(練安, ?~1402)을 가리킨다. 자가 자령(子寧)으로 명나라 강서성 신감(新淦) 사람이다. 건문제(建文帝)의 신임을 얻어 황권 강화에 힘썼다. 건문제의 숙부인 연왕(燕王)이 반란을 일으켰을 때 그의 토벌을 주장하였다. 연왕이 영락제(永樂帝)로 즉위한 뒤 체포되었는데 굴복하지 않아 처형당하였으며, 집안도 멸족을 당하였다.

2　건문제(建文帝, 1377~?)는 명나라 제2대 황제이다. 명 태조의 손자로 시호는 혜제(惠帝)이다. 즉위한 뒤 황제의 권위를 높이는 정책을 추진하였다. 숙부인 연왕에게 제위를 빼앗겼다. 건문제는 이후로 행적이 묘연해 성안에서 불타 죽거나 양자강에 투신하여 자살했다고 전해진다. 성을 탈출해 승려로 40여 년 이상 천하를 주유하며 살았다는 설도 있다.

3　여궐(余闕, 1303~1358)은 여주(廬州) 사람으로 자가 정심(廷心)이다. 원나라 마지막 황제인 순제(順帝) 때의 관리이다. 홍건적과 백여 차례의 전투를 벌이며 안휘성 안경(安慶) 지역을 지켰으나 1358년 진우량(陳友諒)의 반란군과 전투 끝에 자결하였다. 명 태조가 그의 충절을 가상하게 여겨 사당을 세워 주고 매년 제사를 지내게 하였다.

가정 연간 초에 풍성(豊城) 사람 유잠(游潛)⁴이 낮잠을 자는데 꿈에
한 사람이 나타나 "옛날에 연자령이란 이가 있었으니 그대는 들어 보았
는가?"라 하고는 앞의 시를 읊어준 다음 말하였다.

"두 구절이 엉성하니 고쳐 주기를 바라네."

유잠이 즉시 자신의 생각대로 고친 뒤 다음과 같이 읊었다.

모래에 묻힌 부러진 창에는 가을 풀이 속절없이 돋았고　　沙沈折戟空秋草
눈물 떨구는 깨진 빗돌에는 저녁노을만 저 홀로 빛나네　　墮淚殘碑自夕陽

그 사람이 안석을 어루만지며 길게 읊조리고는 "점화(點化)⁵의 절묘
함이 신선의 경지로다!"라 하였다. 다음 날 유잠이 어떤 사람에게 『옥
설집(玉屑集)』이라는 책을 건네받았는데, 바로 연자령이 난리 뒤에 남긴
원고였다.⁶

아! 떠돌던 넋이 2백년간 흩어지지 않았으니 큰 절개를 지닌 사람은
기운도 보통 사람과는 다르게 쌓이는구나!

4　유잠(游潛, ?~?)은 명나라 풍성(豊城) 사람이다. 1501년 향시에 합격한 뒤 국자감전시(國子監
　銓試)에서 장원을 차지하였다. 시를 잘 지었다. 저서로 『몽초존고(夢蕉存稿)』, 『몽초시화(夢
　蕉詩話)』, 『박물지보(博物志補)』가 있다.
5　이전 사람이 지은 시문의 글자 또는 격식을 변용하여 새로운 시문을 짓는다는 뜻이다. 선가
　(仙家)에서 쇠와 돌을 가져다 황금으로 바꾼다는 데서 온 말이다.
6　이와 관련한 내용이 명나라 장일규(蔣一葵)의 『요산당외기(堯山堂外紀)』 권78 「국조(國朝)」
　에 보인다.

45

우겸의 넋

토목보(土木堡)의 변란[1] 때에 숙민공(肅愍公) 우겸(于謙)[2]은 대종(代宗) 황제를 받들어 나라를 안정시키는 큰 공을 세웠다. 그러나 영종(英宗) 황제가 복위하면서 서유정(徐有貞)[3]의 모함을 받아 죽임을 당하였다. 이보다 앞서 다음과 같은 일이 있었다.

우겸이 젊었을 때 어떤 사람이 부채를 가지고 와서 시를 구하자 술에 취하여 다음 시를 지어 주었다.

---

1 15세기 중반 몽골 초원의 패자가 된 와랄(瓦剌, 오이라트) 부족과 명나라 간에 무역 분쟁이 발생하였다. 1449년 와랄 부족이 명나라 산서(山西) 지방을 침범하자 명나라 영종(英宗)이 친정(親征)하였다가 오늘날 하북성 회래현(懷來縣) 지역인 토목보(土木堡)에서 포로로 사로잡혔다. 이를 토목보의 변이라 한다.

2 우겸(于謙, 1398~1457)은 자가 정익(廷益), 호가 절암(節庵)이다. 절강성 항주 사람으로 시호는 숙민(肅愍)이다. 영종의 친정 때 후방에 남아 수도를 지켰다. 영종이 포로로 잡히자 그 아우를 대종(代宗)으로 세워 혼란한 정국을 안정시켰고 와랄 군대의 수도 침략도 직접 막아내 영웅으로 칭송받았다. 이후 포로에서 풀려난 영종이 대종의 건강이 위독해진 때를 틈타 황위를 다시 빼앗았다. 이를 탈문(奪門)의 변이라 한다. 영종의 복위 후 우겸은 처형되고 대종은 폐위된 뒤 암살당하였다.

3 서유정(徐有貞, 1407~1472)은 대종 때 병권을 쥐고 있던 환관 조길상(曹吉祥) 등과 함께 영종의 옹립을 모의하였다. 우겸이 새 황제를 추대하려 한다는 누명을 씌워 옥에 가두는 한편 달단(韃靼, 타타르) 부족이 내습한다는 허위 정보를 흘려 반란을 일으키고 영종을 복위시켰다.

| 천지를 크게 세울 솜씨요 | 大造乾坤手 |
| 사직을 다시 회복할 때라네 | 重恢社稷時 |

그 사람이 놀라서 펄쩍 뛰며 나갔는데 그는 귀신이었고, 귀신이 가지고 왔던 부채는 파초 잎이었다.

우겸이 처형된 뒤에 아내의 꿈에 나타나서 "두 눈이 잘 보이지 않으니 자네 시력을 빌려 가겠네."라 하였는데 부인이 갑자기 실명하였다. 봉천문(奉天門)에 불이 났을 때 영종 황제가 친림하자 우겸이 불빛 속에서 은은하게 번쩍하고 나타났다. 우겸이 다시 아내의 꿈에 나타나 "자네 시력을 돌려주겠네."라 말하였다.

46

천하 의사 양계성

초산(椒山) 양계성(楊繼盛)[1]에게 다음과 같은 일이 있었다. 가정 연간에 구란(仇鸞)[2]이 장군이 되고 엄숭(嚴嵩)[3]이 재상이 되어 안팎에서 재앙을 부채질하였다. 그러자 양계성이 구란을 탄핵하였다가 하마터면 죽을 뻔한 끝에 살아나 원외랑(員外郞)으로 폄직되었다. 양계성이 아내에게 물었다.

"천자의 은혜에 어떻게 보답해야 할까?"

아내가 웃으며 말하였다.

"공은 그만두고 돌아오세요. 일개 구란도 공을 곤경에 빠뜨려 하마

---

1 양계성(楊繼盛, 1516~1555)은 보정부(保定府) 용성(容城) 사람이다. 그가 병부 원외랑으로 있을 때 대장군 구란(仇鸞)이 달단(韃靼, 타타르) 부족과 화친을 주장하자 그의 탄핵을 주장하였다. 그러나 구란을 비호하던 재상 엄숭(嚴嵩)에 의해 좌천되었다. 1553년 엄숭의 죄상을 논하는 상소를 제출하였으나 오히려 누명을 쓰고 곤장 백대를 맞아 초주검이 되었다. 1555년 엄숭의 사주를 받은 하오(何鰲)에 의해 처형되었다.

2 구란(仇鸞, ?~1552)은 명나라 장군이다. 엄숭의 비호 아래 변경 부대의 군량미를 빼돌리는 한편 달단과 결탁하여 화친을 시도하였다.

3 엄숭(嚴嵩, 1480~1567)은 명나라의 권력자이다. 가정 황제 세종(世宗)이 즉위 중반부터 도교에 빠지자, 그에 영합해 총애를 받았다. 재상이 되어서는 당파를 만들고 정권을 전횡해 뇌물을 거두어들였다.

터면 죽을 뻔하셨습니다. 엄숭은 구란보다 백배는 더 세니 공이 무슨 수로 은혜에 보답하실 수 있겠어요?"

양계성이 크게 깨닫고서 말하였다.

"내 은혜를 갚을 방법을 알았소."

그날 밤 양계성이 은밀히 등잔불 아래에서 상소문을 준비하였는데 귀신 하나가 머리를 풀어헤친 채 책상 주위를 돌면서 몹시도 구슬프게 울부짖었다. 양계성이 귀신을 꾸짖고 나서 상소문 작성을 마치자 그제야 귀신이 보이지 않았다. 상소문에는 대략 '나라 밖의 적은 오랑캐이고 나라 안의 적은 엄숭입니다.'라 하여 엄숭의 죄상 열 가지와 간악함 다섯 가지를 하나하나 밝혔다. 가정 황제가 노하여 양계성을 형부(刑部)로 내려보내자 상서 하오(何鰲)[4]가 그를 교수형에 처하자고 주장하였다. 누군가가 "양계성을 무슨 죄목으로 교수형에 처한단 말입니까?"라 따져 물으니 하오가 답하였다.

"법을 범하지는 않았으나 성인의 말씀을 범하였네. 강직하되 예가 없으면 교수형에 처한다네."[5]

사람들이 미담으로 전하였다. 양계성이 조사를 받으러 갈 때마다 조정의 신하들과 사대부 및 서인들까지 길가에 나와 형구(刑具)를 가리키며 탄식하였다.

---

4 하오(1497~1559)는 명나라 가정제 때의 고위 관료이다. 형부 상서 시절 엄숭의 사주를 받아 양계성 등을 처형하고 그들의 시체를 유기하였다.

5 『논어』「태백(泰伯)」에 "강직하되 예가 없으면 각박해진다[直而無禮則絞]."라는 구절이 있다. 주희는 '絞'를 '급하여 너그럽지 못하다[急切]'라고 풀이하였으나 하오는 '絞'를 문자 그대로 '목을 매어 죽이다'로 풀이하였다.

"천하의 의사(義士)로다! 어찌하여 저 형구에 엄숭의 머리를 채우지 않는단 말인가?"

그러자 양계성이 다음과 같은 시를 지었다.

형틀에 바람이 불어 성안 가득 냄새가 퍼지자	風吹枷鎖滿城香
사람들 원외랑 보러 길가에 빽빽이 들어찼네	簇簇爭看員外郎
모두에게 의사라 칭송받기를 어찌 바라랴	豈願同聲稱義士
형구 차고 황제 뵙는 내 처지가 가련하다	可憐長板見君王
성상의 두터운 은덕은 천지만큼 크고	聖明厚德如天地
형리의 공평한 처결은 한당보다 낫구나	廷尉稱平過漢唐
타고난 성품이 죽음을 편안히 여기니	性癖生來歸視死
내 삶은 본래 버들처럼 흔들리지 않네	此生元自不隨楊

처형을 앞두고는 다음과 같은 시를 지었다.

호탕하게 태허로 되돌아가도	浩氣還太虛
일편단심 천고에 길이 빛나리	丹心照千古
평생 갚지 못한 성상의 은혜	平生未報恩
충직한 넋이 되어 채워 보태리	留作忠魂補

양계성이 곤장을 맞을 때 교위 묘생(苗生)이 비단뱀 쓸개로 담근 술을 마시게 하니 양계성이 "나도 나름 쓸개가 있다네."라 하였다. 곤장을 다 맞고 난 뒤에는 초주검이 되었다가 다시 살아나서 "홀연히 죽었다가

홀연히 살았으니 죽고 사는 일은 본디 쉽구나."라 하였다. 응생(應生)이라는 관리가 여러모로 도움을 주었다. 하오가 이를 금지하여 꼼짝 못하게 되자 응생이 상소를 올려 구제하려고 하였다. 그러자 양계성이 말하였다.

"내 피를 3년 동안 보관해 두면 벽혈(碧血)[6]이 될 것이다. 지하에서라도 기필코 응생에게 보답하리라."

---

6 충신, 열사가 죽어서 흘린 피를 가리킨다. 주 경왕(周敬王)의 대부 장홍(萇弘)이 충간을 하다가 참소를 받게 되자 자결하였는데, 그 피를 3년 동안 보관해 두니 나중에 짙푸른 빛으로 변하였다고 한다(『장자(莊子)』「외물편(外物篇)」).

47

파란만장한 건문제의 생애

건문제(建文帝)는 승려가 되어 이름을 응문(應文)으로 바꾸고 구름처럼 사방을 떠돌며 신하들과 함께 스승과 제자처럼 지냈다. 죽음으로 절의를 지킨 신하의 이야기를 들으면 직접 제문을 짓고 제사를 지내 주었다. 공부(工部) 상서 엄진직(嚴震直)[1]이 운남(雲南)에 사자로 내려갔는데 실은 건문제의 행방을 찾으려 하였다. 엄진직이 운남에서 건문제를 만나 마주하여 눈물을 흘리니 건문제가 "나에게 무엇을 남겨 주겠는가?"[2]라 물었다. 엄진직이 "폐하께서는 편히 계십시오. 신이 드릴 것이 있습니다."라 하고는 그날 밤 숙소에서 목을 매었다. 그 뒤 건문제는 백룡산(白龍山)에 암자를 짓고 세상에 나가지 않았다. 나중에는 월(越) 땅 서쪽 지역을 정처 없이 떠돌다가 따르던 사람들을 해산시키고 정제(程濟)[3]만

---

1 엄진직(嚴震直, 1344~1402)은 자가 진직(震直)인데, 영락제가 그의 자를 불렀으므로 자를 이름으로 삼았다. 명 태조 때 공부 상서에 올랐다. 건문제 때 산동(山東) 지방을 감독한 뒤 벼슬에서 물러났다. 영락제 때 조정의 부름을 받아 산서(山西) 지방을 순시하였다.

2 원문은 何以處我이다. 자로(子路)가 안연(顏淵)과 이별하면서 "떠나는 나에게 무엇을 주어 보내겠는가[何以贈我]."라 하였고, 안연은 또 자로에게 "남아 있는 나에게는 무엇을 남겨 주겠는가[何以處我]."라 하였다(『예기(禮記)』 「단궁(檀弓)」). 사람이 헤어질 때 서로 권면하는 말을 주고받는 것을 뜻한다.

이 홀로 남았다.

건문제가 일찍이 다음과 같이 시를 지었다.

강호를 떠돌아다닌 지 사십 년 세월	流落江湖四十秋
머리에는 희끗희끗 백발만 가득하다	蕭蕭白髮已盈頭
하늘과 땅 사이 정처 없음이 한스럽고	乾坤有恨家何在
강수와 한수의 물은 무심히도 흐른다	江漢無情水自流
장락궁 안은 구름 그림자로 어둡고	長樂宮中雲影暗
조원각 위는 빗소리로 시름겨우리	朝元閣上雨聲愁
여린 부들과 가는 버들 해마다 푸르건만	新蒲細柳年年綠
들판에서 노인은 끝없이 울음을 삼키네	野老吞聲哭未休

또 다음과 같은 시를 지었다.

『능엄경』읽고 나서 느긋하게 경쇠 치니	閱罷楞嚴磬懶敲
대궐 떠나 초가에 사는 내 꼴이 우습구나	笑看黃屋寄團瓢
남하하여 영남에 오니 천 겹이나 멀고	南來瘴嶺千層逈
북쪽으로 궁궐 쪽 보니 만 리나 아득하다	北望天門萬里遙
조랑말 타며 황제 수레 오래전에 잊었고	款段久忘飛鳳輦
곤룡포를 승복으로 새롭게 바꿨네	袈裟新換衮龍袍

---

3 정제(程濟, ?~?)는 명나라 건문제 때 한림원 편수를 지냈다. 건문제가 황제 자리에서 쫓겨난 뒤 건문제를 따라갔는데 그 이후 행적은 미상이다.

백관들은 오늘날 어디쯤에 있으려나 　　　　　百官此日知何處

그래도 까마귀 떼만은 아침저녁 조회하네 　　猶有羣烏早晩朝

또 다음과 같은 시를 지었다.

풍진 겪어 하룻저녁에 남쪽으로 건너오니 　　風塵一夕忽南侵

나도 몰래 하늘이 사해 민심을 옮겨놨네 　　天命潛移四海心

봉황이 단산에 돌아오니 붉은 해는 아득하고 　鳳返丹山紅日遠

용이 창해로 돌아왔건만 푸른 구름은 깊숙하다 　龍歸滄海碧雲深

자미원4은 뭇별이 떠받드는 꼴이건만 　　紫微有象星還拱

궁궐 물시계는 물에 절로 잠겨 울리지 않네 　玉漏無聲水自沈

아득히 생각하니 오늘 밤 궁궐 달빛 아래 　遙想禁城今夜月

비빈들은 여전히 황제 오기만을 기다리리 　六宮猶望翠華臨

그해 봄에 건문제가 문득 정제에게 말하였다.

"내가 동쪽으로 가기로 뜻을 정하였으니 그대가 점을 쳐 보라."

태괘(兌卦, ☱)가 귀매괘(歸妹卦, ䷵)5로 바뀌는 점괘를 얻자, 정제가 "아주 흉합니다."라 하였다. 함께 지내던 승려가 건문제의 시를 훔쳐 사

---

4 자미원(紫微垣)은 고대 천문학에서 하늘의 별자리를 셋으로 나눈 구역의 하나이다. 현대 천문학의 큰곰자리와 작은곰자리, 용자리 일부를 포함한다. 북극(北極)의 다섯 개 별이 그 가운데에 있어 천제(天帝)가 거처하는 곳이라고 전해진다. 자미궁(紫微宮)이라고도 한다.

5 귀매괘(歸妹卦, ䷵)는 태괘(兌卦, ☱)가 아래에 있고 진괘(震卦, ☳)가 위에 있는 괘로, "가면 흉하니 이로울 바가 없다."라는 뜻을 가지고 있다.

은주 자사(思恩州刺史) 잠영(岑瑛)6에게 가서 건문제를 자칭하였다. 잠영이 그를 가두고 보고하니 조정에서 승려를 서울로 잡아들여 심문하였다. 승려가 "내 나이 90 남짓이니 바라건대 조부의 능과 부친의 능 곁에 묻어달라."라 하니 어사가 말하였다.

"건문제의 나이는 64세가 되어야 맞지, 어찌 90세가 될 수 있단 말인가?"

승려의 정체는 양응상(楊應祥)으로 밝혀져 사형 판결이 내려졌고 그를 따르던 열두 명은 변방 수자리로 보냈다. 건문제가 열두 명 가운데 끼어 있다가 마침내 스스로 사실을 털어놓았다.

늙은 환관 오량(吳亮)이 옛날에 건문제를 모셨던 적이 있었으므로 그가 건문제의 심문을 맡게 되었다. 건문제가 말하였다.

"너는 오량이 아니더냐?"

오량이 말하였다.

"아닙니다."

건문제가 말하였다.

"내가 편전에서 거위를 먹다가 고기를 던져 주면 네가 상식(尙食)7으로서 두 손에 주머니를 가지고 와 개처럼 엎드려서 입으로 핥아 맛을 보았었다. 그런데도 아니라고 하느냐?"

오량이 땅에 엎드려 통곡하였다. 건문제가 왼쪽 발꿈치에 돋아난 사마귀를 만지며 보여 주자 오량이 발꿈치를 부여잡고 다시 통곡하고는

---

6 잠영(岑瑛, 1386~1455)은 자가 제부(濟夫)이다. 영락제 때 사은주 자사(思恩州刺史)를 습직(襲職)하였다.

7 황제의 음식을 담당하던 벼슬이다. 임금이 먹는 음식 자체를 가리키기도 한다.

물러나와 스스로 목을 매고 죽었다. 조정에서 건문제를 맞이하여 황궁의 서쪽에 지내게 하였다. 건문제는 궁 안에서 노불(老佛)이라 불리며 천수를 누리고 세상을 떠났다. 서산(西山)에 장사 지내되 봉분도 쌓지 않고 나무도 심지 않았다. 정제가 "오늘에야 신하의 절의를 마무리 지었도다."라 하고는 운남으로 가서 암자를 불태운 다음 따르던 사람들을 해산시켰다.[8]

영종이 북방 정벌에 나설 때 건문제에게 제사를 올릴 사람이 없음을 걱정하여 원빈(袁彬)[9]에게 "근래의 재변은 아마도 이 때문에 발생한 듯하다."라 말했다. 영종이 복위한 천순(天順) 원년(1457)이 되어 건문제의 둘째아들 건서인(建庶人)[10]을 풀어줘 봉양(鳳陽)에 가서 제사를 받들고 혼인하도록 허락해주었다. 그는 두 살에 황궁에 갇혀서 55년만에 풀려났는데 소와 양도 구별하지 못하였고 오래지 않아 세상을 떠났다. 그가

---

8 이상의 내용이 『명사기사본말』 권17 「건문제가 나라를 사양하다」에 더 상세하게 실려 있다.

9 원빈(1401~1477)은 토목보의 변으로 영종이 와랄(瓦剌) 부족에게 포로로 잡혀갔을 때 환난을 함께 겪으며 끝까지 곁을 지켰다. 영종 복위 후 승진을 거듭하여 관직이 지휘동지(指揮同知)에 이르렀다.

10 건서인(建庶人)은 건문제의 둘째아들 주문규(朱文圭, 1401~1457)이다. 주문규는 영락제에 의해 두 살에 북경의 광안궁(廣安宮)에 유폐되어 57세가 돼서야 석방되었으나 얼마 지나지 않아 사망하였다.

11 건문제의 태자는 맏아들 주문규(朱文奎, 1396~?)로 정난의 변이 일어났을 때 건문제와 함께 실종되어 이후 행적을 알 수 없다. 건서인이 건문제의 태자라는 말은 저자의 착오인 듯하다.

12 홍광제(弘光帝, 1607~1646)는 남명(南明)의 제1대 황제이다. 명나라로는 17대 황제이다. 명나라 만력제(萬曆帝) 신종(神宗)의 서손자이자 숭정제(崇禎帝) 사종(思宗)의 사촌형이다. 명나라 부흥 운동 세력에 의해 황제로 옹립되었다. 건문제는 영락제 즉위 후 묘호를 신종(神宗)으로 하자는 논의가 있었으나 폐위된 황제라는 이유로 허락되지 않았다. 홍광제 때 황제로 복권되고 묘호가 혜종(惠宗)으로 정해졌다.

바로 건문제의 태자로 후사(後嗣)가 없었다.[11] 건문제는 홍광제(弘光帝) 때가 돼서야 혜종황제(惠宗皇帝)의 시호가 올려졌다.[12]

48

황후의 폐위를 도운 신하들

송 인종(仁宗) 때의 정치와 교화는 후대 임금이 따라갈 수 없을 정도로
성대하였으니 허국공(許國公) 여이간(呂夷簡)의 공이 컸다.[1] 명 선종(宣
宗) 때의 치세 또한 기록할 점이 많으니 하원길(夏原吉)과 건의(蹇義), 삼
양(三楊)이 큰 공을 세운 신하였다.[2] 하지만 인종이 곽(郭) 황후를 폐위
하려 할 때 여이간은 힘써 도왔고,[3] 선종이 호(胡) 황후를 폐위하려 할
때 양영(楊榮)은 방자하게 죄상을 꾸며내었다.[4] 참으로 황제의 덕에 누
를 끼치는 짓이었으니 이런 이들이 역적이 아니면 무엇이겠는가? 천하

---

1 송 인종(仁宗, 1010~1063)은 북송의 4대 황제이다. 문인을 대거 기용하여 경제와 문화를 발전
　시켜서 전성기를 구가하였다. 그의 연호를 따서 이때를 경력지치(慶曆之治)라고 한다. 여이간
　(呂夷簡, 978~1044)은 재상으로서 10년 이상 국정을 총괄하며 큰 공로를 세웠다.
2 명 선종(宣宗, 1398~1435)은 명나라 5대 황제이다. 아버지 인종(仁宗)을 이어 내치에 전념해
　경제 회복과 정치 안정을 이루었다. 이 시기는 전성기로 평가받으며 인선지치(仁宣之治)라고
　불린다. 하원길(夏原吉, 1367~1430)과 건의(蹇義, 1364~1435)는 태조 때부터 다섯 황제를 보
　좌하면서 각각 국가 재정 관리와 국가의 제도 수립에 기여하였다. 삼양(三楊)은 양우(楊寓,
　1365~1444), 양영(楊榮, 1371~1440), 양보(楊溥, 1372~1446)를 가리키는 말로 성조(成祖)부
　터 네 황제에 걸쳐 내각에 있으면서 국가 기무를 관장하였다.
3 송 인종은 황후 곽씨(郭氏)를 멀리하고 상 미인(尙美人)을 총애하였다. 미인이 황후를 모독하
　자 황후가 미인의 뺨을 치려다가 이를 말리던 인종의 목에 상처를 냈다. 인종이 황후를 폐위
　하려 하자 여이간 등이 주도하여 황후를 폐위하였다.

의 도의가 어그러져 천년이 지난 뒤에는 오히려 그들을 큰 공을 세운 신하라고 칭송하고 있다. 내가 매번 이들에 관한 글을 읽을 때마다 눈초리가 찢어질 정도로 분노하지 않은 적이 없다. 이 자들을 대역무도한 죄인이라 단죄하고 싶어도 그러지를 못해 번번이 탄식만 하고 있다.

우리 조선의 인현왕후(仁顯王后) 폐비 사건[5]도 송 인종과 명 선종 때의 사건과 정말 똑같다. 한두 명의 신하가 임금의 뜻을 받들기만 한 짓은 명분과 도의를 씻은 듯 싹 없애버렸으니 그 몸에 죄가 미친 것이 마땅하다. 하지만 여이간과 양영에게 견주면 실로 차이가 있으니 굳이 가혹하게 단죄할 필요야 있겠는가? 다만 신하된 자는 바른 도의를 중시해야 한다.

---

4 명 선종이 호씨(胡氏)를 황후로 세웠으나 총애하던 손 귀비(孫貴妃)가 태자를 낳자 황후를 폐위하기 위해 양영과 상의하였다. 다음날 양영이 황후의 과실 20개 조항을 꾸며낸 글을 올리자 선종이 황후를 폐위하고 손 귀비를 황후로 책봉하였다.

5 기사년(1689, 숙종 15)에 있었던 인현왕후 폐비 사건은 소의 장씨(昭儀張氏)가 아들을 낳자 숙종이 장씨를 희빈(禧嬪)으로 승격시켰다가 왕후로 삼고 인현왕후를 폐비로 만든 사건이다. 이에 반대한 서인이 조정에서 완전히 축출되는 기사환국(己巳換局)이 일어났다.

49

병 속으로 사라진 냉겸

명나라 태조 때 냉겸(冷謙)[1]이란 자가 있었다. 그의 벗이 가난하여 그에게 도움을 구하였다. 냉겸이 벽에 문 하나를 그리고 학 한 마리로 문을 지키게 한 다음 벗에게 문을 두드리도록 하였다. 문이 열려 벗이 들어가니 나라의 금고 안에 금은보화가 가득 차 있었다. 벗이 금은보화를 마음껏 챙겨서 나오다가 금고 관리에게 발각되었다. 벗이 사유를 진술하여 냉겸까지 체포되었다. 냉겸이 목이 마르다며 물을 청하자 형리(刑吏)가 병에 물을 담아 건네주었다. 냉겸이 병에 발을 찔러 넣더니 병속으로 들어가 버렸다. 냉겸을 체포해 온 형리가 놀라서 말하였다.

"나는 네놈 때문에 죽겠구나."

냉겸이 말하였다.

"이 병을 어전에 가져다 주기만 하게나."

태조가 말하였다.

"네가 병 밖으로 나와서 짐을 알현한다면 너를 죽이지는 않겠다."

---

1 냉겸(冷謙, ?~?)은 자가 계경(啓敬)이고, 호가 용양자(龍陽子)이다. 원나라 말기에 이미 백 살이 넘었으며 명나라 영락제 재위 기간에 죽었다고 전한다. 명나라의 도사로 양생과 음률에 능하였다. 명 태조 때 태상협률랑(太常協律郞)을 지냈다. 저서로『수령요지(修齡要旨)』가 있다.

냉겸이 말하였다.

"죽을죄를 지었으므로 감히 나가지 못하겠나이다."

태조가 진노하여 병을 깨부수고는 냉겸의 이름을 부르니 깨진 조각 조각마다 대답하였다. 냉겸이 어디로 가 버렸는지는 끝내 알 수 없었다.

50

죽어서도 절의를 지킨 철현

철현(鐵鉉)은 건문제에게 절의를 지켜 연왕(燕王)에게서 등을 돌리고 선 채 돌아보지 않았다. 연왕이 그의 코와 귀를 베어도 돌아보지 않았다. 연왕이 철현의 코와 귀의 살점을 잘라 그의 입에 욱여넣고 "맛이 좋으냐?"고 물었다. 철현이 "충신·효자의 살점이 맛이 없을 수 없지?"라 답하였다. 연왕이 그를 찢어죽이고 기름을 끓인 큰 솥에 시체를 던져 넣어 순식간에 숯덩이로 만들었다. 다음에 시신을 끌고 와 어전을 향하여 절하게 하였는데 시신이 굴러서 밖을 향하였다. 연왕이 내시를 시켜 쇠막대기로 시신을 떠받쳐서 신하가 임금을 섬기는 예를 행하도록 하였다. 연왕이 웃으며 "네놈도 이제야 나에게 조회하는구나."라 하였다. 말이 채 끝나기도 전에 기름이 끓어올라 한 길 남짓이나 치솟았다. 내시가 기름에 손이 문드러져 쇠막대기를 버리고 달아나니 시신이 즉각 도로 연왕에게서 등을 돌렸다. 연왕이 크게 놀라 즉시 시신을 묻게 하였다.

---

1 철현(鐵鉉, 1366~1402)은 몽골인의 후예이다. 명나라 초기의 명장으로, 연왕(燕王)이 정난(靖難)을 일으켰을 때 투항하지 않고 반란군을 격파하였다. 반란군에 붙잡힌 뒤에도 항복하지 않고 건문제에게 절개를 지키다가 죽임을 당하였다.

51

벼복의 목숨을 앗아간 시

명나라의 이름난 승려 내복(來復)[1]은 촉왕(蜀王)과 함께 도를 강론하였다. 촉왕은 태조 주원장(朱元璋)의 열 번째 아들[2]로 가장 어질었다. 내복이 성조(成祖) 때 수레를 타고 오라는 명을 받들어 입궐했다가 상식(尙食)을 하사받고 다음 시를 지어 사례하였다.

대숲에 꽃비 내려 새벽부터 향기가 나더니	淇園花雨曉吹香
존체에 승복 붙들려 수라상을 가까이 하였네	手挽袈裟近御床
오색구름 서린 대궐에는 꿩 장식이 생동하고	闕下彩雲生雉尾
붉은 휘장 쳐진 좌중에는 용의 광채 어른대네	座中紅芴動龍光
금소반의 소합향은 수역(殊域)에서 보내 왔고	金盤蘇合來殊域
옥그릇의 제호탕은 황궁 주방에서 나왔구나	玉盌醍醐出尙方

---

1 내복(來復, ?~1391)은 명나라 초의 고승으로 불경과 유학에 밝고 시를 잘 지었다. 주원장 때 반란을 주모한 호유용(胡惟庸)의 일파로 몰려 죽임을 당하였다. 저서에 『포암집(蒲庵集)』이 있다.

2 『명사』 권116 「열전 태조의 아들들」에 따르면, 촉왕(蜀王, 1371~1423)은 명 태조의 11남이며 10남은 노왕(魯王, 1370~1390)이다. 저자의 착오가 있는 듯하다.

황제의 은전을 외람되이 거듭 받드니   稠疊濫承天上賜

요 임금을 찬송할 덕이 없어 절로 부끄럽네   自慙無德頌陶唐

시를 보고 성조가 대노하여 말하였다.

"5구에서 수역(殊域. 머나먼 지역)이라 한 말은 나를 반역자 주가(朱哥)라고 욕한 것이요. 8구에서 무덕도당(無德陶唐)이라 한 말은 짐을 가리켜 요 임금의 덕이 없다고 욕한 것이다. 웬놈의 간특한 중이 감히 이렇게나 간덩이가 크단 말인가? 죽여라."3

---

3 이와 관련한 내용이 『어정연감유함』 권317에 보인다. 이에 따르면 명 성조(成祖) 때가 아니라 명 태조 때 있었던 일로 기록되어 있다. 성조 때로 본 것은 저자의 착오인 듯하다.

52

변란의 씨앗

원위(元魏)[1] 때 장군 장이(張彛)의 아들 장중우(張仲瑀)가 무인을 억눌러 요직에 선발되지 못하도록 하자고 주청하였다. 그러자 친위 부대 일천 명의 군사가 난을 일으켜 장이를 몽둥이질하여 죽였다. 조정에서는 여덟 명만을 잡아서 목을 베었을 뿐, 난을 일으킨 자들을 끝까지 다스려서 안정을 찾게 하지 못하였다. 고환(高歡)[2]이 사건의 처리 과정을 보고서 원위가 망하여 장차 난이 일어날 것을 알아차렸으니, 기강을 바로 세우지 않으면 안 되는 법이다.

전년(前年)에 일어난 송도(松都)의 변란[3]도 해괴한 일로 변란의 주동자를 끝까지 다스렸어야 했다. 올해 황해도 곡산(谷山)에서 일어난 변

---

1 원위(元魏)는 중국의 위진남북조 시대 북위(北魏)의 별칭이다. 북위 효문제(孝文帝) 척발굉(拓跋宏)이 척발씨(拓跋氏)를 원씨(元氏)로 고친 데서 비롯되었다.

2 고환(高歡, 496~547)은 원위의 변방 호족 출신으로 동위(東魏)의 실권자이다. 나중에 원위는 우문태의 서위(西魏)와 고환의 동위로 분열되었고, 고환의 아들 고양(高洋)이 효정제로부터 선위 받아 북제(北齊)를 건국하였다. 고환은 북제의 추존 황제가 되었다.

3 1809년(순조 9) 송도(松都)에서 일어난 백성들의 난동을 가리킨다. 개성부(開城府)의 백정이 혼례에 관복을 입자 고을 사람들이 백정의 집을 헐어 버리고 개성부에 백정을 고발한 다음 백 명씩 무리지어 개성부에 돌을 던졌다. 개성 유수 한치응(韓致應)이 주동자 한 명을 장살하고 공모자를 유배 보내거나 매를 쳤다(『순조실록』 9년 6월 11일~12일).

란[4]의 경우에는 장이의 사건이나 송도의 사건과는 같은 듯하면서도 실제로는 다르다. 윗사람에게 잘못이 없다면 아랫사람을 다스리면 그만이다. 지금 곡산 부사 박종신(朴宗臣)은 죽음으로도 죗값을 다 치르기에 부족하다. 먼저 백성의 재물을 탐내어 빼앗은 관리의 죄를 바로잡고 다음에 변란을 일으킨 백성들의 죄를 다스렸다면, 곡산 백성 모두를 사형에 처하였더라도 그들이 어찌 감히 억울하다고 말하겠는가? 박종신은 끝내 무사하고 대충 견책만 당한 반면 곡산 백성은 너무 많이 사형을 시켰다.

가마솥에 삶거나 살갗을 벗기는 극형은 국법 가운데 지극히 엄중한 형벌이다. 게다가 선왕(先王)의 시대에는 수령이 백성을 함부로 죽이면 대부분 그 목숨으로 배상하게 하였다. 박종신이 재물을 탐내 강탈하고 살상한 백성이 얼마나 많았는데 그를 살려 둔단 말인가? 죽은 사람들이 승복하지 못하고, 곡산 사람 누구도 승복하지 못한다. 곡산 사람들뿐 아니라, 해서(海西) 사람들이 모두 승복하지 못하며, 해서 사람들뿐만 아니라 온 나라 사람들이 모두 승복하지 못한다. 이렇게 하고도 기강을 세우고자 하니 민심을 거스르고도 기강이 서겠는가? 박종신뿐만 아니다. 황해도 감사와 안핵사(按覈使)도 잘못 처리한 책임을 나눠 가져야 한다.

---

4 1811년(순조 11) 2월 황해도 곡산에서 일어난 민란을 가리킨다. 평소 부사 박종신의 탐욕에 불만이 많던 주민들이 폭동을 일으켜 부사의 병부와 직인을 빼앗고 박종신을 빈 가마니에 넣어 고을 밖으로 내다버렸다. 3월에 안핵사(按覈使) 이면승(李勉昇)이 파견되어 포도청 군관을 풀어서 주동자를 잡아들였는데 군관들이 토색질과 살육을 일삼자 백성들이 곳곳에서 극력 저항하였다. 조정에서는 이 변란을 가혹하게 처리하여 40여 명을 처형하고, 40여 명을 유배하였다. 한편 박종신은 울산으로 유배되었다.

나는 변란의 조짐이 잠복해 있다가 틀림없이 곪아 터지는 지경에 이를까 그것이 두렵다. 어떤 사람은 박종신이 가혹하게 형벌을 가한 관리이지 탐욕을 부린 관리는 아니므로 실상 죽을죄를 짓지는 않았다고 옹호하기도 한다. 그러나 무자비하게 백성들을 많이 죽였으니 죽을죄가 아니고 무엇이겠는가?

53

흉년과 변란의 조짐

성상께서 즉위하신 지 9년째 되는 기사년(1809, 순조 9)부터 경오년(1810년, 순조 10)과 신미년(1811, 순조 11)까지 3년 동안 내리 흉년이 들었다. 기사년에는 호남 지역에 더욱 심하게 흉년이 들어 죽은 사람이 몇 십만 명인지 모를 정도였다. 신미년에는 서북(西北) 지역에 특히 흉년이 심하여 영남으로 향한 유민(流民)들이 또 몇 만 명인지 모를 정도였다. 영남에서 유민들을 도저히 다 수용하지 못하니 영남으로 가는 도중에 추위와 굶주림으로 죽은 사람이 속출하였다. 경기 지역 백성들이 떠돌아다니다 죽은 상황도 비슷하였다. 나는 명나라를 무너뜨렸던 이자성(李自成)[1]처럼 유민들을 이끄는 역적이 오늘날 다시 나타날까 두렵다. 나 같은 일반 백성은 나라를 향한 근심을 간언 드릴 길이 없으니 어찌하랴? 권력을 쥐고 있는 이들은 어째서 이를 염려하지 않는가?

---

1 이자성(李自成, 1605~1645)은 명나라 말기 농민 반란군의 지도자이다. 명나라는 1620년대부터 시작된 오랜 대기근으로 민생이 파탄에 이르렀고, 숭정제의 폭정과 부패한 관리들의 수탈이 이어져 농민들이 폭동을 일으켰다. 농민 집안에서 태어나 역졸 생활을 하던 이자성은 농민 반란군에 가담하였다가 지도자가 되었다. 대순(大順)을 건국한 이자성이 북경을 함락하자 숭정제가 자결하여 명나라가 멸망하였다.

54

적자와 서자의 관계

요즘 세상의 서얼들은 같은 집안의 권세 있는 사람을 혐오하고 기피하는 데다가 심지어 원수 보듯이 하기까지 한다. 내가 그런 서얼을 많이 보았다. 반남 박씨(潘南朴氏) 중에 박태만(朴泰萬)이라는 자가 있는데 적자 계통의 집 안 사람을 몹시 혐오한 나머지 찾아가 문안한 적이 없었다. 내가 부평(富平)에 갔었는데, 마침 당시 부평 부사는 반남 박씨로 권세 있는 사람이었다. 부평은 바로 진무영(鎭撫營)의 전영(前營)[1]이라 부사가 수군을 거느리고 강화도의 수군 훈련에 가려던 참이었다. 그런데 박태만의 아들이 부평 부사를 찾아와서 자기 아들이 수군에 편입되었으니 진영장(鎭營將)인 통진 부사(通津府使)에게 편지를 한 통 써 달라고 하였다. 부평 부사가 "평소 알고 지내던 사이도 아니거니와 또 청탁은 불가하다."라며 돌려보냈다.

 다음 날 군사를 거느리고 통진에 도착한 부평 부사가 고기 한 근에

---

1 진무영(鎭撫營)은 조선 후기 강화도에 설치한 군영이다. 다섯 개 진영(鎭營)으로 구성되었으며 전영(前營)은 부평의 속읍인 인천, 좌영(左營)은 통진의 속읍인 김포, 중영(中營)은 강화, 우영(右營)은 풍덕, 후영(後營)은 연안의 속읍인 배천에 있었다. 각 진영의 진영장은 해당 지역의 지방관이 겸임하므로 전영은 부평 부사가, 좌영은 통진 부사가 겸임하였다.

술과 안주를 갖추어 통진에 사는 박태만의 아들에게 문안 편지를 써 보냈다. 겉봉투에는 '족손(族孫)인 부평 부사가 편지로 문안드립니다.' 라고 적고 통진부의 하인에게 맡겨 당일 내로 답을 받아오라고 명하였다. 그러자 박태만의 아들이 즉시 답장을 들였으니 "아들이 통진 부사에게 붙들려 갔으니 장차 관아에 나아가서 대죄(待罪)하겠습니다."라 쓰고는 이어서 아들이 수군에 충원되었음을 언급하였다. 부평 부사가 크게 노하여 통진의 수군 군색(軍色)[2]을 불러 말하였다.

"너희 고을은 사대부를 군대에 충원하는 것이 법이냐, 아니면 죄를 짓거든 군대에 충원하는 것이 법이냐? 들어가서 너희 사또께 아뢴 다음 와서 연유를 고하라."

통진 부사가 깜짝 놀라 아무 말도 못하고 즉시 나와 머리를 조아리며 사죄하고는 수군 명부에서 박태만 손자의 이름을 지웠다. 면임(面任)에게 형장을 치며 신문한 다음 박태만의 아들과 자리를 함께하여 용서를 구하였다. 그 뒤로 관리들이 박태만과 그 아들 손자를 두려워하고 꺼려하여 감히 업신여기지 못하였다.

---

2 조선시대 각 군영에 딸린 부서 또는 그 부서에 소속된 관리이다. 군사(軍事)에 관계되는 제반 사무를 관장하였다.

55

이종성을 욕보인 이덕형의 자손

경오년(1750, 영조 26)에 광주(廣州)의 진(鎭)을 옮길 당시[1] 정승 이종성(李宗城)[2]이 처음 유수(留守)에 임명되었는데, 사대부의 서얼을 군역에 충원하는 경우가 많았다. 광주 관내의 어떤 선비가 억울함을 호소해 마지않았으나, 이종성이 끝내 허락하지 않고 속히 끌어내라고 명하였다. 그러자 그 선비가 말하였다.

"훗날을 기다리는 것 외에는 어찌할 도리가 없겠구나!"

이종성이 말하였다.

"무슨 날을 기다린다는 말인가?"

"오성(鰲城)의 자손이 유수가 되기를 기다린다는 말입니다. 만약 오성의 자손이라면 결코 한음(漢陰)의 자손을 군역에 충원하지는 않을

---

1 광주(廣州)는 1750년(영조 26) 지휘관으로 유수(留守)를 두어 수어사를 겸임하게 하고 휘하에 경력(經歷)을 두어 행정 실무를 담당하게 하는 일원 체제로 개편되었다. 체제의 개편에 따라 광주의 치소(治所)를 남한산성 안으로 옮겼다.

2 이종성(1692~1759)은 자가 자고(子固), 호가 오천(梧川), 본관이 경주(慶州)이다. 이항복(李恒福, 1556~1618)의 5세손이며 좌의정 이태좌(李台佐)의 아들이다. 승지, 대사간, 이조 판서 등을 거쳐 1750년 개성 유수에 임명되었다가 광주 유수가 되었다. 이후 좌의정에 이어 영의정을 지냈다. 문집에 『오천집(梧川集)』이 있다.

것입니다."3

"그대가 한음의 자손인가?"

"5세손입니다."

"속히 군역 명부에서 빼도록 하라."

그 선비가 군역에 충원된 일에 분개하여 일부러 모욕하는 말을 이 정승에게 한 것이다.

---

3 오성(鰲城)은 오성부원군(鰲城府院君)에 봉해진 이항복을 가리킨다. 한음(漢陰)은 이덕형(李德馨, 1561~1613)을 가리킨다. 이덕형의 본관은 광주(廣州)이다. 이항복과 이덕형은 함께 서울에 거주하면서 어려서부터 절친하였으며 죽어도 변치 않는 우정을 지닌 사이로 유명하였다.

56

장인어른의 강단

내 장인께서 당신의 증조모 묘소를 여주의 장한치(長漢峙)로 이장하시던 중에 윤제겸(尹濟謙)이라는 자와 송사가 벌어졌는데 몇 차례 모두 승소 판결을 받으셨다. 어느 날 신임 목사가 부임하였는데 며칠 뒤 한밤중에 장차(將差)[1]와 형방(刑房) 아전 및 물 긷는 여종을 보내서 우리 장인을 붙잡아 관아로 끌고 들어가더니, 곧장 형틀에 올리고는 이렇게 말하였다.

"네가 투장(偸葬)[2]하였다고 들었다. 투장한 데 따른 형벌을 먼저 시행하고 이어서 투장한 묘를 파헤치리라. 그런 뒤에 간악한 죄상을 드러내어 송사를 다시 판결하겠다."

매섭기가 우레와 벼락같아서 감히 따르지 않을 수 없었다. 장인께서 투장하지 않았다는 분명한 증거를 말씀하셔도 목사는 듣지 않았으며, 연이어 송사에서 이겼던 판결 내용을 말씀하셔도 듣지 않았다. 때를 넘기도록 묻고 따져도 끝내 들어 주지 않았으므로 장인에게 무거운 형벌

---

1 수령이나 감사가 죄인을 호송하기 위하여 심부름으로 보내는 사람이다.
2 타인 소유의 산이나 묏자리에 묘를 몰래 쓰는 일을 말한다.

이 가해질 판이었다.

장인께서 얼굴에 노기를 가득 띤 채 목사를 똑바로 올려다보며 말씀하셨다.

"선비를 죽일 수는 있어도 굴복시킬 수는 없으니 저 묘를 결코 파헤칠 수 없습니다. 성주(城主)께서는 저 묘를 파헤치실 수 있다고 생각하십니까?"

목사가 더욱 크게 노하여 말하였다.

"네가 고을 토박이라고 하여 감히 목사를 꾸짖고 업신여기느냐?"

"백성이 되어 어찌 감히 성주를 꾸짖고 업신여기겠습니까? 하지만 만약 이 묘를 파헤치신다면 윤리와 기강을 해치는 죄를 범하는 것입니다."

장인의 어조가 더욱 매서웠으니 관청 뜰을 가득 채운 사람들이 모두 다리를 후들거릴 정도였다. 목사가 말하였다.

"윤리와 기강을 해치다니 무슨 말이냐? 네가 말도 안 되는 소리를 한다면 용서하지 않겠다."

"저 묘는 제 증조모의 묘소이니 바로 연원부원군(延原府院君)[3]의 둘째 따님으로 성주의 증조부의 누님이십니다. 공적으로 보나 사적으로 보나 묘를 어찌 파헤칠 수 있겠습니까?"

목사가 깜짝 놀라 타관으로 옮겨 송사하라고 급히 명하고 이렇게 말

---

3 이광정(李光庭, 1552~1629)을 가리킨다. 자가 덕휘(德輝), 호가 해고(海皐), 본관이 연안(延安)이다. 임진왜란 때 선조를 의주까지 호종한 공로로 1604년(선조 37)에 공신 2등에 책록되어 연원군(延原君)에 봉해졌으며, 뒤에 부원군(府院君)이 되었다. 정묘호란 때도 인조를 강화로 호종한 공을 세웠다.

하였다.

"항소장에 대한 판결문을 나에게도 보여 달라. 조사관은 어느 고을
에 있는가?"

이천 부사(利川府使)가 조사관으로 배정되었는데 여주 목사가 이천
부사에게 문서를 작성해 보내자, 이천 부사가 판결문을 엄격하게 작성
하였으니 그길로 송사가 중지되었다. 당시 장인께서 연소하셨기에 신임
목사와 만나 보신 적이 없었다. 그래서 신임 목사가 알지 못하고 기필코
묘를 파헤치고자 한 것이다.

57

귀신같은 용사 이운징

천고의 귀신같은 용사로는 감사 이운징(李雲徵)[1]을 제일로 꼽는다. 이운 징이 젊은 시절에 감사 권흠(權歆),[2] 선비 정(丁) 아무개와 함께 삼각산 백운봉에 올랐는데 권흠이 맨 앞에서, 정 아무개가 가운데에서, 이운 징이 맨 뒤에서 올라갔다. 바위 벼랑을 끌어안고 올라가다가 정 아무개 가 만 길 아래를 굽어보니 정신이 아찔해져서 밑으로 떨어지고 말았다. 권흠은 그가 떨어지는 줄 알면서도 감히 돌아보지 못하고 벼락 치듯 돌 이 부딪치는 소리를 듣기만 하였다. 그런데 정상에 올라가 보니 정 아무 개와 이운징 두 사람이 벌써 올라와 앉아 있는 것이었다. 권흠이 괴이쩍 어 물어보니 이운징이 말하였다.

"이 친구가 밑으로 떨어진 탓에 같이 떨어졌는데 공중에서 붙들어 잡았다가 기운을 떨쳐 위로 뛰어올랐다네."

---

1 이운징(李雲徵, 1645~1717)은 자가 백우(伯雨), 호가 만연(曼衍), 본관이 전주이다. 이인좌(李 麟佐)의 조부이다. 용력이 뛰어나 1678년(숙종 4)에 추천을 받아서 곧바로 6품에 발탁되어 수 령직을 지냈다. 장령, 집의, 승지를 거쳐 1694년(숙종 20)에 전라 감사를 지냈다.

2 권흠(權歆, 1644~1695)은 자가 자형(子馨)이다. 문과에 급제한 뒤 승지, 대사간, 대사성, 이조 참의, 함경 감사 등을 지냈다.

"돌 부딪치는 소리는 무엇이었는가?"

"공중에서는 용기를 떨칠 수 없어서 우선 돌을 쳐서 용기를 떨쳐봤지."

이운징은 늘 이런 말을 하고는 하였다.

"내가 임진왜란 당시에 태어났다면 왜놈들 갑옷 쪼가리 하나라도 돌아가게 내버려뒀겠는가?"

그 말을 듣고 어떤 사람이 물었다.

"무수하게 날아오는 탄환은 어떻게 하고 말인가?"

"사람이 용기를 떨치면 화살과 탄환이 감히 몸 가까이 오지 못하고 땅에 떨어지고 만다네."

권흠의 손자 시옹(尸翁) 권암(權巖)이 집안에서 익히 들어 왔던 이야기라며 나에게 말해준 것이다.[3]

---

3 이상의 내용을 이규경이 『오주연문장전산고』에 인용하면서 『만오만필』을 용인현에 사는 동래 정씨 아무개의 저작으로 밝혀 놓았다(경사편(經史篇) 논사류(論史類) 논사(論史) 「우리나라의 귀신같은 용사들에 대한 변증설[東國神勇辨證說]」).

58

천하장사 허수

허수(許遂)라는 자는 효종께서 봉림대군 시절 심양에 볼모로 가면서 대동하셨던 여덟 명의 장사(壯士)[1] 중 한 명인데, 심양에서 거리낌 없이 제멋대로 행동하였다. 칸(汗)이 몹시 골머리를 앓은 나머지 그를 제거하고자 천하장사 선발전을 열고는, 촉(蜀) 출신으로 키가 8척이나 되며 허리 둘레도 몇 아름이나 되는 거한을 배치해 두었다. 칸이 궁전의 뜰에 서서 봉림대군을 불러 수행인 가운데 각저(角觝)[2] 놀이를 잘하는 사람을 뽑아서 거한과 겨루게 하였다. 허수가 엎드려 "각저가 놀이이기는 하나 예법에 따라 입은 옷을 벗을 수는 없습니다."라 하였다. 칸이 "하고 싶은 대로 하라."고 하니 허수가 "두 마리 범이 싸우면 하나는 반드시 죽을 것입니다. 하나가 죽더라도 목숨으로 배상하라고 요구하지는 말아 주소서."라 하였다. 칸이 허락하자 허수가 "조선 방식으로 놀아 보겠습니

---

1 봉림대군이 심양에 볼모로 가 있던 8년 동안 호위한 군관 여덟 명이다. 김지웅(金志雄) 등 여덟 명을 흔히 팔장사(八壯士)라 부른다(『청장관전서』 권57 「앙엽기(盎葉記)」 4 팔장사). 허수는 1644년(인조 22년)에 소현세자를 호위하는 무사로 심양에 파견되었다. 팔장사의 한 명으로 서술한 것은 저자의 착오인 듯하다.

2 두 사람이 맞붙어 힘을 겨루는 놀이로, 일종의 씨름이다. 고구려와 부여, 고대 중국에서 행한 놀이였다. 각저희(角抵戱), 각력희(角力戱), 각희(角戱), 상박(相撲)이라고도 한다.

다."라 하니 칸이 또 허락하였다.

허수가 기다란 두루마기를 입은 채 빠른 걸음으로 나아가 거한의 주위를 빙빙 돌자 거한 역시 일어서서 빙빙 돌았다. 한참이 지나 허수가 새처럼 날아서 거한의 가슴팍을 발로 찼는데, 거한이 허수의 다리를 잡고 마치 젖먹이아이 던지듯 벽돌 위로 집어던졌다. 거한의 근력과 민첩함이 허수보다 몇 배는 더 세다는 것을 알 수 있었다. 허수가 수십 걸음 바깥까지 나가떨어졌으나 일어서서 다시 거한의 주위를 빙빙 돌았는데 기운이 다한 듯 보였다.

때마침 궁전에서 기르는 푸른 거위가 봉림대군 앞을 지나가자 봉림대군께서 거위를 붙잡아 허수의 앞으로 던지셨다. 허수가 공중에서 거위를 받아 들고는 주위를 계속 걸으면서 깃털을 뽑더니 거위를 다 먹어치웠다. 이에 용기백배하여 또 날듯이 나아가서 거한의 가슴팍을 발로 차려고 하였는데, 거한이 두 손으로 가슴을 막은 다음 허수의 발을 잡아 집어던지려고 하였다. 그러자 허수가 돌연 뛰어올라 거한의 얼굴을 발로 차니 거한이 벽돌 위로 쓰러지면서 배가 터져 죽었다. 봉림대군께서 매우 기뻐하며 차고 있던 검을 문지방에 내리꽂고 웃으면서 "폐하께서 소국의 사람을 가볍게 보셨는데 지금은 어떻습니까?"라 하였다. 허수에게 검을 뽑으라 명하고 그대로 하사하셨다. 허수의 자손이 지평현에 살고 있는데 나와 서로 아는 사이이다. 그 검이 아직도 집안에 있는데 그야말로 보검이라한다.

59

최문식과 최도장의 재주

감사 최문식(崔文湜)[1]에게는 세 가지 뛰어난 장점이 있었으나 사람들이 모르고 있다. 청렴함이 남보다 뛰어났으나 대대로 부유하여 사람들이 몰랐고, 용맹함이 남보다 뛰어났으나 문신이라서 사람들이 몰랐으며, 문장이 남보다 뛰어났으나 경서에 밝아서 사람들이 몰랐다. 어떤 건물에 서른 자 크기의 대들보를 올렸는데 그 뒤에 최문식이 잠깐 지나가면서 보고는 "이쪽 기둥이 한 치가 낮으니 어째서인고?"라 말하였다. 한 손으로 대들보를 한 치 들어올리며 "나무 조각 하나를 받쳐야겠구나."라 말하고는 자리를 떴다. 목수가 다시 측량해 보았더니 과연 한 치가 낮아서 백명이 들어올려 보았으나 대들보는 꿈쩍도 하지 않았다.

최문식의 손자인 무승지(武承旨) 최도장(崔道章)[2]은 용맹함이 세상에

---

1 최문식(崔文湜, 1610~1684)은 자가 정원(正源), 호가 성헌(省軒), 본관이 강릉(江陵)이다. 1630년(인조 8) 형 최문활(崔文活)과 나란히 문과에 급제하였고, 이후 승지, 강원도 관찰사, 대사간 등을 역임하였다.

2 최도장(崔道章, 1681~?)은 자가 여경(汝絅)이다. 1724년(영조 즉위년)에 영조가 무신(武臣)을 격려하기 위하여 무신인 최도장을 승지에 제수하였다. 하지만 인망이 높지도 않고, 후보자로 천거될 때 절차가 관례와 어긋났다는 이유로 반대하는 상소가 올라온 까닭에 임명되지 못하였다.

알려졌다. 소싯적 과거 시험을 보러 갈 때 배를 구하지 못하고 있었다. 그때 충주에서 출발한 큰 배 한 척이 충주 유생 백여 명을 태우고 한강을 따라 내려왔다. 최도장이 작은 고깃배를 타고 가서 그 배에 오르려 하자 유생들이 장대로 고깃배를 밀어내니 고깃배가 쏜살처럼 빠르게 뒤로 밀려났다. 공이 몸을 솟구쳐 배로 뛰어들었는데 그 거리가 십여 보나 되었다. 유생들이 깜짝 놀라 두려워하며 엎드리자 공이 호되게 꾸짖어 물가에 배를 대도록 하고 여주 유생들을 많이 불러다 배에 함께 태웠다. 배가 두미(豆尾)[3]를 지날 적에 커다란 자라가 있었는데 수레 덮개만큼이나 거대하였다. 공이 뱃전에 서서 장대로 자라를 찔러 밀어내다가 몸이 뒤집혀 물속에 거꾸로 빠졌다. 곧장 몸을 솟구쳐 배에 오르니 사람들이 모두 장하게 여겼다. 나의 장인께서는 공과 7촌간인데 함께 가다가 이 일을 보았다면서 나에게 말씀해 주셨다.

---

3 오늘날 팔당대교 상류 북한강과 남한강이 만나는 부근의 검단산(黔丹山) 동쪽을 지나는 한
  강 상류 지역이다. 두미(斗尾), 두미(斗迷), 두릉(斗陵)이라고도 한다.

60

당론의 폐해

우리나라에는 당론(黨論)이 생긴 뒤로 온전한 사람이 없다. 사람의 마음을 병들게 하고 사람의 이목을 고정시켰으니, 자신을 다스리고 남을 논할 때 공정한 사람이 몇이나 있겠는가? 간혹 세상 풍습에서 벗어난 사람이라도 당동벌이(黨同伐異)의 주장을 하지 않을 수 없다. 고질병이 깊어지고 고정된 견해가 굳어진 세태를 어찌하겠는가?

또 탕평론(蕩平論)을 핑계로 권력에 빌붙는 작태를 하는 자가 있는데 이들은 고질병이 들고 고정된 견해를 지키는 이만도 못하다. 대대로 지켜온 명분을 배반하고 재앙스런 논의를 만든 죄악을 저지른 자들은 이해득실만을 걱정하는 비루한 자요 참으로 패역한 소인배다. 그들을 받아들인 자들도 그들을 노비처럼 부려먹기만 할 뿐이니 무슨 이익을 보랴?

잠곡(潛谷) 김육(金堉)[1]이 『명신록(名臣錄)』[2]을 편찬하였는데 당론이 생기기 이전의 인물은 선정하면 안 되는데도 선정한 사람이 많았고, 당

---

1 김육(金堉, 1580~1658)은 자가 백후(伯厚), 호가 잠곡(潛谷), 본관이 청풍(清風)이다. 인조반정 이후 대제학, 대사간, 영의정 등을 지냈다. 저술로『잠곡유고(潛谷遺稿)』,『유원총보(類苑叢寶)』,『해동명신록(海東名臣錄)』등이 있다.

론이 생긴 이후의 인물은 선정에 신중하기는 했으나 온당하지 못하였다. 시세를 그가 어찌하겠는가?

박동량(朴東亮)[3]은 참으로 선조 때의 명신이나 목숨 걸고 옳은 도를 지키지 못해 한 마디 잘못된 말로 큰 화를 빚어냈으니 애석함을 금할 수 없다. 이것이 용주(龍洲) 조경(趙絅)[4]이 『명신록』에 서문을 쓰지 않은 까닭이다.[5] 『명신록』을 이어서 인물을 선정하고자 해도 어쩔 도리가 없으니 편찬자가 당시의 기휘(忌諱)를 어찌하겠는가?

---

2 김육이 편찬한 『해동명신록』을 가리킨다. 신라 때부터 조선 중기까지의 명신 290여 명의 행적을 모아 기록한 책이다. 구성은 9권 9책이다. 역대 인물의 행적을 정리한 점에서 중요한 의의를 지닌다. 다만 권6~권8에 수록한 선조에서 인조 때 인물은 서인 위주로 수록하여 서인계 명신록이라는 혹평을 받기도 한다.

3 박동량(朴東亮, 1569~1635)은 자가 자룡(子龍), 호가 기재(寄齋)이다. 광해군 때 대북파가 인목대비와 그 아버지 김제남(金悌男)을 제거하고자 반역죄를 씌웠다. 박동량은 김제남과 친분이 있다는 이유로 연좌되어 국문을 받게 되었는데, 자신의 결백을 주장하기 위해 이른바 저주설을 제기하였다. 저주설이란 선조가 죽을 당시 인목대비가 궁녀를 사주하여 의인왕후의 유릉(裕陵)에 저주하게 하였다는 소문을 말한다. 박동량은 소문이 대북의 날조임을 알면서도 사실인 듯 진술하여 감형을 받았고, 이 진술은 인목대비 폐위의 근거가 되었다.

4 조경(趙絅, 1586~1669)은 자가 일장(日章), 호가 용주(龍洲), 본관이 한양(漢陽)이다. 남인의 대표적 인물이다. 광해군 때 폐모론이 전개되자 은거하였다. 이조 판서, 대사헌, 형조 판서 등을 지냈다. 문집에 『용주유고(龍洲遺稿)』가 있다.

5 이익(李瀷)은 「윤유장에게 답하는 편지[答尹幼章]」에서 이 일을 거론하였다.

61

김백련의 기이한 행적

영천 군수(榮川郡守) 김백련(金百鍊)[1]은 북저(北渚) 김류(金瑬)[2]의 봉사손 (奉祀孫)으로 북저는 후사가 없어 양손(養孫)을 두었다. 김백련은 지방 수령에 다섯 번 임명되었다가 번번이 쫓겨났다고 하여 오출(五黜, 다섯 번 쫓겨난 사람)이라 자호(自號)하였으니 세속의 선비가 아니라 방외인(方外人) 이었다. 직언(直言)하고 숨기는 바가 없어 조상이라고 해서 기휘하지 않 았으며 같은 당파라고 해서 비호하지도 않았다. 문장이 기이하고 예스 러웠으며, 언사와 용모 또한 그러하였다. 다만 귀신을 좋아하여 자기는 신선과 이야기를 나눈다는 말을 하곤 하였으니 평범한 마음의 병은 아 니었다. 귀하게 여길 점이 많기는 많았으나 세상에는 소용이 없었다.

　김백련은 순암 안정복 선생을 존경하여 항상 짚신을 신고 지팡이를

1　김백련(金百鍊, ?~1798)은 자가 경쉬(景淬), 호가 오출자(五黜子), 본관이 순천(順天)이다. 1749년(영조 25) 과천 현감, 1760년(영조 36) 교하 군수, 1767년(영조 43) 영천 군수, 1796년(정 조 20) 산산 첨사 등의 관직을 지냈다. 1798년(정조 22)에 고금도 첨사로 임소에서 사망하였다.

2　김류(金瑬, 1571~1648)는 자가 관옥(冠玉), 호가 북저(北渚)이다. 임진왜란 때 탄금대에서 투 신, 자결한 김여물(金汝岉)의 아들이다. 인조반정의 공로로 승평부원군(昇平府院君)에 봉해 졌다. 정묘호란 때 인조를 강화도로 호종하였다. 우의정, 좌의정을 거쳐 영의정을 지냈다. 문 집에 『북저집(北渚集)』이 있다.

짚고서 찾아갔는데, 선생께서는 그를 방외인으로 인정하여 교유하셨다. 김백련이 과천에서 이천으로 거처를 옮겼는데 가난한 탓에 제힘으로 끼니도 잇지 못하였다. 당시에 이지광(李趾光)[3]이 이천 부사로 재직 중이었는데 순암 선생께서 그를 부탁하셨다.

"나의 벗 김공은 기이하고 예스러운 사람이라 가난하여 굶주리다가 분명 죽고 말 걸세. 그대가 창고의 곡식을 대주어 목숨을 부지하도록 해 주게."

이지광이 "말씀하신대로 하겠습니다."라 하였다. 몇 년 지나지 않아 이지광은 교체되었고 김백련은 또 충주 탄금대의 신사(神祠)로 거처를 옮겼다.

을미년(1775, 영조 51)에 김백련이 아무 까닭도 없이 크게 곡을 하니 사람들이 이유를 물었다. 김백련이 "내년에 나라에 큰일이 생겨서[4] 시사(時事)가 한 차례 변해 내 친구들이 많이 죽을 것이오. 그래서 슬퍼하오."라 하고는 아들에게 말하였다.

"내가 죽고 나면 네 자형(姉兄)이 너를 데리고 이천으로 갈 것이다. 집 안사람에게 맡겨 둔 낡은 상자가 있는데 그 안에 순금으로 만든 잔 한 쌍이 있다. 네가 먹고살기에 충분하리라."

아들은 아직 성인이 되기 전이었고 사위는 세마(洗馬) 이송(李淞)[5]이

---

3 이지광(李趾光)은 양녕대군의 봉사손으로, 1771년(영조 47)에 이천 부사에 임명되었다(『승정원일기』 영조 47년 12월 22일, 49년 12월 2일).

4 이듬해인 병신년(1776, 영조 52)에 영조가 승하하고 정조가 즉위하였다.

5 이송(李淞, 1725~1788)은 자가 무백(茂伯), 호가 노초(老樵), 본관이 전주이다. 박필주의 문하에서 배워 젊어서부터 문명이 있었다. 홍대용, 박지원, 유득공 등과 폭넓게 교유하여 실용적인 학문에 관심을 쏟았다. 문집에 『노초집(老樵集)』이 있다.

었다. 김백련이 충주 탄금대의 신사(神祠)로 거처를 옮기면서 낡은 상자 하나를 집안사람 김극령(金克寧)에게 맡기며 말하였다.

"집에 두지 말고 산속 구석진 곳 바위 위에 두고 짚더미로 덮어 놓아 빗물이 새어 들어가지 않게만 한다면 충분하다."

김극령이 그 말대로 하였다. 사람들이 감히 접근하지 못하였는데 김백련이 귀신을 좋아하였으므로 상자에 분명 귀신이 들었으리라 여겼기 때문이었다. 아들이 가서 상자를 찾아보니 과연 순금으로 만든 잔이 있었다.

김백련의 집안이 망한 것은 오로지 귀신에게 제사 지내느라 재물을 허비하였기 때문이다. 사람들이 의심나는 일을 가지고 물어보면 김백련은 번번이 '옥황상제께서 그렇다고 하셨다.', '아무개 신선이 그렇다고 하셨다.'라고 답하였다. 그는 늘 다음과 같이 말하였다.

"지금 세상에는 인물이 세 사람밖에 없다. 노론에는 김용겸(金用謙)[6], 소론에는 이창기(李昌期)[7], 남인에는 순암 안정복인데 성향이 크게 다르기는 하지만 각기 첫째가는 인물들이다."

---

6 김용겸(金用謙, 1702~1789)은 자가 제대(濟大), 호가 효효재(嘐嘐齋), 본관이 안동이다. 아버지는 김창즙(金昌緝)이고, 할아버지는 김수항(金壽恒)이다. 이재, 박필주 등과 함께 경학과 예학을 깊이 연구하였다. 덕망이 높아 정조의 신임을 받았다.

7 미상이다.

62

간음인가, 도둑질인가

몇 년 전에 영남 사람이 다음과 같은 이야기를 들려주었다.

어느 고을에 한 선비가 출타하였다가 한밤이 되어서야 집에 왔는데, 어떤 이웃 사람이 선비의 아내가 짜고 있던 베를 손에 든 채 집 안에서 밖으로 나와 문 앞을 지나가고 있었다. 선비가 물었다.

"그 베는 어째서 들고 가오?"

이웃 사람이 말하였다.

"내가 어찌 훔쳤겠소? 그대의 아내가 내게 주었소."

선비가 방에 들어가 보니 아내는 한창 잠에 빠져 있었다. 선비가 물었다.

"짜고 있던 베는 어디에 있소?"

아내가 말하였다.

"베틀 위에 있지요."

"간음한 것도 모자라 베까지 주다니 어찌 이럴 수 있소?"

"그것이 무슨 말입니까?"

"아무개가 그렇게 말하였소."

그리하여 선비가 이웃 사람과 한바탕 다툼을 벌인 끝에 관아에 고발하기까지 하였으나 여태껏 결판이 나지 않았다고 하였다.

나는 이렇게 생각한다.

그 이웃 사람은 의심할 여지 없이 죽여 마땅하거늘 오래도록 결판나지 않는 다른 이유가 있을까? 다른 사람의 아내와 간음하는 자도 그 죄가 죽여 마땅하며, 다른 사람을 무고하는 자도 그 죄가 죽여 마땅하다. 들고 갔다는 베를 살펴보면 그 아내에게 죄가 있는지 없는지를 알 수 있다. 베를 가위로 잘랐다면 도둑질한 것이고, 베를 손으로 찢었다면 간음한 것이다.

그렇기는 하지만 도둑질한 죄는 장형(杖刑)에 해당하고 간음한 죄는 교형(絞刑)에 해당한다. 장형을 피하고자 스스로 교형의 죄를 저지르는 것은 상식이 아니다. 틀림없이 선비는 좀스럽고 못난 사람인데 반해 이웃 사람은 지략이 뛰어난 사람이리라. 도둑질과 간음은 모두 집안을 망치는 죄이다. 이웃 사람은 도둑질한 죄로 망하기보다는 차라리 간음한 죄로 망하려 하였고, 혼자 망하기보다는 차라리 함께 망하고자 하였다. 그 선비 또한 망하기 싫어서 아내의 간음을 숨길 터이니 그렇게 되면 도둑질한 죄명도 함께 벗어나게 된다. 이는 지략이 뛰어난 사람이 좀스럽고 못난 사람을 속이려 한 것이나 그 정황이 뻔히 들여다보인다.

63

죽음에 관한 사유

사람이 죽으면 정기(精氣)가 떠다니다가 흩어지는데 느리게 흩어지기도 하고 급하게 흩어지기도 하니, 모인 정기의 많고 적음이 다르기 때문이다. 이는 불이 꺼지면 연기가 흩어지는 것과 똑같다.[1] 불이 세차게 타오르던 중에 꺼지면 연기가 공중에 피어오르고, 불이 사그라진 끝에 꺼지면 연기도 바로 그친다. 인과설(因果說)은 너무도 황당무계하니 어찌 연기가 다시 모여서 불이 되는 일이 있을 수 있겠는가? 불이 급하게 꺼져서 열기가 그대로 잔존해 있다가 다른 물체에 닿아서 다시 살아나는 경우는 있다. 왕사진(王士眞)【미상이다. 당나라 왕무준(王武俊)의 아들이다. 왕사진은 죽었다가 혼에 붙어서 인간 세상에 다시 태어났다.】의 사례가 어쩌다 있기는 하나[2] 정기가 이미 흩어져 버리고 난 뒤에 다시 모인 것은 아니다. 또 죽었다가 다시 살아난 경우가 있다. 이는 불이 급하게 꺼져서 남은 열기가 다 없어지지 않은 것처럼 정기가 다시 모인 경우이다.

나는 갑술년(1754, 영조 30)에 독한 전염병에 걸려 반나절 동안 숨이 끊

---

1 『성리대전서(性理大全書)』 권28 「귀신(鬼神)」에 "기는 흩어지자마자 곧 없어질 뿐이다. 불이 꺼지면 연기가 피어오르는 것과 같다.……사람이 죽으면 곧 기가 흩어진다."라 하였다.
2 하권 43화에 왕무준의 아들 왕사진이 환생한 이야기가 실려 있다.

어졌었다. 그때 선친께서 곁에 계시면서 내 명문(命門)³을 살펴보셨는데 아직 그다지 차가워지지 않았기에 내 시신을 거두지 않으셨다. 나는 마치 한바탕 꿈을 꾸고 있는 듯하였으니, 내 혼령이 구름 낀 어떤 산으로 날아올라 갔는데 평소 노닐던 남산, 인왕산, 삼각산 사이였다. 최 도사(崔道士)⁴를 따라서 어떤 곳에 도착해 보니 공중에 누각이 있었는데, 현판에 죽은 사람의 이름이 쭉 적혀 있었고 각각 평가가 적혀 있었다. 맨 아래에는 내 이름이 있었는데 그 평가의 말에 '어려서 재명(才名)이 있음에도 불행히 단명하여 죽었으니 애석하도다.'라 적혀 있었다.

내가 깜짝 놀라서 "내가 진짜로 죽었나?"라 말하고는 최 도사에게 하소연하였다.

"저는 부모님이 계신데 아들이라고는 저뿐이라 제가 죽으면 부모님에게 큰 근심을 끼칩니다. 구름 위에서 놀기가 즐겁기는 하지만 돌아가지 않으면 육신과 혼백이 반드시 상할 겁니다."

도사가 만류하였으나 나는 안 된다고 말하고 나는 듯이 내려왔다. 그때 손에는 우산을 들고 있었는데 우산에 빗물이 떨어지는 소리가 귓전을 시끄럽게 울렸다. 선친이 앉아 계신 자리로 가서 섰더니 선친께서 시신을 어루만지며 울고 계셨다. 그 순간 정신이 다시 모여 소생해서 일어나 앉았다. 그때 소나기가 지붕을 때리고 있었다. 이어서 약을 마셔 땀을 냈다. 비로소 죽고 사는 것이 이와 같이 이루어져 본디 저절로 정

---

3 생명의 문이라는 말로 생명의 근본이라는 뜻이다. 오른쪽 콩팥을 가리킨다. 정신(精神)이 머물러 있는 곳이며 원기(元氣)가 달려 있는 곳이다.
4 최 판관(崔判官)을 가리킨다. 저승의 벼슬아치로, 죽은 사람이 살아 있을 때의 선악을 판단한다고 한다.

기가 소멸할 뿐임을 깨달았다. 만약 인과설의 주장과 같다면 천지간의 큰 근원을 이루는 정기에는 한정이 있어서 죽은 사물이 다시 사람이 되거나 동식물이 되는 것에 지나지 않는다.

어떤 사람은 이렇게 말한다.

"인과설을 믿지 않는다면 천지간에 옥황상제부터 그 아래로 귀신이 이루 다 헤아릴 수 없을 만큼 많아진다. 그들을 아무리 빽빽하게 세워 놓는다고 하더라도 결코 다 수용할 수 없다."

그 말에 나는 다음과 같이 말한다.

"어찌 이다지도 꽉 막혔단 말인가? 불은 꺼졌어도 연기가 공중을 채워 사라지지 않고 오래 남아 있다면 한두 달 안으로 어두운 세계가 된다. 그게 말이 되는가? 사람의 정신 또한 불에서 나는 연기와 같아서 흩어져 소멸할 뿐이다. 따라서 '이(理)는 무궁하고 기(氣)는 유한하다. 무궁하기에 생성하고 유한하기에 소멸하여 사라진다.'⁵라고 한다."

---

5 『성리대전서』권26 「이기(理氣) 1」에 "이는 무궁하고 기는 유한하다."라 하였으며, 권 28 「귀신」에 "천지 사이를 채워 무궁하게 생기고 생기는 것은 이이고, 모이면 생겼다가 흩어지면 죽는 것은 기이다."라 하였다.

64

기개와 절의를 지킨 동래 정씨

우리 집안은 대대로 기개와 절의를 계승해 왔다. 14대조 삼수정공(三樹亭公)[1]께서는 덕행으로 서원에 모셔졌으며, 13대조 남대(南臺)[2] 직학공(直學公)[3]께서는 일찍 과거에 급제하여 높은 지조와 절개로 세상에 이름나셨다. 12대조 남대 집의공(執義公) 형제[4]께서는 재덕과 학행으로 현달하셨고, 11대조 판서공(判書公)[5]과 그 종제(從弟) 문익공(文翼公)께서는 더욱 크게 현달하셨으며, 10대조 도승지공(都承旨公)[6]께서는 기묘

---

1 삼수정공은 정구령(鄭龜齡, ?~?)이다. 1424년(세종 6) 결성 현감을 지낸 뒤 경상도 예천으로 들어가 지내면서 입향조(入鄕祖)가 되었다. 후손들이 묘소 인근에 완담서원(浣潭書院)을 지어 그 음덕을 기렸다. 오늘날에도 예천과 안동 일대에는 동래 정씨 집성촌이 있다.

2 남행 대간(南行臺諫)의 줄임말로, 재야의 선비 가운데 학문과 덕행이 뛰어나다 하여 과거 시험을 거치지 않고 사헌부의 대간으로 뽑힌 사람을 가리킨다.

3 직학공은 정사(鄭賜, 1400~1453)로 1421년(세종 5)에 문과에 급제하였다. 검열, 집의, 예문관 직제학 등을 거쳐 만년에는 진주 목사를 지냈다.

4 집의공 형제는 정난손(鄭蘭孫, 1424~1500)과 정난종(鄭蘭宗, 1433~1489)이다. 정난손은 은일로 천거되어 집의, 목사 등을 지냈다. 정난종은 이시애의 난에 공을 세우고 명나라에 사신으로 다녀온 뒤 동래군(東萊君)에 봉해졌다. 한성부 판윤, 이조 판서, 호조 판서 등을 지냈다. 당대의 일류 서예가로 다수의 필적이 전한다.

5 판서공은 정광세(鄭光世, 1457~1514)로 1479년(성종 10)에 장원급제하였다. 형조 판서, 평안도 관찰사, 공조 판서, 경기 관찰사 등을 두루 지냈다.

명현(己卯名賢)으로 일컬어지셨다. 그로부터 3대를 건너뛰고 나서 벼슬에 나아가기 시작하셨는데, 6대조 참봉공(參奉公)[7]께서는 광해군 시절 인륜이 무너지자 뜰에서 사모관대(紗帽冠帶)를 불태우며 "국모를 무시하는 나라에서는 벼슬할 수 없다."라 하고는 벼슬을 버리고 섬으로 들어가셨다.

한 집안에서 네 명의 종형제가 함께 절개를 세웠으므로 세상 사람들이 한 시대의 명예와 절개가 모두 정씨 집안으로 돌아갔다고 칭송하였다. 그 가운데 휴옹공(休翁公)[8]께서 특히 더 이름나셨으며, 승지공(承旨公)[9]께서는 정청(庭請)[10]에 참석하지 않으셨다. 도정공(導正公)[11]께서는 유생 시절에는 자형인 상사(上舍) 정택뢰(鄭澤雷)[12]와 함께 직언하는 상소를 올리셨고, 인조반정 뒤에 과거에 급제하여 홍양(興陽)으로 나가 벼슬하셨다. 그때 인목대비 유모의 남편이 궁도장(宮都長)이었는데 각 고

6 도승지공은 정충량(鄭忠樑, 1480~1523)으로 홍문관 직제학, 도승지, 이조 참의 등을 지냈다. 기묘사화 때 탄핵을 받고 오래지 않아 사망하여 기묘명현(己卯名賢)으로 일컬어졌다.

7 참봉공은 정홍보(鄭弘輔, 1571~1637)로 1623년(인조 1) 경기전(慶基殿) 참봉을 지냈다.

8 휴옹공은 정홍익(鄭弘翼, 1571~1626)으로 1617년(광해군 9) 승지 때 인목대비 폐모론에 반대하다가 진도, 종성 등지에 유배되었다.

9 승지공은 정홍좌(鄭弘佐, 1568~1633)로 1630년(인조 8)에 승지를 지냈고 광해군 때 절개를 세워 항소(抗疏)하였다.

10 삼정승이 백관을 거느리고 궁정에 나아가 국가의 대사를 아뢴 뒤 임금의 명령이 내리기를 기다리는 일이다. 여기서는 광해군 때 대북 정권의 주도로 인목대비를 폐위할 것을 요구한 정청을 가리킨다.

11 정홍임(鄭弘任, 1587~1642)의 자는 임지(任之)이고, 정사경의 삼남이다. 충청도 부여에 거주하였다. 1628년(인조 6) 홍양 현감, 1637년(인조 15) 평산 부사를 지냈다.

12 정택뢰(鄭澤雷, 1585~1619)은 자가 휴길(休吉), 호가 화강(花岡), 본관이 하동(河東)이다. 정사경의 사위이다. 1615년(광해군 7) 인목대비 폐모론에 반대하여 연명 상소를 제출해 이이첨 일파를 비판하다가 남해의 절도에 유배되어 그곳에서 사망하였다.

을에서 횡포한 짓을 하자 도정공께서 그를 장살(杖殺)하셨다.[13] 대비께서 진노하여 속히 공을 죽여서 유모 남편의 목숨을 보상하라고 명하셨다. 공이 의금부로 잡혀오자 대비께서 날마다 죽이라고 재촉하셨다. 인조께서 그 일을 몹시 근심하시다가 대신들과 의논한 다음 내전으로 들어가 대비께 아뢰셨다.

"그 사람이 죽여 마땅하기는 하지만 가엾게 여길 점이 한 가지 있습니다."

대비께서 더욱 노하여 말씀하셨다.

"저런 악인에게 가엾게 여길 점이 뭐가 있소?"

인조께서 말씀하셨다.

"그 사람의 형을 가엾게 여길 만합니다."

대비께서 말씀하셨다.

"그 형이 누구입니까?"

인조께서 "정 아무개입니다."라 하셨으니 바로 휴옹공이었다. 대비께서 깜짝 놀라고 얼굴빛을 달리하여 말씀하셨다.

"그토록 훌륭한 사람에게 어찌 저런 아우가 있을까? 죽일 수는 없으나 평생토록 벼슬을 하지 못하게 해야 할 것입니다."

도정공께서는 그로부터 오래지 않아 돌아가셔서 크게 쓰이지 못하였으니 모두들 애석해하였다. 감찰공(監察公)[14]께서는 권신의 문에 먹

---

13 1628년(인조6) 내수사(內需司)에 행실이 방자한 차인(差人)이 있어 정홍임이 그를 가두었다가 인목대비의 진노로 결국 파직되었다(『인조실록』 6년 4월 19일; 『동명집(東溟集)』 권17 「계곡 장 상공 묘지(谿谷張相公墓誌)」).

칠을 하고는[15] 관직을 버리고 부여로 내려가셨다.

14 정홍우(鄭弘佑)를 가리키는 것으로 보인다. 정사경의 차남이다. 1631년(인조 9)에 감찰을 지
   냈다.
15 재신(宰臣)이 더러운 행위를 저지르면, 감찰들이 밤중에 회의를 열어 해당 재신의 죄명을 써
   서 그 집 대문에 붙이고 문짝을 검게 칠하였다. 그러면 그 재신은 출사(出仕)하지 못하고 조
   정에서도 임용하지 않았다. 정식 규정은 아니나 관리의 명예를 손상시키는 방법으로 조선
   후기에 발달하였다(『성소부부고(惺所覆瓿稿)』 권22 「설부(說部)」).

65

정언충의 선정

도정공의 현손 도승지공은 휘가 언충(彦忠), 호가 화계(花溪)[1]이다. 문장과 학식이 높아 세상에서 호서의 삼걸(三傑) 중 한 사람이라고 일컬어졌는데 그중에서도 기개와 절의가 더욱 높았다. 집안의 형제와 종형제 중에 서로 우열을 다툰 이가 대여섯 분 더 계셨으니 한 시대의 큰 인물이 한 집안에 다 모인 셈이었다. 아! 또한 기이한 일이다.

정권을 잡은 자에게 탄핵을 받아 조정에 편히 있지 못하고 호서와 영남에서 수십 년 동안 지방관을 지냈다. 연풍 현감으로 계시는 동안 관원 성적 평가 때 '얼마나 덕정을 폈는지 백성들이 아버지처럼 우러러본다.'라는 호평을 받았고, 이로 인하여 열 차례의 평가에서 모두 상등(上等)을 받으셨다. 풍기 군수로 계시는 동안에는 관원 성적 평가 때 '선정을 베푸는 관원이 있다는 말을 예전에 들어 보았는데, 오늘에 그 사

---

1 정언충(鄭彦忠, 1706~1772)은 저자의 조부 항렬이다. 문과 급제 이후 1746년(영조 22)년 종묘령(宗廟令)에 제수되었다. 1754(영조 30)년 장령 시절 붕당 타파, 기강 확립, 언로 확대 등을 주장하다가 좌의정 김상로(金相魯)에게 탄핵을 받아 파직되었다. 1756년(영조 32) 장령, 1757년(영조 33) 연풍 현감, 1761년(영조 37) 풍기 군수, 1768년(영조 44) 형조 참판, 1769년(영조 45) 도승지, 1771년(영조 47) 강계 부사에 제수되었다.

람을 보았다.'라는 호평을 받고 또 열 차례의 평가에서 모두 상등을 받으셨다.

강계 부사(江界府使)로 부임하시고는 채 1년이 못 되어 돌아가셨다. 병에 걸리셨을 당시 압록강 강가 백리에 불빛이 이어졌으니, 강계의 백성들이 집집마다 모두 강가에서 제사를 올려 부사의 목숨을 빈 것이었다. 출상(出喪)할 때에는 강계의 백성들이 장막을 치고 제물을 올렸는데, 한 사람도 빠짐없이 길을 메웠던 탓에 보름이 지나서야 비로소 강계 경내를 벗어날 수 있었다. 이는 전에 들어보지 못한 일이었으니 백성들의 마음을 잘 알 수 있다.

66

정언충의 문성국 제거 시도

화계 정언충 공은 오랫동안 지방관으로 계시다가 신사년(1761, 영조 37)과 임오년(1762) 무렵에 처음으로 사헌부 집의로 조정의 부름을 받아 서울에 들어가셨다. 판서 채제공(蔡濟恭)이 소식을 듣고는 바로 공을 찾아왔다. 때는 초저녁이었는데 채제공이 물었다.

"공께서 이제 조정에 들어오셨으니 틀림없이 하실 말씀이 있을 터인즉 좀 들려주십시오."

공은 이렇게 말씀하셨다.

"내일 날이 밝은 뒤 사은숙배하고 사헌부에 출근해 문성국(文聖國)[1]을 장살(杖殺)할 것입니다. 그 뒤로 조정에 남아 있을지 말지는 주상의 처분에 달려 있습니다."

채제공이 깜짝 놀라 말하였다.

"일개 문성국을 죽이고서 공이 죽는다면 너무 지나치지 않습니까?"

공이 말씀하셨다.

---

1 문성국(文聖國, ?~?)은 영조의 후궁인 숙의 문씨의 동생이다. 문씨가 후궁이 된 뒤로 왕자 출산에 실패하자, 문성국은 김상로 등과 결탁하여 양인(良人)의 아들을 몰래 들여와 세자 교체를 도모하였다. 사도세자를 모함하여 죽음에 이르게 한 장본인이다.

"세자를 위하여 간사한 소인을 제거하는 일이니 죽음인들 마다하겠습니까? 제가 죽일 수 없는 자는 저도 어찌할 수 없지만, 제가 죽일 수 있는 자는 문성국입니다. 제가 죽일 수 있는 자를 죽여서 저들의 우익을 제거할 따름입니다. 제 뜻은 결정되었으니 섬에 유배되어 귀신이 된다 한들 어찌 마다하겠습니까?"

당시에 김상로(金尙魯)[2]와 문성국이 안팎으로 결탁하여 사도세자를 위태롭게 하였는데 문성국은 문 귀인(文貴人)[3]의 남동생이다. 그날 밤이 채 깊어지기 전에 영조께서 지방에 있다가 사헌부에 임명된 사람을 교체하라고 특명을 내리셔서 공께서는 결국 시골로 내려가셨다.

공은 성품이 아주 엄하여 자제들조차도 이 일을 들어 보지 못하였다. 그래서 이 일이 가장(家狀)에도 실리지 못하였고 비명에도 빠졌다. 채제공이 공의 묘지에서 이 일을 쓰면서[4] 공의 아들에게 이야기하여 드디어 세상에 알려졌다.

2 김상로(金尙魯, 1702~1766)는 자가 경일(景一), 호가 하계(霞溪)이다. 1759년(영조 35)부터 이듬해까지 영의정 등으로 있으면서 노론 강경파의 지도자로 활동하며 사도세자를 곤경에 빠트려 결국 임오화변을 조성하였다.

3 숙의(淑儀) 문씨(文氏)로 영조의 후궁이다. 문씨는 귀인에 책봉된 적이 없어 저자의 착오인 듯하다.

4 채제공의 『번암집』 권49에 정언충의 묘갈명(墓碣銘)이 실려 있다.

67

정언충의 인품

정언충 공께서는 처음 벼슬길에 오른 이후로 불우하게 지내다가 종묘영(宗廟令)이 되셨다. 그때 종묘대제(宗廟大祭)[1]에 함께 참여한 관원 가운데 어떤 사람이 몹시 가난하였던 탓에 대제를 지내고 남은 포를 가져다가 시장에 팔았다. 공께서 그 사실을 듣고는 그 포를 사다 드셨다. 당시 공께서는 종묘에 입직하고 계셨는데 종묘의 하인들이 모두 공께서 포를 좋아하신다고 여겨 그 사실을 서로 이야기하며 전하였다. 임금께서도 가만히 살펴 그 정황을 알고 계셨다. 20년 뒤 정승 서지수(徐志修)[2]가 임종할 때 공을 크게 쓰도록 천거하니 영조께서 말씀하셨다.

"그 사람이 현명한 줄은 내가 잘 알고 있다. 제사 지내고 남은 고기를 시장에 팔아서는 안 되기에 그 포를 사다 먹었으니 어찌 포를 좋아해서 그리하였겠는가? 전혀 내색하지 않았으니 하인들이 알아채지 못한 것이 당연하다."

---

1 대사(大祀)라고도 한다. 종묘, 사직, 영녕전(永寧殿)에 지내는 제사로 국가 제사 중 등급이 가장 높다.

2 서지수(徐志修, 1714~1768)는 자가 일지(一之), 호가 송옹(松翁)이다. 홍문관 제학, 대사헌, 이조 판서 등 요직을 두루 역임하였다. 1766년(영조 42) 영의정에 올라 할아버지 서종태(徐宗泰), 아버지 서명균(徐命均)에 이어 3대째 정승이 되었다.

68

『소학』을 생활로 삼은 정인

정언충 공의 당질인 정언(正言) 정인(鄭汇)[1] 공께서는 예닐곱 살 무렵에
언행이 너무 가벼워서 그 점을 걱정한 부형(父兄)께서 『소학(小學)』을 가
르치셨다. 공은 그날 배운 것을 그날 실천하고, 이튿날 배운 것을 이튿
날 실천하여, 말 한 마디, 행동 한 가지 모두 『소학』을 법도로 삼으셨다.
'일곱 살이 되면 남녀가 자리를 함께하지 않는다.'는 구절을 읽고서는
그날부터 여자와 자리를 함께하지 않으셨고, '성(城) 위에서는 소리 지
르지 않는다.'는 구절을 읽고서는 그날부터 성 위에서 소리 지르지 않으
셨다. 저녁에 어버이의 잠자리를 보아 드리고 새벽에 어버이의 안부를
살피기를 한결같이 『소학』에서 배운대로 하셨다.[2]

---

1 정인(鄭汇, 1741~1794)은 자가 도심(道心), 호가 석헌(石軒)이다. 1774년(영조 50) 3월 9일에 전
  시(殿試)를 치르고 10일에 장릉 참봉(長陵參奉)에 제수된 뒤 16일에 문과 병과(丙科) 급제자
  로 발표되었다. 1788년(정조 12) 정언, 1792년(정조 16) 지평을 지냈다. 1808년(순조 8) 효행으
  로 도승지에 증직되었다.
2 『소학』의 「가르침을 세우다[立敎]」에 "일곱 살이 되면 남자와 여자가 자리를 함께하지 않는
  다."라 하였고, 「인륜을 밝히다[明倫]」에 "무릇 자식의 예는……저녁에는 어버이의 잠자리를
  편안하게 보아 드리고 새벽에는 어버이의 안부를 살핀다."라 하였으며, 「몸가짐을 경건히 하다
  [敬身]」에 "성에 올라서는 손가락질하지 않으며 성 위에서는 소리 지르지 않는다."라 하였다.

또 성품이 지극히 효성스럽고 우애가 있어 부형을 섬기는 도리를 미루어 윗사람을 섬기셨으니 누구에게나 그렇게 하셨다. 내가 책에서 본 옛 성현들도 결코 이보다 더 대단하지 않았다. 공께서는 불행히 중도에 일찍 별세하여 큰 성취를 보지 못하셨으니 참 애석하다. 돌아가신 뒤에는 효행으로 특별히 도승지에 증직을 받으셨다.

과거시험에는 명경과(明經科)로 급제하셨으나 문장도 매우 훌륭하였으니 월과(月課) 및 동정시(東庭試)³에서 모두 책문(策問)으로 장원을 차지하셨다. 영조께서 "이 사람은 유학(幼學)⁴으로 방(榜)에 쓰도록 할 수 없으니 특별히 능참봉에 제수하여 홍패(紅牌)에 참봉으로 쓰게 하라." 라 하셨다. 급제하신 뒤에 합격자 방을 붙였는데 방에 '전(前) 참봉'으로 쓴 이는 오직 공 한 분뿐이었다.

---

3 동당시(東堂試)를 말한다. 동당(東堂)은 진(晉)나라 궁전의 이름으로 과거가 설행된 적이 있어 과거시험이나 시험장을 가리키는 말이 되었다. 조선에서는 문과나 임금이 친림(親臨)한 시험을 가리킨다.

4 성균관, 사학(四學), 향교에 소속된 15세 이상으로서 품계와 관직이 없는 양반 유생을 가리키는 말이다. 합법적으로 군역을 면제받는 대신 유학(儒學)을 전업으로 과거에 응시하여 관료로 진출하였다.

69

이지광의 선정과 강직함

이지광(李趾光)¹은 고을을 잘 다스린 지방관으로 첫손에 꼽힌 분인데, 그분도 화계 정언충 공에 비하면 한참 미치지 못한다. 그렇지만 의혹을 해결하고 분명하게 살피는 능력에서는 천년에 이 한 사람뿐이다. 양녕대군의 봉사손으로 스무 살이 되기도 전에 첫 벼슬을 시작하여 스무 살에는 곧장 단성현(丹城縣) 현감에 임명되었다. 당시에 흉년이 들어 영남 고을 수령 가운데 저치미(儲置米)²를 제멋대로 쓰는 자가 많았다. 그래서 영조께서 선전관을 내보내 죄를 저지른 수령을 적발하여 본읍(本邑)에 유배를 보내도록 명하셨다. 불시에 명령이 나온 탓에 탈이 잡힌 수령이 많았으나 낌새를 알아챈 수령들은 모두 고을 창고에 쌀의 수량

---

1 이지광(李趾光, ?~?)은 자가 자응(子應)이다. 조부 이제형(李齊衡)은 양녕대군의 봉사손(奉祀孫)으로 특별히 강릉 참봉(康陵參奉)에 제수되었다. 이지광은 음직으로 벼슬을 시작해 1763년(영조 39) 단성 현감, 1767년(영조 43) 공주 판관, 1769년(영조 45) 배천 군수, 1778년(정조 2) 고양 군수, 1779년(정조 3) 충주 목사, 1790년(정조 14) 청주 목사 등 지방관을 두루 지냈다.
2 대동 저치미(大同儲置米)이다. 대동법(大同法)에서는 지방에서 거둔 쌀 가운데 서울의 선혜청(宣惠廳)으로 올려 보내지 않고, 각 고을에 저장해 두어 불시의 공용에 쓰도록 책정한 쌀이다. 조정에 납부할 다른 명목으로 바꾸어 쓸 수 없고, 환곡의 재원으로 돌려쓸 수도 없다. 수령이 이를 어길 때는 장오죄(贓汚罪)로 다스렸다(『대전회통』「호전(戶典) 요역(徭役)」).

을 채워 처벌을 면하였다.

명령을 받은 선전관이 단성현에 가보니 이지광의 덕을 칭송하는 소리가 길에 가득 넘쳐흘렀으며 백성들이 모두 은혜에 감격하여 눈물을 흘리고 있었다. 선전관은 이지광이 고을의 창고에서 저치미 30섬을 풀어 굶주린 백성을 구휼한 사실을 알아내고는 '만약 이 관리가 죄를 얻는다면 단성 백성들의 원망이 쌓여서 반드시 내 자손들에게까지 재앙이 미치겠다.'라 생각하였다. 그리하여 단성현 관아로 가서는 이방(吏房)에게 "내가 너무 피곤하니 내일 아침에 살펴보겠다."라 하였다. 그 사이에 고을 창고에 쌀을 옮겨 저치미의 수량을 채우게 하려는 의도였다. 이방이 내동헌(內東軒)으로 들어가서 이지광에게 아뢰어 수량을 채워두자고 요청하였으나 이지광이 허락하지 않았다. 선전관이 다시 염탐하여 이지광이 이방의 말을 듣지 않은 것을 알았다. 다음 날 아침 이지광이 동헌(東軒)으로 나와서 선전관을 뵈었다. 선전관이 또 은근한 말로 넌지시 귀띔을 해주니 이지광이 말하였다.

"백성의 목숨을 구하는 일이 급하여 감히 제멋대로 저치미를 사용한 죄를 지었거니와 일신의 안전을 꾀하고자 어찌 거듭 임금을 기만하는 죄를 범하겠습니까? 명령을 받고 오신 선전관께서는 사실대로 보고하시면 될 따름입니다."

그리하여 이지광은 본읍으로 귀양 갔다.[3] 선전관이 조정에 돌아가서 보고하자 칭찬하고 감탄하지 않는 이가 없었다.

---

3 1765년(영조 41) 전 함양 부사 이수홍(李壽弘)과 전 단성 현감 이지광을 여산군과 익산군에 각각 정배(定配)하라는 명이 내려졌다.

70

살인 사건을 해결한 이지광

이지광이 공주 판관이었을 때 어떤 마을에 살인 사건이 발생하였는데 단서를 찾지 못해 시신을 검안만 하고 말았다. 며칠 뒤에 이지광이 관아를 나서서 그 마을로 가다가 맨 초입에 자리한 어떤 과부의 주막에 멈춰 섰다. 주변 사람을 물리치고는 과부를 불러다 살림살이와 술장사의 이문이며 농사의 형편을 물어본 뒤에 곧장 관아로 돌아갔다. 다음날 이지광이 과부를 불러 물었다.

"내가 관아로 돌아간 뒤에 찾아와서 무엇을 물어본 자가 있었는가?"

과부가 대답하였다.

"아무개와 아무개가 와서 물어보기에 문답했던 이야기를 알려 주었더니 모두 웃으며 갔습니다."

"특별히 자세하게 물어본 사람은 없었는가?"

"아무개가 자세하게 물어보았으나 제 말을 믿지 않는 듯했습니다."

이지광이 즉시 그 사람을 잡아다 엄하게 신문하여 죄인을 잡았다.

71

묘지 송사를 해결한 이지광

공주의 양반 이씨가 양반 김씨의 선산을 빼앗아 자기 부모를 장사지냈
다. 김씨가 여러번 소송하였으나 이씨의 무덤을 파내지 못하였다. 하루
는 이씨의 무덤에 큰 구덩이가 패이고 숯불이 타올랐다. 이씨가 관아에
고발하자 공주 판관 이지광이 김씨를 잡아다 신문하였고, 김씨가 죄를
자백하지 않자 옥에 가두었다. 그날 저녁에 이지광이 김씨를 불러 조용
히 물었다.

"그대와 오랜 원한이 있어 항상 음해하려는 자가 누구요?"

김씨가 말하였다.

"평생 남에게 원한을 산 일이 없습니다. 다만 아무개가 오래도록 저
를 미워하여 원수처럼 보면서 늘 이씨 집안을 은밀히 도와주었습니
다."

이씨 집안을 도와주었다는 사람을 즉시 잡아다 신문하니 그 사람이
크게 소리치며 말하였다.

"김가가 이씨의 무덤을 저주하는 죄를 지었는데 성주(城主)께서는 아
무 근거도 없이 그 죄를 저에게 떠넘기신단 말입니까? 저는 김가와
오랫동안 미워한 사이입니다. 김가를 위한답시고 평소 친하게 잘 지

내던 이씨의 무덤에 저주를 가하겠습니까?"

그 말에 이지광이 대답하였다.

"관아에서 이미 의심의 여지없이 분명하게 알고 있으니 장황하게 변명을 늘어놓지 말라. 만약 굳게 버티고 불복한다면 반드시 곤장을 맞다가 죽게 되리라."

마침내 엄중하게 다스려서 실정을 캐냈다.

사람들이 그 까닭을 물었다.

"무엇으로 저 아무개가 이씨의 무덤을 저주한 사실을 알아내셨습니까?"

이지광이 대답하였다.

"남의 무덤을 파내는 죄를 지은 사람은 형장을 친 뒤에 유배 보내어 노역하게 하고, 남의 무덤에 저주하는 죄를 지은 사람도 형장을 친 뒤에 유배 보내어 노역하게 한다. 김씨가 이씨의 무덤을 파내지 못하는 까닭은 형장을 맞고 유배 보내져 노역하게 될까 두려워해서다. 그런데 도리어 그 무덤에 저주하고 흔적을 드러내서 형장을 맞고 유배되는 형벌을 자초하겠는가? 저 아무개는 이씨와 평소에 잘 지내던 사람이라서 아무도 결코 의심하지 않을 테고, 김씨와는 서로 미워하였으므로 무덤에 저주한 흔적을 일부러 드러내서 김씨의 죄로 꾸며냈다. 음해한 정황이 훤히 들여다보였다."

72

절도 사건을 해결한 이지광

이지광이 교하 군수(交河郡守)였을 때,[1] 이웃 고을의 수령이 와서 읍내 주막에 묵었다. 군수 이지광이 만나보러 나갔는데, 이웃 고을 수령의 마부가 하소연하였다.

"쌀겨를 담은 자루에 돈 2냥을 넣어 두었는데 조금 전에 쌀겨를 꺼내면서 미처 자루의 아가리를 묶어 놓지 않았더니 누가 돈을 훔쳐 갔습니다. 조사하여 잡아내 주십시오."

이지광이 즉시 명을 내려 옻칠한 쟁반을 가져오라 하고 한편으로는 대문을 닫고 주막 주인과 이웃 고을의 하인들을 모두 불러다 쭉 세워 놓고서 차례차례 앞으로 나오게 한 다음 왼손을 쟁반 위로 들어올리게 하였다. 몇 사람을 조사하였으나 아무 것도 나오지 않자 사람들이 모두 의심하며 웃어댔다. 급창(及唱)[2] 차례가 되자 그 손에서 쟁반 위로 쌀겨가 떨어졌다. 이지광이 "빨리 원래 주인에게 그 돈을 돌려주어라."라 명하였다. 급창이 한마디 변명도 하지 못하고 숨겨 둔 곳으로 가서 돈

---

1 이지광이 교하 군수를 지낸 기록은 보이지 않는다. 이지광이 1778년(정조 2)에 파주군과 이웃한 고양 군수를 지낸 것을 혼동한 듯하다.
2 수령의 명령을 간접으로 받아 큰소리로 전달하는 일을 맡아보던 관아 소속 사내종이다.

을 꺼내 주인에게 돌려주었다. 사람들이 그 까닭을 물어보니 이지광이 답하였다.

"오른손으로 돈을 집어다 왼쪽 소매 안에 급히 넣었을 텐데 돈이 쌀 겨 안에 있었으니 돈을 덮고 있던 쌀겨가 어찌 소매 안에 떨어지지 않았겠는가?"

73

유산 분쟁을 해결한 이지광

이지광은 배천 군수 시절 연안 군수를 겸임하였는데, 연안에는 오래 묵은 소송이 있었다. 어떤 부유한 양반이 논밭과 노비가 아주 많았다. 아들과 딸에게 유산을 한몫씩 나누어 주어 손자대에 이르러 내외의 재종형제로 나뉘어졌다. 종손이 생각하기에 집 앞에 있는 질 좋은 논 한 곳은 종가에 상속된 몫이었는데 외손이 그 논을 50년 가까이 오래도록 차지하고 있다고 하여 빼앗았으므로 서로 소송을 벌이게 됐다.

땅문서로는 사실관계가 분명하여 의심할 점이 없었으므로 외손의 패소가 틀림없었다. 외손은 여러 차례 소송을 제기하고 또 거듭 패소하면서도 끝내 소송을 멈추지 않았다. 그러다가 배천 군수 이지광이 소송을 분명하게 잘 살핀다는 소문을 듣고서 겸임 군수로 오기를 엿보다가 소송을 제기하였다.

이지광은 원고와 피고가 하는 말을 들어 보고는 앞에다 땅문서를 놓아둔 채 안석에 기대앉아 담배만 피웠다. 그러더니 잠시 후에 바로 일어나 앉으며 말하였다.

"내가 한마디 말로 이 소송을 해결할 수 있다. 당신들 두 사람이 중간에 대답하지 못하면 소송을 그치도록 하라. 그럴 수 있겠는가?"

모두 대답하였다.

"분부대로 하겠습니다."

이지광이 물었다.

"이 땅문서의 작성자가 종손의 조부인가?"

종손이 대답하였다.

"그렇습니다."

"이 종이는 분명 같은 때에 같은 종이 묶음을 중간에서 세 토막으로 끊어다 첩으로 이어 붙인 문서인가?"

"그렇습니다."

"필체로 보나 종이로 보나 정말 변조되지 않았겠지?"

"그렇습니다."

"털끝만큼도 사실과 어긋남이 없다면 외손이 패소하고, 털끝만큼이라도 사실과 어긋남이 있다면 종손이 패소하네. 그대 두 사람은 앞으로 나와서 이 땅문서 종이의 올의 간격을 세어보라. 첫 장부터 마지막 장까지 종이 올의 간격이 모두 같은데 유독 이 논을 상속한다는 한 장만 올의 간격이 하나 더 많다."

이지광이 또 말하였다.

"이 문서가 분명 같은 묶음의 종이를 끊어서 만들었다고 하였는데도 이 논을 상속한다는 한 장만 같지 않으니 정녕 추후에 변조한 것이 아닌가? 그대와 형제들 중에 그대 조부의 필적을 잘 베껴 쓰는 자가 있지 않은가? 그렇지 않다면 그대의 조부가 이 질 좋은 논을 아까워한 나머지 추후에 변조하여, 자손들에게 물려주었던 논을 다시 빼앗아 가지라고 유언을 한 셈이 된다. 술책은 참으로 교묘하나 솜씨가 서툴다. 이 뒤로는 다시는 소송으로 그대 조부의 죄를 더 드러나게 만들지 말라."

종손이 입을 꾹 다물고 선 채 한마디 변명도 하지 못하자 이지광은 마침내 그 논을 외손에게 주라고 판결하였다.

74

조룡대 같은 백광훈

옥봉(玉峯) 백광훈(白光勳)[1]은 시는 당시(唐詩)로 일컬어졌고 글씨는 왕희지(王羲之)에 비견되어 한 시대에 명성이 높았다. 호남에 살면서 호서에 들렀는데 충청 감사가 그를 맞이하기 위해 금강가에서 기다렸다. 기녀들은 하늘의 선인이 왕림하리라 기대하고 있었는데 백광훈이 도착하고 보니 외모는 볼품없고 얼굴은 못생긴 그저 일개 투박한 촌사람일 뿐이었다. 기녀가 놀라며 "저 양반은 조룡대(釣龍臺)[2]로군요."라 하였다.

조룡대에는 다음과 같은 전설이 있다. 당나라 장수 소정방(蘇定方)이 백제를 쳤을 때 백제 수도 부여의 강물 속에 용이 살고 있어 강을 건너갈 수 없었다. 용이 백마를 좋아하였기에 백마를 미끼로 삼아 바위에 앉아서 용을 낚았으므로 그 바위를 조룡대라고 하였다. 나도 그 바위를 직접 보았는데 모래밭 가운데에 패랭이 한 개 만한 크기밖에 되지 않아 구경할 거리가 못 되었으므로 이름값을 하지 못하였다.

---

1 백광훈(白光勳, 1537~1582)은 자가 창경(彰卿), 호가 옥봉, 본관이 해미(海美)이다. 전라도 장흥 사람으로 조선 중기의 저명한 시인이자 서예가였다. 최경창(崔慶昌)·이달(李達)과 함께 삼당시인(三唐詩人)이라 불렸고, 왕희지의 서체를 잘 썼다. 시집에 『옥봉집(玉峯集)』이 있다.
2 충청남도 부여군 백마강 가운데에 있는 바위이다. 사람 한 명이 겨우 앉을 수 있는 크기로 당나라 장수 소정방(蘇定方)이 백마를 미끼로 삼아 용을 낚은 곳이라는 전설이 전한다.

75

원수를 사랑한 대감과 청지기

옛날에 어떤 대감이 감사로 있을 때 아전 한 명을 죽였다. 그 아전의 어린 아들이 장성하여 원수를 갚고자 서울로 들어가서 대감의 청지기가 되었다. 청지기가 매우 영특하였으므로 대감이 그를 아들이나 조카와도 다름없이 아끼고 믿어 매사를 모두 맡기고 밤낮으로 그를 자신의 곁에 두었다. 어느 날 밤에 대감이 마음이 답답해서 잠이 오지 않았는데 침소의 병풍 너머에서 칼을 가는 것 같은 소리가 들렸다. 몰래 일어나서 살펴보았더니 청지기가 칼을 갈아 사람을 찌르는 동작을 하고 병풍을 향하여 찌르는 자세를 취하였다. 속으로 이상하게 여겨 벽에 기대서서 동정을 살폈다. 잠시 후 청지기가 병풍을 열어젖히더니 곧장 개켜있는 옷에서 가슴 부위에 해당하는 부분을 칼로 찔렀다. 그리고는 병풍을 닫고서 울었는데 비 오듯 눈물을 쏟으며 소리도 내지 못한 채 오열하였다.

대감이 다시 앉아서 청지기를 불러 병풍을 걷은 다음 조용히 웃으면서 물었다.

"방금 있었던 일은 무슨 일이냐? 두려워 말고 숨기지 말라."

청지기가 엎드려 말하였다.

"죽을죄를 지었습니다. 죽을죄를 지었습니다. 소인은 아무 도(道), 아무 고을 사람입니다. 소인의 아비가 예전에 대감의 손에 죽었는데 사실은 죄가 없었습니다. 그래서 소인이 반드시 원수를 갚고자 대감의 문하로 와 몸을 의탁하였습니다. 기회가 없었던 것은 아니었지만 총애를 과분하게 입었기에 곧장 인연을 끊고 떠나지 못하였습니다. 이제 생각해 보니 세월이 점점 갈수록 정은 더 깊어지고 아비의 원수는 갚지 않을 수 없었습니다. 대감께 받은 은혜와 인정을 끊어 버리고자 이런 흉악한 일을 저질렀습니다."

대감이 말하였다.

"너는 정말로 효자로구나. 하지만 사람이 죽고 사는 것은 하늘에 달려 있지 사람이 하는 일이 아니다. 너의 아비가 죽어서는 안 되었는데 죽은 것도 천명이고, 내가 반드시 죽었어야 하는데 죽지 않은 것도 천명이다. 내가 네 아비를 죽이려 하지 않았으나 네 아비가 죽은 것은 우연히 죽은 일이며, 네가 반드시 나를 죽이려 하였으나 내가 죽지 않은 것은 우연히 죽지 않은 일이다. 너는 이미 너의 지극한 효심을 펼쳐보였거니와 천명을 어찌하겠느냐? 이제부터 다시 마음을 허락하여 서로 아껴 은혜와 의리를 다한다면 좋지 않겠느냐? 나와 네가 입 밖으로 내지 않는다면 누가 이 일을 알겠느냐?"

청지기가 감읍하며 말하였다.

"분부대로 하겠습니다. 소인도 인연을 끊고 발길을 돌리지 못하겠습니다."

대감은 예전과 똑같이 청지기에게 모든 일을 맡겼다.

그 뒤에 대감이 귀양을 갔는데 청지기가 따라가서 곁을 떠나지 않았다. 대감이 또 화를 당하자 청지기가 부자간에 초상을 치르듯이 몹시 슬퍼하였다. 대감을 장사지내고 청지기는 그 무덤 아래에서 여막살이를 하였다고 한다. 세상에서는 대감이 판서 권진(權縉)[1]이라 전하지만 맞는지는 모르겠다.

---

1 권진(權縉, 1572~1624)은 자가 운경(雲卿), 호가 수은(睡隱)이다. 알성 문과에 급제하고 함경 감사, 한성 판윤 등을 거쳐 병조 판서에 올랐다. 성품이 강직하여 이이첨에게 아부하지 않아 여러 차례 탄핵을 받았으며, 인조반정 때에 홀로 군사를 모아 궁궐을 호위하였다. 유능함을 질시한 공신들의 무고로 유배지에서 처형되었다.

76

두 명의 정응규

『휘언(彙言)』[1]에는 믿을 만한 역사 기록이 많아 참고할 만하다. 선조 때 파주 목사 정응규(鄭應奎)[2]가 하리(下吏)에게 살해당하였는데 옥사가 오래도록 결판나지 않았다. 우계(牛溪) 성혼(成渾)[3]이 자기 고을의 하리라 하여 감사에게 부탁해 모두 풀어주게 하였는데, 『휘언』에서는 이 일을 매섭게 비난하였다.

광주 정씨(光州鄭氏) 중에 수군절도사를 지낸 정응규(鄭應奎)라는 분이 있어 그 자손들에게 물어보았지만 아는 사람이 아무도 없었다. 성과 이름으로 보아도 똑같고 시대로 보아도 똑같은 데다가, 수군절도사를 지냈으면서 파주 목사가 된 사람이야 많다고 해도, 관직까지 또한

1　김시형(金始炯, 1681~1750)이 편찬한 10책의 필사본 유서(類書)이다. 우리나라 명사들의 저작에서 후세에 전할 만한 행적을 수집하고 각 부문으로 나누어 수록하였다.

2　정응규(鄭應奎, 1531~?)는 자가 문서(文瑞), 본관이 온양이다. 1553년(명종 8) 문과에 급제하였다. 그해에 가덕 첨사(加德僉使), 1563년(명종 18) 경기 수군절도사에 임명되었으며, 이후 창원 부사, 안동 부사 등을 지냈다.

3　성혼(成渾, 1535~1598)은 자가 호원(浩原), 호가 우계(牛溪)이다. 파주 우계에 거주하였다. 서인과 정치노선을 함께하며 이조 참판, 좌참찬 등을 지냈다. 저명한 성리학자로 사위인 윤황(尹煌), 외손인 윤선거(尹宣擧) 등으로 계승되면서 소론의 중심 계보를 형성하였다.

똑같으니 참 의아하다. 한 시대에 두 사람이 우연히 그렇게 같을 수 있 단말인가? 그분은 바로 나의 고조모의 증조이시다.

77

전란을 예언한 정석록

나의 서종증조(庶從曾祖)로 이름이 석록(碩祿)인 분이 있는데 문장과 재주와 식견이 매우 높았다. 역학(易學)에 특히 뛰어나셨고, 창의를 발휘해 수차(水車)를 만들고 사상차(四象車)라고 이름하셨다. 만언소(萬言疏)를 지어 올리고자 하셨으나 미처 성사되기 전에 돌아가신 까닭에 중단됐으니 애석하다. 만년에는 천문학 서적을 입수하여 깊이 이해하셨는데 무신년(1728, 영조 4) 1, 2월 사이에 몹시 근심하면서 "오래지 않아 반드시 전란이 일어나서 백성들이 많이 죽게 될 것이다."라 하고는 우리 백부에게 "경계하고 또 경계하여 교유를 삼가게나."라 하셨다. 3월에 난이 일어나[1] 안성(安城)과 죽산(竹山)에까지 반란군이 닥치자 사람들이 모두 피란길에 올랐다. 이 어른만은 혼자 태연하게 동요하지 않고 말씀하셨다.

---

1 무신년(1728, 영조 4)에 일어난 이인좌(李麟佐)의 난을 가리킨다. 남인 윤휴(尹鑴)의 손자사위로 영남 유림의 지지를 받던 소론 강경파 이인좌는, 영조의 즉위로 실각한 소론과 일부 남인을 규합하여 정권 찬탈을 꾀하였다. 반란군은 3월에 청주를 함락하고 서울로 북상하였으나 안성, 죽산 등에서 관군에게 격파당하였다. 반란 진압 후 영남 사람들과 소론 인사들은 정계 진출에 큰 타격을 받았다.

"하루 이틀 지나지 않아 절로 태평해진다. 우리 쪽에서 잘못을 범한 일이 없으니 결코 근심할 것이 없다. 지난밤에 벌써 천상(天象)에 나타났다."

백부께서는 평소 이 어른의 말씀을 믿으셨기에 마침내 가만히 기다리셨는데, 과연 아무 탈도 일어나지 않았다. 계축년(1733, 영조 9)에 이 어른이 돌아가시면서 또 우리 백부에게 말씀해 주셨다.

"십여 년쯤 뒤에 분명 호환(虎患)이 많을 테니 조심하고 또 조심하게나."

을축년(1745, 영조 21) 이후로 호랑이가 사람을 해치는 일이 몹시 많아졌다. 최근 십년 동안에도 북도(北道)에서 특히 심하였다.

78

정석록의 덕망과 학식

서종증조 어른께서는 성격이 꼬장꼬장하여 비루한 사람과는 교유하려 하지 않으셨다. 적서(嫡庶)의 구별에는 칼로 자르듯 매우 엄격하여, 우리 증조부께서 올라오라고 하지 않으시면 대청에 올라오지 않으셨고, 앉으라고 하지 않으시면 자리에 앉지 않으셨다. 내가 그때 서너 살이었는데, 나를 매우 사랑하여 등에 업고 다니면서 반드시 아기씨라고 부르고 내 이름을 부르지 않으셨다. 늘 이런 말씀을 하셨다.

"사람을 사귈 적에는 덕으로 하고, 집안에서 생활할 적에는 예로 해야 한다. 덕은 스승과 벗보다 우선해야 할 대상이 없으니, 덕이 없으면 관계가 손상되니 무지렁이 짓을 해서는 안 된다. 예는 적서의 구별보다 엄하게 할 것이 없으니 예가 없으면 질서가 무너지니 집안의 법도를 무너뜨려서는 안 된다."

과거시험 문장을 짓지 않으시면서 말씀하셨다.

"내 심신의 수양에 도움이 안 될 뿐 아니라 남에게 부림만 당하게 된다."

아들 둘에게 농사를 짓도록 하면서 말씀하셨다.

"사대부는 가문이 중요하고 우리는 농사가 중요하다. 아이들이 문자를 대략 알게 되면 저절로 교만해져서 반드시 남에게 환심을 잃으니 이득은 없고 손해만 본다. 가문에는 보탬이 되지도 않고 농사에는 손해만 끼친다. 간혹 시류와 권세를 좇다가 패가망신하는 일까지 생긴다."

또 항상 자식들에게 당부하셨다.

"모름지기 힘껏 일해 제힘으로 먹고살면서 한평생을 마치도록 하라. 그러면 내 자손이 길이 이어지리라."

그 어머니에게 죄악이 많았기에 한 말이었다.

아! 이 어른의 앞선 견해와 명확한 주장은 평범한 수준을 멀찍이 벗어났는데, 내외로 후손이 모두 끊어졌으니 안타깝다! 공은 진사 강석경(姜碩鏡)[1]과 막역한 사이였는데, 강석경도 비범한 사람이었다. 공께서 만든 천문도(天文圖)는 복잡하지 않고 매우 요약이 잘 되어 있다. 한 번 보면 도수(度數)와 성신(星辰), 형질(形質), 명물(名物)을 다 파악할 수 있었다. 식견 있는 이들이 모두 귀하게 여겼으나 화재를 입어 사라지고 말았다. 순암 선생은 항상 이 어른이 살아계실 때 뵙지 못한 것을 안타까워하였다.

---

1 강석경(姜碩鏡, 1667~?)은 본관이 진주이다. 1693년(숙종 19)에 생원시에 합격하였다.

79

외가 어른들의 일화

외가 쪽 5대조 덕풍군(德豊君) 이공께서는 이름이 통(通)이다.[1] 꿈을 꾸
셨는데, 맹꽁이 다섯 마리가 늘어서서 앞으로 나아왔는데 그중 두 번
째 맹꽁이의 뒤를 따라온 작은 맹꽁이들이 뜰을 뒤덮고 있었다. 그 뒤
에 덕풍군께서는 장남 정언공(正言公) 경안(景顏), 차남 배천공(白川公) 경
민(景閔), 삼남 감사공(監司公) 경용(景容), 사남 유수공(留守公) 경헌(景
憲), 오남 이조 판서공(吏曹判書公) 경증(景曾)을 두셨다. 손자와 증손자,
현손자 대에 이르러 문과에 급제한 분이 수십 명이었다. 집(墤)과 은(溵)
은 정승에 이르렀고 그 밖에도 모두 참판이나 판서까지 지냈다. 맹꽁이
다섯 마리를 보았던 꿈이 현실이 된 것이다. 차남 배천공께서는 아들
열셋을 두셨는데 그 자손들이 더욱 번성하였으며 지위가 높아지고 명
성이 자자하였다. 배천공의 신도비는 귀부(龜趺)를 맹꽁이 모양으로 제
작하였다.

　나의 셋째 이모님께서 혼례를 치르기 위해 파주로 가다가 중도에 창

---

1 이통(李通, 1556~1620)은 자가 사달(士達), 본관이 덕수(德水)이다. 이이(李珥)의 재종제이자
　문인이다. 생원시에 합격하고 고산 현감, 순천 군수 등을 지냈다. 이하 인물은 굳이 주석으로
　밝히지 않는다.

릉점(昌陵店)[2]에 당도하셨다. 당시에 전염병이 크게 창궐하여 집집마다 시체가 쌓여 있었는데, 오직 한 집만은 아무렇지도 않았다. 이모님 일행이 그곳에 묵을 작정이었는데, 어떤 관리의 행차가 갈림길에서 오락가락하더니 말에서 내려와 창문 밖에 서서 이모님 일행에게 부탁하였다.

"아녀자께서 안채에 묵고 계십니다만 바깥채가 제법 넓으니 들어가도 되겠습니까?"

외숙께서 허락하시자 관리가 드디어 자리로 들어와 물었다.

"어디 사십니까?"

"광주(廣州)에 삽니다."

"나도 광릉 사람인데 어느 면입니까?"

"대왕면(大旺面)[3]입니다."

"나도 대왕면 사람인데, 어느 리(里)입니까?"

"등자리(登子里)[4]입니다."

"나도 등자리 사람인데 요즘에는 한양에 있습니다. 성이 무엇입니까?"

"이가(李哥)입니다."

---

2 창릉(昌陵)은 경기도 고양시 덕양구 서오릉 내에 있는 조선 예종과 계비 안순왕후 한씨의 능이다. 창릉점(昌陵店)은 창릉 인근에 위치하였던 역참이다.

3 오늘날 서울시 강남구 남쪽과 경기도 성남시 수정구 서쪽 일대에 위치하였던 조선시대 행정구역이다.

4 오늘날 경기도 성남시 수정구 고등동 등자리(登子里) 일대이다. 덕수 이씨 집안에서 과거 급제자에 오른[登] 사람을 많이 배출한 마을이라는 유래와 덕수 이씨 가문의 묘가 많이 있는데 벼슬이 높아 석등[燈]이 세워진 마을이라는 유래가 전한다.

"나도 이가인데 어느 파입니까?"

"배천공 증손입니다."

"나도 배천공 증손이니 그대와 나는 재종형제로군요."

"종조부 참판공(參判公)[5]의 손자 이화(李墷)[6]씨가 아니시오?"

"그렇소."

외숙께서 일어나 절하고 말씀하셨다.

"청루(靑樓) 십년객(十年客)[7]의 명성을 일찍이 들었습니다. 한 집안 6촌의 얼굴을 지금에야 보니 세상이 변하였다고 할 만합니다."

"몇째 종조부의 손자이시오?"

"배천공의 여덟째 아드님의 손자입니다."

"저 여인은 뉘시오?"

"셋째 누이로 파주에 사는 성덕연(成德淵)의 아내가 되어 시집가는 길입니다."

"그렇다면 지금 철산 부사(鐵山府使)의 처제(妻弟)로군요. 속히 들어가 안면을 트는 것이 좋겠습니다."

상원 군수께서 안채로 들어가 몇 마디 나눈 다음 물어보셨다.

"시부모를 뵙고 사당에 제사할 때 쓸 음식을 철산에서 장만하여 잘

5　이유(李柚, 1618~1687)로 문과에 급제하여 병조 참판 등을 지냈다.

6　이화(李墷, 1680~1755)로 무과에 급제하여 1731년(영조 7)에 상원 군수(祥原郡守)가 되었다. 상원군은 황해북도 상원군 일대에 위치하였던 조선시대 행정구역이다.

7　청루(靑樓)는 기방(妓房)이다. 10년 동안 기방을 드나들며 호쾌하게 풍류를 즐긴 사람이라는 뜻이다. 당나라 시인 두목(杜牧)이 양주에서 기방을 출입하며 풍류객의 생활을 즐겼는데, 그의 시구에 "십년만에 양주의 꿈을 한 번 깨니, 청루에서 박정하다는 이름만 실컷 얻었구나〔十年一覺楊州夢, 贏得靑樓薄倖名〕."라고 하였다.

보냈겠지?"

외숙께서 혼수품 단자를 꺼내 보이시니 군수께서 살펴보고는 "철산 부사가 어찌 이리도 손이 작단 말인가?"라 하고는 상원군 아전에게 지장(支裝)[8]과 남은 음식을 다 들이라 하셨는데, 들이고 보니 철산에서 장만해 보내온 물품보다 못하지 않았다. 또 아전에게 노잣돈이 얼마나 있는지 물어보시니 아전이 "스무 냥뿐입니다."라 대답하였다. 군수께서 말씀하셨다.

"가다가 송도에 당도하면 변통할 수 있을 테니 스무 냥 다 가져와라."

재종누이인 나의 이모님에게 직접 주며 말씀하셨다.

"가던 길에 만나서 소략하여 안타깝구나."

재종제인 나의 외숙을 돌아보며 말씀하셨다.

"내가 데리고 갈 테니 너는 내 뒤를 따라 오거라."

마침내 가던 길을 돌아 파주까지 가서 묵으셨고, 그 뒤로도 계속 선물을 보내 안부를 물어오셨다. 군수께서는 젊어서부터 협객으로 세상에 알려지셨다. 또 투전(投錢)을 제일 잘하기로도 이름나셨으며, 연로해서도 그러셨다.

---

8 신임 수령이 부임할 때 부임지 관아에서 영접하며 바치던 토산품이다.

80

꿈에서 배필을 만난 외조부

나의 외조부 이공(李公)[1]께서는 장성한 뒤에 마마에 걸리셨다가 어느
날 저녁에 숨이 끊어지셨다. 외조부께서 길을 가다가 어떤 곳에 이르셨
는데 흡사 관부(官府) 같은 건물이었다. 어떤 노인이 꼿꼿하게 앉아 있
다가 "너는 오늘 와서는 안 되니 속히 나가거라. 그래도 기왕 왔으니 네
배필이나 보고 가거라."라 하고는 처자 한 명을 불렀다. 그 처자는 매우
단정하고 얌전하였는데 잠깐 앉아 있더니 벌떡 일어나서 가 버렸다. 노
인이 또 다른 처자를 한 명 불렀는데 그 처자는 더없이 정중하고 차분
하였으며 웃음을 머금은 채 외조부를 마주보고 앉았다. 노인이 웃으며
"참으로 잘 어울리는 부부로다."라 하고는 이어서 나가라고 명하자 외조
부께서는 곧장 다시 살아나셨다. 그 뒤에 외조부께서는 봉사(奉事) 권
규(權揆)의 딸에게 장가들어 1남 1녀를 두셨고, 또 뒤에는 김익성(金益
聲)의 딸에게 장가들어 1남 4녀를 두셨다. 전처와 후처 모두 앞서 숨이
끊어졌을 때 본 처자들과 똑같은 사람이었다.

---

1 이희배(李喜培, 1654~1721)를 가리킨다. 자는 칙평(則平)이다.

81

어머니의 꿈에 나타난 외조부

외조부께서는 남들보다 문학에 뛰어나셨으나 벼슬길에 나갈 생각이 없었다. 기상이 꼿꼿하였으나 끝내 과거에 한 번도 급제하지 못하셨다. 양지(陽智)[1]로 물러나 생을 마치셨는데 빈소에 현저한 이적(異蹟)이 나타났다. 외조부의 관에 옻칠을 하고 난 뒤에 아직 출가하기 전이었던 우리 어머니께서, 관을 어루만지며 슬피 통곡하시다가 몸에 옻독이 올라 목숨이 경각에 달리게 되었다. 닭이 세 번째 울 때, 외조부와 친하게 지내던 의원이 20리 밖에 살고 있었는데 문득 말을 달려서 약을 가지고 와 치료해 주자 어머니께서 그 덕분에 소생하실 수 있었다. "어떻게 이렇게 급히 오실 수 있었습니까?"라 묻자 의원이 대답하였다.

"삼경에 꿈을 꾸었는데, 선친께서 다급히 외치기를 '내 딸이 지금 옻독이 올라 당장 죽게 생겼으니 그대가 급히 가서 치료해 주게. 날이 밝기를 기다렸다가는 손을 쓸 수 없네.'라 하고는 이어서 저를 발로 걷어차 깨우셨습니다. 닭이 울 때가 되었기에 말을 달려왔습니다."

그로부터 삼년 뒤에 어머니께서는 우리 아버지께 시집오셨다. 어느

---

[1] 오늘날 경기도 용인시 양지면 일대에 위치하였던 조선시대의 행정구역이다.

날 밤 꿈에 외조부와 외숙께서 나란히 말을 타고 와서 말씀하셨다.

"네가 걱정되어 오늘 저녁에 너를 보러 집으로 갔다가, 네 어미가 너를 이곳으로 보냈다고 하기에 찾아왔다. 지금 정 서방을 보니 내 마음에 꽉 위안이 되고 근심이 없어지는구나. 저승과 이승은 길이 다르니 앞으로는 만날 기약이 없겠구나."

마침내 작별하고 떠나셨는데 아버지께서도 똑같은 꿈을 꾸셨다. 어머니께서 책에 이 꿈을 기록해 두셨는데 친정에 문안 가셨을 때 외할머니께서 써 두신 그해 그달 그날의 일기를 보자 '남편이 죽은 아들과 함께 와서 정씨댁이 어디냐고 묻기에 일러 주었더니 동쪽으로 말을 달려 갔다.'라고 돼 있었다. 어머니께서 앞서 기록해 두셨던 것을 가지고 외할머니의 일기와 맞추어 보자 어긋남이 없었으니 이 또한 신기한 일이다.

82

귀신을 섬기다 패가망신한 집안

무릇 천지간에 양(陽)으로는 사람이 있고 음(陰)으로는 귀신이 있으니, 사람은 사람의 도리를 다하고 귀신은 귀신의 도리를 다하면 길한 일만 생기고 흉한 일은 일어나지 않는다. 산천에 서린 순일한 기운은 바른 귀신이므로 성인이 예를 제정하여 산천에 지내는 제사규범이 갖추어졌으니 이는 굳이 논할 것 없다. 초목에 엉겨 재앙을 불러오는 기운은 사특한 귀신이므로 사람이 귀신에게 아무것도 바라지 않으면 귀신도 사람에게 아무것도 바라지 않고, 사람이 귀신에게 무엇인가를 바라면 귀신도 사람에게 무엇인가를 바란다.

그래서 멀리하면 멀어지고 멀어지면 해로움이 없으며, 가까이하면 가까워지고 가까워지면 화가 생긴다. 집안의 흥망과 화복은 모두 이를 공경하며 멀리 거리를 두느냐, 아니면 이를 무람없이 지나치게 가까이하느냐에 말미암는다. 내가 그런 일들을 많이 보았다.

날마다 귀신에 치성을 드리면 날마다 해로움을 초래하고 해마다 귀신에 치성을 드리면 해마다 화를 초래하여, 쇠락하고 패망해 흔적도 남지 않는 지경에 이른다. 집안의 성쇠는 모두 부녀자가 귀신을 좋아하느냐 좋아하지 않느냐에 달려있으니 가장이 집안의 법도를 잘 세워 엄격히 금하고 통렬히 끊어 버린다면 부녀자가 감히 화를 좋아하여 멋대로 행하겠는가?

우리 집에 칠순(七順)이라는 종이 있는데, 일자무식이지만 성품이 굳세고 곧았다. 어미인 흔연(欣然)은 제법 일머리가 있는 여자였는데, 다만 귀신을 좋아하고 무당을 믿는 것이 심해도 너무 심하였다. 집에 신위 10여 좌를 늘어놓았으니 집에 와서 묵는 사람이 있으면 귀신이 반드시 그 사람을 싫어하여 곧 병들게 만들었다. 내가 어머니를 모시고 피접하기 위하여 그 집에 임시로 머물렀는데 사람들이 모두 반드시 큰 화가 일어난다고 하였다. 내가 웃으며 응하지 않자, 흔연도 나를 저어하여 감히 무당을 불러다 제사 지내는 짓을 하지 못하였다. 내가 그 집에서 한 달 동안 무사히 편하게 지내자 사람들이 모두 이상하게 여겼다. 그러다 몇 년 뒤에 재앙이 한꺼번에 몰려왔으니 칠순의 부모와 자녀가 차례로 죽고 칠순 부부만 살아남았다. 이에 칠순이 신위를 다 거두어서 불태우고는 그 집을 허물어 버린 다음 집을 옮겨 짓고 살면서 귀신을 입에 올리지 않고 무당을 집에 들이지 않았다. 그러자 집안이 다시 번창하여 연달아 딸을 네 명이나 낳았고 외손도 번창하였으며, 지금까지 50여 년 동안 한 번도 재앙을 입지 않았다.

양호(楊湖)[1]에 어떤 사대부 집안이 있었는데, 그 집안의 대부인이 성품이 엄하고 무당을 좋아하지 않아 무당이 감히 마을 안으로 들어오지 못하였다. 그 사대부 집안은 형편이 넉넉하였고 자녀가 번성하여 세

---

1 양화진(楊花津)을 가리키는 듯하다. 양화진은 오늘날 서울시 마포구 합정동 양화대교 북쪽 기슭에 있었던 양화나루이다.

상 사람들이 온갖 복을 다 누린다고 일컬었다. 그런데 대부인이 죽은 뒤 며느리들이 제멋대로 귀신에게 치성을 드리자 날마다 재앙이 일어나 여지없이 패망하였다. 막내며느리가 특히 심하여 직접 귀신에게 굿하기를 일삼더니 집안 살림을 다 날려 먹고 자식과 손자들도 모조리 죽었다. 10여 년 뒤에 손자 한 명만 남았는데 구걸하고 다니다가 객사하였다. 아! 이것도 분명한 증거이다.

83

귀신을 멀리하라

우리 집은 무당과 부적을 들이지 않아 귀신에게 알랑거리면서 복을 비는 일을 한 번도 한 적이 없다. 나는 지금 80여 세가 되도록 한 번도 재해나 변고를 겪는 일 없이 평생을 편안하게 지냈다. 자손이 번성하지 못하였다고는 하지만 무당이 기도한다고 얻을 수 있는 복이 아니고 부적으로 액을 씻어 없앨 수 있는 일이 아니다. 우리 집 부녀자들이 진실하게 알아서 혹하지 않았을까? 단지 보고 들어온 가풍에 익숙해져서 허망한 데에 기도하는 일을 자연스럽게 하지 않았을 뿐이다.

무릇 내 자손들은 '네가 죽으면 지각이 없을 것이니 이 말을 따르지 않겠다.'라 말하지 말라. 마음이 사특해지지 않도록 다잡고, 몸가짐을 삼가고 조심한다면, 미워하는 사람도 없을 테고 싫어하는 귀신도 없을 테니 귀신에게 알랑거릴 필요가 뭐 있으랴? 그렇기는 하지만 사람의 기운이 쇠약하면 귀신의 기운이 성해지고, 귀신의 기운이 성해지면 사람의 기운이 쇠약해진다. 성쇠는 자연스러운 이치이다. 집안의 도가 쇠망할 때는 귀신에게 알랑거려 화를 초래하는 일이 자연스레 벌어지니 그거야 어찌하겠는가?

84

귀신과 호조 판서

|

옛날에 어떤 사람이 새로 집터를 잡아 땅을 다졌다. 그날 밤 꿈에 한 노인이 나타나 "이곳은 나의 옛 집터이니 집을 짓지 말라."라고 하여 잠을 깼다. 그래도 터 잡기를 멈추지 않자 노인이 또 꿈에 나와 말하였다.

"멈추지 않으면 반드시 재앙이 일어나리라."

다음날이 되어도 그 사람이 터 잡기를 멈추지 않자 노인이 또 꿈에 나와 말하였다.

"멈추지 않으면 반드시 네 막내아들을 죽이리라."

그 사람이 그래도 일을 멈추지 않았는데 막내아들이 정말로 죽었다. 노인이 다시 꿈에 나와 말하였다.

"멈추지 않으면 반드시 네 둘째 아들을 죽이리라."

그 사람이 그래도 일을 멈추지 않았는데 둘째 아들이 죽었다. 노인이 또 꿈에 나와 말하였다.

"멈추지 않으면 반드시 네 맏아들을 죽이리라."

그 사람이 대답하였다.

"맏아들이 죽는다 해도 나는 결코 멈추지 않는다. 나를 죽이고 난 뒤에야 일을 계속할 사람이 없어질 것이다."

그러자 노인이 말하였다.

"너는 목숨에 대해 알고 있구나! 사람의 목숨은 하늘에 달려있으니 내가 어찌 너와 네 아들들을 살리고 죽일 수 있겠느냐? 네 두 아들이 목숨이 다하였기에 내가 그때를 이용해서 너를 을러보았다. 너와 네 맏아들은 모두 장수하고 지위가 높아지리라. 내가 이곳을 피해 다른 곳으로 가겠다. 내가 너에게 깊이 감복하였으니 네가 나를 배웅해다오."

다음날 그 사람이 술상을 차리고 제문을 갖추어 노인에게 제사를 지내 주었다. 그 뒤로 노인이 꿈에 나타나 어김없이 길한 일과 흉한 일을 알려 주었다. 그 사람은 벼슬이 호조 판서에 이르렀다고 한다.

85

진휼 정책을 잘 펼친 연일 현감

우리 조선의 선왕(先王)께서 백성을 구제하고자 한 뜻은 지극하였다. 안변(安邊)에는 교제창(交濟倉)을 설치하여 삼남(三南)에 흉년이 들면 해상으로 물자를 보내 구제하였고, 연일(延日)에는 포황창(包荒倉)을 설치하여 북도(北道)에 흉년이 들면 똑같이 구제하였다.[1] 영조께서는 백성들을 구휼하는 정사에 최선을 다하셨다. 덕분에 지방관들도 임금의 뜻을 우러러 체득하여 실행에 옮기거나 어사의 감찰에 탄핵받게 될까 걱정돼서라도 감히 제멋대로 수탈하지 못하고 백성을 구휼할 방법을 고민하였다. 홍계희(洪啓禧)[2] 같은 자조차도 광주 유수이던 계유년(1753, 영조29)에 흉년이 들었을 때, 거두어들이는 환곡의 절반을 한 섬 당 석 냥

---

1 교제창(交濟倉)과 포황창(包荒倉)은 흉년이 들었을 때 진휼에 필요한 구호물자를 마련하고자 설치한 구휼 창고이다. 포황창은 1732년(영조 8) 오늘날 경상북도 포항시인 연일현(延日縣)에 설치한 환곡 창고이다. 포항창(浦荒倉), 포항창(浦項倉), 포황창(浦黃倉)이라고도 썼다. 처음에는 포황창진(包荒倉鎭)으로 설치하여 군사기능을 겸하였다. 강원도와 함경도에 기근이 발생하면 포황창의 곡식으로 원조하였다. 교제창은 1737년(영조 13) 오늘날 함경도 안변시와 원산시 일대인 덕원(德原)을 시작으로 1742년(영조 18)에 함흥, 1784년(정조 8)에 고원(高原)에 설치한 창고이다. 강원도와 경상도에 기근이 발생하면 교제창의 곡식으로 원조하였다. 창고가 설치된 지역에는 물류가 원활한 큰 시장이 형성되었다.

씩 쌀 대신 돈으로 거두어 두었다가 이듬해 가을 호남에 그 돈을 보내서 쌀을 사들여 군용(軍用) 쌀의 수량을 남김없이 채워 넣었다. 그리하여 광주 백성들이 편안히 지낼 수 있었다.

임오년(1762, 영조 38)에 가뭄이 들었는데 호남과 영남이 더욱 심하여 수령들을 특별히 가려 뽑았다. 그때 연일 현감(延日縣監)도 가려 뽑아 임명하였는데 그가 조정에 하직하면서 건의하였다.

"연일현에서 숫돌을 진상하는 과정에서 백성들을 수탈하는 일이 몹시 많다고 합니다. 가을이 되어 곡식을 수확하고 난 뒤에 진상하도록 한다면 그 밖의 다른 폐단도 차례로 없앨 수 있습니다."

영조께서 허락하셨다. 현감은 연일에 부임하자마자 곧장 경상도의 감영·병영·통영·수영 및 진관(鎭管)[3]에 전죽(箭竹)[4]을 가을이 되거든 올려 보내겠다고 알렸다. 각 진영에서 불허하였으나 현감은 전죽을 일절 봉하여 올리지 않고 그저 조정에 알려 자신을 파직시켜 달라고만 요청하니 각 진영에서도 어찌할 도리가 없었다. 그러자 갖가지 명목으로 백성들에게서 수백 전씩 돈을 거두던 폐단이 모두 없어졌다. 현감이 왜

---

2 홍계희(洪啓禧, 1703~1771)는 자가 순보(純甫), 호가 담와(澹窩), 본관이 남양(南陽)이다. 1737년(영조 13)에 문과에 장원급제한 이후 1753년(영조 29)에 광주 유수(廣州留守)에 임명되었다. 이후 이조 판서, 형조 판서, 한성부 판윤 등을 지냈다. 노론의 강경파로 김상로, 김한구(金漢耉) 등과 결탁해 사도세자를 모해하였다. 정조 즉위 후 아들 홍술해(洪述海)와 홍찬해(洪纘海) 등이 정조를 시해하려는 역모를 꾀하다가 발각되어 집안이 역적으로 처단 당하였다.

3 조선시대의 지방 군사 조직이다. 병마절도사나 수군절도사가 관할하는 주진(主鎭) 아래 첨절제사(僉節制使)가 관할하는 거진(巨鎭), 절제도위(節制都尉)·만호(萬戶) 등이 관할하는 진(鎭)으로 이루어져 상호 협동을 통해 유기적인 방어를 꾀하였다.

4 화살을 만드는 데 쓰는 대나무이다.

공미(倭供米)[5]도 가을이 되거든 올려 보내겠다고 동래부에 알렸다. 동래 부사가 큰소리치며 허락하지 않자 다시 공문을 보냈다.

"가을이 지난 뒤에야 조정으로 보낼 쌀을, 곧 죽게 생긴 백성들에게서 수탈하여 창고에 쌓아 둔들 무슨 이득이 있겠습니까? 가을이 된 뒤에 거두어들여서 보내도 결코 아무 탈이 생기지 않습니다. 그렇게 하지 않으시겠다면 조정에 알려 저를 파직시키십시오."

또 백성들에게 명령을 내렸다.

"관아에서 자력으로 구휼미를 마련할 수 없으니 대신에 너희 백성들에게서 거둘 쌀을 3등분하겠다. 3분의 1을 백성들이 지금 마련해 납부하면 정월에서 4월까지의 구휼미로 쓰겠다. 다른 3분의 1은 보리를 수확하고 난 뒤에 거두어 5월에서 8월까지의 구휼미로 쓰겠다. 나머지 3분의 1은 가을에 곡식을 수확하고 난 뒤에 거두어 9월부터 12월까지의 구휼미로 쓰겠다."

이에 연일현 백성들이 모두 뛸 듯이 기뻐하였다. 며칠 안 되어 쌀을 다 납부하니 현감은 거두어들인 쌀 3분의 1의 태반을 사진(私賑)[6]의 밑천으로 삼았다. 또 현감이 곡식 종자를 힘껏 마련해 백성들에게 나누어 주었는데 받자마자 먹어버린 백성들이 많아서 파종하지 못한 종자가 아홉 섬이나 된다는 사실을 알아 내었다. 이에 관둔전(官屯田)을 경작하고 종자 아홉 섬을 모판에 뿌려서 주니 온 고을 안에 묵거나 버려

5 왜관(倭館)에 머무르던 일본인들과 대마도에 공급하던 쌀이다. 경상도의 바닷가에 위치한 경주부, 기장현, 연일현, 흥해군 등 17개 고을의 전세(田稅)를 동래부의 부산창으로 보내 충당하였다.

6 국가의 곡식을 사용하지 않고 수령이 스스로 마련하여 진휼하던 일을 가리킨다.

지는 전답이 없어졌다. 진휼한 백성 중에서 먹고살 가망이 없는 아이 다섯 명을 아전 가운데 제법 넉넉한 사람 다섯 명에게 맡긴 뒤 매일 쌀 한 되를 주어 먹고살게 해 주었다. 이런 종류의 일화는 일일이 다 기록할 수 없다.

한편 토지 대장에 누락된 전답을 모조리 본래의 토지 면적에 등록시키되 수확량에 따라서 세금을 줄여 주었고, 묵은 전답인데도 세금이 매겨졌다고 호소하는 백성이 있으면 모두 정상을 참작해 면제해 주었다. 이미 세금을 납부한 백성에게는 아전들에게 다 내어 주게 하였다. 어떤 사람이 물었다.

"아전들이 유독 원통해하지 않습니까?"

현감이 말하였다.

"아전들이 묵은 전답에서 허위로 거둔 세금을 관에 납부했겠습니까? 이것은 아전들이 농간을 부려 백성들을 침탈한 것입니다."

호남과 영남에 진휼 실태를 감독하기 위해 파견된 어사 김종정(金鍾正)[7]이 경주부에 있다가 연일현으로 와서 연일현·흥해군·기장현의 수령들을 불러 말하였다.

"포황창의 곡식 만 섬을 내일 호남으로 실어 보내야겠소."

연일 현감이 말하였다.

"연일현 백성의 입으로 들어갈 음식을 빼앗아 호남 백성을 구제해서야 되겠습니까?"

---

7 김종정(金鍾正, 1722~1787)은 자가 백강(伯剛), 호가 운계(雲溪)이다. 1757년(영조 33)에 문과에 급제하였다. 1762년(영조 38) 영남 어사에 임명되었다. 이후 도승지, 대사성, 이조 판서, 형조 판서 등을 역임하였다. 문집에『운계집(雲溪集)』이 있다.

어사가 말하였다.

"이것은 성상의 명이오. 교제창의 곡식이 이제 얼마 지나지 않아 도착합니다. 혹시라도 해상 운송이 지체되면 호남 백성들이 몹시 위급해지니 우선 포항창의 곡식을 빌려주어 위급한 상황을 구제합시다."

연일 현감이 "그렇다면 포항창에 경주·연일·홍해·기장 네 고을의 곡식을 반드시 고루 안배해야 합니다."라 하였다. 어사는 감영 아전에게, '연일현의 곡식 4천 섬, 홍해군의 곡식 3천 섬, 기장현의 곡식 3천 섬.'이라고 공문서에 쓰라고 명하였다.

그러자 연일 현감이 포항창의 별장(別將)을 불러서 포항창으로 들어가는 곡식의 총 수량을 살펴보니, 경주 한 고을의 곡식은 거의 만 섬이나 되는데 연일·홍해·기장 세 고을의 곡식은 몇 섬밖에 되지 않아 경주한 고을 곡식의 수량에도 못 미쳤다. 연일 현감이 말하였다.

"이 공문은 시행해서는 안 됩니다. 함경도에서 오는 배가 지체되기라도 한다면 연일현 백성들은 반드시 굶어 죽게 될 것입니다. 경주의 곡식은 어찌하여 빌려주지 않으며, 이 세 고을의 곡식만 빌려주는 것은 또 어째서입니까?"

어사가 낯빛을 붉히고 목소리를 높이면서 오랫동안 몰아세웠으나 연일 현감은 끝내 듣지 않았다.

연일 현감이 아전에게 오늘 안으로 상소에 쓸 종이를 사 와서 들이라고 명하였다. 어사가 말하였다.

"무엇을 가지고 상소하려 하오? 그 내용이나 들어 봅시다."

연일 현감이 말하였다.

"연일의 백성도 경주의 백성도 모두 나라의 백성이고, 연일의 곡식도 경주의 곡식도 모두 나라의 곡식인데, 연일의 백성과 경주의 백성 중에 누구는 사랑하고 누구는 미워하며, 연일의 곡식과 경주의 곡식 중에 어느 것은 빼앗고 어느 것은 채워 준단 말입니까? 상소의 대의를 이렇게 쓰려고 합니다."

어사가 말하였다.

"그렇게 한다면 앞으로 어떻게 될 것 같소?"

연일 현감이 대답하였다.

"직책상 낮은 관리임에도 감히 높은 관리를 거스르는 죄는 귀양에 해당하며 왕명을 받들었음에도 공무를 똑바로 행하지 않는 죄 또한 귀양에 해당하니 그렇게 될 뿐이지요."

현감이 마침내 일어나 나가니 흥해와 기장 두 고을의 수령이 모두 아연실색하여 한 마디도 못하고 물러났다.

어사가 다시 말을 달려 경주에 들어갔다가 다음 날 저녁에 다시 와서 연일 현감을 불렀는데, 연일 현감은 처벌을 기다리겠노라며 사절하였다. 어사가 부드러운 말로 간곡히 요청하며 말하였다.

"어제 했던 말은 너무 과격하지 않소?"

연일 현감이 말하였다.

"백성을 잘 보살피라는 명을 받았으니 그렇게 하지 않을 수 없었습니다."

"경주 부윤은 연로한 분이시니 나에게는 그분을 받들어 모셔야 할 분수가 있소. 일전에는 경주에서 이틀을 머물며 다투었으나 끝내 허락해 주지 않아 부득이 연일·흥해·기장 세 고을에만 나누어 안배하였소. 이번에 가서는 밤새 따진 끝에 곡식 3천 섬을 얻어냈소. 연일현도 이 수량만큼 안배하고, 홍해군과 기장현 두 고을도 각각 2천 섬씩 안배한다면 어떻겠소?"

"함경도에서 오는 배가 지체되더라도 천 섬을 남겨 둔다면 시급한 낭패는 모면하겠습니다."

마침내 연일 현감이 수락하였다.

그 뒤에 함경도의 배가 포황창 앞의 포구에 도착하였는데 곡식 4백 섬을 물에 빠뜨리고 말았다. 어사가 그때 경주에 있으면서 크게 노하여 지방관이 함경도의 배를 제대로 기다려 맞이하지 않았다 하여 삼공형(三公兄)[8]에게 칼을 씌워서 경상 감영으로 올려 보낸 다음, 물에 빠진 쌀을 한 섬도 남김없이 건져 내라고 하였다. 이때 연일 현감은 잠수군(潛水軍)[9]에게 40섬의 쌀을 건져내라고 했다가 곧바로 중지하라고 명하고는 어사에게 보고하였다.

"한 개 고을 백성들의 힘으로는 쌀을 건져 낼 상황이 못 됩니다. 어사의 위엄을 떨쳐 경상도·전라도·충청도 삼도의 백성을 동원해서 높은 산을 깎아다 바닷가의 포구를 메워야만 건져낼 수 있습니다.……"

어사의 노여움을 격발시켜서 속히 오도록 한 것이니, 소동이 일어난 상황을 직접 와서 보게 되면 어사도 어쩔 도리가 없음을 확인하고 반드시 분란을 해소하리라는 생각이었다. 다음날 과연 어사가 서둘러 와서 포황창의 초소에 앉아 상황을 둘러보고는 한참 동안 깊이 생각해 본 뒤

---

8 조선시대 각 고을 관아의 아전 중에서 가장 중시되었던 호장(戶長), 이방(吏房), 수형리(首刑吏)를 높여 부르는 말이다. 지방 행정의 하급 실무를 담당하고 그에 대한 책임을 졌다.

9 수영(水營)에 소속된 군사로 해산물의 채취와 수중의 공사를 맡았다.

에 또 연일 현감을 불렀다. 연일 현감은 또 처벌을 기다리겠노라며 사절하였다. 어사가 다시 간청하였는데 연일 현감이 웃으며 이야기하자, 어사가 즉시 삼공형을 풀어주고 갔다. 어사가 가고 난 뒤에 연일 현감이 백성들에게 물에 빠진 곡식을 건져서 먹게 하니 반도 넘게 건져 냈다고 한다.

86

정언욱의 강직함

집안 할아버지인 승지공(承旨公)은 이름이 언욱(彦郁)[1]으로 강동현(江東縣)[2]의 현감으로 나가셨다. 그때 참의 민백순(閔百順)[3]이 성천부(成川府)[4] 부사로 있었다. 애초에는 서로 아는 사이도 아니었고 당파도 전혀 달랐는데 이웃 고을의 수령으로 한 번 만나 보고는 의기투합하여 금란지교(金蘭之交)를 맺으셨다. 어느 날 한밤중에 성천부 하인이 강동현에 와서 문을 두드리고 잡과병(雜果餠) 한 봉지를 올렸다. 40리 길을 왔는데도 떡이 여전히 따뜻하였다. 짧은 편지에는 "떡 맛이 아주 좋기에 나누어 보냅니다."라고 쓰여 있었다.

---

1 정언욱(鄭彦郁, 1713~1787)의 자는 사문(士門), 호는 퇴어(退魚), 본관은 동래(東萊)이다. 저자의 조부 항렬이다. 1741년(영조 17)에 문과에 합격하고 정언, 지평, 이조 좌랑, 장령 등을 역임하였다. 1773년(영조 49) 승지를 지낸 뒤 강동 현감(江東縣監)에 임명되었다. 1785년(정조 9) 재차 승지에 임명되었다. 18세기 남인을 대표하는 작가인 정범조(丁範祖)와 목만중(睦萬中)이 각각 정언욱의 묘비(墓碑)와 묘지(墓誌)를 남겼다(『해좌집(海左集)』 권25 「좌부승지 정공 묘비명(左副承旨鄭公墓碑銘)」; 『여와집(餘窩集)』 권20 「정승지 묘지명(鄭承旨墓誌銘)」).
2 오늘날 평양시 강동면에 위치하였던 조선시대의 행정구역이다.
3 민백순(閔百順, 1711~1774)은 자가 순지(順之)이다. 노론의 영수인 민진원(閔鎭遠)의 손자이다. 1772년(영조 48) 성천 부사에 임명되었다. 『대동시선(大東詩選)』을 편찬하였다.
4 오늘날 평안남도 성천군에 위치하였던 조선시대의 행정구역이다. 서쪽으로 강동현과 이웃하였다.

어느 날 밤에 닭이 한 번 울자 공께서 놀라서 일어나 앉아 급히 편지를 쓰시더니 성천으로 사람을 보내 민백순의 안부를 묻게 하셨다. 그리고 자제들에게 "방금 꿈에 민공이 와서 영결(永訣)을 고하셨으니 이 무슨 조짐이란 말이냐?"라 한 다음 촛불을 밝히고 앉아서 기다리셨다. 닭이 세 번째 울자 성천부에서 부고를 알리는 사람이 도착하였다. 강동현 심부름꾼과 성천부 심부름꾼 두 사람이 도중에 서로 만났다고 하였으니 이 또한 신기한 일이다. 나의 벗 정인백(鄭鱗伯)[5]이 그 일을 직접 보고 와서 나에게 말해주었다.

공께서는 평소 강직하면서도 성품이 자애로웠다. 강한 성품이라 그릇된 행동을 따르지 않으셨고 자애로운 성품이라 일처리가 모두 진실하고 너그러웠다. 일찍이 민공이 훌륭한 군자라는 말을 듣고는 공께서 한 번 만나보고서 교분을 이처럼 돈독하게 맺었으니 과연 의기투합이 아니겠는가! 이를 보면 민공을 아는 자는 공을 보지 않고도 군자다운 분임을 알 테고, 공을 아는 자는 민공을 보지 않고도 군자다운 분임을 알 수 있다.

공께서 처음 벼슬길에 올라 승정원 주서(注書)로 들어갔을 때 김상로(金尙魯)의 권세가 하늘을 찔렀다. 당시에 승정원 사령(使令)에 궐원이 생겼는데 어떤 하인이 김상로의 편지를 받아와서 후임 사령을 청탁하였다. 공께서 받아들이지 않자 김상로는 재삼 사람을 보내어 공을 을러댔다. 공께서는 즉시 다른 사람을 후임자로 정한 뒤 청탁을 넣은 사람을

---

5 정용조(鄭龍祚, 1731~1804)를 가리킨다. 정용조는 자가 인백(麟伯), 본관이 해주(海州)이다. 뒤에 응조(應祚)로 개명하였다. 광주 사람으로 안정복의 절친한 벗인 정광운(鄭廣運)의 아들이다. 저자의 친구로, 함께 안정복을 스승으로 모셨다.

형장으로 엄히 다스리게 하고는 곧장 도성을 나와 시골로 내려가서 10년 동안 칩거하셨다. 그러다가 김상로가 조정에서 물러난 뒤에야 비로소 벼슬길에 나섰으니 그 강직함을 알 수 있다.

87

광주 절골의 경주 김씨 시조묘

나는 어렸을 때부터 귀천과 노소를 막론하고 사람들이 다들 '절골1에 있는 화성군(花城君)의 집 뒤편에는 예식을 갖추어 매장한 오래된 무덤이 있는데 바로 경주 김씨 시조이자 개국공신인 계림군(鷄林君) 김균(金稇)2의 무덤이다.'라고 하는 말을 들어왔다. 또 경주 김씨 족보를 살펴보니 '무덤이 경안(慶安)3에서 서쪽으로 5리 떨어진 옛 절터에 있다.'라고 하였다. 그런데 사람들이 다들 "마을 사람들이 비석을 뽑아서 땅에 묻었다."라 하였으므로 그 자손들이 와서 찾아보았으나 끝내 찾지 못하였다.

현재 우의정으로 있는 김사목(金思穆)4 공이 광주 부윤(廣州府尹)이

---

1 절골[寺洞]은 광주시청에서 약 4km 서쪽에 있는 마을이다. 장지동 최북단에 있고, 45번 국도와 3번 국도가 만나는 교차점에 있다.

2 김균(金稇, ?~1398)은 성균시(成均試)에 합격하여 전법판서(典法判書)를 역임한 뒤 조선이 개국할 때 태조를 추대한 공으로 개국공신이 되어 계림군(鷄林君)에 봉해졌다.

3 오늘날 경기도 광주시 경안동에 위치하였던 역(驛)이다.

4 김사목(金思穆, 1740~1829)은 자가 백심(伯深), 호가 운소(雲巢)이다. 1780년(정조 4)에 광주 부윤(廣州府尹)이 되었고, 1799년(정조 23)에 광주 유수가 되었다. 1808년(순조 8)부터 10년 동안 우의정을 지낸 뒤 1819년(순조 19) 좌의정에 올랐다.

었을 때 직접 경안으로 가서 장정들을 징발해 주변의 땅을 파 보았으나 아무것도 나오지 않았다. 또 무덤을 파 보았으나 지석(誌石)이 나오지 않아 봉분을 고쳐 쌓고 갔다. 김사목이 다시 광주 유수(廣州留守)가 되었을 때[5] 포교 한 사람을 시켜 비석이 묻힌 곳을 수소문하게 하였다. 포교는 바로 김수장(金壽長)으로 경안의 양반 및 상사람들과 익히 잘 아는 사이였다. 김수장이 덕곡(德谷)[6]으로 와서 묵으며 순암 선생께서 작성해 두셨던 『남한지(南漢志)』의 초안을 꺼내 살펴보니 '계림군의 무덤이 오포면(五浦面)[7]의 어떤 마을에 있다.'라고 돼 있었다. 김수장이 바로 그곳에 가 보니 과연 무덤과 비석이 있었다. 계림군의 먼 후손 한 사람이 그 아래에서 무덤을 지키며 살고 있었는데, 사람이 똑똑하지 못하고 종중 사람들과 교류가 없어서 백여 년 동안 찾지를 못하였다.

대체로 그곳에서 5리 떨어진 곳에 이름이 고경안(古慶安)이라는 곳이 있고 오래된 절터도 있으니 수백 년 전에는 고경안이 오포면에 소속돼 있지 않았겠는가? 이는 알 수가 없다. 이로부터 절골의 오래된 무덤은 근거가 없는 소문으로 귀결되었으니 떠도는 말이란 그대로 믿어서는 안 된다.

---

5 광주는 본래 부(府)로 수령이 광주 부윤(廣州府尹)이었는데, 1793년(정조17)에 유수부(留守府)로 승격함에 따라 수령도 광주 유수(廣州留守)가 되었다.

6 광주 경안역(慶安驛) 인근에 위치하였던 조선시대의 면(面)으로 순암 안정복 가문의 세거지이다.

7 오늘날 경기도 광주시 오포읍에 위치하였던 면이다.

88

헷갈리는 동명이인

어떤 선비가 영암 군수 이 아무개와 우정이 깊었다. 선비가 딸의 혼처를 정한 다음 혼수를 마련하려고 영암군으로 가는 길에 영광군을 지났다. 영광 군수의 이름을 물어보니 영암 군수와 이름이 똑같았다. 매우 의아하게 생각하여 아전에게 물어보아도 역시나 똑같아서 애초에 부임지를 잘못 알고 있었다고 판단하였다. 마침내 관아로 들어가서 영광 군수를 만나 보았는데 평소에 모르던 사람이었다. 선비가 읍을 올려 인사한 뒤에 잘못 찾아왔다고 이유를 대고 물러가려 하자 영광 군수가 물었다.

"어찌하여 그러십니까?"

"친구가 영암 군수인 까닭에 천 리 길을 찾아가는 중이었습니다. 영광에 이르러 군수의 성명을 듣고는 속으로 매우 의아하게 여겼는데, 애초에 제가 잘못 알고 있었던 것이 아니라 오늘 잘못 들은 것이었나 봅니다."

영광 군수가 크게 웃으며 말하였다.

"영광 군수도 과연 이 아무개가 맞고 영암 군수도 이 아무개가 맞습니다. 사람은 둘인데 이름만 하나일 뿐입니다. 이미 이 아무개를 찾으셨는데 어찌 이 아무개를 버리고 가신단 말입니까? 처음 만났음

에도 오래 사귄 벗처럼 느껴진다는 옛말도 있으니 평소에 친하고 안

친하고를 따질 게 뭐가 있겠습니까?"

군수가 떠나려는 선비를 만류해 정성스레 대접하였다.

영광 군수는 또 이렇게 말하였다.

"기왕 혼수 때문에 오셨는데 영광 군수가 혼인에 부조하지 않을 수

있겠습니까?"

혼수를 갖추어 주며 말하였다.

"영암의 고을 형편이 영광만 못하니 영암 군수와 친하다 해도 재력이

넉넉하지 못할까 염려됩니다."

이에 선비가 이렇게 답하였다.

"옛사람도 하지 못한 일을 오늘에 보게 되었으니 후의에 감사합니다.

실로 한미한 선비의 집에는 과분하니 혼수를 더 구할 필요는 없습니

다만 친구를 만나보지도 않고 지레 돌아가 버리는 것도 벗의 도리가

아닙니다."

마침내 영암으로 떠났다.

영암은 여러 면에서 영광의 절반밖에 되지 않는다. 영광은 노론의 땅

이고 영암은 소론의 땅이었다. 사실은 고을 형편이 좋고 나쁜 차이에서

비롯한 것이지만 씀씀이가 크고 작은 차이도 볼 수 있다.

89

오해로 상을 치른 광주 경력

영조 경오년(1750, 영조 26) 남한산성에 진(鎭)을 설치할 때 광주 부윤이 경력(經歷)[1]을 문신으로 차출하였다. 호서 출신에 성이 조씨(趙氏)로 이름은 기억나지 않는 사람이 경력이 되었다. 이웃에 사는 친구에게 한 번 찾아오라고 약속하고 문첩(門帖)[2]도 써 주었다.

을해년(1755, 영조 31)과 병자년(1756, 영조 32) 사이 흉년이 든 해에 친구가 광주로 걸어서 가다가 판교(板橋)의 객점에 묵었다. 함께 묵은 걸객(乞客)이 그의 의관을 훔쳐 입고 가 버리는 바람에 광주 관아에 들어가지 못하게 되었다. 친구가 파주에 있는 친척 집으로 가서 의관을 빌려 입은 다음 남한산성으로 갔는데 남문 밖에 도착해 보니 광주 부윤은 길에 나와 행상(行喪)을 치르고, 자기 아들은 상복을 입은 채 관 앞에서 발을 구르며 울부짖고 있었다.

여기에는 다음과 같은 사정이 있었다. 의관을 훔쳐 입고 갔던 걸객이 곧장 남한산성으로 올라가다가 산성 남문 밖에서 얼어 죽었는데 성안

---

1 중추부, 오위도총부, 강화부, 광주부 등에 설치되어 공문서 처리 등의 행정 실무를 책임졌던 종4품 관직이다.
2 성문의 출입을 허락하여 주던 통행 표신이다. 문표(門標)라고도 한다.

에 살던 사람이 걸객을 거적으로 싸서 길가에 묻어 주었다. 걸객의 봇짐 안에 호패와 문첩, 그리고 돈 50문이 있어 산성의 관아에 아뢰자, 관아에서는 조 경력 친구의 시신이라고 확신하여 즉시 초상 치를 준비에 나섰다. 조 경력이 시신을 염습하고 입관해서 그 자리에 빈소를 차린 뒤 친구의 집에 사람을 보내서 연락하였다. 아들이 상을 지내러 황급히 오고 관아에서도 조문하러 나왔으므로 행상을 치르고 장차 발인하려던 참이었다. 조 경력이 걸객의 시신을 다시 묻고 친구 부자를 데리고 돌아오자 모두 크게 껄껄 웃었다. 이는 당연히 그렇게 오해할 만한 상황이었다.

90

집현동의 벗들

내 친구 이명로(李命老)는 광주 퇴촌(退村)에서 경안으로 와 살았고, 유한식(俞漢寔)은 광주 동부(東部)에서 경안으로 와 살았으며, 나도 한양에서 내려와 살면서 함께 두터운 교분을 나누었다. 이명로는 나에게 안유상(安有相)[1]의 문학과 행실을 늘 말해주었고, 또 안유상에게도 내 이야기를 하였다. 유한식은 나에게 윤행순(尹行淳)의 학문과 고상함을 늘 말해주었고, 또 윤행순에게도 내 이야기를 하였다. 그래서 나는 안유상과 윤행순을 꼭 만나보고자 하였고, 안유상과 윤행순도 나를 꼭 만나보고자 하였다. 마음속에 그 생각을 잊지 못하고 한 가닥 그리움이 서로 통하였다.

내가 과거시험을 보러 가는 길에 송파 나루에 이르렀는데 물이 불어 건너지 못하였다. 날이 저물어 객점에 들어가 보니 선비들이 가득 앉아 있었는데, 그중 한 사람이 물었다.

"어디 사시오?"

---

1 안유상(安有相, 1726~1790)은 자가 성협(聖恊), 본관이 순흥(順興)이다. 1768년(영조 44)에 생원시에 합격하였다.

내가 대답하였다.

"경안이오. 그대는 어디에 사시오?"

"퇴촌이외다."

서로 한참 쳐다보다가 그 사람이 말하였다.

"정용경(鄭龍卿)[2] 아니시오?"

내가 말하였다.

"그대는 필시 안성협(安聖協, 안유상의 자)이겠구려."

안성협이 벌떡 일어나 다가와서 내 손을 잡고 말하였다.

"얼굴을 모르면서도 마음으로 사귀었는데, 더구나 얼굴을 알게 되었
으니 더 말할 게 있겠소?"

마침내 서로 마음을 터놓는 벗이 되었다. 윤행순은 오래지 않아 양
주(楊州)로 이사를 가서 2백 리나 떨어지게 된 탓에 얼굴을 볼 기회가
없었다. 윤행순은 또 오래 살지도 못하였기에 마음속으로 항상 안타깝
게 여기고 있었는데 근래 그의 두 아들을 만나보고는 마음에 조금이나
마 위안이 되었다.

---

2 저자 정현동(鄭顯東, 1730~1815)을 가리킨다. 정현동은 자가 용경(龍卿), 호가 만오당(晚悟
堂)이다. 어렸을 적 서울에 살다 경기 광주로 내려왔으며 과거에 응시하였으나 합격하지 못하
였다.

91

경박한 개천의 용 최춘봉

최춘봉(崔春奉)은 동학동(東學洞)[1]에 사는 박주천(朴柱天) 집 노비의 아들로, 그 아비는 석수장이이다. 최춘봉이 세 살이었을 때 박주천이 아들에게 『천자문』을 가르쳤는데, 최춘봉이 곁에서 듣고는 다음 날 불쑥 물었다.

"어제 가르치신 천(天)자와 오늘 가르치신 일(日)자의 소리를 이어서 읽으면 천일(天日)입니까?"

박주천이 최춘봉을 무척 기특하게 여겨 마침내 가르쳐 주었는데, 며칠 되지도 않아 『천자문』을 모두 깨우쳤다. 그 어미가 손에 공이를 들고서 나무 절구통에 삶은 콩을 찧은 다음 손으로 꺼내고 있을 때였다. 최춘봉이 어미를 부르며 말하였다.

"이것은 나무 수(樹)자예요."

"내가 어찌 알겠니?"

박주천이 최춘봉을 불러서 물어보니 최춘봉이 대답하였다.

---

1 오늘날 서울시 종로구 종로6가에 있던 마을이다. 조선시대 4부 학당의 하나인 동학(東學)이 있었던 데서 이름이 유래되었다.

"나무〔木〕 절구통 가에 있는 콩〔豆〕을 손마디〔手寸〕로 꺼냈으니 나무 수자라고 해야지요."

박주천이 그에게 『사략(史略)』을 가르쳤다.

박주천의 숙부로 용천부(龍川府) 도호부사(都護府使)[2]를 지낸 박호(朴鎬)[3]가 당시에 마침 동학동에 왔다가 담뱃대를 제재로 시를 짓게 하니 그가 즉석에서 다음과 같이 썼다.

네 생김새는 용이건만	爾形龍
다섯 빛깔 이루지는 못했구나[4]	五未成
구리 얼굴에 쇠 이마가	銅頭鐵額
짙은 안개를 잘도 일으키네[5]	能作大霧

박호가 또 옥관자(玉貫子)를 제재로 시를 짓게 하니 그가 바로 다음과 같이 썼다.

---

2 용천부(龍川府)는 오늘날 평안북도 압록강 하구의 용천군에 위치하였던 조선시대 행정구역이다.

3 1738년(영조 14) 통정대부와 첨지중추부사에 올랐다가 연로하여 병세가 위중하다는 이유로 해임된 기록이 있다.

4 항우(項羽)의 모신(謀臣)인 범증(范增)이 유방(劉邦)을 두고 "사람을 시켜 유방의 기운을 살피게 하였는데 다들 '용으로 다섯 가지 빛깔을 이루고 있다.'라고 합니다. 이는 천자의 기운입니다."라고 하였다(『십구사략(十九史略)』 권2).

5 전설상 인물인 치우(蚩尤)는 구리 얼굴에 쇠 이마를 하였다고 한다. 고대 중국의 제왕인 황제가 탁록(涿鹿) 들에서 치우와 싸웠는데 치우가 짙은 안개를 크게 일으켜 황제가 길을 잃게 만들었다(『십구사략』 권1).

예전에는 책사 손바닥 위에서 오르락내리락하더니6   謀臣掌上昔高下

지금은 장수 귓바퀴 가의 왼쪽 오른쪽에 붙어 있네   壯士鬢邊今左右

최춘봉은 여섯 살 무렵 세상에 이름이 널리 퍼졌고, 놀랄 만한 시구가 매우 많았다. 내가 소싯적에 그와 함께 시를 지었는데 나보다 예닐곱 살 적었으나 명민함과 박학함은 따라갈 수 없었다.

최춘봉이 기묘년(1759, 영조 35)에 진사가 되었는데 창방(唱榜)할 때 영조께서 그의 신분과 지위를 하문하시자 양인(良人)이라고 대답하였다. 당시에 주서(注書)가 내 친구였는데 조정에서 물러 나와 나에게 말하였다.

"사람됨이 너무 경박하면서도 망령되어 상서로운 사람도 아니고, 크게 될 그릇도 아니네. 면천(免賤)이라 답하지 않고 양인이라고 답하더군. 이는 임금을 기만한 죄를 벗어나지 못하므로 전하 곁의 신하들이 모두 나무랐네. 만약 면천이라 대답하였다면 전하께서 분명 기특하게 여겨 아끼셨을 걸세."

오래지 않아 최춘봉은 과거에 급제하여 정후겸(鄭厚謙)7의 문객이

---

6 진(秦)나라 말 유방이 관중(關中)을 먼저 차지하였다. 범증이 홍문(鴻門)에서 연회를 열어 초대한 다음 허리에 차고 있던 옥고리를 들어 보이면서 유방을 죽이라는 신호를 계속 보냈으나 항우가 따르지 않았다(『십구사략』 권2).

7 정후겸(鄭厚謙, 1749~1776)은 자가 백익(伯益), 본관이 연일(延日)이다. 본래 인천에서 어업에 종사하던 평민이었다. 영조의 서녀(庶女)인 화완옹주(和緩翁主)의 양자가 되면서 궁중에 자유롭게 출입하며 영조의 총애를 받았다. 1766년(영조 42) 과거에 급제하여 개성부 유수, 호조 참판, 공조 참판 등을 지냈다. 세손이던 정조의 대리청정(代理聽政) 착수를 극력 반대하여 저지하였고, 대리청정이 시작된 뒤에는 유언비어를 퍼뜨려 세손을 모해하였다. 1776년 정조 즉위 후 유배되었다가 사사되었다.

되었으며 찰방을 지냈다. 병신년(1776, 정조 즉위년)에 정후겸이 죽자 최춘
봉도 스스로 목을 매어 죽었다. 이 또한 경박하고 망령된 행동의 결과
였다. 정조께서 정후겸의 잔당에 대하여 한 번도 죄를 묻지 않으셨는데
제풀에 자살하였다.

92

노비 출신 장수 유극량

유극량(劉克良)[1]은 송도 출신으로 『명신록(名臣錄)』에 행적이 실렸다. 당초 유극량이 무과에 급제하였을 때 그 어머니가 말하였다.

"네가 노비 신분으로 과거에 급제하였으니 어찌 영예롭지 않으냐?"

유극량 공이 몹시 놀라며 여쭸다.

"어째서 노비라 하시나요?"

"내가 정승 홍섬(洪暹)[2] 댁 여종이었다. 죄를 짓고 도망가다가 네 아비를 만나 너를 낳았단다."

공이 곧바로 서울로 가서 홍섬에게 현신(現身)하고 병조에 홍패를 반납하겠다고 하였다. 홍 정승이 말하였다.

"그런 일이 없었으니 이러지 말라."

---

1 유극량(劉克良, ?~1592)은 자가 중무(仲武), 본관이 연안(延安)이다. 연안 유씨(延安劉氏)의 시조이다. 미천한 신분으로 무과에 급제해 위장(衛將)을 거쳐 1591년(선조 24) 전라 좌수사가 되었다. 임진왜란 때 조방장(助防將)으로서 수어사 신할(申硈)과 함께 임진강에서 적을 방어하다가 전사하였다. 병조 참판에 추증되었다.

2 홍섬(洪暹, 1504~1585)은 자가 퇴지(退之), 호가 인재(忍齋), 본관이 남양(南陽)이다. 영의정 홍언필(洪彦弼)의 아들로 1531년(중종 26) 문과에 급제하였다. 이조 판서, 대제학, 우의정, 좌의정을 거쳐 영의정을 세 번이나 지냈다. 문장에 능하고 경서에 밝았으며 검소하여 청백리에 녹선(錄選)되었다. 문집에 『인재집(忍齋集)』이 있다.

공이 말하였다.

"어머니가 말하였으니 잘못 알고 하는 말이 아닙니다."

홍 정승이 노비 문서를 꺼내어 그 어머니의 이름을 잘라내어 불사르며 말하였다.

"네 어머니가 양인으로 놓여났으니 네가 어째서 천인이겠느냐?"

그 뒤에 공이 외방 장수를 맡았다가 돌아왔는데 직접 선물을 들고 가서 홍 정승에게 올렸다. 사람들이 모두 말하였다.

"어째서 다른 사람에게 대신 시키지 않고 직접 가지고 가십니까?"

공이 말하였다.

"상전댁에 드리는 선물을 감히 남에게 시키겠는가?"

공이 오위장(五衛將)이 되어서 군사를 나누어 배치하려 할 때 홍 정승이 빈청(賓廳)에 있다가 사람을 보내 공을 잠시 불러들였다. 공이 부하 군관에게 군사 배치를 이어서 하도록 맡기니 부하 군관이 말하였다.

"군사 배치는 지극히 중대한 일이니 일을 끝마치고 나서 일어서야 합니다."

그러자 공이 말하였다.

"군사 배치가 중대한 일이기는 하지만 상전의 명도 중대하지 않은가?"

그리고 바로 달려갔으니 기이하게 여기지 않는 이가 없었다. 공은 훗날 임진왜란 때 부원수로 전사하였다. 어질구나! 이 사람이여. 굳세구나! 이 사람이여. 천고에 이 한 사람뿐이로다.[3]

---

3 이와 관련한 내용이 『국조인물고(國朝人物考)』 권54 「왜란 때 충절을 세운 사람〔倭難時立節人〕」에 보인다.

93

비결을 터득한 두 점쟁이

|

내가 어릴 적에 나천기(羅天奇)라는 사람이 유명한 점쟁이라고 소문났었다. 어떤 선비가 일이 생겨서 관서 지방으로 가게 됐는데, 과거시험 날짜가 얼마 남지 않아 포기하고 갈 수 없었으므로 나천기에게 물어보았다. 나천기가 점을 쳐 보자 지극히 흉하여 과거에 결코 합격하지 못한다고 나왔다. 그래서 선비는 관서 지방에 가기로 결정하였다. 선비가 창릉점(昌陵店)에 이르러 하룻밤 묵으려 하였는데 해주에서 온 맹인 아이가 함께 묵었다. 선비가 아이에게 물었다.

"무슨 일로 서울에 가느냐?"

맹인 아이가 답하였다.

"나천기가 유명한 점쟁이라고 소문났기에 찾아가서 비결을 물어보려고 합니다."

선비가 나천기에게 물어보았던 점괘를 가지고 맹인 아이에게 물어보니 맹인 아이가 말하였다.

"지극히 흉합니다. 나천기 공은 뭐라 하였습니까?"

"이번 과거에 반드시 합격한다고 하였다."

맹인 아이가 밤새 잠도 자지 않고 끝까지 헤아려 보더니 새벽녘이 되어 말하였다.

"기이하도다! 그토록 이름난 점쟁이라 그 수준이 남보다 천 단계는 더 높습니다. 이 방법으로 끝까지 헤아려 본다면 어떤 점인들 맞추지 못하겠습니까? 저는 비결을 얻었으니 찾아가서 물어볼 필요가 없어졌습니다."

선비가 그 까닭을 묻자 맹인 아이가 말하였다.

"이 점괘는 지극히 흉하지만 어떤 효(爻)의 신(神)이 어떤 효의 신과 상충하여 그 흉함을 막으면 극흉이 뒤집혀 곧 지극히 길하게 됩니다. 이번 과거에서 반드시 합격하실 테니 의심하지 마십시오. 나천기 공의 말씀 덕분에 제가 밤새도록 사색하고 나서 터득하였습니다. 나천기 공이 실마리를 열어주지 않았다면 제가 어떻게 이 경지에 이르 겠습니까?"

마침내 훌쩍 돌아갔다. 선비도 되돌아가서 나천기에게 그간의 일을 이야기해 주었다. 그러자 나천기가 크게 놀라며 말하였다.

"젊은 사람이 두렵구나! 내가 오늘에야 비로소 비결을 터득하였도 다."

선비는 과연 과거에 합격하였다.

94

심세우, 박추, 장응두의 문재

정승 조태억(趙泰億)[1]이 대제학으로 있다가 외직인 여주 목사에 보임되었다. 순제(旬題)[2] 때마다 심세우(沈世遇),[3] 박추(朴錘),[4] 장응두(張應斗)[5] 세 사람이 장원을 차지하였는데, 그들은 모두 여강(驪江) 북쪽 사람이었으므로 여강 남쪽의 문사들이 많이 격분하였다. 조태억이 그 점을 알

---

1 조태억(趙泰億, 1675~1728)은 자가 대년(大年), 호가 학탄(鶴灘), 본관이 양주(楊州)이다. 소론의 영수인 조태구(趙泰耈)와 노론 4대신인 조태채(趙泰采)의 사촌 아우이다. 1716년(숙종 42) 이조 참의와 예조 참의, 이듬해에 여주 목사를 지냈으며, 이후 경상도 관찰사, 형조 판서 등을 지냈다. 소론 온건파로서 여러 차례 대제학을 지냈으며, 영조 즉위 후에는 우의정과 좌의정에 올랐다. 저서에 『겸재집(謙齋集)』이 있다. 『겸재집』권13 『황려록(黃驪錄)』에 심세우 등 세 사람에게 지어 보낸 시가 실려 있다. 여주 목사 직전에 지낸 벼슬은 대제학이 아니라 예조 참의이며, 대제학에는 1722년에 처음 임명되었다. 저자가 착오한 듯하다.

2 서울의 성균관이나 지방의 향교 등에서 공부하는 유생들에게 열흘마다 한 번씩 시제를 내어 주고 글을 지어 올리게 한 시험이다.

3 심세우(沈世遇, 1677~?)는 자가 익호(翼乎), 본관이 청송(靑松)이다. 충주에 거주하였다. 1723년(경종 3) 문과에 을과 2위로 급제하였다. 이후 병조 좌랑, 기주관, 겸춘추, 함경 도사, 무안 현감 등을 지냈다.

4 박추(朴錘, ?~?)는 자가 사형(士衡)이다. 1723년(경종 3) 회시(會試)에 곧바로 응시할 자격을 받았다. 저자의 장인의 형이다.

5 장응두(張應斗, 1670~1729)는 자가 필문(弼文), 본관이 단양(丹陽)이다. 여주에 거주하였다. 1721년(경종 1) 식년시 생원시에 합격하였다.

고는 백일장을 열어 시(詩)·부(賦)·표(表) 세 가지로 시제를 내었다. 여강 남쪽의 문사들이 전부 이중(二中)[6]을 차지하자, 여강 북쪽의 세 사람이 솥발처럼 둘러앉아 각기 시제 한 가지씩을 맡기로 하였다. 장응두가 박추 공에게 말하였다.

"이중을 맡은 사람이 이미 나왔으니 자네의 율시가 아니면 장원을 차지할 수 없을 걸세."

박추 어른이 말씀하셨다.

"표(表)는 나 말고 누가 잘 짓겠는가? 시는 자네가 특별히 신경을 써주게."

심세우가 부(賦)를 지어 올려 이상(二上)을 차지하였고, 장응두가 시를 지어 올려 이상(二上)를 차지하였으며, 박추 어른이 표를 지어 올려 또 이상(二上)을 차지하였다.

청심루(淸心樓)[7]에 많은 선비들이 모여 벽 뒤에서 그 광경을 엿보았다. 훗날 대신(臺臣)을 지낸 윤광천(尹光天)[8]이 당시의 참고관(參考官)이었는데 조태억이 그에게 물었다.

"자네는 이 고을 사람이니 누구 문체인지 분명히 알아보겠지. 부는 누가 지은 글인가?"

윤광천이 말하였다.

6 시문(詩文)을 평가하는 등급의 하나로, 둘째 등급의 둘째에 해당된다.
7 여주 객관(客館) 북쪽 여강 가에 자리 잡았던 누각이다. 경관이 아름다워 여주를 대표하는 명승지로 꼽는다.
8 윤광천(尹光天, 1685~?)의 자는 호이(浩而), 본관은 파평(坡平)이다. 여주에 거주하였다. 1717년(숙종 43) 문과에 을과 1위를 하였다. 1725년(영조 1)에 병조 좌랑, 1727년(영조 3)에 경상 도사, 1744년(영조 20)에 사헌부 장령 등을 지냈다.

"심세우입니다."

"맞추었네."

"시는 누가 지은 글인가?"

"장응두입니다."

"맞추었네."

"표는 누가 지은 글인가?"

"아무개입니다."

"자네는 둘만 알아보았고 하나는 알아보지 못하였구먼. 왕발(王勃)[9] 이후로 박추(朴錘)가 아니고서야 누가 이런 글을 지을까?"

공이 답안지의 봉미(封彌)를 뜯어보니 과연 여강 북쪽의 세 사람이 지은 글이었다. 여강 남쪽의 문사들이 너무 분하고 놀라워서 응방(應榜)에 참여하지 않으려 하였다. 사람들이 말리며 응방에 참여하라고 권하여 모두 60명이 하루 종일 큰 잔치를 벌였다. 달빛이 비추자 여강에 배를 띄워 다시 신륵사(神勒寺)에 놀러 갔는데 풍악 소리가 떠들썩하고 술자리도 성대하였다. 새벽닭이 울고 나서야 잔치를 파하였으니 잔치 비용이 천금에 이르렀다. 응방에 참여하였던 급제자들이 집에 돌아가 보니 성적 등급에 따른 상품이 잘 봉해져 벌써 집에 와 있었다.

심세우는 임진년(1712, 숙종 38)에 과거에 급제하여[10] 좌랑을 지냈다.

---

9 왕발(王勃, 649~676)은 자가 자안(子安)이다. 초당사걸(初唐四傑)의 일원으로 당나라 초기의 저명한 문장가이다. 사륙변려문에 뛰어났는데, 「등왕각서(滕王閣序)」는 사륙변려문을 대표하는 명문이다.

10 심세우가 과거에 급제한 해는 임진년(1712, 숙종 38)이 아니라 계묘년(1723)이다. 저자의 착오인 듯하다.

박추와 장응두는 모두 사마시(司馬試, 생원진사시)에 합격하였다. 장응두는 벼슬 없이 통신사의 종사관이 되어11 일본에서 명성을 크게 떨쳤는데, 그는 바로 서얼이었다. 조태억은 서울에 갈 때면 반드시 박추 어른의 집을 들러서 망년지우(忘年之友)가 되었다고 한다.

---

11 1719년(숙종 45)의 기해통신사(己亥通信使)를 가리킨다. 이때 정사는 홍치중(洪致中), 부사는 황선(黃璿), 종사관은 이명언(李明彦), 제술관은 신유한(申維翰)이었으며, 장응두는 유학(幼學) 신분의 서기로 파견되었다.

95

박추의 뛰어난 시

내가 배를 타고 여주로 갈 때 같이 배를 탄 사람 중에 자칭 황 진사(黃進士)라는 사람이 있었다. 그는 여주 남면(南面)[1]으로 향하였는데 내가 지포(芝浦)로 간다는 말을 듣고는 물었다.

"댁은 박 진사를 아시오?"

"장인어른의 큰형님 되십니다."

"평안하시다고 합니까?"

"달포 전에 이미 별세하셨습니다."

황 진사가 크게 놀라며 말하였다.

"애석하도다, 그분의 문장이여!"

그리고는 소리 높여 시 한 구절을 읊었다.

걸어서 가는 사람은 우러러 구름 사이의 말소리를 듣고　行人仰聽雲間語

배 타고 지나가는 이는 깊숙이 물 아래의 집을 엿보네　過舶深窺水底家

---

1 근남면(近南面)을 가리키는 듯하다. 근남면은 오늘날 여주시 점동면 금곡리 일대이다.

이어서 말하였다.

"다시는 이런 시를 들어 볼 수 없겠군요."

내가 물었다.

"그 시를 어째서 빼어나다고 하시나요?"

"댁은 화양정(華陽亭)²을 보셨소이까?"

"정자 터만 보았습니다."

"그렇다면 이 시의 핍진한 경지를 알겠군요. 화양정은 천 길 절벽 위에 있고 절벽 아래에는 벼랑길이 있으며 벼랑길 아래에는 강물이 있습니다. 길을 가는 사람이 정자를 머리 위에 이고 가다 보면 정자 그림자가 강물에 거꾸로 비칩니다. '우러러 듣는다〔仰聽〕'는 말과 '깊숙이 엿본다〔深窺〕'는 말은 정말 경관과 딱 어울리는 표현이지요. 또 이원경(李元卿)의 집에서 시축(詩軸)을 보았는데, 주어사(注魚寺)³ 골짜기 밖에 살 때 박공이 일찍이 주어사에 놀러갔다가 이원경의 집에 다음 연구 하나를 남겼답니다.

험한 길에서 나그네는 흐르는 물 따라 나오고   危路客從流水出

첩첩산중에 스님은 석양빛을 짝하여 돌아가네   亂山僧伴夕陽歸

김진상(金鎭商)⁴ 대감은 시를 잘 짓기에 남의 시를 거의 인정하지 않는 분인데 나중에 그 시를 보고는 무릎을 치며 '참말이구나, 과연 시는

---

2 오늘날 여주시 금사면 이포리에 있었던 정자이다. 1925년 대홍수 때 없어진 것으로 추정된다.

3 여주 양자산(楊子山) 골짜기에 있었던 사찰이다. 권철신(權哲身)이 사람들과 천주교 교리를 공부했던 곳으로 천진암과 함께 천주교 성지이다.

박추로다.'라 감탄하였습니다. 일찍이 「벽록(壁鹿)【벼룩이라는 말이다.】백운
율시(百韻律詩)」를 보니 천고의 빼어난 작품이었습니다. 그분의 양손(養
孫)이 지각이 없으니 시를 잘 간직하여 전할는지 모르겠소."

---

4 김진상(金鎭商, 1684~1755)은 자가 여익(汝翼), 호가 퇴어(退漁), 본관이 광산(光山)이다. 1712년
    (숙종 38) 문과에 급제하였다. 수찬, 이조 정랑, 부제학, 대사헌 등을 거쳐 좌참찬에 이르렀다. 노
    론으로서 엄정한 주장을 많이 펼쳤다. 글씨에 능하여 많은 비문을 썼다. 문집에 『퇴어당유고
    (退漁堂遺稿)』가 있다.

96

암호를 눈치 채 진사가 된 이철진

나의 내삼종(內三從) 서제(庶弟) 이철진(李喆鎭)은 글재주는 없으나 글씨를 잘 썼다. 그래서 어떤 사람과 환수(換手)하였는데 가까이 있던 무리의 사람을 보니 글씨를 다 쓰고 난 다음 셋째 줄 세 번째 글자를 긁어내고는 긁어냈던 글자를 다시 쓰고 있었다. 이철진이 마음속으로 기이하다는 생각이 들어 자기 시권(試券)에도 그 사람을 따라 썼더니 과연 초시(初試)에 합격하였다. 복시(覆試) 때도 또 가까이 있던 무리의 사람을 보니 부(賦)의 시제(試題)인 '법가는 『도덕경(道德經)』에 뿌리를 두고 있다[申韓源於道德]'를 쓰면서 어(於)자를 이어(以於)로 쓰고 있었다. 역시나 기이하다는 생각이 들어 또 그 사람을 따라 썼더니 마침내 사마시에 합격하였다. 당시에 암호가 있었던 것인데 우연히 가까운 무리의 암호를 본 덕을 보았으니 기이하지 않은가? 그 기지와 재치로 보아 진사가 되기에는 충분하나 뜻있는 선비는 하지 않을 소행이다. 그러니 그와 같은 자들은 헐뜯을 거리도 못 된다.

97

군도의 두목이 된 선비

예전에 선비 세 사람이 창의문 너머 산사에서 함께 지내며 공부하였는데, 지금의 북한산(北漢山)이다. 한 선비가 몹시 가난하였는데 하루는 선비의 본가에서 편지가 오자 다 보고 나서는 덮어 두었다. 그 뒤에 편지가 또 왔는데 다 보고 나서는 또 덮어 두었다. 오래지 않아 본가에서 편지가 또 왔는데 다 보고 나서는 책을 덮고 말없이 앉았다가 그 길로 짐을 싸서 돌아가려고 하였다. 다른 두 선비가 그 까닭을 물으니 가난한 선비가 말하였다.

"맨 처음에 온 편지는 막내딸이 죽었다는 소식을 알리는 것이었고, 두 번째 온 편지는 둘째 딸이 죽었다는 소식을 알리는 것이었으며, 이번에 온 편지는 또 큰 아이가 사경을 헤매고 있다는 소식을 알린 것이네. 모두 굶주린 끝에 병이 나서 이렇게 됐으니 자식을 다 죽여 없앨 판이네. 처음 계획은 집안일을 돌아보지 않고 과거에 급제하여 내 뜻을 펴고자 했으나 이 지경에 이르니 정말 차마 못할 짓이라 처음에 먹었던 마음을 지키지 못하겠네. 한 마음으로 두 가지 일을 하지 못하니 살아갈 길을 찾아봐야겠네. 입신양명은 도리어 부차적인 일이 됐으니 이제 자네들과 영영 작별해야겠네."

다른 두 선비가 가지고 있던 양식을 다 주어 전별하였는데, 가난한 선비가 본가로 돌아간 뒤로 종적이 완전히 끊어졌다.

산사에 남아 있던 두 선비 중에 한 사람은 과거에 급제하여 경상 감사가 되었다. 다른 한 사람은 곤궁하였던 까닭에 딸의 혼수를 마련하기 위하여 경상 감영을 찾아 길을 나섰다. 날이 어두워지자 인적을 따라 산골짜기로 들어갔는데 흡사 관아같이 큰 민가가 있었다. 하룻밤 묵어 가기를 청하니 집주인이 아주 정성스럽게 대접하면서 조용히 물었다.

"자네는 나를 알아보지 못하겠는가?"

선비가 말하였다.

"기억나지 않소이다."

"북한산 산사에서 세 사람이 함께 공부한 옛일을 정말로 잊어버렸단 말인가?"

"기억이 났네. 이별한 지 십년 동안 왜 그렇게 소식을 끊었고, 또 어찌 이렇게 현격하게 부자가 됐는가?"

"학문의 길을 벗어난 사람이라 절로 세상에 받아들여지지 못했네. 임금을 보좌하고 백성들에게 은택을 베풀려던 뜻이 비단옷 입고 이밥 먹는 궁리로 변하였네. 일이 뜻대로 되지 않은 나머지 미친 듯 날뛰다가 이 지경에 이르렀네. 말하자면 가슴이 아프고 듣자면 이마에 땀이 맺히네. 자네의 이번 길은 경상 감사를 만나려는 목적 아닌가?"

"그렇다네. 딸의 혼사가 막 정해져서 혼수를 부탁하러 가네."

"여기서 며칠 더 머무르게. 나도 혼수를 조금이나마 부조하겠네."

선비가 며칠 더 머물렀더니 집주인이 말하였다.

"편지를 써 주면 오늘 자네 집으로 수백 금을 보내겠네."

선비가 편지를 써 주었다. 그날 밤에 어떤 사내가 와서 아뢰었다.

"아무 고을의 태수가 수천 냥을 가지고 아무 지역에 장토(庄土)를 사려고 합니다."

집주인이 말하였다.

"붙잡아 두어라. 그것은 백성을 수탈한 재물이다."

사내가 또 아뢰었다.

"아무 고을의 태수가 수백 냥을 집으로 실어 보내려고 합니다."

집주인이 말하였다.

"내버려 두어라. 그것은 녹봉 가운데 남은 재물이다."

이어서 술상을 차리라고 한 다음 선비에게 이야기하였다.

"내가 하는 일을 자네가 지금 보고 들었으니 어찌 놀라지 않겠는가? 세상에 이른바 강도니 극악한 죄인이니 하는 말이 있거니와 나는 굳이 그런 악명을 마다하지 않는다네. 그러나 탐욕스럽고 잔학하게 불쌍한 백성에게 긁어모은 재물로 제 몸을 살찌우는 자들은 그 피해가 선량한 사람에게까지 미치니 강도와 무엇이 다르겠나? 강도짓한 재물을 내가 또 빼앗으니 이는 나쁜 짓을 본받은 것이지. 다만 탐욕한 관리는 선량한 사람과 선량하지 않은 사람을 가리지 않지만, 나는 선량한 관리의 재물은 빼앗지 않네. 탐욕한 관리는 흔히 백성을 학대하고 남을 해치지만, 나는 남에게 상해를 입히는 자만 경중에 따라서 다스렸네. 탐욕한 관리는 공용의 재물을 침탈하여 사리사욕을 채우지만, 나는 공용의 재물은 범하지 않네."

며칠 있다가 선비가 하직하고 떠나니 집주인이 당부하며 말하였다.

"말을 많이 하지 말게나. 이로움은 없고 해만 있을 것일세. 내가 옛 친구의 정으로 옛 친구를 대접하였으니 옛 친구는 옛 친구를 저버리지 말게."

그 선비가 경상 감영에 가서 그간의 사정을 전부 다 고발하였다. 경상 감사는 듣고도 못 들은 척하였다. 그 선비가 말하였다.

"공은 관찰사가 되어서 경내에 큰 강도가 있는데도 체포하지 않으니 어째서인가? 내가 그곳을 가르쳐 주겠네."

경상 감사가 그제야 포교 수십 명을 내어 주면서 말하였다.

"일단 가 보게."

선비가 그 산에 도착하자마자 포교들이 전부 뿔뿔이 흩어졌다. 홀연히 어떤 거한이 나타나 선비를 포박해 가서는 뜰에 세워 놓았다. 집주인이 선비를 꾸짖으며 말하였다.

"내가 헤어지기 전에 뭐라고 말하였더냐? 옛 친구가 너를 저버렸더냐? 네가 옛 친구를 저버렸느냐? 네 일거수일투족을 내 어찌 모르겠느냐? 경상 감사는 나를 잡지 못한다는 사실을 잘 알고 있었으나 단지 네가 한 말 때문에 마지못해 포교들을 보냈을 뿐이다. 만약 내가 정말로 나라를 해치는 강도였다면 경상 감사가 네가 말해 줄 때까지 기다리느라 나를 죽이지 않았겠느냐? 내가 너를 죽여서 입을 막아야 하겠으나 그래도 옛 친구의 정리가 있어서 너를 용서한다. 너는 이 길로 서울로 올라가되 다시는 감영으로 가지 말라. 이 뒤로 만약 입을 연다면 그날이 바로 네가 죽는 날이다."

곧장 사람을 시켜 선비를 붙잡아 데려가게 하였다. 선비가 집에 돌아와 보니 앞서 집주인이 보내 주었던 혼수품은 이미 도로 가져가 버리고 없었다. 날짜를 계산해 보니 경상 감영에서 경상 감사에게 사정을 고발한 날로부터 나흘이 지난 뒤였다. 세상에서는 경상 감사가 바로 양파(陽坡) 정태화(鄭太和) 공이라 하는데 맞는지 모르겠다.

98

정광운의 기지

휴휴자(休休子) 정광운(鄭廣運)은 시대를 만나지 못해 일생 평탄하지 못하였으나 기개가 호방하고 활달하였으며 식견이 분명하고 시원스러웠다. 내가 일찍이 공을 모시고 말씀을 나누었는데, 이야기에 익살이 넘쳤기에 서산의 해가 저물어 가는 줄도 몰랐다.

공이 지평으로 있을 때 안채에서 막 아침 밥상을 받았는데 문득 옥교(屋轎)[1] 하나가 중문(中門)으로 들어왔다. 공이 허겁지겁 뒤채로 피하였는데, 어떤 부인이 머리를 풀어헤치고 피를 흘리며 뜰에 서서는 진정서를 내고자 하였다. 부인은 바로 목천 현감을 지낸 신처권(愼處權)[2]이 진사일 때의 부인이었다. 부인이 아뢰었다.

"남편이 중인(中人) 아무개 놈과 친해서 돈 열 냥을 빌려주었는데, 그 놈이 오랫동안 돌려주지 않았습니다. 남편이 갚으라고 독촉하였는데 그러는 와중에 말이 더러 지나쳤는지 그놈이 칼을 빼들고 남편

---

1 유옥교(有屋轎), 옥교자(屋轎子)라고도 한다. 지붕이나 덮개를 얹고 휘장을 친 가마로, 부녀자들이 주로 이용하였다.
2 신처권(愼處權, 1712~?)은 자가 성능(聖能), 본관이 거창(居昌)이다. 서울에 거주하였다. 1750년(영조 26) 진사에 합격하였고, 1764년(영조 41) 목천 현감이 되었다.

을 찌르려고 하였습니다. 남편이 안채로 피해 들어오니 그놈이 안채로 쫓아 들어왔고, 남편이 방으로 피해 들어오니 그놈이 방으로 쫓아 들어왔습니다. 남편이 다락으로 뛰어올라갔으므로 제가 그 문을 막아섰더니, 그놈이 저를 붙잡아 땅바닥에 고꾸라뜨리고는 다락으로 올라갔습니다. 그러자 남편이 작은 창문으로 뛰어내렸는데 분명히 죽을 자리였으나 다행히도 죽지 않고 달아나서 이웃집에 숨었기에 감히 이렇게 찾아와서 아룁니다."

이 부인에게 말을 전하게 하였다.

"그놈의 죄를 다스릴 테니 염려치 마시오."

곧장 사헌부 하인에게 그놈을 잡아들여 전옥서(典獄署)에 가두라고 명하였다.

잠시 후 또 부녀자의 행차가 문으로 들어왔는데 바로 공의 장모였다. 장모가 술을 가지고 와서 대접하고는 조용히 말하였다.

"조금 전에 신 진사의 부인이 왔다 갔는가?"

공이 답하였다.

"그렇습니다."

"세태가 참 한심하네. 그 죄로 말하자면 죽여도 아깝지 않네만, 그 사람은 자네도 잘 알다시피 자네 장인께서 살아 계실 때 이불 속에 품고 당신 자식처럼 기르고 가르치셨네. 나도 날마다 빗질하여 키웠네. 이제 죽을죄를 지었으니 사정을 돌볼 게 있겠는가만, 정이 깊이 들었으니 참혹한 일은 차마 보지 못하겠네. 반신을 망가뜨려 외딴섬에 가두더라도 좋으니 한 가닥 목숨만은 살려 주게."

"결코 살려 둘 수 없습니다."

장모가 힘써 부탁하자 공이 말하였다.

"정 그렇다면 무겁게 장형(杖刑)만 때리고 말겠습니다."

"자네는 장형을 너무 무겁게 때려서 열 대를 넘게 치면 반드시 죽을 걸세. 열 대를 넘기지 말아 주게."

"말씀하신 대로 하겠습니다."

다음날 공이 사헌부에 나아가 앉아서 곤장을 잘 치는 자를 뽑아 말하였다.

"이 자는 그 죄가 죽어 마땅하나 곤장을 많이 칠 수 없으니 열 대를 한도로 그쳐라."

끊임없이 술을 내오라 하니 곤장을 잡은 아랫사람이 그 의중을 알아채고서 곤장 여덟 대째에 물고가 났다고 아뢰고는 두 대를 더 친 다음 시신을 내다 버렸다. 공이 돌아가서 장모에게 이렇게 말하였다.

"열 대를 쳤는데 죽었으니 몸이 허약한 것을 어찌할 수 없었습니다."

99

서인 패거리의 소행

인조께서는 반정공신들이 지나치게 방자하게 굴자 판세를 바꾸어 남인을 기용하리라 계획하고는 서평부원군(西平府院君) 한준겸(韓浚謙)[1]에게 짧은 서찰을 보내 하문하셨다. 한준겸이 공신들은 재주가 많으니 믿고 기용하되 의심하지 마시라고 대답하니, 인조는 계획을 중지하였다. 소현세자의 가례를 준비할 때 인조는 당초 판서 윤의립(尹義立)[2]의 딸을 배필로 정하셨다. 당시 사람들이 윤의립의 아우인 윤경립(尹敬立)의 서자가 이괄의 모사(謀士)였음을 들어 야단법석을 떨며 힘써 저지하면서[3] 남쪽과 잘 지내려 한다고 하였다.

중국에 뜬소문이 흘러 들어가 중국 사람이 조선 사신에게 물어보았다.

---

1 한준겸(韓浚謙, 1557~1627)은 자가 익지(益之), 호가 유천(柳川)이다. 한백겸(韓百謙)의 아우이고 인조의 장인이다. 1623년 인조반정으로 그의 딸이 인열왕후(仁烈王后)로 책봉되자 서평부원군(西平府院君)에 봉해졌다. 문집에 『유천유고(柳川遺稿)』가 있다.

2 윤의립(尹義立, 1568~1643)은 자가 지중(止中), 호가 월담(月潭), 본관이 파평(坡平)이다. 1624년(인조 2) 조카가 이괄의 난에 가담하였다가 처형되자 이에 연루되어 벼슬을 그만두었다. 그 뒤 여러 도의 관찰사 등을 거쳐 1637년(인조 15)에 형조 판서, 이듬해 예조 판서를 지냈다.

3 윤의립의 딸을 소현세자의 배필로 간택하려 한 일은 『인조실록』 3년 7월 28일 기사에 자세하다. 윤경립(尹敬立, 1561~1611)은 윤의립의 아우가 아니라 형이다. 윤경립의 서자는 윤인발(尹仁發)로 이괄의 난에 가담하여 인조의 숙부인 인성군(仁城君)을 추대해 반역을 꾀하였다.

"조선에서 남인이니 북인이니 서인이니 하는 말은 무슨 말입니까?"

조선 사신이 말하였다.

"왜가 남쪽에 있으므로 남쪽과 잘 지내려 하는 자들을 남인이라 하고, 오랑캐가 북쪽에 있으므로 오랑캐와 화친하기를 주장하는 자들은 북인이라 합니다. 『시경』에 '서쪽의 훌륭한 사람이로다.'라고 하였으므로 서쪽을 주장하는 자들은 서인이라고 합니다."

당시에 김자점(金自點)의 패거리가 나라를 맡아 권력을 휘두르면서 중국에 뜬소문을 퍼뜨렸다.[4] 하마터면 나라에 재앙을 입힐 뻔했으니 그 패거리가 한 소행이 아니겠는가?

---

4 김자점(金自點, 1588~1651)은 자가 성지(成之), 호가 낙서(洛西)이다. 인조반정을 성공시킨 뒤로 출세가도를 달려 영의정에 올랐다. 효종 즉위 후 북벌론을 주장한 송시열 등에 의하여 유배 당하자 위기를 느끼고 청나라에 조선의 북벌론을 고발하였다. 이에 청나라가 군대와 사신을 파견하여 조사에 착수하였으나 이경석 등의 노력으로 사태가 수습되었다. 이후 아들 김익(金釴)의 역모에 연좌되어 처형 당하였다.

100

명나라 멸망의 장면

명나라 신종(神宗)[1]은 40여 년 동안 재위하였다. 정 귀비(鄭貴妃)가 신종의 총애를 받아 복왕(福王)을 낳았는데 당시에는 광종(光宗)이 태자였다. 각부(閣部)의 신하들 대부분은 정 귀비에게 달라붙어 똬리를 틀고 있었으나 조정의 군자들은 재야의 신하가 되어서 물러나 학업에 정진하며 태자를 보호하였으니 이들을 동림당(東林黨)이라 하였다. 하지만 똬리를 튼 자들의 세력이 항상 이기니 재야 신하들은 더욱 조정에서 수가 줄어들었다.[2] 광종[3]은 즉위한 지 한 달 만에 병이 들었다. 정 귀비가 미녀를 바치고 수보대신(首輔大臣) 방종철(方從哲)이 망령된 의원을 추천하여 광종이 붕어(崩御)하였다.

---

1 신종(神宗, 1563~1620)은 명나라의 13대 황제이다. 10세에 즉위하여 48년 동안 재위하였다. 즉위 초 10여 년 동안은 장거정(張居正)에게 내정을 맡겨 전성기를 이룩하였다. 장거정 사후 친정을 시작한 뒤로는 30여 년 동안 정사를 팽개친 채 축재만을 일삼았다. 그 사이 정 귀비(鄭貴妃)를 총애하여 그의 소생인 복왕 주상순(朱常洵)을, 훗날 광종(光宗)이 되는 장남 주상락(朱常洛) 대신 태자로 세우고자 하였다. 이로 인해 조정 신하들과 대립각을 세웠으며, 신하들 간 당쟁의 격화와 환관 세력의 전횡을 초래하였다.

2 동림당(東林黨)은 명 신종 때 주상순의 태자 책봉을 반대하다가 좌천된 고헌성(顧憲成)이 낙향하여 동림서원(東林書院)을 중수하고 재야의 학자들과 강학하며 시정(時政)을 논하였는데, 조정의 관리들까지 이를 지지하면서 결성된 당파이다.

희종(熹宗)[4]은 태자 시절에 선비(選妃) 이씨(李氏)에게 협박당하였는데, 어사 양연(楊漣)[5]이 희종을 옹립하고 선비 이씨가 거처하는 궁을 옮기도록 한 끝에 즉위하였으니, 양연이 천하의 형세를 일신한 공이 크다 하겠다. 그러나 똬리를 튼 자들의 세력이 이미 공고하였으므로 동림당 신하들의 행적은 쉽게 흔들렸다. 역적 환관 위충현(魏忠賢)이 큰 권력을 잡자 동림당의 현인들이 나란히 차례로 죽임을 당하였다. 마침내 양연이 혹독한 화를 당하자 안에서는 도적 떼가 난리를 치고 밖에서는 후금(後金)이 세력을 키워 천하의 일이 끝나고 말았다. 숭정황제(崇禎皇帝)[6]가 위의 세 가지 사건을 바로잡아 깨끗이 없애 버렸으나 대세가 이미 기울었으니 어쩌겠는가? 어사 양연의 충성은 천지에 물어볼 만하고

---

3 광종(光宗, 1582~1620)은 명나라의 제14대 황제이다. 1620년 광종이 즉위하자 신변의 위험을 느낀 정 귀비가 화해의 의미로 미녀 여덟 명을 보냈다. 평소 허약하였던 광종은 미녀들과 난잡한 성생활을 즐긴 나머지 건강이 악화되어 즉위 10일 만에 쓰러졌다. 수보대신 방종철(方從哲)의 추천으로 홍려시(鴻臚寺)의 관리 이가작(李可灼)이 제조한 붉은 환약[紅丸]을 복용하였으나 이튿날 즉위 29일 만에 사망하였다. 동림당 측이 원인 규명을 주장하였으나 비동림당 측의 뜻에 따라 방종철은 삭직되어 평민이 되고 이가작은 변방으로 수자리를 떠나는 것으로 끝이 났다.

4 희종(熹宗, 1605~1627)은 명나라의 15대 황제이다. 광종의 장남이다. 광종이 급사하자 조정 대신들이 건청궁(乾淸宮)으로 가서 희종을 만나려 하였으나, 광종에게 총애를 받았던 후궁인 선시(選侍) 이씨(李氏)가 환관 위충현(魏忠賢)과 결탁해 이를 방해하고 자신이 황태후가 되어 건청궁에 머무르면서 수렴청정을 하겠다고 주장하였다. 동림당과 비동림당은 선시 이씨가 거처하는 궁을 옮기는[移宮] 문제로 대치하였다. 결국 동림당 측의 뜻대로 선시 이씨가 별궁으로 거처를 옮겼다.

5 양연(楊漣, 1572~1625)은 벼슬이 부도어사(副都御史)에 이르렀다. 동림당의 핵심 인물로 평소 청렴함으로 칭송받았다. 희종 즉위 후 환관 위충현이 전횡을 일삼아 조남성(趙南星), 좌광두(左光斗), 위대중(魏大中) 등과 함께 상소하여 위충현의 죄목 24가지를 폭로하였다. 이듬해 위충현의 무고로 투옥되어 고문을 받다가 옥사하였다. 문집에 『양대홍집(楊大洪集)』이 있다.

일월을 꿰뚫을 만하다. 세운 공이 가장 큰 만큼 당한 화도 가장 혹독하였다.

내가 다음과 같이 시를 지어 양연을 조문한다.

저 수염 허연 신하야말로 대단한 충신이로다	鬚子官人大是忠
임금의 곡진한 말씀 하늘 향해 묻고 싶구나	玉語丁寧質蒼穹
자기 안위 잊고 순국한 게 되레 죄가 되었으니	忘身殉國翻成罪
지사의 가슴은 천년을 두고 부질없이 썩었구나	空腐千秋志士胸

또 다음과 같이 시를 지었다.

시사를 아파하는 마음이 싸늘한 재로 변했으니	傷心時事已寒灰
어데서 이 사람을 얻어올 수 있을는지	何處斯人可得來
바람처럼 의분 일어 거침없이 간언했고	慷慨風生言不諱
타고난 충성심이라 성품을 굽히지 않았네	忠貞天賦性難回
들판의 풀포기에는 쓸쓸한 안개가 적막하고	冷烟寂寞原頭草
바위 위 이끼에는 뜨거운 피가 아롱져 있네	熱血斑爛石上苔
천추토록 끝이 없는 지사의 한스러움은	志士千秋無限恨

6 숭정제(崇禎帝) 사종(思宗, 1611~1644)은 명나라의 16대 황제이자 마지막 황제이다. 광종의 오남이자 희종의 아우이다. 환관 위충현이 희종의 총애를 믿고 전횡을 일삼자, 즉위 초기 그와 그 일당 260여 명을 유배 보내거나 처형해 환관들을 정치에서 배제하는 한편, 위충현의 탄압을 받았던 동림당 인사들을 기용하여 국정 개혁을 단행하였다. 그러나 환관을 다시 측근으로 기용하여 당쟁의 격화와 국정의 혼란을 초래하였다. 이자성(李自成)의 농민 반란군이 수도 북경(北京)을 함락하자 자결하였다.

　갑신년(甲申年, 1644)에 숭정황제가 죽은 뒤 양자강 남쪽에서 복왕(福
王) 홍광제(弘光帝)가 즉위하였다. 동림당의 남은 현인들을 다시 죽이니
나라도 따라서 망하였다.[7] 동림당은 나라에 보답하고자 하였으나 정
귀비에게 달라붙은 무리들은 나라를 망하게 하였다. 『시경』에서는 "은
나라를 거울로 삼을지어다."[8]라 하였다.

7　명나라가 멸망하자 봉양 총독(鳳陽摠督) 마사영(馬士英)은 신종의 손자를 홍광제(弘光帝)로
　　옹립하고 남명(南明)을 세웠다. 위충현의 일당이던 완대성(阮大鋮)은 마사영과 친분이 있었
　　는데, 위충현의 실각 이후로 숨어 지내다가 마사영이 권력을 장악하자 병부 상서에 임명되었
　　다. 조정에 복귀한 완대성은 마사영의 지원하에 동림당 및 동림당을 계승한 복사(復社)의 인
　　사들에게 혹독한 보복을 가하였다.
8　『시경』「문왕(文王)」에 "은나라가 사람들을 잃지 않았을 때는, 그 덕이 상제에 부합하였네. 은
　　나라를 거울로 삼을지어다, 천명은 보전하기가 쉽지 않다[殷之未喪師, 克配上帝. 宜鑒于殷,
　　駿命不易]."라 하였다.

101

베개를 옮겨 위기를 모면한 박정

인조 때에 남원부는 폐읍(廢邑)이 되다시피 하여 부임한 부사들이 많이
죽었다. 금주군(錦州君) 박정(朴炡)[1]은 서계(西溪) 박세당(朴世堂)[2]의 아버
지이다. 그가 남원 부사로 부임할 때 신연(新延) 이방(吏房)이 남원의 동
료 아전에게 편지를 보내 알렸다.

"젊은 양반이 온종일 단정히 앉아서 말도 않고 웃지도 않으니 그 속
내를 알 수가 없다."

박정은 소싯적부터 매 시간마다 반드시 베개를 발쪽으로 옮겼다가
머리 쪽으로 옮겼다가 하면서 잠을 잤다. 성격 또한 청빈하고 꼿꼿하여
기녀나 통인(通引)을 가까이하지 않았기 때문에 그가 베개의 위치를 바

---

1 박정(朴炡, 1596~1632)은 자가 대관(大觀), 호가 하석(霞石), 본관이 반남(潘南)이다. 1619년
(광해군 11) 문과에 급제하였다. 1623년 인조반정에 참여해 공신이 되었다. 1629년(인조 7) 붕
당을 만들어 자기 당파를 천거했다는 탄핵을 받고 좌천되어 남원 부사가 되었다. 남원 부사
재직 시 도적을 소탕하는 등 선정을 베푼 공로로 금주군(錦州君)에 봉해졌다. 이후 대사헌, 이
조 참판, 홍문관 부제학을 지냈다.
2 박세당(朴世堂, 1629~1703)은 자가 계긍(季肯), 호가 서계(西溪)이다. 박정의 4남이다. 1660
년(현종 1) 문과에 장원급제하였다. 1669년(현종 10) 서장관으로 청나라에 다녀온 뒤 당쟁에
혐오를 느껴 관직을 그만두었다. 이후로 학문 연구와 제자 양성에 주력하였다. 저서에 『서계
집(西溪集)』, 『사변록(思辨錄)』 등이 있다.

꾸어 가며 잔다는 것을 아무도 몰랐다.

　하루는 한밤중에 박정이 막 베개 위치를 바꾸고 누웠는데, 달빛 아래 어떤 사람이 장검을 들고 와 문을 열더니 곧장 박정의 가슴께를 세 번 찌르고는 문을 닫고 갔다. 박정이 일어나 앉아서 가만히 살펴보니, 키가 크고 수염이 긴 사람이 피 묻은 칼을 닦고는 담장을 넘어 달아나고 있었다. 박정 또한 담장 위로 뛰어올라가 그 사람이 어느 집으로 들어가는지 내려다보았다. 그 사람이 찌른 곳 중에 한 번은 박정의 두 넓적다리 사이였고 두 번은 두 넓적다리의 살갗이었으므로, 피가 흐르기는 하였으나 상처가 그렇게 심하지는 않았다. 다음 날 아침에 박정이 일어나 앉아 그 사람을 잡아 와서 형벌에 처하며 "네가 죽을죄를 지은 줄 알 테니 여러 말 할 것 없이 죽으라."라 하였다. 그 사람을 죽이고는 사건과 관련하여 한 마디도 더 거론하지 않았다. 그러자 남원부의 민심이 마침내 회복되어 고을이 무사태평하였다. 그날 이후로 박정은 다시는 잠자는 동안 베개 위치를 바꾸지 않았다고 한다.

102

과거에 합격할 운수

성균관 전적(典籍)을 지낸 송제강(宋濟康)[1]은 경학에 밝기로 이름이 높았으나 만년이 돼서야 과거에 합격하였다. 그가 회시(會試)를 보러 갔을 때 어머니가 집에서 숨을 거두었다. 집이 광주(廣州) 대원리(大院里)[2]에 있어서 서울까지는 반나절 거리였다. 갑작스럽게 큰비가 쏟아지는 바람에 평상시 이용하던 길이 막혀 부고를 알리러 간 심부름꾼이 송파에 발이 묶였다. 하룻밤을 묵어서 서울에 들어갔더니 그는 벌써 강석(講席)에 들어간 뒤였다. 심부름꾼이 시험장 밖에서 서성거리며 기다리고 있을 때 그가 과거에 합격하고 나왔다. 이 또한 천명이다.

---

1 송제강(宋濟康, 1738~?)은 광주(廣州)에 거주하였다. 55세인 1792년(정조 16)에 문과에 급제하고 주서에 임명되었다.
2 오늘날 경기도 성남시 상대원동과 하대원동 일대이다.

103

내가 꾼 신통한 꿈

나는 평소에 꿈을 믿지 않았다. 길몽이든 흉몽이든 애초에 기억하지도 못하였고, 꿈이 실제 들어맞지도 않았다. 그렇지만 직몽(直夢)¹만은 때때로 들어맞았다. 무진년(1748, 영조 24)에 서울 집에서 지낼 때인데 먼동이 틀 무렵 홀연히 꿈결에 장인께서 찾아오셨다. 내가 여쭈어 보았다.

"무슨 일로 오셨습니까?"

장인께서 대답하셨다.

"셋째 아이의 혼수 때문에 왔네."

"혼처는 어디로 정하셨습니까?"

"양근(楊根) 새 읍내²에 사는 사람이네."

"혼사 날짜는 며칠입니까?"

"이번 달 24일이네."

"자청(自淸)이 아직도 있습니까?"

---

1 꿈에서 깨어 본 장면이 꿈에서 본 장면과 똑같을 때 직몽(直夢)이라 한다. 『논형(論衡)』「괴이한 현상의 기록[紀妖]」에는 꿈에서 아무개를 보았는데 다음날 아무개를 실제로 만나는 꿈을 직몽이라 하였다.

2 양근(楊根)은 경기도 양평군의 옛 이름이다. 양근의 읍치(邑治)는 본래 오늘날 양평군 옥천면 일대였으나 1747년(영조 23)에 오늘날 양평읍 지역으로 옮겼다.

"도망가 버렸네."

자청은 문장 공부를 하던 나이 어린 승려로, 장인 집안의 서당인 석불암(石佛菴)에 기거하는 자였다.

그렇게 한창 꿈을 꾸고 있었는데 미처 깨기도 전에 어떤 손님의 종이 "이리 오너라!"라고 우리 집 종을 부르는 소리가 들렸다. 깜짝 놀라 일어나서 창문을 열어보니 과연 장인께서 와 계셨다. 장인을 맞이해 절을 올린 다음 여쭈었다.

"셋째의 혼수 때문에 오셨습니까?"

"그렇다네."

"혼처는 새 읍내로 정하셨습니까?"

"그렇다네."

"혼사 날짜는 24일입니까?"

"어떻게 알았는가?"

"자청이 아직도 있습니까?"

"있네."

"조금 전에 꿈속에서 장인어른을 뵙고 이렇게 문답을 나누었습니다. 다만 꿈에서는 자청이 도망가 버렸다고 말씀하셨는데 지금은 있다고 하십니다. 이 한 가지만 맞지 않으니 무슨 이유일까요?"

장인께서 내려가신 뒤에 인편에 편지를 부치셨다. 사연은 다음과 같다.

"자네의 꿈이 어쩌면 그리도 신통한가? 내가 서울로 올라간 사이에 자청이 야반도주를 하였다네. 내가 이른 새벽에 길을 나선 까닭에 미처 듣지 못한 건데 자네 꿈에 먼저 들어갔으니 기이한 일일세."

계미년(1763, 영조 39) 증광감시(增廣監試)[3] 때 나는 복시(覆試)를 보았다. 초장(初場)[4]에 나갔다 오니 그날 밤 꿈속에 백발노인이 찾아와 말하였다.

"자네가 좋은 성적으로 합격하였으니 축하하네."

종장(終場)에 나갔다 오니 그로부터 이틀 뒤 새벽 꿈속에 그 노인이 또 찾아와 말하였다.

"자네가 초장과 종장의 시험에서 모두 떨어졌으니 애석하네."

내가 깜짝 놀라 깨어났더니 날이 벌써 훤하였다. 반주인(泮主人)이 와서 아뢰었다.

"초장과 종장 시권(試券) 봉미(封彌)가 모두 떨어져 나갔답니다. 탐문해보니 초장에서는 높은 성적을 받았으나 그 시권이 바꿔치기한 봉미 중에 들어가 있었답니다."

그때 과거에서 서리(書吏) 방봉의(方鳳義)란 자가 봉미를 70여 장이나 바꿔치기하여 뒷말이 몹시 무성하였다. 마침내 임금님께서 직접 대면하여 시험을 치게 하시고 70여명의 합격을 취소하였다. 계미년 증광감시의 방목(榜目)이 여태껏 간행되지 않은 이유는 합격자 명단에 들었다가 빠지게 된 사람들이 자신의 이름이 알려지는 것을 싫어해서이다.

---

3 감시(監試)는 생원진사시의 이칭이다. 감시에는 3년마다 정기적으로 시행하는 식년시(式年試)와 국가에 경사가 있을 때 실시하는 증광시(增廣試)가 있다. 계미년(1763, 영조 39)은 영조의 나이가 70세가 되며 즉위한 지 40년이 되는 해로 이를 기념하여 증광감시가 실시되었다.

4 식년시의 문과와 생원진사시의 복시(覆試)는 사흘에 나누어 시험을 본다. 첫날 시험을 초장(初場), 둘째 날 시험을 중장(中場), 마지막 날 시험을 종장(終場)이라 한다. 초장에서는 경학(經學), 중장에서는 시부(詩賦), 종장에서는 시무책(時務策)을 시험하였다. 증광감시의 복시는 경학을 제외하고 초장에서 시부, 종장에서 시무책만 시험하였다.

104

무익한 담배의 금지

광해군 신유년(1621, 광해군 13)에 남초(南草)[1]가 비로소 유행하였다. 백 가지 해로움만 있을 뿐 한 가지도 이로움이 없다. 오늘날 세상 모두가 무익한 남초를 피우고 있음에도 금지하지 않으니 무슨 이유인가? 지금 비옥한 땅에는 모두 남초만 심고 있으니 곡식 수확량이 몇 백만 섬이나 줄어들었는지 알 수가 없다. 풍년이 들어도 백성들의 식량이 여전히 태부족한 것은 남초 탓이 아니라고 하지 못한다. 남초를 금지하고자 한다면, 쉽게 실행할 수 있는 방법은 남초를 심지 못하게 하고 어기는 자는 형률로 다스리는 것이다. 일 년이면 남초가 절로 없어질 것이다.

---

1 담배의 이칭이다. 남초(南草)는 남방에서 온 풀이라는 의미로 남령초(南靈草), 남만초(南蠻草)라고도 하였다. 아메리카에서 일본에 전해진 담배는 조선과 일본이 국교를 재개하기로 기유약조(己酉約條)를 맺은 1609년(광해군 1)에서 1614년(광해군 6) 이후 조선에 널리 전파되었다.

105

우왕·창왕에 관한 역사 조작

유몽인(柳夢寅)의 『어우야담(於于野談)』에 다음과 같은 내용이 있다.

고려의 왕통을 이어받은 왕씨는 왼쪽 겨드랑이 밑에 반드시 용 비늘세 개가 있었으니 우왕(禑王)과 창왕(昌王)[1]도 모두 그러하였다. 차식(車軾)[2]이 고성 군수(高城郡守)로 있을 때 양사언(楊士彦)[3]의 장인을 만났다. 그때 양사언의 장인은 70세였는데 늘 자신의 증조모 이야기를 해주었다. 증조모는 강릉에 사셨고 연세가 거의 90세 남짓이었는데, 이렇

---

1 우(禑, 1365~1389)는 고려의 32대 왕이다. 공민왕과 궁인 한씨(韓氏) 사이에서 태어나 1374년 공민왕이 살해되자 10세의 나이로 즉위하였다. 1388년 위화도 회군으로 말미암아 9세이던 아들 창(昌)에게 양위하고 강화도로 쫓겨났다. 창(昌, 1380~1389)은 고려의 33대 왕이다. 1389년 11월 권력을 장악한 이성계가 암살 혐의를 씌워 우왕을 강릉으로 옮기고 창왕도 폐위시켜 공양왕을 세운 다음 12월에 우왕과 창왕을 모두 죽였다. 『고려사』 등 조선시대 사서에서는 우왕과 창왕을 공민왕의 아들과 손자가 아니라 신돈의 아들과 손자라고 왜곡하였다.

2 차식(車軾, 1517~1575)은 자가 경숙(敬叔), 호가 이재(頤齋), 본관이 연안(延安)이다. 1543년(중종 38) 문과에 급제하였다. 교리, 고성 군수, 평해 군수 등을 지냈다. 차천로(車天輅), 차운로(車雲輅) 형제의 아버지로 삼부자가 모두 뛰어난 문인이었다.

3 양사언(楊士彦, 1517~1584)은 자가 응빙(應聘), 호가 봉래(蓬萊), 본관이 청주(淸州)이다. 1546년(명종 1) 문과에 급제하였다. 평창 군수, 강릉 부사, 회양 부사 등을 지냈다. 시와 글씨에 능하였다. 금강산에 자주 올랐으며 금강산 만폭동에 새긴 글씨가 유명하다. 문집에 『봉래시집(蓬萊詩集)』이 있다.

게 말씀하셨다고 한다.

"내가 열두 살 때 강릉 어디에서 고려의 왕이 처형된다는 소문을 듣고는 가서 구경하였단다. 처형 집행 직전에 고려의 왕이 사람들에게 '우리 왕씨는 본래 용의 종족이라 왼쪽 겨드랑이 밑에 반드시 비늘 세 개가 있어서 대대로 이를 표식으로 삼아왔다.'라고 하면서 옷을 벗어 사람들에게 보여주었지. 과연 왼쪽 겨드랑이 밑에 비늘 세 개가 있었는데 금빛이 나고 크기가 동전만 하더구나. 그러자 사람들이 모두 놀라고 비통해하였단다."

세상에 전하기로는 고려 공민왕은 후사가 없었다. 널리 미소년을 뽑아 도령(都令)⁴이라 부르고 궁중에 살게 하였는데 왕비가 신돈(辛旽)⁵과 사통하여 아들을 낳았다. 그래서 우왕과 창왕은 왕씨가 아니므로 역사서에는 그들을 신우(辛禑)와 신창(辛昌)이라고 썼다.

---

4 자제위(子弟衛)를 가리킨다. 1372년(공민왕 21) 왕의 신변 호위와 시중 및 인재 양성을 통한 왕권 강화를 위하여 궁중에 설치한 관서로, 공신과 고위 관직자의 자제를 선발하여 배속시켰다. 자제위 소속 인물들은 왕의 측근에서 활동하며 권세가 커지자 궁녀들과 부정한 관계를 갖기도 하였다. 1374년(공민왕 23) 자제위 소속 인물들이 환관과 모의하여 공민왕을 시해하였다가 발각되어 처형당하였다. 『고려사』에는, 노국공주를 잃은 공민왕이 실의에 빠진 뒤로 자제위의 잘생긴 청년들과 변태적인 성생활을 즐겼으며, 후사를 얻기 위해 그들을 자신의 비빈들과 사통시켰는데, 후궁 익비(益妃)가 자제위 홍륜(洪倫)과의 사이에서 임신하니, 공민왕이 기뻐하며 사실을 아는 자들을 죽이려 하자, 이를 두려워한 홍륜이 공민왕을 시해하였다고 한다. 이는 조선의 역사가들이 의도적으로 잘못 기록한 것이라고 해석된다.

5 신돈(辛旽, ?~1371)은 속성(俗姓)이 신(辛), 법명이 편조(遍照)이다. 공민왕의 지지를 받아 개혁 정책을 추진하였으나 성공을 거두지 못하였다. 1371년(공민왕 20) 역모 혐의로 유배되었다가 처형되었다. 공민왕에게 자신의 여종인 반야(般若)를 바쳤다. 공민왕은 신돈을 유배한 뒤 신돈의 집에서 양육되던 왕자 우를 궁으로 데려와서 궁인(宮人) 한씨와의 사이에서 낳은 아들이라고 포고하였다. 그러자 우가 신돈과 반야의 사이에서 태어난 자식이라는 소문이 퍼졌다. 조선은 이 소문을 사실로 받아들여 개국을 정당화하는 논리로 이용하였다.

그러나 강릉 사람들이 목도한 사실로 검증해 보면 사관(史官)이 거짓
말을 하였다는 점을 알 수 있다. 어쩌면 권근(權近)과 정도전(鄭道傳)이
우리 조선에 아첨하느라 사실을 어지럽힌 탓에[6] 나중에는 옳고 그름을
알 수 없게 만들었다.

또 차원부(車原頯)의 『설원록(雪冤錄)』[7]을 살펴보면, 다음과 같은 내
용이 있다.

"신숙주(申叔舟)와 성삼문(成三問)이 왕명을 받들어 지은 글에 주석을
붙여 '김부식(金富軾)이 간사하여 사적인 원한을 품은 채 역사서를 지어
서 정지상(鄭知常)의 충성심에 먹칠을 하였다.'[8]라고 하였다."

---

6 권근(權近, 1352~1409)은 1389년(창왕 1) 이성계 노선에 반대하여 창왕의 정통성을 다지려는
   목적으로 명나라에 가서 자문(咨文)을 받아왔다. 당초 계획과는 달리 그 자문에는 '공민왕
   이 시해당한 뒤 왕씨가 아닌 자가 왕위에 올랐으므로 공민왕의 후사를 왕씨로 정하라.'라는
   명 태조의 지시가 있었다. 정도전(鄭道傳, 1342~1398)은 권근이 받아 온 명 태조의 지시를 빌
   미로 '우와 창은 왕씨가 아니다'라는 우창비왕(禑昌非王), '가짜를 내쫓고 진짜를 세운다'라는
   폐가입진(廢假立眞)을 주장하였다. 이를 근거로 이성계는 공양왕을 세우고 반대파들을 제거
   하였는데, 권근을 비롯한 몇몇 인사들은 구제해 주었다. 조선 건국 후 권근은 태조(太祖)의 명
   으로 새 왕조 창업을 칭송하는 시와 태조의 아버지인 환조(桓祖)의 비문을 지어 올려, 개국원
   종공신이 되었다.
7 차원부(車原頯, 1320~1398)는 자가 사평(思平), 호가 운암(雲巖), 시호가 문절(文節)이다. 두
   문동(杜門洞) 72인 중의 한 사람이다. 정몽주, 이색 등과 어깨를 나란히 하는 학자였으나 하
   륜 등이 보낸 자객에게 살해되었다. 『설원록』은 차원부가 충절을 지키다가 억울하게 죽임을
   당한 사실을 1456년(세조 2) 왕명에 의해 지었다. 찬술에 참여하였던 신숙주, 성삼문 등이 단
   종 복위 사건의 관련자라서 당시에는 간행되지 못하다가, 정조 때 『차문절공유사(車文節公遺
   事)』 상권에 수록되어 간행되었다. 위작이라는 설이 있다.
8 정지상(鄭知常, ?~1135)은 서경(西京) 출신으로 고려의 수도를 서경으로 옮길 것을 주장하
   여, 김부식(金富軾, 1075~1151)을 중심으로 하는 개경(開京) 출신 세력과 대립하였으며, 시문
   에도 뛰어나 김부식과 쌍벽을 이루었다. 1135년(인종 13) 묘청(妙淸)의 난이 일어나자 김부식
   이 책임자가 되어 난을 진압하였는데, 정지상이 난에 가담하였다고 주장하여 그를 참살하였다.
   이에 김부식이 난을 핑계로 숙적이었던 정지상을 제거하였다는 소문이 돌았다.

『고려사』를 살펴보면 '정지상이 악인과 결탁하여 간특한 짓을 하였다.'라는 말이 한두 번도 아니고 몇 번이나 쓰여 있다. 역사기록이 모두 김부식에게서 나왔으니 그가 무고한 말이 아니라고 장담할 수 있겠는가? 역사서는 이처럼 믿을 수가 없다.[9]

『어우야담』에 또 다음과 같은 내용이 보인다.

가령 신우(辛禑)가 신돈의 아들이라면 정몽주의 충정으로 어찌 머리를 숙이고 신하가 되었겠는가?[10] 애초에 공민왕의 왕자라서 세웠다면 우를 신돈의 아들이라고 일컬으면서 폐위할 때 어째서 우를 위하여 목숨을 바치지 않았을까? 그들이 부자지간인지는 남들이 알 수 있는 바가 아니니 정몽주도 자세히 알지 못하였을까? 우의 성(姓)이 신씨(辛氏)라고 한 것은 한때의 헛소문인데 사관이 그 오류를 그대로 받아썼다. 정몽주가 머뭇거리면서 구차하게 살아남은 처신은 문천상(文天祥)이 조용히 죽음을 맞이한 처신[11]을 따랐을까? 글에 기록된 내용을 다 믿는다면 글이 없느니만 못하다.[12]

나는 다음과 같이 생각한다.

---

9 이상의 내용이 『어우야담』에 보인다.

10 정몽주(鄭夢周, 1337~1392)는 이성계가 공양왕을 쫓아내고 직접 왕위에 오르는 것에 반대하여 대표적인 충신으로 일컬어졌다. 실제로는 이성계가 즉위하기 직전까지 그가 출전할 때마다 함께하면서 위화도 회군에 찬성하였으며, 이성계와 정도전 등이 우・창비왕, 폐가입진의 논리로 창왕을 폐위하고 공양왕을 세울 때도 반론을 제기하지 않았다. 자신이 섬겼던 왕을 폐위하는 데 동의한 셈이다. 따라서 조선의 훈구파 측에서는 정몽주가 고려의 충신이 아니라는 주장을 제기하기도 하였다.

11 문천상(文天祥, 1236~1282)은 남송의 충신이다. 1264년 도종(度宗)이 즉위하여 재상에 임명한 가사도(賈似道)가 전횡을 일삼았는데도 가사도가 사망할 때까지 그를 비난하지 않고 조용히 지낸 처신을 가리킨다.

12 이상의 내용이 『어우야담』 13칙에 보인다.

우왕을 폐위시켜야만 하는 죄목으로 정도를 어기고 국가를 위태롭게 하였다고 했다면 충분히 근거가 있다. 굳이 명확하지도 않은 사실로 후세 사람의 의심을 일으킬 일을 굳이 하였을까? 게다가 우왕의 성이 신씨라고 하여 폐위하였는데, 목은 이색은 '전왕(前王)인 우왕의 아들을 세우는 것이 마땅하다.'13라고 말하여 우왕의 아들 창왕을 왕위에 세웠다. 그렇다면 당시에 우왕의 성이 신씨라는 이유로 폐위하지 않았음을 알 수 있다. 그런데도 사관이 신우와 신창이라고 대서특필하였으니, 사관에게 사실을 속이고 허물을 감춘 죄가 있다. '밝은 해가 지켜보고 있건만 양촌이 의리를 거론하였다'라고 비꼰 것14이 마땅하다. 애석하게도 운곡(耘谷) 원천석(元天錫)이 감추어 둔 역사서15가 끝내 세상에 나오지 못하였으니 천고의 답답한 일이라 하겠다.

---

13 이색(李穡, 1328~1396)은 고려 말 대학자이자 원로 정치가로 명망이 높았다. 1377년(우왕 3) 우왕의 사부가 되었다. 위화도 회군 이후 우왕을 폐위시킨 이성계가 다음 왕으로 세울 왕족을 물색하고 있을 때, 이색이 "전왕(前王)인 우왕의 아들을 세우는 것이 마땅하다."라고 주장하였다. 이에 따라 우왕의 아들 창왕이 즉위하였다.

14 안정복(安鼎福)의 『동사강목(東史綱目)』 제17에 권근을 논평한 글에 나온다. 권근이 조선 창업을 칭송하는 시를 짓고 개국공신이 된 사실을 두고 절개를 굽히고 명예를 훔친 사람이라고 평가하였다. 근거로 당시에 권근을 풍자한 "밝은 해가 지켜보고 있건만 권근이 의리를 거론하였으니, 그렇다면 이 세상 어느 시대인들 다시 현인이 없겠는가?[白日陽村談義理, 世間何代更無賢?]"를 인용하였다.

15 원천석(元天錫, 1330~?)은 자가 자정(子正), 호가 운곡(耘谷)이다. 두문동 72인의 한 사람이다. 1360년(공민왕 9)에 과거에 합격하였으나 고려 말의 혼란한 정국을 개탄하면서 치악산에 은거하였다. 왕자 시절의 이방원을 가르친 적이 있어 부름을 받았으나 끝내 출사하지 않았다. 저서에 『운곡시사(耘谷詩史)』가 있으며, 또 만년에 야사(野史) 6권을 저술하고는 가묘(家廟)에 감춰두라고 자손들에게 유언하였는데, 기휘에 저촉되는 내용이 많아 화를 입을까 두려워한 증손자가 불살라 버렸다고 한다.

106

남곤에게 죽임을 당한 최수성

원정(猿亭) 최수성(崔壽峸)[1]이 숙부 최세절(崔世節)[2]에게 시를 지어 주었다. 시는 다음과 같다.

여강의 강물 위로 해가 저무니	落日驪江上
날은 춥고 물결은 저절로 인다	天寒水自波
외로운 배는 얼른 닻을 내려라	孤舟宜早泊
밤이 되면 풍랑이 더 거세지리[3]	風浪夜應多

---

1 최수성(崔壽峸, 1487~1521)은 자가 가진(可鎭), 호가 원정(猿亭), 본관이 강릉이다. 조광조와 함께 김굉필 문하에서 수학하였다. 젊어서부터 세속을 멀리하고 명산을 유람하였다. 별장에서 원숭이[猿]를 기르고 지내며 원정이라 자호하였다. 남곤을 소인이라고 평가한 적이 있었는데 이후 기묘사화에 연루되어 1521년(중종 16)에 처형당하였다. 1545년(인종 즉위년) 신원되어 영의정에 추증되었다. 시서화에 뛰어났다. 문집으로 『원정유고(猿亭遺稿)』가 있다.

2 최세절(崔世節, 1479~1535)은 자가 개지(介之), 호가 매창(梅窓)이다. 최수성의 숙부이다. 1504년(연산군 10) 문과에 장원급제하였다. 벼슬은 승지와 홍문관 부제학, 형조 참판 등을 지냈다.

3 이 시는 여러 시선집과 야사에 실려 있는데, 작자가 최수성, 나식(羅湜), 정희량(鄭希良)으로 혼동되고 있다.

나중에 최세절이 승정원에 입직하였을 때 이 시를 승정원 동료에게 이야기하며 조정에서 일찍 물러나지 못함을 자탄하였다. 최수성은 그로 인해 화를 당하였다. 최세절은 참판 최문식(崔文湜)[4]의 조상이라고 한다.

최수성이 화를 입었을 때 그 시신이 거적에 싸여 노량진 산골짜기에 버려졌다. 그의 벗이 호서에 살고 있었는데 꿈에 최수성이 나타나 시를 지어 주었다. 시는 다음과 같았다.

어두운 내 무덤에 누가 찾아올까	玄室誰相訪
맑게 우는 원숭이만 벗이로구나	淸猿獨可親
거적에 싸여 산골에 오게 된 뒤로	自從簾谷後
해골 덮어 줄 사람만을 멀리 그리네[5]	遙憶蓋骸人

벗은 곧장 가서 시신을 수습해 주었다고 한다.

4　최문식(崔文湜, 1610~1684)은 자가 정원(正源), 호가 성헌(省軒)이다. 1630년 형 최문활(崔文活)과 함께 문과에 급제하여 형제동방(兄弟同榜)의 영예를 누렸다. 청직과 요직을 두루 거쳐 예조 참판, 대사간 등을 지냈다. 최세절의 고손자이자 최수성의 족질이다.

5　이와 관련한 내용이 『송재집』 등에 보인다. 최수성이 죽임을 당하자 평소 교유가 있는 이달형(李達亨)이 거적으로 시신을 염습해 인적이 드문 산골짜기에 임시로 장사를 지냈다. 밤에 시신 옆을 지키고 있을 때 최수성이 꿈에 나타나 시를 지어 주었다고 하였다.

107

심정을 희롱한 명사들의 시

눌재(訥齋) 박상(朴祥)[1]은 성품이 꼬장꼬장하여 악인을 싫어하였다. 심정(沈貞)[2]이 소요정(逍遙亭)[3]을 짓고는 당대의 시인들에게 좋은 작품을 요구하여 현판에 적어서 걸었다. 박상의 시는 다음과 같았다.

산 중턱에는 음식상을 벌여 놓았고	半山排案俎
가을 골짜기에는 술자리를 열었네	秋壑開樽盃

심정이 나중에 시판(詩板)을 뽑아버렸다.[4] 또 기재(企齋) 신광한(申光

---

1 박상(朴祥, 1474~1530)은 자가 창세(昌世), 호가 눌재(訥齋), 본관이 충주이다. 1501년(연산군 7) 문과에 급제하여 병조 좌랑, 충주 목사, 전라 감사 등을 지냈다. 중종에게 직언하다가 중종의 노여움을 사 여러 차례 좌천과 유배를 반복하였다. 청백리에 뽑혔고, 당대를 대표하는 시인으로 청송받았다. 문집에 『눌재집(訥齋集)』이 있다.

2 심정(沈貞, 1471~1531)은 자가 정지(貞之), 호가 소요정(逍遙亭), 본관이 풍산(豊山)이다. 중종반정에 가담하여 공신이 되었다. 남곤 등과 기묘사화를 일으켜 사림을 숙청하고 정권을 장악하였다. 이후 이조 판서, 우의정, 좌의정에 올랐다. 권신 김안로와 권력을 다투다가 간신으로 지목되어 사사되었다.

3 오늘날 서울시 강서구 가양동 탑산 남쪽 기슭에 있던 정자이다. 유형원(柳馨遠)의 『동국여지지(東國輿地志)』에는 심정이 공암진(孔巖津) 가에 소요정을 짓고 당세 문인들의 시를 두루 구하여 걸어 두었다고 하였다.

漢)의 시는 다음과 같았다.

　　낙엽은 가을 골짜기에 쌓이고 　　　　　　　　　　　落葉藏秋壑

　　석양은 산 중턱을 비추는구나[5] 　　　　　　　　　斜陽映半山

　　심정은 시의 의미를 알아차리지 못하였다. 아우 심의(沈義)[6]가 속뜻
을 말해 주자 마침내 시판을 뽑아버렸다.[7] 『계곡집(谿谷集)』에서 신광한
의 시를 박상의 시라고 한 것은 착오이다.[8]

4　이와 관련한 내용이 『병진정사록』, 『기묘록보유』에 보인다.

5　박상과 신광한의 시에 '산 중턱'과 '가을 골짜기'의 원문은 각각 반산(半山)과 추학(秋壑)이다.
　　반산은 왕안석(王安石, 1021~1086)의 호이며, 추학은 가사도(賈似道, 1213~1275)의 호이다.
　　왕안석은 북송 신종(神宗) 때의 정치가이고, 가사도는 남송 때의 척신이다. 모두 조선 사대부
　　에게는 소인배로 낙인찍혔다.

6　심의(沈義, 1475~?)는 자가 의지(義之), 호가 대관재(大觀齋)이다. 심정의 아우이다. 1507년
　　(중종 2) 문과에 급제하였다. 형과 달리 모사를 일삼지 않았고 직언을 잘하였으며 문장에 뛰
　　어났다. 이조 정랑, 감찰 등을 지냈다. 문집에 『대관재난고(大觀齋亂藁)』가 있다.

7　이와 관련한 내용이 『청강시화』, 『지봉유설』에 보인다.

8　장유(張維)의 『계곡집』 권3 「소요당 서문」의 뒤에 쓰다[書逍遙堂序後]에 보인다.

108

남곤을 찬미한 이행

『무송소설(撫松小說)』[1]에서 다음과 같이 말하였다.

용재(容齋) 이행(李荇)[2]이 제문을 지어 남곤(南袞)[3]을 극도로 찬미하
였고, 또 의정부에서 남곤을 애도하는 제문까지 지었는데 그 내용은
다음과 같다.

사변으로 나라가 어지러워지자

주상께서 마음이 편치 않으셨네

한밤중에 일어나 배회했으나

---

1 『무송소설(撫松小說)』은 김명시(金命時, 1592~?)가 저술한 잡록이다. 고려 말 최영에서부터
  조선 중기 김류(金瑬)에 이르기까지, 인물을 중심으로 시사(時事)를 기록하였다. 134개 조의
  기사가 실려 있고, 필사본 1책이다. 본문의 내용은 제16조에 실려 있다.
2 이행(李荇, 1478~1534)은 자가 택지(擇之), 호가 용재(容齋), 본관은 덕수(德水)이다. 1495년
  (연산군 1) 문과에 급제하고 청직과 요직을 두루 거쳤다. 1519년(중종 14) 남곤의 후임으로 홍
  문관 대제학이 되었다. 이후 이조판서, 우의정을 거쳐 좌의정에 이르렀다. 남곤, 박은(朴誾)과
  절친하였다. 당대를 대표하는 문인으로 문집에 『용재집(容齋集)』이 있다.
3 남곤(南袞, 1471~1527)은 자가 사화(士華), 호가 지정(止亭), 본관이 의령(宜寧)이다. 문장에
  능하다고 인정받아 1516년(중종 11)에 홍문관 대제학이 되었다. 급진적 개혁을 주장한 조광조
  를 비롯한 사림과 마찰을 빚다가 1519년(중종 14) 심정과 함께 기묘사화를 일으켜 사림을 대
  거 숙청하였다. 이후 권력을 장악하여 1523년(중종 18) 영의정에 올랐다.

임금의 걱정 씻을 이는 누구인가?

군주의 근심은 신하의 치욕이니

공이 그 의문을 풀어 주었네

변란을 해결하여 근심 없애니

위아래 모두가 기뻐하였네

전하께서 말씀하셨네. '훌륭하도다!

영의정 업무를 그대가 잘 행하라'

이행은 남곤의 후임으로 대제학이 되었기에 서로 뜻이 같았고 마음
이 잘 맞았다. 내 생각으로는, 찬미한 말은 그럴 수 있다손 치더라도 기
묘사화까지 남곤의 큰 공으로 여긴 글은 참으로 의아하고 해괴하다.

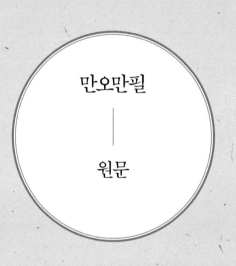

만오만필

—

원문

일러두기

1. 『만오만필』과 관련한 다른 문헌에서 출전을 찾아 대교(對校)하였으며, 오자와 탈자 등을 교감
   하였다. 중요한 교감 사항은 주석에 밝혔다.
2. 번역문과 마찬가지로 편의상 각 화마다 번호와 소제목을 붙였다.
3. 원주(原注)는【】로 묶어 표기하였다.
4. ■는 원문에 결락이 있는 글자이다.

晩悟謾筆 上卷 俚語

1. 비렁뱅이의 출세기

有一嶺士言: 忠原有單族李姓, 只餘一孤兒, 其父友收而育之. 又有一孤女, 門戶相對, 嫁娶之. 不一年, 父友沒. 李生無托處, 聞嶺南俗厚, 且衣食鄕, 夫婦持瓢, 行到熊川.

留其妻溪上, 入一士夫家, 乞午飯. 老人睡, 少年讀書曰: “午飯盡, 奈何?” 老人開睡曰: “何人?” 曰: “乞生.” 曰: “上堂. 吾尙不食, 持來.” 來則與乞生, 生分半, 置瓢中, 問: “何其然?” 曰: “所率婦子在溪上, 將饋之.” 老人呼赤脚曰: “汝往陪來.” 自後門入, 饋飯, 仍問所由來. 生略言其情, 問: “何去?” 曰: “去無定處.” 曰: “留此.” 給一空舍, 傳自食, 繼其乏. 勸讀書, 雖不能公車文, 略解程式.

有年後, 有親臨庭試, 老人令賓于國觀光, 生辭以不文, 曰: “有命則自有呈券之路.” 給百文靑蚨曰: “第往之.” 生不得已. 或乞飯或賣食, 比渡漢江, 只餘五十文. 入城, 無向往處. 適見路旁有一杠門, 門內有小軒. 將休脚入坐, 中門內有曳履聲, 掩門而窺. 似是處女, 乍入復出, 有若不相捨之意. 生心異之, 故久不出去.

有衣冠者入門曰: “何人?” 曰: “過客休脚.” 其人卽入去, 少頃出開房門, 請入坐. 生辭以將去, 主人固請入曰: “科儒乎?” 曰: “然.” 曰: “何在?” 曰: “在嶺南.” 曰: “何處去?” 曰: “入泮.” 曰: “有書手乎?” 曰: “無. 將與同接相議” 曰: “有主人乎?” 曰: “姑無定人.” 主人大喜曰: “自嶺南來, 善文可知, 徒步來, 盤纏必不足. 吾弟能書, 同事則好. 主人請饋凡具亦自當, 請安心靜處. 吾弟以地部書吏能書, 而每爲官司行下, 不得觀科. 以是發憤致役, 而退居衿川, 要我求換手, 今速通于衿川.” 於是諸具極意.

科前夕, 主人弟入來. 是夜半, 又聞曳履聲, 半開房門, 投一封而去, 遂拾置袖中. 明晨入場, 百爾思之, 無呈券之路, 不得不爲檀公之策. 遂出袖中封物, 乃療飢之物. 俄而懸題, 盡食封物, 則所裹休紙, 乃誰人私集. 張而與懸題同, 且二首. 於是潛自謄出, 給書手, 先呈前二券. 告訖, 書手大喜曰: "吾老於場中, 未嘗見如是神速. 略解文體, 必高中無疑." 有頃唱名, 客爲甲, 主人爲乙. 乘御馬, 擁天童, 龍蓋導前. 夕到門, 榮光震耀閭巷, 聞喜宴有若預備. 客怪問之, 主人曰: "家弟得大夢, 已知必捷. 進賜來坐小軒之時, 主人夫婦爲見親戚家婚禮, 家女獨守舍. 主人入來, 則家女告曰: '晨夢黃龍, 自天下蟠小軒上. 鱗甲燦爛, 警悟則森在目前, 驚心未定. 日午有客來坐小軒, 如龍蟠狀.' 此是大夢, 豈有不應之理? 又有一女過於選賢, 不妄許嫁, 渠有乘龍之慶, 得此龍夢, 非偶然. 請以小女薦枕." 遂賣庄得千餘金, 渾室南下爲富家. 後官至博川郡守, 問: "科日夜投封物所裹紙出, 何處?" 其妾曰: "季父自科場得一卷冊子, 給渠使習諺書. 用之已盡, 適餘一張, 故裹療飢之資以呈上."云.

前主人亦善相人, 一見輒留置之, 又勸觀光. 噫! 吉凶禍福, 莫不有前定, 非人力所爲.

2. 세 여자의 기이한 인연

仁城峴有李姓士人, 出楊州還, 過祭壇下馬. 林樹陰, 旁有一女兒獨坐揮淚, 生怪問之, 女曰: "家在明禮洞, 往郊外, 足繭不能行, 死而已." 曰: "何不率人?" 曰: "率人以急事先入. 足病漸加, 奈何?" 辭極悽惋, 生憫憐之, 命小奚騎其女, 入東門下, 逐步隨之.

入門, 不肯下曰: "下卽死." 至仁城峴, 女又隨入. 生反面於大夫人, 夫人問: "此女何人?" 生告其故, 夫人曰: "上坐." 時生繼室于歸屬耳, 出見是女, 大驚喜, 携手入房, 或泣或笑, 娓娓不已. 及夕, 四食床來, 新婦出受之, 進于大夫人及生, 二床持入房, 與其女對食. 大夫人問來處, 新婦曰: "後當自知, 不必問." 其家素貧, 朝夕多闕, 夫人意其新婦所辦.

二日後, 新婦告于夫人及生曰: "騎來之女, 無他適之理, 今夕與之同寢." 其夕有來納衾具及女子隨身之物. 不過一旬, 有持鞍馬來要者. 問: "何處來?" 曰: "三淸洞朴同知所送." 曰: "吾平生所昧者, 何以要我?" 其內子與小妾勸之曰: "第往, 必有好事."

生遂往三淸洞, 門盡處有一草堂極蕭灑. 頂金人出迎款款. 酒行, 仍邀入後圃看花, 嘉花異禽, 似非塵世. 又酒行後, 仍入小房, 若新房然, 衾具諸物,極華麗. 酒數行, 生請出, 主人曰: "夕食將至." 夕食後, 日已黑, 主人曰: "今日必留宿." 燭已擧, 主人入內, 率一處子出. 生驚起, 主人曰: "坐受禮拜." 辭不坐, 强而後坐. 主人曰: "賤女, 足以給使於前, 勿鄙之." 使之四拜而坐, 眞仙娥非塵土中人物. 明前治送生曰: "明當行于歸禮." 其翌日果治朱, 無異宰相家新行, 盥饋之禮極豐. 少婦三人執手歡樂, 有如久別之兄弟.

居一旬, 繕工下人來, 納監役官誥. 生怳怳忽忽, 莫知端倪曰: "吾無乃爲南柯之夢耶?" 其內子曰: "一命足矣, 不可出仕, 今日必呈辭." 生從之, 一呈卽遞. 又一旬, 其內子曰: "明當移徙, 須點檢以俟之." 翌日四轎一鞍馬數十奴僕來, 搬移以去. 到會賢洞新第, 家舍甚麗, 器物亦備. 數日後有一宰相來, 朴同知隨. 生蒼黃迎候, 生之二小室出來, 前小室坐朴同知膝下, 後小室坐宰相膝下, 其悲喜不可狀. 良久宰相起顧朴同知曰: "此君疑必深矣. 君其留宿, 詳言之."

是夜, 同知曰: "大監卽前吏判, 昨日遞, 僕卽大監門下人. 大監有庶女, 女生母沒, 屬之於僕, 乳而養之. 蓋與賤女同月生, 公之內子亦與同年比屋. 自乳至笄不暫離, 才性亦相似. 百年如一日不相離, 乃其至願, 而必不可得, 常以爲恨.

大監庶女先行婚禮, 未及合房而孀. 僕又喪室, 繼妻凶狼甚, 必欲殺此女, 禁之不得, 逐之又不得. 大禍必作, 流言四出, 又不得嫁此女. 出不得已之計, 使微服出送以保其命. 其乳母隨後, 以識其跡, 戒之曰: '吾家世中人, 不可點汚, 若遇士人隨去, 爲小室則幸矣. 汝之生理, 吾任勿憂.' 果遇公隨去, 與公之內子相會. 奇哉! 天實憐其平生之志以遂其願.

大監聞之, 亦大奇之. 故使僕送庶女以卒成三人之願. 凡排置皆僕與大監同心力爲之. 在內而主者, 公之內子, 在外而主者, 僕也, 隨事應之則大監. 公旣得一命, 安坐無憂, 豈非淸福乎? 三人同心, 和氣滿室, 世豈多有? 三人之願上格於天, 公之遇賤女於祭壇, 天也, 大監庶女之靑孀, 天也, 僕之得惡妻, 天也. 不然則安得百年如一日不相離乎?"

3. 기녀의 인생 경영

予兒時, 有嶺東人來言: 北妓年十四, 爲衛士所眄, 情愛甚篤. 其去後守節三年, 累被刑杖, 懷輕寶, 衣男服, 依山而走. 向洛到安邊釋王寺, 日已昏黑, 不得已投寺. 諸僧見美小兒, 爭先同寢. 女自度不免, 意老僧必不犯佛戒, 乃曰: "鳥亦擇木而棲, 人惟老德爲尊, 請座上老禪師寢側寄宿."

其老僧大喜, 呼上佐, 具夕飯饋之. 其夜寄宿老僧之傍, 夜深困睡, 爲老僧所奪節. 覺已無及, 泣涕漣如而已. 明朝辭退, 老僧隨後, 林深無人處, 携手挽行曰: "老身年七十餘, 未嘗知女色, 天敎娘子來, 始識裙帶之下有眞境樂地. 老身將死於娘子懷抱中, 必不相捨. 行則同行, 止則同止. 娘子焉往? 老身本以臨瀛世族金姓, 孤子無依, 入五臺山被緇. 平生勤力, 身致萬金, 爲惡少年上佐所誤, 所失半. 今有二人, 而非久當去, 與其消亡於無賴人, 寧留與於有情人. 許多財産當誰歸? 娘子熟慮之."

女曰: "妾本賤倡, 惟有一片眞心, 專一所事, 不欲毀節, 爲禪師所奪, 無面更對君子儒. 妾不以禪師之年高爲嫌, 又不以禪師之財多爲利. 惟以一心移事禪師, 禪師惟思善後之策." 老僧大喜曰: "老身本以行商爲業, 廐有駿驋, 收拾輕寶銀子, 一出寺門, 可以商量." 遂與還入寺中, 語諸僧曰: "吾與此兒, 約爲師弟. 使此兒牽馬行商四方." 收拾藏貨, 連輸數駄, 重不可運者, 盡分二上佐及諸僧.

行至中路, 女曰: "君旣犯佛戒, 當着儒冠, 行無所礙." 老僧從之. 女曰: "君旣還俗, 妾當遂初, 有不便者, 老人率幼婦, 行將安之? 君之財貨田土, 散在四方, 不可不會之一處, 君出我單, 必有强暴之辱. 百爾思之, 不如內行夫婦之義, 外托子弟之道, 內主中饋, 外應賓客." 金曰: "娘之深計遠慮, 盛水不漏. 凡事都付於娘子, 吾則飮酒喫飯以終餘日而已."

行至一處, 山水秀麗, 田野膏沃, 人居櫛比, 民風朴素. 女曰: "可以卜居." 遂擇主人, 有一精舍, 夫婦年皆四十, 列樹方正, 門庭淨灑, 必是可人. 遂定主客, 言語純厖, 行事忠直, 主客相得. 求得一庄, 園林舍畓田土以千金買得之, 諸般器物悉措置之, 語主人曰: "能爲我始終之耶?" 曰: "身是賤人, 有主之人, 不能自主張. 主甚貧窮, 方求買於人, 不知落在誰人手移住何處地, 奈何?" 曰: "價幾?" 曰: "吾主求五十金, 彼欲買者折半之, 是以不決." 曰: "吾爲主人圖之如何?" 曰: "幸甚."

遂與主人偕往其主家, 曰: "此人實吾主人." 請買之, 曰: "買." 曰: "價幾?" 曰: "五十金." 曰: "何止五十金? 請以百金買." 其主曰: "今調人來耶?" 曰:

"何敢調人? 凡人物當論人品之善惡, 何論年數之多寡?" 遂以百金販之. 歸語其人曰: "耕織不汝問, 樵爨惟乃職. 絲穀吾當厚汝身, 酒食爾當養吾體. 此外無他事." 又以厚價買庄, 賣庄者雲集. 女曰: "家事付托得人, 請陪君先往某處, 收聚散之物. 次往某處, 賣水旱之田, 置之一處, 則得寸得尺, 皆爲君之尺寸." 金從之.

賣買已訖, 一原膏沃之地, 盡爲金庄, 秋收至三百石餘. 女曰: "吾二人所需, 十分一而足矣. 陳陳相因, 將安用之? 生爲守錢虜, 死爲王將軍武庫, 不亦笑乎? 日設飲食, 請賓客, 酣歌燕樂以終餘日, 不亦可乎?" 金從之. 又曰: "君旣無子弟, 身後事不可不預備. 家後素稱名穴, 作石室石物以置之." 又曰: "妾嘗侍冊房, 得聞古者社祭社倉義庄之說, 心美之. 今君無用之財有餘, 當使村人築社壇社倉, 行義庄之法. 出給百石租, 以五十石行春秋社祭, 以五十石貯之倉, 周窮恤貧以濟農民, 則不亦美典乎?" 金又從之.

有安秀才, 衣衰來請宿, 容貌秀俊, 言語雅正. 金奇之, 問: "自何來?" 曰: "家在一舍地, 父母兄弟俱歿. 隣有富漢, 故貸錢三百兩, 喪葬已畢. 家舍田畓可直六百, 數年之內, 必盡入富漢之手. 故與其人約: '吾以家舍田土盡付於汝. 三年喪畢, 吾以三百兩還汝, 則汝還我田宅, 吾不能償, 則汝以三百兩加給我永買.' 遂以手記相授, 餘錢將欲行商, 以圖三年後退還田宅之計. 今朝出來, 父母在時, 但知讀書, 未嘗出門, 迷不知東西."

金又大奇之, 曰: "小兒之計慮及此, 可謂綜密. 子能留此坐販, 則可免跋涉之勞, 可省衣食之費." 顧謂女曰: "於子意何如?" 女曰: "甚好矣. 坐販之利雖小, 省費則多. 晝侍長者, 可以分我之勞, 夜讀古書, 可以課子之業." 其人曰: "此求之不得, 敢不惟命?" 於是主客相得, 恩若父子, 情若兄弟.

金之卜居五年, 安之居停一朞. 一日, 金氣不平, 自知必不起, 召兩人, 左右執手曰: "吾今死矣, 吾死之後, 子之于于之身, 將何依? 子兩人才貌旣同, 年齒亦同, 孤危亦同, 必同居相依, 終身勿相離." 二人皆垂淚曰: "惟命是從." 及其疾革, 女告曰: "君之疾已病矣, 及君之時, 君之田庄, 可以處置. 召村人, 盡付田庄於社中. 古者, 鄕先生死, 祀於社. 以君之財旣設社, 財力亦豐, 社中人必祀君於社. 是君生爲社主, 死配社神, 百世不替, 與不肖子孫破壞先業白楊不老者, 豈不萬萬相去遠哉?"

金曰: "子之言誠善, 於子之生理何?" 女曰: "身所帶來輕寶, 五年殖利亦自不少. 康濟自家身亦足. 必不煩君, 幸勿慮焉." 金曰: "然則任子之爲." 遂盡召上下村人. 金強起而語曰: "老身與君等隣居, 五年于兹. 今不幸病且死, 又無子姓, 後事無分付處, 以金庄納于社. 凡百規劃, 惟我姨弟在, 與之商議. 吾弟雖年少, 非凡人比, 必處置得當." 諸人皆感泣曰: "惟令從."

翌日遂死, 是日襲, 二日殮, 三日入木, 四日成服服斬. 安以一年受恩亦心喪期年, 踰月而葬如禮, 卒哭日一村盡會, 遂都封金庄, 文書出付. 諸人相與講磨規劃, 一依呂氏鄕約, 參之以范公義庄. 有學識士夫爲都正, 擇中人爲副正, 下民中定社員. 都正月給一石, 副正月給十五斗, 社直月給十斗, 每秋祭後遞任, 受圈點, 點多者定. 春秋各以五十石爲祭需, 別設一壇於社, 壇左立石刻之日臨瀛金公之位, 設二分饌品, 與社祭竝行. 秋收可得三百餘石, 一百石用之祭需, 二百石爲助婚賻喪·周窮恤貧·賑濟農民之資. 完議書畢, 藏之匱鎖. 以金初買田宅一庄爲墓位, 亦得近百石, 爲三年祭奠及墓祭忌祭之資.

三年已闋, 以三百金給安生, 使退其田宅, 安生所殖之物亦已過百. 中夜置酒語曰: "吾姨兄臨沒執手之語, 君其記未?" 安曰: "何敢忘之?" 曰: "吾兄有意之言, 君何能知之? 吾本非男子, 衣男服欺世久矣. 吾當爲君之小室, 君以君之百金, 求得婚處, 娶正室, 吾當以內君事之." 安大驚曰: "若然則吾與君爲夫婦足矣, 何求婚處爲?" 曰: "不可. 妾本賤妓, 已經人, 不可汚君之家世, 又不可忝君之家廟." 於是, 二人就寢.

翌日, 以所別藏銀金盡付安生, 輸之其家, 召奴婢勖之曰: "吾與若屬同事金公六年之久, 情愛已篤. 今以墓位田宅盡付若屬, 凡守護墳山謹奉祭祀, 與吾在此時同. 若屬受恩亦深, 毋敢或忽. 吾今與安生同歸, 必時時來見, 若亦傳子孫, 勿替. 若之子孫, 一或不謹, 則神必殛之, 戒汝子以至汝之子子孫孫." 於是, 始衣女裝, 歸安生家, 安生不肯取婦曰: "世上寧有如子之德性者乎?" 遂生二子, 富厚終身, 敎養二子純深, 世世有家法, 異於他人云.

噫! 女妓中有此有才有德之人, 斯世不可厚誣.

4. 천연두가 맺어준 인연

沙伐國有一士家季女, 聰慧絶人, 且能文, 年十三, 痘陷而死. 神魂飄揚, 雲山之上, 遇一小兒, 亦年十三. 乘雲駕風, 至俗離山, 上峰高閣, 上有一老人焚香靜坐點古書. 兩兒齊肩立拱手, 老人諦視良久曰: "不當來而來. 人間好夫婦." 顧侍兒曰: "與之果." 與棗三栗三. "與之香醴." 飮半盞, 精神頓倍. "以玄黃二小旗與之." 玄書: '三百里離鄕之厄', 黃書: '六十年居室之緣'. 玄賜小兒, 黃賜小女. 又曰: "各以意書其傍." 小兒題曰: '死生之際, 携手同歸.' 小女題曰: '離合之期, 屈指相待.' 老人笑曰: "眞夫婦. 可謂信誓." 兩兒各持一旗辭退, 坐中峰上. 兒北向, 女南向而坐. 俯萬仞絶壑而投下, 精神入屍身中, 有若夢覺, 黑變紅爲聖痘.

小兒之父, 以靑山人避仇於沙伐. 居五年, 兩兒年十八. 門戶相對, 郞才閨英, 俱絶等, 郞家奔竄窮敗, 女家富甲一府. 雖欲議親, 貧富懸殊, 不相發言. 郞曰: "今聞彼閨秀五年前以痘死而復蘇, 無或與我同死生者乎?" 遂以尺帛爲玄旗, 書: '三百里離鄕之厄', 旁書: '死生之際, 携手同歸'. 送其家以求對辭, 其家莫知其義, 駭顧無言.

自內請一玩, 小女喜色滿顏, 裁帛製黃旗, 書曰: '六十年居室之緣.' 又題旁曰: '離合之期, 屈指相待.' 其父曰: "文則奇, 對則巧, 意趣有嫌於女子之辭." 女斂衽曰: "此實大事, 不可顧嫌." 詳說死時事, 父母曰: "奇哉異哉!" 遂請其父子, 立兩旗廳事上曰: "俗離山神之所賜, 不可不拜賜." 焚香再拜. 卜日成婚, 以玄黃旗立左右, 寶而藏之, 復設重牢之時. 五福俱全, 爲世歆歎.【沙伐國, 尙州也.】

5. 지리산 성모가 맺어준 인연

頭流山, 一名知異山, 跨距嶺湖之間, 最稱名山. 最高峰曰天王峰, 有聖母祠, 二三月之間, 士女紛踏祈禱. 頗稱靈應云, 十百爲群, 相與致虔. 湖南之南原·嶺南之晉州士人亦在其中, 遊賞祈禱之後, 坐巖石上睡.

忽聞聖母與左右二客相對笑語曰: "妾是一山之主祠, 旣非司命, 則有何禍福之主張? 而衆生發願, 如是紛紜. 人生禍福, 各有定命, 吾於天, 命何哉? 無福而求福者, 吾於命何? 無子而求子者, 吾於命何? 壽夭貴賤, 各有定命, 甚矣! 人之無知, 若是哉! 今嶺有一士, 自稱其女之特異, 願得佳婿, 湖有一士, 自稱其子之特異, 願得佳婦. 此人情之固然, 而不咈乎天理之當然. 夫嫁娶者, 必以地處之相符人品之相等. 有不然者, 貴賤不同, 則有降等之道, 貧富不均, 則有人地之相錯, 權而衡之, 莫不相稱. 既有佳子女, 願得佳婦婿, 固非分外之事. 妾將觀其人因其勢而利導之."

顧二女使, 口授數語. 不移時, 駕風鞭霆, 一童男一童女, 來立於聖母座前. 聖母笑曰: "不必他求, 眞是人間好夫婦. 富且壽, 福力甚遠, 奇哉!" 二客曰: "此亦有定緣耶?" 曰: "此人地處等, 人品等, 貧富等, 貴賤等. 天之降生兩人, 豈不定爲夫婦耶? 違天則必不吉." 手撫兩人頂, 以手持筆, 下點於頂窓曰: "他日以此爲信. 但陸隔萬峰, 海行千里, 會合不易, 然時勢所驅, 自然相聚. 風伯海若, 今日參看, 他時幸相助以順成兩人之嘉禮也." 二客曰: "諾." 其人等倏然而覺, 乃一場蝴蝶也. 兩士人之夢皆然, 而初不相識, 故記諸心中, 而獨自喜而已. 歸語於其子女, 子女曰: "兒夢亦然."

其明年, 卽壬辰之歲. 倭寇充斥於一國, 湖嶺尤毒. 積年不解, 人皆避寇於山谷之間, 富人則必專船載糧, 聚合宗族, 浮宅於海上. 元制使均敗沒, 忠武公復來, 新到之初, 只有敗兵如千人及戰船十二隻. 而倭數百艘, 鱗次蔽海而來, 公以十二船挺身, 當前以禦之. 時避亂船百餘艘在港, 公命在後鼓噪以助聲勢. 遂大戰, 移時, 倭艘數百隻相繼燒盡, 死倭浮海. 於是奏凱喧天, 避亂船人男女老少, 踴躍歌舞, 天地爲之變色.

是時, 嶺湖兩士人避亂船偶相連着. 兩箇秀才各於船頭端坐相對, 自相問知, 一嶺一湖. 眞人間奇男子, 若珠玉相照. 湖船秀才曰: "湖與嶺, 陸隔萬峰, 海行千里. 吾輩生長庭除之內, 何一相見 而面目甚熟? 大是異事." 嶺船秀才遽閉篷窓, 亟入告父母曰: "隣船有一秀才, 自稱湖人, 而定是聖母座前同受頂點者." 其父忙出視之, 其隣船已移次矣. 無路相訊, 深爲悵恨而已. 不日而各散歸, 蓋嶺船秀才, 乃女子而男服者, 以女子之故, 不能酬語, 而失此好期也.

數月之後, 嶺船上下隨潮, 求一福地避寇藏船. 船行甚疾, 若有神助, 到一靜僻處止泊. 而無他隨行者, 孤寂殊甚, 甚以爲憂. 忽有一船飄風而來, 帆破檣摧, 來泊其處. 嶺船大喜, 迎問則乃湖人. 湖人心魂已定, 自相探問, 則彼乃南原名族, 此亦晉州大姓. 又詢其姻親戚屬, 皆平日聞人, 遂結交同盟死生相與. 又令子弟納拜, 湖船秀才來謁, 容止端詳, 精神灑落, 眞絶等人物世間秀出者.

嶺士大驚曰: "如此秀才, 平生所未見. 但吾則素無子, 無以繼此而結好誼, 大是欠事." 遂坐語摩頂, 頂之門上有黑子, 大驚曰: "此何黑子生此耶?" 其兒曰: "年前得一誕夢, 此實鬼祟, 天王峰聖母所授點." 嶺士又大驚大喜, 執手曰: "然乎然乎? 奇哉奇哉! 我之來此, 海若之所助也, 君之來此, 風伯之所送也. 不然則陸隔萬峰, 海行千里, 何以相會於此?" 秀才曰: "此亦聖母之辭, 長者何得以聞之?" 嶺士曰: "天王峰上夢裏所聞也." 湖士曰: "天王峰, 吾亦聞此矣." 嶺士曰: "我有一女, 亦於聖母前頂受此點, 年雖過笄, 不敢妄許結親, 實有所須. 信哉, 聖母之聖! 前知如此, 聖不虛也." 遂於海中卜日成禮, 咫尺連船, 親迎于歸, 皆依禮備行. 亂定之後, 遂各歸家, 其後子孫昌大, 皆得遐壽, 富貴終身. 異哉!

噫! 聖母何神? 世傳釋迦如來母摩邪夫人, 幾萬里別世界外來, 作一山之神耶? 緇徒虛誕之說妄矣. 或云高麗太祖后威肅王妃, 一國君母, 反作一山之神耶? 李承休 『韻記』 之說誤矣. ■■集云: '無乃古之老婦修道於玆山而死, 世祠而祀之, 世久年遠, 仍爲此山之主耶?' 其言有理. 不自張大而務實, 因其前知, 導以前路, 不以爲己功, 謂之聖, 庶乎!

6. 15년 만의 부자 상봉

湖西荊江上, 有金姓士人, 性豪放, 略有文章, 佩壺挾杖, 癖於遊山. 茂朱素稱山水之勝地, 一咏一觴, 少歇槐陰之下, 倚樹而睡. 忽見某女, 亦來坐槐陰下, 數注目於生, 卒然問曰: "行次何在? 遊山之樂何如?" 曰: "在湖西. 酒盡脚疲, 興致太不足." 女曰: "此後溪山尤勝. 下十里有數三家民村, 初入處精舍, 卽妾家. 炊夕飯以待, 歸時暫訪." 生曰: "諾." 女遂去, 驚悟, 乃一蝶隨風而飛.

起入後山, 泉石甚佳. 下山求酒家不得. 到十里, 有落落數三家, 問酒家, 午夢所見女出而應對. 諦視曰: "是何午夢中所見人也?" 客曰: "是何一夢相似? 槐陰下虛景, 果爲實境耶? 宿面良異." 女曰: "可謂速客."

請入內舍, 先進酒, 繼進飯. 飯訖, 生曰: "外主人何去?" 女曰: "無. 只有男弟一人, 樵於山." 俄而, 主人兒來, 問其年, 曰: "十七." 問女年, 曰: "二十三." 曰: "與我同庚." 明燭鼎坐, 主人兒先就睡. 生曰: "一男妹何以楚楚聊生?"

女曰: "父母俱歿, 得贅壻, 十七而夭. 男妹相依爲命, 家不甚貧. 短刀常佩懷中, 强暴者莫或犯, 但無一種子, 以是介介于懷. 午夢誠異事, 兩人精神相注於午寐之間, 此必天緣. 無或得一介種子而然耶?" 相與就寢. 翌朝飯後, 女曰: "今日遊賞之後, 夕復來." 使其男弟持壺酒從行, 如是三日辭歸.

用力於科事, 勞心於世故, 居然十五歲. 喪耦無嗣, 家事蕩殘, 無復世念. 復遊於山水之中, 兩湖一嶺, 無不遍觀. 文章高明, 風神秀朗, 到底留宿, 人皆不厭. 行處酒債, 雖不能償, 店翁壚媼, 無不敬慕. 但無止泊處, 身世悲涼.

歸到茂朱, 渾忘前事, 行到一處, 呼主人請宿. 有一兒應門, 容貌淸秀, 擧止端雅. 喜色滿面, 入呼其母曰: "有客請宿." 喜淚如注. 母曰: "山家客來, 雖稀貴, 何至喜不已而泣, 泣不已而欲狂? 若見汝父, 倘作何狀? 灑掃小房, 請入處." 入則果其兒之父. 大驚趨前, 執袪而泣曰: "十五年信息斷絶, 兒生成童. 今始見面, 天誘其衷, 自然流涕. 天理固不可誣也." 生曰: "何謂我兒?" 曰: "自公去後, 遂有胎, 生此兒." 其兒於是放聲大哭, 父子相持. 無父者有父, 無子者有子, 悲喜何如也?

婦曰: "公之家眷, 今何在? 子女幾人? 內君存否? 家事亦何如也?" 生曰: "兒乎兒乎! 天不欲絶吾嗣, 亦碩果之理耶? 吾乃天地間浮萍踪跡, 未及中年, 爲鰥爲獨. 又無劉伶荷鍤之人, 不過塡名山大川之溝壑而已. 今可以免獨, 又可以免鰥也." 婦曰: "此兒曾受學於長者之門, 以才童名." 生乃焚屐破壺, 靜坐一室, 以敎兒爲業, 文學大進, 選名門娶婦. 又問: "今日所居, 非前日精舍何?" 曰: "爲回祿所災, 更卜新基." 其後又生一子一女, 子孫甚繁, 有名士人爭趨其門, 名顯一鄕.

7. 권세로도 못 막은 인연

萬曆末, 有上舍金生, 無嗣有一女, 才貌絶人. 甚愛之, 女紅之外, 生敎以詩書『小學』. 及笄, 生病將歿, 執女手, 謂夫人曰: "吾爲此女選東床, 不及遂意, 身先歿, 吾所痛恨. 愼勿輕許人, 吾之內弟宋某, 在湖西, 必來見, 以吾言托之, 其言可信." 歲庚申歿. 壬戌冬, 宋生入洛, 歷入友人鑄洞李上舍家. 李亦庚申歿, 一遺孤, 年亦十五. 犀角豐盈, 實稀世之珍, 文章筆法, 世莫能肩. 生歎曰: "李友不亡!" 大奇之.

上興德洞金家, 見從嫂及姪女, 其嫂泣告金上舍遺言. 宋生諦視姪女, 眞仙娥謫降, 非塵世人物, 大喜曰: "吾今行得二奇人物, 眞天作配耦. 玉蘊山輝, 珠藏澤媚. 今此兩人言動容止, 大非凡人, 必德性潤身." 遂言李郎爲人, "門戶正相對, 吾當通言之. 彼若肯許, 當請單來. 吾不能遲留, 此後當送別人, 商議成婚." 遂復往李家, 受諾請單, 定議卜吉, 宋生遂下鄕.

是時, 金家隣坊, 有朴姓人. 富甲一世, 賂結權門及宮禁, 性陰鷙, 行威福. 詳聞金氏閨英絶等, 欲以勢力脅成. 聞金李定婚, 大怒曰: "吾已發言, 李是何人, 敢如是橫出耶?" 遂散千金以間. 兩家初不知流言出自朴, 俱有疑貳之心. 李郎語其乳母曰: "流言如此, 莫知端倪, 母其往覘之以詳虛實."

乳母多持方物, 有若商婆, 往來連次. 遂得親信, 始見小姐, 眞天上仙娘, 非人間女子. 李郎曰: "吾雖釋意, 彼之疑, 難以卒解. 吾當親往釋之." 使乳母告金家曰: "賤身亦無子有一女, 雖不得彷彿於小姐, 亦有絶人才貌. 年已過笄, 下士常家, 實無可意者, 至今不嫁. 女兒願一瞻望小姐, 委身侍婢之列, 終身叨陪. 但女子出處, 不可容易, 以是次且." 夫人曰: "何不一夕率來? 吾家素無男子, 何嫌之有?" 商婆曰: "明夕當率來, 果無外客之來者乎?" 夫人曰: "有何外客?"

其明夕, 果率女來. 夫人曰: "上堂." 遂禮拜端坐, 精神峻整, 風采灑落. 夫人驚歎不已曰: "何不生士夫家作男子身, 以昌大門闌, 作閨家女子, 伏於人也? 可與吾女上下人." 呼小姐曰: "此娘旣爲汝來, 何不出見也?" 小姐遂闢門而坐, 款款語不休.

望見小姐左右多有書籍, 案上有小冊子. 女問曰: "案上書, 何書?" 曰: "『唐律』." 曰: "小姐果善吟咏耶? 願聞一句金玉之聲." 小姐曰: "娘必是能文, 先吟一韻. 吾當和之." 其女謝不能, 小姐强之, 於是請筆硯及一箋, 呈上曰: "好風吹送我, 十二瓊樓中. 願從仙娥後, 同朝太一宮." 小姐賞歎不已, 卽和曰: "惠風紅雨下, 瑞曤紫霞中. 好鳥和鳴處, 春生六六宮." 女曰: "小姐不特文華之特異, 又解易理, 非閨家賤品女所能企及. 願得同心結, 長侍左右."

夫人命近前餧飯, 女辭曰: "尊卑之禮甚嚴, 何敢冒犯分義耶?" 遂不輕移一寸地, 小姐亦不踰閾, 雖朝廷之禮, 必不如是嚴截也. 遂辭退, 夫人問後期, 女曰: "女子出入不容易, 賤母往來, 當有所報." 小姐復以一韻書給曰:

"仙居非別界, 卜築近朝陽. 昨夜梧桐雨, 天敎下鳳凰." 女曰: "臨別草草卒卒, 後當仰謝." 遂去, 夫人甚悵然不能別.

明日, 商婆又來謁曰: "賤女過蒙厚眷, 感恩不已. 有女如此, 不能選賢, 日夜焦悶. 聞小姐有定處, 可賀." 夫人曰: "初欲定婚, 毁言日聞, 以是不決." 婆曰: "夫人所求, 何許郎君也?" 曰: "與吾女不上下, 則浹吾望." 婆曰: "賤女雖大不及於小姐, 猶難其人, 況小姐乎?" 夫人曰: "婆之女兒, 雖曰吾女以上人, 猶可, 何謂大不及? 惜乎不爲男子身, 吾女則眞女子."【空二字, 疑而已.】

婆曰: "老身亦親信於李宅, 郎君天下奇男子. 亦聞流言, 不能無疑, 近知流言之根. 此近處朴姓富, 班散千金以間之. 李宅已釋疑." 夫人曰: "朴曾求婚, 吾不許, 果其人流言." 婆曰: "夫人許賤女以可人, 則李郎勝於賤女, 何疑?" 夫人曰: "豈能然乎? 世上復有如令女人物乎? 若如令女而丈夫, 則丈夫之傑然者." 婆起拜曰: "夫人擇佳婿, 敢賀. 老身, 卽李郎君之乳母, 使廉流言之根, 乃朴也. 曰: '吾不自往, 無以釋兩家之疑. 權以濟事, 古人有行之者.' 遂變服而來, 深服小姐之德性, 夬釋其疑, 使老身敢布腹心." 夫人大驚曰: "其然其然? 眞天下奇男子. 吾得佳婿, 吾望過矣."

婆奉花箋, 進於小姐, 小姐笑而受之. 其書曰: "奉謝金小姐座下." 詩曰: "默看生理, 一陰又一陽. 願言蠅附驥, 誰知鳳求凰?" 又曰: "黃金雖夜走, 白璧已天成. 昨日閨門語, 靈犀一點明." 夫人曰: "其書何如?" 小姐含羞不言, 夫人曰: "吾志決矣, 汝亦何嫌?" 强之不已. 對曰: "文章甚高, 意趣亦深, 非小女所可月旦." 夫人又大喜.

婆曰: "夫人不識朴也之陰謀凶計, 將害郎君, 仍逼小姐. 金尙宮·李判書之勢, 誰敢抵當? 兩宅姑爲遲退婚期, 徐圖遠避之道, 以觀時變, 毋速禍機, 故遣老身相告." 夫人大悟曰: "幾落於凶人毒手中." 自此婆往來商議, 暗圖下鄕之計, 不久靖社兵起, 尙宮·爾瞻殛死. 朴也雖失勢, 而家富自如, 奸計日急. 甲子适兵入城, 城中奔竄, 金李兩家相聚於東小門, 門已閉, 小姐亦變服. 泮村多空舍, 遂寄寓焉.

有一道人坐松陰下, 以射字占吉凶. 兩人書送之, 道人題曰: "兩家佳子女, 一世好夫婦. 莫嘆人謀秘, 已看鬼籍題." 時朴也旣失金尙宮·李爾瞻之勢, 又欲結逆适, 迎於軍前, 以萬金獻餉運之費. 大駕西還, 事覺, 朴以附賊斬. 於是兩家各還其家, 卜日成禮. 李得高科, 官至八座, 又多子女, 夫婦以五福終其身云.

8. 전란이 맺어준 인연

宣廟龍蛇之歲, 倭寇留屯, 嶺南士民魚肉於野, 多避亂山谷之中, 屯倭時時摽掠. 時晉州士人姜姓, 率其女男服, 隱巖穴. 倭寇來逼, 滿山千百人奔竄, 兒女不能走, 幾爲倭寇所攄, 投百尺懸崖之下. 倭驚愕躑躅之際, 其父母雖知女兒之投死, 不敢顧, 疾走得免.

其女幸不死, 以所帶米屑有若厚衣, 不甚傷, 匍匐而走, 亦免. 賊退, 其父母求屍不得, 女求索父母又不得. 足繭氣盡, 不能進步, 又欲投死於巖石下, 痛哭而坐. 忽夢一白頭翁曰: "勿死. 汝之福力未艾, 得遇父母. 汝同年人今來, 汝從此人去, 前路大亨." 夢覺, 怳忽而坐, 自念: '女子身一從人, 當終身不改. 門戶不敵則必不可, 人物不似則必不可, 何可容易從人乎?' 淚如湧泉, 只有死心而已.

俄有一兒亦揮淚而來見. 其人來坐於旁曰: "汝何處人而單身坐? 有所須人耶?" 其女雖男服, 實女身, 羞澁不能言, 垂淚而已. 其人曰: "單獨小兒當此危亂, 死則死, 不能吐盡情緒, 作兒女態耶?" 强問之, 女曰: "晉州人, 姓姜氏, 失父母, 坐此今四日." 曰: "年幾?" 曰: "十六." 曰: "與我何相符也? 我丹城金姓人, 與父相失亦四日, 年亦十六. 吾旣單身, 汝亦單身, 同作一隊, 行尋父母. 只在此山中, 寧有不得之理? 爾我父母間, 一或相遇, 則丹晉相接, 或有相知之道, 長子搜問, 必不日而可推尋. 俄得異夢."

女曰: "何夢?" 曰: "搜索四日不得, 將下山向丹城, 俯視平地, 倭奴遍野. 不能進一步, 坐睡巖石上, 夢白頭翁曰: '勿下復上, 遇汝同庚人, 因緣鄭重, 將來福力必多.' 夢覺而來, 幸遇汝. 是以欲同行." 女曰: "異哉! 我夢亦然. 同隊而行, 必交以朋友, 結以兄弟. 地閥何如?" 曰: "丹城名族, 先賢之玄冑, 家君亦士類而名顯." 女曰: "我晉州大姓, 名卿後裔, 家君爲世所推, 士林宗盟. 地醜德齊, 可以結兄弟. 若尋父母, 俱事之以父母, 死生以之不相離. 可乎?" 曰: "今日必死之地, 與之同生, 是一人之身. 天地鬼神臨之, 靑山在左, 白水在右, 其敢有二心?" 於是二人執袂痛哭.

女曰: "何以自食?" 曰: "雖或求食於避亂人中, 僅不死而已." 女曰: "吾有糇屑, 可支五六日." 遂和水以給之, 自是無飢渴之病. 徧山求索, 不多日, 得遇金兒之父, 姜以義父母呼之. 蓋金兒俊秀出群, 姜兒才貌絶世. 金大奇之, 問姜兒之父名, 曰: "吾所稔知."

遂率二子, 往晉人團會處, 不半日而相逢, 於是父女相抱而哭. 女以與金兒相遇相結之事告之, 父曰: "使我平日選賢, 必無過於此." 遂語金曰: "我兒男服而女身. 與令兒結親, 可乎?" 金父子大驚喜. 遂於山上, 酌水成禮. 姜富金貧, 遂優分田民. 姜無子, 後盡以田民付金. 金亦登第, 至顯官, 子孫亦盛云.

9. 충주 이생의 선견지명

忠原有李姓士人, 忘其名. 英廟己酉·庚戌大有年, 辛亥春, 李生語其子曰: "某坪水田, 吾欲賣之." 子曰: "吾家無他田, 只有此水田三十斗落, 秋收三十石, 爲一室命脈. 旣無事故, 何賣爲?" 生曰: "汝言有理."

自其後對案不食, 妻問其故, 生曰: "人生各有其時. 十年前卽吾時, 今則兒之時. 失其時則死宜矣." 曰: "何謂失時?" 曰: "吾欲賣土而兒曰不可. 在吾之時, 行吾之志, 不必問於兒, 問於兒, 已失時. 兒言有理而强拂之, 於吾心不安. 故曰失時者宜死." 子聞之, 頓首請罪請賣, 終不應, 見其至誠知罪乃食.

食訖, 命呼隣村富民朴同知曰: "吾將賣水田, 汝買之乎?" 朴曰: "無故何賣?" 曰: "勿問有無故, 但言買不買." 朴曰: "一坪盡小人之土, 其中第一品, 此水田. 何可讓於人? 請問價." 曰: "元來三百兩." 曰: "太廉." 曰: "元價不必加減." 曰: "四五日後納價." 曰: "何遲也?" 曰: "將以穀換錢." 曰: "每石直幾何?" 曰: "一兩." 曰: "納三百石, 可乎?" 曰: "省事可幸." 曰: "然則以十石貿材木, 作庫三間於此場邊." 曰唯唯而退.

數日而成, 每間貯百石, 中藏九十石, 皆隔壁. 左右門, 鎖而封之, 使朴署其名, 中則自署之, 成文書以給之. 日課子, 不復業農. 秋成出三十石, 給家人曰: "一如前需用." 壬子秋, 又出給三十石, 戒如前.

癸丑春, 召朴問: "生理若何?" 曰: "死而已. 二年赤地, 一坪盡荒, 百口無可生之路. 雖欲賣土, 無可買者, 何?" 曰: "幾石, 可生?" 曰: "百口必須百石." 曰: "何以作農?" 曰: "一村離散, 無傭賃之人, 何?" 曰: "左右間百石, 盡付於汝. 百石則活汝家人, 百石則分隣里, 勿散. 幸而有秋則豈不好哉?" 其人都付一坪文書以納, 曰: "第置之, 以三十石周親戚."

及秋大有年, 其人來告: "今日某處穫稻, 請出看審." 生曰: "吾何看審?" 遂出文書, 搜出自己三十斗水田文書, 其餘盡還之: "穫吾水田時來告." 其人百拜稱謝, 生曰: "吾爲汝藏汝穀. 當穀賤之時, 不免屑越. 故爲汝守直而已, 何恩之有?"

噫! 人事與天理相符, 以理推之, 無不知之事. 人皆以老人爲異人, 吾獨以爲不甚異事, 其處事, 純合於理. 君子用心, 當如是無欲, 故其心虛明, 亦所以前知也.

10. 암행어사가 바꾼 마을 풍속

我再從叔父在陽城, 少時與娣婿沈始泰往統營, 歸過益山, 投宿路旁一大村. 一人前導, 最上頭精舍二間. 下二間, 左廐右房, 給馬料甚足. 夕飯四床來, 饌極精備, 朝又如之, 給糧不受.

午入親知家, 言其里風甚美. 主人笑曰: "果入某村? 湖俗獷猂, 素不接過人, 而其村尤甚. 百餘戶完議不許入宿, 又不許乞粮, 人以互鄉目之. 年前暗行, 當寒露宿, 百死僅生. 明日發軍, 聚蒿如木柵, 擧火燒之. 人雖不死, 家舍家庄, 一無餘存, 刑殺數人. 其後始知懼, 收每戶一斗米得百斗, 築密室, 月定有司, 以餉過客. 不過二三十斗而所餘殖利, 歲歲自足. 自是里風之美, 甲于境內云."

11. 군자다운 여염집 부부

又還到鴻山地, 時臘月念五日. 爲午雨所驅, 路旁有大家舍, 直入內庭. 內主人獨在廚造泡曰: "外舍冷內房溫, 急下處." 下馬脫油衫, 入內房甚溫. 主女入上房, 持酒出, 少頃, 呼下人進酒, 酒極淸洌, 肴亦精豐. 各飮一器後, 出給兩奴禦寒, 主女曰: "白酒已煖, 淸酒盡酌於行次." 以白酒二椀, 給二奴, 痛飮之. 呼下人曰: "馬料在行廊, 太與糠, 隨意熟喂之. 主人牛馬, 不久入來, 急先喂客馬." 有頃, 二人持二牛載柴來, 女慰勞之甚勤, 又以煖酒飮之.

日暮, 進夕飯, 極精且豐, 又進飯酒. 床退, 又呼下人曰: "外舍已溫, 請行次移處." 曰: "外主人何去?" 曰: "入妓夫現告, 持四十兩, 入邑內, 今夕當還." 曰:

"何謂妓夫?" 曰: "妓女衣弊則官家責其夫, 妓女必以境內富民現告." 有頃, 主人鞭馬來, 見客馬問: "何客?" 主女曰: "二位行次, 日午避雨入來." 主人曰: "其時外舍冷, 何不內房下處?" 曰: "夕飯後, 出處外舍." 曰: "善." 直入內夕食, 正衣冠請見.

命入房, 頎然一丈夫, 眞與內主人好夫婦. 言語恭謹, 娓娓可聽. 曰: "世富乎? 身致乎?" 曰: "父母在時, 不甚貧, 使受業於先生宅. 十七而孤, 十九而分居, 雖得九斗落沓, 素不習農役, 無以資生. 語諸婦曰: '賣土, 可得九十兩, 行商十年, 生理可成. 成不成命, 命吾何哉? 十年能自食乎?' 曰: '勿慮, 須勉旃.' 遂持九十金出商, 五年而歸, 婦自食有餘. 適有賣此家舍及田庄者, 以七百兩買置之. 復出五年而歸, 以三千兩買土.

又語婦曰: '十年期已滿, 生理亦足, 吾爲吾兄加一年.' 婦曰: '甚善. 努力焉.' 一年而歸, 以千金買一庄獻之. 兄在三里地. 自是後, 口不言殖利事, 以不踰分不妄貴. 謹身節用, 量入爲出, 爲人道所當爲而已. 略存贏餘, 以備水旱吉凶, 不復加一片土地." 曰: "所收幾何?" 曰: "出入二百石." 曰: "食口幾何?" 曰: "一夫一婦一子而已." 曰: "三口身, 何以盡食二百石? 雖不欲加, 何不加?" 曰: "人道所當爲, 猶不能如意, 有何贏餘?"

曰: "子能繼乃父耶?" 曰: "其父何足師? 若善敎之, 可爲平人. 今方在先生宅, 受『通』·『史』, 年方十二." 曰: "敎子若何?" 曰: "文字則受於先生, 但耳聞目睹, 在家時多常戒之曰: '實行, 爾當從先生敎訓. 吾無識, 所望於汝, 不過日用行事, 常人分內事. 畏法如畏豺虎, 嗜義如嗜飮食. 驕奢則亡身, 安佚則敗家. 衣服不過歲一製, 飮酒無過日三盃. 匹夫一婦, 一婦外無近, 女色必亡. 常人三農, 三農外無貪, 雜技必敗. 以凌長犯上爲切戒.' 以是數事, 日言之, 時言之, 使之印諸心, 聽不聽在渠, 其父亦如之何哉?"

曰: "內主人接客, 曲盡情禮. 何以化及於此耶?" 曰: "鄕曲賤女, 有何足言? 但天性樸厚, 常聞行商時, 爲主人所不容, 露宿飢寒之狀, 泫然流涕曰: '在家安堵之人, 不念行客困苦之情, 是何人心? 惟我輩, 必以是爲戒, 可乎?' 曰: '諾.' 如斯而已, 有何化及之事耶?"

噫! 善人不踐跡, 斯人近之. 能知足能戒子, 雖讀書君子, 如是者幾人? 其女人亦可敬也.

12. 토반에게 욕을 당한 과객

數年前有客, 自言在湖西, 請宿. 主客無眠, 予曰: "客能俚語乎?" 曰: "未也. 但前年有見聞事, 甚駭. 言之可乎?" 曰: "言之." 曰:

有少年客請宿, 而夜有呻楚之聲. 問之, 則曰: "本以明經入西學, 從兄以殺人謫東萊, 徒步往候之." 歸過靈山, 入一富家, 僻姓, 予忘之. 主人牢拒, 而日已昏無可往. 强請不已, 主人聲色俱厲曰: '今上綸音至嚴, 勿接過客.'

曰: '自庚申後, 元無綸音. 且不接行客, 鄕里之惡俗. 何敢假托綸音, 累我聖上至仁之德乎?' 其人大怒, 出示一張休紙曰: '不有綸音, 眞逆賊.' 視之, 乃仁同獄時官傳令, 物色亡命人. 曰: '以官傳令謂綸音, 非逆賊而何?' 其人踊躍呼奴曰: '挫下此逆賊.' 反接亂捶之, 衣冠盡破, 渾身靑黑. 呼里任與兩奴, 押上官家.

行十里至官門, 大言逆賊捉上云, 官家大驚, 明炬捉入. 下人略聞其事, 駭笑曰: '押來三人拘留勿逸, 必反坐.' 生仍忽思, 在京將發時, 有一親友下靈山, 留冊房云. 及入庭仰問曰: '某人尙留冊房否?' 靈倅驚曰: '何知此人?' 曰: '親友也.'

其人出見, 大驚曰: '是何事?' 曰: '歸路求宿於人家, 逢此辱.' 太守曰: '何人?' 曰: '東萊謫客金校理之從弟, 西學齋生金某, 爲見從兄來.' 生略言首尾見辱之狀. 友人以其衣冠與之上坐, 急呼酒以慰驚心, 趣夕飯饋之. 重杖押來三人, 枷囚之, 出捕校縛來土班, 重杖枷囚. 報使將刑配之, 以殿講不遠, 强病上道."云.

13. 아산 선비를 구해준 암행어사

湖人有來言. 牙山有一士人, 言語雅淡, 見解明快, 行誼甚高. 有過去士人來宿, 亦非凡人. 主客相得, 到夜娓娓, 而客終不直言名字, 但道李姓. 數次來訪, 主人必强留之. 一夕又來, 主人滿面有不豫色, 催夕飯饋之曰: "今日有故, 不可留, 可恨." 客心疑曰: "今見主人, 滿面和氣, 爲不豫色, 敢請何故?" 主人曰: "不可向人道, 但客不可留." 客曰: "知面雖不久, 知心則不淺, 固知主人無向人不可道之事. 果非有橫來之厄耶?" 客請與主人同之, 終不去. 日已昏, 主人曰: "今夜渾室, 必有死亡之禍. 客力不能救, 只見目前之慘, 奈何? 古人易子而敎, 只有一子, 托之友人." 指十里許一嶺曰: "此嶺南, 卽其家, 嶺之北大村, 卽豪民大姓. 兒往來時相親熟, 有時休脚, 與其子婦潛奸見發. 兒之見辱, 自作之禍, 姑捨, 今夜來相換而去. 到此地, 溘然而欲無知. 客何忍坐見此事?" 客曰: "其人雖出一時忿言, 何敢如是? 請主人安心." 曰: "其人獰狤, 必來無疑." 客乍出, 有頃還坐, 言談自如, 主人無言凝坐, 若癡人然.

夜半望見, 自其村火光馳來. 主人曰: "果來." 客曰: "安坐勿動." 有頃, 滿庭人馬, 有若婚行. 所謂新郎陪行騎馬, 持轎從者數十人. 忽聞霹靂一聲, 門已掩, 火光周圍, 刑杖滿庭. 騎馬兩人, 已在刑板上, 告物故. 客身上已加朝衣, 本官來謁. 主人怳惚無所見, 始定神魂, 始覺客乃暗行. 反接從者數十人, 次第刑訊. 於是, 客與本官及主人談笑酌酒. 客以其人付本官, 明晨不知去處. 或云此客乃李彛章云矣.

14. 숙녀로 칭송받은 여염집 며느리

有過客至扶安, 虛飢不能行, 坐道上, 見大野中, 數十人移秧, 午饁出. 客告飢, 皆曰: "主人在後." 最後一小媛戴飯來, 呼前人, 器與饌來, 精具一床進. 役處一老漢望見, 大喝曰: "此汝夫耶? 來卽殺." 言甚危怕, 客不能下咽, 還給使速去, 女曰: "丈夫終身之病, 可慮, 兒女一時之責, 何恤? 請安心加餐." 再三申勉, 小無變容. 客誼其言, 强加數匙. 其女到役處, 老漢忙奪所戴, 摔髮入水田中, 蹴踏之, 亂毆之. 女無一聲, 晏然往渠中, 洗身濯衣, 還分飯, 從容如常.

客異之, 過一隅, 問知其姓名, 直入官, 不及五里, 捉其人甚急, 其女疑之亦隨後, 從者亦衆. 縛上刑板, 選能杖者, 期必殺. 女望見, 衣朝衣坐堂上者, 乃乞飯客. 疾趨前, 以兩手抱舅膝, 請代死曰: "非舅之罪, 實女矣身之罪." 下人大驚, 將曳出之. 御史曰: "此淑女, 無或近, 近則刑." 下人却立, 御史曰: "何謂汝罪?" 曰: "年少女, 中路饋人飯, 有駭見聞, 宜乎逢彼之怒." 曰: "然則何以饋我飯耶?" 女曰: "觀其氣色, 虛飢甚急. 士夫不可屈於役場, 故自分受責而不得不奉." 其女旣不曳出, 無以施刑, 其人殘魂已不附身.

日已夕, 御史曰: "此淑女, 閭巷賤品, 何以出此德性之人? 求之古, 尠有倫, 宜乎惡漢之必欲殺. 授乞人一飯, 人或有之, 其有理之言, 不變之色, 上人千層.

臨變之際, 處事從容, 行己安詳, 讀書君子, 罕有其人. 今此淑女, 何以考終於惡人之家? 惜乎! 汝今日不死, 淑女之德, 汝不可以子婦畜之, 以神明待之. 吾雖在京, 朝夕相聞, 愼之! 淑女身上, 寧容惡漢絲穀? 昔漢以黃金四十金, 賜陳孝婦, 復其身. 今以靑蚨一萬賜淑女, 復其身以旌之!"

時告茶餤進, 命招淑女上階坐啜之. 淑女辭曰: "老舅在下, 敢據上坐乎? 敢辭." 御史尤奇之, 亟命下人: "定下處, 盛設鋪陳, 安淑女之身, 執此床隨而饋之." 淑女又曰: "老舅殘魂未返, 驚心未定, 小婦何敢獨安? 敢辭." 御史又强之, 女曰: "無已則御史道已赦其罪, 又命出送女矣身, 請以使道命下之酒, 出慰老舅驚心, 使道恩威竝行."

御史尤大奇之曰: "信乎父雖不慈, 子不可以不孝. 汝盡汝之道, 吾何禁之?" 於是, 淑女辭退, 庭中灑然變色, 皆曰: "蒼黃罔措之時, 容止安詳, 言辭樂易, 眞淑女." 御史目送之, 顧本倅曰: "月致存問以勵頹俗, 不亦可乎?" 曰: "然. 惟命." 自是後, 其舅姑待其婦如仙娥, 一或井臼則必曰: "子婦氏活我. 御史道必聞知." 其賞賜錢, 莫或犯手, 終身出納無所失, 衣食自有餘, 邑倅月朔存問以爲例.

噫! 詩云: '豈弟君子.' 和樂豈弟, 此女近之矣.

15. 남편을 고발하여 죽인 여자

七八年前, 嶺南有一士, 十世單傳, 多田民, 無親戚. 夫妻一時俱沒, 只有一女年及笄, 一子年未齔, 女能禦僮僕幹家事. 三年已訖, 自主求婚, 門戶相對, 能文飭行, 可爲人師表者, 不問年歲家契. 成禮後, 語其夫曰: "天不亡吾家, 幸有此弟. 此弟成就, 託之卿, 卿其念哉. 生理不須憂, 敎養此弟, 以保我家聲, 則粉身磨骨, 以報大恩." 遂治送山寺.

一日寺僧來告: "阿只朝食後, 無去處, 果下來否?" 其家大驚搜訪, 有老僧坐山頂松林下, 揮手招來人, 告曰: "阿只姊夫率阿只來, 坐彼巖上, 推下兩巖間. 千尺絕壑, 必碎骨死. 老身適來此望見, 心膽俱寒, 故待君, 告其處."

其奴遂負屍歸, 姊大哭. 夜裁紙爲冊, 書: '孤危家世, 哀寃情緒. 平日苦心, 今已矣. 祖先父母, 墳墓祠宇, 無可托人. 惟在官家, 裁度善處之道, 敢以死告.' 入官庭, 血流滿庭. 侍婢開簾視, 已自刎死, 旁有冊子. 太守視之, 卽捕誅其人,廣求其同姓, 立後者云.

或曰: "夫人以夫爲天, 天可讐乎?" 曰: "不然. 殺人之孤, 滅人之宗, 凡惡大憝, 豈此婦人之所天乎? 卽不戴天之讐也. 先殺身以報讐, 處義得矣. 比之父一人盡夫之人, 則又何如也?"

16. 남매의 혼사를 해결한 어사

韓姓士人素貧, 只有一孤兒, 率幼妹, 傭賃資生, 托李座首門下. 李奴視之, 人知其士族, 故以韓道令稱之. 妹年及笄, 嫌大村中內外無別, 大村稍遠處, 依山結幕. 兒甚健, 傭賃生理自足.

有過客到門外, 呼主人. 女子隱身而對主人出, 客曰: "爲投宿來, 奈何?" 女子推席及爐於幕門外曰: "主人今當來待之. 幕上有小壇, 可坐吸草." 少焉, 又推出食床, 極精可食. 白餐珍饌, 非閭巷窮家之需, 心異之, 且女子之接客, 實異事, 故不去以待主人.

來卽一總角. 問: "何人?" 曰: "過客爲投宿來." 主人曰: "好來." 入幕曰: "客飯催設." 妹曰: "已進之." 主人大喜, 出曰: "山家食品, 甚劣多愧." 客曰: "極精是異, 何過謙? 主人韓道令云, 我亦韓, 故來訪. 自何來? 派系何自?" 曰: "早孤無學, 派系何知? 先君常自言襄節公十世孫, 祖父進士公下鄕云, 所聞如斯而已." 客曰: "我亦襄節公十世孫, 其後分派不能知, 則遠不過二十一寸, 近不下十餘寸, 百世猶謂至親." 主人大喜曰: "平生未嘗見同姓, 今見公, 何異伯叔父? 家無他婦女, 只吾男妹. 同姓之親, 何嫌?" 固要入幕, 使其妹拜見. 仍明燭見, 容貌甚端, 德性外現, 動止又中節, 大奇之.

夜半設饌, 尤精食, 客曰: "女道在酒食衣服之間, 需食之節已知之, 其他女紅何如?" 曰: "不敎能文, 針績乃資生之道." 客嘆之不已, 又曰: "孤子如此, 嫁娶何? 孰主張是?" 曰: "無奈何, 吾欲民娶不可得, 妹婚不可降, 奈何? 居今之世, 非富家, 難於嫁娶. 李座首富甲一鄕, 再明日女婚隣邑之士夫, 家且不貧, 郎才亦俊云." 又曰: "座首性嚴猛, 一不如意, 則懸人馬柱, 明晨使我設鋪陳. 今叔主食後當往, 吾必不免懸柱之罰."

明日朝後, 主客同到李門. 李曰: "昨夕分付, 何謾不聽? 亟懸馬柱." 客卽上堂曰: "聞主人明當開宴, 請酒" 李顧其子曰: "饋之." 客曰: "今見倒懸人何罪?"

曰: "慢命之罪." 曰: "倒懸人何等人?" 曰: "有班名, 便若吾雇奴." 曰: "漢時匈奴强, 有若倒懸. 有班名人, 爲主人家雇奴, 是倒懸之勢, 宜乎倒懸." 李曰: "君其辱我耶? 對長者, 不可如是慢言, 可謂人事不省." 客曰: "何謂長者? 尊長乎? 官長乎? 長者之人事, 何如?" 李大怒曰: "爾是兩班乎? 常人乎? 當刑勿赦." 客曰: "何謂兩班? 何謂常漢? 座首稱號兩班乎? 常漢乎?" 李急呼奴, 捽下此人, 縛刑板上, 風色大駭. 韓兒在倒懸中, 不知自己之困痛, 客之將受刑, 流涕不禁.

有一人急入, 以馬牌將擊座首. 座首自是官人, 一見便知御使, 忙下伏庭請死. 客已上堂, 加朝服, 亟下懸人對坐, 縛座首於刑板. 命驛卒急入官, 招拿卒來, 將殺此人. 韓道令下庭乞救. 御史曰: "父兄見辱, 汝何爲人遊說耶?" 座首已失魂, 暴陽下久縛, 氣息將絶. 人始知御史乃韓道令之叔父, 皆曰: "非韓道令, 莫能救死." 李家男女老少, 皆伏韓道令之前, 哀乞曰: "閤室爲韓道令之奴婢, 請救將死之命." 李之女亦在中, 御史略知其狀曰: "吾不得不看吾佺面以活汝. 汝何以報吾佺?" 李曰: "惟命."

曰: "汝以吾佺爲婿, 與吾結姻乎?" 曰: "何敢何敢! 何幸何幸! 此賤生之榮也." 命解上, 李曰: "不敢上." 曰: "旣約親, 則査義鄭重." 以主客禮分坐, 將送人退來者, 御史曰: "任其來, 來當吾處之." 本官來謁, 與鼎坐. 官酒一行, 主人酒一行. 主人已令韓道令洗濯身, 出新郎衣服, 行冠禮. 御史爲主人, 主倅爲賓, 三加禮畢, 志氣宣暢, 風度卓越, 軒軒眞丈夫. 人莫不稱贊曰: "士大夫種子, 自與人別."

午後新郎來到, 始聞大驚. 御史使人先致款, 且請一見新郎之父. 來見, 御史曰: "聞尊門淸族, 家亦不貧, 郎又不凡. 何爲取富? 士大夫自有婚路, 何爲其然?" 其人慚謝無言, 御史又曰: "我之再從叔進士公, 落于鄕曲, 喪敗無餘. 其孫男妹, 在此無依, 故今方率去. 佺兒則已托於主人, 佺女則才貌絶人, 德性無比, 君能與我結姻乎?" 曰: "幸甚幸甚! 此行非良貝, 實過分望."

曰: "君旣治來, 吾當酌水成禮." 曰: "不可除者, 一夜間, 何以辦備耶?" 御史顧本倅曰: "君爲我能相助否?" 本倅曰: "何有不及之慮?" 卽呼下吏曰: "明日夕前, 必盡數來待." 於是三人鼎坐書婚書, 以韓校理爲主. 酒罷, 御史顧主人曰: "率吾佺女來, 與君女兄弟同居." 夜半次第受幣, 翌午次第合卺. 主人家宴需既豊, 官需亦稱. 是爲韓氏女婿也, 榮動一邑. 明日行于歸禮, 御史陪後, 所經之處, 莫不歆歡. 該邑太守亦來待, 宴需亦富云.

噫! 薄於同姓者, 觀此.

17. 비장에 자원한 왕십리 사람

東郊王十里有一人, 爲馬兵三年, 嘆曰: "可笑, 男子身止一馬兵而已! 有地處者, 當爲統制使, 如我輩爲統營裨將, 可以展其志." 遂致役而退食於家. 聞新使辭闕, 宰相所托裨將無數, 額外皆自備馬從行. 其人亦自備從行, 莫有知者.

到營三日, 例次裨將以次入謁納名. 問誰請, 曰某大監請, 閱所記冊下點. 末至其人曰: "小人本無干囑." 曰: "然則何來?" 曰: "統營重地, 每思一見, 從來房任非所望." 曰: "姑留." 於是各授房任, 定朔輪行, 其人在裨將廳, 受朝夕飯而已, 人人目笑之.

一日, 受問安後, 詢以各房所掌凡器物數, 莫有一對者. 其人從傍, 對甚悉, 某物虛某物實, 某物當仍置, 某物當改修. 曰: "旣非所掌, 何以周知?" 曰: "居此重地, 不能周詳, 何以應變於不虞之時乎? 每考閱之際, 從傍寓目, 以補我使道韜鈐中萬一. 何敢恃哺啜止哉!" 曰: "人才也." 遂授一房任, 不月而職事皆擧. 於是劇務重任, 無不授之, 營中大治. 器物大新, 軍兵歡欣, 財用豊足, 制使所用倍蓰.

二年而請由, 不許曰: "吾不可一日無君, 與我同去就, 宜矣." 力請不已, 乃給一月由. 發行書一卷冊, 進曰: "按此而行, 百無一失." 曰: "君其在矣, 何冊之爲? 毋過一月而還." 預備二船于港, 泛海而歸, 一去不還. 使苦待之, 如失左右手. 以爲中路飄風耶, 歸家病沒耶, 無以推問, 深恨之.

遞還爲御將, 多年後換局罷散. 家食數年, 家事蕩敗, 門羅可設, 其人忽來謁. 公大驚, 喜且怒曰: "吾以君必死, 思夢徒勞, 望眼幾穿, 何背人之甚也? 吾與君一言氣合, 心腹相待, 一夕相棄如弊屣, 此何人情?" 其人曰: "小人不以身事使道, 以心事使道, 故身不在節下, 心常侍座側. 今者使道, 在京何益? 何不下鄕安過百年? 此正角巾東歸之時." 曰: "吾日夜所思, 無處可往, 奈何?" 曰: "遊山之樂, 足暢一時之懷, 小人請陪從." 曰: "是亦所懷, 無人馬盤纏何?” 曰: “小人已分排待令, 使道若許, 卽今發行.” 曰: “君之才局吾所知, 此吾所以思之不置.” 遂不謀於家人, 攝衣而出.

探幽搜奇, 至永保亭, 留一日. 行到一庄, 家舍宏麗, 閭里櫛比, 卉木禽獸, 有若仙境. 公嘆曰: “此家主人有何淸福? 是所謂平地上神仙, 何以得此快樂世界?” 歆嘆不已. 至其家, 家衆迎謁. 公怪問之, 曰: “此, 小人家也.” 公大驚曰: “其然其然乎?” 其飮食居處, 自己全盛時所不及.

明朝又出, 逾一小峴, 其洞壑尤邃, 排置一如昨宿處, 其規模宏濶十勝. 公曰: “壯哉! 吾平生所未睹, 此誰家?” 曰: “使道宅也.” 公曰: “君調我耶?” 曰: “何敢何敢?” 遂上堂坐定, 命首奴率一一男女僕現身, 進夕飯. 是夜告曰: “明日人馬入京, 使道宅渾室迎來. 其或有未及之當者, 請備送, 請裁書.” 公歎之不已.

旬日之內, 盡搬移來. 是夜公細問其由, 曰: “小人在統營, 伏睹使道不以家事爲務, 且觀時變多飜覆, 知使道畢竟良貝. 小人得萬金之財, 海上料利得萬萬財, 此莫非使道財物. 此兩處排置, 自多費心, 必欲開退終身陪使道, 以送餘年, 故二庄相近. 小人何敢一時忘使道? 若非使道, 初何置裨將之列, 又何委任? 此非小人之功, 乃使道德量中所由來.”

噫! 使斯人當亂世在統營, 則功業必與忠武公相甲乙, 才可爲名將, 志可爲忠臣. 惜乎名漂沒而不傳!

18. 도망한 노비의 딸

有一士人, 推奴湖南不返. 其子至成童, 辭於母曰: “不知父踪跡, 誓不返.” 行乞於湖南以物色之. 至某邑, 爲官人雇立, 爇火冊房, 口誦古文. 冊房奇愛之, 太守亦見而奇愛之. 戶長有女擇婿, 迎而妻之. 其兒以爲得主人, 廣其耳目, 同心物色計.

一日, 戶長抱休紙軸, 投其婿. 塗其房中, 有一張小紙, 乃其父祖名下奴婢, 不覺執書而泣. 小兒見之出曰: “新兄主泣.” 其妻之長男兄窺見之, 大駭曰: “大禍必作, 是前日所弑主之子, 不得不今夜除之.” 召宗族相議, 語其妹曰: “夜半待熟睡出來. 當束以衾, 埋之壙.” 其父不忍, 而挽之, 不能得.

其女夜告其夫曰: “妾請代死, 換衣索出去. 弑主, 罪當死. 妾父則前後事, 皆力挽不得, 罪輕, 請一命.” 其人許之, 夜半出. 於是, 諸人入裹以衾, 其女佯若不知, 直埋之壙中. 其人直入告急, 太守掩捕盡誅之, 其女之父刑而竄之.
遂立碑於墓曰: '忠婢烈女孝女之墓.'

噫! 烈哉女! 非死難, 處死之難, 權衡義理之難.

19. 삼천 냥으로 쌓은 음덕

堤川有一士人, 家貧有三子. 一日, 有數人自言: "居嶺南, 家富族繁, 名在宅奴婢券中, 收得三千兩, 請放良, 一位行次往臨焉." 長子請行不許, 次子請行又不許, 季子曰: "然則小子往乎?" 曰: "諾." 長子曰: "年少未經事, 必誤事." 父不聽.

季子行, 得三千兩, 多買牛滿馱而還, 過龍湫. 見一士人將入龍湫, 一婦人抱持相難, 而哭聲甚哀. 下馬問其故, 其人曰: "吾出營債行商, 事事見敗. 當納三千兩, 不得捧, 久囚三年, 定日出來, 日限已過, 與其死於刑, 寧死於水. 婦女無知, 欲延晷刻之命, 不識身首之異處, 甚矣, 其惑也." 生曰: "三千之財, 何足多? 丈夫之命, 不可輕, 勿死. 吾所持者三千, 今付君, 君其生." 遂匹馬歸, 問其姓名, 不告.

歸而反面, 父曰: "好往返?" 曰: "無他事." 兄曰: "無持來物, 果虛語耶?" 曰: "不虛, 中路活一人." 兄曰: "何以活人?" 以其事告, 兄曰: "妄矣. 大人不許我, 已知事之歸虛." 父曰: "此吾所以不許汝而送此兒也. 可謂父知兒, 兒亦知父. 若長兒往, 必加徵, 加徵則必過分, 三千彼所量力而定, 過分則失歡, 失歡則害或隨之, 安得無不測之禍乎? 廉賈倍利, 大人無欲. 能得三千之財, 可謂利, 能與人, 可謂無欲. 人命至重, 非三千之財可具. 有陰德者, 必食報, 汝之兄弟, 必賴此兒乎!"

十年而父考終于正寢, 權厝而求山. 季氏踰嶺尋龍, 下十里, 山盡處有大家舍祠字墟, 實名穴. 跳身俯視, 歊歎而已, 爲主人所覺曳入, 詰問之. 赤脚忽請主人入, 其婦曰: "喪人似是湫上活人, 活人何不記之?" 主人出, 請上堂曰: "某年過龍湫耶?" 曰: "過." "見人將赴湫乎?" 曰: "見." 婦人忙出來, 客大驚起避, 主人曰: "活我之人, 兄弟勿避. 且已見於湫上." 遂以兄弟男妹結.

客問: "何以致此?" 曰: "及日, 備納於營門, 巡使大驚曰: '何以辦此?' 告以實, 嘆曰: '義人, 斯世不可厚誣. 一士尙然, 以道伯乎? 吾當仁義, 載半去.' 只受半,

出給半. 復行商, 事事皆成, 致鉅萬. 置二庄, 一爲錢主人發願, 吾夫婦日夜
祝天, 願逢恩人, 天察微誠, 使恩人到此. 何日遭大故? 居何地? 來何事?"曰:
"某月遭外艱, 權厝求山尋龍, 果結穴於祠宇下. 已斷望而俯垣一玩, 失體禮
可愧, 家在堤上."

曰: "天將報君之陰德, 使我守直以待之. 彼一庄, 吾墓下, 吾當居, 此一庄, 以
奉君, 君居之. 發人丁, 君與我同往堤上, 奉喪車搬移君家眷來. 奠居於此, 襄
奉於此, 世世同居, 不相離, 不亦可乎?"客辭, 曰: "何辭? 以君之財, 置君之
庄, 何辭?"遂如其言, 襄奉搬移, 次第定行, 三兄弟同居. 主客相隣, 子孫甚
繁, 家亦富厚, 兩家世世以年紀稱兄弟.

噫! 范堯夫以有餘之財, 濟親愛之人, 人猶以爲難. 斯人以難得之財, 救素昧
之人, 比之麥舟, 又何如也? 其父又高一等, 知子之明, 若是者幾人? 有是父,
宜有是子, 可謂至人. 或云: "安東金氏, 仙源·淸陰之先祖." 未知是否也.

20. 꿈에서 음덕을 쌓은 선비

湖西一士人中路坐槐陰下, 忽見一宰相亦來同坐. 士人驚曰: "公棄世已久,
今何行?"曰: "吾爲痘疫司員, 行湖南, 今向湖中."有二兒從, 一兒涕泣被
面. 士人問: "此兒何人?"曰: "最是可憐, 三世遺腹, 且無族親, 以其命盡,
不得不率去."士人曰: "公在世以厚德聞, 奈何絶人之祀? 請還送之."曰:
"有司命者."曰: "世或以陰德續命者, 天道好生, 必還送之. 雖有司命者責
言, 何恤?"力勸不已, 司員沈吟良久, 顧童子曰: "去."童子回去, 一步一回
顧, 諦視士人, 若有恩感之意, 仍忽不見. 驚覺, 乃一場胡蝶也.

其後, 推奴湖南敗歸, 入一富士家請宿. 少年主人方讀書, 熟視良久問: "湖中
有如許槐亭乎?"曰: "有之.""某年客休此亭乎?"曰: "有之.""有見痘神乎?"
曰: "此夢中事."其人跳身入內, 急呼母曰: "活我人來."母曰: "何在何在? 其
人老, 吾父事之, 少, 吾男妹結之."顚倒出來, 客欲避之不得曰: "春夢本虛,
何足實其事?"少年曰: "客雖夢, 我則實親見聞, 死而復生, 何謂不實?"遂挽
而留, 仍請同住. 治人馬, 率其家人來, 分其田民, 世世同居.

噫! 此說甚誕, 然痘或有虛靈之事. 或云: "一宰, 乃宋監司儒龍." 是亦誕, 故
不質言.

21. 송 생원의 얄팍한 선견지명

韓星州德一爲星牧時, 問下吏曰: "境內有特異之人乎?" 曰: "未聞, 但某村宋生員. 在癸亥八月初, 年事大登. 而水旱田幷花利, 盡賣之, 門前三十斗一夜未水田, 獨留之, 多貿穀. 又運力里人築堤, 下邊高二尺, 穿灌水之路. 人皆異之, 或以爲失性. 十四日猝寒, 卽灌水沒禾秀. 夜大霜, 百穀受災, 獨此水田不被霜. 殺年土價倍歇, 更買土倍數, 人服其先見之明."

噫! 謂之先見則可, 用意則非. 當告人以豫備之策, 聽不聽在人, 盡吾心而已. 幷賣花利, 是欺人, 如得志, 則小人之雄.

22. 성이 다른 막내아들

有李姓人, 善風水, 家甚貧. 其子曰: "大人多與人好基發貧, 獨吾家不得發貧, 何也?" 曰: "各有主, 此洞外有名基, 我非其主何?" 子曰: "寧有是理? 請築室." 曰: "第造茇舍, 汝往居一旬還." 八日夢, 老人嚴責敺逐, 不能留. 其仲子又出居, 不十日又入來. 其季子又出居, 不一年而家事大成.

老人語其妻曰: "吾末年, 賴此兒, 安享富厚, 幸孰大焉? 富不止於此, 賴及二兄, 吾無虞矣. 然非吾子, 須實言無諱." 妻曰: "何其然?" 曰: "此金姓基, 非李姓基." 妻曰: "某年月, 有客來與君宿. 中夜入內房, 意謂君. 及其出, 始疑之, 已無及矣, 知而不知. 自此有胎生子, 此乃金姓耶." 曰: "吾旣以渠爲子, 渠亦以我爲父. 是亦我夫婦暮境安享之命, 何害? 愼勿復言."

噫! 此說人誰得聞? 惑於風水者言也.

23. 여우가 차지한 명당자리

數十年前, 尸菴道予云: 近有郭姓人, 父死將葬. 若有言自棺中出曰: "山地甚凶, 無葬我." 其子心知妖孼爲祟, 聽若不聽. 將始役, 夜又有言曰: "葬此則死者不安, 生者無類, 何其固執也?" 又不聽, 依例將發靷. 又夜半, 其父踞棺上, 呼仲季子曰: "汝兄以我謂死而無知, 慢不聽命, 汝何不諫?"

仲季諫, 長子曰: "請入門親接父." 曰: "幽明路殊, 無得相接." 曰: "然則不聽命." 曰: "穴門而望見." 曰: "必一執手相訣." 曰: "不可." 曰: "然則不聽命." 曰: "不已則自門隙入手撫我." 曰: "自隙出手, 當一撫." 如是相難, 終不肯出手, 曰: "旣不見面, 又不見手, 明日當窆."

遂起立曰: "汝之固執, 異哉." 遂出手, 執手大呼而牽之, 幷其臂而出, 以利斧斷之, 乃大狐前脚. 開門入, 大狐倒窓前, 遂斫殺之. 明日遂安窆, 群狐四散. 蓋地氣融結處, 狐得定穴, 遂得長生爲百年老狐, 是謂名穴.

24. 중이 된 삼사의 관리

我伯父嘗說聞諸丁僉知萬壽: 丁公少時讀書山寺, 與諸人說士夫婦女多節義, 有一客老僧在傍臥, 忽奮起曰: "士夫士夫, 婦女婦女, 節義節義, 可笑可笑." 諸人大怒曰: "汝雖老, 不過僧, 如是慢說, 罪可殺." 僧笑曰: "適有憤激, 如是妄言, 幸勿咎. 小僧今老矣, 得吐礧磈積之懷. 胡水滿腹, 顔有德色之誚, 出於名家婦女, 誠甚醜矣. 然不忘舊情, 猶能還歸, 或可說也, 隱而不彰者, 幾人?

小僧, 曾士夫. 有妻才貌絶人, 情愛甚篤, 丁丑之亂, 爲胡擄去. 小僧不勝情, 遂棄世事, 入瀋陽, 山山谷谷, 無處不到. 累濱危亡, 乾糇幾盡, 胡俗絶稀村落, 深山窮谷, 但有一巢穴. 行遇故婢, 卽舊妻率來者, 同被擄. 見小僧, 驚且喜, 不能禁其淚. 小僧問其主存亡, 曰: '在此家, 主胡出獵, 而舊情亡, 新情洽, 見之無益, 不如速出以避禍.' 小僧强與之入, 厥女別無喜色, 强言語而已.

俄而胡來, 避上樓窺之, 厥女與胡附耳語. 胡接劍開門曰: '速下來!' 傍有長劍, 跳下直刺之, 胡卽倒, 又數其罪, 寸斬其女. 欲幷殺婢, 自言無罪, 且言其主之虐使無恩. 又曰: '非渠, 不得出去.' 裂布帛數十端而出. 胡狗大如數歲犢, 直欲噬人. 投之尺布, 必啣去復來. 如是數十次, 去益遠而來漸遲, 過十里, 始不來. 行伏數日, 達我境, 仍被緇, 放跡山水間." 取鉢橐中紅牌官誥, 掩名示之, 曾經三司之人. 明晨不告而去.

噫! 才貌出人, 有德性者尠, 絶色不可取, 必避之.

25. 중이 된 무뢰한

丁公又言: 有老僧頭着綈冒, 盛夏不脫, 人無見其頭皮, 諸僧言未嘗見其剃髮. 丁公欲强脫其冒, 抵死不脫. 一日僧曰: "今老將死, 當一言以釋衆人之疑. 小僧少壯時, 恃力使氣, 多妄行. 負二百斤, 日行百里, 踞坐石上, 有着草笠騎靑騾, 來坐傍巖點心. 其奴喝道踞坐, 小僧辱之, 其奴子多言詰責, 其少年士夫曰: '置之.' 小僧辱說不止, 良久, 命奴拏彼漢來.

小僧曳下其士夫, 身不少動, 接手牽小僧如嬰孩, 解椎髻, 續以鞭條. 踊身一丈, 執槐枝, 繫以髮, 懸之空中. 拔佩刀, 微畫髮際曰: '殺之過當, 除髮爲僧, 無作拏於人.' 一手執木枝, 以一手運用, 無異平地上, 其神勇不可量. 行人仰視, 無解下之路. 所畫內頭皮脫下, 數月而完, 然痕險不堪見, 故着綈冒. 又喪妻無子, 故着僧弁以終吾身."云.

26. 김 첨지의 대를 이어준 과객

有嶺士科行, 卜人言: "必得高科, 得美妾, 得厚財. 水邊木下, 遇素衣女, 大吉." 徒行, 身疲汗流, 浴於川, 就大樹下休, 果有素衣女, 漂於水. 心喜之, 欲接言不得, 其女忽先問曰: "科行乎?" 曰: "然." 曰: "壯元郞." 曰: "何謂也?" 曰: "必壯元, 幸勿相忘." 曰: "言其故." 曰: "夜夢, 黃龍浴於水, 蟠此樹下, 妾附其尾, 飛而上天. 心異之, 故來此以觀之, 行次浴龍浴處, 坐龍蟠處. 妾雖不欲從行次, 得乎? 妾, 是大村中金僉知子婦, 二十喪夫, 舅婦相依爲命. 父母哀其無子, 欲奪而嫁之, 以老舅無奉養者, 抵死不從. 今夕, 必來宿於妾家, 請奉以盤纏." 遂留去, 遲留待日暮, 入其家請宿, 主人許之, 接待甚厚. 夜半, 主女以五百靑蚨, 投房中而去.

明朝遂行, 果爲壯元, 付典籍還鄕. 其女聞笛聲自遠而來, 上家後山望見, 果新恩來. 其從行村兒曰: "何以則此客來此遊乎?" 女曰: "何可得也?" 少焉, 直向來. 雙蓋飜風, 御花耀日, 從者如雲. 女心知其人, 喜淚如注. 直到金僉知家曰: "去時留宿, 復容接耶?" 主人大喜, 直入內洒掃, 請坐內房, 命其婦備酒饌來, 蓋其婦已預備矣.

夕飯後, 備酒設戲具, 一村俱集, 收給下人甚厚. 主人跪請曰: "閭巷民村, 平生所不睹, 今日榮光極矣. 老少皆願一日且留. 家中少婦, 以靑孀涕淚度日, 今始展眉開口, 足以寬懷. 請留一日, 垂如天之恩." 曰: "到門榮墳甚急, 然而主人之意, 不可孤, 許之."

是夜, 歡聲如雷, 獨主人與客對坐, 從容告曰: "主人本以某地人, 來此三世, 孤子無依. 一子早死, 賴有少婦, 克順其孝, 厚德深仁, 終非薄福之人. 父母欲奪志而不得, 主人朝暮之人. 渠雖欲守家全節, 必爲强暴所奪, 不則必死. 敢以孀婦仰托, 京行留宿於此, 以定主客, 則有藉勢之道." 曰: "諾."

主人曰: "旣許主客, 請一賜顧眄. 若或有子, 主人之家庄, 永久有主, 孀婦必思善後之道. 主人雖死無虞, 死日乃生日也. 行次意下如何?" 客沈吟良久曰: "主客則可, 顧眄則不可, 於義理何?" 主人曰: "與其入於强暴之手, 寧奉獻於進賜, 以好義相結, 何如? 且渠雖全節, 渠死之後, 家庄無歸宿處, 墳墓無付托人. 使渠有一介種子, 則渠之子孫, 卽何異於主人之子孫? 名雖舅婦, 情若父女, 衷曲相通, 已與爛熳商議." 客曰: "主人之心, 誠悲矣, 主人之慮, 誠遠矣. 於我有害, 當曲從, 況無害乎?" 是夜同寢, 明日又留, 主人以百金贐行. 到門後, 以帶職入京.

一年而歸, 已生一子, 金愛而育之, 謂之外孫, 以其母視之女也. 金以天年歿, 以禮葬祭之, 以其子主禮. 以金之田庄, 爲金山之位田, 以遺命葬其母於金山. 永世爲有主塚, 子孫甚繁.

噫! 雖非節婦, 不妨爲孝婦. 金亦善人, 權而不悖.

27. 향랑의 노래

香娘, 善山村人女, 早喪父母, 育於內舅. 嫁十里外, 其舅姑惡夫幼逐之. 內舅曰: "多年育之, 又何貽憂?" 不受之. 歸則逐, 來又不受, 如是數次, 不欲他適. 與隣兒女採荣砥柱池上, 作歌授其兒, 歌曰: "하놀은 놉고 놉고 짜흔 넓으고 넓으니, 쳔지 크나 이 흔 몸 머믈 듸 업다, 찰아리 이 믈이 싸져 어복이 영장 호리라." 授訖曰: "汝以此來此唱之, 我必有應." 遂投水而死, 屍不浮. 求之不得, 其女兒唱歌, 屍出浮. 官聞之, 杖殺其舅姑, 刑其內舅, 立碑池上. 黃岡權公作銘, 飜其歌曰: "天何高大, 地何廣漠? 天地雖大, 一身難託. 寧投此池, 葬之魚腹." 余求『黃岡集』, 究實迹而不得.

28. 정인홍의 조숙함

鄭仁弘兒時, 讀書山寺. 道伯巡到, 仁弘使僧徒設席, 鳴鼓呼古風. 僧徒不敢從, 大叱之, 僧徒不得已呼古風. 嶺伯問: "工夫客, 幾人?" 曰: "未十歲一阿只而已." 使捉來, 曰: "以小兒凌長者, 以道民侮道伯, 爾罪當榎楚." 仁弘曰:

"山堂古風, 自昔然矣, 長幼何論, 貴賤何言? 但言古風之有不有." 嶺伯曰: "汝若讀書, 則我呼韻, 不能對則當撻之." 呼西字, 應聲對曰: "短短稚松在塔西" 呼齊字, 曰: "塔高松短不相齊" 呼低字, 曰: "傍人莫笑稚松短, 他日松長塔反低." 道伯大奇之, 以文房四友厚賞之.

噫! 仁弘少時, 名望傾一世, 與松江竝稱. 皆以剛褊激成黨禍, 已不足稱. 而若止七十而死, 不失淸士之名, 及其耄荒, 外爲爾瞻所罔, 內爲不肖子所矯, 爲斁倫極逆之罪魁. 一日壽, 反爲六極之首, 不亦怪乎? 然觀此詩, 可謂夙成.

29. 후취의 처녀성

洪氏『旬五志』曰: 成廟朝, 有宰臣後娶, 上疏曰: "必經人, 請離之." 命醫女往審之, 還啓曰: "金絲未斷, 鷄眼尙新." 又使畵工畵其家, 其處女常居壁樓甚高. 下批曰: "譬如秋栗, 時至自坼, 卿其勿疑."

30. 의리를 지킨 노복

數年前, 有人來言: 瑞山李姓士人, 多負債, 受四百兩, 幷家庄賣於親知人而破散. 兒奴年二十, 傭賃於人, 或捆屨, 或行乞, 以所得錢, 埋甕藏之, 人無知者. 一日必不下一錢, 五六年準四百數, 請退於所買人. 其人曰: "汝聽何人言? 加受幾兩圖, 不必成之事, 勿復言." 其兒曰: "小人苦心, 天地鬼神監臨, 生員主雖不退給, 必不得." 翌日, 遂負錢來納. 人皆曰: "此兒苦心, 人所共知, 若不退給, 有害於義理, 訟於官, 亦必退." 其人不得已退給. 於是, 奉還其內外上典, 勤力作農, 家事復成. 官聞知, 亟招其人, 上階坐, 饋之酒饌以獎之.

噫! 奴主, 有父子之恩, 有君臣之義. 世豈無致力致身之人? 而向主之誠, 執心之堅, 六年如一日, 以至賤之人至妙之年, 爲此巨人之事, 異哉! 千百世一人也.

31. 시골마을의 정숙한 여인

有一士人, 行過田畔. 有美小媛, 唱「山有花」, 農人相勸之歌, 嶺俗皆然. 「七月」·「常棣」·「北征」之篇, 章句分明, 音韻淸絕, 決知能文女. 故濡滯, 請宿於其女家, 乘隙投一詩曰: "葩經一秋誦分明, 行子停驂不勝情. 寂寞虛堂人不到, 香燈欲滅坐三更." 其女次而投之曰: "陌上相逢十目明, 有情無語似無情. 踰墻鑽穴非難事, 已與農夫許不更." 又書云: "寂寞窮巷, 莫慰我心.
魚雁忽到, 如渴者遇水. 雖然, 君子有婦, 妾有夫. 有婦君子, 求有夫女, 可乎?
妾夫於書無目, 於言有耳, 若此不已, 必逢彼之怒, 愼之."

噫! 言婉而辭正, 凜不可犯, 誰謂鄉曲有此女也? 文章亦高, 異哉.

32. 속아서 맺은 하룻밤 인연

有一士人宿店. 店婦頗可意. 以目挑, 其婦笑應之, 再三皆應. 半夜出來, 遂繾
綣同枕. 及晨不去, 明朝, 主人婦立窓外曰: "出來." 其女起, 貌醜不堪見, 且
兩目俱盲外垂. 主人婦笑曰: "行次積善, 必生佳子. 使病女始知人間男女事."
士人忿恚, 不食而去.

十餘年, 復過是店, 忿前事, 舍其隣家. 有一佳兒絶奇, 必非常家兒. 問之主
人, 曰: "彼家人甥姪而無姓." 曰: "何無姓?" 曰: "其人之妹, 天下病人, 人莫
近. 有過客與一宿而去, 生此兒而母卽死." 士人知己子, 率兒去. 大有成就,
富且貴云.

33. 중을 따라가서 찾은 아들

原州有一士人, 無子女. 聞嶺東有名卜, 往問之, 題曰: "十里靑山, 小僧隨後."
問其義, 曰: "第見小僧, 自然有吉." 果行到十里, 有僧隨來, 問何在, 曰: "居
五臺山, 往杆城邑內母家." 曰: "可同行?" 遂投宿.

夜半, 母子相泣而語, 僧曰: "世上寧有無姓人? 每爲寺僧所調, 寧無生." 士
人問其故, 其母曰: "某年設科於此邑." 士人曰: "然, 吾亦來此觀科." 遂更
視, 乃其時所舍之家. 曰: "其時妾寡居, 有一士半夜來犯. 明朝客散歸, 仍有
胎, 生此兒." 士人曰: "其時吾實犯主人婦, 但不能的知此家. 忽思其時, 裁
紙手傷, 以所剪紙裹傷, 以血紙藏椽隙, 今在不?" 明燭搜, 果有血紙不渝色.
曰: "明是吾子." 遂幷其母率去.

噫! 無父者有父, 無子者有子, 奇哉.

34. 신주의 저주

有一士家, 遭變喪, 只餘一孤, 亦病將死. 問於名卜, 題曰: '子斬父頭, 白屑紛

紛.’ 問其義, 曰: “未解, 第往思之.” 遂失心而歸. 其老婢問占何如, 曰: “占辭
甚怪, 死而已.” 語其辭, 婢沈吟良久曰: “嘗見某年改題主, 時一主身生隙不
合, 以刀刮之, 白屑飛下, 無乃以是乎?” 告由改造, 埋舊主, 自是, 家變息, 病
亦愈. 改題時, 以水巾裹主, 惡草除粉, 不敢用刀, 例也.

35. 못된 암행어사를 혼내 준 기생

有一繡衣, 性剛愎不仁, 多修恩怨. 與某郡太守有夙嫌, 刺探搆捏, 大欲作拏.
太守深以爲憂, 一妓曰: “請逐之.” 僦路旁一舍, 以淡粧素服, 依墟而坐. 御史
來坐墟, 側見其女, 言語婉順, 容貌雅淡, 羞澁之態, 決非酒姬. 酌一杯, 酒極
淸冽, 異香滿口. 異之曰: “人與酒, 非墟上所宜有, 何也?” 女曰: “妾本良家女,
不出戶庭, 妾夫喪性失業, 生理剝落. 粗解造酒神方, 借墟賣酒屬耳.”
御史連倒五六杯, 目心挑, 言心戲, 其女若受若不受, 而不嬌不態, 天然可愛.
御史問: “主人何去?” 曰: “夜得凶夢, 往訊卜者.” 御史酒興水涌, 色心火發, 渾
忘體貌, 不勝情愛. 四無人影, 墟酒已罄, 女入房取酒, 御史隨入, 將押之. 女
泣曰: “良家女子, 素不接人, 此何景狀?” 旣不順從, 亦不牢距, 若不得已脅從.
有大漢, 遠遠酗酒來. 女大驚曰: “妾夫來, 妾其死. 夫性狂妄, 不顧前後, 必
不利於客主. 旁有巨櫃可容人, 請暫避之.” 遂鎖之. 大漢入, 女問卜之云何,
曰: “木器久空, 山魅來接, 急燒之. 否則大禍必起, 害及一境. 必彼櫃也, 今
當燒之.” 女曰: “長物只一櫃, 不可燒.” 兩人爭之甚力, 大漢怒, 持鉅斷櫃.
鉅將及身, 櫃中急呼曰: “人也!” 大漢曰: “邪崇已成, 能作人語.” 急鉅之, 又曰:
“御史!” 大漢曰: “昔聞將軍鬼, 今有御史鬼耶? 鬼之尊貴者, 不可私燒, 當告
官, 燒之官庭.” 急向官路走, 女開鎖出之曰: “急走去, 勿復向此路.” 御史遂逸
去, 不敢復向其邑境.
噫! 酒色之孽, 一至此耶! 立身一敗, 措手不得.

36. 영광군 기녀와 암행어사

有靈光太守子, 與邑妓十四歲兒, 情愛甚篤. 及歸, 妓守節莫能奪, 存沒不
相問, 執志愈堅. 十餘年, 太守子以寒乞狀來. 妓母不識, 自道而後始識, 飮
之酒, 饋之飯. 明日, 太守行壽宴, 妓掌設饌, 入官家, 夕出來. 一見識之, 執

手而泣, 問別後消息. 曰: "父母俱歿, 家事剝落, 有若流離人, 行四方." 妓曰: "然則何不留此?" 妓母潛謂女曰: "汝十餘年守節, 爲此行乞兒, 終身困苦耶?" 女曰: "死生未知之時, 猶守節, 況已知生乎? 母氏善待之." 卽入官, 數持酒來饋之.

翌朝復出來, 其人曰: "今日盛宴, 吾欲觀光." 妓曰: "通刺則可以入參, 無上衣服, 何?" 曰: "吾以此行色, 何以入參? 在庭仰瞻, 足矣." 曰: "與下人齊肩, 不亦辱乎? 且下人亦不數, 不如不入. 妾以酒饌來, 幸留此." 朝後果入庭中, 妓望見, 悽然不怡. 下人等曰: "此乞人何人, 齒吾輩人?" 將驅出之. 妓回頭掩泣, 驅去復來者數次.

進床舉樂之際, 霹靂一聲, 庭中撓亂, 堂上空虛. 妓怳惚驚悸視之, 其夫衣朝服, 坐上座. 天飜地覆之際, 人耶鬼耶, 忙進立其前. 御史微笑之, 妓女喜淚如注. 盡召諸客, 皆就位, 御史床又進, 十倍諸床. 及徹, 以床下其女曰: "此舊主人." 終日極歡而罷. 召下人慰之曰: "我知汝, 汝不知我, 何其眼昧也?" 其夜, 差備以其女應, 諸妓曰: "平日守節, 今何不辭?" 一不作拏, 明晨逸去. 太守厚賞其妓, 自後無敢奪節. 御史復命後, 卽率妓去, 郡治上之.

37. 임제와 기녀 득선

林白湖悌爲進士時, 有盛名, 負鹽放浪山水之間, 人罕見其面, 侮弄斯人, 顚倒一世.

湖堂學士置酒大會, 妓樂甚盛. 公舍其堂側民家, 讀書詠詩, 聲音清絶. 學士異而邀之, 謝以無衣帶, 又請曰: "衣冠雖陋, 何害?" 請之不已. 遂弊袴不能掩體, 帶蒿索, 着平凉子, 進前跪坐, 下物露見. 人皆驚駭, 悔其邀來.

名妓得仙請歌「滕王閣序」以侑酒, 許之, 至'臨帝子之長洲, 得仙人之舊館', 曰: "임제ㅈ지장대ᄒᆞ니, 득션각시구버본다." 白湖笑曰: "爲汝綻露." 命取衣冠來, 終日唱和, 極歡而罷.

38. 원수 갚은 소녀와 여종

小說云: 於于齋柳公夢寅寓果川僧坊坪, 有二女兒, 來乞寄宿. 一女, 年十二, 似上典, 一女, 年十三, 似婢子, 使寓宿於廊下寡女家. 夜半一兒耳語於一兒曰: "讐人果來耶?" 一兒曰: "必來." 曰: "失今不報, 則無報讐之日." 出去, 仍不復來. 平晨聞店舍一行人來宿, 夜半有人剖其腹, 割肝而去, 莫得其故. 此必兩女兒所爲. 十二歲女兒能辦大義報讐, 奇哉! 其十三歲婢子又能從行, 尤異哉. 惜乎! 不傳其名.

39. 기녀와 명창 걸인

某邑有一妓, 殊色而絶唱, 自負才貌. 非奇男子絶唱者, 必不許身, 常獨居自唱而已. 有乞人求宿, 日已昏, 竈下撥灰坐. 夜半妓自唱, 忽有聲來和, 如出一口, 止亦止, 唱亦唱. 異之. 呼乞人問之, 曰: "聞." 又問: "有人來乎?" 曰: "未見." 復唱如前, 止如前. 曰: "乞人外無他人, 無乃乞人乎?" 曰: "不能耐寒, 時時呼寒之聲, 何謂歌?" 曰: "入房." 曰: "不敢." 曰: "勿辭." 使之唱, 曰: "不能." 妓乃自唱, 又如前, 强請之, 果名唱, 且鑑縷中隱隱好丈夫. 遂狎坐酬唱, 與之同寢. 晨而挽不得, 請後期, 曰: "諾."

有年終不來, 妓思念不已, 成病將死. 諸妓來問, 曰: "吾聞施德延命, 爲我設乞人宴." 及宴, 出座自唱, 無和者. 又設平人宴, 和者不成聲. 又設士夫宴, 一無可聽者. 晚有一士人來, 據上座, 呼酒命妓唱. 又曰: "復! 吾當和." 諸人曰: "行夫子道耶?" 曰: "吾聞此妓善歌, 欲得其實."

妓歌曰: "山有榛, 濕有苓. 云誰之思? 西方美人. 彼美人兮, 西方之人兮." 其士人笑曰: "爾之西方誰也?" 曰: "能唱者西方." 士人曰: "我不能唱, 奈何?" 低聲一唱, 妓忙趨前: "何其幻弄若是? 前日之來, 欲我死, 今日之來, 欲我生耶?" 於是, 座客皆曰: "此必林進士也." 遂飮酒, 極歡而罷.

40. 최창대의 박정한 처신

崔崑崙昌大, 明谷之子, 遲川之曾孫. 兒時以瘧, 晨入南關王廟, 卓下旁有一女子, 先來坐. 問: "何人?" 曰: "書吏之女." 年同庚. 女曰: "道令誰?" 曰: "崔政丞之子." 遂執手, 女辭曰: "童男童女中夜同處, 必是天緣, 決不可他適. 若他日不相棄則從命, 不則死而已." 曰: "諾." 女曰: "少年士子無畜妾之理, 妾當守節, 以待道令之及第." 曰: "諾." 再三定約, 遂聽命.

其後定婚, 則女托病不食, 其父母無如何. 科榜出, 女必問其父, 一日, 父言崔政丞子登科, 女告其事於父. 其父往告於崔, 崔曰: "果有是事, 親敎嚴, 不許卜妾, 奈何? 不告而私自往來, 是悖子, 亦奈何?" 女聞之, 遂眞病不起. 其父泣告於崔相公, 相公大怒曰: "急嫁汝女, 無壞我家法." 其女遂不食而死. 崔公有重名而官不遂, 子孫亦不昌, 夢其女來泣, 則必不吉云.

噫! 禮法之家, 義理森嚴, 多薄少厚. 大人君子, 於義理不悖則從權, 故曰: 立而後權.

42. 사랑에 빠진 여인의 시

有少年士人, 家在衿川, 入洛邸工夫. 夢月色如晝, 行數百步, 有缺垣. 入則有靜室, 女子明燭坐見客, 忻然迎接. 驚覺, 乃夢也, 月色如夢, 前路極目, 果有缺垣, 又有靜室明燭.

入則其女子亦不驚, 徐曰: "固知公子來." 士人曰: "我得異夢來." 女曰: "妾亦得異夢, 待子. 我以無男獨女, 爲父母鍾愛, 舍之靜室, 以繡針文字爲業. 異夢必天緣, 豈敢他適? 門戶不適, 公子有室, 當爲小室. 然不告父母, 不可忽忽許身. 再明復來, 請父母約束, 勿失期. 背約則妾當死." 曰: "諾." 申言再三, 凜然不可以非禮犯, 遂出.

再明, 家人來報親患. 忙出去, 持病錄旋入洛, 南大門已閉, 坐門待漏而入. 直到其女家, 殘燈耿耿, 女臥寢. 啓衾, 已自結項. 急呼主人救之, 良久蘇. 其旁有花牋, 書曰: "落月西簷影, 殘鍾北陌聲. 錦房繡帳裏, 千里待人情." 又曰: "松獨也靑, 玉栗然潔. 匹婦秉心, 凜與之一." 告以前後事, 父母許之.

噫! 眞伊, 松都名妓, 其詩曰: '落月前朝色, 殘鍾故國聲. 南樓愁獨立, 殘郭暮煙生.' 彼以懷古, 此以待人, 各盡妙境, 可以上下. 然隘哉斯女, 何其急也!

42. 천명을 알았던 부인

有一夫人出外舍, 問其子曰: "壁上所掛正草, 此誰人, 彼誰人?" 次第問之, 遂入內. 科場後, 夫人曰: "某鄕某客, 今必及第." 子曰: "何故?" 曰: "吾夢一正草化爲龍上天, 故吾出問之, 乃某人正草也." 子大驚曰: "此, 兒所以備給其人, 何不言及此夢, 以換之也?" 母曰: "其人將及第, 故其正草化爲龍. 吾若言之, 則汝必作無益之事, 而徒害汝心術, 故不言."

噫! 夫人其立命君子乎!

43. 부부가 된 사촌 남매

近年聞: 近峽有士家成婚, 翌日見婦母, 婦之伯母不能禁淚. 怪而夜問其婦, 婦曰: "從男與我同庚, 兒時見失, 故伯母感此, 悲不勝." 其人自思, 自家三歲失家, 爲人收養, 謂眞己子. 已成婚, 年旣相符, 思想所失母, 形沿相似. 細究則事事皆符, 物物皆符, 母子典形又相符, 身上異標亦符, 定是無疑.

母子相得, 而從男妹爲夫婦, 決不可, 奈何? 官不能決, 雖博議於人, 亦不得以定議. 天下難處事, 孰有此乎?

44. 다섯 달 만에 태어난 아이

有士夫家, 婚五月而生子. 兩家大疑之, 欲自處, 又勿擧. 婦曰: "無罪, 何自處, 何不擧?" 愛而育之, 不少嫌, 兩家甚不快.

其兒五六歲, 岐嶷不凡. 有一乞客來見, 撫之曰: "奇哉, 貴人也!" 問: "何故?" 曰: "午年午月午日午時受胎, 天地純陽之氣應, 河洛中宮之生數, 多才厚福." 考成婚之日, 果午年午月午日, 但午時成禮, 非午時受胎, 以是疑不釋. 其兒之父曰: "異哉, 天乎! 合巹之後, 其伯父家失火, 家人盡赴救火, 獨吾夫婦, 對坐新房, 遂相昵, 實午時中." 初則疑以絶之, 遂率[1]去, 兒亦大貴.

噫! 此不可考, 似或有此理.

45. 보쌈 당한 홀아비

有一士鰥而貧, 雖欲卜妾, 無如何. 一夕, 隣有寡女請曰: "有故當出, 請守空舍. 有衾足以禦寒." 許之. 夜深後, 有數十人來, 裹以衾, 負而去. 欲觀始末, 佯若深睡. 至隣村富民家, 舍之淨室. 饗諸人罷, 其主人欲狎之, 以衾周身, 力拒之. 諸人曰: "女性褊, 急之則必自決, 不如徐徐誘掖之." 乃使其妹與之同寢而誘之.

其妹亦早寡守節, 生亦知之, 不敢生意. 於是, 其妹解衣同寢, 百端誘掖之,

---

1 率이 저본에는 鑾으로 되어 있으나 문맥에 의거하여 바로잡았다.

生與之相抱, 直狎之. 女大驚曰: "誰也?" 生曰: "我是某姓士夫." 女所習知, 運身不得, 拒之無及.

日將晨, 故久不起. 主人呼其妹, 妹臥應曰: "何辛苦負人來, 强作妹夫耶?" 生起坐, 推窓曰: "汝求妹夫, 當相議成禮, 何敢昏夜相脅, 貽辱士夫? 吾當告官, 汝其生乎?" 主人大駭, 伏地請死. 於是, 折産比屋, 遂成富家.

蓋其隣村寡女, 預知事機, 設計故避, 以誑其人.

46. 호랑이도 감명시킨 효부

有一村女, 嫁而夫死. 舅老而病, 坐不起, 兩目失明. 孀婦傭賃供舅, 殫誠盡禮. 其母哀其無子, 必欲嫁之, 女不從. 一日, 稱病求一訣. 其女炊數升飯, 置舅前曰: "母病重, 必留一日, 請食此安心." 遂行. 乃十里强, 及門, 諸姪子出迎. 問病候, 曰: "何病? 今宵姑母行嫁, 故方設酒饌." 入見母, 母詐稱病.

往見隣女, 問知其實, 恐中路爲追者所及, 從山谷中迂路逸歸. 夜半遇大虎, 戒之曰: "吾死不辭, 以病舅在, 今一辭舅, 設斗飯, 俾延旬日之命. 汝隨至我家, 了我事後, 當就汝口." 虎點頭而從. 至家, 炊斗飯, 虎在旁, 亦點火, 盛一大器.

及饌置舅前, 告辭, 舅哭曰: "亟召村人逐虎, 何自投虎口?" 婦曰: "方其在山, 虎爲主, 及其還家, 人爲主. 虎以義許我, 我以詐逐虎, 不信不義, 生亦何爲?" 遂就虎口曰: "噉我." 虎低頭掉尾, 直視其女之上衣. 女曰: "爾其求我解衣耶?" 虎點頭, 遂脫衣投之, 虎戴衣而去. 婦告曰: "虎舍我去." 舅方大哭, 勃然起立, 翻然視曰: "其然其然?" 脚已伸, 眼已開.

平朝喧傳, 虎入邑內陷穽中, 戴女衣而坐. 其婦聞之, 疾趨入邑內, 太守出坐, 炮手方放丸. 其婦請止丸, 泣告官家前後狀: "此虎義氣實多於人, 請舍以答其義." 太守大感曰: "非虎之義, 汝之至誠所感, 宜舍之, 以表汝之誠孝及貞烈." 人曰: "陷之固難, 放之亦難, 必傷人." 女曰: "人皆避, 我自放之." 自牽出之, 戒曰: "汝旣被官家之厚恩, 勿留此境. 入深山中, 以鹿豕爲糧, 毋害人, 人必殺汝." 虎點頭, 若拜跪狀. 去復回顧, 若不忍相舍.

自此虎患遂絶, 太守賞賜甚厚, 監營入啓, 旌閭給復. 隣官爭來一見, 無不賞賜. 財積於外, 盜不敢入, 秉彝之天, 同也.

47. 호환에서 구사일생한 사내

乳虎噉人, 必不傷人. 以其雛吮血, 死則血不出也. 有人爲虎噉去, 到深山上巖石旁, 置之地, 弄其雛. 有一鷲, 攫一雛去, 虎大吼逐之. 飛數十步, 一下啄之, 虎至則飛. 如是數十次, 其人起, 盡殺其雛. 鷲啄盡飛去, 虎大吼而歸.

其人不及逃, 上巖邊喬木. 虎來見, 大吼曲踊. 仰視人, 踊躍不能上, 直忙走去, 率一豹來. 直上樹如猱, 其人急脫袴倒執, 蒙豹頭. 豹目無睹, 口不出, 渾身入袴中而墜. 虎以爲人, 亂噬卽死, 方知豹.

又直踊, 或曲踊. 初不一丈, 漸至二三丈. 蹲落地而顚, 環落巖而下, 折腰碎骨死. 人猶不知, 不敢下, 有山僧刈山麻者, 遂呼活人. 僧見死虎, 言之, 遂下樹, 剝大小皮, 滿負而歸. 距家近百里, 已成服矣.

48. 하루에 수백 리를 가는 호랑이

利川南面人奴子, 逃入江陵. 七年一夕, 爲虎所噉, 夜深, 精神復生, 臥虎背上. 仰見疎星點點, 旁見山容如流水. 渡江如飛, 鷄三鳴, 行過一村人家. 廳事前房中明燭讀書, 乃渠之上典女婿家. 卽大呼活人, 房中人急推門, 聲如霹靂. 虎大驚, 棄人而逸去, 乃驪州南面.

計其程, 數百里, 無一傷處, 必是乳虎. 然則一夜能行數百里.

49. 얼룩빼기 호랑이와 노승

原州有一老僧, 得虎子畜之, 名曰斑子. 與犬共牢宿, 同器食, 性馴且純, 不知血食. 上佐僧樵於山, 斑子從. 爲鎌所傷, 一指血流, 使斑子舐之, 舐而甘之, 幷噉其手. 諸僧大駭, 將除之, 老僧力止之. 俟老僧出, 以斧擊之, 只斷一足, 斑子驚以三足跳去. 自其後, 三足虎逢人, 則必噉之, 忠·原之間騷然.

老僧過忠州, 日昏求宿於人家, 終不許, 投宿於積薪中. 夜半三足虎大吼, 直欲犯人之房中, 一村大擾. 莫敢出頭, 或擊鑼器, 或投火爐. 虎一不動, 必噉人後已. 老僧起坐, 呼曰: "汝其斑子乎?" 虎大驚四顧, 直趨其前. 老僧以手撫其頂, 曰: "前日之事, 實汝之罪, 亦非我之志. 我失汝之後, 不能忘于懷." 虎乃上下舐老僧, 若幼子之見慈母.

老僧又曰: "汝旣養於人, 又禍於人. 汝雖噉人, 人將殺汝. 何不入深山之中?

以鹿豕爲糧, 可以自足, 人孰害汝? 今聞炮手雲集, 要於山, 陷穽夜設, 要於野. 設機而俟之, 毒矢而候之, 以汝一身之勇, 能當千萬人機巧乎? 吾爲汝寒心. 咆哮自顯, 以速人禍, 何其迷也?”

虎低頭靜聽, 點頭如謝. 遂撫背而送之, 虎一步一回顧. 其家窺見, 以爲生佛來臨, 淨掃席, 迎上堂, 有如供佛, 一村爭先邀致, 其後虎患亦息.

50. 주인의 원수를 갚은 여종 갑이

私婢甲伊, 柳相公灌家婢也. 明廟乙巳士禍, 相公爲尹元衡·李芑·鄭順朋所搆死, 家産籍劃於鄭. 甲伊甚慧, 鄭愛之信任. 甲伊亦盡忠, 遇舊主族親, 則必訴之. 鄭病奇祟死, 疑詛呪, 將訊奴婢, 甲伊自首曰: “他人無罪, 舊主相公, 有德宰相, 爲鄭公搆死. 吾必欲復讐, 脅班行一奴, 求死人肩, 置枕中. 今主讐已報, 死無恨, 請就死.”

鄭家諱其事, 古玉將歿曰: “可畏可畏, 斯人之烈!” 蓋亟稱之, 詳『通紀』中. 此出『芝峯類說』, 又『百氏譜略』云: ‘柳仁淑奴甲伊.’ 未詳孰是.

51. 절개를 지킨 명포수 이사룡

星州炮手李士龍, 仁祖丁丑後壬午, 淸人徵炮手, 李在選中. 官家所賜米布, 所餽酒食, 一不受. 至瀋, 與明人戰, 必放虛銃, 爲淸人所覺, 將殺之曰: “若裝丸則赦.” 同行勸之, 不聽曰: “我國之於大明, 父子也. 大明人死於吾手, 是何異子弑父哉?” 遂將身受刃, 亂斫而死. 後山海關城頭, 刻: ‘朝鮮義士李士龍五誘七脅, 不放一丸而死.’

吁其烈哉! 上命星州牧使崔有淵, 祭其墓, 立祠祀之. 鵲村玉川有祠, 吳道一記之. 後南藥泉白上官其子.

52. 같은 꿈을 꾼 유생과 임금

有科儒, 宿一士家空舍. 夜半主家婦女, 明燭出來, 書示曰: “願得人間種.” 客卽出, 以刀畫壁曰: “難欺天上神.” 逸去. 是科爲壯元, 上命設二旗, 書其一曰: “願得人間種.” 命壯元題其一, 曰: “難欺天上神.” 上曰: “夜夢壯元建此二旗, 何故?” 對以實, 上嗟嘆不已, 仍命建此二旗.

53. 야박한 유생

又有一科儒, 宿一空舍, 夜半, 主人少婦出曰: "妾靑孀, 不識陰陽之理. 今志已
決死, 但人生世間, 不識人間至理, 以是冤恨. 今識之死不識死, 願識陰陽之
理." 其人責之以義理, 其婦人泣而入, 自決死. 客蒼黃出走, 其後夜夢, 必其
女來泣. 歸告其師, 其師有德君子, 沈思良久曰: "事或有權, 不可執一. 其事則
正, 其心則薄, 無或有害乎?" 其後坎坷終身, 遂無子孫.

噫! 此不可容易說, 只以義理言, 不可以利害言. 然義理不出人情, 其情慽矣.

54. 요물을 퇴치한 궁사

古有一人家貧, 世傳勁弓一勁矢四, 又一子略解射法. 水路朝天時, 其友人爲
上使. 海路險, 多沈沒不返, 人皆避. 其人以子托, 以一弓乘矢, 自從行. 至一
空島, 船忽回不去. 意島神欲留一人, 下一人. 不去, 至下此人, 船乃行. 遂分
糧與器具, 約以回歸載去, 泣別而行.

蛟蛇之穴, 鯨鯢之波, 獰風悽日, 人所不堪. 忽有一老人來見曰: "我有讐, 來
相鬪, 請君助我." 曰: "本無才能, 又乏器具, 何以相助? 且飢疲將死, 奈何?"
老人曰: "知君有弓矢." 出給一條脯曰: "食此, 可以助氣力." 又曰: "北海黑
龍, 性剛力健, 侮我侵壃, 歲歲不已. 今又來, 明將大戰. 靑是我, 黑是彼, 君
須射黑, 自當重報." 遂去.

翌日往東隅候之. 雷霆奮迅, 海水蕩潏, 靑黑兩脊, 互相出沒. 射黑隻不及, 又射
尤不及. 仍思乘矢徒費, 後無可爲, 遂返. 夕老人又來詰之, 謝以氣力已乏, 乘矢
徒費, 後無可爲, 故還. 老人曰: "吾不及思." 又以二條脯饋之, 生氣力百倍.

翌日又射之, 差過, 再射, 正中黑脊. 海水盡赤, 雨收風止. 明日老人來謝更僕
曰: "無以相報, 當以君之功, 賞君之功. 黑龍死, 冪北岸上, 剖腹取珠, 可得
重寶." 於是, 刈草爲席, 凡數十包. 使船回, 載珠將發, 船又回不去. 其人曰:
"昔日之船回, 龍王之留我, 今日之船回, 島神之求珠." 以數包投之水, 於是,
風順利涉. 分其半, 以等差分與人, 歸家. 富甲于國, 一行俱得其利.

此說誕, 姑記之.

55. 정씨의 하룻밤 인연

予四十年前, 讀書南城, 有客來宿. 自言姓鄭, 居利川汱浦, 與柳權甫姻親, 自橫城移來. 自外歸, 未及十里, 日昏投婢家. 進飯後, 婢告曰: "夫出, 請獨宿. 渠當宿隣家." 二更初, 有一女開門曰: "某母已睡耶?" 取箒掃其旁, 臥卽睡. 月色當窓, 略識其形, 年可十七八, 頗有態度.

遂抱之, 渠亦睡中相抱, 遂押之. 女大驚曰: "非某母, 誰也?" 曰: "母多言. 我非摟汝, 汝自來, 年少兩班, 寧無心乎?" 曰: "某母欺我. 夕邀我同宿, 以此事也." 曰: "不然. 我初夜來, 渠實無心." 語頗款款, 曰: "妾父不貧, 明夕當婚, 方設酒饌, 事已至此, 請早晨隨去." 曰: "父母必不許畜妾, 奈何?" 女泣不已. 夜半後, 卽出送, 其女遲回, 若不能忘情.

56. 청노새 소년의 호쾌함

又四十年前, 予宿素沙店. 有少年客, 自稱淸州士人. 同宿, 半夜閑說曰: 數年前, 宿此店, 午雨急注, 入此店, 茵弊不堪坐. 呼主設新席於奧而坐, 有官行入來, 下人請移座. 不許, 以衆力强逼移, 加設龍文席. 所謂官長, 乘半檐來, 直入坐隱几, 吸一丈燃竹, 視人若無, 又獨酌倨傲, 異諸貴人.

又有一少年, 乘靑騾, 率二人來. 前行下人防塞之, 聽而不聞, 直入房, 坐窓前. 良久問: "何處官行?" 所謂通引曰: "玉果." 呼下人曰: "挫此漢下." 所謂官長者, 惶忙出門, 而伏雨中. 曰: "道袍何出?" 曰: "適在行中." 曰: "是吾袍, 裂之. 舊官宅書封納." 遂納之. 看畢, 杖三十度, 血流. 又命除去加設席, 下人請仍置, 曰: "渠坐席, 吾可坐乎?"

又曰: "先入客爲主, 請坐奧." 下人進酒, 曰: "以年次進." 夕飯進, 又出行饌, 均分而食. 問: "何其知之神也?" 曰: "家親爲玉果屬耳, 今逕遞. 故急下玉果, 此乃新延吏房." 其少年言動, 極可愛, 又可敬. 其處事尤爽快, 無論地處, 其行心接人, 厚薄懸殊.

57. 가정을 버린 선비

南小門外有尹姓士人, 予所親熟, 性豪俊. 能文章, 西人中有名稱者. 歿而有二子, 亦稱端士. 其季棄母與妻, 又舍其伯走下, 西關某邑, 以下吏某謂其父其人, 率而來納於尹宅. 蓋尹之祖父, 曾經邑太守, 故所常往來習知者. 不久又走下, 伯告其母, 母曰: "置之." 此後無聞, 未知今在何處.

58. 허생의 당찬 사내종

甲子适賊入城, 素聞許某有氣力, 遣旗手招之曰: "不來, 殺." 生呼其奴輔馬, 奴持鞍前, 問曰: "焉往?" 曰: "平兵呼我, 不去, 必殺我, 不得不往." 奴投鞍曰: "從賊死, 不從賊死, 死等, 寧死於義. 苟定一死, 有何難?" 持大杖, 欲殺旗手, 旗手走. 帶洗濯索, 牽許生手, 生曰: "四方守直, 焉往?" 曰: "往死, 不往死, 死等. 寧求生於死中." 遂行.

到東城, 守堞軍禁之. 曰: "殺汝死, 不殺汝死, 死等. 寧殺汝死." 直擧杖而赴, 軍皆散. 以索掛堞, 乘之而下, 遂逸去. 翌日賊敗, 從者皆死, 許生得免.

誰謂許生有氣力? 無知識, 則氣力徒殺身, 若其奴, 方可謂氣力. 定一死, 何難之有?

壬辰之亂, 倭據都城, 與城中人相雜而居, 或爲倭之耳目, 自謂得計. 及其敗走也, 忿平壤之事, 列坐都人數萬於道, 以次亂斬. 或有氣力者欲走, 自相挽止曰: "走爲追者所及則奈何?" 遂坐而授首, 略干走者皆生. 如許生之奴, 所見果透明, 義理已定故也.

59. 최척 이야기

崔陟者, 南原人. 有傳一卷, 行于世, 又見『於于野談』, 不必架床, 只記梗槩: 陟月夜吹簫, 其妻作詩曰: "公子吹簫月欲低, 碧天如海露凄凄." 下句忘之, 辭極悽. 陟曰: "何其悽也?" 妻曰: "然, 不祥之兆."

丁酉倭蹈南原, 陟避山谷中. 其妻男服, 其奴負兒, 爲倭所逼, 先失兒, 又失妻. 亂定, 單身無依, 隨劉摠兵綖入唐, 居杭州. 又從海商入海, 月夜吹簫, 列舶中有鮮音詠詩曰: "公子吹簫月欲低, 碧天如海露凄凄." 陟大驚氣窒, 良久蘇. 人問其故, 陟曰: "吾妻必在彼船, 今彼船所詠之詩, 吾妻所作, 人無知者." 舟人曰: "夜深不可輕動."

坐待朝, 往列舶中, 問: "昨夜詠詩者, 何人?" 倭商船中, 一少年倭出而應之, 與陟相抱, 大哭而氣絶, 救之得蘇. 倭商細問其故, 大驚曰: "吾於鮮得此人,愛其聰慧, 收而子之. 積有年, 尙不知女身. 夫婦各在異國, 天涯萬里之外, 一處相會, 豈非天乎?" 唐人請贖, 倭曰: "積年父子之恩義, 吾當厚贈而歸之, 何贖之爲?" 遂以重寶歸之, 痛哭而去.

倣居杭州湧金門內, 又生一子, 年十五. 隣有一女, 名紅桃. 其父東出朝鮮, 征倭不返. 其女願作鮮人婦, 若得東歸, 生可以尋跟, 死可以招魂, 遂取以爲子婦. 戊午深河之役, 又從劉綎兵敗沒, 綎兵死之. 陟囚瀋獄, 時鮮將姜弘立降, 鮮兵亦囚. 有一人自言: '南原之崔姓.' 問其父名, 乃陟, 遂父子相遇. 乘隙逃出, 晝伏夜行, 到我境. 陟疽背幾死, 遇醫得生. 問之, 乃唐人, 居湧金門內, 東援不返者. 問: "有子女乎? 曰: "東出時, 只生一女." 問其名, 曰: "産時紅桃滿發, 故名紅桃." 陟曰: "異哉! 吾子婦也." 遂執手痛哭, 約以同死生, 共歸南原.

陟之妻聞深河之敗, 語其子曰: "汝父無生還之理, 吾母子無可依之人, 不如東還故國, 埋骨先塋." 子曰: "萬里風濤, 何以得達? 與其死於海, 寧死於此." 母曰: "吾習於海, 無虞." 紅桃力勸之, 傾莊得一船發行. 遇華人則以華語應, 遇倭則倭語應之. 忽見一船自遠來, 大驚曰: "死矣, 此海賊, 不可以口舌免." 乃棄船, 隱於空島, 賊盡掠船而去, 必死外無計.

又望見一船, 大喜曰: "生矣, 此鮮船." 鮮衣揮之, 其船人曰: "此必鮮人漂在此島." 鮮俗揮衣故也. 遂來. 問: "何人?" 以鮮語應之曰: "南原人, 漂泊于此島, 器物爲海寇所掠." 船人曰: "此, 統營貿販船." 載歸, 至湖南境, 下陸. 到南原舊基, 陟父子及唐人鼎坐. 於是, 夫婦父子母子父女相抱痛哭, 不異死者復生.

數十年兵火中, 數萬里絶域外, 無一死, 相會一處, 異哉!

60. 언문 전기『윤씨전』

予兒時, 聞諺書『尹氏傳』, 渾忘, 略記其大槩: 鄭上舍夫人南氏, 無子女. 隣有常女, 得一士夫三歲女養之, 常女死, 無家, 南氏取以養之. 其才貌絶人, 南氏愛之如己出. 及長, 南氏侄南生, 年二十登第, 又喪妻, 見尹氏大異, 請卜小室. 姑母曰: "吾之養女, 亦士夫家女, 何可爲小室?" 曰: "不知來歷, 不可爲正室." 强請不已, 不得已許之.

及婚, 以小室成禮, 尹氏誓死, 請終身於養母膝下. 其舅萬端開諭, 終不回

心. 舅曰: "汝何以知士族女?" 曰: "三歲前在父母膝下, 以耳目所睹記, 決是
宰相家女子." 曰: "何事?" 曰: "妾父在家時, 着冠頂金, 出門, 前按籠辟人."
曰: "中庶或然." 曰: "妾父出乘軺軒." 又問其父年紀及容貌, 似尹參判某.

南郎往見尹台, 問: "有子否?" 曰: "無." 又問: "有女否?" 尹愀然不答. 强問
之曰: "晚得一女, 室人信卜者言, 出置閭家養之. 其閭家移去闃沒, 仍失之."
南細告其事, 尹大感感.

卽與南偕到其家, 尹氏不出見曰: "父女不可倉卒立定, 必有明驗乃可. 兒在
抱中, 手摩右頷下大黑子." 尹曰: "果有之." 又曰: "兒, 父扇香中折, 以其半
佩兒, 以其半藏几." 尹持几來索之, 果有之, 合之如符. 於是, 尹氏大哭出拜.
父女相抱, 而旁人莫不揮淚. 遂改卜日成禮, 陞以正室.

諺傳云: 南名以星, 尹名羲雨, 女名得愛云.

61. 회초리 일곱 대의 판결

某邑有一士人, 箠隣漢七度, 而七日後死. 其子告殺人, 推其人, 又命其子曰:
"依汝父所受箠大小, 折箠來." 又曰: "依汝父所受箠輕重, 執箠打." 及七度,
命保囚.

及七日, 上兩隻, 命曰: "汝父胡爲而死, 彼人胡爲而不死? 若以箠大小不同, 則
是汝不欲報讐, 而故小其箠. 若以箠之輕重不同, 則是汝不思報讐, 而故輕其
箠. 若主人善調治而生, 則汝不善調治而死. 汝當坐不孝之罪, 罪莫大於不孝."
其人大懼曰: "依前箠之大小, 何敢故小之? 依前箠之輕重, 何敢故輕之矣? 父
病而死, 彼人不病而不死. 何敢故不欲報讐?" 曰: "以此納侤音." 遂兩釋之.

62. 양반과 속량한 노비

仁川有一士貧甚, 至歲末, 還租不納, 辱將及. 有贖奴, 稱千石富. 士人往, 懇
免辱之道, 不聽命. 連日往, 則驅出閉門曰: "贖奴侵責, 法典甚嚴, 當告官."
隣有一班, 思媚富漢, 勸告官. 推問士人, 士人歷言事狀. 官曰: "果已贖給, 何
復侵責?" 文書現納, 果以四十贖其人. 曰: "如是贖給, 而如是侵責, 小民
何以遂生? 旣受四十兩, 卽刻內備給, 後還穀可責."

士人出, 語其友人, 友人曰: "此必退贖." 得給四十兩納, 官曰: "奴婢文書三

年, 自文勿施, 自是國典." 遂火之, 又曰: "官穀甚急, 奴子囚之." 卽日畢納而放之. 厥漢請贖, 官曰: "依前價贖之. 初以汝一口身四十兩, 今汝子孫幾何? 乃二十口, 當納八百兩. 饍物, 二百兩定."

以千兩許贖, 文劵旣斜給之, 不多日, 其慈夫人回甲. 大宴請賓, 退二小犊. 贖奴時爲面任, 報私屠二大牛. 推來士人, 士人曰: "民本貧寒, 菽水久闕, 今得重財. 病親備嘗飢寒, 餘日無幾, 心竊痛迫. 及此回庚, 略備酒饌, 以極一日之歡. 安能吝財節用, 獨享富厚耶? 但二小犢, 非二大牛也."

官曰: "大小何言, 犯禁則同, 事知奴子捉囚." 面任曰: "無奴婢." 官曰: "雖贖, 卽舊奴." 頃日贖奴中一人囚, 卽面任之子, 卽納二牛贖八十兩. 召士人, 曰: "孝哉! 此, 人之難能. 吾爲汝助宴需, 可乎?" 遂出給其贖錢.

或曰: "宋淳明爲南原時, 用此例."云, 未詳是否.

噫! 不虐而嚴, 有理而順, 其豪傑之人乎!

63. 양물을 물어뜯은 선비

有士人, 過衆農夫會坐飮酒邊, 不下馬, 衆人曳下. 或曰: "當打臀." 或曰: "當重辱." 一人曰: "臀則有痕, 有痕則後有患, 辱則無跡, 無跡則彼無害, 不如以下物充其口." 皆曰: "然." 衆人執四支. 一人大動下物, 撑其口而充之, 遂嚼之, 卽斃. 以殺人告官, 官撿屍, 判曰: "士夫無下馬於常漢之法, 常漢無曳下其士夫之禮. 穢物入口, 法禁至嚴, 濡肉齒決, 禮文可徵. 喉塞而不可不通, 齒擧而不得不闔. 治野人以法, 於法當死, 治士子以禮, 於禮無愆." 刑其衆人, 釋其士人.

64. 차부의 의리

肅廟時, 西郊近邑, 負薪人, 賣薪於京中. 日已暮, 請宿買薪家. 少婦許之, 饋夕飯. 人定後, 召入寢房, 又饋酒, 使行房事. 夜央, 主人呼門, 藏其人壁樓而出迎. 夫乃紅衣草笠, 是捕人. 年少, 美且健, 極其情愛. 仍自思: '如此美人, 與此美男子, 有如此情愛, 而猶不勝淫心, 作如此事. 況我風采十下其夫, 有何慕於我然也? 其罪殺無赦.'

少頃, 夫出去, 卽下渠, 勸以酒, 又催行事. 半夜間, 已經四度, 而淫心不止, 遂數其罪, 刺其腹而出.

其後爲車夫, 載刑人, 出西小門. 罪人呼天而訴冤, 問其故. 曰: "本以掖人, 畜小室, 有人夜入, 刺殺之. 其親家以爲我疑有間夫而殺之, 告官無路, 自明不勝. 月朔推刑, 不如速死, 故誣服." 車夫告于押刑官: "請救此人, 矣身果殺之, 請死." 轉告堂上, 以入啓. 遂釋掖人, 竄車夫. 時人爲作「義士車夫傳」.

噫! 子夏曰: "賢賢易色, 能致其身, 雖曰未學, 吾必謂之學." 此人近之. 不得見其傳, 而聞其事, 故記之.

65. 진사 이연의 괄괄함

原州李進士演, 予婦翁朴公之內舅. 性豪爽, 不屈於人. 監營門外, 有川駛流, 掘水路, 注之李門前, 李公隄防之, 又塞其路. 監司大怒, 刑其奴子, 又掘之, 李公又塞之. 雖受責營門, 不少動而隄之塞之, 終不止, 監司亦無如何而止. 其近處, 又有一士人, 文章氣習, 不相下上, 以色目不同故, 不相知面. 一日, 相遇於道, 道狹, 非一人回馬, 不可行. 兩人不肯回馬, 馬首相對, 日已昏, 兩人各回馬還, 其詭癖如此. 婦翁生長外家, 頗有此氣習.

66. 도붓장수의 정체

李進士演, 性豪爽, 少許可. 廊下有行商來往者, 廉直原謹, 言談風生, 計慮淵深, 公信愛之. 或出商, 數月而還, 出則公如失手足, 入則公視以爪牙.

居七八年, 其人告永別, 驚問其故曰: "小人未嘗三年淹滯, 今蒙進士主眷顧, 不忍便訣, 至七八年之久. 進士主以小人何如人也?" 曰: "廉直人." 曰: "不然. 大貪似廉, 大奸似直, 不示廉, 則無以行其貪, 不示直, 則無以售其奸. 小人, 大儈而狡者. 所居數十里內, 不一行不義事, 行商四方, 見利忘義, 無所不爲. 雖謂之大盜, 小人不敢辭, 雖異於穿穴, 亦何擇焉? 此所以不淹三年." 曰: "今往何處?" 曰: "自北而西." 翌曉遂去, 不復見.

噫! 使斯人讀書窮理, 變化氣質, 必有可觀. 爲人欲所奪, 惜哉!

67. 살인자의 허점

有一人, 與隣村人約同行爲商, 一人爲禦人所殺, 告官檢屍. 其人之妻供辭曰: "矣夫與某人約同行, 持數十兩, 鷄鳴先發, 往某人家. 少頃, 某人來呼矣女, 問: '某父何不發行?' 曰: '已往君家.' 曰: '不來.' 搜訪則果爲禦人所殺."
某人供亦同. 判曰: "不呼其人, 呼其人之妻, 已識其人之不在房中." 按問得
情, 人以爲神.

68. 방안의 개구리 소리

有一士人, 臨晨行房, 其穉子曰: "有蛙入房鳴." 隣女聞之, 其說播. 其友以
書問之曰: "子陽妄動井底之蛙歟? 華林亂鳴爲公之蛙歟? 晉陽三版沈竈之
蛙歟?"

69. 은혜 갚은 제비

驪江上有一亭子. 有客來見大蛇上樑吞燕子, 旁有弓矢, 仰射之中蛇頭. 蛇墜
地, 帶矢入池中. 後三年, 主人會客, 捕魚作羹. 方執匙, 飛燕遺矢於其客之
羹. 不食而覆之地, 魚頭有鏃, 乃中蛇之鏃. 蛇化魚而報讎, 燕遺矢而報恩,
微物亦知恩怨.

70. 도깨비의 장난

予兒時聞: 松坡少年, 會坐投戔, 一人臥其旁, 戲言曰: "金生何不以酒饌饋
我?" 諸人笑曰: "金生何爲而饋汝? 亦何得酒饌?" 少焉, 門開燈滅, 入置一
盆淸酒全體蒸豚. 諸人大喜, 飮食之. 翌日夜, 又有他人如是, 又如昨日入置.
明燭視之, 乃瓦盆盛溲矢, 柳器盛兒屍. 鬼亦調人如是.

71. 거벽 장달성이 쓴 시험 답안

張達星, 北道文官, 家世土兵. 不特善賦, 其疑心絶等, 使人鼓舞, 其人騷雅
可愛. 其言曰: 初入洛赴會試, 與壯洞李羅州某親, 與其子弟某同入會試場.
盡心製給, 其人例次自觀.
其明日往拜李公, 李公怒氣勃勃, 視而不見, 惴惴不敢一言. 出小齋, 見李生,
亦眉端愁色不可言. 問其故, 曰: "昨日出場, 有能文名士, 見疑心草曰: '必落
勿待榜. 草草例應會試, 如是而可中乎?' 家君大怒曰: '以此呈券, 何其迷劣
無知也? 勿復見眼下, 見則筆.' 故不敢晨昏, 此將奈何?" 相與咄歎, 歸私第,

苦待榜出.

榜出則身雖高中, 李果見落, 尤瞻落, 不敢往見. 而受恩旣多, 不可不往慰. 强
擧顏往慰, 李公望見欣然曰: "君之高中, 奇哉奇哉." 拜謝曰: "子弟見屈, 小
生何敢自喜?" 李公曰: "各有數, 何必介意? 何以應榜? 吾當備送, 勿憂." 出小
齋, 見李生, 生亦如之. 問: "大庭辭氣, 與昨日大異. 賤生之惑滋甚, 何故?"
曰: "小成之遲速, 亦有命, 今日之喜, 有倍於小成. 出示落榜草紙, 十行批點,
十行貫朱, 書二上, 封內落一字拔去. 宰相名士, 莫不稱贊, 以爲千古絶作, 膾
炙一世. 家君以是解怒, 其喜一也. 吾亦以是免罪, 其喜二也. 鳴動一世, 其
喜三也. 人皆曰: '此試紙, 可以傳後.' 其喜四也." 是夕, 負送靑蚨一萬·綾羅
數端, 自以爲平生一快事云.

李羅州者, 爲羅牧時, 白日場詩題曰: '坐明倫堂, 望見紅箭門, 有感.' 以是貽
笑者.

72. 형제의 추리력

有士家子兄弟, 兩兒行, 官牧失羊者, 方搜索. 大兒問: "此羊何病?" 小兒曰:
"右目盲." 曰: "然." 又問: "何羊?" 曰: "牝羊." 曰: "然." 牧人曰: "道令主! 必
見之, 在何處耶?" 曰: "不見." 遂詰難久之, 告官. 召問之, 對曰: "羊跡在道,
故知之. 左邊吃草, 右邊不吃, 是右目盲也. 其放溲, 在後脚間, 不在後脚內,
是牝羊也."

73. 깃털 달린 사삭둥이

『東閣雜記』: 明廟乙卯, 晉州私婢允德懷孕, 四朔生產, 遍身有羽, 如鶴雛.

74. 사로잡힌 임꺽정

明廟庚申, 獷賊林居正, 楊州業屠牛人子. 始則明火作賊, 終乃白晝行劫. 其
黨潛伏京師, 漏通事機, 橫行無忌. 朝廷遣宣傳官哨探, 賊倒着麻鞋, 入則人
謂之出, 出則謂入. 宣傳官往九月山, 以謂出而徑還. 官軍圍九月山, 賊矢雨
下, 官軍皆潰, 數百里道路幾絶.

辛酉以南致勤爲討捕使, 白惟儉爲巡檢使, 陣于九月山下, 使賊不得下山. 賊

之謀主徐林下山投降, 或云見投. 盡告其虛實, 搜林剔藪而進軍. 林誘斬其
血黨五六人, 居正越壑而逃, 投村舍. 官軍圍之, 居正劫一老嫗, 使呼賊而出,
卽帶弓矢爲官軍狀, 拔劍隨嫗曰: "賊已走." 諸軍擾亂, 乃奪一馬騎, 而混在
衆中. 又稱病, 卒離陣, 向山去, 林遙呼曰: "賊." 亂箭射之, 於是就禽. 呼曰:
"此, 徐林之計也."

三年之間, 發數道之兵, 僅能獲之, 而死者無數.

75. 경상 감사 정만석의 명판결

近年湖南, 有一富人李宗漢. 有友人鄭一中貧甚, 李眷念不已, 來則厚饋之,
去則固挽之. 如是有年, 情誼自篤. 一日, 謂鄭曰: "夫窮則通, 何不思資身之
策?" 曰: "赤手奈何?" 李以千金贈之, 使行商. 事事利成, 不數年而致萬金之
財, 富甲一邑.

李自此以來, 家事日下, 反如鄭之初年. 往見鄭家, 初則以好顔待之, 數次後
則以白眼視之, 竟乃冷接而苦拒之. 李不勝忿曰: "汝當初身世何如? 吾愍汝
貧, 贈以千金以致此, 今乃恩反讐視, 然則何不還吾本錢耶?" 鄭曰: "汝有文
書, 何不呈官也?" 李曰: "吾以厚誼贈汝, 初不索還, 何有文書? 今汝惡心可
駭, 所以索還." 遂往呈營門, 營門受賂不聽. 遂不勝憤怨, 痛哭於路上.

有一行商人, 見而問之. 初不答, 强之, 乃以實對. 其人曰: "聞者猶不勝憤惋,
況當者乎? 今慶尙監司鄭公晩錫名官, 何不往訴? 雖非本道, 憤激所致, 必
有商量明快事." 曰: "手無所持, 無以致身於嶺營." 其人解卜, 出給八兩錢曰:
"以此足往返."

李感泣而受, 往訴嶺營. 嶺伯笑曰: "他道之訟, 我何當之? 退去." 密使下人,
自下留接, 以待吾分付. 使下吏囑獄中當死盜曰: "若引全羅某邑鄭一中, 汝
有或生之道." 罪人果引鄭一中, 移文完營, 捉來.

問曰: "汝名出賊招, 當死." 一中稱冤不已. 嶺伯曰: "聞汝以至貧之人, 無端
卒富, 非賊而何?" 曰: "數年行商致富." 曰: "赤手何行商?" 曰: "以千兩錢
行商." 曰: "以汝至貧之人, 千兩錢何處得來? 若一言粧撰, 不有明驗, 則當
死." 曰: "某地居李宗漢, 卽矣身平生親友. 贈以千兩, 使之行商." 卽招李宗
漢, 使之頭面, 一一推給, 遂脫其賊名.

76. 신미년의 피난 행렬

當宁十一年【嘉慶十六年】辛未十二月, 西賊李希著陷嘉山, 郡守鄭蓍死之, 其父與子皆死之. 又陷定州·郭山·博川·宣川·龍川·鐵山等郡. 平伯李晩秀·平兵李海愚, 不能事事, 拿竄之. 以鄭晩錫爲巡慰使, 朴基豊爲巡撫使中軍, 將京兵三哨下送. 又以鄭代李晩秀, 朴代李海愚以禦之. 義州義兵將金見臣·許沆等復諸陷城, 賊遂據定州. 官軍圍之, 三朔尙未平蕩, 朴又罷, 柳孝元[2]爲巡撫中軍, 申鴻周爲平兵下去.

蓋自辛未冬, 聖候不平, 亂臣妖孼, 胥動浮言, 人心騷擾, 自卿相家, 下至民庶, 無安心奠居之人. 內行及撥産南下, 甚至於士夫家, 男負女戴, 絡屬於道.

噫! 死生有命, 禍福無門. 非巧避曲趨而可得, 當順受而已, 何必促禍耶? 人心大變, 世道日壞, 雖以平民, 必自相劫掠, 亡身而破家者, 必踵相繼, 莫可收拾.

77. 죽산 사대부 가정의 불행

竹山有一士人夫妻, 年方五十餘, 子與婦年三十有一, 孫女年六歲. 㤼於騷屑, 盡賣家莊, 得四百兩, 以六十兩買二馬, 募村人一鰥漢. 南下保寧, 僦一小家居焉, 又買一斗屋, 使鰥漢住, 二百五十兩埋置地中. 將販米於日中, 相距三十里, 一馬蹇, 置之, 持一馬. 以路中多劫盜, 父子同往, 販米來, 日已昏, 宿店晨歸.

是夜半, 劫盜入家, 縛二婦女, 詰藏錢處掘出, 鞴所置馬, 馱少婦而去. 其姑號泣隨去, 而乞留其婦, 鞭馬而去, 不能及. 號哭道上, 爲虎所噉去. 其六歲女, 亦號哭於道, 沒溝而死. 其鰥漢雖見知, 而恐怖不敢出頭. 其父子還, 遂三人同出, 跡其血痕, 尋得頭足, 又得其女屍. 父子皆喪心失魂, 還歸竹山.

安生泰叟, 目見其人, 來言於予.

78. 장원 답안을 쓴 김안국 형제

世傳: 有兄弟二人, 文章甚高, 筆法尤奇. 監試會圍, 兄弟呈券, 出來歷見, 一白首翁, 獨坐苦吟, 不得一句. 問曰: "日將昏矣, 尙不書一句, 將何爲?" 曰:

---

2 『순조실록』 12년 2월 18일 및 『승정원일기』 같은 날 기사에는 '柳孝元'이 '柳孝源'으로 되어 있다.

"吾自少累見覆試, 一未嘗呈券. 今又曳白." 曰: "何其然?" 曰: "若非壯元, 則
必不呈券."

兄顧其弟曰: "汝執筆, 吾當呼." 遂呼初句而書之, 老人默然. 又呼二句, 老
人曰: "勿書. 吾寧曳白." 曰: "旣云曳白, 則吾有空名紙, 當給此紙, 不可不卒
篇." 至呼第三四句, 老人大喜擊節曰: "吾今得壯元, 吾不能得此句, 故終日
苦吟." 於是遂卒篇, 呈券而出, 果爲壯元, 卽天津橋歎杜鵑詩.

詩曰: '江南有杜鵑, 洛陽無杜鵑. 有杜鵑處宜聞杜鵑聲, 無杜鵑處杜鵑聲何
來耳邊? 杜鵑自是江南鳥, 望帝春恨啼年年. 蒼梧斑竹月明夜, 洞庭瀟湘花
落天. 但聞西向蜀山啼, 不見北渡長江煙. 胡爲乎來此天下中不如歸不如歸?
滿城花柳東風前. 天津橋上散步翁, 聽之不覺心悽然. 南人消息鳥聲傳.【單
隻句】固知將亂地氣北, 得氣由來飛者先. 到頭治日少亂日多, 百萬億蒼生
眞可憐. 天人至理驗幾微, 氣化人事相推遷. 人皆有耳孰不聽? 獨我聽之心
似煎. 江南鳥江南鳥愼莫啼洛陽城, 蜀山巴山花木春相連.'

或云: 思·慕齋云, 未知是否. 若非慕齋, 恐不能作此詩.

79. 허씨 종가집 양자 사건

英廟戊辰年間, 予之査丈許生員瑾主宗事, 來留於予家, 時在孝橋. 許忠貞公
嫡長十世孫偶身死, 其後妻與系子涵敗産. 其妻與隣漢逃走, 其子被衰掩路,
事覺亦逃走. 許氏宗人告長湍官, 獄成盡絞其男女, 罷出系子. 宗會於京中, 絶
其許偶之後, 以進士偩·進士佖, 擬望爲許偶之父赫之系子.

忠勳府一堂上趙公顯命, 掌其事入啓, 時兩進士皆來, 泣懇求免. 是日, 上震
怒以發覺淫行, 命刑訊許氏門長及主事人, 以殺爲期. 趙相請對, 力言其不
得不發. 上怒稍霽, 傳曰: "許偶無罪, 而爲孤魂於泉下, 能不冤泣乎?" 許偶
之妻, 離異降妾, 旣有前室, 許偶之系子定給事下敎. 於是, 以許偩之二子湜
定望.

時趙相言於許丈曰: "上意以爲: '誣人淫行, 專以奪宗之計, 必殺罔赦.' 鄕曲愚
人, 不識法意, 必多亡身者. 淫行二字, 口中愼勿掛之, 淫行問證, 例爲杖殺."

80. 음행 날조죄의 혹독한 처벌

癸酉甲戌之際, 兪相公拓基孫女, 爲延平子孫李命新[3]子婦, 李家父子俱歿, 只有一女. 兪氏以淫行見發, 作永訣書於其母親而自決. 其母親以其書呈訴入啓. 英廟震怒以爲: "其姑爲所生女, 將傳産業, 不恤亡子之孤魂." 於是, 杖殺其姑, 處絞其女. 李氏至親門長, 以齊家不道, 刑殺二人, 其傳播女婢七八人, 皆誅殺之. 兪氏則旌其門, 仍以爲令甲.

81. 낙태 사건의 처리

庚寅辛卯之間, 睦生聖中, 居生本府西門外正林, 有子女家貧. 過歲一日, 其門前淺露處, 藏置落胎, 其里中巫女發覺之, 以爲睦氏男妹所生. 其里執綱李儆, 素稱能文人, 卽報官家, 官家卽發捕校, 捉上李儆, 峻刑一次.
曰: "淫行誰得以見之? 男妹相奸, 倫外之言, 有人心一分者, 孰發其口? 汝罪當死. 淫行非一女子獨生, 必有奸犯人. 出給其人, 遠外埋置, 有何難事? 而故置淺露處, 要人發覺耶? 此汝之陷人之計, 欲巧反拙, 汝罪當死." 李生曰: "非民之發覺, 乃某巫女之所告也." 又捉上其女, 刑訊之, 果其女之所生胎. 遂杖殺之. 李生則刑訊三次, 遠竄之.

82. 과부를 음행으로 무고한 서숙

再上年庚午, 龍仁地有一士夫孤危, 只有一孤兒. 孀居頗有淫行之說流行, 其庶三寸叔謂之目睹, 逼迫不已. 其孀婦不能抵當, 率其孤子, 晨出行八十里其男兄家. 其男兄卽來告於龍仁官, 捉上其三父子, 峻刑, 以誣淫·凌嫡·奪宗三大罪, 盡斃之.

83. 처남댁을 음행으로 무고한 박씨

廣州有朴姓士人, 能文善言論, 性奸毒. 贅居洪川, 囑其妻母, 誣孀婦以淫逐之, 盡傳家産於女. 無告官之人, 鄕中士論大發, 具由呈單於本官. 朴生知其

---

3 李命新의 命이 저본에는 明으로 되어 있고 新이 【忘一字】로 되어 있으나, 『한국계행보(韓國系行譜)』의 「기계 유씨(杞溪兪氏)」, 「연안 이씨(延安李氏)」에 의거하여 바로잡았다.

幾, 夜半率妻, 徒手徒步. 而是日達百餘里, 到本土, 其後不敢向洪川. 其妻母, 旣逐婦, 又失女, 又爲士類擯斥之. 請還其婦, 其婦不肯來, 日事號泣. 砥平人詳道其事於我. 我亦素識朴生, 末年爲鄕戰主人, 無後, 有螟子.

84. 진짜 남편 가짜 남편

湖西某邑, 有李姓士人, 家甚殷富. 無子有一女, 贅婿姓吳, 甚愛之. 得螟子年十三, 性明爽, 志行端方夙成, 父母奇愛之殊甚. 取婦于歸, 才貌亦懸絶. 李女語其婿曰: "吾父愛此子, 甚於我, 財産我不得專其利. 愛且信, 無以間之. 我有一計, 君其依此圖之. 使此弟疑之則心變, 心變則必不肯留此. 吾父隨身之物杖屨, 常在所在窓外, 人莫敢移置. 今夜半, 吾當竊置於新婦窓外, 君旣與此弟同宿, 必要此弟見之." 吳曰: "諾."

是夜半讀書, 暫出旋入, 長吁不已. 其弟怪問之, 不肯語, 强請不已, 曰: "汝能至死不出口耶? 關此門戶事." 曰: "諾." 吳曰: "俄者出, 適見岳丈入新婦房, 滅燭久矣. 是何禮乎?" 遂要入內庭, 杖屨尙在新婦窓外. 遂還歸就宿, 吳假寐以覘之, 則其兒起着衣冠, 懷所讀『書傳』二冊出去, 仍不返其家.

明日大索不得, 七八年而永絶聲息, 人皆謂死. 宗人議定螟孫, 其父曰: "吾兒年方二十餘, 姑俟數年." 其女又語其夫曰: "觀此宗議與親意, 必定宗統. 然則反不如厥弟之在, 必不能沮其議, 奈何?"

又數年, 其父病, 有所親醫在百里外, 送其婿要來. 中路宿店, 忽見一乞人, 典形恰似其妻男. 潛招其人, 給錢二十, 使買朝夕飯食: "我當獨宿潛來." 來則問姓名居住年紀, 曰: "與吾妻男同庚. 汝但依吾言, 則可以多得田土家産美妻." 曰: "死中求生, 何事不爲乎?" 曰: "吾妻男十三歲娶妻, 仍發心病, 出去今十年. 汝替作其人, 於汝豈不大福力乎?" 卽書給一冊子曰: "姓某名某, 自某年來爲養子, 某樣老人養父, 某樣老姑養母也." 其他族屬奴婢貌色聲音性品, 隣里姻家人物, 若畵出來在阿睹中. 讀習隨人酬應, 一無差錯. 於是稱病留一日, 事甚秘密, 所率奴漢亦不知.

其明日朝, 使之乞飯於客前, 召問姓名後, 仍握手流涕曰: "汝無端出去, 十年于玆, 作此乞飯人, 何也?" 曰: "忽發狂病, 今愈矣. 以此貌樣, 不敢還庭." 奴漢曰: "誰也?" 曰: "汝豈不知乎? 此汝家郞君. 我一見卽知." 奴曰: "今聞命則始覺典型[4]尙存.” 其人曰: “汝非吾家奴名某者乎?” 奴拜曰: “然.” 吳生曰: “何必尋醫乎? 岳丈所患, 思汝所致, 當急速還報.”

遂不載醫, 載其人, 留置洞口樹林中, 先入報於李公. 李公雖病, 不覺蹶然起, 步到其處, 不暇諦視, 握手痛哭. 其母繼至, 出衣冠改服. 至家, 隣里族屬老少男女皆會曰: “十年之間, 窮困至此, 典型猶有餘存.” 其人亦隨人問安, 一無差錯, 莫或疑者.

其新婦, 自李生出去, 不事膏沐, 只保一脉命而已. 强起出門望見, 卽旋入房, 覆衾卧. 其舅姑呼出, 未答曰: “此是別人, 何爲出迎?” 舅姑曰: “新婚卽別, 故不詳典型, 勿疑出來.” 婦曰: “明是別人, 何疑?” 如是詰難, 新婦仍思: ‘其人夜必來犯, 吾雖死距, 是亦辱吾身.’

是夜, 遂走歸其男兄家, 語其故. 其男兄卽趣到李家, 視之其人, 典型頗似. 其人卽呼其字曰: “某甫平安否? 某姻丈亦平安, 某兄亦平安耶?” 其男兄亦曰: “此明是李郞, 吾妹何以爲別人?” 歸責其妹, 其妹曰: “男兄亦眼眛心惛耶? 雖千萬皆曰是, 我卽曰非. 父母兄弟, 以別人爲子弟, 猶不爲辱, 女子只事一人, 豈可以別人爲夫乎? 此則不可不官辨.”

遂呈官. 其父母曰: “是吾子.” 其親黨隣比奴僕皆曰: “是其人無疑.” 新婦獨曰: “是別人, 非妾夫.” 太守曰: “豈可以百人之言爲非, 以一女之言爲是乎? 汝有何別意, 當重繩.” 新婦曰: “死固當然, 刑何敢辭? 但死則永無申白之期, 仍爲彼人之亡室, 乞一縷.” 官亦不能決, 退斥之. 舊官遞, 新官來, 又呈, 又如是, 經四官.

暗行繡衣適出是邑按事, 太守以是訟告, 請賜明決. 御使推其人, 亦究詰不得, 命斥之, 仍自念: ‘此等微訟, 以奉命使, 不能辨白, 獨不愧心?’ 百般商量, 念念不已. 行到百餘里, 投一刹. 諸僧方齋食, 皆起迎接拜, 卓子下有一少年僧, 小不起動, 趺坐餤飯. 飯迄出去, 諸僧禮送之甚敬.

客問: “諸禪師不以乞客視我, 禮待甚勤, 彼僧獨以少年, 倨傲殊甚, 何也?” 諸僧曰: “此寺後小菴子修戒僧. 十三歲出家, 居小菴子, 不出寺門今十年. 經

---

4 典型의 型이 저본에는 刑으로 되어 있으나, 문맥에 근거하여 바꾸었다. 이하의 典刑도 동일하다.

學甚高, 山中大師, 莫之敢先. 今適本寺設齋, 故暫臨卽上. 請寬恕焉." 客曰: "然則當復見乎. 請招來." 僉曰: "此僧未嘗接人言語, 人以生佛稱之. 如欲復見, 請枉屈, 不可招." 客曰: "諾."

遂上後菴, 聞讀書聲, 浪浪可聽. 立戶外聽之, 乃『書傳』. 遂啓門而入, 僧忙手掩卷, 深置之, 起迎甚敬. 客曰: "聞大師佛戒甚高, 禪學亦明, 今讀儒書, 何也?" 曰: "儒書何敢讀?" 客曰: "吾亦粗解文字, 寧不分儒佛書乎?" 探其所藏處, 抽出二冊, 乃『書傳』, 與李生所持去『書傳』二冊, 第幾卷相符. 仍念十三出家, 于今十年, 所持書二冊卷次亦不差, 明是李生.

問俗姓云何, 故鄕何地, 僧强對不實. 客念非威脅則必不吐實, 曰: "吾實以繡衣使者, 跟尋汝來此, 汝若一向諱却則當死. 汝豈非某縣李某之子乎? 何故出來遯迹山門?" 仍出示馬牌, 僧起謝曰: "誠然. 適有家變, 難容覆載之間, 故妄托慈悲, 苟念性命." 問: "何變?" 曰: "隱微之事, 不可向人道, 請勿問." 客曰: "吾有所按事, 汝從我後." 曰: "御使道之命, 何敢違距? 有未了事, 請借時刻." 曰: "諾." 於是, 招諸僧, 分排諸事, 各有條理, 經義疑晦處, 無不昭釋迄.

遂從御使到其邑, 御使令僧詐作醉倒狀橫道上. 御使顧下吏曰: "此僧拘留." 遂盡推前訟李家元隻參證無漏落者, 大設刑威, 次第推問, 一如前對. 新婦曰: "願借一縷, 以待申白之期." 御使又命俄者犯道僧推入, 下人推一僧伏於衆中. 御使曰: "汝何故犯吾前路?" 僧起伏曰: "爲盃酒所困, 死罪." 於是, 新婦大聲疾趨曰: "此僧眞吾夫." 扶持而淚湧. 其父母又諦視曰: "此眞吾子." 相抱而吞聲. 參證百人皆曰: "此眞是其人. 彼人者, 雖典型之彷彿, 果是別人. 異哉! 新婦之如神."

於是, 重訊乞人, 得吳哥誘掖敎道之狀, 重訊吳哥, 得杖屨移置疑惑之狀. 吳哥夫妻杖殺之, 乞人以死中求生, 刑次放之. 李翁十年暗中之誣, 李生十年積中之疑, 氷釋焉. 新婦以明見能全節, 以至誠能重合. 若非累呈文案中所載, 御使何由知山僧之爲李生乎?

噫! 新婦蓋已識吳哥之謀除李生, 必欲辨白, 不敢出言, 而以待明官之自悟, 累呈累屈, 但乞一縷. 賢哉! 新婦.

85. 여장 남자 사방지

世祖朝九年, 杖配舍方知. 舍方知, 私賤也, 自幼其母爲女, 飾粉脂, 習剪裁. 出入朝士家, 多與侍婢通. 蓋其外腎藏在皮裏, 故有二儀人之名. 文宰李純之女, 適金龜石[5]早寡, 託以縫衣, 晝夜與處十餘年. 憲府聞而鞫之, 逮訊其素所通一尼, 尼曰: "舍方知陽道甚壯." 令女醫班德審之, 果然. 上命勿推, 恐汚純之家門. 令純之區處, 純之杖十餘, 送之奴家. 純之女潛召還, 上聞之, 命杖配之. 出『稗官記』.

86. 송수 도령과 죽경 낭자

崔彦慶, 小字松壽. 同時有安氏女, 小字竹卿. 才性絶人, 天生奇對. 崔是淸族, 安亦名門. 崔旣早孤, 安之父母晚得一女, 惜其不爲男子, 遂衣以男子服, 授以古人書, 五六歲文藝夙成. 其父歿, 又束脩於鄕先生, 崔自五歲已受業於先生. 兩兒眞不上下, 同學三期, 情愛甚篤. 崔性豪放, 安性謹勅. 未嘗同席而坐, 許心敬待, 有若同胎, 先生甚奇愛之. 年皆九歲, 以松竹爲題, 命之賦, 以觀其志.

松乃賦松曰: '視爾松, 一尺强. 直上雲霄, 可中棟樑.' 竹亦賦竹曰: '其中虛, 其德貞. 節節烟景, 葉葉風聲.' 先生題曰: '松也松如, 可以藏月, 竹也竹如, 可以迎風, 竹月松風, 好作奇對.'

是歲之除日, 兩兒立雪, 竹也拜辭曰: "自今以後, 不能來留門下, 難以爲懷." 先生曰: "何?" 對曰: "當以書告." 翌日元朝, 遂上書曰: '獻發, 伏惟先生道體茂膺萬祉. 門下本以柔質, 假託陽德, 九歲于今, 欺世久矣. 十年不出, 「內則」有訓, 麻枲是執, 詩禮敢言? 無面對人, 永謝門下. 雖然, 師父無間, 乘隙進候. 臨書涕泣, 不知所裁.' 先生見書, 大驚深惜之. 松也聞之, 亦驚歎不已, 遂題其所居曰'松竹軒', 竹也聞之, 遂題其居'風月樓'. 蓋取諸先生'竹月松風好作奇對'之意也.

先生聞之大喜曰: "有心哉! 此兩兒. 初我無心而題, 果言讖也. 我當成之."

---

5 金龜石이 저본에는 金九로 되어 있으나, 『세조실록』에 의거하여 바로잡았다. 金九石으로 되어 있는 기록도 전한다.

使人通兩家曰: "天生兩兒, 實非偶然. 門戶相對一也, 才貌相等一也, 同庚一也, 同師一也. 松郎, 非竹娘, 無可偶之娘, 竹娘, 非松郎, 無可配之郎, 勿疑圖之." 於是兩家皆樂聞, 以成童及笄爲期. 自是信使不絕, 以致殷勤.

時東土飢饉, 盜賊四起. 小盜禦人, 大盜攻城. 士民奔竄, 莫有定居, 海人入島, 野人入山. 竹娘告於慈闈曰: "外國之賊, 以首虜爲功, 本國之賊, 以貨財爲重. 今我無素怨於人, 必無殺害之禍, 今我無素蓄之財, 必無侵奪之齮. 安坐." -未終-

晚悟讕筆 下卷 古事

1. 성종의 시에 화답한 기병
世傳: 成廟得一句, 題墻壁曰: '綠羅變作三春柳, 紅錦裁成二月花.'[6] 明日又巡苑中, 有人題其下曰: '若使王侯爭此色, 春光不到野人家.' 問之, 莫有知者, 或云騎兵所題云.

五衛法, 騎正兵, 皆士子. 藥圃鄭相公琢, 不得入安東鄉案, 爲兵判, 召騎兵, 請入鄉案, 不許. 入閣後始許. 大抵其時騎兵皆士流云.

2. 성종의 명쾌한 판결
成廟朝有一富民, 多納田土於佛, 爲供佛之資. 其子貧不聊生, 更推之, 僧不許, 相訟. 以文劵甚昭, 其子累訟皆落. 至上言, 上判下曰: "納田于佛, 以求福. 佛不靈, 子孫貧餒, 福歸于佛, 田歸于主." 前後訟官見之, 皆吐舌曰: "天下義理不外此." 始覺自己之誤決. 大哉! 聖人之言, 簡當若是.

---

6 二月花의 二가 저본에는 九로 되어 있으나 『오산설림초고(五山說林草藁)』, 『계서야담(溪西野談)』, 『기문총화(記聞叢話)』 등에 의거하여 바로잡았다. 『오산설림초고』에는 성종이 아닌 세조의 일화로 소개하였다. 봄날을 맞이하여 세조가 1, 2구를 쓰고, 이후에 문지기가 3, 4구를 지은 것으로 되어 있으며, 1구의 '變'이 '翻'으로, 2구의 '九'가 '二'로, 3구의 '王'이 '公'으로, '侯'가 '孫'으로 되어 있다.

3. 국기일에 풍악을 허락한 성종

成廟時, 昇平日久, 人民日趨於彰義門外, 風樂喧過闕下西墻外. 一日寂無聞, 上怪問之, 對曰: "明日國忌." 上曰: "國忌自國忌, 庶民何知?" 勿拘之意, 下敎. 自是民庶不以國忌停樂, 此亦聖人至當之訓. 不然, 今四百年後, 民間無擧樂之日也.

4. 간관을 파직한 성종

成廟行幸衍禧宮, 歸路, 烟花滿目, 風物極繁. 上不勝春興, 馬上擧袖而舞. 臺臣諫臣皆諫, 上聽而不聞, 兩司卽止. 及闕門外, 兩司皆罷曰: "一言塞責而止, 安用此臺諫乎?" 來諫之意, 亦至矣.

5. 예종 승하 당일에 즉위한 성종

成廟十二歲入承大統. 時睿宗誕子齊安大君幼, 德宗長子月山大君年長, 貞熹王后擇賢而立. 成廟以危疑之地, 卽日卽位. 光海亦當日卽位, 大諫崔有源倡議也. 時永昌大君在, 又臨海君在, 崔之議, 不必非也.

6. 공과 사를 엄격히 구분한 성종

成廟初卽位, 有富商, 多以財助光廟, 受三死不問手敎. 恃此殺人, 貞熹王后垂簾, 將赦之. 上曰: "三死不問, 一時之私恩, 殺人償命, 萬世之公法, 不可赦." 王大妃不聽, 上起立曰: "大母以小子無知而不聽, 請避賢路." 王大妃不得已曰: "任汝治之." 上遂出坐, 重刑其人, 只貸一命而竄之.

7. 성종의 용인술

成廟將追崇德考, 知禮能言之臣, 皆强諫. 皆以萬戶·權管補外, 與承順諸臣定議奏請. 得竣, 盡退其人, 亟招得罪諸人, 設局任事, 以竣其役. 事已成矣, 人莫敢言, 卒成大禮. 此亦察人用人之盛德也.

8. 불교를 억누른 성종

我朝承前朝崇佛之後, 雖以世宗大王之聖, 猶命安平大君, 書『金字蓮花經』, 以資王妃之冥福. 光廟尤尙佛, 士大夫有禮法之家, 父母忌日, 先供佛飯僧, 謂之僧齋. 成廟一改其道, 忌日僧齋之名始罷, 士大夫知禮之家, 不復供佛飯僧.

9. 서얼금고법의 연혁

曾見柳氏『嘉靖譜』及安東權氏『舊譜』, 多有前後夫. 成廟朝, 始定再嫁女子孫, 不許淸職, 庶孽子孫, 不許仕版,【其法實自世宗朝始定, 至成廟申行之.】再嫁之禁, 庶孽枳塞, 爲成憲. 此法非不美矣, 不究人情, 勒成烈女, 不問人才, 渾稱賤品. 往往有家亡族廢之患, 滔滔是自暴自棄之流.

英廟末年, 始許庶孽通淸, 其人躍然而起, 犯分蔑禮, 變怪層生. 若非正廟參酌定式, 不可收拾. 今則無異於枳塞之時, 莫非渠之自作孽. 至再嫁, 國俗已成, 故宋相寅明一出言, 衆辱蝟起, 遂止.

10. 우리 역사에 대한 무관심

我國之士, 莫不留心古史, 至本國史, 茫然不識. 誰讀『東國通鑑』之說作, 可勝惜哉? 文廟王后有全州崔氏, 見於『攷事撮要』及『明史』, 而『國朝』無傳, 何哉? 睿宗有上冊恭靖大王安宗之諡, 而亦不傳. 此則無乃爲申叔舟所格而然歟? 至於列朝王妃玉冊與祝板, 往往不同, 何文獻之不足, 如是哉!

11. 성종의 도량

成廟六七歲時, 雷擊殿柱. 坐其側, 端坐不變色. 非大聖人天地度量, 何以及此!

12. 인종의 비범함

仁宗大王在東宮, 東宮失火, 棟摧樑折. 小宦請出避, 端坐不聽. 時夜深, 中廟方寢, 始覺頓足大呼曰: "東宮出不?" 世子聞之, 於是挾小宦, 冒火出如飛, 無一損傷處, 大聖人神勇如是. 火是元衡輩所衝, 雖出, 必爲所害, 故不出. 及聞父王在外, 乃出.

13. 효종과 정태제

孝宗大王爲大君, 質瀋至燕. 昭顯先歸, 大君後又得還, 不得夫馬, 中路致敗. 時菊圃鄭泰齊, 爲上使入燕, 遇諸道. 大君請夫馬, 鄭不聽而去. 副使聞之, 多贈夫馬, 厚贐行備, 遂得達我境. 其後鄭公官不遂, 孝廟不以此介懷, 此亦大聖人度量. 菊圃與昭顯婭婿, 抑以姜嬪之故, 官不遂耶.

14. 정광필과 장순손의 됨됨이

我國相業鄭文翼公爲最, 可與韓富上下. 不以死生動心, 古有其人乎? 燕山時南謫, 燕山怒不已, 拿來將殺. 至素沙, 得京報靖國. 公泣曰: "爲人臣, 不能輔導, 以至此境." 流涕不止. 夕食至, 下魚肉之器曰: "舊君存沒, 不得聞." 張相公順孫在嶺南, 興淸【燕山名妓女曰興淸】一妓, 見熟猪頭笑之. 燕山問其故, 妓曰: "尙州張贊成順孫, 頭似猪頭, 人稱猪頭相公. 今見猪頭, 果似, 故笑之." 燕山曰: "汝私其人, 猪頭當斬!" 亟命拿來. 行至咸昌公闕池, 有二路, 皆通鳥嶺. 有猫過前, 向狹路去. 張請金吾郞行狹路曰: "前日有猫過前, 則必有慶." 從之. 燕山又送人, 所逢處卽斬猪頭來, 以是巧遞得生. 至鳥嶺, 得聞反正, 大喜起舞. 人以是知二公賢否.

明名臣海瑞, 以直言下獄當死. 世宗崩, 主事夜設酒食, 瑞飽食曰: "欲作飽死鬼." 主事告上崩, 瑞大痛盡吐, 終夜哭不休, 明日得釋. 文翼其海公之流乎!

15. 정광필이 유배지에서 겪은 일

文翼公爲金安老所惡, 竄金海. 安老必欲殺, 令三司合啓, 時公家人不敢在京. 元參判繼蔡, 林塘公婦翁. 元問名卜洪繼灌, 洪曰: "公必復入閣, 毋慮." 時三司按律益急, 批曰: "依啓." 元召洪曰: "君言毋慮, 後命已下, 奈何?" 洪曰: "是吾亦不知." 三司罷歸後, 上又命還收. 安老猶以必殺乃已, 人皆以爲後命朝夕必下.

公在金海, 使子弟祭于東萊始祖墓. 東萊縣令武人, 希安老旨, 使人逐之曰: "庶人只祭其禰, 安敢祭始祖?" 於是還歸金海境望祭. 又有一獐投門, 奴僕得捕以供於公. 金海倅聞之, 以爲官獵進上獐逸走, 星火督納. 家人罔知所措, 適有隣邑宰, 以封餘一獐饋, 遂納官而幸免辱.

一夕夜深, 京奴急步, 到門而氣塞. 子弟驚惶, 以謂後命, 探囊得書, 乃安老賜死之報. 子弟入告於公寢所, 公聽而不起, 旋卽鼻息如雷. 卽以令相召還, 時東萊文報久滯政府. 公曰: "城主文報, 不可遲滯." 卽先決送, 戒子弟毋敢言. 城主事, 人無識者, 金海事, 他人有目見者, 其言播, 爲世所棄.

16. 재상감을 알아본 정광필

文翼公亦有識人之鑑. 黃相公憲爲承文正字時, 公一見, 知速成速敗且無后. 尙成安公在六歲時, 公一見曰: "必坐吾座, 但喜避事, 惜哉!" 尙公當文定王后垂簾元衡當權, 不能有爲, 自守而已. 公愛次孫林塘相公·長曾孫南峯相公, 曰: "必坐吾座." 常以朝夕餕飯賜二公, 其他子孫不得與. 李相國憲國兒時來見公, 又以餕飯賜, 侍婢相語曰: "此阿只, 亦台鼎之器歟?" 其後皆入閣.

17. 고변 당한 아이들의 전쟁놀이

丙寅後, 靖國功臣大開告變之門, 逆獄繼起. 敎官門下諸兒, 遊戲於南山, 以紙片爲旗, 戲作習陣之狀. 人有告變, 繫之金吾, 庭滿以及門外. 文翼公入闕, 見其孫林塘公, 方七八歲, 亦繫坐門外. 公大驚聞知, 入告於上, 遂盡釋之.

18. 이원익의 앞날을 알아본 이준경

完平李相公, 少有相望, 東皐李相公, 見之曰: "天下薄福之相." 人驚問曰: "此人有重名, 人皆以公輔期, 公是何言也?" 曰: "當如吾太平宰相, 何必當危亂之世? 長日垂淚, 非薄福者乎?" 完平以西伯當壬辰之亂, 及其入閣, 又當光海政亂, 不能安於朝. 又當适變, 扈上公州之幸, 又當丁卯胡亂, 奉世子南下. 數十餘年, 無非垂淚之日.

19. 강서의 예언

我國異人, 鄭北窓礦·姜承旨緖爲最. 姜常語完平曰: "舟橋朽索, 公將奈何?" 人莫知其義. 甲子适亂, 公轎索絶, 急以藁索荷轎, 至舟橋上, 索朽而絶, 落傷於橋石上.

20. 민심을 안정시킨 이원익

癸亥靖社, 三日市不列肆, 人心洶洶. 完平自驪州仰德, 乘舟入來, 人心始定, 市乃列肆.

21. 원두표의 잠꼬대

靖社謀議時, 以不識完平意向爲憂. 元原平曰: "我當試之." 往驪州候之, 仍留宿. 夜深作夢囈曰: "願作逆賊." 公呼曰: "速去." 元還告曰: "完平許之, 欲速去. 勿遲滯也."

22. 이상의의 처신

靖社謀議時, 必欲探李貳相尙毅意向. 李故作重聽, 客來必曰: "高聲言之." 又故令其少婿金德承, 在側不離, 人莫敢言. 金後文科掌令, 卽大諫洪福之祖, 相國宇杭之曾祖也.

23. 신수근의 그릇된 의리

燕山末, 左相姜龜孫問令相愼守勤曰: "妹夫與女婿孰親?" 愼曰: "死已矣." 此兩人之言, 皆失之. 公義至重, 私情何論? 死已者, 節死耶? 凶死耶? 時中廟爲晉城大君, 夫人愼氏, 乃愼公之女, 燕山妃, 乃愼公之妹. 燕山淫虐, 百倍於桀紂, 戮殺群賢, 逼辱伯母. 危亡在呼吸之間, 身爲貴戚之卿, 自保富貴而已, 將安用彼相哉!

時一國人心, 盡歸於大君. 彼燕山, 不特獨夫, 乃一國之讎, 其爪牙不過任士洪一人而已. 右相金壽童又善類, 三公一心, 廢虐立賢, 反掌間事. 如不能, 則亦自避賢路而已. 何必冒位而矢死, 同歸於亂臣哉!

時大君危如一髮, 燕山已忌之, 鷺梁習陣歸路, 令大君自東門入, 自己從南門入, 至闕門, 後期者用軍法. 庶兄靈山君曰: "非吾馬, 不可及, 非吾, 不可御." 於是大君騎靈山御, 故不先不後, 至闕門相會, 燕山亦無如何.

噫! 事君能致其身, 天地之大經. 而未聞桀紂之亡, 有死節之臣乎? 商容來觀, 微子受封, 箕子朝周. 蓋天命有歸於聖人, 獨夫自底敗亡, 寧有爲桀紂死節者乎! 愼公之死, 吾不知何義. 旣不能保其君, 又不能保其家, 竟使國母不得安其位, 何哉!

24. 임진왜란의 영웅들

我國龍蛇之亂, 無異宋金人之亂. 而宋之致亂, 以哲·徽不君, 呂·蔡稔惡, 黃·汪非人, 秦檜誤國. 北狩之禍, 南渡之嘆, 可千古嗚咽.

我國則不然, 重熙累洽, 文恬武嬉. 栗谷有養兵十萬之策, 西崖猶以爲不然, 是可恨也. 積德累仁, 人心不散, 聖君賢相, 國祚不削, 內無奸蠹, 外有良將. 斷斷忠赤之人, 飮血而從事, 人才莫盛於是時. 使數百年疆土, 無一尺所失, 祖宗培養之力, 豈不休哉?

西原·平城, 我國之包胥, 西厓·完平·白沙·漢陰, 我國之張浚·趙鼎, 李舜臣·鄭起龍, 我國之鄂·韓. 其餘擧義儒將鄭農圃·郭忘憂·高霽峰·趙重峰, 或以智略, 或以忠節, 輝映千古.

其中卓然者忠武公, 以六隻敗船, 破數千方盛之倭艘, 有陳璘經天緯地之奏. 鄭農圃以四十義士, 破十萬橫行之淸正, 有淸正天下名將之稱. 使倭不得合勢, 水路已斷, 陸虜不能孤立, 北關已平, 南寇自當退去.

至如延安之捷·幸州之捷, 差强人意, 不過一時之功. 若忠武公大勳, 眞所謂補天而浴日. 其次鄭起龍·鄭農圃, 雖古名將, 何以過此? 莫不由於內無奸蠹, 外有良將, 不沮功忮能, 而再紹大業. 猗歟休哉! 惟我宣祖大王, 可以侔殷宗·周宣, 非宋朝之其可企及也.

25. 정기룡의 활약

鄭起龍, 嶺南人, 武科訓鍊奉事. 李巡邊鎰敗走, 倭據尙州. 鄭與如干人, 夜襲倭逐之, 復尙州. 自是出擊屯倭, 百戰百勝, 寸鐵不能傷其身, 一丸未常及其身, 恩威大著. 唐摠兵中丸死, 唐兵願屬鄭將, 經理奏天朝, 宣授摠兵. 保全嶺南, 皆鄭之功, 後官至統制使.

26. 천하 명장 정문부

農圃鄭文孚, 文科爲北評事. 倭將淸正·行長, 長駈踰嶺, 申將軍硈敗沒於達川. 上西巡, 倭陷兩京. 兩賊將分道抽柱, 淸正北, 行長西. 淸正尤桀黠, 盡陷

北關. 土賊鞠世必·景仁及諸賊, 各擁兵, 縛二王子及諸大臣, 以應清正, 北
兵使李瑊兵敗沒.

世必千金購評事, 鄭公行乞山谷, 結義士數十人. 入世必數萬軍中, 二日斬世
必, 次第殲景仁及諸賊, 又殲屯倭. 擊清正再捷, 追清正, 如鷹鸇之逐鳥雀.
至鐵嶺, 清正齎寶劍二柄以呈曰: "吾今見天下名將." 追至龍津而還北, 清正
亦南踰鳥嶺, 還二王子, 其功可謂大矣.

監司尹卓然, 亦名宰, 以事不由己, 深忌之, 掩功不奏. 朝廷不得聞知. 公歿後,
澤堂李公植爲北伯, 詳載其功於『北關志』, 李公端夏續『北關志』, 尤加詳.
腏祀鏡城, 謚忠毅. 正廟朝, 一依勳臣例, 賜不祧之典, 百年而後, 其功大著.
擧義時, 公年二十八, 年最少, 官最卑. 皆推以爲大將, 其才略必大過人.

27. 천주학을 배척한 안정복

『明史』: "萬曆辛丑, 天津稅監馬堂, 進大西洋利瑪竇所獻方物. 禮部言: '大
西洋不載『會典』, 眞僞不可知. 所貢「天主女圖」不經, 有神仙骨, 夫仙飛昇,
安有骨?'"

『澤堂集』曰: "許筠始得其書來學習, 筠之言曰: '男女情慾, 天也, 倫紀分
別, 聖人也. 天且高聖人一等, 我從天, 不敢從聖人.'" 噫! 不別倫紀, 禽獸也,
天學之滅大倫如是. 小說又云: "筠常裝襲小金佛, 焚香禮拜云: '此天主也.'"
筠, 萬古之妖賊, 爲天學者, 祖述而賊, 謂之何哉?

李承薰入中原, 又得天學書, 比前加詳. 有才好奇者, 靡然從之, 以爲眞敎.
順菴先生闢之廓如, 以爲: "漢末黃巾·明末白蓮之禍將起." 憂道嘆世. 移書
責之, 作文辨之, 又曰: "好奇之士, 轉以爲奇僻之事." 樂禍之人伺之, 爲網打
之計, 其徒譁然大詆, 不曰: "救渠," 而曰: "殺渠." 先生下世之年, 辛亥邪獄
作, 又十年辛酉大獄起, 死者不可數.

先生嘗寄李尙書艮翁獻慶[7]詩曰: "道術派分各自逃, 西來一學又橫豪. 風吹
落葉紛紛去, 月照孤株子子高. 丹厨火消無可奈, 白鬚力盡但號咷. 呼兒且
進杯中物, 爲聖爲狂任汝曹."[8] 予謹次其韻曰: "如日再中鬼莫逃, 先生自是

---

7 獻慶의 獻이 저본에는 顯으로 되어 있으나 『순암집(順菴集)』에 의거하여 바로잡았다.

中興豪. 奇奇怪怪人何妄, 正正堂堂道益高. 十載苦心成怨咎, 一朝凶禍莫號咷. 豚魚尙且孚能及, 豺獺不如奈爾曺."

28. 이헌경이 지은 결혼 축하시

丁思仲與艮翁中表兄弟, 思仲少孤. 及娶于歸, 艮翁寄詩曰: "爾本孤哀子, 今迎主饋妻. 蘋蘩猶可採, 棗栗爲誰提. 黯黯新人恨, 凄凄故婢啼."⁹ 此詩可以泣鬼神.

29. 종성의 황제 무덤

北道雲頭城, 古今人之界. 有皇帝塚, 世傳宋帝塚. 『綱目』云: "金送徽宗梓宮, 葬欽宗鞏洛之原." 此甚可疑. 予送監市御史于鍾城詩曰: "完顔古築雲猶在, 宋帝遺陵月欲愁. 往蹟班班猶可考, 須從暇日更探幽." 其人有詩曰: "漠漠黃沙萬里秋, 三韓地盡一江流. 青山自是無心物, 爲近愁州亦白頭." 愁州, 鍾城古號. 此詩奇作, 而三韓地盡有漢江, 而距豆滿江三千里, 此則欠考.

30. 정광운의 총명함

休休子鄭公廣運七八歲時, 自外宅二水頭, 乘舟下, 李相公㙫適同舟, 奇其狀貌, 呼韻使賦詩. 一聯曰: "山高楓染早, 水淺帆來遲." 李公大加賞嘆曰: "必早達, 仕路必嶒嶝."

其後李公爲廣尹, 鄭家與具家, 分山世居. 山南鄭山, 山北具山. 鄭犯北而葬其親, 具進士頤周起訟, 鄭抵死不掘. 鄭公以質于入官庭, 與具對訟, 言語剛直, 條理明爽. 李公嘆曰: "早見此兒, 極夙成, 今又善培養." 謂具公曰: "訟理

---

8 이 시는 안정복의 『순암집』권1에는 「감회가 있어[有感]」로, 『순암집』「연보(年譜)」 및 홍직필 (洪直弼)의 『매산집(梅山集)』권5에는 「노주 오장에게 답하다[答老洲吳丈]」로 실려 있다. 글자에 조금씩 차이가 있다.

9 이헌경의 『간옹집』권2에 「종제 정지눌이 아내를 맞이하였는데 부모를 잃은 그의 감정에 슬픔이 일어 이 시를 보낸다[丁從志訥迎妻, 悲其孤露感, 有此贈]」라는 제목으로 실려 있다. 원작은 5언 율시 연작 2수인데, 저본의 시는 그 1수이며 7, 8구가 지워진 채로 실려 있다. 1구의 '本'이 '是'로, 2구의 '主饋'가 '窈窕'로 3구의 '採'가 '薦'으로, 4구의 '棗'와 '提'가 '榛'과 '携'로, 6구의 '凄凄'가 '蕭蕭'로 되어 있다. 지워진 7, 8구는 '羊曇吟醉過, 花樹更愁低.'이다.

宜掘, 今聞此兒之言, 汝與此兒之父, 世誼甚篤. 旣與汝先墳不相逼, 以一席
地劃給, 明定界限, 以全世誼, 以篤友道, 不亦善乎? 寧以此兒置之犴獄耶?"
具亦悽然曰: "平日奇愛此兒, 視之猶子, 何忍置之獄中? 請放還." 自是兩家
和解, 至今親愛不變.

噫! 公言論風采, 可以聳一世. 公爲臺時, 嘗論尹志, 不宜置陸地, 必生厲階.
及乙亥大獄起, 上思其言, 將大用, 丙子公歿, 惜哉!

31. 남의 꿈으로 장원급제한 장주

張執義澍居豊德, 甲子謁聖, 入洛歷紙廛, 將買正草. 廛人問其姓, 不答. 强
問之, 曰: "張進士." 廛人自櫃中出一張給之, 紙品劣. 張不受, 廛人曰: "此乃
進士主正草. 今科必壯元, 他日幸不相忘."

直往東大門內, 訪友人私邸, 友人出, 有湖南客在. 以漫語問: "遠客能得好
夢來耶?" 曰: "得." 曰: "何夢? 潛龍勿用." 曰: "上帝召我, 賜一詩, 詩曰: '燭
火腹中明, 日月頭上映. 天地風雲會, 一片照心鏡.' 賜弓邊帶口人." 張曰: "是
賜我也! 我姓張, 是弓邊, 我名澍, 是帶口人也." 其人憮然失色.

翌日入場, 「古鏡銘」遂爲壯元. 首句曰: "燭治亂, 洞古今, 史爲鏡." 燭字爲
首字, 此燭火腹中明也.

32. 시를 잘 지은 걸객

嶺伯傳令寺僧設泡, 僧告工夫士五十人. 嶺伯曰: "同樂好事, 但不文而徒弊寺
僧者, 或有之, 當呼韻試之, 不能對則撻之." 多士聞之曰: "若困之以强韻, 則
必見辱, 將罷歸." 有一乞客曰: "何示其劣也? 吾當應之, 勿慮."

及其會宴, 道伯呼閻字, 應之曰: "飄然遊客到槃闉." 又呼菖字, 應曰: "藥橐
深藏九節菖." 又呼羌字, 應曰: "簷外石珊連北斗, 卓中金佛自西羌." 又呼螳
字, 應曰: "身如野鶴寧隨鶩, 意似秋蟬不學螳." 又呼薑字, 應曰: "齋罷三更
禪進飯, 滿盤蔬菜雜椒薑." 道伯大加賞嘆, 極歡而罷.

33. 인조를 울린 유혁연의 한시

丁丑下城, 世子·大君入質瀋陽, 仁祖出餞弘濟院, 百官皆呈別章. 柳大將赫

然, 時以宣傳官, 先呈一聯曰: "西郊暮雨君臣淚, 北岳層雲父子情."[10] 上失聲痛哭, 鄭東溟斗卿失色閣筆.

34. 안정복의 관상

安上舍魯叟, 自號分宜, 順菴先生獨子. 卒于木川冊室, 予往哭之, 先生泣曰: "吾兒之友, 惟子必來, 吾待之. 子知吾兒深, 何以止於斯?" 對曰: "弘而毅, 任可重, 行必遠, 天難諶."

先生曰: "爲父子四十六年, 未嘗見其非, 此人豈易得乎? 此以吾之薄相也. 兒六歲時, 隣有孟姓人來, 以善相聞. 予與象三往問之, 曰: '吉.' 象三曰: '科數何如?' 曰: '無奈.' 象三曰: '何言之妄? 從兄之才, 取科如拾芥, 何謂無奈?' 予曰: '汝何妄言? 廢科者,有科數乎? 吾志決已久, 果善相人.'

象三又曰: '子宮何如?' 曰: '無子.' 象三又怒曰: '又何妄言也? 堂侄年六歲, 作人必不死.' 其人遽曰: '此兒必生, 毋慮. 妻宮甚好, 夫人必壽, 且有孝子. 此兒必無慮, 此乘除之理也. 其外相格, 佩銅符, 乘木馬, 名傳後.' 予疑其言, 今思之, 兒終養其母, 才闋至三年禫月而歿, 於其母爲孝子. 吾則老而無子, 故曰: '以吾薄福之相也.'"

其時先生已佩銅符, 後官至封君, 又特贈正卿, 其著述百世可傳. 噫! 眞善相人哉!

35. 박사창의 충청도 암행

朴義州師昌暗行湖中, 中路宿症胸痛發, 呑下白粥計一保兒必鎮. 僅到一寺, 燭已擧. 立者索麻, 坐者吸草, 老僧臥視而不見. 請曰: "客病急, 呑下白粥計一保兒生, 不則必死. 請活之." 皆冷笑曰: "明朝乞飯足矣, 白粥何爲?" 曰: "朝飯不敢望, 命在時刻." 百般哀乞, 奄奄若將死, 諸僧皆冷笑而已.

時時氣絶, 良久而蘇, 問邑內幾里, 曰: "十里." 曰: "病甚急, 邑內有所親人,

---

10 이 시는 조언림(趙彦林)의 시화(詩話) 『이사재기문록(二四齋記聞錄)』 107칙에 실려 있다. '暮'가 '細', '岳'이 '闕', '層'이 '凝'으로 되어 있다(안대회 교감·표점, 「이사재기문록(二四齋記聞錄)」, 『문헌과 해석』 1, 태학사, 1997).

請急通之." 曰: "誰?" 曰: "今吏房." 諸僧曰: "吏房主, 恐有責言, 不可不通." 定送二炬人, 書暗字以給.

少頃, 火光冲天, 邑內大擾. 下人大呼: "御使道何在?" 入鋪席, 本官來謁. 下人畢到, 急令煮白粥. 吞下一保兒, 始得鎭定起坐, 諸僧已盡竄伏樹林中. 命曰: "來則生, 不則殺." 於是盡伏庭下請死. 刑居首者三人以懲後, 明晨逸去.

36. 서인으로 기운 정태화

陽坡相公, 林塘公之曾孫, 林塘東人領袖. 陽坡新搆草堂, 湖洲蔡公來見, 陽坡出, 濟谷與之語曰: "吾新草堂." 湖洲曰: "何其傾也?" 濟谷曰: "何邊傾也?" 曰: "西邊傾也." 曰: "無乃地政不堅築?" 曰: "尊丈元來不堅築地政." 湖洲去, 陽坡還, 濟谷曰: "湖洲見草堂, 謂西邊傾, 果傾乎?" 陽坡曰: "非謂草堂, 以兒爲傾於西也."

37. 청렴한 김 생원

陽坡隣有金生員來, 明日時享, 無使喚, 請借一婢. 明日命送一婢, 以五百靑銅助祭. 金受置之, 令洗手, 以若干錢貿米及石魚. 其夫人親與熟設, 極其精潔, 外內將事, 極其誠敬. 其婢立庭, 拱手候命, 毛髮竦然, 不敢欹身. 祭畢, 賜飮福, 還授厥錢, 使致告曰: "祭稱家有無, 不敢假貸. 旣不用祭, 又不敢私用, 敢還. 不恭之罪, 當身自往謝." 婢來告, 公曰: "祭需果已盡備置?" 對曰: "一器飯, 一器羹, 一石魚而已." 又告誠敬異諸人, 公深嘆服之.

少焉, 金來謝, 自袖中出石魚以進曰: "祭需只此, 敢請飮福." 公遽曰: "姑置袖中." 亟命進盟, 淨洗正上服, 跪受石魚, 餤之. 以其半賜子弟, 或餤或袖. 金去後, 責子弟曰: "吾子孫必俯首求仕於金子孫." 金卽世所稱沙斤川金生員, 金監司澄之大人也. 其孫曾玄, 凡六相公.

38. 사람을 잘 알아본 이해

金監司澄爲湖伯, 往謝李咸陵㴲. 咸陵曰: "前日吾與君, 比其隣, 稔知君家之貧窮. 明年君大夫人回庚, 勿設盛宴. 朝夕奉養, 無非盛宴, 必勿設也." 其后金以壽宴過豊, 多受列郡饋遺, 爲贓吏, 枳塞以沒. 人以咸陵爲知言.

39. 아버지의 원수, 어머니의 은인

金監司澄, 爲金淸城錫胄所彈以歿. 後金相公構·學士槩兄弟俱有名, 淸城深慮之. 金監司夫人以痢疾至不治之境, 淸城聞之, 謂醫官曰: "此病, 非大泄不可治, 大泄之後, 非大補不可活. 第用某藥以泄之, 泄後以人蔘一斤補元. 吾當之, 愼勿言吾名, 君若自當, 稱以外上得用."

醫如其言, 其夫人果得回蘇完復. 金相公兄弟深忻幸, 而以藥債無可償之路, 深以爲憂, 末如何. 醫始曰: "此非可償之物, 吾輩何處可得人蔘一斤外上乎? 淸城聞之, 以急人之義, 出給此蔘, 寧有捧價之理乎?" 其兄弟大驚相顧曰: "此將奈何? 父讐不可不報, 活母之恩, 其可忘乎?" 自是不敢復言淸城事.

40. 이해의 인품

咸陵府院君李澥, 大諫效元子. 大諫爲光海所殺, 咸陵痛父冤死. 入靖社勳, 性恬退, 有德量. 靖社後, 多聚籍産之物, 諸勳臣聚坐分執. 咸陵獨坐一隅, 不顧視笑曰: "是汝外家分衿乎? 眞家分衿乎?"

41. 박은과 심온 후손의 피혐

太宗戊戌傳位于世宗, 姜尙仁獄起, 沈相公溫賜死. 時平度公朴訔不救, 沈遺命子孫: "與朴之子孫, 勿結姻." 自是沈朴子孫, 不通婚. 貧窮子孫, 或有婚, 則必無后云.

42. 윤훤과 박동선 후손의 피혐

尹監司暄, 仁祖丁卯[11]爲平伯, 以失軍機當死, 三司合啓, 上不忍加誅. 其姪婦尹新之公主, 又力懇, 久不允. 廷議歸一, 今日依例合啓, 明日將停啓, 先使公主入告于上, 以爲上必樂聞.

---

11 丁卯가 저본에는 丙子로 되어 있으나, 윤훤(尹暄)의 생몰년과 이력 등에 의거하여 바로잡았다.

時大司憲朴東善與尹最善. 尹來朴家圍碁, 朴將詣闕, 謂尹曰: "吾今塞責而出來, 公其留此." 是日上依啓, 尹遂死. 以其死於朴公之啓, 兩家子孫不相見. 今東村朴氏, 朴公之后, 今尹魯東, 尹公之后.

43. 억울한 넋의 환생

曾見『鴻書』云: 唐成德節度使王武俊時, 有一人, 忘其名. 年少無賴, 見一士人騎驢掛銀子而去, 殺其人, 奪其銀. 後折節改行, 爲定州判官.

時王武俊之子士眞, 年二十以副大使, 巡到定州. 判官入謁, 士眞勃然變色, 不接一言, 揮之出去, 尋令下獄. 定州刺史問士眞曰: "此人素稱謹愿, 今何罪?" 士眞曰: "吾亦不知, 一見其人, 吾心自動, 不能堪." 遂悽然不樂.

刺史出見判官, 判官曰: "吾今死, 死固宜矣. 願公治吾身後事. 吾少時無賴, 殺一騎驢士人, 今二十年. 入見其人, 乃騎驢士, 吾豈生乎?" 翌日行刑後, 士眞方開口笑語.

噫! 因果之說, 固妄矣. 冤氣未散, 托胎復生, 容或有此理.

44. 귀신의 시 사랑

練子寧, 建文皇帝節臣也. 嘗過余闕廟【忠宣[12]公, 元戰亡.】詩曰: "殘碑墮淚空秋草, 折戟沈沙自夕陽."[13] 嘉靖初, 豊城游潛[14]晝寢, 夢一人曰: "昔有練中丞, 子聞之乎?" 誦其詩曰: "二句草草, 幸點竄之." 潛卽以意更易誦之曰: "沙沈折戟空秋草, 墮淚殘碑自夕陽." 其人撫几長嘯曰: "點化之妙, 仙也!" 翌日有贈『玉屑集』, 練公亂後餘稿.

---

12 宣이 저본에는 定으로 되어 있으나 『원사(元史)』 권143 「여궐전(余闕傳)」에 의거하여 바로 잡았다.

13 이 시는 『어선명시(御選明詩)』 권72에 「안경에 있는 충선공 여궐의 사당을 참배하다[謁安慶余忠宣祠]」라는 제목으로 실려 있다. 전문은 다음과 같다. "將軍忠節貫荊襄, 千載精神日月光. 血戰孤城身已殞, 名垂靑史汗猶香. 殘碑墮淚空秋草, 折戟沈沙自夕陽. 我亦有懷追國士, 爲來感慨奠椒漿."

14 潛이 저본에는 溪로 되어 있으나 『흠정속문헌통고(欽定續文獻通考)』 권180에 의거하여 바로잡았다.

噫! 二百年遊氣不散, 大節之人, 鍾氣宜乎異於人.

45. 우겸의 넋

土木之變, 于肅愍[15]謙, 奉景泰皇帝, 有定國之大勳. 英宗皇帝復位, 爲徐有貞所搆死.

公少時, 有鬼持扇乞詩, 公醉題曰: "大造乾坤手, 重恢社稷時."[16] 鬼躍出, 扇蕉葉.

被刑後, 夢其妻曰: "雙目失明, 借汝目光." 夫人忽失明. 奉天門災, 上臨見公火光中隱隱閃閃. 復夢其妻曰: "還汝目光."

46. 천하 의사 양계성

椒山楊繼盛, 嘉靖中仇鸞爲將, 嚴嵩爲相, 外內扇禍. 公論仇鸞, 幾死得生, 鸞貶爲員外郎. 公曰: "何以報天子恩?" 其妻笑曰: "公休矣且歸. 一仇鸞困公幾死, 嚴嵩百仇鸞, 公何以報?" 公大悟曰: "吾知所以報."

是夜密具疏燭下, 一鬼被髮繞案, 啼號甚哀. 公叱之, 草罷, 鬼乃不見. 略曰: '在外之賊胡虜, 在內之賊嚴嵩.' 數十罪五姦. 上怒下法司, 尙書何鰲[17]論絞. 或問: "繼盛絞何罪?" 曰: "不犯律, 犯聖經, 直而無禮則絞."

人傳爲美談, 每就理, 諸內臣士庶夾道, 指三木嘆曰: "天下義士! 何不以此囊嵩頭?" 公作詩曰: "風吹枷鎖滿城香, 簇簇爭看員外郎. 豈願同聲稱義士, 可憐長板見君王. 聖明厚德如天地, 廷尉稱平過漢唐. 性癖生來歸視死, 此生元自不隨楊." 臨刑詩曰: "浩氣還太虛, 丹心照千古. 平生未報恩, 留作忠魂補."

公受杖時, 校尉苗生飮以蚺虵膽酒, 公曰: "椒山自有膽." 杖畢, 死復蘇曰: "忽然而死, 忽然而生, 死生固易." 有吏應生頗周旋, 何鰲禁之, 不爲動, 欲具疏申救. 公曰: "藏余血三年而碧. 地下必有報應生."

---

15 肅愍이 저본에는 愍肅으로 되어 있으나 『명사(明史)』 권170 「우겸열전(于謙列傳)」에 의거하여 바로잡았다.

16 『원명사류찬(元明事類纂)』 권34 「화초문(花草門)」에는 恢가 扶로 되어 있다.

17 鰲가 저본에는 鼇로 되어 있으나, 『명사(明史)』 권209 「양계성열전(楊繼盛列傳)」에 의거하여 바로잡았다. 이하의 鰲도 동일하다.

47. 파란만장한 건문제의 생애

建文皇帝僧名應文, 雲遊四方, 從臣稱師弟子. 聞死節臣, 自爲文祭之. 工部尙書嚴震直[18]奉使雲南, 實尋帝蹤. 遇於雲南, 相對而泣, 帝曰: "何以處我?" 震直曰: "上從便, 臣有以處之." 夜縊於驛亭. 帝結菴於白龍山, 不出. 後流轉越西, 散其徒, 獨程濟在.

帝嘗賦詩曰: "流落江湖四十秋, 蕭蕭白髮已盈頭. 乾坤有恨家何在, 江漢無情水自流. 長樂宮中雲影暗, 朝元閣上雨聲愁. 新蒲細柳年年綠, 野老呑聲哭未休."[19] 又曰: "閱罷楞嚴磬懶敲, 笑看黃屋寄團瓢. 南來瘴嶺千層迴, 北望天門萬里遙. 款段久忘飛鳳輦, 袈裟新換袞龍袍. 百官此日知何處, 猶有羣烏早晚朝."[20] 又曰: "風塵一夕忽南侵, 天命潛移四海心. 鳳返丹山紅日遠, 龍歸滄海碧雲深. 紫微有象星還拱, 玉漏無聲水自沈. 遙想禁城今夜月, 六宮猶望翠華臨."

是年春, 忽謂濟曰: "吾決意東, 子著之." 得兌之歸妹, 濟曰: "大凶." 同寓僧竊帝詩, 詣思恩州岑瑛,[21] 自稱建文皇帝. 囚繫以聞, 繫入京師鞫之. 僧稱: "九十餘, 願葬祖父陵傍." 御史言: "建文當六十四, 何得九十?" 僧實楊應祥也, 論死, 從者十二人戍邊. 帝在其中, 遂自言其實.

老閹吳亮逮事帝, 使審之. 帝曰: "汝非吳亮乎?" 亮曰: "非也." 帝曰: "吾於便殿食子鵝, 棄肉, 汝以尙食, 兩手執[22]囊, 以口狗餂, 乃云非耶?" 亮伏地哭. 帝出左趾黑子, 摩示之, 亮持踵復哭, 退而自經. 迎入西內, 宮中稱老佛,

---

18 嚴震直이 저본에는 嚴震으로 되어 있으나,『명사(明史)』권151「엄진직열전(嚴震直列傳)」에 의거하여 直을 보충하였다. 이하의 例도 동일하다.

19 『명사기사본말(明史紀事本末)』권17「건문제가 나라를 사양하다[建文遜國]」에는 이 시 1구의 '流'가 '牢', '江湖'가 '西南'으로, 5구의 '影'이 '氣', '暗'이 '散'으로, 6구의 '愁'가 '收'로 되어 있다.

20 『명사기사본말』, 위의 글에는 이 시와 바로 뒤의 시가 연작시로 실려 있는데, 뒤의 시가 연작시의 첫 번째 수, 이 시가 연작시의 두 번째 수로 실려 있다. 또한 이 시 8구의 '猶'가 '惟'로 되어 있다.

21 瑛이 저본에는 映으로 되어 있으나,『명사』권4「본기(本紀) 4 공민제(恭愍帝)」에 의거하여 바로잡았다.

22 執이 저본에는 指로 되어 있으나,『명사기사본말』, 위의 글에 의거하여 바로잡았다.

以壽終. 葬西山, 不封不樹. 程濟曰: "今日方終臣節." 往雲南, 焚菴散徒.
英宗北狩也, 嘗閔於建文無所加禮, 語袁彬曰: "近來災變, 未必不由於此."
復位, 天順元年, 解建[23]庶人, 出居鳳陽, 供給聽婚. 二歲囚大內, 五十五年
出, 不識牛羊, 未久卒. 乃建文太子也, 無后. 弘光皇帝上諡爲惠宗皇帝.

48. 황후의 폐위를 도운 신하들

宋仁宗治化之盛, 後世莫及, 呂許公夷簡功爲多. 明宣宗之治, 亦多可記, 夏·
蹇·三楊爲宗臣. 仁宗廢后, 呂公力贊, 宣宗廢后, 楊榮肆誣. 實爲聖德之累,
此人非逆而何? 天下之義理舛矣, 千載之下, 猶以宗臣稱之. 予每讀此, 未嘗
不眼眥欲裂. 直欲置此人於不道之科而不得, 三呼而已.
我朝己巳之事, 眞與仁·宣時事同. 一二臣承順之罪, 名義掃地, 罪及其身宜
矣. 比之呂·楊, 則實有間矣, 何必苛論? 然爲人臣者, 當以正義爲重.

49. 병 속으로 사라진 냉겸

明太祖時, 有冷謙者, 其友人貧求濟. 謙於壁上畫一門, 一鶴以守之, 令其友叩
門. 門開入, 金寶充內帑也. 恣取來, 爲庫吏所覺, 辭連逮謙. 謙渴請水, 以瓶
汲與之, 謙以足挿入瓶中. 逮吏驚曰: "吾坐汝死." 謙曰: "但以瓶至御前." 上
曰: "汝出見朕, 朕不殺汝." 謙曰: "有死罪, 不敢出." 上怒碎瓶, 呼其名, 片片皆
應, 終莫知所在.

50. 죽어서도 절의를 지킨 철현

鐵鉉爲建文立節, 背立不顧. 割鼻耳, 亦不顧. 藝其肉, 納其口曰: "甘否?" 曰:
"忠臣孝子肉, 有何不甘?" 磔之, 熬油大鑊投屍, 頃刻成煤炭. 導其屍, 朝上
前, 屍轉向外. 上令內侍用鐵棒夾持, 使北面, 上笑曰: "爾今亦朝我耶?" 語
未畢, 油沸起丈餘. 內侍手爛, 棄棒走, 屍卽反背. 上大驚, 卽葬之.

---

23 建이 저본에는 逮로 되어 있으나, 『명사』 권118 「열전 6 혜제의 아들들[惠帝諸子]」에 의거하
여 바로잡았다.

51. 내복의 목숨을 앗아간 시

明名僧來復者, 蜀王所與講道者, 蜀王, 太祖十子最賢. 復成祖時, 乘召賜尙食, 謝詩曰: "淇園花雨曉吹香, 手挽袈裟近御床. 闕下彩雲生雉尾, 座中紅茆動龍光. 金盤蘇合來殊域, 玉盌醍醐出尙方. 稠疊濫承天上賜, 自慙無德頌陶唐."[24]

上大怒曰: "殊域, 以我爲歹[25]朱耶. 無德陶唐, 謂朕無德. 何物奸僧, 敢大膽如是? 誅之."

52. 변란의 씨앗

元魏時, 將軍張彝之子仲瑀, 奏抑武人, 不預淸選. 虎賁千人作亂, 捶殺彝, 魏收斬八人, 不窮治以安之. 高歡見之, 知魏亡將亂, 紀綱不可不立也.

前年松都之變可駭, 當窮治. 至如今年谷山之變, 與張彝及松都之事, 似同而實不同. 上之人無失, 則治下而已, 今朴宗臣之罪, 死不足以償之. 先正貪吏之罪, 次治亂民之罪, 雖擧一境而誅之, 渠何敢稱寃? 宗臣卒無事, 略施譴責, 而谷山之民, 誅之過多.

烹鑊剝皮之律, 三尺至嚴, 且先王之世, 爲守令濫殺人者, 多償命. 宗臣之殺越人于貨者幾人, 其可生乎? 不特死者之不服, 谷山之人, 皆不服, 不特谷山之人不服, 海西之人, 皆不服, 不特海西之人不服, 一國之人, 皆不服. 如此而欲立紀綱, 拂人心而紀綱立乎? 不特宗臣而已, 監司·褻使, 可以分其過.

予恐駭機潛伏, 必至癰潰. 或云: "朴宗臣, 酷吏之最, 非貪吏, 實無死罪." 酷於殺人之多, 非死罪何?

53. 흉년과 변란의 조짐

聖上踐祚之九年己巳, 庚午辛未連凶. 而己巳則湖南尤甚, 死者不知幾十萬, 辛未則西北尤甚, 流民之向嶺南者, 又不知幾萬. 嶺南必不能容, 中路飢寒

---

24 『어정연감유함(御定淵鑑類函)』 권317에는 1구의 '淇'가 '祇'로, '花'가 '風'으로, 2구의 '御'가 '玉'으로, 6구의 '上'이 '尙'으로, 8구의 '頌'이 '誦'으로 되어 있다.

25 歹이 저본에는 反으로 되어 있으나 『어정연감유함』 권317에 의거하여 바로잡았다.

而死者相繼. 畿民之流亡亦稱是. 予恐大明之流賊, 復見於今日. 藿食之憂, 無路仰諫, 奈何? 秉勻之人, 胡不念此?

54. 적자와 서자의 관계

世之孽屬, 厭避右族, 甚至讐視者有之, 予見多矣. 潘南之朴有泰萬者, 甚厭右族, 未嘗往候. 予適往富平, 時太守潘朴之有勢者. 富乃鎮撫營之前營, 將率水軍, 赴江華水操. 泰萬之子來, 言其子入水軍, 請裁書通倅. 富倅曰: "素不知, 且不可干囑." 還送其人.

翌日領軍到通倅, 以肉斤酒膳, 存問于其人. 其外封曰: '族孫富平倅候書.' 付通津下人, 命今日內受答來. 其人卽入來曰: "爲本倅推來, 將詣官待罪." 仍言見充水軍. 富倅大怒, 召本部水軍色曰 : "汝邑規, 以士夫充軍, 抑有罪充軍? 入白汝使道, 緣由來告." 通倅大驚無辭, 卽出來更僕而謝, 割名軍案. 刑推面任, 與其人同席謝過. 自其後, 官吏輩畏憚,[26] 不敢侵凌.

55. 이종성을 욕보인 이덕형의 자손

庚午年廣州移鎭時, 李相公宗城[27]初爲留守, 多以士族庶孽充軍. 官有一士, 稱寃不已, 終不許, 亟命曳出. 其人曰: "以待後日之外, 無奈何!" 公曰: "待何日?" 曰: "鰲城子孫之爲留相. 若鰲城子孫, 則必不以漢陰子孫充軍." 公曰: "汝漢陰子孫乎?" 曰: "五世孫也." 曰: "亟割軍案." 蓋其人忿其事, 故以辱說加之也.

56. 장인어른의 강단

予之婦翁, 移窆其曾祖母於驪州長漢峙, 與尹濟謙甫相訟, 數三次皆得捷決案. 一日新牧使到任, 數日夜半, 將差·刑吏·汲婢出來, 捉上曳入, 卽上刑板曰: "聞汝偸葬云. 當先施偸葬之律, 掘出後, 摘奸更訟." 威如雷霆, 不可犯. 言不偸葬之明徵, 不聽, 言連捷訟之決案, 不聽. 過時詰難, 終不聽, 重刑將

---

26 憚이 저본에는 彈으로 되어 있으나 문맥에 의거하여 바로잡았다.
27 李宗城의 城이 저본에는 成으로 되어 있으나 오자이다.

加於身.

怒色勃勃, 直仰視曰: "士可殺, 不可屈, 此墓決不可掘. 城主生心, 其可掘乎?" 牧使尤大怒曰: "汝以土民敢叱辱官家乎?" 曰: "民何敢叱辱城主? 若掘此墓, 罪犯倫紀."

言辭益厲, 滿庭皆股栗. 牧使曰: "倫紀之說, 何說? 汝無倫之說, 罔赦." 曰: "此墓民曾祖母, 卽延原府院君之中女, 城主曾祖之姊氏. 以公以私, 寧可掘乎?" 牧使大驚, 亟命移訟. 又曰: "議送題辭, 示我以知. 查官在何邑?" 定于利川, 驪牧裁書于利倅, 嚴成立案, 仍以止訟. 時翁年少, 未及相面, 故牧使初不知而必欲掘.

57. 귀신같은 용사 이운징

千古神勇, 李監司雲徵爲第一. 少時與權監司歆·士人丁某, 遊三角山白雲峯, 權在前, 丁在中, 李在後. 抱石壁而上, 丁下視萬丈, 氣術而落. 權雖知之, 而不敢顧, 但聞擊石聲如辟歷. 及上臺則丁·李二人已上坐矣. 怪而問之, 李曰: "此友落下, 故同墜, 執持於空中, 奮身踊上." 曰: "擊石何爲?" 曰: "空中不可鼓勇, 故先擊石而鼓勇."

常曰: "使我當壬亂, 寧使倭奴片甲歸國?" 人曰: "其如萬丸何?" 曰: "人如奮勇, 則矢丸必不敢近身, 落地而已." 權之孫尸翁, 習聞於家庭, 向予說.

58. 천하장사 허수

許邃者, 孝廟爲大君質燕時, 帶去八壯士之一也, 橫行於燕, 汗甚苦, 欲除之, 選天下壯士, 有蜀人長八尺而腰數抱. 立殿庭, 召大君, 令選從行人中能角觝戲者, 與蜀人角觝. 許邃伏曰: "角觝戲事, 禮法之服, 不可脫." 汗曰: "任爲之." 邃曰: "兩虎相鬪, 一必死. 請無償命." 汗許之. 邃曰: "請以朝鮮法戲之." 又許之.

邃衣長服, 趨而前, 周圍蜀人而行, 蜀人亦立而周回. 良久, 邃若飛鳥, 而躝其胸, 其人執其足, 投之磚石上, 有若投嬰兒然, 知其人力與捷倍蓰於邃. 邃落於數十步地而立, 又周圍而行, 氣似乏.

時殿中所養靑鵝, 過大君前, 大君執而投之邃前. 邃接之空中而受之, 行行而去其羽, 啖之盡. 於是勇氣自倍, 又飛而前, 將蹴胸, 其人以兩手衛其胸, 將執足而投之. 遂忽踴而上, 蹴眉目間, 其人仆磚石上, 腹坼而死. 大君大喜, 拔佩釰, 擊門閾, 笑曰: "陛下輕小國之人, 今何如?" 命遂拔釰, 仍賜之. 其子孫居砥平, 與予相識. 自言其釰尙在其家, 乃寶釰云.

59. 최문식과 최도장의 재주

崔監司文湜有三絶, 人不識. 淸白絶人, 世富故人不識, 勇力絶人, 文臣故人不識, 文章絶人, 明經故人不識. 三十尺大樑已上, 後公乍過, 見之曰: "此柱低一寸, 何也?" 以一手推上一寸曰: "以一片木撑之." 遂去. 木工更量之, 果低一寸, 百人推上, 樑不動.

其孫武承旨道章, 以勇力鳴於世. 少時, 將作科行, 不得船, 有忠儒船浮下, 忠儒近百人. 公乘漁艇入, 忠儒以槳推艇, 艇退如矢. 公奮身躍入船, 其間十餘步. 忠儒大驚慴伏, 大喝泊船于水濱, 廣請驪州儒士, 同上船. 行過豆尾, 有大鱉, 如傘屋大. 公立船邊, 以槳刺之, 翻身倒落水, 卽踊身上船, 人莫不壯之. 予之婦翁與公七寸戚, 同行見之, 向予說.

60. 당론의 폐해

我朝黨論以後, 世無完人. 痼人心情, 膠人耳目, 治身論人, 至公無私者, 幾人? 雖或有超世拔俗之姿, 不能無黨同伐異之論, 痼之深, 膠之固, 奈之何哉? 亦有託蕩平之論, 售趨附之態, 反在於膠痼之下. 至如叛世守之目, 歸孽論之科者, 是患得失之鄙夫, 眞悖逆之小人. 受者亦奴使而已, 於汝亦何利哉?

潛谷撰『名臣錄』, 在黨論以前, 多不當選而選者, 黨論以後, 雖謹擄選, 而不能洽當, 勢也奈何? 朴東亮, 實宣朝之名臣, 而不能守死善道, 一言之失, 釀成大禍, 可勝惜哉? 此龍洲所以不序『名臣錄』也. 繼此而雖欲選之, 無如之何, 秉筆者, 如時諱何?

61. 김백련의 기이한 행적

金榮[28]川百鍊, 北渚金公槃之祀孫, 北渚無后有螟孫. 五爲郡縣輒黜, 自號五黜, 非流俗士, 乃方外人. 直言無隱, 不以先諱, 不以黨護. 文翰奇古, 言貌亦如之. 但好鬼神, 自言與神仙言, 蓋非尋常心病. 儘多可貴處, 無用於世. 亦心服順菴, 芒履藜杖, 每來訪, 先生以方外許而交之. 自果川移利川, 貧不能自食. 李趾光爲利川倅, 先生托曰: "吾友金公奇古人, 窮餓必死, 子其廩繼以生之." 李曰: "惟命." 不多年李遞, 金又轉移忠州彈琴臺神祠.

乙未年, 金無端大哭, 人問其故. 曰: "明年國有大故, 時事一變, 吾親舊多死, 是以悲之." 謂其子曰: "吾死後, 爾之姊壻, 率汝去利川. 宗人處有所托弊籠, 其中有純金盞一雙, 足以度汝生." 其子未成人, 其婿李洗馬淞也. 金之移忠州, 以一弊籠托其宗人金克寧曰: "勿置家, 置山隅石上, 覆以蒿束, 勿漏足矣." 依其言, 人莫敢近. 以金好鬼神, 必是鬼神籠也. 其子來推去, 果有金杯. 蓋金之敗家, 專以神祀費財. 人以疑事問之, 則應口輒對曰: '玉皇上帝云然', '某仙人云然'. 常曰: "當今之世, 只有三人. 老論金用謙, 少論李昌期, 南人安順菴, 而氣味大不同, 自爲第一等人物."

62. 간음인가, 도둑질인가

數年前嶺人言: 某邑有一士人, 夜半自外至, 有一隣人自內出, 過於門, 持織布去. 問: "此布何持去?" 曰: "吾豈偸耶? 君之內子給我." 其士人入房, 妻方睡深. 問: "所織布何在?" 曰: "在機上." 曰: "旣奸人, 又給布, 何也?" 曰: "是何言?" 曰: "某也言如是." 於是與隣人大詰, 至告官, 尙不能決云.

予曰: 其隣人當殺無疑, 有何久不決之理? 奸人之妻當殺, 誣人之罪當殺. 見其布, 則其婦女之有罪無罪, 亦可知矣. 以刀斷之, 是盜矣, 以手裂之, 是奸也. 雖然, 盜罪杖, 奸罪絞, 欲避杖罪, 自歸絞罪, 豈人情也? 必士人屠劣, 隣人多權術. 盜與奸, 俱是亡家, 與其盜而亡, 寧奸而亡, 與其獨亡, 寧俱亡. 彼亦惡其亡, 而匿其奸, 則幷脫其盜名. 此權術之欺人屠劣, 而其情狀昭然可見.

63. 죽음에 관한 사유

人之死也, 精氣漂散, 或遲或速, 以聚精之多少不同. 如火滅而烟散, 火盛而

---

28 榮이 저본에는 永으로 되어 있으나 오자이므로 수정하였다.

滅者, 烟氣冲空, 火消而滅者, 烟氣乍止. 因果之說, 誕妄極矣, 寧有烟氣復聚爲火者乎? 或有火急滅而熱氣尙存, 冲於物而復生者. 此王士眞【未詳. 唐王武俊子. 士眞死以付魂, 更生人間.】, 是或有之, 非旣散而復聚也. 又或有死而復生者. 此火急滅而餘氣不盡絶, 精神復聚.

予於甲戌歲, 搆毒癘, 半日死時, 先君在傍, 見命門上, 尙不甚冷, 故不收屍而已. 予若一夢然, 精魂飛上雲山, 平日所遊處南山·仁王·三角之間. 從崔道士, 行到一處, 有空中樓閣, 懸板列書死人名, 各有評語. 最下有予名, 題曰: '少有才名, 不幸短命死, 惜哉!'

予驚曰: "予眞死耶?" 告道士曰: "吾有父母而獨子, 吾死則貽慼我父母. 雲遊雖樂, 久不歸, 則體魄必傷." 道士挽之, 予曰: "不可." 如飛而下. 時手傘, 雨搏之聲, 聒耳來. 立先人坐側, 先人撫屍而泣. 精神復聚, 起坐, 時急雨打屋上. 仍飮藥發汗, 始覺死生如斯而自當消滅而已. 若如因果, 則天地大元之氣有限, 不過仍死者而復爲人爲物耶.

或曰: "不信因果, 則天地之間, 自天皇以來, 鬼神不勝其多, 雖簇立而必不容." 曰: "何不通之至此也? 火滅而烟氣冲空, 不滅而長存, 則一二月之內, 爲昏冥世界, 可乎? 人之神魂, 亦如火之烟氣, 隨散而消盡而已. 故曰: '理無窮而氣有限, 無窮故生成, 有限故消亡.'"

64. 기개와 절의를 지킨 동래 정씨

吾家世世以氣節相傳. 十四世祖三樹亭公, 以德行享院, 十三世祖直學公, 早登第, 抗志節名於世. 十二世祖南臺執義公, 兄弟以才德學行顯, 十一世祖判書公與從弟文翼公, 尤大顯, 十世祖都承旨公爲己卯名賢. 其下三世, 筮仕, 六世祖參奉公, 當光海斁倫, 焚帽帶於庭曰: "不可仕於無母之國." 棄官入海. 一室四從兄弟俱立節, 世稱一世名節盡歸鄭門. 而休翁公尤著, 承旨公不參廷請. 導正公爲儒士, 與姊婿鄭上舍澤雷抗疏, 改玉後登第, 出任興陽時, 仁穆大妃阿奢爲宮都長, 橫行各邑, 公杖殺之. 大妃震怒, 亟命誅之以償阿奢之命, 方拿來, 大妃日促之. 仁祖甚憂之, 與大臣謀, 入白曰: "其人當誅, 有一矜悶者." 大妃尤怒曰: "如此惡人, 有何矜悶?" 上曰: "其兄可矜." 大妃曰: "其兄誰?" 上曰: "鄭某." 卽休翁也. 大妃失色曰: "如此聖人, 何有如此之弟? 不可誅, 當禁錮而終身." 不久而歿, 未及大用, 人皆惜之. 監察公漆權臣門, 棄官下扶餘.

65. 정언충의 선정

導正公玄孫都承旨, 諱彦忠, 號花溪, 文章學識, 世稱湖中三傑之一, 氣節尤高. 一堂上兄弟從兄弟五六人相上下, 一世巨人咸萃一室, 吁亦異哉!

見彈於當國者, 不能安於朝, 棲遲湖嶺之邑, 凡數十年. 其在延豊, 褒題曰: '有何德政, 民視如父.' 以是十考十上. 其在豊基, 褒題曰: '昔聞循吏, 今見其人.' 又十考十上.

爲江界, 不一年而卒. 方其病也, 江邊火光連亘百里, 江界民人, 戶戶皆沿江設祭, 以祈府使之命. 及其行喪, 民人設幕致奠, 相屬於道, 無一人漏者, 凡十五日, 始得出界. 前所未聞也, 民情大可見.

66. 정언충의 문성국 제거 시도

公長在外任, 辛巳·壬午間, 始以執義承召入京. 蔡判書聞, 卽來見, 時初昏. 問曰: "公今入朝, 必有所言, 請聞." 公曰: "明晨肅謝後, 坐臺, 杖殺文聖國. 此後進止, 在上處分." 蔡公驚曰: "殺一聖國而身死, 不已過乎?" 公曰: "爲小主, 除荊棘, 雖死何辭? 吾所不能殺者, 吾無如之何, 吾所能殺者, 聖國也. 殺吾所能殺者, 以翦其羽翼而已. 吾意決矣, 吾何辭島中之鬼乎?" 時尙魯與聖國外內合勢, 傾我小主, 聖國文貴人之男弟[29]也. 夜未央, 上特命在外臺諫遞差, 公遂下鄉.

性深嚴, 雖子弟亦不得聞知, 不入家狀中, 碑銘漏焉. 蔡公書於墓誌中, 仍語於公之子, 其事始著.

67. 정언충의 인품

公初釋褐坎坷, 爲宗廟令. 時大祭同官有甚貧, 得膰脯, 賣於市, 公聞之, 買

---

29 弟가 저본에는 兄으로 되어 있으나 『정조실록』 부록 「정조대왕행장」에서 문성국이 숙의(淑儀) 문씨의 남동생이라는 기록에 의거하여 바로잡았다.

取而啖之. 時公入直宗廟, 下人皆以爲公嗜脯, 轉相告語, 上廉知之. 二十年後, 徐相公志修臨歿, 薦公大用, 上曰: "吾知其人之賢, 以祭肉不鬻於市, 故買其膰脯而啖之, 豈嗜脯而然耶? 不動聲色, 宜乎下人之不知也."

68. 『소학』을 생활로 삼은 정인

公之堂侄正言汇, 六七歲時, 言行甚輕, 父兄憂之, 授『小學』. 今日所受, 今日行之, 明日所受, 明日行之, 一言一行, 皆以『小學』爲準則. 讀七年男女不同席, 自是男女不同席, 讀城上不呼, 自是城上不呼, 昏定晨省, 一依『小學』. 且至性孝友, 推事父兄之道, 以事長上, 莫不皆然. 以吾所見古之聖賢, 必不過於是, 不幸中道而歿, 未克大成, 惜哉! 歿後, 以孝特贈都承旨.

以明經登科, 而文章甚高, 月課及東庭試, 以策問俱居魁. 傳曰: "此人不可以幼學應榜, 特除陵參奉, 以參奉書紅牌." 及第後放榜, 前參奉, 惟公一人.

69. 이지광의 선정과 강직함

李趾光最稱善治守令, 比之花溪鄭公, 則不及遠矣, 至於決疑明察, 則千古一人. 以讓寧祀孫, 二十前筮仕, 二十後卽爲丹城. 時當荒歲, 嶺邑多擅用貯置米. 英廟出送宣傳官, 摘奸犯科者, 投畀本邑. 出不意, 故執頉者多, 知幾者皆移庫充數以免罪.

使臣至丹城, 誦德之聲, 盈溢道路, 民皆感恩流涕. 廉知出三十石賑飢民, 自念: '若使此官得罪, 則是積怨於丹民, 殃必及子孫.' 至其縣, 分付吏房曰: "吾甚憊, 明朝當閱視." 其意欲移庫充數也. 吏入告本倅, 請充數, 李不許. 使臣又廉知不許之狀, 翌朝李出見使臣, 使臣又微言諷之. 李曰: "急於民命, 敢冒擅出之科, 重爲身計, 寧犯欺君之罪乎? 使臣亦當以實上達而已." 於是李謫本邑. 使臣歸告廟堂, 莫不稱嘆.

70. 살인 사건을 해결한 이지광

爲公判時, 某村有殺死人, 莫知其端, 檢屍而已. 數日後, 出到其村舍, 止於最上頭一寡女酒家. 辟左右, 召其女, 問生理及酒利農形, 後卽還官. 其翌日, 招其女問曰: "吾還官後, 有來問者乎?" 對曰: "某某人來問, 告以問答之說,

則皆笑而去." 曰: "別無詳問者乎?" 曰: "某人詳問, 而若有不信之意." 卽捕
其人嚴訊, 罪人斯得.

71. 묘지 송사를 해결한 이지광

公州有李姓士人, 奪金姓士人先山, 葬其親者, 累訟不能掘. 一日, 李墳上作大
坎爇炭. 李告變於官, 捉金訊之, 金不服, 囚之獄. 是夕, 召金, 從容問曰: "與汝
有宿怨, 常欲陰害者, 誰也?" 曰: "平生無結怨於人. 但某人有宿嫌, 血視, 每陰
助李家."

卽推其人訊之, 其人大言曰: "金哥詛呪之罪, 城主無端移之於民耶? 民與金
哥有宿嫌, 寧爲金哥而詛呪素親愛李氏之墓乎?" 判官曰: "官已明知無疑,
勿多言. 若牢拒不服, 則必死於杖下." 遂重繩得情.

人有問其故曰: "何由知某人之詛李墓乎?" 曰: "掘人之墓, 刑而徒配, 詛人
之墓, 刑而徒配. 金之不能掘李墓, 畏其刑而徒配, 反詛其墓而顯其跡, 自求
刑配之律乎? 某人與李哥素善, 人必不疑, 與金哥交惡, 故顯示詛墓之跡, 以
構成金罪, 其陰害之狀, 昭然可見."

72. 절도 사건을 해결한 이지광

爲交河郡守時, 隣邑倅來宿邑內酒幕. 本倅出見, 隣倅之馬夫訴云: "二兩錢
貯糠橐中, 俄者出糠, 不及係橐口, 有人偸錢去. 請覈推出." 卽命持漆盤來,
閉大門, 盡招主人與隣倅下人, 列立以次來前, 掀左手於盤上. 歷數人, 無所
出, 人皆駭笑, 次走及唱, 有糠落盤上. 命曰: "急還厥錢于錢主." 其人無一
辭, 就所藏處出給. 人有問其故, 答曰: "以右手拾錢, 急置左袖中, 錢在糠中,
所含之糠, 寧不落在袖中耶?"

73. 유산 분쟁을 해결한 이지광

爲白川郡守時, 爲延安兼官, 延安有久訟. 士族富家, 田民甚多, 男女分衿.
至其孫, 爲內外再從兄弟, 宗孫以家前好畓一處, 爲本宗衿付, 而外孫執持
四五十年之久, 奪取之, 以至相訟. 以文券昭然無疑, 外孫必落, 累訟累落,
終不止訟. 聞白川倅明察, 伺兼官來到, 起訟.

聽兩造言, 置文券於前, 凭几坐, 吸燃草而已. 少焉, 起坐曰: "吾有一言可破, 汝二人, 中若不能對, 則止訟. 可乎?" 皆曰: "惟命." 李曰: "此執筆, 乃汝宗孫之祖乎?" 曰: "然." 曰: "此紙品, 果一時一束, 中截三節, 連帖者乎?" 曰: "然." 曰: "以筆以紙, 果非改造者乎?" 曰: "然." 曰: "若無一毫差錯, 則汝外孫當落, 若有一毫差錯, 則汝宗孫當落. 汝二人來前, 數此文書紙簾隙. 自初張至末張, 簾隙皆同, 獨此畓所付一張簾隙, 剩一隙."

曰: "此果一束紙截斷, 而此畓所付一張不同, 果非追後改造者乎? 無乃汝與昆季中, 有善模汝祖之筆跡乎? 不然則汝祖慳惜此畓之好品, 追後改造, 以遺子孫, 使之奪取. 計誠巧而反拙, 後勿復訟以益彰汝祖之罪." 其宗孫噤口而立, 無一辭可卞, 遂決案以給其外孫.

74. 조룡대 같은 백광훈

白玉峯光勳, 詩以唐稱, 筆以王比, 名重一世. 居湖南, 過湖西, 湖西伯將迎候錦江上. 妓女等謂天上仙人來臨, 及其來, 則其貌寢, 其容疎, 特迂拙一野人. 妓女駭之曰: "此釣龍臺."

釣龍臺者, 唐將蘇定方征百濟, 百濟都扶餘, 有龍在江, 不得渡, 龍嗜白馬, 故餌白馬, 坐石上釣龍, 故以其石謂釣龍臺. 予亦見其石, 沙中不過一笠冒之大, 無足可玩, 不副其名.

75. 원수를 사랑한 대감과 청지기

昔有一宰臣爲監司時, 殺一吏. 其人幼子年長, 欲爲報仇, 入京, 爲其宰臣廳直. 極穎悟, 宰臣愛之信之, 無異子侄, 事事皆屬托, 晝夜不離側. 一夜心煩不寐, 聞寢屛外有似磨刀聲. 潛起視之, 其人磨刀作刺人之狀, 向屛而作刺勢, 心異之, 倚壁立以觀動靜. 少焉啓屛, 直刺當胷處積衣中. 掩屛而泣, 淚下如雨, 嗚咽不成聲.

宰臣復坐, 呼其人撤屛, 從容笑問曰: "俄者事, 何事? 勿懼勿諱." 其人伏曰: "死罪死罪. 小人某道某邑人. 小人之父, 曾死於大監手, 實無罪. 故小人必欲報讐, 來托大監門下, 非不得便, 而過蒙恩眷, 不能便訣. 今思之, 則日寢遠而情益深, 父讐不可不報, 割恩斷情, 作此凶擧."

宰臣曰: "汝果孝子. 然人之死生在天, 非人所爲. 汝父不當死而死, 命也, 吾必死而不死, 命也. 非吾欲殺而汝父死, 是偶然而死也, 汝必欲殺而吾不死, 是偶然而不死. 汝旣售汝之至心, 其於命何? 自今以後, 更許心相待以終恩義, 不亦可乎? 吾與汝不出口, 則人誰知之?" 其人感泣曰: "惟命. 小人亦不能便訣旋踵." 遂一任如舊.

其後宰臣謫, 隨行不離. 又被禍哀毀, 如父子治喪, 及葬, 廬於墓下云. 世傳宰臣權判書縉云, 未知是否.

76. 두 명의 정응규

『彙言』多信史可考. 宣廟朝, 坡州牧使鄭應奎爲下吏所殺, 獄久不成. 成牛溪以本邑下吏, 囑監司盡釋之, 『彙言』甚非之.

光州鄭氏有水使鄭應奎, 問其子孫, 皆不知. 以其姓名而同, 以其時代而同, 行水使而爲坡牧者亦多, 是官職亦同, 可疑. 一世兩人偶相同而然耶? 卽我高祖母之曾祖.

77. 전란을 예언한 정석록

我庶從曾祖, 名碩祿, 文章才識甚高. 尤長於易學, 創智作水車, 名曰四象車. 草萬言疏上之, 未及成而歿, 因廢, 惜哉! 晩得天文書, 深解之, 戊申正二月之間, 深憂之曰: "不久必有兵火, 人民多死." 告我伯父曰: "戒之戒之, 愼交遊." 及三月而禍作, 兵至安·竹, 人皆避亂, 翁獨晏然不動曰: "不過一兩日, 自當泰平. 自我無犯, 必無憂. 昨夜已現於天象." 伯父素信翁言, 遂靖竢之, 果無事. 癸丑翁歿, 又告我伯父曰: "一紀之後, 虎患必多, 愼之愼之." 自乙丑以後, 虎患傷人甚多, 近十年北路尤甚.

78. 정석록의 덕망과 학식

翁性抗爽, 鄙下之人, 不肯交遊. 至於嫡庶之分, 斬斬甚嚴, 我曾祖不命上而不上, 不命坐則不坐. 我時三四歲, 甚愛, 背負之, 必稱阿只而不名. 常曰: "交人以德, 居家以禮. 德莫先於師友, 不德則損, 不當爲鄉原. 禮莫嚴於嫡庶, 無禮則舛, 不可壞家法." 不爲公車文字曰: "無益於吾身心工夫, 而徒爲人役使." 有子二人, 直置之農務曰: "士夫以門戶爲重, 吾輩以食根爲重. 兒輩略知文字, 則便自驕矜, 必失歡於人, 無益而有損, 旣無補於門戶, 徒有失於食根, 或趨時附勢, 殺身亡家者有之." 又常戒子曰: "須努力自食以終汝身. 吾之子孫, 其能長乎." 蓋其母氏多罪惡.

噫! 翁之先見與確論, 迥出尋常, 內外孫俱絶, 惜哉! 公與姜進士碩鏡爲莫逆, 姜亦異人. 公之天文圖, 至要不煩, 一見可知其度數星辰形質名物, 有知者莫不貴之, 爲回祿所災. 順菴先生每恨不及見其人.

79. 외가 어른들의 일화

外五世祖德豊君李公, 諱通. 夢五黽列前, 第二黽下小黽從者蔽庭. 其後一子正言公諱景顏, 二子白川公諱景閔, 三子監司公諱景容, 四子留守公諱景憲, 五子史判公諱景曾. 至其孫曾玄, 文科數十人, 而諱堁及澈入中書, 其餘皆至亞卿或正卿, 五黽驗矣. 白川公生十三男, 子孫尤繁, 且貴顯, 其神道碣跌以象黽.

我第三姨母新行于坡山, 行到昌陵店. 時天行氣大熾, 家家積屍, 只一家不痛. 內行下處後, 一官行彷徨道歧上, 下馬立窓外, 請曰: "內行下處內舍, 而外房頗闊, 能相容否?" 內舅許之, 遂入座, 曰: "何在?" 曰: "在廣陵." 曰: "吾亦廣陵人, 何面?" 曰: "大旺" 曰: "吾亦大旺人, 何里?" 曰: "登子里." 曰: "吾亦登子里人, 近在京中. 何姓?" 曰: "李姓." 曰: "吾亦李姓, 何派?" 曰: "白川公曾孫." 曰: "吾亦白川公曾孫, 爾於我, 再從兄弟." 曰: "無乃從祖參判公之孫李墰甫耶?" 曰: "然." 起拜曰: "青樓十年客曾聞名, 同堂六寸親今見面, 可謂世變." 曰: "第幾從祖孫?" 曰: "第八公孫." 曰: "內行, 誰?" 曰: "第三妹, 坡山成德淵之妻, 于歸行也." 曰: 然則今鐵山之姨也. 亟入新面, 可也."

遂入內舍數語, 問: "醖饋與祭需, 必自鐵山來?" 出單子, 視曰: "鐵山之手, 何其小也?" 命祥原下吏支裝餘饍盡納, 納則不下於鐵山備來. 又命路費幾何, 下吏曰: "只二十餘兩." 曰: "行到松都, 可以推移, 二十兩納." 手授從妹曰: "中路相逢, 物薄可恨." 顧從弟曰: "吾當陪行, 汝則隨吾後." 遂迂路, 到坡山宿, 自其後, 連有饋問. 公自少以俠聞於世, 又以投錢一手名, 到老亦然.

80. 꿈에서 배필을 만난 외조부

我外祖李公旣長經痘, 一夕殞命. 行到一處, 有若官府然. 有老人危坐曰: "汝今日不當來, 亟出去. 旣來, 見汝配匹而去." 召一女子. 甚端莊, 少坐, 勃然起去. 又召一女子, 極重厚, 含笑對坐. 老人笑曰: "眞夫婦." 仍命出, 卽蘇. 其後娶權氏奉事揆女, 育一男一女, 後娶金氏益聲女, 育一男四女, 前後娶一如前見.

81. 어머니의 꿈에 나타난 외조부

公文學高人, 不肯筮仕, 氣岸嵬嵬, 終不得一第. 退去陽智以終, 靈筵顯有異跡. 漆棺後, 我先妣在家, 撫棺號痛, 漆毒入內, 命在頃刻. 鷄三鳴, 有所親醫在二十里外, 忽馳馬持藥來救之, 得蘇. 問: "何以急來?" 曰: "三更得一夢, 先君子急呼曰: '吾女今中漆毒, 時刻將殞, 君其急往救之. 若待明則無及.' 仍蹴而起之, 鷄將鳴矣, 故馳來."云.

其後三年, 先妣歸我先君. 一日夜夢, 外祖與內舅聯轡來曰: "吾以汝爲憂, 今夕來見, 汝母氏言送汝于此處, 故吾訪汝來. 今見鄭郞, 甚慰吾心忘憂. 幽明殊路, 後無可見之期." 遂辭去, 府君夢一如之. 先妣記于冊, 及歸覲, 見外王母日記某年某月某日, 先家翁與亡兒, 來問鄭宅, 告之, 則向東馳去云. 先妣以所記相準不差, 是亦異事.

82. 귀신을 섬기다 패가망신한 집안

凡於天地之間, 陽則有人, 陰則有鬼, 人盡人之道, 鬼盡鬼之理, 有吉無凶. 山川純一之氣, 鬼之正者, 聖人制禮有祀典, 此不必論. 草木陰沴之氣, 鬼之邪者, 人不求於鬼, 鬼不求於人, 人有求於鬼, 則鬼亦求於人. 是以遠之則遠, 遠則無害, 近之則近, 近則有禍. 人家興亡禍福, 莫不由於敬而遠之與瀆而狎之, 吾見多矣.

日致享而日致害, 歲致祀而歲致禍, 以至消鑠敗亡而無痕. 人家盛衰, 皆係於婦女之好鬼不好鬼, 爲家長者, 能立家法, 嚴禁而痛絶之, 婦女敢樂禍而肆行哉?

吾家有奴名七順者, 一無識見, 但性勁直. 其母欣然, 女人中頗解事者, 但好鬼而信巫, 甚之甚. 列神位十餘座, 人有來宿, 則鬼必壓之, 立致疾病. 予奉先妣, 避寓其家, 人皆謂大禍必作. 予笑而不應, 渠亦畏予, 不敢邀巫致祀. 一朝奠居無事, 人莫不異之. 數年之內, 災害迸至, 其父母子女, 次第死滅, 七順一夫婦存. 盡收神位而火之, 毀其家, 移卜築居之, 鬼不掛口, 巫不入門. 家事復昌, 連生四女, 外孫亦繁, 于今五十餘年, 無一災害.

楊湖有一士夫家, 其大夫人性嚴, 不喜巫, 巫不敢入里門. 家契豊盈, 子女繁盛, 世稱完福. 及其沒後, 諸子婦恣意祀神, 日致災禍, 敗亡無餘. 其季子婦尤甚, 自以巫鬼爲事, 家事蕩殘, 子若孫盡亡. 十餘年, 只餘一孤孫, 行乞道死. 噫! 此亦明驗也.

83. 귀신을 멀리하라

吾家不入巫覡符章, 一不作媚鬼祈福之事. 予今八十有餘年, 未嘗有災異變怪之事, 安過平生. 雖曰子孫不繁, 非巫覡所祈而致, 亦非符章所祓而除. 吾家婦女, 亦豈眞知而不惑? 特習於見聞, 自不作祈禱虛妄之事. 凡我子孫, 無曰: ‘汝死不知, 不遵此言.’ 苟能操心不邪, 謹身飭行, 人無惡者, 鬼亦不厭, 何媚之有? 雖然, 人氣衰, 鬼氣盛, 鬼氣盛, 人氣衰, 盛衰, 自然之理. 家道將亡, 則媚鬼而致禍者, 自然而作, 奈之何哉?

84. 귀신과 호조 판서

昔有人卜新基開土, 其夜夢一老人曰: “此吾舊基, 勿卜築.” 夢覺, 不止役, 又夢曰: “不止, 必有殃.” 明日又不止, 又夢曰: “不止, 必殺汝小子.” 又不止, 小子果死. 又夢曰: “不止, 必殺汝中子.” 又不止, 中子死. 又夢曰: “不止, 必殺汝長子.” 答曰: “長子死, 吾必不止, 殺吾而後, 可無繼者.”

老人曰: “汝知命乎! 人命在天, 吾何能生殺乎? 汝之二子命盡, 故吾因其時而喝汝. 汝與長子皆壽且貴, 吾當避去. 吾甚服汝, 汝其餕我.” 明日設酒, 以文祭之. 自其後, 吉凶必告於夢, 官至戶判.

85. 진휼 정책을 잘 펼친 연일 현감

我朝先王救民之意, 可謂至矣. 安邊置交濟倉, 三南凶則海運以救之, 延日置包荒倉, 北道凶則亦如之. 英廟救民之政, 靡不用極. 牧民之官, 亦有仰體聖意, 或有慮繡衣之刺探, 不敢恣意剝割, 猶思救民之策. 有如啓禧爲廣州留守, 値癸酉之凶年, 折半糶穀, 代錢三兩, 翌秋送湖南, 貿米以充軍餉而不剩餘, 廣民得安堵.

壬午旱災, 兩南尤甚, 擇差守令. 時延日倅亦在擇中而除, 辭朝, 請曰: "延日礪石進上, 斂民頗多云. 若待秋進上, 則其他諸弊, 可次第除之." 上許之. 到官, 卽報監兵營統水營及鎭管, 箭竹亦待秋. 雖不許而一不封上, 只請狀罷, 各營亦無如何. 於是諸般斂民數百錢, 盡除之. 倭供米亦報東萊, 請待秋, 萊伯大言不許, 復移書曰: "秋後所供之米, 剝割將死之民, 收之貯倉, 有何損益? 秋後收送, 必不生事. 不然則請狀罷."

又下令於民曰: "官不能自備糧, 收米分三等. 一分備納, 自正月至四月爲粮. 一分麥後, 自五月至八月爲粮. 一分秋後, 自九月至十二月爲粮." 於是民皆踊躍. 不多日而畢納, 以一分所收米太半爲私賑之資. 種子又竭力備給, 旣受而旋食者多, 不得注種者, 廉知九石. 於是治官屯田, 注秧九石以給之, 一邑之內, 無陳廢者. 賑民中有必不得生者五兒, 付之官吏中稍實者五人, 日給一升米以活之, 如此之類, 不能殫記.

又以隱結盡付元結而分數減之, 有訴陳田執卜者, 盡頉之. 已納稅者, 使書員盡出給之. 或問: "書員獨不寃乎?" 曰: "書員寧執陳田之虛卜以納官乎? 此書員之弄奸侵民也."

兩南監賑御史金鍾正自慶州來, 請延日·興海·機張倅曰: "包荒倉穀一萬石, 明當輸送湖南." 延倅曰: "奪延民口中之食以濟湖民, 可乎?" 御史曰: "此, 上命也. 交濟倉穀, 今不久當到, 而海路或遲滯, 則湖民甚急, 姑貸此倉之粟以救急." 延倅曰: "然則此倉, 慶·延·興·機·四邑之穀, 必分排之." 御史命營吏書關子曰: "延日穀四千石, 興海穀三千石, 機張穀三千石."

延倅呼倉別將, 閱納倉穀都數, 慶州穀幾萬石, 延·興·機三邑穀幾石, 不及慶穀數. 延倅曰: "此關不可施行. 北船若遲滯, 則延民必死. 慶穀胡不貸而只此三邑, 何也?" 御史變色厲聲, 相難良久, 終不聽.

延倅命下吏, 今日內上疏紙貿納. 御史曰: "何以上疏? 請聞措辭." 曰: "延·慶之民, 俱是國家之民, 延·慶之粟, 俱是國家之粟, 延·慶之民, 何愛何憎, 延

·慶之粟, 何奪何屬? 大意如是而已." 御史曰: "然則將如何?" 曰: "下官而
敢干上官, 罪當投界, 奉命而不公, 亦投界, 如斯而已." 遂起出, 二邑倅, 皆失
色, 無一言而退.

御史復馳入慶州, 翌夕復來, 請延倅, 延倅辭以待勘. 御史溫辭懇請, 遂曰:
"昨日之言, 無乃過激乎?" 曰: "受命牧民, 不得不然." 曰: "慶尹老人, 於我
有尊侍之分. 日前兩日留爭, 終不許, 故不得已分排於三邑, 今行達夜相難,
得三千石. 延日亦依此數, 興·機二邑, 亦各二千石, 如何?" 曰: "雖北船遲
滯, 留得一千石, 庶免時急狼狽." 遂許之.

其後北船來到倉前浦口, 四百石沈水. 御史時在慶州大怒, 以地方官不善候
待, 三公兄着枷上送, 無一石遺漏拯出云. 時令潛水軍拯出四十石, 卽命撤
止, 又報曰: "以一邑之民力, 無拯出之勢, 若奮繡衣之威, 興三道之民, 剗却
崇岳, 塡塞海門, 可以拯出云云." 欲激怒御史, 亟來起鬧, 使之來見, 則彼見
無奈何而必解紛也. 翌日果馳來, 坐倉亭周視, 沈思良久, 又請本倅, 又辭以
待勘. 又懇請, 笑語, 卽釋三公兄而去. 去後, 本倅令民拯食, 過半拯出云.

86. 정언욱의 강직함

族祖承旨公, 諱彦郁, 出爲江東令時, 閔參議百順[30]爲成川府使. 初不相識,
色目懸殊, 及爲隣倅, 一見氣合, 爲金蘭之交. 一日夜半, 成川下人來叩門, 進
一封雜果餠, 四十里來, 餠猶溫, 其短札曰: "餠味甚美故分送."云.

一日夜, 鷄初鳴, 江東公驚起坐, 急裁書, 送人成川探候. 謂子弟曰: "俄夢閔
公來告永訣, 是何兆也?" 明燭坐待. 鷄三鳴, 成川通訃人來到, 江·成兩使人
相逢於半路云, 是亦異事. 吾友鄭鱗伯, 目見其事, 來道於予.

公素剛直而性慈良, 剛直故行不詭隨, 慈良故事皆忠厚. 曾聞閔公善人君子,
江東公一見定交, 如是甚篤, 果非氣合歟! 觀於此, 則知閔公者, 不見鄭公而
知鄭公之君子人, 知鄭公者, 不見閔公而知閔公之君子人.

---

30 閔參議百順의 順이 저본에는 純으로 되어 있으나 민백순(閔百順)이 1772년(영조 48)에 성천
　부사(成川府使)로 제수되는 『승정원일기』 영조 48년 10월 9일 기사에 의거하여 바로잡
　았다.

鄭公初釋褐入堂後, 尙魯勢焰薰天. 時政院使令有闕, 一下人受尙魯書求代. 公不聽, 尙魯再三送人, 威脅之. 公卽以他人出代, 重杖其干囑人, 遂直出下鄕, 十年廢蟄. 尙魯退後, 始出仕路, 其剛直可見.

87. 광주 절골의 경주 김씨 시조묘

予自兒時, 聞上下老少人皆言: '寺洞花城君家後, 有禮葬古塚, 乃慶州金氏始祖開國功臣鷄林君金稇墓.' 又按金氏譜云: '墓在慶安西五里古寺基.' 人皆謂: "村人拔其碑埋地." 其子孫來尋, 終不得.

今右相金公思穆爲本州尹, 親來發丁, 掘地遠近, 俱不得, 又掘其塚, 又無誌石, 改封而去. 又爲留相, 使一校廉探埋碑處. 校, 卽金壽長, 與慶安上下人熟習. 來宿德谷, 出閱順菴先生所草『南漢志』云: '鷄林君墓, 在五浦面某村.' 壽長直往其處, 果有墓且有碑. 一遠孫居其下守護, 而迷劣不通於宗人, 使推尋百餘年, 不得.

蓋其五里有地名古慶安, 又有古寺基, 無乃數百年前古慶安分屬於五浦面耶? 是不可知也. 自是寺洞之古塚脫空, 流傳之言, 不可準信.

88. 헛갈리는 동명이인

有一士人, 與靈巖太守李某友善. 定女婚, 爲求婚需, 來過靈光, 問太守姓名, 與靈巖太守同. 深訝之, 問之下吏, 亦然, 自以爲前日誤知. 遂入見, 則乃素昧者. 相揖後, 辭以誤入, 將退, 太守問: "何爲?" 曰: "友人爲靈巖太守, 故千里來訪. 到靈光, 聞姓名, 深竊訝之, 初非誤知, 今乃誤聞." 太守大笑曰: "靈巖太守, 果是李某, 靈光太守亦李某. 人是二, 名是一. 旣尋李某來, 何舍李某去? 古人云: '一面如舊.' 平日親不親, 何論?" 挽而留, 接之款款.

曰: "旣爲婚需來, 靈光太守, 獨不可以助婚耶?" 準備婚具以給之曰: "靈巖官況不及靈光, 雖親, 恐力不贍." 士人曰: "古人所不能, 得見今日, 厚意可感. 此實過分於寒士家, 婚具不必更求, 不見其人而逕歸, 非親友之道." 遂往.

靈巖凡百, 半於靈光. 蓋靈光老論, 靈巖少論, 實由於官況之豐儉, 而亦見其手段之闊狹也.

89. 오해로 상을 치른 광주 경력

英廟庚午南漢留鎭時, 本官以文臣差經歷. 湖西人趙姓, 忘其名, 爲經歷, 與其隣友, 相約一訪, 書給門帖. 當乙亥丙子之凶, 其人徒步來宿於板橋店, 衣冠爲同宿乞客偸着去, 無以入官. 直向坡山親族家, 得着衣冠, 來到南漢南門外, 見本倅出次路上, 治行喪, 而其子衣斬衰, 號踊柩前.

蓋其乞客偸着衣冠, 直上山城, 凍死南門外, 城內人裹以藁席, 瘞之路旁. 橐中有號牌及門帖, 又五十文錢, 以是告官, 官明知其友人之屍, 卽治喪. 襲殮入棺, 殯其處, 送人通其家, 其子奔喪來到, 官亦出弔, 治行喪, 將送. 於是復瘞之, 遂率其父子歸, 人莫不大噱. 此必然之勢也.

90. 정현동의 벗들

友人李命老性之, 自本府退村, 來寓慶安, 兪漢寔景陳, 自本府東部, 來寓慶安, 予亦自洛落來, 交誼頗厚. 性之每道安有相聖恊之文行, 又言我於聖恊, 景陳每道尹行淳之文雅, 又言我於尹. 我之必欲見安·尹, 安·尹之必欲見我, 耿耿于心, 一點靈犀相照.

科行到松津, 水漲不能渡. 日婚入店, 多士滿坐, 中有一人問: "何在?" 曰: "在慶安. 君何在?" 曰: "在退村." 相直視良久, 其人曰: "無乃鄭龍卿乎?" 予曰: "君必安聖恊." 聖恊躍來執手曰: "不識面而心交, 況識面乎?" 遂定心契. 尹不久移楊州, 距二百里, 不得面. 尹亦不能壽, 心常恨之, 近見其二允, 差慰我心.

91. 경박한 개천의 용 최춘봉

崔春奉者, 東學洞朴柱天家婢之子, 其父石手也. 年三歲, 朴生敎其子『千字』, 春奉在旁聽之, 其翌日忽問: "昨日天字, 今日日字, 以音連之, 則天日乎?" 朴生大奇之, 遂授『千字』, 不數日, 盡通之. 其母手杵烹豆於木臼, 以手出之. 春奉呼其母曰: "此, 樹字." 其母曰: "我何知?" 朴生召問之, 曰: "木邊有豆, 以手寸出之, 是以謂樹字." 遂授『史略』.

時朴龍川鎬, 朴生之叔, 適來, 以燃竹爲題, 使賦之, 卽書曰: "爾形龍, 五未成, 銅頭鐵額, 能作大霧." 又以玉貫子爲題, 使賦之, 卽書曰: "謀臣掌上昔高下, 壯士鬢邊今左右." 年方六歲, 名播一世, 警句甚多. 予少時與同做詩, 少予六七歲, 其敏與博不可及.

己卯爲進士, 唱榜時, 上問地處, 對以良人. 時注書, 予之親友, 出語予曰: "其人太輕且妄, 非吉人, 亦非遠到之器. 不曰免賤, 而曰良人, 是不免欺君, 而左右侍臣皆非之. 若曰免賤, 則上亦必奇愛之."

不久登第, 爲厚謙門客, 經察訪. 丙申厚謙死, 渠亦自經死, 是亦輕妄所致. 上一不問厚謙之黨, 渠獨自斃.

92. 노비 출신 장수 유극량

劉克良, 松都人, 載『名臣錄』. 初登武科, 其母曰: "汝以私賤登科, 豈不榮哉?" 公大驚曰: "何謂私賤?" 曰: "吾以洪政丞暹宅婢子, 得罪逃走, 遇汝父生汝." 公卽入京, 現身於洪相公將納紅牌於兵曹. 洪相公曰: "無此事, 勿爾也." 公曰: "母言之, 非誤認也." 洪相公, 遂出文書, 割其母名, 火之曰: "汝母已放良, 汝何爲賤?"

其後公爲閫任歸, 則自持饍物來納. 人皆曰: "何不替人, 而自持來?" 公曰: "上典宅所納, 敢使人替之乎?" 爲五衛將, 方分軍, 洪相在賓廳, 使人暫邀. 公令僚官繼而分軍, 僚官曰: "分軍至重, 事畢當起." 公曰: "分軍固重, 上典之命, 亦不重乎?" 遂趨去, 人莫不異之. 後以副元帥壬辰倭亂死之. 賢哉斯人, 烈哉斯人, 千古一人.

93. 비결을 터득한 두 점쟁이

予兒時, 羅天奇以名卜聞. 一士人有事西行, 以科期不遠, 不能舍去, 質於天奇. 天奇筮卦, 極凶必不得科, 遂決意西行. 至昌陵店宿, 有海州兒盲同宿. 士人問: "何故上京?" 曰: "羅天奇以名卜聞, 將往詢秘訣." 士人以其占問之, 曰: "極凶. 羅公云何?" 曰: "今科必中."

其兒終夜不寐而窮究之, 及晨曰: "異哉! 若是名卜, 高人千層. 以是推究, 何占不中? 吾得秘訣, 不必往問." 士人問其故, 曰: "此占極凶, 而某爻神沖某爻神, 以制其凶, 極凶而反之, 則極吉. 今科必中無疑. 羅公云云, 故我終夜思索而後得. 非羅公發端, 我何以及此?" 遂翻然回去. 士人亦還, 告於天奇.

天奇大驚曰: "後生可畏! 吾今日始得秘訣." 士人果中其科.

94. 심세우, 박추, 정응두의 문재

趙相泰億以太學士補外驪牧. 每出旬題, 沈世遇·朴錘·張應斗三人居魁, 皆水北人也, 水南多文士憤激. 公聞知, 設白日場, 出詩·賦·表三題. 水南士皆得二中, 水北三人鼎坐, 各執一題. 張謂朴曰: "二中已出, 非君律詩, 不得奪魁." 朴曰: "表, 非我誰能? 君須加意." 於是沈呈賦, 得二上, 張呈詩, 得二上, 朴呈表, 又得二上.

多士聚清心樓, 壁後窺視, 則時尹臺光天參考. 趙公曰: "君是本鄉人, 必知文體. 賦是誰作?" 曰: "沈世遇" 曰: "得." "詩是誰作?" 曰: "張應斗" 曰: "得." "表是誰作?" 曰: "某人." 曰: "君知其二, 不知其一. 王子安之後, 非朴士衡, 能作此乎?" 遂拆封, 果水北三人. 水南大憤駭, 不欲應榜, 諸人挽勸應榜. 凡六十人大宴終日, 乘月泛水, 復遊神勒寺, 風樂喧轟, 杯盤豊饒. 鷄鳴而罷, 此會費千金. 還家, 則賞格已封送於家.

沈, 壬寅登科, 歷佐郎. 朴與張皆中司馬. 張白衣爲通信使從事官, 大鳴於日本, 乃庶名也. 趙公京行, 必過朴公, 爲忘年友云.

95. 박추의 뛰어난 시

余乘舟上驪湖, 同舟有自稱黃進士. 亦上驪湖南面, 聞余向芝浦, 問: "尊知朴進士乎?" 曰: "婦翁伯氏也." 曰: "平安云耶?" 曰: "月前已別世." 大驚曰: "惜哉, 此人之文章!" 高咏一句詩曰: "'行人仰聽雲間語, 過舶深窺水底家.' 不復聞此等詩."

予問: "此詩何謂絶等也?" 曰: "尊見華陽亭乎?" 曰: "但見亭址." 曰: "然則庶知此詩之逼眞境. 蓋亭在千丈絶壁上, 壁下有遷, 遷下有江. 行人戴亭而行, 亭影倒江, '仰聽深窺', 果眞境. 又於李元卿甫家見詩軸, 元卿甫居注魚寺洞外, 朴公曾遊於注魚寺, 留詩於元卿家一聯曰: '危路客從流水出, 亂山僧伴夕陽歸.' 其後金台鎭商自以能詩, 少許可於人, 見此詩擊節曰: '信乎, 朴士衡之果詩矣.' 曾見「壁鹿【蚤也】百韻律」, 千古絶作. 其無識蚍孫, 能得保傳否?"

96. 암호를 눈치채 진사가 된 이철진

我之內三從庶弟李喆鎭, 無文而能書. 與人換手, 見隣接人, 畢書後, 刮第三行第三字, 更書所刮字. 心異之, 自己試劵亦效之, 果得中初解. 覆試又見隣接人, 書賦題申韓源於道德, 於字書以於. 亦異之, 又效之, 遂得中司馬. 蓋其時軍號也, 偶相隣接, 得見軍號, 亦異哉? 其機警足可爲進士, 有志之士所不爲. 而如渠輩, 何足訕之?

97. 군도의 두목이 된 선비

昔有三士人, 同棲彰義門外山寺, 今北漢. 一人甚貧, 一日其家書來, 看畢掩置之. 其後家書又來, 看畢又掩置之. 不久家書又來, 看畢掩卷黙坐, 仍治任將歸. 二人問其故, 曰: "初書告穉女死, 再書告中女死, 今書又告長兒欲死. 皆飢病然, 則盡劉無子. 初計不顧家事, 得一第, 以行吾志, 到此地, 誠不忍, 不能堅守初心. 心不可二用, 當料理生道. 立身揚名, 反爲餘事, 自此與君長辭." 二人傾粮以贐之, 歸後形影遂絶.

一人登第爲嶺伯. 一人窮, 爲女婚需往嶺營. 日昏, 從人跡, 入山谷中, 有人家若官府. 請宿, 主人接待甚勤, 從容問: "君知我否?" 曰: "不記." 曰: "北山寺中, 三人同硏, 果忘之耶?" 曰: "記. 一別十年, 聲息何其阻, 貧富又何迥殊也?" 曰: "外道之人, 不自容於世, 致君澤民之志, 變作絲身穀腹之計. 事與心違, 猖狂至此. 言之痛心, 聽之泚顙. 君之此行, 無乃爲見嶺伯耶?" 曰: "然. 方定女婚, 爲請婚需而來." 曰: "留此數日, 我亦以畧干婚需助焉."

遂留數日, 主人曰: "請裁書, 今以數百金奉送于君家." 裁書付之. 夜一漢來告曰: "某邑太守以數千兩, 將買庄于某地." 曰: "留之. 此貪饕之財." 又告曰: "某邑太守以數百兩, 將輸送其家." 曰: "舍之. 此俸祿餘資." 仍呼酒, 語曰: "凡吾所事, 君今耳目之, 寧不駭心哉? 世所謂㯱人大憝, 我固不辭其名. 然彼貪殘剝民之財, 自利其身者, 害及良善, 是何異於㯱人者乎? 㯱人之物, 我又㯱之, 是效尤. 然貪吏不擇藏否, 我則良吏之財不取. 貪吏多虐民傷人, 我則傷害人者以輕重治之. 貪吏侵公濟私, 我則公物不犯."

居數日, 其人辭去, 戒之曰: "無多言, 無益而有害. 我以故人之情待故人, 故人勿負故人." 其人到營, 盡以其事告之, 嶺伯聽若不聽. 其人曰: "公爲道伯,境內有大盜而不捕, 何也? 我當指導之." 嶺伯乃與數十捕校曰: "第往之."
才到其山, 已盡散去. 忽有一大漢, 縛其人去, 立庭下. 責之曰: "我臨別之言云
何? 故人負汝乎, 汝負故人乎? 汝之一言一黙一動一靜, 我豈不知乎? 道伯非
不知我之不能捕, 而特仍汝言, 不得已而發捕校. 使我果是國賊, 則寧待汝言
而不殲我耶? 吾當殺汝而以滅口, 而猶有故人之誼, 赦汝, 汝其自此上洛, 勿
復向營門也. 後若開口, 則是汝殺身之日." 卽令一人押去之. 歸家見之, 曾所
送來之物, 已還推去. 計其日, 乃在嶺營告嶺伯之後四日也. 世傳嶺伯乃陽坡
相公云, 未詳是否.

98. 정광운의 기지

休休鄭公, 不遇於世, 坎坷平生, 而氣岸豪爽, 識見明快. 余嘗陪話, 言談風
生, 不覺西日將頹.

爲持平時, 方在內受朝飯, 忽有屋轎入中門. 公蒼黃避後軒, 一夫人被髮流
血立庭, 請白活. 乃愼木川處權爲進士時夫人, 告曰: "家夫與中人某漢親,
貸十緡靑蚨, 久不還. 故督責之際, 言或過中, 其漢拔劍將刺. 避入內, 逐入
內, 避入房, 逐入房. 超上壁樓, 微身遮其門, 執微身, 擲倒於地, 上壁樓. 家
夫自小窓投下, 必死之地, 而幸不死, 走藏隣家, 敢以此來告." 公使其夫人
傳語曰: "當治勿慮." 卽命臺隷捉下典獄.

少頃, 又有內行入門, 乃公之岳母. 持酒來飮之, 從容曰: "俄者, 愼進士夫人
來去?" 曰: "然." 曰: "世甚寒心. 其罪當殺無惜, 此人, 君亦熟知, 家長在世
時, 置衾中, 子育之而敎之, 我亦日櫛之. 今作死罪, 有何顧念, 情愛素深, 慘
不忍見. 雖毁半身, 置之絶島, 請一縷之命." 公曰: "必不可生." 夫人力請不
已, 公曰: "無已則當重杖而止." 曰: "君之杖法甚重, 過十度則必死, 無過十
度." 公曰: "如敎."

明日坐臺, 擇能杖者曰: "此人罪當死, 杖不可多, 限十度止." 連呼酒不止. 下人
知其意, 八度告物故, 加二度, 出棄之. 歸告其岳母曰: "十度而死, 孱生奈何?"

99. 서인 패거리의 소행

仁祖以功臣太肆, 欲翻用南人, 以小札下詢於韓西平. 對以功臣多才藝, 請信

用勿貳, 上遂止. 昭顯嘉禮, 初定以尹判書義立女. 時人大嘩, 以義立之弟敬立庶子爲适之謀主, 力沮之, 謂之媾南.

流言入於中國, 中國人問使臣曰: "東國之南人·北人·西人, 何謂也?" 曰: "倭在南, 故主媾南者南人, 虜在北, 故主和虜者北人. 詩云: '西方美人.' 故主西方者西人." 是時金自點之徒, 當國專權, 流言於中國, 幾乎禍國, 無乃此徒之所爲耶?

100. 명나라 멸망의 장면

皇明神宗在位四十餘年. 嬖鄭貴妃, 生福王, 時光宗爲太子. 閣部諸臣, 多附貴妃蟠據, 朝廷君子, 羈旅之臣, 退修學業, 保護東宮, 謂之東林黨. 蟠據之勢常勝, 羈旅之踵益疎. 光宗卽位一月, 不豫. 鄭妃進美女, 輔臣方從哲薦妄醫, 遂崩.

熹宗爲李選妃所脅持, 楊御史漣擁太子, 移宮移選妃而卽位, 其旋乾轉坤之功, 大矣. 其蟠據之勢已成, 羈旅之踵易撓. 逆寺忠賢秉大權, 東林諸賢, 騈首就戮. 楊公遂被酷禍, 流賊內虹, 金虜外燼, 天下事已矣. 崇禎皇帝, 遂定三案, 已盡淸汰, 大勢已去, 奈如之何哉? 楊御史之忠, 可以質天地貫日月, 功最大, 禍最酷.

予作詩以弔之曰: "鬍子官人大是忠, 玉語丁寧質蒼穹. 忘身殉國翻成罪, 空腐千秋志士胸." 又曰: "傷心時事已寒灰, 何處斯人可得來. 慷慨風生言不諱, 忠貞天賦性難回. 冷烟寂寞原頭草, 熱血斑爛石上苔. 志士千秋無限恨, 化成陰雨枕邊催."

崇禎甲申亡後, 福王立於江南, 更殺東林餘賢, 國隨以亡. 東林報國, 鄭黨亡國. 詩曰: "宜鑑于殷."

101. 베개를 옮겨 위기를 모면한 박정

仁祖朝, 南原爲廢邑, 太守多死. 錦洲君朴炡, 西溪之父. 爲府使, 新延吏房書報其僚吏曰: "年少兩班, 終日端坐, 不言不笑, 淺深不可知." 自少時, 每更必易枕上下. 性亦淸苦, 妓女通引, 不近身, 故莫知其易枕.

一日夜深, 方易枕而臥, 月下有人持長劍啓戶, 直刺當暫處三次, 而閉戶去.

起坐窺視之, 長身長髯, 拭劍血, 越墻而走. 亦跳上墻, 俯視所入之家. 蓋一刺兩股間, 二刺兩股之皮, 血流而不甚傷. 明朝坐起, 抄此人, 刑之曰: "汝知死罪, 勿多言而死." 遂殺之, 不復一言. 人心遂復, 晏然無事. 自其後, 不復易枕云.

102. 과거에 합격할 운수

宋典籍濟康, 以名於明經, 晚而得中. 赴會試, 大夫人在家卒. 家在廣州大院里, 距京半日程, 大雨暴注, 常路不通. 告訃人留松坡一宿而入洛, 已入講席. 遲留棘門外, 遂中第而出. 是亦命.

103. 내가 꾼 신통한 꿈

予平生不信夢, 吉凶間初不提記, 亦不符應. 但直夢, 有時相符. 戊辰之年, 予在京家, 昧爽忽得夢婦翁來. 予問: "何故來?" 曰: "爲三兒婚需來." 問: "定何處?" 曰: "楊根新邑內." 問: "何日?" 曰: "今二十四日." 問: "自淸存不?" 曰: "逃走." 自淸者, 年少文章僧, 在翁家書堂石佛菴者.

方做夢未醒, 而有客奴呼主人奴. 驚起開窓, 則果婦翁來. 迎拜訖問: "爲三允婚需來耶?" 曰: "然." 問: "婚處定新邑內耶?" 曰: "然." 問: "二十四日耶?" 曰: "何以聞之?" 問: "自淸存不?" 曰: "存." 曰: "俄者夢中得拜, 而問答如是. 但夢曰逃, 今日存, 此一事獨不符, 何也?" 婦翁下去後, 有便寄書曰: "君之夢, 何其神奇也? 吾上京時, 自淸夜半逃去. 吾早晨啓行, 故不及聞, 先入於君之夢, 異哉!"

癸未增廣監試, 予觀覆試. 初場出來, 夜有白頭翁來言於夢曰: "君得高中, 可賀." 終場出來, 後二日晨, 其老人又來言於夢中曰: "君兩場俱落, 可惜." 予驚悟, 日已明. 泮主人來告: "兩場封繃俱落, 廉得初場高中, 入於換封." 是科書吏方鳳義換封七十餘張, 人言甚喧. 遂面試, 拔去七十餘人. 至今癸未榜目不出, 以拔去者惡其名益彰也.

104. 무익한 담배의 금지

光海辛酉, 南草始行. 有百害而無一利, 今天下皆然而莫有禁者, 何哉? 今則良田沃土, 皆種南草, 減穀不知幾百萬石. 雖曰有年, 而民食猶多不給者, 未必不由於此. 若欲禁之, 易行者, 莫如南草使之勿種而犯者有律, 一年而自無矣.

105. 우왕 창왕에 관한 역사 조작

柳夢寅『於于野談』曰: 王氏承統者, 左脇下, 必有龍鱗三隻, 禑·昌皆然. 車軾爲高城郡守, 見楊士彦妻翁. 年七十, 每說其曾祖母居江陵, 年幾九十餘. 自言: "十二歲時, 聞某地前朝王被刑, 往見之. 臨刑謂衆人曰: '吾王氏, 本龍種, 左脇下, 必有三鱗, 世爲之表.' 解衣以示人. 果有三鱗, 金色大如錢. 人皆驚駭悲痛."

世傳高麗恭愍王無嗣, 廣選年少男子, 號都令處宮中. 其王妃與辛旽通生子, 禑·昌, 非王氏也, 故史書辛禑·辛昌. 以江陵人目睹驗之, 可知史氏誣也. 或者權近·鄭道傳媚我朝以亂之,[31] 後之眞贋, 未可知也.

又按車原頻『雪寃錄』曰: "申叔舟·成三問奉敎註曰: '金富軾之姦邪, 私怨作史, 以墨鄭知常之忠貞.'" 以『麗史』觀之, 鄭知常黨惡爲奸, 屢書不一書. 史筆皆出富軾, 安知其不誣也? 史之不可信, 如此夫.

又曰: 假令辛禑爲辛旽之子, 則以鄭夢周之忠, 豈屈首爲臣乎? 初旣爲恭愍之子而立, 則及其稱禑旽子[32]而廢之, 胡不爲禑而效死乎? 父子之間, 非人所知, 夢周亦未所詳耶. 禑之爲辛, 出於一時訛言, 史氏襲其謬耶. 夢周之遲回苟活, 亦出於文天祥之從容耶. 盡信書, 不如無書.

按: 禑之當廢之罪, 以犯順危國爲言, 則亦足以有辭, 何必以不明之事, 只起後世之疑乎? 且以禑爲辛而廢, 以牧隱言當立前王之子而立之, 則當時非以辛氏廢之可知. 而史氏特書之辛禑·辛昌, 史氏矯誣粧撰之罪可見. 陽村白日之譏宜哉! 惜乎! 元耘谷之藏史, 終不得出, 可爲千古之於邑.

106. 남곤에게 죽임을 당한 최수성

崔猿亭壽峨, 贈其叔父世節詩曰: "落日驪[33]江上, 天寒水自波. 孤舟宜早泊,

---

31 以亂之가 저본에는 以亂으로 되어 있으나 『어우야담』에 의거하여 之를 보충하였다.

32 稱禑旽子가 저본에는 稱禑子로 되어 있으나 『어우야담』에 의거하여 旽을 보충하였다.

風浪夜應多." 後世節入直政院, 以其詩言于院僚, 自嘆不早退, 猿亭以此被禍. 世節, 參判文溍之祖云.

猿亭被禍, 裏以簾棄露梁山谷中. 有故人在湖中, 夢猿亭贈詩曰: "玄室誰相訪, 淸[34]猿獨可親. 自從簾谷後, 遙憶蓋骸人." 其故人, 卽來收尸云.

107. 심정을 희롱한 명사들의 시

朴訥齋祥, 性簡伉嫉惡. 沈貞構逍遙亭, 求一時名作, 以題懸板.[35] 訥齋詩曰: "半山排案俎, 秋壑開樽盂." 貞後拔去之. 又申企齋光漢詩曰: "落葉藏秋壑, 斜陽映半山." 貞不覺, 其弟義言之, 遂拔去之. 『谿谷集』以申詩爲朴詩, 誤.

108. 남곤을 찬미한 이행

『撫松小說』曰: 容齋李公荇「祭南袞文」, 極其贊美. 又作政府祭袞文曰: "徂玆變亂, 宸心不怡. 夜起彷徨, 誰爲予醫. 主憂臣辱, 公決其疑. 解紛釋亂, 上下熙熙. 王曰休哉, 百揆汝諧." 荇代袞主文, 志同氣合. 按: 贊美縱或然, 至於以己卯士禍爲袞之大功, 誠可訝可駭.

---

33 『청강시화』, 『학산초담』, 『소화시평』 등에는 落日驪가 日暮滄으로 되어 있다.

34 淸이 저본에는 靑으로 되어 있으나 『송재집(松齋集)』 등에 의거하여 바로잡았다.

35 以題懸板이 저본에는 소주(小註)로 缺二字로 되어 있으나, 『병진정사록(丙辰丁巳錄)』, 『기묘록보유(己卯錄補遺)』에 의거하여 바로잡았다.

찾아보기

* 인명과 그 외 용어들(서명·작품명·지명·주요 개념 및 키워드 등)로 구분해 정리했다.
* 호(號), 자(字), 시호(諡號), 별칭 등은 〔 〕 안에 적어 이름과 함께 표기했으며, 국왕의 존호들
  은 〔 〕 안에 국호를 적어 서로 구분했다.

지은이

정현동(鄭顯東, 1730~1815)

18세기의 문인이자 학자로 자는 용경(龍卿), 호는 만오(晚悟)이다. 서울과 경기도 광주에 거주한 남인 사대부이다. 여러 차례 과거를 보았으나 급제하지 못하였고, 광주에 낙향 후 저술에 종사하였다. 안정복의 문인으로 그의 역사학 연구를 이어받아 역사에 관심이 많았으며, 안정복이 조선왕조의 역사를 편년체로 서술한『열조통기(列朝通紀)』를 마지막까지 정리하고 교감하였다.

재야 지식인의 시각으로 1812년에『만오만필』을 저술하여 민간에 떠도는 흥미로운 야담과 사회상을 드러내는 실화를 기록하였다. 안정복은 그를 "문예에 능하다"라고 평가하여 시문을 잘 짓는 능력을 인정하였다. 아쉽게도 문집과 여러 저작은 현존하지 않는다.

옮긴이

안대회(安大會)

연세대학교 국문학과와 같은 학교 대학원에서 문학박사 학위를 받았다. 성균관대학교 한문학과 교수로 재직하며, 인문학연구원 원장을 맡고 있다. 2015년 제34회 두계학술상, 2016년 제16회 지훈국학상을 수상했다. 폭넓은 사유로 옛글을 깊이 있게 분석하고, 유려하면서 담백한 필치로 선인들의 삶을 차근히 소개해왔다.

저서에는『조선후기시화사』,『18세기 한국한시사 연구』,『선비답게 산다는 것』,『벽광나치오』,『궁극의 시학』,『담바고 문화사』,『내 생애 첫 번째 시』,『조선의 명문장가들』등 다수가 있고, 번역서에는『해동화식전』,『완역정본 택리지』(공역),『북학의』,『산수간에 집을 짓고』,『소화시평』,『한국 산문선』7·8·9(공역) 등이 있다.

함께 옮긴이

김경희 성균관대학교 한문학과 박사수료
김세호 원광대학교 한문번역연구소 연구교수
김종민 성균관대학교 동아시아학술원 선임연구원
김종하 한국고전번역원 번역위원
서문기 양재고등학교 교사
안소라 성균관대학교 강사
유현숙 성균관대학교 한문학과 박사수료
이승재 한국고전번역원 번역위원
이유라 성균관대학교 대동문화연구원 연구원
이화진 성균관대학교 한문학과 박사수료
임영걸 성균관대학교 대동문화연구원 선임연구원
임영길 단국대학교 한문교육연구소 전임연구원
장현곤 도당중학교 교사
최상근 성균관대학교 강사

만오만필

야담문학의 새로운 풍경

1판 1쇄 발행 2021년 12월 10일
1판 3쇄 발행 2022년 2월 28일

지 은 이   정현동
옮 긴 이   안대회·김종하 외
펴 낸 이   신동렬
책임편집   현상철
편   집   신철호·구남희
마 케 팅   박정수·김지현
펴 낸 곳   성균관대학교 출판부
등   록   1975년 5월 21일 제1975-9호
주   소   03063 서울특별시 종로구 성균관로 25-2
전   화   02) 760-1253~4
팩   스   02) 762-7452
홈페이지   http://press.skku.edu

ⓒ 2021, 안대회·김종하 외

ISBN 979-11-5550-498-7 93810

값 36,000원